BESTSELLER

Kristin Hannah es autora de más de veinte novelas de gran éxito por las que ha recibido numerosos premios y de las que se han vendido más de veinte millones de ejemplares en todo el mundo. Los best sellers *El Ruiseñor* y *Volverás a Alaska* fueron elegidos como Mejor Novela Histórica por Goodreads en 2015 y 2018. *El Ruiseñor*, que está siendo adaptado al cine, ganó el codiciado People's Choice Award a la mejor novela. *El baile de las luciérnagas* se ha convertido en una exitosa serie de Netflix. Kristin estudió Derecho antes de convertirse en escritora profesional y es madre de un hijo. Vive con su marido en la región del Pacífico Noroeste de Estados Unidos, cerca de Seattle.

Para más información, visita la página web de la autora:
www.kristinhannah.com

También puedes seguir a Kristin Hannah en Facebook e Instagram:
Kristin Hannah
@kristinhannahauthor

KRISTIN HANNAH

Las mujeres de la guerra

Traducción de
Noemí Jiménez Furquet

DEBOLS!LLO

Papel certificado por el Forest Stewardship Council®

MIXTO
Papel | Apoyando la silvicultura responsable
FSC® C117695

Penguin Random House Grupo Editorial

Título original: *The Women*

Primera edición en esta colección: julio de 2025

Esta edición se publica por acuerdo con Jane Rotrosen Agency LLC.,
a través de International Editors & Yáñez Co' S. L.

Printed in Spain – Impreso en España

ISBN: 978-84-663-8195-6
Depósito legal: B-8.819-2025

Compuesto en Mirakel Studio, S. L. U.
Impreso en Black Print CPI Ibérica
Sant Andreu de la Barca (Barcelona)

P 3 8 1 9 5 6

Esta novela está dedicada a las valientes que sirvieron en Vietnam. Estas mujeres, la mayoría enfermeras y muchas de las cuales se criaron escuchando heroicas y orgullosas historias familiares de la Segunda Guerra Mundial, respondieron a la llamada a las armas y fueron a la guerra. En demasiados casos, regresaron a un país al que no le importaba su sacrificio y a un mundo que no quería saber de sus experiencias; con demasiada frecuencia, sus dificultades tras el conflicto y sus historias se vieron olvidadas o marginadas. Me enorgullece tener esta oportunidad para poner de relieve su fortaleza, resiliencia y determinación.

A todos los veteranos, prisioneros y desaparecidos, y a sus familias, que tanto han sacrificado.

Y, por último, al personal sanitario que luchó durante la pandemia y dio tanto de sí para ayudar a los demás.

Gracias a todos y todas.

Primera parte

Esta guerra ha [...] agrandado tanto la brecha generacional que acabará partiendo el país en dos.

Frank Church

1

Isla de Coronado, California
Mayo de 1966

Tras los muros y la verja de la propiedad, la mansión de los McGrath era un mundo aparte, privado y protegido. Aquel atardecer, las ventanas con parteluces del caserón de estilo Tudor brillaban como joyas en mitad de los exuberantes y cuidados jardines. Las palmeras mecían sus hojas extendidas hacia el cielo, las velas flotaban en la superficie de la piscina y las lámparas doradas tintineaban colgadas de las ramas de la enorme encina de California. Entre los distinguidos asistentes se movían camareros de negro cargados con bandejas de plata llenas de champán, mientras en un rincón tocaba música suave un trío de jazz.

Frances Grace McGrath, de veinte años, sabía lo que se esperaba de ella aquella noche. Debía ser la encarnación de la joven de buena familia, serena y sonriente; cualquier emoción sospechosa debía reprimirse, ocultarse y soportarse en silencio. Las lecciones que Frankie había recibido en casa, en la iglesia y en el colegio femenino de Santa Bernadette le habían inculcado un riguroso sentido del decoro. La inquietud que reinaba aquellos días por todo el país, la ira que estallaba en las calles de las ciudades y los campus universitarios no eran más que un mundo distante y ajeno para ella, tan incomprensible como el conflicto en el lejano Vietnam.

Circulaba entre los invitados dando sorbitos a su Coca-Cola helada, tratando de sonreír, deteniéndose de vez en cuando a charlar un poco con los amigos de sus padres, confiando en que no se le notara la preocupación. Entretanto, buscaba con la mirada entre la multitud a su hermano mayor, que llegaba tarde a su propia fiesta.

Frankie idolatraba a Finley. Siempre habían sido inseparables, un par de chiquillos de pelo negro y ojos azules que se llevaban menos de dos años y habían pasado los largos veranos californianos sin la supervisión de los adultos, recorriendo en sus bicicletas la adormilada isla de Coronado de punta a punta, sin volver casi nunca a casa antes de que cayera la tarde.

Pero ahora se iba adonde ella no podía seguirlo.

El rugido del motor de un coche perturbó la serenidad de la fiesta; las bocinas sonaron fuertes y seguidas.

Frankie vio a su madre arrugar la nariz ante el ruido. Bette McGrath aborrecía todo lo que fuera vulgar o llamativo y, desde luego, no creía que hacer sonar un claxon fuera la mejor forma de anunciar la llegada de nadie.

Momentos más tarde, Finley abría de golpe la verja trasera, con el apuesto rostro encendido y un mechón de rizado cabello negro cayéndole por la frente. Su mejor amigo, Rye Walsh, lo rodeaba con el brazo, pero ninguno de los dos parecía tenerse del todo en pie. Soltaron una carcajada beoda y avanzaron apoyándose en el otro mientras el resto de sus amigos entraba a trompicones detrás de ellos.

Impecable con un vestido recto negro y el cabello recogido en un moño regio, la mujer se acercó al grupo de chicos y chicas que reían. Lucía las perlas que le había legado su abuela, sutil recordatorio de que Bette McGrath una vez había sido Bette Alexander, de los Alexander de Newport Beach.

—Chicos —dijo con su modulada voz de escuela de buenos modales—, cómo me alegro de que por fin estéis aquí.

Finley trastabilló al separarse de Rye y trató de erguirse.

El señor McGrath hizo un gesto a la banda y la música se detuvo. De pronto, los sonidos de la noche de finales de primavera en la isla de Coronado —el murmullo gutural del océano, el susurro de las hojas de las palmeras, los ladridos de un perro al final de la calle o en la playa— cobraron protagonismo. El padre de Frankie dio un paso al frente, ataviado con su traje negro a medida, su camisa de un blanco inmaculado y su corbata negra, con un cigarrillo en una mano y un manhattan en la otra. Con su pelo cortado a cepillo y su mandíbula cuadrada, tenía cierto aire a un exboxeador que, tras triunfar a lo grande, hubiera aprendido a vestir bien, lo cual no se alejaba demasiado de la verdad. Incluso entre aquella multitud atractiva y elegante, su esposa y él llamaban la atención, irradiaban éxito. Ella venía de una dinastía adinerada y siempre había estado en lo más alto de la escala social; él había ascendido hasta situarse con confianza a su lado.

—Amigos, familia, recién graduados en la academia —anunció con su potente voz.

Cuando Frankie era pequeña, a su padre aún le quedaba algo de acento irlandés, que se había esforzado mucho en eliminar. A menudo sacaba a relucir su propia mitología del inmigrante, la historia de un hombre hecho a sí mismo a base de duro trabajo. Pocas veces mencionaba la buena suerte y la oportunidad que había supuesto casarse con la hija del jefe, pero todos lo sabían. Igual que sabían que, tras la muerte de los abuelos maternos de Frankie, su padre había triplicado o más su fortuna gracias al empeño por desarrollar el sector inmobiliario de California.

Rodeó con un brazo a su esbelta esposa y la atrajo todo lo que ella le permitía en público.

—Os agradecemos que hayáis venido a desearle buen viaje a nuestro hijo, Finley. —El señor McGrath sonrió—. Se acabó lo de pagar la fianza para sacarlo del calabozo de la comisaría de Coronado a las dos de la madrugada tras alguna ridícula carrera de coches.

Se oyeron algunas carcajadas. Todos en la fiesta conocían la tortuosa vida que Finley había llevado hasta entonces. Desde siempre había sido un chico de oro, un chavalillo travieso que derretía hasta el corazón más pétreo. La gente reía con sus bromas; las chicas lo seguían adonde fuera. Todos querían a Finley, pero la mayoría coincidía en que era difícil de controlar. Había tenido que repetir cuarto grado, más por sus constantes trastadas que por otra cosa. A veces se mostraba irrespetuoso en la iglesia, y le gustaba ese tipo de chica que llevaba falda corta y cigarrillos en el bolso.

Cuando las risas se apagaron, el señor McGrath prosiguió:

—Brindo por Finley y su gran aventura. ¡Estamos orgullosos de ti, hijo!

Aparecieron camareros con botellas de Dom Pérignon y sirvieron más champán; el aire se llenó del tintineo de las copas al chocar. Los invitados rodearon a Finley; los hombres lo felicitaban con palmadas en la espalda. Las jóvenes se le arrimaban rivalizando por su atención.

El señor McGrath hizo un gesto a la banda y la música volvió a sonar.

Frankie, sintiéndose excluida, entró en la mansión y atravesó la enorme cocina, donde los encargados del servicio se afanaban en preparar bandejas de canapés.

Entró de puntillas en el despacho de su padre. De pequeña había sido su habitación favorita: grandes butacones de cuero capitoné, escabeles, dos paredes llenas de libros, un escritorio gigantesco. Encendió la luz. El cuarto olía a cuero viejo y cigarros puros, con un toque de loción cara para después del afeitado. Encima del escritorio descansaban pilas de permisos de construcciones y planos arquitectónicos organizados con pulcritud.

Una pared entera del despacho estaba dedicada a la historia de la familia. Fotografías enmarcadas que la señora McGrath había heredado de sus padres y hasta unas pocas que su esposo había traído cuando emigró de Irlanda. Había una foto del bisabuelo McGrath saludando a la cámara con uniforme de soldado. Al lado, una medalla de guerra enmarcada que habían concedido al abuelo Francis en la Primera Guerra Mundial. La de la boda de los padres de Frankie se encontraba entre el Corazón Púrpura del abuelo Alexander y un recorte de periódico con una imagen del barco en el que había estado destacado al arribar a puerto una vez acabada la guerra. No había fotografías de su padre en uniforme. Para su gran vergüenza, lo habían declarado no apto para el servicio militar. Era algo que lamentaba en privado, solo delante de la familia y únicamente cuando había bebido. Después de la guerra, había convencido al abuelo Alexander de que comenzara a construir viviendas asequibles en San Diego para los veteranos que volvían. El padre de Frankie lo había llamado su «contribución al esfuerzo bélico» y había tenido un éxito espectacular. En las conversaciones siempre se mostraba tan orgulloso de todo lo relacionado con el Ejército que, con el tiempo, todo el mundo en Coronado parecía haber olvidado que él no había servido en las Fuerzas Armadas. Tampoco había fotografías de sus hijos, aún. En opinión del señor McGrath, uno debía ganarse el honor de figurar en esa pared.

A sus espaldas, Frankie oyó que la puerta se abría sin ruido y alguien decía:

—Ay, lo siento. No quería molestar.

Al darse la vuelta, vio a Rye Walsh en el umbral. Tenía un cóctel en una mano y un paquete de cigarrillos Old Gold en la otra. Sin duda, estaba buscando un lugar tranquilo en el que fumar.

—Me escondo de la fiesta —dijo Frankie—. Por lo que se ve, no tengo mucho ánimo de celebración.

Rye entró y dejó la puerta abierta.

—Supongo que yo estoy igual. Es probable que no te acuerdes de mí…

—Joseph Ryerson Walsh, o Rye. Puedo servir para hacer whisky.* —Frankie trató de sonreír. Así era como él se le había presentado el verano anterior—. ¿Por qué te escondes? Si Fin y tú sois uña y carne. A los dos os gusta la fiesta.

Cuando Rye se le acercó, el corazón le dio un pequeño vuelco. Ejercía ese efecto sobre ella desde la primera vez que lo vio, aunque en realidad nunca habían hablado. En ese momento tampoco sabía qué decirle; se sentía un poco desamparada. Sola.

—Voy a echarlo de menos —confesó Rye en voz baja.

Frankie notó el escozor de las lágrimas y, volviendo la cabeza a toda prisa, se quedó mirando la pared de homenaje; él se colocó a su lado. Ambos contemplaron las fotografías y recuerdos de la familia. Hombres de uniforme, mujeres vestidas de novia, medallas al valor y al sufrimiento por la patria, una bandera estadounidense doblada formando un triángulo y enmarcada, que le habían entregado a su abuela paterna.

—¿Cómo es que no hay más fotografías de mujeres que las de las bodas? —preguntó Rye.

—Es la pared de los héroes. Para honrar los sacrificios que nuestra familia ha hecho al servicio del país.

Rye se encendió un cigarrillo.

—Las mujeres pueden ser heroínas.

Frankie rio.

—¿De qué te ríes?

Frankie se dio la vuelta y, enjugándose las lágrimas, balbuceó:

—Yo... Bueno... No lo dirás...

—Sí, lo digo en serio —replicó él, mirándola fijamente. No recordaba que ningún hombre la hubiera mirado así, con tanta intensidad. La dejó sin aliento—. Estamos en 1966. El mundo entero está cambiando.

---

* En inglés, *rye* significa «centeno». *(N. de la T.).*

Horas después, cuando los invitados habían empezado a retirarse, Frankie descubrió que seguía pensando en Rye y en su afirmación.

«Las mujeres pueden ser heroínas».

Jamás le habían dicho algo así. Ni los profesores de Santa Bernadette ni sus padres. Ni siquiera Finley. ¿Por qué jamás se le había pasado por la cabeza que una chica, una mujer, pudiera ocupar un lugar en la pared del despacho de su padre por hacer algo heroico o importante, que una mujer pudiera inventar o descubrir algo o ser enfermera en el campo de batalla, que literalmente pudiera salvar vidas?

La idea fue como un terremoto que puso patas arriba la visión tradicional que tenía del mundo y de sí misma. Durante años, las monjas, los profesores y su propia madre le habían dicho que la de enfermera era una profesión excelente para una mujer.

Maestra. Enfermera. Secretaria. Esos eran los destinos aceptables para una chica como ella. La semana anterior, sin ir más lejos, mientras le contaba a su madre las dificultades que tenía en Biología Avanzada, esta le había respondido con afecto: «¿Qué más dan las ranas, Frances? Solo vas a ejercer hasta que te cases. Y, por cierto, va siendo hora de que empieces a pensar en ello. Deja de dar tanta importancia a las clases y baja el ritmo. ¿A qué graduarse tan pronto? Necesitas salir más con chicos». A Frankie le habían enseñado a creer que su trabajo era ser una buena ama de casa, criar a hijos bien educados y cuidar del hogar. En su colegio católico, había pasado días aprendiendo a planchar ojales a la perfección, a doblar con precisión una servilleta, a decorar una mesa con elegancia. En la San Diego College for Women, la universidad privada femenina en la que estudiaba, tampoco había notado demasiadas señales de rebeldía entre sus compañeras y amigas. Las chicas bromeaban sobre los esfuerzos para conseguir el título de esposa. Ni siquiera Enfermería, la carrera que ella misma había elegido, exigía demasiada introspección; lo importante era sacar buenas notas para que sus padres estuvieran orgullosos.

Mientras los músicos guardaban los instrumentos y los camareros empezaban a retirar las copas vacías, Frankie se quitó las sandalias, salió del jardín y caminó por una desierta Ocean Boulevard, la ancha calle pavimentada que separaba la mansión de sus padres del mar.

A sus pies se extendía la arena dorada de la playa de Coronado. A la izquierda quedaba el famoso Hotel del Coronado y, a la derecha, la enorme Base Aeronaval de North Island, que no hacía mucho había sido reconocida como la cuna de la aviación naval.

La fresca brisa nocturna trató de alborotarle la melena corta y ahuecada, a la altura de la barbilla, pero tenía poco que hacer ante la laca que mantenía cada mechón en su sitio.

Se sentó en la arena fría, se rodeó con los brazos las rodillas dobladas y fijó la vista en las olas. Sobre su cabeza brillaba la luna llena. No demasiado lejos se distinguía el fulgor anaranjado de una hoguera en la playa; el olor del humo impregnaba el aire nocturno.

¿Cómo podía una mujer abrir los horizontes de su mundo? ¿Cómo se emprendía un viaje sin invitación? Para Finley era fácil: a él le habían dado el camino trazado. Solo tenía que hacer lo mismo que habían hecho todos los McGrath y Alexander: servir a su país con honor y luego hacerse cargo del negocio inmobiliario de la familia. Nadie había sugerido a Frankie un futuro más allá del matrimonio y la maternidad.

A sus espaldas oyó risas y pisadas. Una joven rubia se descalzó en la orilla y, salpicando a diestro y siniestro, se metió en el agua. Rye la siguió entre risas, sin molestarse siquiera en quitarse los zapatos. Alguien empezó a cantar desafinando *Walk Like a Man*.

Finley se dejó caer, borracho, junto a Frankie.

—¿Dónde has estado toda la noche, muñeca? Te he echado de menos.

—Hola, Fin —respondió ella en voz baja.

Se apoyó en su hermano y recordó su vida en esa misma playa; de niños, levantaban elaborados castillos de arena y compraban polos cremosos de naranja del traqueteante camión de helados que durante todo el verano subía y bajaba por Ocean Boulevard. Se habían pasado las horas muertas en la tabla de surf, las piernas colgando por los lados, charlando bajo el sol abrasador mientras esperaban la ola perfecta, compartiendo sus secretos más ocultos.

Siempre juntos. Los mejores amigos.

Sabía lo que su hermano necesitaba de ella en ese momento; debía decirle que estaba orgullosa de él y despedirlo con una sonrisa, pero no pudo hacerlo. Jamás se habían mentido y no iba a empezar ahora.

—Fin, ¿estás seguro de ir a Vietnam?

—No preguntes lo que tu país puede hacer por ti, sino lo que tú puedes hacer por tu país.

Frankie suspiró. Finley y ella habían idolatrado al presidente Kennedy. Sus palabras significaban mucho para ellos, así que ¿qué podía responder?

—Ya lo sé, pero...

—No es peligroso, Frankie. Tú confía en mí. Soy graduado de la Academia Naval, un oficial con un puesto tranquilo a bordo de un buque. Volveré en menos que canta un gallo. No te va a dar tiempo ni a echarme de menos.

Todos decían lo mismo: el comunismo era un mal que había que frenar. Eran los años de la Guerra Fría, tiempos peligrosos. Si a un gran hombre como el presidente Kennedy lo disparaba un rojo en Dallas a plena luz del día, ¿cómo iba a sentirse seguro el estadounidense de a pie? Todos estaban de acuerdo en que no se podía permitir que el comunismo prosperase en Asia, y Vietnam era el lugar para cortar su avance.

El noticiario vespertino mostraba soldados sonrientes que marchaban en formación por la selva vietnamita, levantando los pulgares a la cámara. No había derramamiento de sangre.

Finley la rodeó con el brazo.

—Te echaré de menos, chiquitina —dijo. Frankie oyó el temblor de su voz y supo que tenía miedo.

¿Se lo había estado ocultando todo ese tiempo a ella o a sí mismo? Pero allí estaba, el miedo y la preocupación que durante toda la noche había intentado reprimir e ignorar. De repente se había vuelto insoportable. Ya no podía mirar a otro lado.

Su hermano se iba a la guerra.

2

Durante los seis meses siguientes, Frankie escribió a su hermano todos los domingos después de misa. En respuesta recibía divertidas cartas sobre la vida a bordo y las bribonadas de los marineros. Fin le enviaba postales con selvas de un verde exuberante, mares turquesa y playas de arena blanca como la sal. Le hablaba de las fiestas que se celebraban en el club de oficiales y los bares en las azoteas de Saigón, y de los famosos que acudían a animar a las tropas.

En su ausencia, Frankie incrementó su carga lectiva y se graduó antes de lo previsto y con honores. Obtuvo su primer empleo como enfermera recién diplomada en el turno de noche de un pequeño hospital en la cercana San Diego. Había empezado a plantearse dejar la casa de sus padres y alquilar un apartamento sola, un sueño que solo la semana anterior había compartido con Finley. «Piénsalo, Fin. Nosotros dos en un pisito cerca de la playa. Puede que en Santa Mónica. Cómo nos lo íbamos a pasar…».

Los pasillos del hospital estaban desiertos aquella noche fresca de la última semana de noviembre. Ataviada con su almidonado uniforme blanco y con la cofia prendida en la media melena ahuecada con laca, Frankie caminaba tras la enfermera jefe de la guardia, que la condujo a una habitación privada, desprovista de flores o visitas, en la que dormía una joven. Frankie tuvo que oír —una vez más— cómo tenía que hacer su trabajo.

—Adolescente, de Santa Ana —dijo la enfermera jefe antes de formar con los labios la palabra «embarazada», como si en sí misma fuera un pecado.

Frankie sabía que se trataba del hogar para madres solteras, aunque era algo de lo que nadie hablaba: las chicas que dejaban el instituto de repente y regresaban al cabo de unos meses, más calladas y con aspecto solitario.

—Tiene el gotero bajo. Podría...

—Por el amor de Dios, señorita McGrath, ya sabe que aún no está preparada. ¿Cuánto tiempo lleva aquí? ¿Una semana?

—Dos, señora. Y soy enfermera diplomada. Mis notas...

—Me dan igual. A mí lo que me importa son las habilidades clínicas, y de esas anda usted floja. Compruebe las cuñas, rellene las jarras de agua y ayude a los pacientes a ir al baño. Cuando esté lista para algo más, se lo haré saber.

Frankie suspiró en silencio. No había invertido todas aquellas horas, largas y extenuantes, en las mesas de estudio y se había sacado el título antes para cambiar cuñas y ahuecar almohadas. ¿Cómo iba a adquirir las habilidades clínicas que necesitaba para conseguir un trabajo en un hospital de primera categoría?

—Así que compruebe y anote todos los medicamentos intravenosos, por favor. Necesito la información cuanto antes. Venga.

Frankie asintió y comenzó sus rondas nocturnas, yendo de habitación en habitación.

Eran casi las tres de la madrugada cuando llegó a la 107.

Abrió la puerta con cuidado; no quería despertar al paciente sin necesidad.

—¿Ha venido a ver el espectáculo de feria?

Frankie, vacilante, se detuvo.

—Si quiere, puedo volver más tarde...

—Quédese, por favor.

Frankie cerró la puerta y se acercó a la cama. El paciente era un hombre joven de pelo rubio, largo y despeinado, y cara pálida y enjuta. Sobre el labio superior asomaba un bigote ralo, entre rubio y castaño. Parecía un chiquillo de los que una se encontraría cabalgando las olas en Trestles, salvo por la silla de ruedas del rincón.

El contorno de sus piernas, o más bien de su única pierna, se distinguía bajo la manta blanca.

—Puede mirar —dijo—. Es imposible no hacerlo. ¿Quién no se quedaría fascinado frente a un accidente de coche?

—Lo estoy importunando —se disculpó Frankie al tiempo que retrocedía un paso y empezaba a dar media vuelta.

—No se vaya. Van a mandarme al pabellón psiquiátrico por intento de suicidio. Internamiento forzoso o una chorrada por el estilo. Como si ellos supieran lo que estaba pensando. El caso es que usted podría ser la última persona cuerda que vea en un tiempo.

Frankie se movió con cuidado, echó un vistazo al gotero y apuntó los datos en su ficha.

—Tendría que haber usado la pistola —se lamentó el joven.

Frankie no supo qué responder. Jamás había conocido a alguien que hubiera intentado suicidarse. Le parecía maleducado preguntarle por qué, pero también seguir callada.

—Pasé trescientos cuarenta días de misión en el país. Pensaba que volvería a casa indemne. Es una faena que te ocurra cuando estás en tiempo de descuento. —Al ver que Frankie no lo entendía, añadió—: Vietnam. —Suspiró—. Mi chica, Jilly, me esperó, siguió escribiéndome hasta que pisé aquella puñetera Bouncing Betty y perdí la pierna. —Bajó la vista—. Me dijo que me diera tiempo, que me acostumbraría. Eso intento…

—¿Eso le dijo su chica?

—Qué va. Una enfermera en el 12.º Hospital de Evacuación. Si no es por ella, ni lo cuento. Permaneció sentada conmigo mientras se me iba la cabeza. —Miró a Frankie y le tendió la mano—. ¿Se quedará hasta que me duerma, por favor? Tengo unas pesadillas...

—Claro, soldado. No me moveré de aquí.

Frankie aún le tenía cogida la mano cuando se quedó dormido. No dejaba de pensar en Finley y en las cartas que le escribía cada semana, llenas de anécdotas divertidas y descripciones de bellos paisajes. «Deberías ver las sedas y las piedras preciosas que hay por aquí, muñeca. Mamá no pararía de comprar de todo. Y, santo cielo, menudas fiestas montan los marinos». Le repetía una y otra vez que la guerra estaba a punto de terminar. Walter Cronkite decía lo mismo en el noticiario vespertino.

Pero la guerra seguía.

Los hombres morían. Y, por lo visto, perdían piernas.

«Una enfermera en el 12.° Hospital de Evacuación. Si no es por ella, ni lo cuento».

Frankie no se había planteado que hubiera enfermeras en Vietnam; los periódicos no mencionaban a ninguna mujer. Desde luego, nadie hablaba de que las hubiera en la guerra.

«Las mujeres pueden ser heroínas».

Frankie sintió nacer en su interior una especie de despertar, una nueva y audaz ambición.

—Yo podría servir a mi país —le dijo al hombre cuya mano sostenía. La idea era revolucionaria, aterradora, emocionante.

Pero ¿podría? ¿De verdad? ¿Quién podía saber si poseía la fortaleza y el coraje para algo así? Sobre todo siendo mujer, y a la que habían educado para ser una dama, sin que jamás se hubiera puesto a prueba su valentía.

Dejándose llevar por la idea, cerró los ojos y se imaginó anunciándoles a sus padres que se había alistado en la Armada y la mandaban a Vietnam, y escribiéndole una carta a Finley: «¡Un redoble de tambor, por favor, que me he enrolado y embarco para Vietnam! ¡Nos vemos en nada!».

Si lo hiciera ya, podrían estar juntos en el país.

Podría ganarse un lugar en la pared de los héroes, y no por haberse casado bien: por haber salvado vidas en tiempos de guerra.

Sus padres estarían orgullosísimos de ella, tanto como lo estaban de Finley. Durante toda su vida le habían enseñado que servir en el Ejército era un deber familiar.

«Un momento. Piénsatelo, Frankie. Podría ser peligroso».

Pero no acababa de ver el peligro. Ella permanecería a bordo de un buque hospital, lejos de la línea de fuego.

Cuando le soltó la mano al soldado, lo tenía decidido.

Frankie se había pasado la semana anterior planeando hasta la obsesión cómo emplearía el día libre, sin hablarle a nadie de sus intenciones ni buscar consejo. Se había dicho una y otra vez que debía frenar y pensárselo mejor, y lo había intentado; pero la verdad era que sabía lo que quería hacer y no deseaba que nadie la disuadiera.

Tras una ducha rápida, regresó a su dormitorio, diseñado años atrás para una adolescente, con su cama con dosel de volantitos, su moqueta mullida y su empapelado de grandes rosas de Provenza. Escogió uno de los recatados vestidos que su madre solía comprarle. «Prendas de calidad, Frances; así es como una mujer se distingue a primera vista».

Como era de esperar, a esas horas la casa estaba desierta. Su madre estaba jugando al bridge en el club de campo, y su padre, trabajando.

A las 13.25, Frankie se acercó en coche a la oficina de reclutamiento de la Armada más cercana, ante cuya puerta se manifestaba un reducido grupo de opositores a la guerra, coreando eslóganes y blandiendo pancartas que rezaban: LA GUERRA ES PERJUDICIAL PARA LOS NIÑOS Y EL RESTO DE LOS SERES VIVOS o BOMBARDEAR POR LA PAZ ES COMO FOLLAR POR LA VIRGINIDAD.

Dos hombres de pelo largo estaban quemando sus tarjetas de reclutamiento —lo que era ilegal—, jaleados por los demás. Frankie jamás había entendido sus protestas. ¿De verdad creían que con unos cuantos carteles iban a convencer a Johnson para que parara la guerra? ¿Acaso no entendían que, si Vietnam caía ante el comunismo, a continuación iría el resto del Sudeste Asiático? ¿No habían leído sobre lo atroces que podían ser tales regímenes?

Al bajarse del coche, a Frankie le pareció que llamaba muchísimo la atención. Apretó su caro bolsito de piel de cordero azul marino contra el costado mientras se acercaba al grupo, que coreaba: «No, demonios, claro que no iremos».

Los integrantes se volvieron hacia ella y se quedaron callados un instante.

—¡Es una puñetera joven republicana! —gritó alguien.

Frankie se obligó a seguir adelante.

—¡Jo, tío! —dijo otro—. Esa chica tiene que estar majara.

—¡Eh, chavala, no te metas ahí!

Frankie abrió las puertas del centro de reclutamiento. En el interior encontró una mesa bajo un letrero que decía: SÉ UN PATRIOTA, ÚNETE A LA ARMADA. Al otro lado estaba sentado un marino de uniforme.

Frankie cerró tras de sí y se acercó al mostrador de reclutamiento.

Los manifestantes daban golpes en la ventana. Frankie trató de no estremecerse ni delatar miedo o nerviosismo.

—Soy enfermera —dijo, haciendo caso omiso de las voces del exterior—. Me gustaría enrolarme en la Armada y presentarme voluntaria para ir a Vietnam.

El marino lanzó una mirada nerviosa al grupo del exterior.

—¿Cuántos años tiene?

—Veinte, señor. La semana que viene cumplo veintiuno.

—La Armada exige dos años de servicio para poder enviarla a Vietnam. Antes de enrolarse, debe pasar dos años en un hospital en Estados Unidos.

Dos años. Para entonces la guerra habría terminado.

—¿No necesitan enfermeras en Vietnam?

—Ya lo creo.

—Mi hermano está en Vietnam. Quiero… ayudar.

—Lo siento, señora. Las normas son las normas. Créame que es por su propia seguridad.

Decepcionada, que no desalentada, Frankie salió del centro de reclutamiento —acelerando al pasar entre los manifestantes, que le gritaron groserías— y buscó una cabina de teléfonos; una vez en ella, consultó en el listín telefónico de Los Ángeles la dirección del centro de la Fuerza Aérea más cercano. Una vez allí, le respondieron lo mismo, que le hacía falta acumular más experiencia en el país antes de que la enviaran a Vietnam.

En el centro de reclutamiento del Ejército de Tierra, por fin le dijeron lo que quería oír: «Claro, señora. El Cuerpo de Enfermeras del Ejército necesita personal. Podemos mandarla en cuanto acabe la formación básica».

Frankie firmó sobre la línea de puntos y así, sin más, se convirtió en la teniente segunda Frances McGrath.

3

Para cuando Frankie volvió a la isla, las farolas ya se estaban encendiendo. El centro de Coronado estaba engalanado para las fiestas con luces y guirnaldas; varios Santa Claus de barba blanca y traje rojo hacían sonar sus campanillas delante de las tiendas. Copos de nieve iluminados colgaban de cables tendidos sobre la calle.

Al entrar en casa, encontró a sus padres en el salón, vestidos para cenar. Su padre estaba de pie en el mueble bar, hojeando el periódico; su madre, sentada en su sillón favorito junto a la chimenea, fumando un cigarrillo y leyendo una novela de Graham Greene. La casa estaba decorada para celebrar la Navidad con todo un despliegue de luces y un árbol de tres metros.

El señor McGrath cerró el periódico en cuanto la vio entrar y le sonrió.

—Hola, chiquitina.

—Tengo una noticia que daros —anunció Frankie, a punto de explotar de la emoción.

—Has conocido a un chico que te gusta —dijo su madre al tiempo que cerraba la novela—. Por fin.

Frankie se quedó parada.

—¿Un chico? No.

—Frances —su madre frunció el ceño—, la mayoría de las chicas de tu edad...

—Mamá —la interrumpió Frankie con impaciencia—, estoy intentando deciros algo importante. —Inspiró hondo y añadió—: Me he alistado en el Ejército. En el Cuerpo de Enfermeras. Ahora soy la teniente segunda McGrath. Me voy a Vietnam. ¡Compartiré con Finley parte de su aventura!

—No tiene ninguna gracia, Frances —la reprendió su madre.

Su padre se quedó mirando a Frankie sin sonreír.

—No creo que esté de broma, Bette.

—¿Que te has alistado? —repitió la señora McGrath con lentitud, como si aquellas palabras pertenecieran a un idioma desconocido que intentaba pronunciar.

—Os haría el saludo reglamentario, pero aún no sé. Empiezo la formación básica dentro de tres semanas. En el fuerte Sam Houston. —Frankie arrugó el entrecejo. ¿Por qué no la felicitaban?—. Los McGrath y los Alexander siempre han servido al país. Os llevasteis un alegrón cuando Finley se alistó voluntario.

—Al país lo sirven los hombres —replicó el señor McGrath con sequedad—. Los hombres. —Se quedó callado un momento—. Espera. ¿Has dicho el Ejército? ¿De Tierra? Nuestra familia siempre ha pertenecido a la Armada. Coronado es una isla de la Marina.

—Ya lo sé, pero no me dejaban ir a Vietnam hasta que hubiera pasado dos años en un hospital de aquí —explicó Frankie—. Y lo mismo con la Fuerza Aérea. Dicen que no tengo suficiente experiencia. El único que me dejaba ir nada más acabar la formación básica militar era el Ejército de Tierra.

—Por todos los santos, Frankie —dijo su padre, pasándose una mano por el pelo—. Si existen esas normas es por algo.

—Échate atrás. Anúlalo. —La señora McGrath miró a su marido y se puso en pie lentamente—. Por Dios, ¿qué vamos a decirle a la gente?

—¿Que qué vais a…? —Frankie no entendía nada. Actuaban como si se avergonzaran de ella. Pero… no tenía sentido—. ¿Cuántas veces nos has reunido en tu despacho para hablar de la hoja de servicios de la familia, papá? No parabas de decir lo mucho que habrías querido luchar por el país. Pensaba que…

—Él es un hombre —la cortó su madre—. Y se trataba de Hitler. Y de Europa. No de un país que nadie es capaz de situar en el mapa. Hacer una estupidez no es patriótico, Frances. —Los ojos se le llenaron de lágrimas, que enjugó con un manotazo impaciente—. Ya ves, Connor, la consecuencia de tus enseñanzas. Es una creyente. Una patriota.

Al oír el reproche de su esposa, el señor McGrath salió del salón, dejando un rastro de humo tras él.

Frankie se acercó a su madre y trató de tomarle la mano, pero esta se apartó rauda sin dejar que la tocara.

—¿Mamá?

—No debería haber permitido que tu padre te llenase la cabeza de pájaros con tanta anécdota. Hacía que las historias bélicas de la familia sonaran demasiado… épicas. Aunque ninguna era suya, ¿verdad? Él no pudo servir en el Ejército, así que lo convirtió en… Ay, por el amor de Dios, qué más da todo eso ahora. —Apartó la vista—. Recuerdo cuando mi padre volvió de la guerra. Estaba destruido, apenas se tenía en pie. Y las pesadillas. Te juro que es lo que le mató antes de tiempo. —Se le quebró la voz—. ¿Y tú te piensas que vas a ir allí a estar con tu hermano y correr aventuras juntos? ¿Cómo puedes ser tan idiota?

—Soy enfermera, mamá, no soldado. El reclutador dijo que estaré destacada en un gran hospital, lejos del frente. Me prometió que vería a Finley.

—¿Y tú te lo creíste? —Su madre dio una larga calada de cigarrillo. Frankie vio cómo le temblaba la mano—. ¿Es definitivo?

—Es definitivo. En enero empezaré la formación básica militar y en marzo me embarcaré para pasar un año de servicio. Estaré en casa para mi cumpleaños la semana que viene y en Navidad. Me aseguré de ello. Sé lo mucho que os importa.

Su madre se mordió el labio y asintió con lentitud. Frankie vio que trataba de controlar sus emociones, de mantener la serenidad. De repente la agarró de los brazos y la estrechó con tanta fuerza que no la dejaba ni respirar. Frankie se aferró a su madre y hundió el rostro entre su cabello peinado con laca.

—Te quiero, mamá —dijo.

Esta se echó hacia atrás, se limpió las lágrimas y lanzó una mirada dura a su hija.

—Ni se te ocurra ser una heroína, Frances Grace. Me da igual lo que te hayan enseñado o las historias que te hayan contado los hombres como tu padre. Tú mantén la cabeza baja, aléjate del peligro y ve con cuidado. ¿Me oyes?

—Te lo prometo. Estaré bien.

En ese momento sonó el timbre.

Era un sonido distante, apenas audible por encima de la combinación de su respiración y las palabras no pronunciadas que flotaban en el silencio que se extendía entre ellas.

La señora McGrath volvió la vista hacia el vestíbulo.

—¿Quién será?

—Voy a ver —dijo Frankie.

Dejó a su madre sola en el salón. Una vez en el vestíbulo, Frankie rodeó la reluciente mesa de palisandro que sostenía una enorme maceta con una orquídea blanca y abrió la puerta.

Dos oficiales de la Marina uniformados esperaban en posición de firmes.

Frankie llevaba toda la vida en la isla de Coronado, viendo aviones y helicópteros pasar rugiendo por encima de su cabeza y marinos corriendo en fila por la playa. En cada fiesta o reunión, alguien contaba una batallita de la Segunda Guerra Mundial o de Corea. El cementerio local estaba lleno de hombres del lugar caídos por el país.

Sabía lo que significaba la presencia de aquellos oficiales en el umbral.

—Por favor —musitó con ganas de retroceder y cerrar la puerta.

Oyó pasos de tacones sobre el parquet a sus espaldas.

—¿Frances? —dijo su madre, situándose a su lado—. ¿Qué...?

Al ver a los dos oficiales, la mujer ahogó un grito silencioso.

—Lo siento, señora —dijo uno de los oficiales al tiempo que se quitaba la gorra y se la colocaba bajo el brazo.

Frankie quiso tomarle la mano a su madre, pero esta se desasió.

—Entren —los invitó a pasar con voz ronca—. Querrán hablar con mi esposo...

«Señora, lamentamos comunicarle que el alférez Finley McGrath ha muerto en combate».

«Abatido... en un helicóptero...».

«No hay restos... ni supervivientes».

No hubo respuesta para las preguntas, tan solo un «es la guerra, señor» en voz baja, como si aquello lo justificara todo. «No es fácil obtener respuestas».

Frankie sabía que las extraordinarias imágenes de aquella tarde quedarían grabadas para siempre en su mente: su padre, con la cabeza alta y las manos temblorosas, sin mostrar signo alguno de emoción hasta que uno de los oficiales llamó héroe a su hijo, con la voz serena mientras se interesaba por los detalles, como si estos importaran: ¿dónde, cuándo, cómo? Su madre, siempre tan fría y elegante, acurrucada en el sillón mientras su cabello cuidadosamente peinado se iba desmoronando, sin dejar de repetir una y otra vez: «¿Cómo es posible, Connor? Si dijiste que casi no era una guerra».

Frankie no creía que sus padres se dieran cuenta cuando se escabulló de la mansión y atravesó Ocean Boulevard para ir a sentarse sobre la arena helada.

¿Cómo lo habían abatido? ¿Qué hacía el asistente de un oficial en un helicóptero? ¿Y qué significaba que no había restos? ¿Qué iban a enterrar entonces?

Volvió a notar cómo se le anegaban los ojos al recordar a su hermano en esa misma playa, corriendo hacia el oleaje, cogiéndole la mano, enseñándole a flotar de espaldas y a nadar, llevándola a ver *Psicosis* cuando su madre se lo había prohibido expresamente, pasándole a hurtadillas un botellín de cerveza el Cuatro de Julio. Cerró los ojos y dejó que fluyeran las imágenes; recordó la vida a su lado, las peleas y las riñas. La primera visita a Disneylandia, los paseos en bici en verano y las carreras que echaban hasta el árbol la mañana de Navidad: siempre la dejaba ganar. Era su hermano mayor.

«Se ha ido».

¿Cuántas veces habían estado Fin y ella allí fuera, corriendo por la playa, pedaleando de vuelta a casa ya de noche, guiados por las farolas, riendo, dándose empujones, extendiendo los brazos y creyéndose valientes por montar sin manos?

Qué libres se habían sentido. Invencibles.

Sintió una presencia a sus espaldas y oyó pasos sobre la playa. La señora McGrath se sentó en la arena a su lado, dejándose caer los últimos centímetros.

—Dicen que deberíamos enterrar las botas y el casco de otro hombre en el ataúd de mi hijo —terminó por decir. El labio inferior le sangraba un poco: se lo había mordido. Se rascó una marca roja en el cuello.

—Un funeral… —musitó Frankie, que hasta entonces ni siquiera había pensado en ello. Dolientes de negro, sentados en los bancos, el padre Michael hablando sin parar, contando anécdotas divertidas sobre Finley, de sus días de monaguillo rebelde, cuando lavaba los soldaditos de juguete en la pila bautismal. ¿Cómo iban a soportarlo?

Un ataúd vacío. «No hay restos».

—No te vayas —dijo su madre con voz queda.

—Estoy aquí, mamá.

Su madre se giró.

—Me refiero a… Vietnam.

«Vietnam». De pronto la palabra sonaba a desastre.

—Tengo que hacerlo —respondió Frankie.

No paraba de darle vueltas desde que se había enterado de la muerte de su hermano: cómo librarse de su compromiso con el Ejército, cómo quedarse en casa con sus padres, llorar con ellos y mantenerse a salvo.

Pero era demasiado tarde. Había firmado, había hecho una promesa.

—No tengo elección, mamá. No puedo echarme atrás. —Se volvió hacia ella—. Dame tu bendición, por favor. Necesito que me digas que estás orgullosa de mí.

Por un instante, Frankie vio el dolor que sentía su madre, que le arrebataba el rubor de las mejillas y el color de la piel. Estaba pálida, desvaída. Se quedó mirándola con los ojos azules apagados, exánimes.

—¿Orgullosa de ti?

—No tienes que preocuparte por mí, mamá. Volveré. Te lo prometo.

—Esas fueron las últimas palabras de tu hermano —contestó su madre con la voz rota.

La mujer se quedó inmóvil un momento, como si fuera a hablar. En cambio, se puso lentamente de pie, le dio la espalda a Frankie y echó a andar por la arena.

—Lo siento —musitó esta en voz demasiado baja como para que la oyera, pero ¿qué más daba?

Era demasiado tarde para las palabras.

Demasiado tarde para desdecirse.

4

Frankie destacó por su excelencia durante la instrucción. Además de aprender a marchar en formación (trabajo en equipo) y a ponerse con rapidez las botas de combate y la máscara antigás (una no sabía cuándo iban a despertarla en mitad de la noche para una emergencia; en zona de guerra había que moverse a toda velocidad), aprendió a entablillar, a desbridar una herida, a transportar una camilla y a poner una vía. Era capaz de enrollar las vendas más rápido que cualquier otro recluta.

En marzo estaba más que lista para poner a prueba las habilidades adquiridas. Había preparado y comprobado el enorme petate que le había proporcionado el Ejército, a rebosar con el chaleco antimetralla, el casco M1, las botas de combate, el kit de soldado, el uniforme blanco de enfermera y una guerrera.

Y ahora, por fin, ponía rumbo a Vietnam. Horas después de aterrizar en Honolulú, embarcó en un avión de transporte militar destinado al país. Era la única mujer a la cabeza de una fila de doscientos cincuenta y siete soldados de uniforme.

A diferencia de los hombres, ataviados con sus cómodos uniformes de campaña verde oliva y el pantalón remetido por dentro de las botas negras, Frankie tenía que viajar con su uniforme de diario: guerrera verde, falda recta, medias de nailon, lustrosos zapatos de tacón y gorro de cuartel. Y, debajo de todo aquello, un liguero reglamentario para que no se le bajaran las medias. Si ya era incómodo cuando salió de Texas y se subió al avión, veintidós horas después era directamente doloroso. Le parecía ridículo que en los tiempos que corrían no pudiera llevar panties.

Guardó el bolso de viaje nuevo en el compartimento superior y se sentó junto a la ventanilla. Al hacerlo, una de las ligas se le soltó y le azotó el muslo como si fuera un elástico. Le costó volver a colocársela sin levantarse.

Los soldados pasaban a su lado, riendo, charlando y dándose empujones. Muchos de ellos parecían de su edad o incluso menores. La mayoría tendría dieciocho o diecinueve años.

Un capitán con el uniforme de campaña manchado y arrugado se detuvo junto a su fila.

—¿Le importa si me siento aquí, teniente?

—En absoluto, mi capitán.

Se acomodó junto al pasillo. Incluso con el uniforme se percibía lo delgado que estaba. Las arrugas se hundían en la piel de sus mejillas. La ropa despedía un vago y desagradable tufillo a moho.

—Norm Bronson —se presentó con una sonrisa cansada.

—Frankie McGrath, enfermera.

—Que Dios la bendiga, Frankie. Buena falta nos hacen.

El avión echó a andar, despegó de la pista y se elevó entre las nubes.

—¿Cómo es? —preguntó Frankie—. Vietnam, digo.

—No hay palabras suficientes. Podría pasarme el día contándole cómo es y aun así no estaría preparada. Pero aprenderá enseguida. Usted solo mantenga la cabeza baja —concluyó antes de recostarse y cerrar los ojos.

Frankie nunca había visto a nadie dormirse tan rápido.

Cogió el bolso de mano reglamentario negro, sacó el paquete de información y lo releyó por enésima vez. La repetición y los datos siempre la calmaban, y estaba decidida a ser tan ejemplar como soldado como lo había sido como estudiante. Era la única manera de demostrarles a sus padres que había sido inteligente al alistarse, valiente incluso; el éxito era importante para ellos.

Había memorizado las ubicaciones de todas las comandancias y hospitales, subrayándolas en amarillo sobre el mapa de Vietnam. Además, se había aprendido todas las normas de conducta. Había reglas sobre comportamiento individual, sobre seguridad en la base, sobre vestimenta y manejo de armas de fuego, para mostrar en todo momento el orgullo de ser soldado.

Para ella, todo tenía sentido en el Ejército. Si había normas era por algo, y una las seguía para mantener el orden y ayudar a los demás. El sistema estaba diseñado para igualar a todos los soldados, hombres y mujeres. Para hacer equipo. Por lo visto, encajar, formar parte de algo mayor, conocer tu trabajo y hacerlo sin rechistar podía hasta salvarte la vida. Y a ella le resultaba cómodo todo aquello.

Como le había dicho a su madre una y otra vez, se iba a la guerra, pero no del todo, no como los hombres en ese avión. Ella no estaría a tiro, en la línea de fuego. Ella iba a Vietnam a salvar vidas, no a arriesgar la suya. Las enfermeras militares trabajaban en grandes edificios relucientes, como el Tercer Hospital de Campo de Saigón, protegido por una alta valla y lejos del frente.

Frankie se arrellanó y, cerrando los ojos, dejó que el rumor de los motores la arrullara y calmara. Oyó el murmullo de los hombres que hablaban y reían, el chasquido y el siseo de las Coca-Colas al abrirse, el olor de los sándwiches que se repartían. Se imaginó a Finley a su lado en el avión, cogiéndole la mano; por un segundo, olvidó que ya no estaba y sonrió. «Voy a verte», pensó, pero entonces se le desvaneció la sonrisa.

Mientras se quedaba dormida, le pareció oír al capitán Bronson farfullar en voz baja: «Mandan unos puñeteros bebés...».

Cuando Frankie despertó, lo único que rompía el silencio en la cabina de pasajeros era el sonido de los motores a reacción. Habían bajado la mayoría de las persianas de las ventanillas. Las pocas luces de techo encendidas arrojaban una luz plomiza sobre los hombres que llenaban el avión.

Las risas, la algarabía y las payasadas que habían protagonizado la mayor parte del vuelo de Honolulú a Saigón se habían acabado. El aire parecía más pesado, más difícil de introducir en los pulmones y de expulsar al exhalar. Los nuevos reclutas —reconocibles por el uniforme de campaña tan verde y con las dobleces marcadas— estaban agitados, nerviosos. Frankie vio cómo se miraban unos a otros con sonrisa crispada. Los demás, militares con cara de cansancio y uniforme gastado, hombres como el capitán Bronson, estaban casi demasiado callados. Este, al lado de Frankie, abrió los ojos. Fue el único cambio que delató el paso del sueño a la vigilia: una simple mirada.

De repente, el avión se tambaleó, o quizá fue una sacudida, pero pareció inclinarse hacia un lado. Cuando empezó a descender en picado, Frankie se golpeó la cabeza con la bandeja del respaldo del asiento que tenía delante. Se abrieron los compartimentos superiores y docenas de bolsos cayeron al pasillo, incluido el suyo.

Frankie se agarró al reposabrazos; el capitán Bronson le cubrió la mano con la suya, áspera y nudosa.

—No pasa nada, teniente.

El avión planeó, se estabilizó y emprendió el ascenso con un ángulo muy pronunciado. Frankie oyó una detonación y algo se le rompió por dentro.

—¿Nos están... disparando? —preguntó—. ¡Ay, madre!

El capitán Bronson rio divertido.

—Sí, es que les encanta. Pero no se preocupe. Daremos vueltas un rato y probaremos a aterrizar de nuevo.

—¿Aquí? ¿No deberíamos ir a algún otro sitio?

—¿Con este bicharraco? Qué va. No hay otra que Tan Son Nhut, teniente. Están esperando a los PN que llevamos a bordo.

—¿Los PN?

—Los putos novatos. —Sonrió—. Y una enfermera joven y guapa. Nuestros muchachos despejarán el aeropuerto en un santiamén. Usted no se preocupe.

El avión voló en círculos hasta que a Frankie le dolieron los dedos de tanto agarrarse a los reposabrazos. Al otro lado de la ventanilla se distinguían explosiones anaranjadas y rojizas, estelas rojas atravesando el cielo oscuro.

Al fin, el avión se puso en posición y el piloto habló por el altavoz: «Vale, amantes del riesgo, vamos a intentarlo de nuevo. Abrochaos los cinturones».

Como si Frankie se lo hubiera desabrochado...

El avión descendió. A Frankie se le taponaron los oídos y, cuando quiso darse cuenta, habían aterrizado de golpe en la pista y ya estaban frenando hasta detenerse.

«Los oficiales de mayor rango y las mujeres desembarcarán primero», se oyó anunciar por el altavoz.

Los oficiales esperaron a que Frankie saliera. Ella habría deseado que no lo hicieran. No quería ser la primera en desembarcar. Aun así, cogió el bolso de viaje tirado en el pasillo y se lo echó —junto con el bolso de mano— al hombro izquierdo, dejándose la mano derecha libre para hacer el saludo.

Al abandonar el avión, la envolvió el calor. Y el olor. Por todos los santos, ¿qué era? Queroseno..., humo..., pescado... y, la verdad, una peste que debía de ser de excrementos o algo así. La cabeza empezó a dolerle por detrás de los ojos. Bajó por la escalerilla, al final de la cual había un soldado de pie en la oscuridad, iluminado por las luces de un edificio distante. Frankie apenas distinguió su cara.

A lo lejos, a la izquierda, algo explotó en llamaradas naranjas.

—¿Teniente McGrath?

Ella no pudo más que asentir. El sudor le corría por la espalda abajo. ¿Estaban bombardeándolos allí mismo?

El soldado le pidió que lo siguiera y la condujo por la pista acribillada y llena de baches, más allá de la terminal, hasta un autobús escolar pintado por completo de negro, incluidas las ventanas cubiertas por una especie de malla metálica.

—Usted es la única enfermera que llega hoy. Tome asiento y espere. No salga del autobús.

El interior era como una sauna y el hedor —a pescado y a heces— le dio arcadas. Frankie se sentó en la fila intermedia, junto a una de las ventanas cegadas. Era como estar sepultada en vida.

Momentos después, un soldado negro con uniforme de campaña y un M16 se subió al asiento del conductor. Las puertas chirriaron al cerrarse y los faros delanteros, en cuanto se encendieron, horadaron una cuña dorada en la oscuridad a su alrededor.

—No se ponga tan cerca de la ventana —dijo el hombre antes de pisar el acelerador—. Granadas.

«¿Granadas?».

Frankie se deslizó unos centímetros por el asiento. Sentada perfectamente erguida, en aquella fétida oscuridad, daba tantos botes que creyó que iba a vomitar.

El autobús por fin bajó la velocidad; a la luz de los faros distinguió unas verjas vigiladas por policías militares estadounidenses. Uno de ellos habló con el conductor, luego volvió a su puesto. Las verjas se abrieron y pudieron franquearlas.

Poco después, el autobús volvió a detenerse.

—Hemos llegado, mi teniente.

Frankie sudaba tanto que tuvo que limpiarse los ojos.

—¿Cómo?

—Se tiene que bajar aquí.

—¿Qué? ¡Ah!

De pronto se percató de que no había recogido su equipaje; le faltaba el petate.

—Mi pet...

—Se lo mandarán.

Frankie recogió el bolso de mano y el de viaje, y se dirigió a la puerta.

Había una enfermera de pie en el barro, vestida con un uniforme blanco, de la cofia a los zapatos, esperándola. ¿Cómo diantres se podía mantener limpio? Detrás se encontraba la entrada a un gigantesco hospital.

—Tiene que bajarse del autobús, señora —dijo el conductor.

—Ay, sí.

Frankie puso los pies en el barro espeso y empezó a hacerle el saludo marcial. La enfermera, agarrándola de la muñeca, se lo impidió.

—Aquí no. A Charlie* le encanta cargarse oficiales. —Señaló un jeep estacionado—. La llevará a su alojamiento temporal. Preséntese mañana en Administración a las siete de la mañana para su orientación inicial.

Frankie tenía demasiadas preguntas para escoger solo una y, además, le dolía la garganta. Aferrándose a los bolsos, caminó hasta el jeep, se subió y se sentó detrás.

La conductora pisó el acelerador tan a fondo que Frankie se sintió empujada contra el asiento y la punta de un muelle de metal se le clavó en el trasero. El tráfico nocturno en la base iba a rachas. Los retazos de luz le permitieron ver alambres de espino y sacos terreros dispuestos alrededor de edificaciones de madera, hombres armados montando guardia en lo alto de torres, soldados armados caminando por las calles en uniforme de campaña. Un gran camión cisterna se detuvo a su lado, retumbante, y las adelantó. Las bocinas no dejaban de sonar, ni los hombres de gritarse unos a otros.

Al llegar a un nuevo puesto de control, con aspecto de haberse improvisado con bidones, bobinas de alambre de espino y una

---

* Nombre con el que los militares estadounidenses se referían al Vietcong (del acrónimo VC: Victor Charlie o simplemente Charlie). *(N. de la T.).*

valla alta de tela metálica, el soldado que montaba guardia les dio paso con un gesto de la mano.

Por fin llegaron a otra valla, coronada por una alambrada de concertina. El jeep frenó y se detuvo. La conductora se inclinó y le abrió la puerta de un empujón.

—Su parada, teniente.

Frankie frunció el ceño. No era fácil apearse del jeep con una falda recta.

—Es ese edificio. Segunda planta, 8A.

Tras la alta valla de forja vio lo que a primera vista parecía una cárcel abandonada. Las ventanas estaban tapadas con planchas de contrachapado y a los muros les faltaban grandes pedazos. Antes de que Frankie pudiera preguntar adónde debía ir, el jeep ya estaba dando marcha atrás, haciendo sonar el claxon a algo y alejándose a toda velocidad.

Fue hasta la verja, que chirrió al abrirse, y accedió a un patio delantero cubierto de malas hierbas en el que unos niños escuálidos jugaban con un balón medio deshinchado. Una anciana vietnamita, acuclillada junto a la valla, vigilaba algo que se cocinaba sobre una fogata.

Frankie siguió un maltrecho camino hasta la puerta principal y penetró en el edificio. En el interior, varios apliques de gas proyectaban una luz titilante contra las paredes. Una mujer con uniforme de campaña la esperaba en la entrada en penumbra.

—¿Teniente McGrath?

«Gracias a Dios».

—Sí.

—Le enseñaré su cuarto. Sígame. —La mujer recorrió un pasillo lleno de catres y subió por unas escaleras combadas hasta llegar a una habitación en la segunda planta, que más bien era un cubículo. En el cuarto apenas cabían las literas y solo había una cómoda. El edificio antaño debía de haber albergado un convento o un colegio—. Su orientación inicial comienza mañana a las siete en punto. Preséntese en Administración.

—Pero...

La mujer se dirigió a la puerta y la cerró tras de sí.

Oscuridad.

Frankie palpó a su alrededor buscando un interruptor y, en cuanto lo encontró, lo encendió.

Nada.

Volvió a abrir la puerta, agradecida por la tenue luz ambiental procedente de las lámparas de gas en el pasillo. Salió a buscar un cuarto de baño; el que encontró tenía manchas de óxido en el inodoro y el lavabo. Abrió el grifo, del que salió un débil hilo de agua templada, y se lavó la cara antes de beber un trago.

Una mujer con una camiseta verde oliva y pantalón corto entró y, al ver a Frankie, frunció el ceño.

—Luego se arrepentirá, teniente. Nunca beba agua del grifo.

—Ah. Soy nueva... en el país.

—Sí —respondió la mujer, mirándole la falda del uniforme—. Ya se nota, ya.

Los retortijones la despertaron en plena noche. Corrió por el pasillo hasta el retrete y cerró la puerta de golpe. En su vida había tenido una diarrea así. Fue como si todo lo que hubiera comido el mes anterior saliera en tromba de su cuerpo y, cuando ya no le quedaba nada dentro, volvieron los retortijones.

No se le aliviaron con el amanecer. Comprobó la hora, se acurrucó y siguió durmiendo. A las seis y media se levantó con las piernas temblorosas y a duras penas consiguió abrocharse el uniforme. El liguero era una tortura.

Fuera, el patio infestado de maleza estaba lleno de niños vietnamitas de brazos raquíticos que la miraron en silencio. De una cuerda colgaban docenas de uniformes de campaña verdes puestos a secar.

Empujó la verja y atravesó a pie la enorme y bulliciosa base, formada por un conjunto desordenado de edificios, tiendas, casuchas y caminos sin un solo árbol a la vista. Era evidente que el lugar había sido creado con bulldozers. Frankie vio familias enteras subidas en bicitaxis, viejos coches arrastrados por búfalos de agua y docenas de vehículos del Ejército compitiendo por llegar los primeros a alguna parte. Un jeep la salpicó al pasar junto a ella mientras el conductor avisaba con el claxon a los niños que estaban a un lado del camino y al búfalo que rumiaba un poco más allá.

Nadie se fijó en la mujer vestida con uniforme de diario que caminaba despacio, tratando de no vomitar.

Frankie tardó casi una hora en encontrar el edificio de Administración, situado cerca del pabellón A del extenso Tercer Hospital de Campo, por el que enfermeras de blanco almidonado se movían en grupos, a veces a la carrera, y los anuncios retumbaban a través de unos altavoces negros.

Llamó a la puerta del despacho de Administración, que estaba cerrada, y al oír: «Adelante», entró.

En el interior, hizo el saludo reglamentario a la delgada coronel sentada al escritorio frente a ella. Al levantar la vista, la mujer alzó la barbilla con un movimiento rápido, como un pájaro, que le ladeó el ángulo perfecto de las gafas de ojo de gato. El modo en que suspiró al ver entrar a Frankie no era demasiado prometedor.

—¿Y usted es…?

—Teniente segunda Frances McGrath, mi coronel.

La mujer hojeó entre sus papeles.

—La han asignado al 36.º Hospital de Evacuación. Sígame —concluyó al tiempo que se ponía de pie como por un resorte y pasaba junto a Frankie camino de la puerta.

Esta hizo un esfuerzo por seguirle el paso, esperando que no le sobreviniera otro acceso de diarrea.

La coronel la condujo por entre el trasiego del personal hasta un helipuerto redondo y blanco con una cruz roja pintada en el centro, donde esperaba un helicóptero. La coronel le mostró los pulgares hacia arriba al piloto, que de inmediato puso en marcha el motor. Los enormes rotores, que empezaron a girar con lentitud, formaron una ráfaga de aire caliente que le dio en plena cara.

—Tengo... preguntas, mi coronel —balbuceó Frankie.

—A mí no me las cuente, teniente. Venga, que el piloto no tiene todo el día.

La coronel obligó a Frankie a inclinarse y la empujó hacia el helicóptero en marcha.

Por el lado abierto, un soldado le agarró la mano y tiró de ella para que entrara, antes de empujarla hacia el asiento de tela situado en la parte trasera.

—Sujétese —le gritó al tiempo que el aparato se levantaba en el aire para luego bajar el morro y sobrevolar la enorme base estadounidense antes de enfilar hacia el caos de Saigón.

El estómago de Frankie se rebeló ante el movimiento.

Aquello no parecía seguro. ¿Dónde estaban las armas? ¿Cómo iban a disparar al enemigo dado el caso? Oyó una explosión en alguna parte y el helicóptero, sacudido, dio un bandazo. Frankie se tapó la boca con la mano y rezó por no ponerse a vomitar allí mismo.

Otra explosión. Un ráfaga de disparos. El helicóptero no paraba de sacudirse; traqueteaba como un millar de tornillos en una caja metálica.

Frankie sobrevivió a aquel vuelo aterrador a fuerza de inspirar hondo. A menudo era lo único que podía hacer para no chillar. Y entonces, como por milagro, empezaron a descender hacia un helipuerto.

Al posarse, el copiloto volvió la vista hacia Frankie.

—¿Mi teniente?

—¿Qué? —gritó Frankie.

—Tiene que bajarse.

—Ah, sí.

Era incapaz de moverse.

El soldado que la había ayudado a subirse, un asistente sanitario, tiró de ella para levantarla del asiento y la empujó hacia la puerta abierta. Una teniente primera, con el uniforme de campaña manchado, los esperaba un poco más allá, mirándolos mientras se sujetaba el chambergo con la mano.

El sanitario arrojó el bolso de viaje de Frankie al suelo, que cayó a los pies de la mujer.

—¿Señora? —la conminó el sanitario con impaciencia.

«Salta, Frankie».

Con zapatos de tacón.

Golpeó el suelo con tanta fuerza que se le doblaron las rodillas. Se agachó a toda prisa a recoger el bolso de mano, que se le había caído. Respiró hondo, haciendo caso omiso del dolor, se irguió lentamente y se dispuso a cuadrarse y saludar.

—Teniente segunda McGrath, a sus órdenes.

—Eso aquí no —respondió la teniente primera—, que me gustaría sobrevivir. Soy Patty Perkins, enfermera quirúrgica —dijo, agarrando a Frankie y enderezándola antes de soltarla de golpe y echar a andar.

—Bienvenida al 36. El hospital de evacuación tiene cuatrocientas camas y nos encontramos en la costa, a unos cien kilómetros de Saigón. Eres una de las nueve enfermeras del personal, además de los enfermeros varones y los asistentes sanitarios. Nosotros hacemos que esto funcione —le gritó la teniente primera—. Se considera uno de los lugares más seguros. La zona desmilitarizada está al norte, por lo que el combate aquí es mínimo. Ofrecemos cuidados a los HEG evacuados…

A Frankie le costaba seguir la conversación.

—¿HEG?

—Heridos de extrema gravedad. Aquí vas a ver de todo, desde lepras hasta amputaciones y mordeduras de rata, pasando por lo que queda de un soldado tras pisar una mina terrestre. La mayoría de las heridas precisan de tratamiento básico diferido, o TBD, lo que significa que limpiamos y desbridamos las heridas, pero no las cerramos. Esa va a ser tu tarea fundamental. La mayoría de los heridos son de hace tres días o menos. De aquí, los que tienen suerte van al Tercer Hospital de Campo de Saigón para someterse a un tratamiento más especializado; los que tienen un poco menos regresan con su unidad, y los que no tienen ninguna vuelven a casa en una caja. Vamos, teniente. —La mujer la condujo entre una serie de barracones Quonset—. Ahí están Urgencias, la sala de Preoperatorio, los dos quirófanos, la de Postoperatorio, la UCI y Neuro. —Siguió andando—. Ese es el comedor. Los oficiales comen a la derecha. Preséntate mañana ante la mayor Goldstein en Administración a las ocho. Es la enfermera jefe. —Se detuvo con brusquedad delante de una fila de edificaciones de madera idénticas, cuya mitad inferior estaba protegida por pilas de sacos terreros—. Esta es tu cabaña. Las duchas y las letrinas están por ahí. Dúchate rápido, que a los pilotos les gusta sobrevolarlas para fisgonear. —Patty sonrió y le tendió dos frascos de pastillas—. Malaria y diarrea. Tómatelas religiosamente. Y no bebas agua a menos que sea de una bolsa Lyster o un jerricán. Si quieres, te puedo enseñar...

Patty se paró en seco, ladeó la cabeza y aguzó el oído. Al cabo de un momento, Frankie oyó ruido de helicópteros.

—Mierda —soltó Patty—. Ya llegan. Te dejo, McGrath. Tú ve instalándote.

Con una sonrisa de ánimo, le dio una palmadita en el hombro y se alejó a toda prisa. Frankie oyó el tableteo de decenas de botas corriendo por las rampas de madera a lo largo y ancho de la base.

De pronto se sintió abandonada.

—¡Arriba ese ánimo, McGrath! —se dijo en voz alta.

Abrió la puerta de su cabaña, subió el escalón y entró en un cuarto oscuro, mohoso e infecto, de unos cinco por diez metros, dividido en tres cubículos independientes, cada uno con su camastro de lona y metal verde, una mesilla improvisada y una lámpara. Una malla verde oliva colgaba a jirones de las feas paredes de contrachapado. Sobre uno de los catres había fotografías en color clavadas con chinchetas: una pareja delante de una cuadra roja, un hombre de pelo a cepillo apoyado en el capó de una camioneta Chevrolet, el mismo hombre entre una niña pelirroja y un enorme caballo negro. Encima del otro había pósters de Malcolm X, Muhammad Ali y Martin Luther King. El tercer catre —el suyo, suponía— no tenía nada en la pared, pero el contrachapado estaba lleno de agujeros y pedazos de papel de todo lo que se había clavado y luego arrancado. En el suelo estaba su petate.

En un rincón había un pequeño frigorífico y alguien había construido una librería con listones viejos y llenado los estantes con manoseados libros en rústica. Hacía un calor asfixiante y no había ventilador ni ventana. El suelo estaba cubierto de una capa de tierra rojiza.

Tras cerrar la puerta, Frankie se sentó en el estrecho catre y abrió el bolso de viaje. Una cámara Polaroid nuevecita descansaba sobre un montón cuidadosamente embalado de fotografías enmarcadas que se había traído de casa. Cogió la primera, la desenvolvió y la sostuvo en el regazo. Se la habían hecho en Disneylandia. Frankie y Finley posaban de la mano delante del castillo de la Bella Durmiente. Un segundo antes de tomar la instantánea, Finley le había quitado el cuadernillo de entradas a su madre y había arrancado los cupones E, diciendo: «Frankie y yo nos vamos derechos al cohete para la Luna. Y luego al submarino». Esta había murmurado: «Espero que en alguno de esos quioscos sirvan alcohol, Connor».

Frankie sintió los ojos ardiendo. No había nadie que la viera o a quien le importara, por lo que dejó correr las lágrimas. Contemplando la imagen de su hermano, con los dientes protuberantes, el pelo reluciente y la cara pecosa, pensó: «¿Qué he hecho?».

A continuación desenvolvió la fotografía de sus padres, tomada en una de sus famosas fiestas del Cuatro de Julio, los dos sonrientes delante de una mesa decorada con banderines patrióticos.

Tenían razón. Ella no pintaba nada tan lejos de casa —en la guerra— sin Finley. ¿Cómo iba a aguantar un año?

En ese momento le dio un nuevo retortijón.

Echó a correr hacia las letrinas.

5

Horas más tarde, Frankie seguía tumbada en el catre tratando de no llorar ni vomitar, y arrepintiéndose de haberse alistado, cuando la puerta de la cabaña se abrió de golpe y entraron dos mujeres con la ropa salpicada de sangre. Una era negra, con el pelo al rape, y llevaba pantalón corto, camiseta y botas de combate; la otra, una pelirroja alta y flaca como Olivia, la novia de Popeye, llevaba el uniforme de campaña sucio. A Frankie le pareció que eran mayores que ella, pero no mucho.

—Mira, Babs. Sangre fresca —dijo «Olivia» mientras se desabrochaba la camisa verde y la arrojaba a un lado: tenía sangre en el sujetador. Se acercó con fuertes pisotones, sin preocuparse por estar medio desnuda—. Soy Ethel Flint, de Virginia. Enfermera de Urgencias. —Le cogió la mano a Frankie y se la sacudió con violencia, como si montase un rifle—. Esta es Barb Johnson, enfermera quirúrgica, de no sé qué poblacho de Georgia. Es más mala que un nublado. A la última chica la hacía llorar día sí y día también.

—Eso no es verdad, Ethel, y lo sabes —replicó la mujer negra, despegándose la camiseta húmeda del pecho—. Madre mía, menudo calorazo.

Frankie se quedó mirando a Barb. La verdad era que no conocía a muchos negros. Algo en la forma en que le devolvió la mirada, con los ojos entrecerrados como evaluándola, hizo que se sintiera como una niña que se hubiera metido en el aula equivocada.

—Soy Frankie McGrath —dijo. La voz se le quebró a mitad de la presentación y tuvo que repetir las palabras.

—Bueno, Frankie, olvídate de ese uniforme —dijo Ethel mientras se quitaba el sujetador y se ponía una camiseta parduzca de cuello de pico que revelaba la cadena de cuentas plateadas con las chapas de identificación que llevaba al cuello—. Hay una fiesta de tortugas en tu honor…

Barb resopló.

—Qué más quisiera ella. Ethel, no le des una impresión errónea a la chiquilla.

—Bueno, puede que exagere un poco, pero hoy hemos recibido a dos tortugas y un muchacho vuelve a casa.

—¿Qué es una tortuga? —preguntó Frankie.

—Tú, mi niña —respondió Ethel con voz cansada, rendida, vieja—. Y ahora mueve el trasero, que me muero de sed. Ha sido un día eterno y me vendría de perlas una Coca-Cola.

Frankie no estaba acostumbrada a desvestirse delante de desconocidos, pero no quería que sus compañeras de cuarto la considerasen una mojigata, así que empezó a quitarse la ropa.

Hasta que no estuvo en paños menores no se dio cuenta de que no tenía nada en el petate o en el bolso de viaje que pudiera ponerse salvo su uniforme de campaña verde, nuevo y doblado con primor, que le habían dicho que debía ponerse para trabajar; el pijama; un vestido de verano azul pálido que, según su madre, sería perfecto para los días de permiso, o el uniforme blanco de enfermera.

—Ay, un liguero —dijo Ethel suspirando. Abrió un cajón y se puso a rebuscar hasta que sacó unos vaqueros cortados a tijera y una camiseta militar, que le lanzó a Frankie—. No te preocupes, que no eres la única. A ninguna nos cuentan la verdad de lo que debemos ponernos una vez aquí.

—Ni de ninguna otra cosa —añadió Barb.

Frankie se quitó el liguero y se bajó las medias de color canela. Se quedó parada un segundo, sintiéndose estudiada por sus compañeras de cuarto, y se apresuró a ponerse la ropa prestada. La camiseta le quedaba enorme y le caía hasta los muslos, cubriendo casi por completo el pantalón en cuanto se enrolló la cinturilla para que no se le cayera.

Al abrir el petate, encontró el casco y el chaleco antimetralla. Se puso este último y, de inmediato, sintió lo mucho que pesaba. El casco se le caía hacia delante y le tapaba los ojos.

—Es una fiesta —dijo Barb—, no una peli de John Wayne. Quítate esas mierdas.

—Pero... —Frankie se giró demasiado rápido y el casco le hizo daño al caérsele sobre el puente de la nariz—. El reglamento dice...

Barb salió de la cabaña. La puerta se cerró de golpe a su espalda. Ethel le quitó el casco a Frankie con gesto amable y lo dejó sobre el catre.

—Mira, sé que lo de hoy es demasiado. Te ayudaremos a aclimatarte, te lo prometo. Pero ahora no, ¿vale? Y, en cuanto al chaleco, olvídate de él, ¿eh?

Frankie se lo quitó y lo dejó caer a un lado. Fue a parar sobre el casco encima del camastro. Se sintió expuesta y ridícula con una camiseta tan grande que le tapaba el pantalón corto, las piernas desnudas y las botas de combate nuevas que había lustrado hasta la obsesión. ¿Por qué no había metido unas zapatillas? ¿Pero es que los hombres que habían redactado el apartado «Qué llevar» del paquete de información no habían estado siquiera en Vietnam? Se había cortado el pelo a lo Twiggy para la misión y en ese momento, después de treinta y ocho horas de viaje con aquella humedad infernal, bien sabía Dios que debía de parecer que llevaba un gorro de natación negro. O que tenía doce años.

Ethel caminaba rápido, sin parar de hablar.

—Bienvenida al 36, Frank. ¿Puedo llamarte Frank? Técnicamente es un hospital de campaña, pero llevamos tiempo sin movernos; lo que sí que hemos hecho es crecer. Contamos con varios médicos y cuatro cirujanos: enseguida los conocerás. Se creen dioses. Nosotras somos nueve enfermeras, luego hay un par de enfermeros varones y un montón de asistentes sanitarios. En la mayoría de los pabellones se trabaja de siete de la mañana a siete de la tarde, seis días a la semana, pero ahora mismo andamos cortos de personal, así que seguimos hasta que hayamos terminado con el último herido. Parece muchísimo, y lo es, pero te acostumbrarás. Acelera, que te estás quedando rezagada.

Caía la tarde, por lo que Frankie no pudo ver gran cosa: una fila de cabañas, una edificación de madera que albergaba el comedor, las letrinas de las enfermeras, una capilla, una fila de barracones Quonset débilmente iluminados y con el distintivo del hospital pintado en las paredes exteriores.

Ethel dobló la esquina de un barracón y, de pronto, se encontraron en un amplio espacio abierto, una plaza de tierra roja rodeada de estructuras sombrías. Todo parecía construido deprisa y corriendo, de manera temporal. No muy lejos —lo bastante cerca para oír el rumor de las olas— se encontraba el mar de la China Meridional.

La pálida luz se reflejaba en la alambrada de concertinas que rodeaba el perímetro del campamento. A la izquierda se encontraba un búnker protegido por sacos terreros. La entrada era una abertura cuadrada y negra bajo un arco de madera, sobre cuyo travesaño alguien había pintado con aerosol CLUB DE OFICIALES. Una cortina de cuentas multicolor ocultaba el interior a la vista.

Ethel atravesó la cortina. Las cuentas tintinearon con suavidad.

Por dentro, el lugar era más grande de lo que parecía por fuera. Al fondo había una barra de contrachapado con taburetes delante. Tras ella, un camarero se afanaba en preparar bebidas. Una vietnamita ataviada con un pantalón como de pijama y una larga túnica acarreaba una bandeja de mesa en mesa. El aparato estéreo contaba con unos altavoces enormes; a su lado había cientos de cartuchos de ocho pistas. *Like a Rolling Stone* atronaba hasta tal punto que la gente tenía que hablar a gritos. Tres hombres lanzaban dardos a una diana colgada en la pared.

El aire estaba cargado de humo; a Frankie le picaban los ojos.

El espacio estaba atestado de hombres: sentados a las mesas o de pie a lo largo de las paredes. También había algunas mujeres. Un tipo hacía el pino con las piernas al aire cruzadas. La mayoría fumaba y bebía.

Cuando acabó la canción se produjo un instante de silencio. Frankie oyó retazos de conversaciones, alguna risa, alguien que gritó: «Pero si no pueden ni verse, tío».

Ethel dio varias palmadas para llamar la atención.

—Hey, gente, esta es Frankie McGrath. Es de... —Se dio la vuelta—. ¿De dónde eres?

—De California.

—¡La soleada California! —exclamó Ethel.

Tiró de Frankie y fue presentándola al resto de los oficiales. Patty estaba cerca de la barra fumando un cigarrillo y jugando a las cartas con un capitán. La saludó con la mano, sonriente.

De pronto cambió la música y comenzó a sonar: *East Coast girls are hip...*

La gente aplaudía y gritaba: «¡Bienvenida, Frankie!».

Un oficial la tomó entre sus brazos y empezó a bailar con ella. Era alto y delgado, apuesto, con una camiseta blanca y unos Levi's gastados. Llevaba el pelo rubio como la arena de la playa con el corte reglamentario, pero la sonrisa que lucía —y el cigarrillo de marihuana en la boca— le dijo que era el tipo de hombre con quien su padre no habría querido que se relacionara. Aunque, en realidad, no la quería cerca de ninguno... «Solteros de guerra, Frankie. Hombres casados que creen que el amor es gratis cuando caen las bombas. No tomes ese camino y nos avergüences».

Exhaló una bocanada de humo dulzón y le ofreció el pitillo.

—¿Una calada?

Frankie abrió los ojos como platos. No era la primera vez que le ofrecían marihuana (al fin y al cabo, había ido a la universidad, aunque fuera a una católica), pero estaban en Vietnam. En guerra. No eran tiempos de hacer tonterías. No lo había hecho en la San Diego College for Women y desde luego que tampoco iba a consumir drogas allí.

—No, gracias; me tomaré una...

Antes de que pudiera decir «Coca-Cola», una explosión sacudió el club de oficiales. Las paredes se tambalearon, del techo cayó tierra, un baúl militar volcó con estrépito al suelo y alguien gritó: «¡Ahora no, Charlie! Que me estoy tomando una copa...».

Otra explosión. Una luz rojiza penetró por la cortina de cuentas. La sirena de alerta roja sonó por todo el campamento.

«Atención a todo el personal, pónganse a cubierto —se oyó por el altavoz—. Alerta de seguridad nivel rojo. Estamos siendo objeto de un ataque con cohetes. Repetimos: nivel rojo. Pónganse a cubierto».

¿Un ataque con cohetes?

Otra explosión. Más cerca. Las cuentas se agitaban y tintineaban. Frankie se desasió de los brazos del tipo y se encaminó hacia la puerta. Este la agarró y tiró de ella hacia atrás. Frankie estaba aterrorizada, chilló y trató de liberarse. Él la sujetó con fuerza. Alguien subió el volumen de la música mientras la tierra caía sobre sus cabezas.

—Estás a salvo, McGrath —le susurró el hombre al oído. Frankie sintió su aliento en el cuello—. O todo lo a salvo que se puede estar en este puñetero país. Tú respira. Yo te tengo.

Frankie oía subir y estallar los cohetes, sentía estremecerse el suelo bajo los pies. Se encogía con cada explosión. «Dios bendito, ¿qué he hecho?». No dejaba de pensar en Finley.

«Lamentamos comunicarle...».

«No hay restos».

—Yo te tengo —repitió el hombre cuando a Frankie se le aceleró la respiración y la estrechó con más fuerza—. No te preocupes.

La sirena volvió a sonar. Frankie sintió que dejaba de sujetarla y que su nivel de tensión descendía.

—Ese es el aviso de fin de la alerta —dijo él y, cuando sonó una nueva explosión, rio y añadió—: Esos somos nosotros, que ahora les respondemos.

Frankie levantó la vista, avergonzada por el miedo. ¿Qué clase de soldado estaba hecha, allí plantada, temblando y a punto de echarse a llorar el primer día?

—Pero... los búnkers... ¿No deberíamos ir...?

—¿Qué anfitrión sería si te echase de tu propia fiesta por un ataquillo de mortero de nada? Soy Jamie Callahan, por cierto. Matasanos. De Jackson Hole. Tú mírame, McGrath. Olvídate de los demás.

Frankie intentó concentrarse en la respiración, en sus ojos azules y amables, y trató de fingir que no estaba aterrorizada.

—¿Eres m-médico? —se obligó a preguntar.

El hombre sonrió y Frankie por fin descubrió que era joven, o al menos que no era viejo. Rondaría los treinta.

—Pues sí. Sala 5. Cirugía. —Se arrimó a ella—. Puede que acabes a mis órdenes.

Cuando Frankie detectó el tono ligón en su voz y olió el alcohol y la marihuana en su aliento, por un instante aquel mundo extraño, cambiante y lleno de explosiones volvió a ser el de siempre: el mundo en el que un médico le tiraba los tejos a una enfermera.

—Mi padre ya me previno contra los tipos como tú.

Las explosiones cesaron.

—Pues ya está —dijo Jamie con una sonrisa, aunque tenía algo raro, como si tal vez él también hubiera pasado miedo.

Alguien subió la música. *These boots are made for walkin'*... La gente se puso a cantar la melodía, se formaron parejas y empezaron a bailar. Y así, sin más, la fiesta continuó en todo su apogeo; los presentes fumaban, bebían y reían como si no los acabaran de bombardear.

Jamie sonrió.

—¿Te apetece un whisky, chica de California?

A Frankie le costó recobrar la voz.

—No lo sé...

Había cumplido los veintiuno hacía unos meses, pero jamás había bebido alcoholes fuertes.

—Detendrá los temblores —le dijo él, acercándose.

—¿Sí? —Frankie lo dudaba.

Él le devolvió una mirada triste.

—Por hoy.

6

A la mañana siguiente, Frankie se despertó desorientada, sin saber bien dónde se encontraba.

Entonces le llegó el olor: pescado, heces y podredumbre. Y el calor. Estaba empapada de sudor. Las sábanas olían agrias.

Se encontraba en su cabaña, ardiente como una sauna, en Vietnam. Con un dolor de cabeza tremebundo.

Se sentó y sacó las piernas del catre.

Durante un terrible minuto creyó que iba a vomitar.

La noche anterior se había bebido dos chupitos de whisky. Dos.

Y no había comido nada.

Lo último que recordaba era haber bailado con Ethel al ritmo de *Monday, Monday*. ¿En un momento dado se le habían caído los pantalones hasta quedar recogidos alrededor de las lustrosas botas de combate nuevas? O eso creía, igual que creía recordar que alguien dijo: «¡Bonitas piernas, Frank!» y Ethel se rio mientras ella trataba de volver a subírselos.

«Ay, madre. Menuda primera impresión».

¿Dónde estaban Barb y Ethel?

Temblorosa y deshidratada, se rascó el pelo corto y miró a su alrededor. Había una enorme rata gris sentada en el sucio suelo de madera, sujetando una chocolatina a medio comer con las patitas rosadas; al percatarse de que Frankie la miraba, dejó de roer y la observó con sus ojos negros como gotas de petróleo.

Ya le tiraría algo otro día. En ese momento se sentía demasiado débil para hacer el esfuerzo.

Se bajó del catre sin prestar atención a la rata, que tampoco le hacía caso ya, y se puso el uniforme de campaña verde oliva con los dobleces aún marcados, con cuidado de remeter el bajo del pantalón por dentro de sus botas relucientes.

El roedor echó a correr por el suelo de madera y desapareció detrás de la cómoda.

—Vale —dijo Frankie de pie en mitad del pequeño cuarto abarrotado—. Puedes hacerlo.

Comería algo, bebería un montón de agua y se presentaría a su superior. Solo bebería de la bolsa Lyster y se tomaría las medicinas para la malaria y la diarrea en el momento preciso.

Una vez fuera, vio que el complejo estaba formado por construcciones que se extendían sobre un terreno de arena roja desprovisto casi por completo de árboles. Había edificios, cabañas, barracones y tiendas. Los barracones Quonset que albergaban las distintas áreas del hospital parecían latas gigantescas cortadas por la mitad en vertical y dispuestas sobre el suelo, con las entradas protegidas con sacos terreros.

Recorrió el pasillo central, flanqueado por una larga zona cubierta y una fila de edificaciones. Pasó junto a las dependencias de los hombres, la farmacia, una pequeña capilla, el puesto de la Cruz Roja y el economato. En el centro del pasillo, bajo una alta torre del agua, había un escenario. En ese momento estaba desierto.

El comedor se encontraba perpendicular a este. Frankie se detuvo ante la puerta abierta de la larga construcción de madera. El interior estaba dividido por la mitad: un lado para los oficiales y otro para la tropa rasa.

Encontró una mesa con pan, magdalenas, un bote de mantequilla de cacahuete y una tarrina de mantequilla normal. Se sirvió una taza de café y se la bebió de un trago con la esperanza de que le aliviara el dolor de cabeza. Acto seguido se untó una tostada con mantequilla de cacahuete y la acompañó de un cuarto de litro de leche.

Al instante sintió náuseas y echó a correr hacia las letrinas, pero no había recorrido la mitad del camino cuando vomitó justo al lado del economato.

Cuando no le quedó nada en el estómago, volvió con paso cuidadoso hasta la pasarela y se encaminó al despacho de la mayor Wendy Goldstein. La enfermera jefe estaba sentada tras un montón de papeles, vestida con un uniforme de campaña bien planchado, aunque con el color desvaído.

Frankie entró en el despacho, se cuadró y saludó.

—Se presenta la teniente segunda McGrath, a la espera de órdenes —anunció con voz clara.

La mayor Goldstein alzó la vista. La cara y el cabello pálidos podrían haber dado una impresión de fragilidad, pero de alguna forma transmitían lo contrario.

—¿Qué hora es, teniente McGrath?

Frankie echó un vistazo al reloj negro que colgaba de la pared, protegido por una malla metálica del mismo color.

—Las ocho y tres minutos, mayor Goldstein.

La mujer frunció los labios.

—Menos mal. Me temía que no supiera leer la hora. Cuando le digan que se presente ante mí a las ocho, espero verla exactamente a las ocho en punto. ¿Entendido?

—Sí, mi mayor —respondió Frankie—. Estaba... mala.

—No beba agua o se pasará todo el periodo de servicio vomitando o con diarrea. ¿Nadie se lo había dicho? Pensaba que... —Se interrumpió a mitad de frase y respiró hondo. Ladeó la cabeza hacia la izquierda y aguzó el oído antes de musitar—: Hay que fastidiarse.

Frankie oyó el distante zup, zup, zup de los helicópteros que se aproximaban.

—¿Nos están atacando?

—No de la forma que se imagina. —Cerró la carpeta de color crema—. Veamos de qué pasta está hecha, McGrath. Mañana le daré su asignación. Venga a las ocho, en punto. Por ahora, todo el mundo manos a la obra. Preséntese ante la teniente Flint en Urgencias.

—¿En Urgencias? Pero si yo no…

—No es una invitación a un cóctel, McGrath. Muévase.

Frankie se sentía tan aturdida que se olvidó de despedirse con el saludo reglamentario. Ni siquiera se acordaba de si tenía que hacerlo. Se dio media vuelta y salió a toda prisa del edificio de Administración y enfiló la pasarela cubierta hasta los barracones Quonset que conformaban el hospital. Las botas nuevas comenzaron a rozarle.

En el helipuerto, marcado con una cruz roja sobre un círculo blanco en el suelo, vio tres aparatos, cada uno de ellos con el emblema de la Cruz Roja, zumbando por encima de sus cabezas. Ninguno tenía hombres armados en las puertas. Así que aquellos eran los Dust Off sobre los que tanto había leído: helicópteros sin armamento para la evacuación médica de los heridos en el campo de batalla. Dos de ellos permanecieron en el aire mientras el tercero descendía.

Al instante aparecieron un asistente y dos enfermeras, que comenzaron a sacar hombres en camilla.

Al poco de despegar el primer aparato, aterrizó el siguiente. Nuevos auxiliares del cuerpo sanitario aparecieron para bajar a los heridos. Una ambulancia subió hasta la sala de Preoperatorio.

Frankie encontró el barracón que albergaba las Urgencias.

Los sanitarios entraban y salían a la carrera con las camillas cargadas de hombres: uno gritaba con la pierna amputada sobre el pecho, otro directamente no tenía piernas. Los uniformes estaban ensangrentados; algunas de las caras aún humeaban de las quemaduras que los asistentes —o sus amigos— acababan de tratar. Había heridas abiertas: a un tipo se le veía una costilla rota asomando. Ethel se alzaba en mitad del caos como una amazona, dirigiendo el tráfico, colocando a las víctimas, señalando qué hacer con los heridos. No parecía que el tumulto la afectara. Los hombres seguían sus órdenes. Había tantos heridos que algunos tuvieron que quedarse fuera, con las parihuelas dispuestas sobre caballetes, esperando a que se despejara la sala.

Frankie estaba sobrepasada por el horror que estaba presenciando. Los alaridos, el humo, el griterío.

Un sanitario la vio parada y le arrojó una bota a los brazos. Al bajar los ojos, vio que todavía tenía un pie dentro. La dejó caer, se apartó a trompicones y vomitó. Estaba a punto de hacerlo por segunda vez cuando oyó:

—Frank. ¡Frank McGrath! —Ethel la agarró del brazo.

Frankie quiso echar a correr.

—No estoy formada para esto.

—Necesitamos tu ayuda.

Frankie negó con la cabeza. Ethel le sujetó la barbilla y la obligó a alzar la vista.

—Lo sé —dijo, apartándole el pelo con una mano ensangrentada—. Lo sé.

—En la formación básica nos enseñaron a vendar y a rasurar a un hombre para que lo operen. Yo no debería estar aquí. Esto…

—Puedes sujetarle la cabeza a un hombre. Eso sí puedes hacerlo, ¿verdad?

Frankie, alelada, asintió.

Ethel le tomó la mano y la guio hasta el lugar donde se concentraban las camillas.

—Esta es la zona de triaje. Aquí evaluamos a los heridos y decidimos a quién ver y cuándo. Tratamos primero a quienes podemos salvar. ¿Ves esa cortina ahí al fondo? Allí ponemos a los expectantes: los hombres que probablemente no lo superen. Son los últimos a los que vemos. En lo que tratamos una herida en la cabeza podemos curar cinco heridas de arma de fuego o amputaciones, ¿me entiendes? A los heridos que pueden caminar los ponemos ahí.

—Señaló a un grupo de soldados de pie con sus camaradas junto a la cortina, hablando, fumando, haciendo lo que podían para consolar a los expectantes—. Los veremos cuando haya tiempo.

Ethel llevó a Frankie hasta un soldado tumbado en una parihuela. Chorreaba sangre y un brazo simplemente había... desaparecido. Frankie apartó la vista a toda prisa.

—Respira, Frank —dijo Ethel con serenidad—. Cógele la mano.

Frankie se colocó junto al paciente y se obligó a bajar la vista. Al principio solo vio el horror, la formidable cantidad de sangre, el brazo cercenado a la altura del codo, revelando el hueso blanco y el cartílago rosado y chorreante.

«Céntrate, Frankie».

Cerró los ojos un segundo, exhaló y volvió a abrirlos.

Esta vez vio al soldado, un joven negro con una sucia bandana verde, que apenas tenía edad para afeitarse. Con sumo cuidado, le tomó la mano.

—Perdone, mi teniente —dijo el chico, arrastrando las palabras—. ¿Ha visto a mi amigo Stevo? Estábamos juntos...

Ethel le cortó el uniforme, dejando a la vista una gigantesca herida en el abdomen, y levantó los ojos cansados.

—¡Expectante! —gritó.

Aparecieron dos asistentes y se llevaron la parihuela hasta la zona de estacionamiento por detrás de la cortina.

Frankie miró a su compañera.

—Va a morir.

—Es probable.

¿Para eso se había alistado en el Ejército, para ver morir a hombres jóvenes?

—Hoy vamos a salvar un montón de vidas, Frank. Pero no todas. Nunca se puede salvarlos a todos.

—No debería morir solo.

—No —reconoció Ethel antes de dirigir una sonrisa cansada a Frankie—. Ve con él y sé su hermana, su esposa, su madre.

—Pero...

—Tú cógele la mano. A veces no podemos hacer más. Y luego... vuelve aquí.

Cuando muriera, eso era lo que quería decir Ethel. Al rodear la cortina, Frankie se sintió como si un peso enorme la oprimiera de repente. El soldado —un crío— estaba solo. Lloraba.

Frankie se le acercó con cautela, bajó la vista y vio su nombre y su rango.

—Soldado Fournette.

Parecía que de pronto se había hecho el silencio. Dejó de oírse el rugido de los helicópteros que iban y venían, y a las enfermeras vociferándose unas a otras. Lo único que Frankie oía era la respiración ardua y flemosa del joven.

Manteniendo la mirada apartada de la horrible herida abierta que mostraba sus brillantes intestinos y sangraba con profusión, se acercó, se inclinó y le tomó la mano fría.

—Soldado Fournette —repitió—. Soy Frankie McGrath.

El muchacho parpadeó lentamente. Las lágrimas le rodaban por las mejillas, mezcladas con sangre y tierra.

—¿Ha visto a Stevo? El soldado Grand. Estaba encargado de mantenerlo a salvo. Llegó al país hace dos días. Mi madre y la suya trabajan en el mismo salón, en Baton Rouge.

—Lo he visto —respondió Frankie, aunque le costaba hablar por el nudo en la garganta—. Está bien. Andaba preguntando por usted.

El soldado Fournette le mostró una sonrisa desmayada.

—Me duele..., no sé, algo. Supongo que se me está pasando el efecto de la inyección. Caray, me bebería ahora mismo una cerveza fresquita. —Comenzó a tiritar. La mano que Frankie sostenía quedó inerte, fría—. Mi teniente...

—¿Sí?

Pasó mucho tiempo antes de que hablara. El silencio era sobrecogedor.

—Ojalá le hubiera dicho... —resolló y le salió por la boca una burbuja sanguinolenta— que la quería.

—Se lo dirá después de la cirugía —lo tranquilizó Frankie—. En cuanto lo pongan bien. Yo lo ayudaré a escribirle.

—Yo... —El joven calló, se estremeció y cerró los ojos.

La mano se aflojó. No hacía un minuto estaba allí, asiéndola, murmurando su arrepentimiento, y de repente se había ido.

Incidente con múltiples víctimas, o IMV, así era como se denominaba a lo de aquella noche. Por lo visto, desde la reciente llegada de tropas, empezaba a ser tan común que no había tiempo para llamarlo por su nombre completo.

Frankie se quedó parada en el último rincón del barracón que alojaba el servicio de Urgencias. Después de nueve horas trabajando, lo suyo rebasaba el agotamiento y los pies le escocían de las ampollas, pero lo peor no era el dolor de huesos, músculos o pies. Era la vergüenza.

¿Cómo demonios había creído que ese era su lugar? ¿Que tenía algo que ofrecer a unos hombres heridos de gravedad? Había servido para lo mismo que una voluntaria.

Esa noche había sujetado las tijeras con unas manos que no le dejaban de temblar mientras cortaba camisetas, chalecos antimetralla y pantalones para revelar unas heridas que hasta ese día ni había imaginado que fueran posibles. Todavía era capaz de oír en su cabeza los gritos de los pacientes, a pesar de que hacía rato que la sala estaba vacía.

«Víctimas», se recordó. Allá en el mundo, eran pacientes; ahí, víctimas. El Ejército estaba lleno de expresiones como «allá en el mundo». Así era como todos se referían a la vida que habían dejado atrás.

Frankie suspiró hondo y, al oír pasos, supo que Ethel venía a ver cómo estaba.

—Jo, lo de hoy ha sido una pasada —dijo al tiempo que se encendía un cigarrillo—. Y no, no todos los días son así, gracias a Dios.

En su mente, Frankie asintió, aunque estaba segura de que en realidad se había quedado inmóvil con la mirada perdida. Ethel la rodeó con el brazo.

—¿Cómo te sientes, Frank?

—Inútil —fue lo único que pudo responder.

—Nadie está preparado para esto. Lo peor es que te acostumbrarás. Ven.

Condujo a Frankie por el campamento sin soltarla ni un instante. Esta sentía cada una de las ampollas de los pies. En el exterior, el aire nocturno estaba impregnado de un olor pesado, como de sangre sobre metal; no había luna que iluminara su camino.

En el comedor vio a unos pocos hombres sentados en la sección de la tropa, bebiendo café, y conforme se acercaban al club de oficiales olfateó el humo que se filtraba por la cortina de cuentas. Tras el humo le llegó la música, cargada de recuerdos del hogar. *I wanna hold your ha-a-and...*

En la distancia oyó el rumor de las olas lamiendo la arena. El sonido fue para Frankie como un canto de sirena que le trajo de vuelta su infancia: las noches en bicicleta con Finley, pedaleando despreocupados con los brazos abiertos y las estrellas sobre sus cabezas.

«Finley». Durante toda la noche había sentido que su espíritu la acompañaba, había visto sus ojos en el rostro de cada soldado cuya mano había tomado.

Se apartó de Ethel y caminó a lo largo de una alambrada de concertinas que formaba una barrera de puntas afiladas como cuchillas.

Ante ella se extendía el mar con su brillo de plata. El vaivén y la reconfortante familiaridad, el sabor salado del aire, la llamaban y le recordaban a su hogar. Una vez en la playa, se sentó en la arena y cerró los ojos.

Sentía la sal, la paladeaba. El mar...

No, no era el mar.

Estaba llorando.

—No puedes estar aquí sola, Frank. No todos los soldados son unos caballeros —le advirtió Ethel, sentándose a su lado.

—Lo añadiré a la lista de mis errores.

—Sí. Tienes que andar con cuidado. Aquí los hombres vienen a mentir y a morir.

Frankie no supo cómo responder.

—Bueno, ¿por qué es? —acabó por añadir Ethel.

Frankie se enjugó las lágrimas y volvió la vista a un lado.

—¿Qué?

—Que si lloras por los muchachos que hemos perdido o por la porquería de tus capacidades como enfermera.

—Por las dos cosas.

—Eso significa que tienes lo que hay que tener, Frank. Todas hemos pasado por esto. Allá en el mundo, quienes nos dedicamos a la enfermería somos de segunda. Y, sorpresa, la mayoría somos mujeres. Los hombres nos meten en cubículos, nos hacen vestir de almidonado blanco virginal y nos dicen que los médicos son dioses. Y lo peor es que nos lo creemos.

—¿Es que aquí no lo son?

—Pues claro. Tú pregúntales.

Ethel se sacó del bolsillo un paquete de tabaco, le dio golpecitos para que saliera un cigarrillo y se lo ofreció a Frankie, que lo aceptó. Ella no fumaba —nunca había fumado—, pero en ese momento le permitía hacer algo con las manos trémulas y tapar el olor a sangre.

—¿Por qué te alistaste? —preguntó Ethel.

—Ya da igual. Fue una estupidez, una chiquillada. —Frankie se volvió hacia su compañera—. ¿Y tú?

—Todas tenemos una respuesta larga y una corta, supongo. La larga es que, después de sacarme el diploma, decidí que quería seguir los pasos de mi padre y hacerme veterinaria. Estaba en ello cuando el hombre al que amaba se enroló. La corta: lo seguí. —Su voz se suavizó—. Se llamaba George. Tenía una risa que lo arreglaba todo.

—Y…

—Murió. ¿Y tú?

—Mi hermano también murió aquí. Y yo… quería cambiar el mundo. —Frankie se calló al oír lo ingenuo de sus palabras.

—Ya… Por eso me reenganché para pasar un año más aquí. Todas queremos lo mismo, Frank.

Allá en el mundo, cuando Frankie les decía a sus amigas que esperaba cambiar las cosas, hacer que su familia se sintiera orgullosa, ponían los ojos en blanco y se mostraban impacientes con el patriotismo; sin embargo, allí, sentada junto a aquella mujer a quien apenas conocía, Frankie recordó el orgullo que había sentido al unirse al Ejército.

—Siento lo de tu chico —dijo Frankie—, George.

—Era guapísimo de verdad, mi George —suspiró Ethel—. Y, durante un tiempo, detesté la idea de haberlo seguido para perderlo igual, pero aguanté y ahora me alegro de haberme quedado. Eso es lo que he aprendido, Frank. Soy mejor y más fuerte de lo que jamás pensé y, cuando vuelva a la granja de mi padre en Virginia y a la facultad de Veterinaria, sabré que nada me puede parar. Lo quiero todo, Frank: marido, hijos, trabajo. Una vida plena que acabe cuando casi no sea capaz de levantarme de la mecedora, rodeada de mis hijos, mis animales y mis amigos. Tú también descubrirás aquí lo que quieres de la vida. Te lo prometo.

—Gracias, Ethel.

—Y ahora, basta de lloriquearle al mar. ¿Tú bebes, Frank?

Frankie no supo qué responder. Había ido a guateques de las fraternidades en la universidad y había bebido alguna que otra cerveza, y se había bebido dos vasitos de whisky en su primera noche en Vietnam, pero en realidad era una buena chica que respetaba las normas. Había cumplido los veintiuno —la edad legal para consumir alcohol en California— en diciembre, pero con la muerte de Finley y las horribles Navidades de después, no había celebrado su cumpleaños.

—Alguna vez.

—Por aquí hay alcohol de sobra. Tú ve con cuidado. No bajes la guardia. Ese es mi consejo. Yo no bebo, pero tampoco juzgo a quien lo hace. Aquí impera lo de vive y deja vivir. Cada uno pasa las noches como puede. —Se levantó y le tendió la mano a Frankie—. Arriba, teniente, sacúdase la arena, vayamos a lavarnos y a llenarnos el buche, y luego al club de oficiales a desmelenarnos un rato. Acaba de sobrevivir usted a su primer IMV en Vietnam.

Frankie nunca había visto a nadie comer tan rápido como Ethel. Era como contemplar a una hiena devorando a su presa mientras la acechan los demás depredadores.

Al acabar, Ethel empujó hacia un lado el plato vacío y dijo:

—Me apetece bailar, ¿y a ti?

Frankie bajó la vista al filete ruso cubierto de salsa marrón y las judías verdes recocidas, que apenas había tocado. ¿Por qué se había servido tanto puré de patatas?

—¿Bailar?

¿Cómo iba a bailar? Seguía con el estómago revuelto y con retortijones. No se libraba del horror que había presenciado aquella noche ni de la sensación de ineptitud. Sentía náuseas y vergüenza. Echó la silla hacia atrás y se levantó.

El comedor estaba atestado de soldados en uniforme de campaña. Le sorprendió lo alto que hablaban y lo mucho que reían. Frankie se preguntó cómo podría recobrarse tan pronto alguien tras pasar por un IMV.

Salió del comedor con Ethel. Al pasar junto al escenario desierto, esta le contó una anécdota del espectáculo navideño en Cu Chi, cuando Bob Hope había ido a animar a las tropas.

—Le envié a mi padre a casa una fotografía mía con Bob Hope. Me dijo que la había colgado en el corcho del granero y le había contado a todo el mundo que su hija estaba salvando vidas…

Frankie no la escuchaba. Jamás había tenido menos ganas de estar rodeada de gente. Empezó a desviarse hacia la izquierda, deseosa de escapar a su cabaña.

Ethel la agarró del brazo, como si le leyera la mente.

—Tú sigue derecha, Frank.

Al llegar al club de oficiales, Ethel apartó la cortina de cuentas y el tintineo llenó el instante de silencio entre canciones.

En el interior apenas quedaba donde sentarse o estar de pie. Había grupos de hombres charlando, fumando, bebiendo. En el suelo yacía un ejemplar del periódico *Stars and Stripes* con el titular: FORTIFICADA LA LÍNEA DE MCNAMARA A LO LARGO DE LA ZONA DESMILITARIZADA. El aire estaba cargado de humo gris.

¿Cómo podían estar ahí, bebiendo alcohol y fumando como si no hubiera pasado nada, cuando algunos todavía tenían sangre en el pelo?

—Oye, Frank, estás jadeando como un caballo de carreras. Entiendo que no quieres bailar, vale. Espera.

Ethel agarró un par de Coca-Colas y se abrió paso entre la gente camino de la puerta.

—Hey, preciosas, ¡no nos abandonéis! —gritó alguien.

—¿Es por algo que he dicho?

—Me pondré los pantalones. ¡Volved!

Las dos mujeres pasaron junto a las letrinas y las duchas vacías hasta llegar a la fila de cabañas.

Tras abrir la puerta, Ethel prácticamente empujó a Frankie para que subiera los peldaños desde la pasarela de listones de madera y entrase en el cuarto húmedo, oscuro y maloliente.

Encendió la luz y, agarrando a Frankie por los hombros, la obligó a sentarse en el catre.

—Huelo a sangre —dijo esta.

—Y tienes una pinta horrible. Mola la combinación.

—Debería ducharme.

Ethel le tendió una Coca-Cola y se sentó a su lado, hombro con hombro.

Frankie levantó la vista hacia las fotografías de caballos y graneros clavadas sobre el catre de su compañera y sintió una punzada de añoranza.

—Mi hermano y yo salíamos a montar alguna vez. Me encantaba.

—Tuve mi primer caballo a los cuatro años. Chester, el caballo bayo. Mamá solía ensillarlo y llevarme subida por el jardín. Aún sueño con ello a veces.

—Y ella…

—Murió. Cáncer de mama. Por favor, no me digas que me acompañas en el sentimiento. Ya sé que es verdad. ¿Cuántos años tienes, Frank?

—Veintiuno.

Ethel negó con la cabeza y silbó.

—Caray, yo ya casi no me acuerdo de los veintiuno. Tengo veinticinco.

—Guau…

—Me creías mayor, ¿verdad? Por estos lares envejecemos a toda prisa, Frank. Y este es mi segundo periodo de servicio. Para cuando me marche, me habrán salido pelos en la barbilla y necesitaré bifocales, ya verás.

Ethel se encendió un cigarrillo. El humo gris la envolvió y Frankie de pronto echó de menos a su madre. Notó cómo se ablandaba un poco.

—¿Dónde está Barb?

—Esta noche han traído a un chico de su pueblo con los churruscados. No pinta nada bien. Me apuesto algo a que está haciéndole compañía.

—¿Churruscados?

—Los quemados. Vale, ya sé que no deberíamos llamarlos así. Verás qué pronto aprendes, Frank. Aquí una ríe por no llorar.

Frankie no podía imaginárselo.

—Creo que no le caigo bien a Barb —dijo Frankie—. Tampoco puedo echárselo en cara.

—No es por ti, Frank. Barb ha tenido una vida difícil.

—¿Y eso?

Ethel se quedó mirándola.

—Supongo que te habrás percatado de su color de piel...

Frankie notó cómo le ardían las mejillas. En Santa Bernadette no había chicas negras, ni familias de color en la iglesia de San Miguel o en Ocean Boulevard. Nadie en su hermandad ni en los cursos de enfermería. ¿Por qué?

—Claro, pero...

—Pero nada, Frank. Digamos que Barb está hasta las narices y punto. También es una de las mejores enfermeras quirúrgicas que te vas a encontrar. —Ethel rodeó a Frankie con el brazo—. Mira, Frank. Sé cómo te sientes ahora mismo. Lo sabemos todas porque todas hemos pasado por ello. Crees que la pifiaste al alistarte para Vietnam y que esto no es lo tuyo. Pero te voy a decir una cosa, mi niña, da igual de dónde vengas, cómo te criaste o en qué dios crees; si estás aquí, estás entre amigas. Estamos contigo.

Tumbada en el catre, con el pelo todavía mojado de la ducha templada, Frankie miraba al techo. Llevaba horas así; no podía dormir.

Los pies le palpitaban de dolor por las nuevas ampollas. Los ronquidos de Barb, como un mar encrespado, llenaban el cuarto. A lo lejos se oían disparos. Ethel no paraba de dar vueltas; su catre chirriaba con cada movimiento.

Por la mente de Frankie pasaban las imágenes del IMV de aquella noche como un calidoscopio del horror. Miembros desgarrados, miradas perdidas, heridas sangrantes, pechos abiertos en canal. Un hombre llamando a gritos a su madre.

Necesitaba ir al baño. ¿Debería despertar a una de sus compañeras para ir juntas?

Después de la noche que habían pasado, no.

Apartó la manta, se bajó del catre y se quedó parada en la oscuridad. Oyó algo correteando por el suelo, pero no le importó. ¿Qué más daba una rata con lo que había visto esa noche?

Se puso el uniforme de campaña y metió en las botas los pies enfundados en calcetines. De inmediato sintió el escozor de las ampollas que se le habían formado.

Fuera, el complejo estaba en relativo silencio. Tiros lejanos, el rumor de un motor —quizá un generador— y ritmo de música en la distancia. En algún lugar, alguien escuchaba la radio en un transistor.

No debería salir. Lo sabía. Podía ser peligroso. «No todos los soldados son unos caballeros», le había dicho Ethel, recordándole así que el Ejército en tiempo de guerra no era tan distinto del resto del mundo.

Aun así, no podía respirar ahí dentro, no podía dormir y la vejiga le dolía por la necesidad de vaciarse. Las imágenes horripilantes que había presenciado no se le borraban y el calor le estaba levantando dolor de cabeza.

Salió al camino de tierra compactada y enfiló hacia las letrinas. A la izquierda vio una silueta oscura que arrojaba algo al fuego en un barril incinerador. El hedor llegaba hasta allí.

Una estrecha pasarela se extendía por encima de una zanja flanqueada por alambres de espino. Caminó con cautela por el puente improvisado y entró en las letrinas de mujeres.

Al salir, olfateó humo de cigarrillo y se detuvo. Una farola solitaria proyectaba su luz anaranjada. No demasiado lejos había un hombre de pie, fumando.

Al darse media vuelta a toda prisa, Frankie pisó algo que crujió.

El hombre se giró. Era el matasanos, Jamie. A la luz fantasmagórica, su rostro apuesto parecía demacrado, incluso cuando trató de sonreírle.

—Lo siento. Quieres estar solo —dijo Frankie—. Iré...

—No —respondió él—. Por favor.

Frankie se mordió el labio y recordó la advertencia de Ethel. Aquel era un lugar apartado y solitario. Volvió los ojos hacia la relativa seguridad de su cabaña.

—Estás a salvo conmigo, McGrath. —Le tendió la mano. Frankie vio que temblaba—. Tremendo, ¿eh?, que a un cirujano le tiemble la mano.

Frankie se aproximó, aunque se mantuvo fuera de su alcance.

—Me pillas en una mala noche.

Frankie no supo qué responder.

—Hoy ha llegado un amigo del instituto. Jugábamos juntos al fútbol americano. Me ha dicho: «Sálvame, J. C.». —Se le quebró la voz—. Hacía mucho tiempo que no me llamaban así. Y no he logrado salvarlo.

Frankie podría haberle repetido el tipo de cosas que había oído ella en el funeral de Finley, las palabras educadas y vacías de un desconocido. En su lugar, dijo:

—Estabas a su lado cuando murió. Puedes contarle a su familia que no estaba solo. Eso significará mucho para ellos. Créeme, lo sé. Mi hermano murió aquí y lo único que nos devolvieron fueron las botas de otro soldado.

Jamie se quedó mirándola largo rato, como si sus palabras lo hubieran sorprendido. A continuación tiró la colilla y la aplastó con el tacón.

—Venga, McGrath, que es tarde. Te acompañaré a tu cabaña.

El hombre echó a andar y Frankie se puso a su lado. Al llegar a la pasarela, le dejó atravesarla primero y luego se detuvo ante la puerta cerrada de la cabaña.

—Gracias —le dijo.

—¿Por qué?

—Por estar ahí, supongo. A veces no hace falta mucho para salvar a un hombre en Vietnam.

Con esas palabras, le dirigió una sonrisa falsa y fugaz, y se marchó.

7

A la mañana siguiente, cuando Frankie despertó, se encontró sola en la cabaña. Se vistió volando y se presentó en Administración a las 8.00 horas exactas.

—La teniente McGrath a sus órdenes, mi mayor.

—Tengo entendido que ayer en Urgencias fue usted igual de útil que una tiara —dijo la mujer al tiempo que abría una carpeta de color crema—. Un diploma de enfermera de una pequeña universidad católica femenina y casi cero experiencia clínica. Y, encima, es una cría. —Miró a Frankie a través de unas gafas de pasta negras—. ¿Qué demonios la ha traído aquí, teniente?

—Mi hermano…

—Da igual. No me interesa. Pero espero que, por Dios bendito, no haya venido usted para saludar a un hermano. —La mayor Goldstein se subió las gafas por la nariz—. En la Armada y la Fuerza Aérea ni siquiera dejarían venir a Vietnam a una chiquilla como usted. Exigen formación, sí, formación. —Cerró la carpeta y suspiró—. En fin. Ya está aquí. Verde y sin preparación, pero aquí. Voy a asignarla a Neuro. Turno de noche. ¿Ahí qué daño podría hacer?

—Me esforzaré al máximo por aprender.

—Ajá. Bienvenida al 36.º Hospital de Evacuación, McGrath. Sea la mejor versión de sí misma.

Alojada en un barracón Quonset cerca de los quirófanos, la unidad de Neurología era un espacio abovedado, lleno de camas Stryker y fuertemente iluminado. Frankie jamás había visto camas especializadas, aunque había leído sobre ellas en la facultad y durante la formación básica: para parapléjicos, para pacientes con fracturas pélvicas, para quemados u otros que no admitían mucha manipulación. Un amplio pasillo separaba las dos filas de camas. Tubos de metal recorrían cada pared para colgar de ellos los goteros. La cantidad de equipamiento junto a cada cama era apabullante: respiradores, mantas de refrigeración, monitores, goteros. Frankie ni siquiera conocía la mayoría de los aparatos. Las lámparas de techo eran deslumbrantes. Se oía el sonido rítmico de los ventiladores y el zumbido de los electrocardiógrafos.

En la esquina delantera izquierda, un hombre mayor con un uniforme de campaña descolorido escribía sentado a una mesa. El único otro soldado que vio —de pie— era un auxiliar en el otro extremo de la crujía, echando un vistazo a un paciente.

Frankie se irguió y trató de transmitir más confianza de la que sentía mientras se acercaba al hombre del escritorio.

—Teniente segunda McGrath, a la espera de órdenes, señor.

El hombre levantó la vista. Tenía los ojos más cansados que Frankie jamás hubiera visto y una cara que delataba un historial de acné. La papada le borraba el contorno de la mandíbula.

—Frances, ¿verdad?

—Frankie, señor.

—Soy el capitán Ted Smith, médico. ¿Cuánta experiencia tienes, Frankie?

—Soy enfermera diplomada, mi capitán. Y... pasé algún tiempo en el turno de noche del hospital de mi localidad.

—Ya... —El hombre se levantó—. Acompáñame.

Echó a andar y se detuvo junto a la primera cama. En ella yacía un joven vietnamita con la cabeza cubierta de vendas, a través de las cuales la sangre se había filtrado formando una mancha marrón rojizo.

—Es vietnamita —dijo Frankie con tono sorprendido.

—Tratamos a los aldeanos que nos traen —respondió el capitán Smith—. En fin, Frankie, todos los pacientes aquí tienen daño cerebral. La mayoría no presenta reflejo fotomotor. ¿Sabes lo que significa? —Antes de que pudiera responder, el médico se sacó una delgada linterna del bolsillo de la pechera y apuntó a los ojos del paciente—. ¿Ves? No hay reacción. La pupila permanece fija y dilatada. Tendrías que anotarlo en su historia clínica, junto con la fecha y la hora.

Le enseñó dónde y cómo tomar la nota, le entregó la linterna y siguieron adelante. Fue mostrándole un joven soldado estadounidense tras otro, todos desnudos bajo sábanas pálidas, con la mirada vacía, la mayoría con respiradores. Había varios pacientes vietnamitas.

—Este se metió en un rotor —dijo junto a la cama de un hombre con la mitad de la cabeza vendada y al que faltaba un brazo.

La última estaba ocupada por un hombre negro cubierto de vendas. Se removía y balbuceaba de forma ininteligible. Entonces gritó como si le doliera algo.

—No está comatoso, pero tampoco consciente del todo. Podría experimentar cierta recuperación. La mayoría no, la verdad. Hemos desarrollado las habilidades para salvar sus cuerpos, pero no sus vidas —dijo el capitán Smith.

Frankie recorrió con la mirada las numerosas camas, un mar de blanco y metal y máquinas y hombres. Cada uno de ellos un hijo, un hermano, un marido.

—Supervisamos y cambiamos los vendajes, y hacemos que respiren hasta que los vea un neurólogo en el Tercer Hospital de Campo. Aprenderás a detectar los cambios sutiles en su estado. Pero esto es un hospital de evacuación; no duran mucho aquí.

—¿Pueden oírme?

—Buena pregunta. Sí, Frankie; creo que pueden o, en cualquier caso, confío en que así sea. ¿Sabes poner una vía?

—En teoría, sí.

Frankie sentía su incompetencia como una letra escarlata sobre el uniforme de campaña.

—No te preocupes, Frankie. Tienes corazón, eso se ve. Las habilidades te las puedo enseñar yo.

14 de abril de 1967

Queridos mamá y papá:

¡Os saludo desde el 36.º Hospital de Evacuación! Siento haber tardado tanto en escribir. Cuesta expresar la rapidez con que se vive por aquí. Me paso la mayor parte del tiempo muerta de miedo o de cansancio. Cuando planto la cabeza en la almohada, adiós. Resulta que, si una está lo bastante cansada, aprende a dormir en cualquier situación. He estado centrada en mejorar mis habilidades como enfermera, que eran, siendo suaves, deficientes. Trabajo un montón de horas en la unidad de Neurología, que es adonde me han asignado.

¡Estoy aprendiendo muchísimo! Me paso el turno de noche apuntando con luces brillantes a los ojos de los pacientes, tomando nota de cualquier dilatación de la pupila, o la falta de ella, succionando heridas, monitorizando respiradores, cambiando goteros, girando cada pocas horas a los pacientes paralizados, pinchando o pellizcando partes del cuerpo para ver si sienten dolor. Es tan glamuroso como suena y, mamá, sé que me dirías algo si vieras la pinta que llevo por aquí, pero mis habilidades están mejorando. Poco a poco.

He hecho dos amigas. Ethel Flint, una enfermera de Urgencias de Virginia, y Barb Johnson, una enfermera quirúrgica de Georgia.

Gracias a ellas no me vuelvo loca. Mi superior, el capitán Smith, también es estupendo. Es de un pueblecito cerca de Kansas City. Te caería fenomenal, papá. Colecciona relojes y le encanta el backgammon.

Os echo de menos. Mandadme noticias del mundo real. Por aquí el único periódico que recibimos es el *Stars and Stripes*, y la única radio es la de las Fuerzas Armadas. Ni que decir tiene que no nos llegan noticias de la última pelea entre Burton y Taylor. ¡Escribidme pronto!

Os quiere,

FRANKIE

La relativa tranquilidad de la unidad de Neurología era perfecta para que Frankie desarrollase sus capacidades como enfermera. Allí podía respirar, concentrarse o hacerle preguntas al capitán Smith y, con la práctica, empezó a ganar confianza. Había pocas urgencias; las heridas de los pacientes ya se habían tratado en el quirófano. Eran comatosos, pero la mayoría tenía también otras heridas que necesitaban cuidados. El silencio le daba tiempo para pensar, procesar, leer las detalladas notas que escribía tras comprobar el estado de cada paciente. En el 36 se encargaban de estabilizar lo suficiente a los heridos para luego trasladarlos a un hospital de campo para su tratamiento. La analgesia era la tarea que más en serio se tomaba. Como aquellos hombres no podían hablar, ponía especial cuidado a la hora de evaluar —e imaginar— su nivel de dolor.

De lejos, la crujía parecía llena de jóvenes atrapados en esa tierra de nadie entre la vida y la muerte. La mayoría presentaba muy poca o ninguna reacción ante los estímulos, pero conforme Frankie aprendía las habilidades para cuidarlos, empezó a verlos más allá de sus cuerpos dolientes: como hombres que esperaban algo más. Cada soldado la hacía pensar en Finley. Les hablaba con afecto, les tocaba las manos. Imaginaba a cada uno de ellos, encerrados en el negro vacío del coma, soñando con el hogar.

En ese momento se encontraba a los pies del soldado de diecinueve años Jorge Ruiz, un operador de radio que había salvado a la mayoría de su sección. El capitán Smith lo había colocado al fondo de la crujía, lo que significaba que no esperaba que viviera lo suficiente para su traslado.

—Hola, soldado —dijo Frankie, inclinándose sobre él para susurrarle al oído—. Soy Frankie McGrath, una de sus enfermeras.

Acercó un carrito de acero inoxidable, cargado con gasa estéril, agua oxigenada y esparadrapo. Tendría que reponerlo todo antes del cambio de turno. Las luces del techo eran tan fuertes que le dolían los ojos.

Le acercó la mano con cuidado a la pierna, preguntándose si percibiría su tacto mientras retiraba la gasa manchada de sangre.

—Esto podría dolerle —dijo con suavidad cuando comenzó a tirar de la gasa cubierta de costra seca para despegarla de la herida rosada e irregular. Le habría gustado poder humedecer la gasa para facilitar la tarea, pero así sangraría, y sangrar era bueno.

Retirada la gasa, buscó tejido ennegrecido o bolsas verdosas de pus. Se inclinó para olfatear la herida.

Todo normal. No había infección.

—Esto tiene buena pinta, soldado Ruiz. Muchos de los chicos de la crujía envidiarían una curación como la suya —dijo mientras volvía a vendar la herida.

A su lado, el respirador subía y bajaba con su rítmico sonido a medida que inflaba y desinflaba el pecho hundido del herido.

Un ruido de barullo en las puertas rompió el silencio. Dos soldados cubiertos de sangre, con el uniforme sucio y desgarrado, entraron hombro con hombro en la crujía.

—¿Enfermera? —dio uno de ellos, acercándose al soldado Ruiz—. ¿Cómo está?

—Está en coma —respondió Frankie.

—¿Despertará?

—No lo sé.

El otro soldado se colocó al lado de su amigo.

—Nos salvó la vida.

—Quería volver a casa y ser bombero. No sé qué pueblucho fronterizo en el oeste de Texas. Yo le dije que ni en sueños aprobaría el examen de acceso. —Miró a Frankie—. Tengo que decirle que estaba tomándole el pelo.

—Se aferra a la vida —dijo ella. Era la única esperanza que podía ofrecerles. Y era la verdad. Donde había vida, había esperanza.

—Gracias, mi teniente, por cuidar de él. ¿Podríamos hacerles una foto juntos? ¿Para su madre?

—Por supuesto —respondió Frankie en voz baja, pensando en lo mucho que una fotografía de Finley habría significado para su familia. Se arrimó al joven y cogió la mano inerte entre las suyas.

El soldado tomó la instantánea.

—Tiene suerte de contar con amigos como ustedes —dijo Frankie—. Díganle a su madre que no estaba solo.

Los hombres asintieron con solemnidad. Uno de ellos se sacó una insignia del bolsillo y se la tendió a Frankie.

—Gracias, mi teniente.

Se quedó mirando un momento más a Ruiz antes de marcharse. Frankie se guardó la insignia y contempló a su paciente.

—Tiene usted buenos amigos por aquí —dijo al tiempo que le rellenaba el gotero.

Al finalizar el largo turno de noche, apenas se tenía en pie. Casi sin mirar a Debbie John, la enfermera que iba a relevarla, Frankie salió tambaleándose de la crujía. Era pronto, pero el sol ya brillaba con fuerza. Pasó de largo el comedor —no tenía hambre— y el club de oficiales —no tenía ganas de fiesta— camino de su cabaña. Por los tiros de armas ligeras y los helicópteros que se oían en la distancia sabía que pronto llegarían nuevos pacientes. Más le valía dormir mientras pudiera. Por suerte, la cabaña estaba vacía. Barb y Ethel solían trabajar de día. Llevaba semanas casi sin ver a sus compañeras.

Agradecida por el relativo sosiego, Frankie se desató las botas, las guardó en su pequeño baúl militar y se tumbó en el catre. A los pocos minutos ya estaba dormida.

—Hora de levantarse, princesa.

—Lárgate, Ethel, que estoy durmiendo. —Frankie se giró a un lado.

—No. Babs y yo hemos estado hablándolo y vamos a tomarte bajo nuestra ala. ¿O es «nuestras alas»? —Miró a Barb, que se encogió de hombros.

Frankie gruñó y se tapó la cabeza con la almohada.

—Fenomenal. A partir de mañana.

—A partir de ya, Frank. Llevas seis semanas escondiéndote con los vegetales. Hace semanas que no te vemos por el club. ¿Quién viene a Vietnam y no hace amiguitos con los que jugar?

—Estoy aprendiendo a ser una enfermera competente.

—De eso precisamente se trata hoy. Ahora levántate antes de que te eche un cubo de agua encima. Ponte el uniforme de campaña, que nos vamos de excursión. Y tráete la cámara —concluyó Ethel al tiempo que, tirando de la manta que cubría a Frankie, dejaba expuestas sus piernas desnudas.

Gruñendo y trastabillando, Frankie se bajó del camastro y se puso una camiseta con un pantalón de campaña que aún estaba nuevo, sin manchas de sangre. En Neuro no había demasiadas emergencias cruentas.

Ethel y Barb la esperaban a la puerta del comedor.

—Nos vamos a ver al mágico mago de Oz. Se rumorea que no van a llegar heridos —dijo Barb con una sonrisa antes de tenderle a Frankie un chambergo verde oliva—. Vas a necesitar esto.

En el exterior del campamento reinaba un silencio maravilloso, sin helicópteros trayendo heridos ni explosiones de mortero en la distancia. Los hombres se lanzaban un balón de fútbol americano; un camión de agua pasó a su lado.

Ethel y Barbara la condujeron hasta un M35 —un camión REO de dos toneladas y media— aparcado junto a las puertas del hospital. Se subieron a la caja, acompañadas del capitán Smith. Varios hombres de la unidad de infantería, armados con rifles, las rodeaban.

—Sube —le dijo Barb a Frankie—. No van a estar esperando toda la vida.

Frankie se subió y se sentó en el suelo de metal junto al artillero. El gigantesco vehículo empezó a rugir, se sacudió y echó a rodar.

—¿Adónde vamos? —preguntó Frankie.

—MEDCAP —se limitó a responder Ethel mientras el M35 franqueaba rugiente las verjas vigiladas y se adentraba en el país. ¿Aquello era seguro?—. El Programa de Acción Civil Médica. Ofrecemos asistencia sanitaria a los locales. Seguro que los has visto en las crujías. El capitán Smith organiza estas salidas siempre que puede; dice que le recuerda al trabajo allá en casa.

Al atravesar una aldea que no quedaba lejos del complejo hospitalario, Frankie vio uniformes y camisetas verde oliva colgados de los tendederos. Luego llegaron a campo abierto, con la selva a la izquierda y un río sucio y marrón a la derecha. Un puñado de niños flotaba en un neumático, riendo y empujándose unos a otros.

Frankie cogió la Polaroid y tomó una fotografía de un chiquillo que conducía un búfalo de agua negro por el río y otra de una anciana ataviada al estilo tradicional, con una larga túnica abierta a los lados sobre un pantalón ceñido, que Frankie había aprendido que se llamaba *ao dai*, cargando con una canasta llena de fruta.

Los soldados de pie al fondo del camión se irguieron y apuntaron con las armas a la exuberante selva en la distancia.

—Atentos —dijo uno de ellos antes de añadir—: Francotiradores.

Frankie dejó la cámara en el regazo y se quedó mirando. Allí mismo podía ocultarse un batallón de enemigos. ¿Los estarían vigilando? Se imaginó a unos hombres acuclillados tras los carrizos, con las armas apuntadas al camión. Se agachó y se sujetó el chambergo a la cabeza; había empezado a sudar.

El camión prosiguió traqueteante por una carretera llena de barro y baches a través del verde paisaje. Por todas partes se apreciaban las huellas de la guerra: tierra quemada, sacos terreros, alambradas de concertina, explosiones en la distancia, helicópteros por encima de las cabezas. En una enorme extensión de selva, las hojas se habían vuelto de un tono anaranjado y estaban muriendo; Frankie sabía que significaba que su país había rociado un herbicida, el agente naranja, para matar la vegetación y así limitar la capacidad de esconderse del enemigo.

Vio mujeres caminando por los arrozales o entre la hierba crecida, con los ondeantes *ao dai* y los sombreros cónicos de paja, cargando bebés y niños pequeños mientras trabajaban bajo el sol abrasador.

Subieron la ladera de una montaña y, por fin, llegaron a una aldea encaramada en un pequeño llano recortado en la falda exuberante. Los pulcros jardines estaban cuidadosamente vallados y las viviendas de bambú se alzaban sobre pilares. En aquella remota aldea, la gente vivía como siempre habían hecho sus ancestros, cazando con arco y cultivando el arroz.

El lugar parecía construido alrededor de un bello aunque deteriorado edificio de piedra, reliquia de la controvertida ocupación francesa de Vietnam. Los aldeanos —la mayoría, ancianos menudos y encorvados de cuello flaco y muñecas finas, los dientes ennegrecidos de mascar sin descanso semillas de betel— salieron de los chamizos y formaron una fila delante del camión, con las manos unidas y las cabezas inclinadas en señal de respeto.

Ethel se dispuso a levantarse.

—Cuidado —le advirtió uno de los soldados de infantería armados—. El VC está en todas partes. Les plantan bombas a las criaturas y las ancianas. Podrían estar escondidos entre los arbustos.

Frankie miró a su alrededor. ¿Bombas… en niños? ¿Cómo saberlo? ¿Cómo adivinar si esas personas pertenecían al Vietcong, cuyas bombas ocultas habían reventado a tantos soldados? ¿Cómo distinguir al enemigo del aliado?

Observó con atención la fila de aldeanos, con su ropa negra y holgada, y vio que no había jóvenes, ni hombres ni mujeres; solo ancianos y niños pequeños. ¿Llevarían espadas escondidas en las mangas, armas bajo la cinturilla?

—Venga, muchachos —dijo Barb—. No sirve de nada preocuparse.

—A trabajar —añadió el capitán Smith.

El equipo médico se bajó de un salto del camión. Frankie fue la última en pisar la tierra rojiza. ¿Cómo se suponía que iba a protegerse de un enemigo invisible?

El capitán se acercó a ella y le dio una palmadita en el brazo.

—Eres una buena enfermera, Frankie. Ve y demuéstraselo.

Asintió mientras el médico se aproximaba a un hombre mayor, que no mediría más que un niño estadounidense de diez años, con la piel oscura y los dientes negros. Cuando sonrió, unas profundas arrugas surcaron su rostro. Les pidió que se acercaran con un gesto de su dedo artrítico antes de dar media vuelta y guiarlos hasta la desvencijada mansión francesa. Los muros de piedra estaban acribillados de balas y las paredes de varias estancias se habían desmoronado. El suelo estaba cubierto de esteras como de hierba tejida. En una enorme chimenea ardía el fuego y, sobre él, bullía y borboteaba una olla negra cuyo rico aroma a especias impregnaba la sala húmeda.

El anciano sacó una gran jarra de barro y la levantó ante el capitán Smith. Dijo algo que sonó como «*Bac-si, Ca mon*» con voz decrépita. Dio un largo trago y se la tendió al médico.

No iría a bebérselo, ¿verdad? ¿Qué era aquello?

—Creo que significa: «Gracias, doctores» —dijo Barb.

Fue la siguiente en coger la jarra, después del médico, y bebió con ganas antes de pasársela a Frankie, que la aceptó con gesto lento.

Contempló desconfiada el borde desportillado y se lo llevó despacio a los labios. Tomó un pequeño sorbo, sorprendida al descubrir un sabor dulce y penetrante, como una especie de vino.

El anciano le sonrió, asintió y dijo algo en su idioma.

Frankie le devolvió la sonrisa vacilante y dio un nuevo trago.

Tras el ritual de bienvenida, el equipo dispuso los consultorios para ayudar a los aldeanos. Todos se comunicaban con gestos de las manos. Ninguno de los vietnamitas hablaba una sola palabra de inglés. El equipo médico montó un dispensario provisional con una mesa de reconocimiento portátil en una cabaña desnuda con tejado de paja; colocaron otra mesa fuera, con una palangana llena de agua jabonosa para despiojar a los niños y lavar las llagas en su piel. Las moscas se posaban por todas partes, en el pelo, en los labios, en las manos. El conductor del camión repartía caramelos entre los chiquillos, que se apiñaban a su alrededor pidiendo más.

Durante las siguientes horas, Frankie trató a los aldeanos en el salón de la antigua mansión. Jóvenes y viejos esperaron con paciencia a que atendiera todo tipo de males. Frankie administró vermífugos, antiácidos, aspirina, laxantes y pastillas para la malaria. Examinó dientes y canales auditivos, y escuchó latidos cardiacos. Casi había llegado al final de la fila cuando un niño que no tendría más de cinco años se coló y se puso a su lado. Llevaba camiseta y pantalón corto, tenía los pies sucios y el pelo negro, cortado a trasquilones, retirado de la cara con barro rojo. Ni habló ni le tiró de la manga, pero tampoco se apartaba de ella.

—¿Qué te pasa, pequeñín? —le preguntó cuando hubo terminado de tratar al último paciente.

Él le sonrió de un modo que le derritió el corazón.

Frankie lo tomó en brazos. Él la rodeó con las extremidades y, mirándola con gesto interrogante, dijo algo en su idioma.

—Yo no...

El niño se bajó, le cogió la mano y tiró de ella.

Quería que lo siguiera. Frankie volvió la vista; nadie la miraba. En el exterior, Ethel ponía inyecciones y Barb le limpiaba una herida de machete a una anciana.

Frankie dudó: le habían advertido que tuviera cuidado. El VC podía estar escondido en cualquier parte.

El niño tiró con mayor fuerza. Parecía tan inocente, tan pequeño... No era alguien a quien temer.

—Vale —dijo Frankie.

La condujo por un destartalado pasillo de piedra, entre cuyas deterioradas losas trepaban las enredaderas para luego extenderse como tentáculos por el suelo ennegrecido por el moho. Se detuvo ante una puerta de madera cerrada y medio descolgada de las bisagras, alzó la vista hacia Frankie y le hizo una pregunta en su idioma.

Ella asintió.

El niño abrió la puerta.

Frankie percibió un hedor putrefacto.

En el interior, la llama de una vela iluminaba a una niña tumbada sobre una estera de hierba, cubierta por mantas sucias, con un orinal no demasiado lejos. Frankie se tapó la nariz y la boca con un pañuelo y se acercó.

Era una adolescente, de unos trece años quizá, con el pelo negro enredado y la piel macilenta. Tenía la mano izquierda envuelta en un vendaje sucio y ensangrentado.

Cuando Frankie se arrodilló a su lado, la chiquilla la miró con recelo.

—No voy a hacerte daño —dijo al tiempo que levantaba la mano vendada y la desenvolvía con cuidado.

El olor a podredumbre la asaltó. La mano estaba tan destrozada que resultaba irreconocible. Las heridas abiertas rezumaban pus verdoso. En uno de los dedos, un hueso asomaba a través de la carne desgarrada y ennegrecida.

Carne ennegrecida. Gangrena. Frankie había leído sobre ella, pero era la primera vez que la veía.

El niño dijo algo. La chica negó sacudiendo la cabeza con fuerza.

—No te muevas de aquí —le dijo Frankie al niño, soltando con cuidado la mano mutilada.

Franqueó la puerta y recorrió el pasillo hasta salir al aire dulce y fresco.

—¡Capitán Smith! ¡Aquí! Traiga el maletín.

Guio al médico hasta el cuarto oscuro y maloliente, caminando en silencio sobre las losas con pasos tan rápidos como el latido de su corazón.

Él se arrodilló junto a la adolescente, examinó las lesiones y soltó un hondo suspiro.

—Debe de trabajar en uno de los ingenios de azúcar de caña. Ha sido un rodillo.

—¿Qué podemos hacer?

—Podríamos mandarla al Tercer Hospital de Campo. Tienen un pabellón para locales, pero estos aldeanos son autosuficientes. No querrán dejarla marchar y no podemos garantizarles su regreso. Lo mejor para que sobreviva consiste en amputación y antibióticos. Si no hacemos nada, la gangrena se extenderá y morirá por la infección.

Los dos se miraron, pero ninguno creyó que hubiera dudas. Tenían que salvarle la vida a aquella chica.

—Llamaré a Ethel.

—No. Te quiero a ti, Frankie. Dile al niño que se vaya.

Frankie sintió una oleada de pánico, pero el capitán Smith ya estaba de rodillas, abriendo el maletín. Sacó una jeringuilla y administró un sedante a la chica. Cuando esta cerró los ojos y quedó inerte, el médico dijo:

—Sujétala, Frankie.

Entonces sacó una sierra.

El niño salió corriendo.

El doctor Smith administró morfina a la paciente.

—Sujétala por el antebrazo —ordenó el capitán Smith—. Con fuerza.

Frankie agarró a la muchacha e hizo todo lo posible por ayudar; la amputación fue tan brutal que tuvo que apartar la vista varias veces, pero cuando la cirugía hubo terminado, mientras la chica seguía inmóvil, le curó con cuidado el muñón y lo envolvió en gasa blanca limpia. Al acabar el tratamiento, se dio la vuelta y vio a una delgada anciana survietnamita, apoyada en la pared con lágrimas en los ojos.

—Puede que esa mujer sea su abuela —dijo Frankie sin alzar la voz.

—Entrégale los antibióticos y trata de explicarle cómo administrarlos —dijo el capitán Smith—. Y enséñale cómo vendar el brazo.

Frankie asintió. Se acercó a la mujer silenciosa en el fondo del cuarto e hizo todo lo posible por explicar los cuidados que necesitaba la chica.

La mujer la miró de hito en hito, asintió como si hubiera entendido lo que le había dicho e hizo una profunda reverencia.

Frankie le entregó los antibióticos y las gasas a la mujer antes de seguir al capitán Smith al exterior del edificio. De camino al camión, sintió que alguien le tiraba de la manga.

El niño extendió la mano y abrió los dedos. En la palma sostenía una piedra gris y lisa. Dijo algo en su idioma y se la tendió. Frankie tuvo la sensación de que era una posesión muy preciada para él.

—¿Es tu hermana? —le preguntó Frankie.

El niño sonrió y volvió a tenderle la mano. Frankie cogió la piedra con gesto delicado, pues no quería ofenderlo. Entonces se llevó la mano tras el cuello y se desabrochó la medalla de san Cristóbal que llevaba desde que se confirmó a los trece años.

Cuando le dio el collar al niño, este abrió desmesuradamente los ojos alborozados.

Frankie se guardó la piedra lisa en el bolsillo de la camisa y se subió a la parte trasera del camión. Mientras se alejaban bajo la mirada silenciosa de los más viejos y los más jóvenes del lugar, se la sacó del bolsillo.

No era más que un pequeño canto rodado al que normalmente no habría prestado la más mínima atención. En la palma de su mano, sin embargo, se convirtió en un talismán. Un recordatorio de que, con suerte, una adolescente llegaría a la edad adulta gracias a su trabajo ese día. Sí, esa chica se sumaría a la generación de amputados que habían sobrevivido a la guerra, pero podría correr, jugar, casarse y sostener un hijo en sus brazos.

—Hoy lo has hecho muy bien, Frankie —dijo Barb—. Puede que, después de todo, haya esperanza contigo.

Ethel sacó un paquete de cigarrillos.

—Es el paso uno para sacar de Neuro a nuestra chica.

Frankie cogió un cigarrillo y lo encendió.

—¿Cuál es el paso dos?

—Ay, corazón. —Barb sonrió—. Aún estamos trabajando en ello.

8

21 de abril de 1967

Querida Frances Grace:

Apenas me puedo creer que lleves más de un mes ahí.

En tu ausencia, el país se ha vuelto loco.

Sentadas. Protestas. Puños en alto. Créeme, más de una y más de dos de esas chicas del amor libre se van a despertar una mañana con un problema y entonces ¿dónde estarán sus amantes de pies sucios? En la cárcel o muy lejos, ya te lo digo yo. El mundo cambia para los hombres, Frances. Para las mujeres, siempre es igual.

El presidente dice que las protestas están alargando la guerra.

Tu padre y yo vemos las noticias todas las noches esperando, por tonto que suene, verte aunque sea de pasada. Los soldados parecen tener buen ánimo.

Con cariño,

Tu madre

P. D. He visto a una antigua amiga tuya, no me acuerdo del nombre, la muchacha de pelo crespo de Santa Bernadette que jugaba tan mal al voleibol... Da igual, la vi por la televisión en un piquete en San Francisco. Los senos se le bamboleaban a tal velocidad que, bajo la camiseta sucia, parecían los guantes de boxeo de Sonny Liston. ¿Alguien podría explicarme, por favor, cómo unos senos bamboleantes van a contribuir a la causa por la libertad?

Cuando el turno llegaba a su fin y la tarde empezaba a caer, Frankie se sentó junto a uno de sus pacientes, un joven de Oklahoma. Hacía dos semanas que la habían ascendido al turno de día.

Cerró el libro que había estado leyendo en voz alta. *Casta invencible*.

—Bueno, Trevor —le dijo a su paciente—. Estoy muerta. Me voy pitando a la ducha, luego a cenar y a la cama. Hoy ha hecho un calorazo que puede que el agua esté hasta templada. —Le tocó el brazo—. Mañana te llevan al Tercero. Te echaré de menos.

Le dio un apretón en la mano y luego pasó de cama en cama a darles las buenas noches a cada uno de los pacientes, a quienes tocaba mientras les susurraba: «Ya estás a salvo. Te llevaremos a casa». Era lo único que se le ocurría decir a hombres tan dañados. Luego cogió su lata de TaB tibio y se encaminó a la cabaña.

Era un día seco y caluroso de mayo. El sol inclemente endurecía la tierra y secaba la piel y el pelo. Frankie no hacía más que rascarse y sudar.

En la cabaña encontró a Ethel y a Barb vestidas de civiles, la primera con un vestido veraniego que había encargado a una costurera vietnamita en Saigón; Barb llevaba un *ao dai* a medida de seda negra.

Frankie vio su vestido tendido sobre el catre. Era el que se había comprado en Bullock's: azul y recto, con cuello babero y cinturón a juego. Muy bonito, pero muy de la década pasada. Su madre había insistido en que lo llevase a la guerra para «ir a fiestas».

Frankie echó a un lado el vestido y se dejó caer en el colchón.

—Estoy derrengada.

Ethel miró a Barb.

—¿Tú estás cansada?

—Muertita.

—¿Y vas a quedarte durmiendo o vas a ir a la fiesta de despedida del capitán Smith?

—¿Es esta noche? —preguntó Frankie, dejando caer los hombros en gesto de derrota—. Jo...

—Muévete, Frank —dijo Ethel.

No había excusa que valiera. El capitán Smith había sido un maestro y superior fabuloso. Había demostrado paciencia y amabilidad a la hora de enseñarle las habilidades necesarias para cuidar a los pacientes de Neuro; Frankie había pasado incontables horas con él en la crujía y hasta había compartido alguna que otra Coca-Cola en el club de oficiales. Había admirado con entusiasmo las fotografías de sus hijos, allá en el mundo. Ni de broma iba a perderse la oportunidad de despedirse de él.

—¿Vamos a ir ahí? —preguntó Frankie, frunciendo el ceño conforme se acercaban al helipuerto.

Quizá los helicópteros fueran grandes y maniobrables, pero también eran objetivos que al enemigo le encantaba derribar. Y los de este tipo, los Dust Off, eran especialmente peligrosos: aparatos desarmados y diseñados para transportar heridos. Además, cuando uno explotaba en el aire, no solía haber restos que recuperar. Frankie lo sabía bien.

Los rotores expulsaban aire caliente que levantaba polvo y hacía que picaran los ojos.

Cuando Ethel la empujó hacia delante, un soldado la subió al aparato de un empellón. Frankie fue trastabillando hasta el fondo, tomó asiento y se pegó a la pared.

Barb y Ethel se sentaron en los marcos sin puerta, con los pies colgando por el borde, riendo mientras el helicóptero se levantaba en el aire y aceleraba con el morro inclinado hacia abajo y la cola hacia arriba.

El ruido en el interior era ensordecedor.

Al virar hacia la izquierda, Frankie contempló Vietnam por el vano: la franja llana y verde de la selva, atravesada por una cinta marrón de agua salpicada de barcas. Playas de arena blanca bordeadas por las aguas turquesa del mar de la China Meridional. Montañas verdeantes en la distancia, rozando el cielo azul cubierto de nubes.

También se veía destrucción. Alambradas de concertina que atrapaban la luz y la reflejaban en mil tonos de color. Rojos agujeros gigantes, árboles caídos o talados. Pilas de restos metálicos esparcidas a lo largo de las carreteras. Helicópteros precipitándose sobre el paisaje, disparando al suelo, recibiendo disparos. El zumbido constante de los rotores, el tableteo de los ataques con mortero. Los tanques desplazándose por los caminos de tierra, levantando nubes rojas de polvo. Aquellos días, Estados Unidos no paraba de bombardear la Ruta Ho Chi Minh. En las montañas, cerca de una aldea llamada Pleiku, se libraba el combate.

—Eso es Long Binh —gritó uno de los artilleros.

Frankie sabía que se trataba de una de las mayores bases en el país. Allí vivían y trabajaban decenas de miles de personas. Tenía entendido que el economato era más grande que cualquier centro comercial de Estados Unidos. Desde arriba parecía una ciudad creciente ganada a la jungla, construida sobre un rectángulo llano de tierra roja. Las excavadoras iban royendo los márgenes, abriendo nuevo espacio sin parar. No se veía un árbol ni una brizna de hierba, nada verde, ni un rastro de sombra de la selva que estaban destruyendo para hacer sitio a aquella ciudad temporal.

Aterrizaron en el helipuerto justo cuando el crepúsculo teñía el cielo de un brillante fulgor rojizo.

Frankie caminó con cuidado hasta la parte delantera, se bajó del aparato y siguió a Ethel y a Barb, que sabían exactamente adónde se dirigían en la maraña sucia y maloliente de caminos, personas, tanques y bulldozers. La plaza era un hervidero de actividad; se estaba construyendo un gigantesco hospital para albergar al número cada vez mayor de heridos.

El club de oficiales de Long Binh era legendario. Frankie había oído historias de fiestas épicas y borracheras antológicas, incluso con presencia ocasional de la policía militar. El capitán Smith —que había pasado la mayor parte de su primer periodo de servicio allí— todavía hablaba con frecuencia del club, diciendo que no quería celebrar su fiesta de despedida en ningún otro lugar.

Barb llegó la primera y abrió la puerta. Frankie entró y se puso a su lado. Se veía ostentosa con su vestido azul, ridículo de puro recatado, con las uñas mordidas hasta el muñón y el corte pixie tan crecido y desgreñado que parecía uno de los Beatles. El pañuelo que se había puesto en la cabeza no solucionaba nada. Al menos llevaba zapatillas en lugar de las botas.

El club de oficiales no era como se lo esperaba, aunque ¿qué se esperaba? ¿Mesas con manteles de lino blanco y camareros de negro, como en el club de campo de Coronado?

De hecho, no era más que un bar oscuro y mugriento. El aire abrasador olía a humo de cigarrillos, alcohol derramado y sudor.

Una barra de madera recorría la pared de la edificación y sobre ella se apoyaba una fila de hombres. Otros estaban sentados a las mesas de madera en sillas disparejas. No abundaban las mujeres, pero las pocas que había estaban en la pista de baile. Frankie vio a Kathy Mohr, una de las enfermeras quirúrgicas del 36, bailando con el capitán Smith. Habían colgado un cartel sobre la barra: BON VOYAGE, CAPITÁN SMITH.

Frankie recordó de repente la fiesta con camareros que sus padres habían dado para celebrar la partida de Finley.

Parecía pertenecer a otro universo, a otra era.

De una ingenuidad demoledora.

Barb arrastró a Frankie entre el gentío, abriéndose paso a codazos. Una vez en la barra, pidió un gin-tonic y dos refrescos, gritando para que se la oyera por encima de las voces y la música. A su lado, un soldado sonreía voraz, encantado de ver a un par de americanas. Frankie vio el parche con el gran uno rojo en la manga, indicativo de la Primera División de Infantería.

Barb no le hizo caso y llevó las tres bebidas a una mesa vacía. La música cambió, se volvió sexy. Era una canción que Frankie no había oído nunca: *Come on, baby, light my fire*.

Frankie estaba a punto de acercarse a la mesa cuando alguien le tocó el hombro.

El doctor Jamie Callahan estaba allí, sonriéndole. Recordó cómo la había ayudado durante su primera alerta roja, lo serena que había sonado su voz y lo amable que se había mostrado con ella, y la noche en que habían charlado junto a las letrinas. Desde que la habían promocionado al turno de día lo había visto una o dos veces en el comedor o en el club de oficiales, pero no habían hablado mucho.

Esa noche, con la camiseta blanca, el pantalón de campaña y las botas de combate, estaba tan guapo como Robert Redford en *Propiedad condenada*. Y lo sabía. El pelo rubio oscuro, que le había crecido más de lo que permitía el reglamento, los ojos azules, la mandíbula cuadrada. Cualquiera lo habría considerado el «chico de al lado» y, sin embargo, había tristeza en sus ojos y una leve caída en sus hombros. Frankie notó cierto desánimo en él, apenas oculto bajo la superficie. Cierta aflicción. Tal vez él también lo notara en ella.

—Ahora que han llegado las enfermeras, esto sí que es una fiesta —dijo con una sonrisa forzada.

Frankie lo miró a los ojos. Las semanas que había pasado estudiando a los pacientes comatosos habían agudizado sus capacidades de observación.

—¿Te encuentras bien?

La música cambió. Los compases tiernos de Percy Sledge cantando *When a Man Loves a Woman* llenaron el espacio.

—Baila conmigo, McGrath —le dijo, pero con un tono que no esperaba, sin la fanfarronería de tipo duro que te hace el favor de tu vida y que le habría hecho reír.

Aquella era una súplica, impregnada de soledad y desesperación. Frankie conocía bien el sentimiento. Le sobrevenía en cada turno mientras se movía entre sus pacientes comatosos a la espera de un milagro.

Le dio la mano y se dejó conducir hasta la pista de baile. Al arrimarse a él y sentir la fuerte solidez de su cuerpo, tomó repentina y aguda conciencia de lo sola que también estaba ella. Y no solo en Vietnam, sino desde la muerte de Finley. Apoyó la mejilla en su clavícula. Se movían a un ritmo cómodo, familiar, modificando los pasos solo cuando cambiaba la música.

Al final levantó la vista y se percató de que él la miraba. Alzó la mano con lentitud y le apartó el pelo de los ojos.

—Pareces cansado.

—Ha sido un día duro.

Jamie trató de sonreír, y su esfuerzo la conmovió. Sabía lo duro que podía ser llevar ese camuflaje.

—Son tan jóvenes —añadió.

—Cuéntame algo bonito —dijo Frankie.

Se quedó pensando un minuto y luego sonrió.

—A mi sobrina de siete años, Kaylee, se le ha caído un diente. Con los cincuenta centavos que le dejó el hada de los dientes se ha comprado un pececito. Su hermano, Braden, ha entrado en el equipo de fútbol.

Frankie sonrió: qué monos. Estaba a punto de preguntarle algo sobre su vida allá en el mundo cuando la puerta del club de oficiales se abrió de golpe. Con el sonido de fondo de un lejano ataque de mortero, entraron tres hombres.

Más que caminar, se pavoneaban. Eran ruidosos, jaraneros, llamaban la atención con sus risas. No parecían militares, y mucho menos oficiales. Los tres llevaban el pelo demasiado largo. Dos lucían bigote. Uno vestía una camiseta de los Warlocks con sombrero vaquero. Solo uno llevaba el pantalón azul de la Armada. Se rodeaban los hombros con los brazos y cantaban lo que parecía un himno de combate.

Se abrieron paso a empujones entre la gente y se sentaron a una mesa con un cartel de RESERVADO. Cuando uno de ellos levantó una mano, una camarera vietnamita ataviada con un *ao dai* corrió hacia ellos con una botella de Jack Daniel's y tres vasitos en una bandeja. El más menudo, pelirrojo y con el bigote ralo, echó la cabeza hacia atrás y aulló como un lobo.

—¿Quiénes son? —preguntó Frankie. Parecían más estudiantes de Berkeley o vaqueros que oficiales de la Armada.

—Es un escuadrón nuevo: los Lobos de mar. Helicópteros navales de apoyo al combate. La Armada necesitaba gente para volar, así que el año pasado eligieron a unos cuantos pilotos de caza, pidieron voluntarios y les enseñaron a manejar helicópteros. Puede que parezcan arrogantes y descontrolados con ese pelo y esa ropa, pero son bestias de carga. Nos han hecho un montón de evacuaciones en sus horas libres. Tú llamas a uno de los Lobos de mar y, si no está dándole caña a Victor Charlie, ahí que se te presenta. —Se quedó callado un momento antes de añadir—: He estado pensando en ti, McGrath.

Ahora sí sonaba como cualquier otro cirujano en ciernes. De ese hombre sí se podía reír.

—¿De verdad?

—Ya has estado bastante tiempo escondida.

—¿Escondida?

—En Neuro. Tu pandilla, Ethel y Barb, me han contado que estás lista para ascender.

—Ah.

—El capitán Smith dice que has hecho un trabajo excepcional. Que no ha trabajado con nadie que aprenda tan rápido.

Frankie no supo qué responder. A ella jamás le había dicho nada parecido.

—También dice que muestras compasión, cosa que ya sabía.

—Bueno...

—La cuestión es la siguiente: ¿tú has venido a este agujero a cambiar vendas o a salvar vidas?

—Creo que no está siendo justo conmigo, mi capitán.

—Jamie —replicó—. No me jodas, McGrath. Jamie.

—Vale. Creo que no estás siendo justo conmigo. Una infección oportunista puede...

—Ven a trabajar conmigo en Cirugía. A Patty Perkins le queda poco para licenciarse. Necesito a alguien bueno que la sustituya.

—Yo no soy lo bastante buena —respondió Frankie—. Llévate a Sara, de Quemados.

—Te quiero a ti, McGrath.

Frankie oyó en aquellas palabras más de lo que correspondía a la situación, suficiente para que se le dispararan las alarmas.

—Si esto no es más que una treta para llevarme a la cama...

Jamie le sonrió con picardía.

—Pues claro que me gustaría llevarte a la cama, McGrath, pero ahora mismo no es de lo que se trata.

—No soy lo bastante buena, en serio.

—Lo serás cuando haya acabado contigo. Palabra de scout.

—Pero ¿tú has sido scout?

—Ni en broma. Si ni siquiera sé lo que estoy haciendo aquí. Demasiadas deudas y demasiadas historias de guerra, creo. Mi padre me dijo que estaba majara. Pero aquí estoy y aquí seguiré otros siete meses. Necesito a mi lado a una enfermera de lo mejor.

Frankie tenía miedo de todo —de los IMV, de fallar en su trabajo, de mantener a Jamie a raya—, pero llevaba en Vietnam casi dos meses y, por duro que fuera, el tiempo pasaba rápido. Ya había aprendido todo lo que podía en Neuro. Si realmente amaba la enfermería y quería mejorar aún más, era hora de dar el siguiente paso.

—Vale, capitán Callahan. Solicitaré el traslado a Cirugía.

—Excelente.

Jamie parecía encantado consigo mismo. Había un brillo en sus ojos que Frankie imaginó seduciría a muchas mujeres. Ella no tenía intención de sumarse a sus filas, pero la verdad era que resultaba tentador. Y estaba casi convencida de que él lo sabía.

El día de su primer turno en el quirófano, Frankie se detuvo ante los sacos terreros apilados a la puerta, inspiró hondo y entró en el barracón Quonset.

Aquello era el caos.

Luces cegadoras, música estridente. Médicos, sanitarios y enfermeras vociferantes. Gritos de heridos. Vio a Jamie, con una bata ensangrentada y mascarilla, caminar hacia ella. Había sangre por todas partes: en las paredes, en el suelo, en las caras; goteando, saliendo a chorro, formando charcos. Patty Perkins, con el uniforme de campaña empapado, gritó: «Quita de en medio, McGrath», y la apartó de un empujón. Frankie se tambaleó y chocó con la pared mientras dos asistentes metían una parihuela en el quirófano. En ella iba sentado un soldado —un crío— que chillaba: «¿Dónde están mis piernas?».

—Tú respira, McGrath —dijo Jamie, tocándole con suavidad el hombro con el codo enfundado en la manga de la bata.

Al alzar la mirada, vio sus ojos cansados por encima de la mascarilla.

Una camilla pasó rodando junto a ellos; el joven traía las tripas colgando. Barb corría a su lado, cortándole la camiseta sin bajar el ritmo.

—Venimos del Preoperatorio.

Frankie se fijó en el reguero de sangre que iba dejando la camilla y sintió una náusea subiéndole por la garganta.

—Vale, McGrath. Sabes lo que es un TBD, ¿verdad? —dijo Jamie.

No se acordaba.

—McGrath, céntrate.

Sí, sí lo sabía. Llevaba semanas aplicándolos.

—Tratamiento básico diferido. Hay que limpiar las heridas sucias. Luego las cerramos para prevenir las infecciones.

—Exacto. Ven conmigo.

Frankie atravesó el quirófano. A medio camino se percató de que Jamie no se despegaba de ella para hacerla avanzar. La condujo hasta un joven que yacía en una camilla.

—Aquí hace falta DeI: desbridamiento e irrigación. La herida es de metralla. Hay que cortar el sangrado, retirar los fragmentos y quitar la piel muerta. Luego irrigamos la herida con solución salina. Convertimos un agujero grande en muchos pequeños. ¿Me ayudas?

Frankie negó con la cabeza.

Jamie bajó la vista y le dijo con dulzura:

—Mírame.

Frankie exhaló lentamente y alzó la vista.

—Nada de miedos, McGrath. Puedes hacerlo.

«Nada de miedos».

—Vale, sí —mintió—. Claro que puedo.

Durante las siguientes seis horas, las puertas de la sala 6 se abrieron una y otra vez para dar paso a sanitarios y auxiliares que traían a los heridos de la sala de Preoperatorio. Frankie aprendió que aquello era lo que se conocía como un «aluvión».

En ese momento se encontraba frente a Jamie ante la mesa de operaciones, ambos ataviados con bata, gorro y guantes. Entre los dos yacía un joven sargento cuyo pecho había sufrido un disparo a poca distancia. Frankie tenía a la derecha la bandeja de instrumental y material quirúrgico.

—Pinza hemostática —dijo Jamie. Dejó a Frankie un instante para examinar la bandeja antes de añadir—: Al lado del separador. ¿La ves?

Frankie asintió, cogió el instrumento y se lo tendió. Observó fascinada cómo reparaba la herida, cosiendo una vena en lo más hondo del pecho del hombre.

—Pinza de Allen.

Jamie la cogió de manos de Frankie y siguió trabajando.

A las diez de la noche, Frankie se dormía de pie y estaba cubierta de sangre.

—Listo —dijo al fin el cirujano, dando un paso atrás.

—¡Último paciente! —exclamó Barb al tiempo que subía el volumen de la radio, por la que sonaba una canción de Van Morrison. Canturreando, atravesó el quirófano hasta donde se encontraban—. ¿Qué tal lo ha hecho mi chica?

Jamie miró a Frankie.

—Ha estado genial.

—Te dije que lo clavarías. —Barb chocó la cadera con la de Frankie.

Patty se colocó junto a Barb.

—Buen trabajo, Frankie. En nada serás una estrella. —Rodeó a Barb con el brazo—. ¿Club de oficiales?

Barb se bajó la mascarilla.

—Ni lo dudes. ¿Te vemos allí, Frankie?

Esta estaba tan cansada que apenas logró asentir con la cabeza.

Barb y Patty se rodearon los hombros con los brazos y fueron sosteniéndose mutuamente camino de las puertas.

Jamie se quitó el gorro y llamó a un asistente sanitario para que llevase al paciente a la sala de Postoperatorio. Cuando la camilla se alejó, Frankie y él se quedaron solos frente a frente en mitad del quirófano.

—¿Y bien? —dijo él mirándola con fijeza. Frankie supo que, por algún motivo, le importaba su opinión sobre aquella noche.

—Me queda mucho por aprender —respondió. Luego le sonrió—. Pero, vale, sí.

—Hay hombres que vuelven a casa con su familia gracias a nosotros. Eso es todo lo que podemos esperar. —Se le acercó—. Venga, te invito a beber algo.

—En realidad yo no bebo.

—Entonces me puedes invitar tú a mí.

Cuando se hubieron quitado la bata, el gorro y los guantes, le tomó la mano y la condujo fuera del quirófano.

Mientras caminaba, Frankie descubrió que estaba apoyándose en él. Nunca había tenido novio como tal, nunca había hecho el amor. Allá en el mundo, le había parecido importante ser una chica decente, hacer que sus padres se sintieran orgullosos de ella, pero, a decir verdad, el horror de lo que veía a diario en Vietnam estaba consiguiendo que las normas de la buena sociedad parecieran cada vez menos importantes.

Como siempre, el club de oficiales estaba atestado de gente con aspecto agotado tras el aluvión de esa noche. Pero ya habían acabado la jornada y necesitaban desfogarse. Ethel estaba sentada sola a una mesa, fumando un cigarrillo; Barb, en la pista, bailaba entre los brazos de un hombre, casi sin moverse al ritmo de la música. Más que bailar parecía que se sostuvieran el uno al otro en pie. En el rincón, un tipo tocaba un ukelele.

Jamie llevó a Frankie hasta la mesa de Ethel y le sacó una silla para que se sentara; ella prácticamente se desplomó sobre el asiento. Luego fue al bar a por las bebidas.

—¿Y? —pregunto Ethel al tiempo que le ofrecía un cigarrillo.

Frankie lo cogió y se lo encendió con la brasa del suyo.

—No he matado a nadie.

—Jo, Frank, eso es un estreno de lujo en el quirófano. —Suspiró—. El día en triaje ha sido brutal. Charlie se ha cebado con los chicos. Todos y cada uno de los expectantes han muerto.

Le cogió la mano a Frankie y la sostuvo un momento, dando y recibiendo consuelo. Luego se levantó.

—Hoy no soporto esto. Me voy a la cabaña a disfrutar de un poco de silencio. Puede que escriba a mi padre. ¿Y tú?

Frankie lanzó una mirada a Jamie, que ya volvía de la barra.

—Jamie…

—Está casado.

Frankie alzó la vista hacia su compañera.

—¿Casado? ¿En serio? Pero si no ha dicho…

Ethel le tocó el hombro.

—Ve con cuidado, Frank. No todo lo que el mundo les enseña a las mujeres es mentira. No querrás ganarte cierta fama. Ya sé que soy una buena chica baptista y que no molo nada, pero hay cosas que, por mucho que cambie el mundo, son verdad y punto. Piénsate muy bien con quién te metes en el catre.

Frankie se quedó mirando a Ethel mientras se alejaba del club de oficiales.

Momentos después, Jamie se sentó a su lado, arrimó la silla y le ofreció un botellín de Fresca.

—Te he traído esto, pero por mí te recomendaría el whisky, en serio.

—Ah, ¿sí? —Frankie le dio un sorbo a su gaseosa.

—Hay un hotel en Saigón —dijo—, el Caravelle. Tiene un bar en la azotea que está genial. Te encantaría. Y camas blandísimas. Con sábanas limpias.

Frankie se giró hacia él.

—Deberías llevar alianza, ¿sabes?

—McGrath… —Se le había borrado la sonrisa.

—¿Cuándo ibas a contármelo?

—Supuse que lo sabías. Lo sabe todo el mundo.

—¿Cómo se llama tu mujer?

Jamie suspiró.

—Sarah.

—¿Tienes hijos?

—Uno —respondió al cabo de una pausa—. Davy.

Frankie cerró los ojos un instante; luego los abrió.

—¿Tienes una foto?

Jamie sacó la cartera y extrajo una fotografía de una mujer alta y esbelta con la melena ahuecada y un niño rubio de mofletes y extremidades rollizas.

Dejó la fotografía a un lado. Entre los dos se produjo un silencio; en el caso de Frankie, cargado de desengaño.

—No tiene nada que ver con... esto. Con nosotros. Con lo que está pasando aquí.

—Me decepcionas.

—Yo...

—No me cuentes películas, Jamie. Un poco de respeto, por favor. Soy una chica tradicional. Creo en cosas como el amor y la sinceridad. Y en los votos. —Se bebió la gaseosa tan rápido que le picó en la garganta. Entonces se puso en pie—. Buenas noches.

—No salgas corriendo, McGrath. Seré un caballero. Palabra de scout.

—Creo que ya teníamos claro que nunca fuiste a los scouts.

—Ya... —respondió—, pero hoy me vendría bien tener un amigo.

Frankie entendía cómo se sentía. Se preguntó si había sido la fotografía de su hijo lo que le había robado la sonrisa y lo había entristecido. Sin prisa, volvió a sentarse a su lado. La verdad era que le gustaba; quizá demasiado, pero esa noche necesitaba un amigo tanto como él.

—¿Cuánto tiempo llevas casado?

—Cuatro años. —Bajó la vista al vaso—. Pero...

—Pero ¿qué? —le preguntó, aun sabiendo que la pregunta era peligrosa. Estaban muy lejos de casa, en un mundo que parecía terriblemente frágil. Solitario.

—Sarah se quedó embarazada la primera vez que lo hicimos. En una fiesta en la residencia, en su último año de universidad. Yo ya estaba en Medicina. A ninguno de los dos se nos pasó por la cabeza no casarnos.

—Y...

—Soy un buen chico, McGrath.

Frankie se quedó mirándolo, presa de una rara desilusión. Como si hubiera perdido una oportunidad antes incluso de conocer su existencia.

—Y yo soy una buena chica.

—Ya lo sé.

Volvió a hacerse el silencio. Frankie se obligó a sonreír.

—Sarah debe de ser una santa para aguantarte.

—Sí que lo es, McGrath —dijo, mirándola con tristeza—. Sí que lo es.

16 de mayo de 1967

Queridos mamá y papá:

Estoy formándome como enfermera quirúrgica.

Quiero ser buena en esto más de lo que he querido nada en el mundo.

Amar lo que haces es una sensación fantástica.

El paisaje es precioso por aquí, de un verde que no he visto en ninguna otra parte, y el agua es de un turquesa asombroso. Estamos en plena época de monzones, pero hasta ahora solo hemos sufrido chaparrones que vienen y van, y luego sale el sol. No es de extrañar que todo sea tan verde.

Estoy haciendo montones de fotos; me muero de ganas de que las veáis. Entonces lo entenderéis.

¿Qué tal la vida allá en el mundo?

Os quiere,

F.

P. D. Por favor, mandadme crema de manos, acondicionador y perfume. Y otra medalla de san Cristóbal.

31 de mayo de 1967

Querida Frances Grace:

Pienso en ti todo el tiempo. Te enciendo una vela todos los domingos y sé que tu padre a veces se sienta en tu Escarabajo, con las manos en el volante, y se queda mirando la pared del garaje. No sé en qué piensa, pero lo imagino.

Vivimos en un mundo extraño. Inestable e imprevisible. Se diría que nosotros —los estadounidenses, quiero decir— ya no somos capaces de dialogar, nuestras diferencias parecen insalvables.

Imagino que ser buena en algo que importa será una sensación maravillosa. Es algo que demasiadas mujeres de mi generación no tuvimos en cuenta.

Con cariño,

Tu madre

9

Frankie había dejado de tener miedo cada vez que ponía el pie en el quirófano. Seguía sintiéndose insegura, pero, igual que las tortugas con las que la habían comparado su primera noche, había desarrollado un caparazón que la protegía de lo que presenciaba y una confianza que le permitía superar sus temores para poder ayudar a los hombres —y a las mujeres y niños— que acababan en sus manos. Era la única forma de sobrevivir.

Patty, durante sus últimas semanas en el 36, se propuso transmitirle todas las habilidades que había adquirido durante su servicio en Vietnam y, por supuesto, Barb nunca dudaba en echarle una mano en el quirófano por poco que hubiera dormido la víspera. Y Ethel siempre estaba dándole apoyo moral.

Aquel cálido y lluvioso día de junio, mientras asistía a Jamie durante una cirugía, Frankie oyó el zumbido de los helicópteros, más de uno, por encima de sus cabezas. Ya no le sorprendía el número creciente de heridos que llegaban al quirófano, los aluviones cada vez más frecuentes. Estados Unidos y el Ejército de la República de Vietnam se habían adentrado en la zona desmilitarizada que separaba el norte comunista del sur aliado de los americanos, y el combate era brutal. Habría deseado que Patty siguiera allí, pero hacía una semana que se había marchado. Con una despedida por todo lo alto.

—Mierda —dijo Jamie a través de la mascarilla. Tenía el brazo metido hasta el codo en el vientre de un chico—. Tiene el bazo roto.

Frankie cogió unas pinzas y se las tendió.

Momentos después, las puertas del quirófano se abrieron de golpe. Barb, con bata y mascarilla, traía una nueva víctima de la sala de Preoperatorio.

—Doc, herida abierta en el tórax. Tiene mala pinta.

Jamie masculló una palabrota.

—Ahora voy... Tenemos que extirpar este bazo... —Se puso manos a la obra, tomando los instrumentos que Frankie le tendía y devolviéndoselos tras su uso. La frente se le perló de sudor; las gotas rodaban hasta la mascarilla. Al cabo, se apartó de la mesa de operaciones—. Ya está. El resto te lo dejo a ti, McGrath.

—¿A mí?

Jamie se quitó los guantes y cogió otro par. Se quedó mirando la herida abierta y dijo:

—Puedes suturarlo sin problemas, McGrath. Me has visto hacerlo un montón de veces. Tú coges unos buenos pedazos de fascia, pones todos los puntos donde tienen que estar, los fijas y anudas las suturas con cinco nudos llanos. Cuéntalos. Que sean cinco.

Frankie negó con la cabeza.

—No puedo.

—McGrath, joder, que no tenemos tiempo para miedos. Eres buena. Venga.

Frankie asintió, tragó con dificultad y se inclinó sobre el abdomen cubierto y abierto en canal del paciente.

—Es igual que coser, McGrath. ¿Es que las chicas buenas de las hermandades no sabéis? Unas puntadas podrás dar.

Frankie inspiró hondo y soltó aire. «Puedes hacerlo».

Necesitó otro instante para concentrarse, para aislarse del ruido y del tumulto, del sonido de la lluvia sobre el tejado; cuando se hubo calmado, empezó a cerrar la incisión del muchacho punto a punto. Fue contando cada nudo con cuidado para no confundirse.

—Bien —dijo Jamie, echando un vistazo—. Ya sabía yo que podías.

Frankie jamás se había concentrado tanto en su vida. El barullo del quirófano desapareció. Solo oía su propio corazón, el ritmo de su pulso, el aire que pasaba por sus pulmones. El mundo entero se redujo a un espacio sanguinolento en el vientre de aquel chico.

Para cuando hubo terminado de suturar la fascia, estaba sudando copiosamente, pero continuó. Al acabar, exhaló un largo suspiro, cerró la herida y contempló su trabajo: los puntos eran perfectos. Jamás se había sentido tan orgullosa.

«Esto —pensó—. Esto es lo que he venido a hacer aquí».

—Ya he terminado —le dijo Jamie a Frankie.

—Yo también —respondió ella.

Ambos levantaron la vista al mismo tiempo. Aunque el médico llevaba mascarilla, Frankie vio que sonreía.

—Te lo dije, McGrath.

Ella solo pudo asentir.

—Y ahora muévete. Acabo de oír posarse otro Dust Off.

A finales de junio, el monzón se recrudeció; el tiempo no se parecía a nada que Frankie hubiera visto en su vida.

Los vientos huracanados levantaban tejados y arrancaban señales. La lluvia caía en torrentes oblicuos por el viento. La tierra rojiza se convirtió en un lodo viscoso y pegajoso que se metía en el quirófano y se mezclaba con la sangre sobre el suelo de cemento. Había que retirarlo a paladas continuamente. Frankie y el resto de las enfermeras y sanitarios, así como cualquiera que pudiera blandir una pala, se pasaba el día tratando de sacarlo al exterior.

Y hacía un frío de mil demonios.

Frankie miró al paciente que tenía delante, con las tripas fuera y el pecho cubierto de heridas de metralla. La tormenta desatada aquella noche sacudía el barracón como si un niño golpease con un martillo una granja de juguete.

—Se nos ha ido —dijo Jamie antes de soltar un improperio entre dientes.

Frankie miró en el reloj la hora de la muerte y la anunció en voz baja.

Llevaba doce horas en pie. La estación de los monzones hacía que todo resultara más difícil. O tal vez lo malo no fuese el tiempo, sino el número creciente de heridos que atravesaban aquellas puertas. La semana anterior había sido tranquila en su mayor parte, con mucho tiempo libre, pero el sosiego se había acabado. Lyndon B. Johnson enviaba cada vez más tropas a luchar con la esperanza de que su número elevado cambiase las tornas, mientras que, semana tras semana, *Stars and Stripes* publicaba engañosos artículos patrioteros.

Frankie sintió un escalofrío; bajo la bata quirúrgica, tenía húmedo el gastado uniforme de campaña. Los bolsillos le abultaban llenos de cigarrillos y mecheros (siempre los llevaba a mano para invitar a «sus chicos», pues así era como ahora veía a las víctimas). En el bolsillo de la pechera guardaba una linternita y unas tijeras de Lister. Sobre una de las hombreras le colgaba un tubo de goma elástica por si necesitaba sacar sangre al momento. De una de las trabillas del pantalón pendían unas pinzas Kelly. Un gorro de quirófano azul le cubría el cabello desgreñado y una mascarilla le tapaba la nariz y la boca. Lo único que se le veía eran los ojos cansados.

Jamie la miró por encima del cadáver de un chiquillo que seis meses atrás probablemente habría estado jugando al fútbol americano en el instituto.

—¿Te encuentras bien, McGrath?

—Sí. ¿Y tú?

El médico asintió, pero Frankie vio la verdad en sus ojos. Estaba tan agotado y desanimado como ella.

Los dos ya se conocían bien. Durante el último mes habían pasado más horas juntos que algunos matrimonios en un año. Todas aquellas dificultades —la lluvia, la humedad, el frío, el barro, las heridas, las horas pasadas tratando de salvarles la vida a los hombres— los habían unido, los habían convertido en algo más que amigos. En ocasiones, la única forma de gestionar el dolor emocional en Vietnam era reír... o llorar. Frankie ya no solía llorar, pero, si lo hacía, era probable que fuese en brazos de Jamie. Siempre estaba a su lado, y ella al de él. Era capaz de hacerla reír en los momentos más duros.

Se pasaban horas trabajando en tándem. Frankie conocía cada sutil cambio que las emociones provocaban en su rostro: el modo en que apretaba los dientes con furia cuando veía a un niño irreconocible por las quemaduras del napalm o a un soldado inquieto por sus amigos aunque se estuviera desangrando. Sabía que echaba de menos su amado rancho en Wyoming, con sus noches frescas y sus días cálidos, con sus caballos en el establo y una pradera llena de flores nada más bajar del porche delantero. Echaba de menos pescar con mosca y montar a caballo, bajar por el río Snake en un neumático con una caja de cervezas flotando a su lado. Sabía que Sarah era maestra de preescolar, que le mandaba dulces caseros cada semana y que se preocupaba porque no le escribía con bastante frecuencia, que le preguntaba una y otra vez si estaba bien y que él no podía responderle por escrito otra cosa que «sí».

Frankie luchaba contra los sentimientos que le despertaba, pero por las noches, sola en el catre, pensaba en él. Se decía: «Y si...». Quizá aquella conexión entre ellos no fuera más que un espejismo provocado por la proximidad y el horror de lo que veían a diario, pero parecía real.

La tocaba siempre que podía, con la mayor naturalidad posible y con una sonrisa forzada. A veces se descubrían de pie el uno junto al otro, o sentados codo con codo, mirándose sin más, sin decir una palabra, sintiendo demasiado y sabiendo que las palabras no podrían aliviar su anhelo.

Frankie se quitó los guantes y se bajó la mascarilla. Los dos tenían polvo rojizo acumulado en los rabillos de los ojos, goteando con las lágrimas y en los dientes.

—Menudo diita.

—Necesito un trago, o diez. ¿Te unes?

Aquella noche el anhelo era demasiado agudo para mantenerlo oculto. Frankie necesitaba alejarse de él.

—Estoy demasiado cansada para el club de oficiales.

—¿Eso es posible?

Frankie trató de sonreír.

—Esta noche, sí.

Se quitaron las batas y los gorros y se pusieron los ponchos verdes que el Ejército les había proporcionado antes de salir del quirófano y meterse en el chaparrón.

—Cuando uno creía que las cosas no podían empeorar aún más…

La lluvia repiqueteaba sobre el tejadillo de la pasarela y caía en tromba a ambos lados, salpicándolo todo de un denso barro rojizo.

Al pasar junto al comedor, Frankie se percató con asombro de que era hora de almorzar. El tiempo perdía todo significado durante un IMV y, cuando andaban cortos de personal como les sucedía en ese momento, los turnos parecían eternos. Llevaba sin comer desde ¿cuándo? ¿La cena de la noche anterior? El estómago le rugió. Sin indicar sus intenciones de modo alguno, se tambaleó a un lado y, al chocar con Jamie, lo empujó a un lado sin querer. Pasó junto a la cafetera caliente —solo podía pensar en la ducha—, agarró un par de dónuts y salió como un zombi del comedor. Jamie estaba esperándola fuera.

—De azúcar —dijo al tiempo que le tendía uno.

—Mi favorito.

—Lo sé.

Atravesaron por detrás del escenario, donde el viento había arrancado un cartel —Martha Raye actuaría la semana siguiente—, arrugado e inservible en el suelo. Frankie se guardó el dónut bajo el poncho para protegerlo.

Jamie se detuvo delante de la entrada, flanqueada de sacos terreros, del club de oficiales. El viento empujaba a un lado las cuentas de la cortinilla, haciendo que tintinearan contra la pared. A Frankie le llegó olor a cigarrillos y humo. La música sonaba por encima del bullicio. *Happy Together*, de los Turtles.

*Imagine me and you, I do...**

—Yo sí que lo hago, ¿sabes? —dijo Jamie.

—¿El qué?

—Imaginarnos a ti y a mí. Sueño contigo, McGrath.

A Frankie se le cortó la respiración. Estaba tan cansada que le costaba reunir la fuerza de voluntad necesaria para fingir que lo suyo era una mera amistad.

No fue capaz de sonreírle. Lo único que podía pensar era que lo amaba. Que Dios la ayudase.

—Jamie, no...

—Ojalá te hubiera conocido antes.

—Ni te habrías fijado en mí. Una estrella del fútbol americano universitario y cirujano en ciernes.

Jamie le rozó la mejilla con una caricia rápida. Frankie sintió la piel fría sin su tacto.

—No tienes ni idea de lo preciosa que eres, McGrath.

Frankie tuvo miedo de que, si pasaba un segundo más allí de pie, mirándolo en aquel mundo secreto que la lluvia formaba al caer a su alrededor, los dos —o ella— perderían la batalla. Si uno se inclinaba hacia delante, quizá el otro también lo hiciera. Jamás había deseado tanto besar a un hombre. El amor que sentía por él le provocaba en el pecho un dolor físico. Tuvo que obligarse

---

* «Imagínanos a ti y a mí, yo lo hago...». *(N. de la T.).*

a retroceder. Quiso decir algo ingenioso, pero no le vino nada a la mente. Se subió la capucha, se encorvó para evitar que la lluvia le cayera por la espada y echó a correr hacia las duchas de enfermeras.

Estaban vacías, probablemente por la tormenta. La lluvia golpeaba con fuerza el depósito elevado de mil quinientos litros —que llamaban «el búfalo de agua»— con el que se proveían las duchas. Frankie se desnudó y colgó el uniforme y el poncho. En contraste con el aire frío, el agua de la ducha le pareció caliente. No necesitaba mirar a sus pies para ver que el agua salía roja: sangre, lodo, sudor. Los geckos subían por las paredes de madera de la ducha, escondidos tras los travesaños.

Se lavó el pelo y el cuerpo. Sin molestarse en secarse, volvió a ponerse las botas y la ropa sucia y húmeda, volvió a cubrirse con el poncho mojado y se adentró de nuevo en la lluvia. Al llegar a la tabla de madera que hacía de puente sobre un copioso reguero de barro y agua, bajó el ritmo lo suficiente para mantener el equilibrio y no caer sobre la alambrada de concertina a cada lado, y pronto estuvo protegida por el tejadillo de la pasarela cubierta.

La lluvia sacudía la cabaña; el agua descendía por las paredes de madera, formando a la puerta un charco de barro rojizo que llegaba hasta los tobillos. La abrió con cuidado y entró, introduciendo con ella el barro y la lluvia. No había manera de evitarlo. En aquella estación de viento y lluvia, la cabaña siempre olía a cerrado y a moho, y el suelo siempre estaba embarrado.

Sobre la pequeña cómoda junto a su camastro, Frankie vio una caja embalada en papel marrón con un buen número de matasellos bajo un sobre azul del correo aéreo. ¡Una carta!

Colgó el poncho chorreante, se preparó una taza de café, se quitó el uniforme mojado y guardó las botas en su baúl. Que las botas estuvieran secas suponía una diferencia abismal en un lugar como aquel. Se puso el pijama que su madre le había enviado la semana anterior, se aplicó algo de perfume en la garganta y se subió al catre.

Abrió la caja y sonrió al ver una bolsa de galletas caseras, un paquete de bombones See's y varios pastelitos Twinkies. Al rasgar el sobre cayó un recorte de periódico. En él, un grupo de manifestantes quemaba una bandera estadounidense.

5 de julio de 1967

Queridísima Frances Grace:

Solo querría escribirte buenas noticias, pero el mundo se ha vuelto loco. Los hippies ya no son tan pacíficos; así te lo digo.

Miles de manifestantes contra la guerra, muchachos quemando las tarjetas de reclutamiento y mujeres quemando los sujetadores, disturbios raciales. Qué barbaridad. Nuestra fiesta anual no fue tan celebrada como de costumbre, me temo. La gente no hace más que hablar de la guerra. ¿Te acuerdas de Donna Van Dorn, de la escuela dominical? La semana pasada, en el club de bridge, me enteré de que había empezado a tomar ácido y había abandonado los estudios para unirse a una banda de folk. Según se cuenta, vive en no sé qué comuna y elabora velas. Por todos los santos, pero si es miembro de las Hijas de la Revolución Americana y de una hermandad universitaria.

La gente del club empieza a preguntarse si no estará mal esta guerra en Vietnam. Por lo visto, un tribunal internacional de crímenes de guerra ha declarado a Estados Unidos culpable de bombardear objetivos civiles, incluidos colegios —¡COLEGIOS, Frankie!— e iglesias, y hasta una colonia de leprosos. ¿Quién iba a imaginar que todavía quedaban leprosos en el mundo?

Cuídate, Frances, y escribe pronto. Te echo de menos.

Con cariño,

Tu madre

Frankie encontró una hoja casi seca del delgado papel azul para correo aéreo con la que responder. La humedad era tal que la tinta traspasaba al reverso.

18 de julio de 1967

Querida mamá:

Muchas gracias por los dulces. No puedes imaginarte lo mucho que anima a todo el mundo contar con algo así en esta terrible estación de los monzones.

Cuesta describir cómo es el tiempo, pero aún cuesta más soportarlo. Lo único peor que la lluvia es que a mi amiga Ethel le ha llegado su DEROS. Son las siglas con que en el Ejército llamamos a la fecha estimada para el regreso desde el extranjero. En otras palabras, el día en que volverá a casa.

(¿Recuerdas que te hablé de Ethel, la chica que toca el violín y quiere ser veterinaria de grandes animales?). En fin, que deja Vietnam en septiembre. Vuelve a casa.

No puedo imaginarme haciendo nada de esto sin ella. Aunque lo haré, supongo.

Aquí

Frankie oyó el ruido de helicópteros aproximándose y soltó el bolígrafo.

Con un suspiro, guardó la carta inacabada y la mayoría de los dulces en la mesilla improvisada, y volvió a ponerse el uniforme de campaña, que seguía húmedo, y las botas.

Su turno había terminado, pero ¿qué más daba, dada la escasez de personal? Los heridos llegaban y las enfermeras eran necesarias. Se echó por encima el poncho, aún mojado, y, al encaminarse hacia el quirófano, vio un par de ambulancias subir hasta la puerta de la sala de Preoperatorio directas desde el helipuerto.

Jamie ya se encontraba allí, con la bata y el gorro puestos.

—No hay paz para los malvados, ¿eh, McGrath?

Frankie le tendió un Twinkie.

—Ni un minuto.

A finales de julio, un día en que no se esperaba la llegada de heridos, Barb organizó un nuevo viaje del MEDCAP, por lo que las tres enfermeras y Jamie se dirigieron al helipuerto, donde un Huey desprovisto de cualquier pieza innecesaria los esperaba. Su destino era el orfanato de Santa Isabel, alojado en una vieja iglesia de piedra no lejos de la ciudad costera de Vung Tau.

Sujetándose el chambergo verde oliva a la cabeza, Frankie se encorvó hacia delante y corrió hasta el helicóptero, al que se subió de un salto. Por primera vez no se fue hasta el fondo. No quería tener más miedo, no quería pensar en Finley cada vez que se montaba en un aparato.

Se sentó con cuidado en el suelo, cerca de uno de los artilleros, cuya ametralladora apuntaba hacia el suelo. Bajó con cuidado una pierna más allá del borde; luego la otra. Barb se sentó en el otro vano abierto. Ethel y Jamie se fueron a la parte trasera. Cuando el helicóptero se elevó, Frankie aguantó la respiración.

Y de pronto ya estaban arriba, sobrevolando el paisaje.

Frankie nunca se había sentido tan libre, tan intrépida. El viento le azotaba la cara. El verdor bajo sus pies era de una belleza arrebatadora; a lo lejos vio la franja de arena a lo largo del mar turquesa de la China Meridional.

El aparato viró con brusquedad, puso rumbo al interior y sobrevoló unos campos de arroz a baja altura. Frankie vio un camino de tierra rojiza que atravesaba una densa extensión de carrizos. Entonces el helicóptero se detuvo sin descender; el ruido de los rotores era ensordecedor y el aire de las aspas aplanaba la vegetación. Luego bajó lentamente hasta el suelo y tocó tierra el tiempo suficiente para que los miembros del equipo médico se bajaran antes de volver a enfilar rumbo al norte. Mientras se aproximaban al orfanato, las puertas se abrieron de par en par y un grupo de niños andrajosos corrieron hacia ellos, agitando las manos y empujándose emocionados unos a otros. Sabían que los americanos llevaban caramelos para repartir entre ellos. A sus espaldas, unas monjas vietnamitas de hábito negro y sombrero cónico de paja los observaban con mirada cansada.

Las enfermeras pronto se vieron rodeadas por un grupo de chiquillas que extendían las manos tratando de tocarlas. Junto a Frankie, Barb se arrodilló y dejó que las niñas le acariciaran el pelo mientras les repartía piruletas. Luego puso en fila a todos los niños para vacunarlos.

Durante las siguientes cuatro horas, las enfermeras administraron vacunas y vitaminas, curaron mordeduras de rata y trataron malarias. Jamie suturó heridas y hasta extrajo algún diente podrido.

Estaban recogiendo cuando una joven monja vietnamita, menuda y bonita, se les acercó. Caminó hasta donde estaba Frankie con mirada vacilante.

—Eh..., *madame?* —dijo con fuerte acento francés.

—¿Sí? —respondió Frankie mientras se limpiaba el sudor de la frente y se recolocaba la bolsa de suministros médicos que llevaba al hombro.

—¿Podría acompañarme?

Frankie la siguió al interior del orfanato. Cada habitación se había convertido en un dormitorio, con esteras de paja en el suelo para tenderse sobre ellas. Todas contaban con una docena de cunas o más, en las que dormían bebés. A Frankie se le rompió el corazón al pensar en cuántos huérfanos se debían a la guerra. ¿Quién se ocuparía de todos esos niños cuando acabara?

Por fin, al doblar una esquina accedieron a una sala alargada. En los alféizares y a lo largo del suelo se veían velas consumidas: no había electricidad.

En aquel cuarto solo había una niña pequeña sobre una estera con las rodillas pegadas al pecho y los brazos rodeándose las piernas dobladas. Parecía querer hacerse lo más pequeña posible. Frankie lanzó una mirada interrogante a la monja.

—Frente caliente —dijo la monja, tocándose la suya para comunicarse con mayor claridad.

Frankie se arrodilló sobre el duro suelo de piedra junto a la estera. De cerca, vio que la niña era algo mayor de lo que había creído, pero la malnutrición había impedido que su cuerpo se desarrollase.

—No come —dijo la monja.

—Hola, pequeña —la saludó Frankie, acariciándole el pelo negro enredado.

La chiquilla ni respondió ni se movió, se limitó a mirar a Frankie con unos ojos marrones llenos de tristeza. La maraña de pelo tapaba una fea quemadura que le cubría la piel a lo largo del mentón.

—¿Cómo te llamas? —le preguntó Frankie al tiempo que le tocaba la frente y examinaba la quemadura, que no parecía infectada.

Tenía fiebre, pero no era grave.

—No sabemos su nombre —dijo la monja en voz baja, arrodillándose para acariciarle la espalda a la niña—. Bombardearon su pueblo. La encontró uno de sus sanitarios, escondida en una cuneta. —Se detuvo—. Entre los brazos de su madre muerta.

Frankie sintió un peso en el corazón, una aflicción que sabía que no la abandonaría. No había cómo defenderse de algo así. Por muy duro que fuera el caparazón con el que se protegiera, ciertos dolores no se podían olvidar. Aquella niña sería uno de ellos, una de las caras que vería al dormir. O cuando no lograra conciliar el sueño.

—La hemos llamado Mai. No sabemos si nos entiende. Algunos... están demasiado afectados.

Frankie habría querido tomar a la niña en brazos y decirle que todo iba a ir bien, pero ¿sería adecuado en su estado actual?

Metió la mano en el maletín y sacó varias aspirinas infantiles y antibióticos.

—Esto debería controlar la fiebre. Y le daré una pomada para la quemadura. Ayudará a que le quede menos cicatriz.

A continuación, rebuscó en la bolsa de suministros médicos y sacó una piruleta de cereza, que le ofreció a la pequeña. Esta se quedó mirándola, inmóvil. Frankie la desenvolvió, le dio un lametón y sonrió antes de tendérsela de nuevo. La niña estiró el brazo con cautela y cogió el palito blanco. Se llevó el caramelo a la boca sin dejar de mirar a la enfermera y lo lamió.

Y lo lamió otra vez.

Y otra vez.

Frankie esperó ver una sonrisa que no apareció. Habría deseado sorprenderla, pero entendía demasiado bien el trauma que sufría. Cada vez eran más las aldeas incendiadas o bombardeadas, cada vez más los vietnamitas que morían y dejaban solos en el mundo a sus hijos. La tragedia que estaba teniendo lugar era inenarrable.

Empezó a levantarse.

La niña alargó la mano y le tocó el tobillo.

Volvió a sentarse.

La niña tenía los ojos brillantes de lágrimas.

La cogió en brazos y la meció con ternura, canturreándole *Puff the Magic Dragon* hasta que se quedó dormida. La contempló en su regazo, herida y demasiado pequeña para su edad, marcada de por vida y probablemente sola en el mundo, y el corazón se le encogió por Mai y otros como ella, destrozados por aquella guerra. Le acarició la frente caliente y siguió cantando, aguantando las lágrimas con cada bocanada de aire.

—¿McGrath? El helicóptero viene de vuelta. Debemos irnos.

Frankie se dio la vuelta y vio a Jamie de pie bajo el dintel.

Dejó a la niña dormida en la estera y se inclinó para besarle la mejilla abrasada.

—Que duermas bien, Mai —susurró con la voz quebrada.

Se tambaleó al ponerse en pie. Los pies le hormigueaban.

De inmediato Jamie llegó hasta ella y la sostuvo. Frankie buscó su mano y se agarró a ella, sin atreverse a mirarlo a la cara.

—Frankie...

No pudo evitarlo. Se volvió hacia él y él la abrazó. Sintió las lágrimas anegarle los ojos, arder y caer, perdiéndose en el algodón de su camiseta.

Jamie no dijo nada, tan solo la sostuvo hasta que se sintió con fuerzas para apartarse.

—Gracias —dijo al fin, enjugándose las lágrimas sin mirarlo.

—Esa niña recordará tu amabilidad —respondió Jamie—. Puede que toda la vida. Y podrá correr, jugar y llegar a la vida adulta.

Aquellas palabras significaron tanto para Frankie que solo pudo asentir. ¿Cómo había sabido ese hombre exactamente lo que necesitaba oír?

Salieron juntos a la luz del sol. En el patio miserable, los niños jugaban con un balón que les había llevado uno de los equipos, correteando, dándole patadas y riendo. Un poco más allá, aplastando los carrizos y levantando un remolino de polvo rojizo, el helicóptero se posó sobre la carretera de tierra.

El equipo médico corrió hasta el aparato y se subió de un salto. Frankie se sentó en el vano de la puerta con las piernas colgando hacia un lado. De vez en cuando sacaba la cámara Polaroid del bolso y, tras tomar una instantánea, sacaba la impresión borrosa y la agitaba hasta que se secase y apareciese la imagen, pero su corazón estaba en otra parte.

En la distancia, otro helicóptero volaba bajo sobre la selva, rociándola de herbicida.

Aterrizaron sin problemas en el 36, donde todo parecía en calma.

Era sorprendente que no hubiera nadie corriendo de Urgencias a la sala de Preoperatorio o al quirófano, ningún paciente en triaje, ni una ambulancia dando tumbos por el complejo, nada de trombas de lluvia ni lagos de barro que vadear. Frankie, Ethel, Barb y Jamie fueron al comedor, donde las mujeres se sirvieron sándwiches y refrescos TaB, y Jamie una cerveza.

En la playa, una docena de hombres sin camiseta jugaban al voleibol. Una música atronadora sonaba por los altavoces, tapando a duras penas el sonido de los martillazos: se estaban levantando nuevas edificaciones. En las colinas distantes, las explosiones de proyectiles de mortero sonaban como palomitas en una sartén. Jamie se quitó la camisa, se descalzó y se unió a los hombres junto a la red de vóley.

Las mujeres sacaron tres tumbonas a la arena y se sentaron a comerse los sándwiches mientras contemplaban la arena blanca y el agua azul. Y a los hombres con el torso descubierto. Aquella noche proyectarían una película allí mismo. Se decía que alguien había conseguido una copia de *La gran evasión*.

A sus espaldas, alguien subió la música al máximo. *Leaving on a Jet Plane* hizo que la gente se pusiera a cantar. Un par de voluntarias de la Cruz Roja —a las que llamaban Donut Dollies—, vestidas con su uniforme con falda, empujaban un carrito lleno de bebidas y galletas por la playa. Tal vez el sobrenombre sonase cursi, pero eran unas tías durísimas. Viajaban por todo Vietnam, por el medio que fuera, para elevar la moral de las tropas.

—¿Qué te pasa? —le preguntó Barb a Frankie.

A esta no le sorprendió la pregunta. Barb, Ethel y ella eran más que amigas. La radical, la granjera y la niña buena; allá en el mundo quizá nunca hubieran coincidido, quizá nunca se hubieran hecho amigas, pero estaban en la guerra y eso las había convertido en hermanas.

—Había una niña pequeña en el orfanato —respondió Frankie—. Tenía quemaduras. Nuestros sanitarios la encontraron en una cuneta, en brazos de su madre muerta.

Ethel emitió un suspiro cansado.

Frankie no dejaba de pensar en Mai, tirada al borde de la carretera, abrasada, aferrándose al cadáver de su madre.

—Habían bombardeado su aldea.

La guerra era una cosa, bombardear aldeas llenas de mujeres y niños otra muy distinta. Bien sabía Dios que de eso no se hablaba en *Stars and Stripes*. ¿Por qué nadie contaba esa realidad?

Entre ellas se hizo el silencio; un silencio en el que flotaba la horrible verdad que ninguna quería reconocer. La aldea estaba en Vietnam del Sur.

Y los únicos que tenían bombas eran los estadounidenses.

10

Agosto transcurrió en una serie de días cálidos y empapados de lluvia; a veces el aire estaba tan cargado de humedad que costaba respirar. Todo lo que Frankie se ponía y se quitaba en aquella estación de los monzones olía a moho y estaba salpicado de barro. No había forma de estar limpia o seca del todo. Igual que el resto de los habitantes del campamento, ella también había aprendido a no preocuparse.

En septiembre, la lluvia por fin paró y se vio sustituida por un calor que te exprimía el alma. Al acabar cada turno, cuando Frankie se quitaba la mascarilla y el gorro quirúrgico, los encontraba empapados de sudor. Los barracones y las cabañas eran como un horno. Después de relajarse en el club de oficiales, ver una película bajo las estrellas en la playa o hasta echar una partida de gin rummy con Ethel y Barb, se desplomaba en el catre y rezaba por dormir algo.

—Despierta, Frank.

—No.

Frankie se dio la vuelta en el catre, enrollándose en la sábana húmeda. Alguien le dio un fuerte empujón en el hombro.

—Despierta. Es la una de la tarde.

Frankie se giró con un gruñido. Abrió los ojos despacio y con dolor. El ataque de mortero de la noche anterior había durado horas; las explosiones habían sacudido las cabañas con tanta fuerza que el barro rojizo goteaba del techo plano y le había manchado las mejillas.

Se tapó los ojos con el brazo.

—Lárgate, Ethel. Solo hace una hora que me fui a la cama.

—En realidad hace dos —dijo Barb—. Piensa un momento qué día es hoy.

Apoyándose en los codos, Frankie se irguió hasta quedar medio sentada. Vio el calendario clavado en la pared sobre la cama de Ethel, con todos los días tachados.

—Es el DEROS de Ethel.

—En efecto, amiga mía —respondió esta, mientras se quitaba los bigudíes rosas del pelo—. Vietnam va a perder a la mejor enfermera que jamás haya servido en este ejército de hombres. Vuelvo al mundo y no voy a dejar este agujero después de dos periodos de servicio con una fiestecilla con pizza en el club de oficiales. Ponte el bañador, Bella Durmiente, que tengo un pájaro esperándonos.

—¿El bañador?

Frankie no se lo podía creer. La víspera habían estado trabajando catorce horas seguidas en pie, la mayoría en el quirófano. Le dolían las rodillas y la espalda. Y ahora... Echó un vistazo a su reloj de pulsera. ¿Iban a nadar en a saber qué club de oficiales... a la una de su único día libre en dos semanas?

Ethel tiró de la manta y dejó a Frankie expuesta en bragas y camiseta. A pesar del calor llevaba calcetines para que no le correteaban por los dedos bichos y otros animalejos. A decir verdad, era el mismo motivo por el que llevaba bragas.

Frankie se bajó del catre. (Le costó, pues notaba las piernas de gelatina y los pies como si una manada de perros rabiosos se los hubiera mordisqueado mientras dormía). Se puso su biquini rojo con cinturón, se calzó las zapatillas y se fue derecha a las letrinas.

El olor la alcanzó a medio camino. Heces y humo. A algún pobre novato le había tocado un turno de mierda, literal: tenía que vaciar las letrinas y quemar los residuos en barriles de metal de doscientos litros.

Recorrió la pasarela de tablas camino de las duchas. A esas horas, el agua estaba casi caliente por la acción del sol. Aun así, se duchó rápido y se secó con la toalla. Tampoco es que hiciera mucha falta con aquel calor.

—Por fin —exclamó Ethel cuando vio a Frankie entrar de nuevo en la cabaña—. Una debutante tardaría menos que tú en prepararse, joder.

—¿Qué vas a saber tú de debutantes? —contestó Frankie mientras se abotonaba los vaqueros cortados y se agachaba a atarse las zapatillas.

Entonces agarró unas tijeras y se cortó el pelo alrededor de la cara. La cabaña carecía de espejos: qué más daba.

Barb se cubrió el afro corto con una bandana atada en la nuca y le quitó las tijeras a Frankie. Sin mediar palabra se dispuso a cortarle el pelo. Frankie se dejó hacer con total confianza. Así eran las amistades que había forjado allí. No habría exagerado al afirmar que pondría su vida misma en manos de Barb y Ethel.

—Venga, debutante de club de campo —le dijo Barb a Frankie al tiempo que dejaba las tijeras en la cómoda—, que nos esperan los chicos.

—¿Chicos? —preguntó Frankie mientras metía algo de ropa en el bolso y las tres salían de la cabaña.

El 36 sorprendía por la quietud aquel día. Bueno, se oía ataques de mortero —explosiones en la selva, más allá de la alambrada de concertina—, pero todavía no había sonado ninguna alerta roja. También se oía gritar a los hombres. Jugaban al fútbol en el espacio abierto delante del escenario vacío.

En el helipuerto las esperaba un helicóptero armado: era uno de los aparatos de los Lobos de mar. Las enfermeras se encorvaron hacia delante y echaron a correr. Los artilleros les tendieron la mano y las ayudaron a subir. En el último momento antes de despegar apareció Jamie, en pantalón corto de deporte y una camiseta descolorida de los Warlocks, y se subió de un salto.

El piloto hizo un gesto con el pulgar hacia arriba y, con los rotores cogiendo velocidad, alzaron el vuelo. El ruido rítmico se convirtió en un zumbido continuo. El helicóptero bajó el morro, alzó la cola y salió disparado hacia delante, sin tomar demasiada altura. Los artilleros vigilaban desde sus puestos con las ametralladoras fijadas en los vanos de las puertas.

Frankie iba sentada en la parte trasera, en un asiento de tela, con Jamie a su lado.

Vio pasar el mundo a toda velocidad: playas blancas, agua turquesa, carreteras de tierra roja atravesándolo todo cual venas mientras tomaban rumbo al sur, en dirección a Saigón. Conforme se aproximaban a la capital, Frankie contempló un paisaje de un verde exuberante cuajado de líneas plateadas; el delta del Mekong parecía un encaje superpuesto sobre una tela esmeralda. En la lejanía de la selva se distinguían destellos anaranjados, explosiones entre la maleza.

Al cabo de unos minutos, el helicóptero se posó sobre un terreno llano y sin árboles.

El piloto apagó el aparato, se quitó el casco y se dio la vuelta.

—Otro aterrizaje perfecto de los Lobos de mar. Señoras mías, anótenlo en sus diarios.

Ethel rio.

—Frankie, este es Pitillo. Sonríele, pero no te creas ni una sola palabra que te diga. Se piensa que es James Bond. Es lo que pasa cuando un tío puede pilotar helicópteros y aviones a reacción, que se cree un dios.

Pitillo era alto y delgado, con hombros anchos. Un poblado bigote y una barba desaliñada adornaban de alguna manera la cara de niño bueno que había por debajo, dotándole de un aire canallesco. Enseguida se puso un ajado sombrero de vaquero que le pegaba con la camiseta de camuflaje y el bañador de tipo bermudas.

—Ya quisiera James Bond parecerse a mí —replicó, atusándose el bigote no reglamentario. Era un hombre atractivo. Más que atractivo, a decir verdad, y él lo sabía—. Encantado de conocerla, señora —le dijo a Frankie, que no pudo evitar sonreír ante su galantería sureña.

—Y ya quisiera Pitillo parecerse a mí —añadió el copiloto, un tipo fibroso, pelirrojo y con un bigote ralo. Dedicó una sonrisa de oreja a oreja a Frankie y a sus compañeras, enseñando los dientes torcidos—. Llamadme Coyote —dijo, antes de soltar un aullido acorde a la presentación.

Ayudó a las mujeres a bajar del helicóptero y sostuvo la mano de Frankie un instante más de lo necesario. Esta sintió cómo la miraba mientras decía, arrastrando las sílabas con su acento texano:

—Señoras, bienvenidas al campamento de verano de los Lobos de mar.

Era tan ridículo, tan propio de la vida de allá en el mundo, que Frankie no pudo evitar reír.

Delante de ellos discurría perezoso un ancho río de color marrón, cuyas aguas lamían unas orillas cenagosas y pobladas de juncos. En la distancia, al otro lado, descollaba el perfil de Saigón. Una lancha rápida que había visto tiempos mejores descansaba en la ribera, ocupada únicamente por un hombre con una metralleta sentado en la popa, controlando todo movimiento por agua, tierra o aire.

El espacio entre el helicóptero y el río se había convertido en el centro neurálgico de la fiesta playera. Un cartel que rezaba TE ECHAREMOS DE MENOS, ETHEL colgaba entre dos postes de bambú. Debajo, un hombre fornido con una camiseta de los Rolling Stones asaba hamburguesas en una parrilla. Un generador portátil alimentaba un aparato estéreo por cuyos altavoces sonaba *Purple Haze*, lo bastante alto como para tapar el quejido distante de la guerra.

Había como mínimo treinta personas: enfermeras del 36, de Long Binh y de Vung Tau, sanitarios, médicos y auxiliares. Frankie distinguió a algunos pilotos de los Dust Off, a varios Lobos de mar y a unas cuantas Donut Dollies del 36. Todos interrumpieron lo que estaban haciendo y se volvieron hacia la enfermera antes de romper en aplausos y vítores.

—¡Que hable! ¡Que hable! —gritó alguien.

Ethel sonrió encantada.

—Las enfermeras no dan discursos —contestó—. ¡Dan fiestas!

Los asistentes respondieron con un clamor de aprobación. La música cambió a *Good Lovin* y varias personas se soltaron a bailar.

Ethel miró a Pitillo.

—Buen vuelo, vaquero.

Él la rodeó con el brazo y la atrajo hacia sí. Frankie sabía que ambos habían cultivado una sólida amistad, unidos por el amor que compartían por la barbacoa sureña, el baile country y los caballos.

—Mis chicos te echarán de menos —le dijo él.

—Solo soy una de tantas, Pitillo. Barb y Frankie me dejan a la altura del betún.

El piloto le besó la mejilla.

—Me alegro de que dejes este agujero, pero me jode que nos dejes atrás.

—Ya, como que los Lobos de mar no os tirabais a la yugular del otro por que os aceptaran en la unidad. Prefieres estar aquí que en la granja esa en la que creciste.

—Algunos días.

—Sí —respondió Ethel—. Eso también es verdad. El mejor de los tiempos, el peor de los tiempos.

—Como sigáis poniéndoos filosóficos o lacrimógenos, os voy a potar en las botas —dijo Barb—. No hemos movido el culo para verte «sentir» cosas. Estamos aquí para desearle buen viaje a la mejor enfermera del 36, joder. Así que ¿dónde está ese bebercio?

Coyote se inclinó sobre una pirámide de neveras y abrió la de arriba, de la que sacó cuatro cervezas frías para luego tendérselas.

Frankie quitó el tapón y le dio un sorbo vacilante. Casi antes de tragar, Ethel le agarró la mano, le dijo: «Vamos, chica de California», y atravesó con ella a rastras la fiesta entera hasta llegar a la lancha amarrada en el río. ¿De dónde demonios la habrían sacado?

Al timón estaba un hombre alto con un bigote hirsuto y una camiseta de cerveza Rainier. Se llevó la mano al sombrero vaquero de paja raída al verla.

—Encantado, señora.

Coyote se subió a la lancha y lanzó un nuevo aullido al tiempo que rodeaba a Frankie con el brazo.

—¿Qué te parece, Frankie McGrath? ¿Te animas?

—Eso ni se pregunta. —Le dio un trago a la cerveza helada. Le sorprendió lo buena que estaba con el calor que hacía aquel día. ¿Cuánto tiempo hacía que no se sentía tan joven y libre?

—¡Ya tenemos voluntaria! —exclamó Coyote mientras soltaba la amarra—. Tira, Renegado.

El tipo al mando sonrió encantado y accionó el acelerador. Frankie cayó sobre Ethel, que la miró con una ceja enarcada.

—¿Cuál es la regla más importante en Vietnam, Frank?

—¿No beber agua?

—Esa es la número uno. La número dos: nunca te presentes voluntaria a nada.

La lancha aceleró, cortando el agua a una velocidad de infarto. Era emocionante. De pronto frenó y se detuvo en mitad de una amplia extensión del río, meciéndose sobre el agua.

Coyote se hizo visera sobre los ojos con la mano, oteando ambas orillas.

—No veo nada de lo que preocuparse.

—¿Cómo? ¿Preocuparnos, nosotros? —replicó Renegado, que se inclinó hacia un lado y sacó un par de maltratados esquís de madera.

Frankie rio.

A continuación sacó un raído cinturón de flotación en el que alguien había escrito ÁNIMO, MUCHACHOS y se lo lanzó a Frankie.

Esta dejó de reír.

—Cuando dije que me animaba...

—Ya sabía yo que eras de las mías —la cortó Coyote, encendiéndose un cigarrillo con una sonrisa pícara.

—No..., no he esquiado nunca.

—Lo vas a hacer genial, ya verás. Ponte el cinturón.

Frankie se quedó mirando el río. Había oído hablar de cadáveres flotando en el agua marrón, hinchados y cargados de explosivos. Y estaban en los trópicos. ¿No había serpientes venenosas y caimanes? ¿Y el Vietcong? ¿No estaría Charlie bajo el agua, con una planta en la cabeza a modo de camuflaje, esperando a un estadounidense lo bastante idiota como para esquiar por el río Saigón?

Frankie inspiró hondo y recordó las palabras de Jamie: «Nada de miedos, McGrath».

Exhaló y se quitó la ropa hasta quedarse en biquini antes de abrocharse el cinturón.

—Bueno —dijo Ethel, tocándole el hombro—. Yo empecé a esquiar de pequeña, en el campamento bíblico. Tengo una historia que es la monda, pero para otro momento. En fin, tú agárrate, echa el cuerpo hacia atrás y mantén los esquís perpendiculares al bote. Deja que te levantemos, como si fuera de una silla. La cuerda debe quedar entre los esquís. Si..., o más bien cuando te caigas, suéltala de inmediato.

—Me voy a despedir ya por si me mato.

Ethel rio.

—Adiós, Frank. Ha sido estupendo conocerte.

Frankie se deslizó por la borda hasta caer en las aguas turbias y marrones del río. Agarrando los esquís en una mano, nadó tras el bote y tardó más de cinco minutos en poner los pies descalzos en las fijaciones de goma. Al menos tres veces se levantó sobre los esquís para que de inmediato se le volvieran hacia la cara y tener que enderezarse de nuevo, todo ello mientras mantenía la boca cerrada a cal y canto. La idea de que le entrase parte de aquella agua le daba más miedo que el que la picara una serpiente.

Por fin se colocó en posición. Hizo la sentadilla, puso la cuerda entre los esquís, se agarró a la barra de tracción y asintió.

El bote se puso en marcha y la arrastró. Frankie luchó por mantener los esquís derechos. Pisaron el acelerador y tomaron velocidad. Frankie se levantó un poco antes de caer de bruces. El bote viró bruscamente y dio media vuelta. Ethel le lanzó la cuerda.

—Deja que te arrastremos. Aceleraremos cuando parezcas estable.

Frankie asintió con la boca apretada, intentando no pensar en el agua que le entraba por los ojos y la nariz.

Necesitó otros cuatro intentos y, para entonces, ya estaba demasiado cansada para luchar con la cuerda o la velocidad. Se limitó a echarse hacia atrás, agarrarse y pensar: «¿Cuántas veces más tendré que intentarlo?», y entonces, en un abrir y cerrar de ojos, estaba de pie, esquiando tras el bote, tratando por todos los medios de mantener los esquís en su sitio y distribuir el peso de forma equilibrada.

Vio cómo le aplaudían los pasajeros de la lancha. Se mantuvo erguida sobre las aguas mansas entre la uve de la estela blanca, con los esquís subiendo y bajando. El viento le levantaba el pelo y el sol le calentaba la piel. Durante un instante precioso, el corazón se le paró: no era más que una chica celebrando una fiesta en la playa con sus amigos. Pensó en Finley, que le había enseñado a surfear. «Mírame, Fin. Cabalgando las olas».

Hasta tal punto la desbordaba una alegría tan fuerte, tan dulce y tan pura que solo pudo hacer una cosa.

Soltó un aullido a pleno pulmón.

Aquella tarde, el ocaso teñía el mundo de púrpura y rojo. En la distancia, más allá de la cinta que formaba el río, titilaban las luces del centro de Saigón.

El grupo de la playa se había ido apagando con la luz del día. Ahítos de hamburguesas con queso, patatas fritas y cerveza estadounidense, descansaban medio borrachos alrededor de una buena fogata.

Frankie, agradablemente achispada tras tres cervezas, se apoyó en Ethel. Tener las manos unidas parecía lo más natural del mundo.

—Cuéntamelo otra vez —murmuró.

—La hierba es tan verde que hace daño a los ojos —respondió esta—. Cuando mi abuelo descubrió aquel terreno, ahorró hasta el último dólar que ganaba como herrero para comprarlo. Nada me gusta más que recorrer los caminos a galope tendido en otoño. Algún día vendréis Barb y tú, nos comeremos una barbacoa, montaremos a caballo y olvidaremos todo lo que hemos visto por aquí.

A Frankie le encantaban las historias de Ethel sobre Virginia: las ferias del condado, las competiciones de la organización juvenil 4-H, las reuniones sociales de su iglesia. Sonaba a un mundo que ya no existía...

—No te dejaré volver sin mí —dijo Frankie.

Antes de que Ethel pudiera responder, Jamie se abrió paso a trompicones hasta ellas y se plantó delante de Frankie.

Esta tuvo miedo de mirarlo. Había mantenido las distancias todo el día porque notaba sus defensas debilitadas por la cerveza bebida, la camaradería de la jornada y la extraña sensación de que aquellos eran unos días estupendos, quizá —por imposible que pareciera— los mejores de su vida.

Jamie se encontraba oficialmente en tiempo de descuento. Le había llegado su DEROS y le quedaban menos de tres meses de servicio. Como todos los «abuelos», a medida que se acercaba la fecha de partida había empezado a preocuparle no conseguirlo, que de algún modo Vietnam lo hubiera echado a perder y que no saldría vivo de allí. Y, cada día, Frankie afrontaba la realidad de que faltaba un día menos para que se marchara.

—Baila conmigo —le dijo, tendiéndole la mano.

Jamie no lo habría hecho de estar sobrio, allí delante de todo el mundo, una noche en que sus ojos delataban el anhelo, igual que cualquier otra noche ella tampoco habría aceptado. Pero en aquel momento, con tres cervezas en el cuerpo y Ethel a punto de marcharse, Frankie no tuvo energías para rechazarlo. Dejó que tirase de ella hasta ponerla en pie.

Luego Jamie la alejó de sus amigas y la ciñó entre sus brazos. Su mano le bajó por la espalda, más allá de la curva de la cintura. Frankie sintió los dedos introduciéndose por debajo de la cinturilla del ancho pantalón corto. Movió el brazo hacia atrás y le subió la mano hasta la altura de los riñones.

—Sé un buen scout.

—Me deseas, McGrath —dijo Jamie—. Y es evidente que yo te deseo a ti.

Frankie lo miró a los ojos.

—Da igual lo que desee cualquiera de los dos.

—Vente mañana conmigo a Maui de reposo y recuperación.

—No creo que a Sarah le gustase la idea. —Sabía que Jamie iba a encontrarse allí con su esposa—. Una vez que la veas, te olvidarás por completo de mí.

Jamie se inclinó hacia delante con tanta lentitud que Frankie supo que esperaba que lo detuviera, pero no pudo. Le besó en un lado del cuello.

Frankie se dejó hacer más tiempo del razonable antes de empujarlo con suavidad y, nada más hacerlo, echar de menos la sensación.

—No, por favor.

—¿Por qué no?

—Ya sabes por qué —respondió Frankie con un hilo de voz.

—¿Habrías podido quererme? —susurró Jamie.

Frankie se moría de ganas de responderle: «Ya te quiero», por lo que necesitó poner todo su empeño en limitarse a sonreír. Le acarició la cara y dejó un instante la mano sobre su piel para que le transmitiera las palabras que no se atrevía a pronunciar. Luego se alejó mientras aún le quedaban fuerzas y se sentó junto a Ethel.

—Ese hombre te ama —dijo Ethel en voz baja.

Sus sentimientos por Jamie no eran algo de lo que Frankie pudiera hablar, ni siquiera con Ethel. Se apoyó en su amiga.

—¿Cómo voy a... seguir adelante sin ti?

—Yo también te quiero, Frank. Y te las vas a apañar estupendamente sin mí.

«Sin mí».

Tal vez fueran las tres cervezas o la misteriosa oscuridad que se extendía, salpicada de los sonidos de la guerra en la distancia, pero le sobrevino una oleada de añoranza que la hizo pensar en Finley. En sus restos desaparecidos. Estaba harta de perder a gente.

—Debo de estar como una puñetera regadera —dijo Ethel—, pero loca de atar, porque no quiero irme.

—Y yo también, porque no quiero que te vayas.

El fuego crepitaba y chisporroteaba. Pitillo asaba malvaviscos sobre una de las llamas rojizas. Habían bajado el volumen de la música.

De pronto, la noche estalló en un festival de sonidos y colores. Explosiones rojas, estelas de trazadoras atravesando el cielo oscuro. No demasiado lejos se oyó el tableteo de una ametralladora.

El artillero del helicóptero corrió hasta ellas.

—Lo siento, chicas. Acaba de llamar Rayo. En Ciudad Cohete necesitan a los Lobos de mar. Se acabó la fiesta.

Frankie miró a Ethel.

—¿Ciudad Cohete?

—Pleiku, en las tierras altas. Un lugar peligroso.

La fiesta se disolvió; la gente echó a correr de vuelta al helicóptero, al bote, a los tres jeeps escondidos entre las matas. Frankie y sus amigos se subieron al aparato, que se elevó en el aire a toda velocidad.

El paisaje a sus pies estaba tachonado de explosiones. En el aire, a bordo del Huey, sentían en todas direcciones las bombas, los cohetes y los tiros a su alrededor, iluminando la oscuridad de estrellas naranjas. Olía a humo.

El aparato se inclinó en un ángulo muy cerrado antes de ascender rápidamente.

—Nos disparan —gritó Pitillo desde el puesto de mando—. En nuestro día de playa. Qué maleducados.

El pájaro se inclinó tan rápido que a Frankie se le escapó un grito. Jamie la rodeó con el brazo y la atrajo hacia sí.

—No pasa nada, McGrath —le susurró al oído—. Yo te tengo.

Frankie se dejó llevar un instante antes de apartarse.

El artillero respondió a los disparos con una ráfaga de ametralladora.

Un nuevo viraje brusco permitió esquivar el ataque. A su lado pasó volando un caza; por debajo, un pedazo de selva estalló en llamas rojizas. Frankie sintió el calor en el rostro.

Pop, pop, pop.

La ametralladora en la puerta del helicóptero repiqueteó en respuesta; los casquillos vacíos tintinearon al caer al suelo.

No hacía falta más que acertar una vez para que el aparato se prendiera fuego. Frankie no podía dejar de pensar en Finley. ¿Habría sido así en su caso?

El ataque acabó tan rápido como había empezado. El helicóptero se deslizó súbitamente hacia el costado y descendió sobre las copas humeantes de la selva antes de posarse en el helipuerto del 36.

A las tres de la madrugada, la sirena de la alerta roja sonó atronadora por todo el campamento. A continuación se oyó a los helicópteros acercarse. Eran muchos. Bajo la lluvia torrencial se fue posando un Dust Off tras otro, todos llenos de heridos. Frankie, Barb y Ethel saltaron de la cama y echaron a correr para ayudar a descargarlos. Frankie se pasó las siguientes ocho horas junto a Jamie, practicando cirugía tras cirugía hasta terminar tan cansada que apenas se tenía en pie.

A las once de la mañana, cuando la camilla del último paciente salió del quirófano, Frankie agarró medio zombi una fregona y se puso a pasarla por el suelo hasta que Jamie la detuvo.

—Hemos terminado —dijo—. Que otro se encargue de limpiar la sangre. Vámonos.

Frankie asintió, se puso el poncho verde, se subió la capucha y lo siguió al exterior. La pasarela de madera estaba inundada. La lluvia le caía encima desde el tejado. Jamie la rodeó con el brazo y la sostuvo mientras atravesaban el complejo.

Al llegar a su barracón, Jamie se detuvo; Frankie se dio cuenta entonces de que estaba demasiado pegada a él, su cuerpo tocaba el suyo allí parados bajo la techumbre, apenas resguardados del chaparrón. Un minúsculo hilo de sangre ajena le corría por el cuello. Frankie alargó la mano para limpiárselo.

Jamie esbozó una sonrisa que no acabó de cuajar.

—Quieres besarme antes de que me vaya —dijo—. Lo sabía.

—Que te lo pases bien en Maui —repuso ella, avergonzada por los celos que sentía al imaginarlo con su mujer—. Tráeme algo chulo a la vuelta.

En los ojos de Jamie había más amor del que debería, y era probable que también en los de Frankie.

—Te quiero, McGrath. Sé que no debería...

Ella se moría por responderle lo mismo, pero ¿cómo iba a hacerlo? Las palabras creaban mundos; había que tener cuidado con lo que se decía. Jamie iba a reunirse con su esposa, iba a ver fotografías de su hijo. Así que lo que le dijo fue:

—Te echaré de menos.

Jamie dio un paso atrás.

—Te veo dentro de una semana.

Mientras lo contemplaba alejarse, el instante se reprodujo en su mente: «Te quiero, McGrath».

Tal vez debería habérselo dicho también. Pero ¿de qué servía que lo quisiera? No tenía derecho a hacerlo. Cuando se vio incapaz de soportar más el arrepentimiento, se subió la capucha y puso rumbo a su cabaña.

Al abrir la puerta, se dio cuenta de lo que se le había olvidado durante el aluvión.

Barb estaba sentada en el catre vacío de Ethel.

—Se ha ido.

Frankie se sentó a su lado, sin molestarse en quitarse el poncho mojado.

—No he podido despedirme de ella.

—No quería que lo hiciéramos. Es probable que se escabullera mientras mirábamos a otro lado. Zorra.

En Vietnam las cosas eran así: la gente llegaba, cumplía su misión y se iba. Los que tenían suerte, como Ethel, volvían a casa de una pieza. Algunos querían fiestas de despedida y otros marcharse en silencio. Y había quien quería las dos cosas. En cualquier caso, te levantabas un día y descubrías que tu amiga ya no estaba.

La guerra estaba llena de despedidas y casi ninguna de ellas tenía lugar en realidad; una siempre lo hacía demasiado pronto o demasiado tarde.

Como con Finley.

Se había despedido de su hermano mucho después de que las palabras hubieran dejado de importarle. Era algo que le había enseñado aquella guerra: nunca había tiempo suficiente que pasar con la gente que importaba.

La semana siguiente no paró de llover. No era torrencial como un monzón, sino una llovizna constante y rítmica que desmoralizaba a cualquiera. Hasta las reuniones en el club de oficiales prácticamente habían desaparecido. Con aquel tiempo, nadie tenía ganas de fiesta.

Era casi medianoche cuando Frankie, de pie en el quirófano, ataviada con mascarilla, gorro, guantes y bata, cerraba una incisión. No lejos, el nuevo médico, Rob Aldean, de Kentucky, trataba de salvarle la pierna a una joven vietnamita. Mientras Jamie disfrutaba con su mujer de su semana de reposo y recuperación en Maui, allí habían quedado reducidos a dos cirujanos, lo que no bastaba para dar abasto con las víctimas. Para colmo de males, aún no habían sustituido a Ethel, por lo que también andaban cortos de enfermeras. Cuatro pacientes esperaban una cirugía tumbados en las mesas, y otros tantos lo hacían en las salas de triaje y Preoperatorio.

Una luz brillante iluminaba la porción de piel marrón claro del soldado que yacía anestesiado delante de Frankie.

Tras el último punto de sutura, esta dejó los instrumentos ensangrentados en la bandeja y se quitó los guantes.

—Ahora Sammy lo llevará al Postoperatorio, soldado Morrison —dijo en voz alta, aunque el paciente no podía oírla.

Sintió en la distancia el sonido de un helicóptero aproximándose. El doctor Rob levantó la vista y miró a Frankie con preocupación. Estaban al límite de sus fuerzas.

Solo era uno.

—Gracias a Dios —dijo Frankie. Rob volvió al trabajo.

Las puertas del quirófano se abrieron de golpe y Barb, con bata y mascarilla, entró con un par de sanitarios que llevaban un paciente ensangrentado en una camilla.

—Necesitamos un cirujano. Y a ti, Frankie. Ya.

Frankie leyó en los ojos de Barb que la cosa no pintaba bien.

Se lavó las manos, agarró un nuevo par de guantes y se los puso.

El soldado en la camilla llevaba la camiseta empapada en sangre y el pantalón de campaña cortado a la altura del muslo. Había perdido la pierna izquierda por la rodilla; un sanitario le había envuelto en el campo el muñón ensangrentado, pero aquello no era nada en comparación con la herida del pecho.

Una densa capa de sangre negruzca le cubría la cara. Frankie levantó sus chapas de identificación.

—Hola, capitán C…

Callahan.

«Jamie».

Levantó la vista hacia Barb y vio el dolor en los ojos de su amiga. «Lo siento», formaron sus labios sin emitir sonido alguno.

—Derribaron el helicóptero en el que viajaba —dijo uno de los sanitarios.

Frankie le limpió la sangre de la cara y vio la grave lesión en el cráneo.

—¡Rob! —gritó—. Aquí. ¡Rápido!

El médico corrió hasta donde se encontraban, echó un vistazo a Jamie y luego miró a Frankie.

—No va a lograrlo, Frankie, lo sabes, y necesitamos…

—Sálvalo, Doc. Al menos, inténtalo —le rogó Frankie mientras tomaba la mano fría e inerte de Jamie y la sostenía en la suya—. Por lo que más quieras. Por favor.

11

Jamie yacía en una cama Stryker de la crujía de Neuro, desnudo bajo la sábana, la cara tan cubierta por los vendajes que solo se le veía un ojo cerrado. Un tubo se introducía por la ventana de su nariz. Respiraba al ritmo del ventilador que lo mantenía con vida. Otra máquina vigilaba el latido cardiaco. Rob, el cirujano, había hecho todo lo posible y luego, dando un paso atrás, había negado con la cabeza.

—Lo siento, Frankie. Mañana escribiré a su mujer. Deberías despedirte de él.

Ahora Frankie estaba sentada al pie de la cama, sosteniéndole la mano. El calor de la piel indicaba que la infección se estaba apoderando de él.

—Te llevaremos al Tercero, Jamie. Tú aguanta, ¿entendido?

En la mente de Frankie se reproducía en bucle la última frase que Jamie le había dicho: «Te quiero, McGrath».

Y ella no había respondido nada.

Dios santo, cómo se arrepentía de no haberle confesado la verdad, cómo desearía que se hubieran besado, una vez solo, para poder atesorar el recuerdo.

—Debería... —¿Qué? ¿Qué debería haber hecho? ¿Qué podía haber hecho? En aquel mundo en ruinas el amor era importante, pero también el honor. ¿Qué era uno sin el otro? Estaba casado y Frankie sabía que quería a su esposa—. Eres fuerte —dijo con la voz quebrada. Como enfermera sabía que nadie era lo bastante fuerte para ciertas lesiones; como mujer, quería creer en una recuperación imposible.

—¿Teniente? ¿Teniente?

La voz parecía venir de muy lejos. Una voz que rozaba, que irritaba, que había que apartar de un manotazo.

Se dio cuenta de que un par de sanitarios estaban de pie a su lado. Luego se dio cuenta de que uno de ellos le había posado la mano en el hombro.

Levantó los ojos hacia él. ¿Cuánto tiempo llevaba allí? Le dolía la espalda y sentía un dolor punzante por detrás de los ojos. Tenía la sensación de haber pasado horas al pie de la cama, pero en realidad había sido poco tiempo.

—Ha llegado el pájaro. Van a llevarlo al Tercero. El equipo de Neurología está esperándolo.

Frankie asintió, apartó la silla y se puso en pie. Las piernas le flaquearon un segundo.

El sanitario la sujetó.

Frankie vio el petate a sus pies.

—¿Esos son los efectos personales de Jam…, del capitán Callahan?

—Sí, mi teniente.

Frankie se metió la mano en el bolsillo y sacó un rotulador y la pequeña piedra gris que le había regalado aquel niño vietnamita. Parecía que hubiera pasado una eternidad desde que se la pusiera en la palma de la mano. Se había convertido en un talismán para ella. Escribió SIGUE LUCHANDO por un lado de la piedra y MCGRATH por el otro, antes de guardarla en el petate de Jamie.

Se inclinó y le besó la mejilla vendada, sintiendo el calor de la fiebre, y susurró:

—Te quiero, Jamie.

Luego se retiró lentamente y se irguió. Tuvo que recurrir a todas las fuerzas que le quedaban para hacerse a un lado mientras lo preparaban para el traslado y lo sacaban a toda prisa del quirófano rumbo al helipuerto.

A medio camino, Frankie oyó al sanitario gritar: «¡Parada cardiaca!», y lo vio comenzar a efectuarle un masaje.

—¡Salvadlo! —chilló Frankie.

Subieron a Jamie al helicóptero que esperaba; el sanitario se montó de un salto y continuó realizando el masaje cardiaco mientras el aparato se elevaba poco a poco.

Frankie se quedó parada mientras el Dust Off se alejaba y vio al sanitario interrumpir el procedimiento, retirar las manos y negar con la cabeza.

—¡No pares! ¡Tiene el corazón fuerte! —chilló, pero el rugido de los rotores ahogaba su voz—. ¡No pares!

El helicóptero ascendió y se alejó, sumergiéndose en la oscuridad de la noche hasta perderse en un zumbido distante y por último desaparecer.

Se había ido.

¿Cómo se le podía parar el corazón? Su hermoso, hermosísimo corazón...

Frankie cerró los ojos y sintió las lágrimas rodándole por las mejillas.

—Jamie... —dijo con la voz rota.

Lo único que deseaba era un minuto más, una mirada, un segundo para decirle que no era el único que había sentido aquello; que en otro mundo, en otro momento, podrían haber estado juntos.

Solo quedó el ruido sordo de los disparos de mortero y cohetes, tan constante como el latido de su corazón. Cuando dio media vuelta, Barb estaba esperándola. Abrió los brazos de par en par.

Frankie caminó hasta su amiga y se dejó envolver por su abrazo todo el tiempo que pudo.

Unidas, enfilaron hacia el club de oficiales. Como siempre, el olor del humo se filtraba al exterior. En el interior sonaba música. *We gotta get out of this place...** Su nuevo himno.

Barb apartó la cortina de cuentas.

Dentro habría una docena de personas en varios grupos. Nadie reía, cantaba ni bailaba, esa noche no, imposible después de lo que le había pasado a Jamie. Había cosas que no se podían olvidar momentáneamente a fuerza de fiestas, alcohol y drogas. Esa era una de ellas.

Barb cogió una botella de ginebra de la barra, condujo a Frankie hasta un sofá raído y se sentó.

—Supongo que ya estarás lista para beber de verdad.

Frankie se acomodó junto a su amiga y se apoyó en ella. Barb dio un buen trago a la botella y se la tendió. Frankie se quedó mirándola un instante y estuvo a punto de decirle: «No, gracias», pero luego pensó: «¡Qué demonios!». Agarró la botella y le dio un trago largo que le quemó la garganta y casi la atragantó. Sabía a isopropanol. Era aún peor que el whisky que había probado —con Jamie— en su primera noche en Vietnam.

«Estás a salvo, McGrath... Yo te tengo».

Barb dio otro trago.

—Por Jamie —dijo en voz baja—. Es fuerte, Frankie. Podría lograrlo.

«Por Jamie», pensó Frankie, obligándose a beber de nuevo. Necesitaba algo con lo que acallar el dolor. Cerró los ojos, pero lo único que veía en la oscuridad de su mente era al asistente que dejaba de aplicarle el masaje cardiaco.

Por un instante, Frankie deseó no ser enfermera, no estar en la guerra, no haber trabajado en Neuro, no saber lo que implicaban las lesiones de Jamie y lo que significaba dejar de hacer un masaje cardiaco.

---

* «Tenemos que salir de aquí». *We Gotta Get Out of this Place*, The Animals. *(N. de la T.)*.

—Hay algo más —dijo Barb—. Odio decírtelo ahora...

—¿El qué? —preguntó Frankie con voz cansada.

—Hoy ha llegado mi DEROS. Me marcho el 26 de diciembre.

Frankie sabía que era de esperar, pero aun así le dolió.

—Me alegro por ti.

—No puedo quedarme otro año.

—Lo sé.

Finley. Ethel. Jamie. Barb.

—Estoy cansada de despedidas —dijo Frankie en voz baja, apretando los ojos para no romper a llorar. ¿De qué servían las lágrimas? Cuando uno se iba, se iba y ya. Llorar no iba a cambiar nada.

—Por Jamie —volvió a decir, más para sí que para Barb, al tiempo que cogía la botella de ginebra.

30 de septiembre de 1967

Querida Ethel:

No sé cómo escribirte esta carta, pero, si no se lo cuento a alguien, seguiré mintiéndome. Jamie ha muerto.

A veces, al pensar en su pérdida, me cuesta hasta respirar. Quiero pensar que sobrevivirá, que volverá a casa, con su familia, pero ¿cómo creerlo después de lo que hemos visto? Sus heridas eran..., ya te lo puedes imaginar. Y he pasado tiempo suficiente en Neuro. En fin, estoy harta de perder a gente.

Hace tres días que lo hirieron y me cuesta hasta levantarme de la cama. No lloro, no se me revuelve el estómago. Solo estoy como... atontada, supongo. El dolor me parte por dentro cuando estoy despierta.

En el quirófano me necesitan. Sé que es lo que me dirás. Es lo que me dice Barb. De verdad que intento que me importe. Pero ¿cómo puedo entrar allí sabiendo que él no estará? Lo buscaré, lo llamaré y será otro quien responda.

Cualquiera pensaría que, después de perder a mi hermano, sería un poco más dura.

Ni siquiera era mío. No dejo de pensar en su mujer y en su hijo. Querría ponerme en contacto con ellos y preguntarles si sobrevivió, pero no estaría bien. No me corresponde. Y ya me escribirá él si puede, ¿verdad? O no... Como ya he dicho, nunca ha sido mío.

Te echo de menos, amiga. Me vendría fenomenal tu entereza y puede que una de esas historias en las que galopas a lomos de tu caballo sobre las hojas caídas del otoño... o incluso uno de tus sermones sobre la etimología de la palabra «barbacoa».

Espero que todo vaya bien allá en el mundo.

Con cariño,

F.

9 de octubre de 1967

Querida Frank:

Se me rompe el corazón. Por Jamie, por su hijo y su mujer, y por ti y todos los hombres a quienes podría haber salvado.

Maldita guerra. Recuerdo cómo me sentí cuando perdí a Georgie. No creo que haya una palabra que describa ese dolor. Pero sabes a lo que me refiero. Es Vietnam.

Conoces a alguien. Estableces unos lazos cada vez más sólidos y algunas de las personas a quienes quieres mueren. Todos se van, de una u otra forma. No puedes llevarlos contigo, es imposible. No hay tiempo y los recuerdos pesan demasiado. Siempre tendrás el pedazo de él que fue tuyo, así como el tiempo que pasasteis juntos. Y puedes rezar por él. De una u otra forma, Frank, lo has perdido, y lo sabes. Como tú misma dijiste, nunca fue tuyo, por mucho que lo quisieras.

Por ahora, tú aguanta y sigue adelante, Frank.

Te mando paz y amor, amiga.

E.

13 de octubre de 1967

Querida Ethel:

Hoy hace tanto calor que se podría asar un filete en el suelo de la cabaña, te lo juro. Sudo tanto que tengo que enjugarme los ojos una y otra vez.

Gracias por tu carta sobre Jamie.

Tienes razón. Sé que tienes razón.

No puedo dejar de pensar en él. De desear, de recordar, de revivir una y otra vez las decisiones que ambos tomamos. Por suerte para mí, el 36 ha estado tranquilo esta última semana. Pero puede que no sea tan bueno. Tengo demasiado tiempo para darle vueltas a la cabeza.

Supongo que debería pensar que he tenido suerte de conocerlo y de haber aprendido de él. Hay lecciones de requetesobra que extraer de Vietnam, pero una de ellas está clara: la vida es corta. No estoy segura de que fuera algo que creyese antes de venir aquí.

Ahora sí.

Gracias por estar a mi lado aunque nos separe medio mundo. Me encantaría recibir otra foto de tu hogar. Te echo de menos.

Te quiero,

F.

Frankie soltó el bolígrafo, dio un sorbo a su TaB tibio y dobló la hoja de papel azul. Se inclinó a un lado para dejar la carta en la cómoda junto al catre, al lado de la pila de cartas de casa que había estado releyendo.

También debería escribir a sus padres. Llevaba días sin hacerlo, incapaz de encontrar las palabras con las que adornar cómo era la vida en el campamento.

Podía contarles que estaba sana y salva, claro. Eso era lo que querían oír. O, más bien, era lo que su madre quería oír. No tenía ni idea de lo que quería su padre. No le había escrito ni una sola vez.

Según las frecuentes cartas de su madre, todos allá en el mundo hablaban de música y de hippies y del llamado «Verano del amor». El Verano del amor: de eso sí que no había una sola mención en *Stars and Stripes*. De algún modo era hasta obsceno. Como si los muchachos no estuvieran cayendo como moscas en Vietnam.

Se apoyó en la pared a su espalda y cerró los ojos con la esperanza de conciliar el sueño. Quería soñar con Jamie: era casi enfermizo, pero recordarlo de manera obsesiva resultaba reconfortante; sin embargo, en lo que pensó fue en que Barb se iría en diciembre.

¿Cómo iba a sobrevivir allí sin su mejor amiga?

La despertó un golpe en la puerta de la cabaña.

—Adelante.

La puerta se abrió y apareció un soldado joven. Parecía nervioso, la nuez protuberante no hacía más que subir y bajar en su garganta.

—¿Teniente McGrath?

—¿Sí?

—La mayor Goldstein desea verla.

—¿Cuándo?

—Ahora.

Frankie asintió y se puso en pie con lentitud. Cogió los zapatos y se calzó.

En el edificio de Administración, llamó a la puerta del despacho de la enfermera jefe y, tras oír un «adelante» amortiguado, abrió la puerta.

La mayor levantó la vista. Frankie vio agotamiento en los hombros encorvados y las bolsas violáceas bajo los ojos de la mujer.

—¿Está usted bien, mi mayor? —le preguntó Frankie.

—He tenido unos días duros.

Frankie sabía que no se explayaría. La mayor Goldstein era de la vieja escuela. Si había una cadena de mando era por algo. Fraternizar estaba completamente descartado. En un mundo en el que de por sí escaseaban las mujeres y la mayoría tenía poca experiencia y se encontraba en los niveles más bajos del escalafón, debía sentirse de lo más sola. Desde luego, los hombres de su categoría se consideraban superiores.

—Van a transferirla al 71.º Hospital de Evacuación.

A Frankie se le cayó el alma a los pies.

—¿A Pleiku?

—Sí. Está cerca de la frontera con Camboya. Las tierras altas centrales. En medio de la selva. —Se detuvo—. La lucha allí es intensa.

—Lo sé.

La mayor Goldstein suspiró hondo.

—Para mí, perderla es una auténtica mierda. No dudo que, para sustituirla, me traerán a alguna novata, pero las órdenes son las órdenes. Es usted una enfermera de combate excelente. —Volvió a suspirar—. Así que, claro, me la quitan. Así son las cosas en el Ejército. Asegúrese de poner al día su testamento. Y escríbales una carta bonita a sus padres antes de marcharse.

Frankie estaba demasiado aturdida, y asustada, para responder otra cosa que:

—Gracias, mi mayor.

—Créame, teniente McGrath, cuando le digo que no va a tener nada que agradecerme.

Salió del edificio de Administración como atontada.

Pleiku.

Ciudad Cohete.

Pasó junto a un grupo de hombres que jugaban al fútbol americano en la playa y a un par de trabajadoras con uniforme de la Cruz Roja que contemplaban el partido sentadas en tumbonas. Otros hombres, sin camisa, tomaban el sol. Alguien estaba montando la pantalla y el proyector para la película de aquella noche.

Encontró a Barb en una de las tumbonas, leyendo una carta de casa.

Frankie se sentó a su lado.

—Me han transferido al 71.

Barb dio un largo trago a su gin-tonic.

—Joder. No hay como este ejército de hombres para dar por saco a una mujer.

—Y que lo digas.

—Bueno, ¿y cuándo nos vamos?

Frankie debía de haberla oído mal.

—¿«Nos»?

—Cariño, ya sabes que me encanta viajar. Me pueden transferir contigo. Sin problemas. Buena falta hacemos allí arriba.

—Pero, Barb...

—Ni una palabra, Frankie. Mientras esté en este lugar olvidado de la mano de Dios, seguiré a tu lado.

La puerta de la cabaña se abrió de golpe. Sin llamar. Un rayo de sol amarillo y ardiente penetró en el interior en penumbra.

Allí estaba Barb, vestida todavía con el pantalón corto caqui, la camiseta y las botas de combate que llevaba esa misma mañana en Urgencias. Lucía un afro aún mayor; durante las últimas semanas se lo había dejado crecer, lo llamaba su «rebelión particular».

Al lado de Barb había una joven en uniforme de diario, con un bolso de mano del Ejército de Tierra y otro de viaje. La sombra azul eléctrico atraía la atención hacia sus ojos asustados y muy abiertos. Frankie notó que la pobre chica temblaba.

—Soy Wilma Cottington, de Boise, Idaho —se presentó, tratando de imprimir seguridad a su voz temblorosa.

—Tierra de patatas —dijo Barb.

—Mi marido está en Da Nang —añadió Wilma—. He venido tras él.

—Un marido en el país. Qué suerte.

Frankie cruzó una mirada rápida con Barb. Las dos sabían que tener al marido en el país podía ser una suerte. O una desgracia.

—Yo soy Frankie. —Se puso en pie—. ¿Por qué no deshaces el equipaje? Cuando acabes, te enseñamos esto.

Wilma recorrió la cabaña con la mirada.

Frankie sabía exactamente lo que sentía y pensaba.

Todas habían sido tortugas, y el 36 era un continuo ir y venir de gente. Wilma podía conseguirlo —convertirse en una enfermera más que competente— o no. Era probable que sí, aun sin que Frankie o Barb la instruyeran. La mayor Goldstein la pondría en Neuro, para empezar.

El ciclo de la vida en el 36.

Una rata pasó corriendo por el suelo; Wilma chilló. Frankie apenas se fijó en el roedor.

—Esto no es lo peor que vas a ver, mi niña.

«Mi niña».

Era probable que tuvieran la misma edad, pero Frankie se sentía anciana en comparación.

—No bebas agua a menos que sea de una bolsa Lyster, Wilma —le dijo—. Como primera lección, te vale.

20 de octubre de 1967

Queridos mamá y papá:

Os saludo desde la calurosa y húmeda Vietnam.

No llegué a contaros nada de nuestra fiesta en la playa. Hice esquí acuático por primera vez. Tuvimos un pequeño baile al estilo del programa *American Bandstand*. Hay unos pilotos de helicópteros de la Armada, los Lobos de mar, que saben cómo montar un buen guateque.

Mi amiga Ethel ha vuelto a casa, y Barb y yo la echamos mucho de menos. No sabía lo intensas que podían ser las amistades en tiempos de guerra.

Después de seis meses en el 36.º Hospital de Evacuación, por lo que se ve los mandamases quieren enviarme al norte, a las tierras altas centrales, al 71. Os mandaré mis señas en cuanto las tenga. Barb también se viene.

Hasta entonces, ¿podríais enviarme crema de manos, tampones (se han acabado en el economato porque los hombres los usan para limpiar los rifles en el campo), champú, acondicionador y, desde luego, más bombones See's? Y casi se me ha acabado el perfume. A los pacientes les encanta que huela como las chicas de allá en el mundo.

Os escribiré en cuanto esté instalada. El traslado me tiene nerviosa, pero también ilusionada. Mis habilidades como enfermera van a mejorar un montón.

Siento no haber escrito últimamente. Hace poco que perdí a un buen amigo y he estado un poco de horas bajas. Pero ya me encuentro mejor. Por aquí no hay mucho tiempo para llorar, aunque sobran los motivos. Como podréis imaginar, la vida no siempre es fácil. La gente viene y va. Pero me encanta la enfermería. Es importante que lo sepáis, y también que estoy contenta de haber venido. Hasta en los días malos, hasta en los peores, creo que esto es lo que estoy llamada a hacer y donde estoy llamada a estar. Finley me dijo una vez que en Vietnam se había encontrado a sí mismo, que sus hombres eran importantes para él, y entiendo cómo se sentía.

Os quiero,

F.

La primera imagen que Frankie tuvo de Pleiku fue desde el aire, a bordo de un helicóptero de suministros, al bajar la vista a la densa selva bajo sus pies. Barb estaba sentada al otro lado del aparato, mirando igualmente hacia abajo.

Habían excavado la falda de una montaña esmeralda para allanar el terreno: un enorme cuadrado de tierra roja albergaba un puñado variopinto de tiendas, barracones Quonset y edificaciones temporales. Al verlos, Frankie recordó —o comprendió al fin— que el 71 era un hospital quirúrgico de campaña. De pronto entendió lo que significaba. Móvil. Temporal. En la selva, cerca de la frontera camboyana, donde el Vietcong conocía cada claro y cada sendero, donde plantaba bombas para reventar a los enemigos estadounidenses. Alambradas de concertina protegían el complejo de la selva que lo rodeaba por los cuatro costados.

El aparato se posó en el helipuerto. Barb y Frankie bajaron de un salto mientras varios soldados se acercaban a descargar los suministros, incluidos los baúles y los petates de las enfermeras. Toda interacción con los helicópteros, dentro o fuera de ellos, debía hacerse con rapidez; no había mejor diana para Charlie que un pájaro en tierra.

—¿Tenientes McGrath y Johnson? —preguntó un hombre menudo y fornido con un uniforme de campaña desvaído—. Soy el sargento Álvarez. Síganme.

Frankie se caló el chambergo y se agachó por debajo de los rotores en movimiento. El polvo rojizo se levantaba del suelo en remolinos y se le metía por los ojos, la nariz y la boca.

El hombre señaló el barracón Quonset más cercano al helipuerto y gritó:

—Urgencias. Y ahí, Preoperatorio. —Siguió caminando sin dejar de hablar mientras llegaban a un nuevo barracón con la entrada rodeada de sacos terreros—. El quirófano. Cerca tenemos una gran base aérea —prosiguió—, así como la aldea de Pleiku. No vayáis a ninguna de las dos sin escolta.

Se adentraron aún más en el campamento, por donde el personal se movía a toda prisa. No había gran cosa: algunos barracones, una fila de casetas de madera medio derruidas, tiendas. Todo estaba manchado de rojo y rodeado por alambrada de espino o protegido por soldados armados en torres de vigilancia.

—El depósito de cadáveres —dijo, apuntando hacia la izquierda.

Frankie vio a un asistente sanitario de aspecto cansado empujar a través de unas puertas dobles una camilla con ruedas en la que yacía un soldado dentro de una bolsa mortuoria. En el interior, vio varias apiladas en mesas y catres, y algunas más incluso en el suelo.

—Sé que parece una mierda comparado con el 36 —dijo el sargento sin detenerse—. Y por aquí la temporada de lluvias dura nueve meses, pero tenemos nuestras cosas buenas. —Les mostró un área que llamó «el parque», compuesta por un puñado de bananos medio podridos, cuyas copas gigantes en descomposición se caían a pedazos, y una auténtica piscina elevada, llena de agua marrón y hojas. A un lado se veía un quiosco de estilo hawaiano, con antorchas y un cartel que rezaba: SE HABLA HULA. Junto a él, un búnker rodeado de sacos terreros y una docena de tumbonas aguardaban con tristeza la llegada de los juerguistas—. Los oficiales han montado en el parque alguna que otra juerga memorable, mi teniente. Seguro que por aquí se encuentra a alguien si está deprimida o cabreada. No hay mucho espacio entre esas dos sensaciones en Ciudad Cohete.

Apuntó hacia los tráileres de los oficiales de mando y pasó junto a una fila de mediocres cabañas de madera. Más arriba estaban las letrinas y las duchas.

—Sobre las tres de la tarde, el agua está casi templada —dijo. Al llegar a la última cabaña, construida sobre bloques de hormigón y protegida por sacos, se detuvo y se volvió hacia ellas—. Hogar, dulce hogar. Pónganse cómodas, tenientes. ¿Esta tranquilidad? No va a durar. El combate en Dak To ha sido brutal esta semana. Sus petates llegarán a la mayor brevedad. Los turnos van de las 7.00 a las 19.00 horas, seis días a la semana, pero si andamos justos de personal..., y, a ver, siempre andamos justos..., se trabajará mientras haya algo que hacer —concluyó al tiempo que abría la puerta.

La peste casi le dio arcadas a Frankie. Humedad. Moho.

El aire estaba cargado de insectos y motas de polvo. En el interior de aquel espacio angosto y maloliente había dos catres vacíos, sobre cuyo colchón descansaba una manta doblada y una almohada —que Frankie ya sabía que ninguna de las dos usaría—, así como dos cómodas desvencijadas. El polvo rojizo lo cubría todo, hasta el techo. Por primera vez, Frankie pensó con agrado —y nostalgia— en su cabaña del 36.

Cuando quiso volverse hacia el sargento, este ya se había ido.

Siguió a Barb al interior.

Las dos se quedaron paradas.

—A mi madre le daría un patatús —dijo al fin Frankie.

—Blanquita mimada —respondió Barb.

Frankie soltó el bolso de mano y el de viaje en el catre que tenía más cerca. Cayeron con un chirrido de metal que no prometía precisamente un sueño reparador. Sintió los insectos dándose un festín en sus piernas y brazos desnudos. Se dio una palmada en el muslo, sacó algunas pertenencias y dispuso con cuidado las fotografías familiares en la cómoda. Luego clavó en la pared una fotografía de Jamie, apoyado en un poste con una cerveza en la mano y mostrándole esa sonrisa que levantaba el ánimo a cualquiera. Se quedó mirándola más tiempo del que debía, sintió las lágrimas ardiéndole en los ojos y se dio la vuelta.

Barb sacó sus pósters. Los desenrolló y clavó en la pared a su trío de ídolos: Martin Luther King Jr., Malcolm X y Muhammad Ali negándose a que lo reclutaran, con las palabras NO VOY A PELEAR CON EL VIETCONG superpuestas a través de su cuerpo.

La mísera cómoda crujió cuando Frankie abrió uno de los cajones. Estaba lleno de cagadas de rata.

—Mierda —señaló—. Y lo digo literalmente: mierda.

Rompió a reír. Entonces oyó aproximarse un helicóptero. Se dio una nueva palmada en el muslo. Al retirar la mano, vio una mancha de sangre.

—Y yo que pensaba que tendríamos tiempo para una partidita de gin rummy —dijo Barb.

—O para hacernos las uñas —respondió Frankie mientras se quitaba el pantalón corto.

Se puso el pantalón de campaña y recogió su instrumental: un mechero, un rollo de vendas, tijeras, linterna, chicles y un rotulador. Se pasó por la trabilla un pedazo de tubo Penrose por si necesitaba preparar un gotero y se enganchó a la cinturilla una pinza Kelly. Una nunca sabía cuándo andaría corta de material, e ir preparada podía significar una vida salvada más.

Fuera, el ruido de las palas de los helicópteros era ensordecedor. Frankie y Barb pasaron corriendo junto al helipuerto, donde estaban descargando heridos de un Dust Off y trasladándolos en ambulancias. Los hombres, cubiertos de sangre y barro, trabajaban codo con codo y vociferaban bajo los rotores en movimiento. En el aire, una fila de helicópteros permanecían estacionarios, esperando a posarse.

Un sanitario negro, de aspecto desaliñado, se encargaba del triaje en Urgencias, decidiendo a quién se vería primero. Enseguida se dispusieron caballetes sobre los que colocar a los hombres en parihuelas. Una cortina en el último rincón ocultaba a los expectantes.

—Tenientes Johnson y McGrath —dijo Barb—. Del 36. Enfermeras quirúrgicas.

El hombre echó un vistazo a sus uniformes manchados de sangre. Significaba que habían estado en el meollo.

—Gracias a Dios —respondió lo bastante alto como para que se le oyera por encima del griterío y los helicópteros que aterrizaban y despegaban sin parar. Apuntó hacia un barracón Quonset—. Quirófano 1. Preséntense a Hap. Si él no las necesita todavía, prueben en Preoperatorio.

Frankie y Barb ya iban de camino cuando sonó la sirena de alerta roja. Segundos después, un proyectil explotó no lejos de donde se encontraban. Una lluvia de grava cayó con estrépito sobre el barracón. El aire apestaba a humo y a algo extraño y acre.

Frankie oyó un silbido pasar por encima de su cabeza. Al llegar al quirófano 1, abrió la puerta con esfuerzo.

En el interior: luces fuertes, hombres esperando una operación tumbados en las mesas.

Barb y ella se lavaron las manos, se pusieron la bata, el gorro, la mascarilla y los guantes. No tardaron en encontrar al teniente coronel Harry «Hap» Dickerson, operando sin asistencia una profunda herida en el vientre de un soldado.

—Las tenientes McGrath y Johnson a sus órdenes, señor.

—Gracias a Dios. Ahí está el carrito —dijo el cirujano, dirigiéndose a Frankie—. Johnson, por allí anda el capitán Winstead. La necesitará.

—A sus órdenes, señor —respondió Barb antes de salir corriendo hacia el otro médico.

Explotó un nuevo cohete, esta vez lo bastante cerca como para que el barracón se sacudiera. Las luces se atenuaron y acabaron por apagarse.

—¡Mierda! ¡Generadores! —vociferó Hap.

Frankie sacó la linterna y, encendiéndola, apuntó el estrecho haz amarillo hacia la herida.

Segundos después volvió la luz, acompañada del zumbido de los generadores de emergencia.

Los disparos de artillería continuaban como una lluvia de fuego sobre el campamento. ¡Bum! ¡Plaf! Las explosiones sonaban tan cerca que hacían castañetear los dientes.

El ruido era espantoso y Frankie no podía dejar de pensar que aquello era el infierno en la tierra. Los helicópteros que iban y venían, el ataque de mortero que parecía no tener fin, el murmullo de las máquinas de aspiración, el zumbido de los generadores, el chasquido de las luces cada vez que se producía un pico de electricidad, el siseo de los respiradores.

—¡Hap! Es Reddick. Tiene problemas —gritó alguien por encima del tumulto.

—¿Puedes cerrarlo? —le preguntó Hap a Frankie, apartándose del paciente.

—Sí —respondió esta, aunque le temblaban las manos. Suturar una incisión era una cosa, otra muy distinta era hacerlo con escasez de médicos y enfermeras, electricidad poco fiable y las bombas cayendo alrededor.

Cerró los ojos, trajo a Jamie a la memoria y luego a Ethel. Sintió a ambos a su lado.

«Nada de miedos, McGrath».

En su cabeza oyó la voz de Jamie. «Es igual que coser, McGrath. ¿Es que las chicas buenas de las hermandades no sabéis?».

Se aisló del caos y del ataque; cuando se sintió en calma, cerró la herida del vientre y entregó al hombre a un asistente sanitario, se lavó las manos, se puso otro par de guantes y siguió a Hap hasta otra mesa.

—Hola, guapa —le dijo el paciente con voz arrastrada y párpados pesados. Era un marine y empezaba a caer bajo el efecto de la anestesia—. ¿Has venido a verme jugar?

Frankie echó un vistazo a su chapa de identificación.

—Hola, soldado Waite. —Clavó la mirada en su rostro, con cuidado de no bajar la vista adonde las dos piernas habían quedado amputadas a mitad de muslo. Unos gruesos tubos amarillos drenaban la sangre de la herida que tenía en el pecho, bombeándola a una máquina de aspiración situada a los pies salpicados de sangre de Hap.

Cayó otro cohete. Cerca.

—¡Nos están atacando! —gritó alguien—. Apagón obligatorio en tres…, dos…, uno.

Las luces se apagaron.

—¡Todos al suelo!

—Baja la mesa —dijo Hap.

—Déjeme entrar en el campo, entrenador —musitó el soldado Waite—. Puedo marcar.

Frankie y Hap bajaron la mesa de operaciones todo lo posible. El enfermero anestesista se tumbó sobre el suelo y se dispuso a vigilar los indicadores con una linterna.

Frankie se arrodilló sobre la sangre, encendió la linterna y se la colocó en la boca.

Durante diez horas, siguió a Hap de operación en operación bajo la más absoluta oscuridad; se comunicaban mirándose a través de los haces de las linternas.

Los heridos no dejaban de llegar, una oleada tras otra de hombres hechos pedazos tras los combates en Dak To; también les llegaban survietnamitas, tanto soldados como civiles y niños. Llenaban las salas, los pasillos, el depósito. Se desbordaban hasta el exterior.

Al cabo, Frankie notó que el ruido amainaba.

No se oían posarse los Dust Off ni sobrevolarlos esperando a aterrizar. Tampoco bombas. Ni ambulancias camino del quirófano.

Las lámparas volvieron a encenderse, cegándolos con su luz.

Hap se quitó el gorro quirúrgico y se bajó la mascarilla. Era mayor de lo que Frankie habría creído, rollizo, con la piel horadada por gruesos poros y una sombra de barba oscura que seguramente le habría salido durante el aluvión.

—Hey, buen trabajo, McGrath. Tu primer día en Pleiku y te estrenas con un ataque de mortero.

—¿Siempre es así por estos pagos?

Hap se encogió de hombros. Qué bobada de pregunta: Frankie sabía que en Vietnam el «siempre» no existía. Todo cambiaba, se movía, moría; la gente y las construcciones aparecían y desaparecían de la noche a la mañana; se abrían caminos y se abandonaban. El médico dejó la ropa de quirófano en un cubo a rebosar y salió.

Frankie se quedó parada, incapaz de moverse; sentía a la gente a su alrededor: enfermeras y asistentes sanitarios limpiando, trasladando objetos, empujando camillas.

«Muévete, Frankie».

Tuvo que sacar fuerzas de flaqueza para levantar el pie y dar el primer paso. Estaba mareada, apabullada.

Salió del barracón. El sonido como de chapoteo de los calcetines le dio a entender —por imposible que pareciera— que tenía sangre por dentro de las zapatillas. Los pies le dolían de haber pasado tanto tiempo en pie, y las rodillas, de haberlo pasado arrodillada.

Fuera de la sala de Postoperatorio, vio hombres muertos sobre camillas, más allá de Urgencias, en el camino de entrada. Jamás había visto tantos heridos en un solo IMV.

En el depósito la cosa estaba peor. Las bolsas negras se apilaban como si fueran leña.

En la oscuridad de la noche se oían ruidos y disparos de cohete en la lejanía. Aquí y allí, más allá del brillo plateado de la alambrada de concertina, se distinguían luces amarillas moviéndose por la selva. El enemigo estaba al otro lado, prácticamente a tiro de ametralladora, observándolos, poniendo bombas y tendiendo cables trampa.

Al doblar la esquina del barracón, distinguió a Barb sentada en la tierra con las rodillas dobladas, la espalda apoyada en la pared metálica y el chambergo de tela verde bajado sobre la frente.

Frankie se deslizó por la pared hacia abajo para sentarse en el suelo a su lado.

Ninguna de las dos dijo nada durante un rato. El repiqueteo distante de la guerra que se libraba en la montaña acompasaba su respiración.

—Estas no son las vacaciones que me habían asegurado —acabó diciendo Frankie con voz trémula—. Que me devuelvan el dinero.

A Barb le temblaban las manos cuando se sacó un porro del bolsillo y lo encendió.

—¿Dónde está el champán prometido?

—Hemos salido del fuego para caer en las brasas... Me siento como Frodo en Mordor —dijo Frankie.

—No tengo ni idea de lo que hablas.

—Hablo de que me pases el porro.

Barb la miró.

—¿Estás segura, niña buena?

Frankie cogió el porro que su amiga le tendía y, nada más darle una profunda calada, se puso a toser. Se rio un segundo y dijo:

—Mira, mamá, me estoy drogando. —Acto seguido se echó a llorar.

—Jesús, vaya nochecita —murmuró Barb.

Frankie notó el temblor en su voz y supo que, en ese momento, su amiga la necesitaba. Necesitaba que Frankie fuera la más fuerte de las dos. Así que se limpió las lágrimas, se inclinó hacia un lado y rodeó a Barb con el brazo.

—Estoy contigo, amiga.

—Gracias a Dios —respondió Barb en voz baja. Luego, aún más bajo, añadió—: ¿Cómo vas a enfrentarte a todo esto tú sola?

Frankie fingió no oírla.

12

En ese momento había más de cuatrocientos cincuenta mil estadounidenses en Vietnam y a saber cuántos muertos y heridos. Desde luego, una no iba a encontrar la respuesta en el *Stars and Stripes*. Muchos de los soldados rasos que llegaban al país apenas habían recibido seis semanas de instrucción. A diferencia de la Segunda Guerra Mundial, durante la cual los hombres habían hecho la formación en secciones y luego iban juntos a la guerra, los nuevos reclutas llegaban solos y los soltaban allí donde hicieran falta, sin el apoyo de una sección, sin la posibilidad de contar con nadie de confianza. La formación básica militar se había acortado para que los hombres entraran antes en combate; Frankie se preguntaba a quién demonios le había parecido una buena idea reducir la instrucción, pero a ella nadie le había pedido su opinión.

No obstante, había días buenos, cuando llegaban pocos heridos y el sonido de los helicópteros quedaba lejos; días en que las enfermeras jugaban a las cartas, leían novelas, escribían a casa y organizaban viajes del MEDCAP a las aldeas de la zona para ofrecer servicios sanitarios. En los días malos, Frankie oía el rugido característico de los helicópteros bimotor Chinook, una enorme bestia de carga que podía trasladar a más de una veintena de heridos, y sabía que iban a tener una guardia complicada. A veces los aluviones eran tan intensos, el número de los heridos tan elevado y sus lesiones tan graves que Frankie, Barb, Hap y el resto de los médicos y enfermeras se pasaban dieciocho horas seguidas operando a militares y civiles sin apenas tiempo para comer o beber nada.

Frankie había aprendido a pensar rápido y a moverse aún más rápido. Era capaz de hacer más de lo que jamás hubiera imaginado; podía empezar una operación, cerrar una herida o colocar un drenaje torácico. Hap le confiaba la administración de la morfina y le explicaba todo lo que hacía durante las cirugías para enseñarle cada paso de las intervenciones, algunas de las cuales tenían lugar en pleno ataque con cohetes y en condiciones de apagón obligatorio, bajo la lluvia torrencial.

En ese momento eran más de las tres de la madrugada y se acababan de llevar al último paciente del quirófano a la sala de Postoperatorio.

No se oían helicópteros acercándose, ataques de mortero ni sirenas de alerta roja.

«Qué tranquilidad». Ni siquiera se oía la lluvia.

Frankie cogió una fregona y empezó a limpiar la sangre del suelo de cemento. No era tarea suya, pero lo hacía igual. Estaba muerta de cansancio y, al mismo tiempo, a tope de adrenalina.

Deslizó la fregona por el suelo, empujando la sangre, pero esta enseguida reptaba de vuelta al punto de partida.

Hap entró en el quirófano y saludó con un gesto de la cabeza al auxiliar que se encargaba del papeleo sentado al escritorio. Se acercó a Frankie con paso lento y le tocó el hombro.

—No hace falta que friegues, McGrath.

La miraba con esa expresión ya conocida que mezclaba tristeza, compasión y comprensión. Era la que todos tenían después de un IMV, cuando lo único que uno podía hacer en realidad era contar a los fallecidos.

Durante los últimos diez días, en los que apenas había dejado de llover, Frankie había pasado más de cien horas frente a ese hombre, delante de una mesa de operaciones. Sabía que nunca sudaba por mucho calor que hiciera o por complicada que fuera la operación; sabía que cuando estaba cómodo tarareaba *Ain't That a Shame* y cuando la cosa se ponía difícil chasqueaba la mandíbula con enfado. Sabía que llevaba alianza, que amaba a su esposa y se preocupaba por su hijo mayor. También sabía que se santiguaba cada vez que acababa una cirugía y que, al igual que ella, llevaba una medalla de san Cristóbal junto a las chapas de identificación.

Sonrió con cansancio.

—Fuera de aquí, Frankie. Me ha parecido oír algo de baile en el parque. Desfógate un poco, que, si no, acabarás explotando.

Frankie sabía que el médico tenía razón. Se quitó la bata y salió del quirófano. En la cabaña, cogió una toalla y ropa limpia. Se dio una ducha a oscuras, se lavó el pelo y se puso una camiseta y un pantalón corto. De vuelta en la cabaña, se cambió las zapatillas manchadas de sangre y barro por unas sandalias mexicanas y se dirigió al parque, donde la recibió la música de los Beatles.

Vio a tres hombres bebiendo y fumando junto a un quiosco hawaiano improvisado. Las hojas de los bananos mustios se mecían a sus espaldas. Las antorchas del quiosco proyectaban una luz amarillenta y levantaban hacia el cielo nocturno un hilo de humo negro.

Barb estaba sentada en una de las tumbonas cerca del aparato de estéreo con un cigarrillo encendido, canturreando la melodía de *Hey Jude*.

Frankie agarró otra y se colocó a su lado. Una caja de cartón del revés, llena de manchas, servía de mesita auxiliar. En ella había una botella de ginebra medio vacía y un cenicero a rebosar.

—Te has duchado —dijo Barb—. Te odio.

—Tenía sangre hasta en los sobacos. ¿Cómo demonios es posible? Y el agua estaba fría. Deberían avisar en el folleto turístico de bienvenida a Pleiku.

—Reconozcámoslo, hay que estar pirada para querer venir aquí.

Frankie cogió el paquete de tabaco y se encendió un cigarrillo.

—Hoy he recibido carta de mi hermano, Will —dijo Barb al tiempo que le tendía a Frankie una polaroid en la que aparecían miles de personas, de pie o sentadas en el suelo, con la Casa Blanca de fondo. Alguien sostenía una pancarta que decía: DESTITUCIÓN PARA JOHNSON. Otra rezaba: A MI HIJO LO MATARON EN VIETNAM, ¿POR QUÉ?

—Pues eso, ¿por qué? —musitó Frankie mientras se frotaba el cuello agarrotado.

—Mamá me ha enviado un artículo de periódico sobre una marcha en Washington D. C. Cien mil manifestantes se reunieron junto al monumento a Lincoln.

Frankie no sabía cómo responder ni, en realidad, qué pensar al respecto. El mundo de los hippies y los manifestantes le resultaba tremendamente lejano. No tenía nada que ver con los muchachos que morían en el frente. Solo que sí. Aquellas protestas les hacían sentir que su sacrificio no valía nada o, aún peor, que estaban haciendo algo mal.

—Es el mundo al revés.

—Joder —respondió Barb—, y que lo digas... Tengo entendido que Canadá va a exigir a Estados Unidos que deje de bombardear Vietnam del Norte. Canadá. Uno sabe que está haciendo las cosas mal cuando hasta los canadienses se cabrean —concluyó, exhalando una bocanada de humo.

—Ya.

El último número de *Stars and Stripes* llevaba el titular: CASI HA TERMINADO. ESTAMOS GANANDO LA GUERRA, pero llevaban diciendo lo mismo desde que mataron a Finley. Y las muertes no habían hecho más que aumentar.

No había manera de ganar la guerra. Al menos esa. Lo único que había era dolor, muerte y destrucción; hombres buenos que volvían a casa destrozados más allá de toda curación o en bolsas negras, bombas que caían sobre civiles y una generación entera de huérfanos.

¿Cómo toda aquella muerte y destrucción iba a ser la forma de frenar el comunismo? ¿Cómo Estados Unidos iba a estar haciendo lo correcto al lanzar todas aquellas bombas —muchas de ellas sobre aldeas llenas de ancianos y niños— y quemar con napalm lo poco que quedaba?

7 de noviembre de 1967

Queridos mamá y papá:

Estoy teniendo una mala noche. Tampoco sé muy bien por qué. Ha sido un día como otro cualquiera en el 71, no ha pasado nada especialmente horrible.

Jo, no me puedo creer que haya escrito estas palabras.

Si os describiera un incidente con múltiples víctimas, os quedaríais horrorizados. Yo lo estoy, aún más que de costumbre. ¿Quiero saber cómo soy capaz de ver estas cosas y seguir respirando, comiendo y bebiendo, riendo y bailando? Parece una obscenidad disfrutar de la vida y, sin embargo, visto lo que estos soldados están dando por su país, por nosotros, sería una obscenidad no hacerlo. Los combates cerca de Dak To han sido tremendos.

Y no solo están cayendo soldados estadounidenses. El pueblo vietnamita también sufre y muere. Hombres, mujeres, niños. La semana pasada, bombardearon y arrasaron una aldea entera. ¿Por qué? Porque en realidad nadie sabe quién es el enemigo y nuestros muchachos, que mueren bajo las balas de los francotiradores ocultos en la selva, están a la que salta. Es peligroso tener miedo todo el tiempo.

Qué malgasto de vidas y de futuros prometedores es todo esto. Yo solo sé que los soldados... Solía considerarlos mis «chicos» porque son jovencísimos. Pero son hombres, hombres que luchan por su país. Quiero ayudarlos. Trato de no pensar en nada más. Para algunos soy la última chica estadounidense que verán antes de morir, y ya es algo. No os podéis imaginar cuántos quieren hacerme una foto antes de irse.

No dejáis de escribir sobre las manifestaciones y la quema de banderas. Nada de eso aparece en *Stars and Stripes*. Y la madre de Barb nos ha contado que Martin Luther King dice que esta guerra es injusta. Pero ¿acaso no pueden detestar la guerra y apoyar a los combatientes? Nuestros hombres mueren todos los días al servicio del país. ¿Es que eso ya no importa?

Con todo el cariño,

F.

P. D. Enviadme crema de manos, perfume, acondicionador, papel para la Polaroid y velas. La dichosa electricidad no hace más que irse.

A mediados de noviembre, una ola de calor azotó las tierras altas centrales. El omnipresente barro se secó, convirtiéndose en un fino polvo que lo cubría todo, se inhalaba al respirar y teñía las lágrimas de rojo. Daba igual las veces que Frankie se pasara un paño húmedo por la cara, no había forma de librarse de la tierra que le manchaba las nuevas arrugas de la frente, se instalaba en las patas de gallo, le cubría los dientes. Gruesos goterones de sudor rojo se le deslizaban a ambos lados de la cara y le bajaban por la espalda. Aquel calor era tan desmoralizante como el barro y la lluvia. No había forma de dormir, por lo que, después de trabajar, el parque estaba atestado de gente escuchando música estadounidense, tratando por todos los medios de suavizar la dureza de aquella guerra.

—Venga, Frankie —dijo Hap, tomándola de los hombros y girándola hacia las puertas del quirófano—, que Barb se fue hace una hora.

Frankie asintió. ¿Se había quedado dormida de pie un segundo? Demasiado cansada para discutir, se quitó la mascarilla, la bata, el gorro y los guantes y los arrojó a un lado.

Fuera brillaba la luz del día.

Frankie parpadeó, confusa. ¿Qué hora era? ¿Qué día?

«Muévete, Frankie».

Dejó el quirófano y salió al camino; había grupitos de gente aquí y allá, con aspecto cansado, sin demasiada conversación, entrando y saliendo del comedor.

Delante del depósito de cadáveres, vio una parihuela dispuesta entre dos caballetes. Al lado había una pila de bolsas negras.

Se acercó lentamente, atraída por la soledad del hombre que yacía sobre ella, deseando que no hubiera muerto allí solo. Era joven, muy joven, y negro. La única extremidad que le quedaba —el brazo derecho— le colgaba inerte a un lado, las puntas de los dedos a escasos centímetros del suelo ensangrentado.

La juventud del soldado la desarmó. Frankie solo tenía veintiún años, pero se sentía anciana. Cuántos eran los muchachos que llegaban a Vietnam, la mayoría por voluntad propia, para acabar acribillados, desmembrados, reventados... La gran mayoría eran negros, hispanos o pobres, recién salidos del instituto. No tenían padres que pudieran mover los hilos para que no los llamaran a filas o para que entrasen en la Guardia Nacional, ni clases en la universidad que los mantuvieran a salvo o una novia que se casara con ellos. Algunos se alistaban voluntarios tan solo para poder elegir la rama del Ejército en la que servir, en lugar de que los mandaran a la que les tocase por número.

Una generación perdida. Su generación.

El soldado tenía la cara manchada de tierra y sangre. Frankie veía fragmentos de piel sudorosa donde debería haber llevado el casco. No pudo evitar preguntarse quién sería, en qué habría creído. Todos aquellos chicos tenían una historia, una vida que creían que se prolongaría años y años, con matrimonios, trabajos, hijos y nietos...

Descubrió su casco cerca y se agachó a recogerlo. De él sobresalía una polaroid salpicada de barro.

Se trataba del joven, con chaqueta de esmoquin blanca y pantalón negro, con gafas de carey y el brazo formando un ángulo de noventa grados. A su lado había una chica negra con un vestido de fiesta y guantes blancos hasta el codo, la mano enlazada en el hueco del brazo de él.

«Promoción de 1966», ponía en el borde blanco de la fotografía. Por el reverso se leía: «Vuelve a casa, Beez. Te queremos».

Frankie limpió con cuidado la polaroid y se la metió al joven en el bolsillo.

—Al menos vuelves a casa —dijo en voz baja, acariciándole la mejilla—. Eso significará mucho para tu familia.

En la distancia se oyó un disparo de mortero y una explosión. Luego se hizo el silencio.

Estaba agotada de ver morir a tantos jóvenes. En lugar de encaminarse a su cabaña, enfiló hacia el parque, donde la gente veía una película sentada en sillas plegables. El traqueteo del ruidoso proyector entorpecía el diálogo.

Frankie sabía que ninguna película aliviaría la soledad o atenuaría aquella sensación nueva y aguda de inminente fatalidad que se había apoderado de ella, pero aislarse era peor que estar entre gente. Se sentó junto a Barb, que le tendió una bebida.

—¿Qué estamos viendo?

—*La gran escapada.*

—¿Otra vez?

«Un trago —pensó Frankie—. Solo uno».

Era su primer día libre en dos semanas, y Frankie y Barb estaban sentadas en el parque con una nevera al lado, bebiendo un par de TaB tibios. Barb leía en voz alta una carta de casa.

17 de noviembre de 1967

Querida Barbara Sue:

Señor, estos días no sé por quién preocuparme más, por ti en mitad del peligro o por tu hermano en California. Las cartas que me llegan de Will son preocupantes, desde luego. ¿Recuerdas los recortes de periódico que te envié de los disturbios en Detroit de este verano, cuando llamaron a la Guardia Nacional? Ha habido más, en Buffalo, Flint, Nueva York, Houston. Montones de ciudades. Palizas de la policía a los negros. Saqueos. Acabo de enterarme de que el día de los disturbios en Detroit, Will estaba allí. Murieron treinta y tres negros.

Tengo miedo. Desde que tu hermano volvió de Vietnam está tan furioso que acabarán matándolo. A esos chicos blancos universitarios no les va a pasar nada si se ponen violentos en las protestas, pero sí a Will y a sus amigos de los Panteras negras. Sé que estás muy ocupada, pero ¿podrías llamarlo? Es posible que a su hermana mayor la escuche; bien sabe Dios que, a su madre, no. Opina que yo debería estar furiosa con el mundo, pero ¿para qué? Que yo rompa un escaparate o marche por un puente no va a cambiar nada. Se le olvida que vi cómo linchaban a tu tío Joey por no mirar con respeto a una señora blanca. Y no hace tanto de aquello.

En fin, que te echamos mucho de menos por aquí. Cuento los días para tenerte de vuelta.

Con cariño,

MAMÁ

—¿Teniente Johnson?

Barb levantó la vista.

Altavoz, el operador de radio del campamento, estaba de pie junto a ellas. Era un chiquillo flacucho de Nebraska con las mejillas sonrosadas y el cuello como un palillo.

—Tenientes Johnson y McGrath, tengo un mensaje para ustedes del teniente Melvin Turner.

—¿Y ese quién es? —preguntó Barb.

—Coyote, mi teniente, de los Lobos de mar.

—Tu amiguito del esquí acuático —bromeó Barb, dirigiéndose a Frankie.

—Me ha pedido que les diga que esta noche va a haber en Saigón un fiestón de despedida que te cagas…, sus palabras no las mías, y que sería una lástima que se lo perdieran las dos enfermeras más guapas de Vietnam. Ahora mismo hay un C-7 en el aeródromo.

—Eso suena a orden, Altavoz. Normalmente prefiero una invitación impresa —replicó Frankie.

—En letras doradas —añadió Barb.

Altavoz parecía nervioso.

—Coyote no dio demasiado a entender que hubiera opción a negarse, mi teniente. Entiendo que imaginó que les gustaría pasar un rato alejadas del complejo. Ese avión no va a quedarse ahí mucho tiempo. Está de ronda de suministros.

Barb dobló la carta.

—Gracias, Altavoz.

—Odio que me digan qué hacer —dijo Frankie.

—Y que den por sentado que una va a aceptar —añadió Barb.

Entonces sonrieron las dos y exclamaron: «¡Vámonos de aquí!», al mismo tiempo. Echaron a correr a la cabaña para preparar el bolso de viaje y pasar la noche fuera.

En menos de quince minutos, con el equipaje hecho, vestidas de civiles y con los bonos militares convertidos en divisa vietnamita, Frankie y Barb se subieron al aeroplano de carga y se sentaron.

En Tan Son Nhut, un policía militar las escoltó hasta un jeep que estaba esperándolas; se subieron de un salto al asiento trasero.

Por sorprendente que pareciera, era la primera vez que Frankie veía Saigón de cerca a la luz del día. La ciudad era un bullicioso caos: las calles estaban abarrotadas de tanques, soldados armados y policía militar. Bicicletas y peatones pugnaban por abrirse paso entre ellos. Familias enteras se colaban entre el tráfico encaramadas a una sola motocicleta. Pasaron junto a una vietnamita flaca acuclillada en una esquina, que cortaba verduras sobre una tabla de madera.

Los vehículos militares trataban de hacerse hueco entre las motos y bicis. Sonaban bocinas y timbres. La gente se gritaba. Los tuktuks zigzagueaban agresivos alrededor de las motos, expulsando grandes humaredas negras. Los policías de Saigón —a quienes los estadounidenses llamaban «ratones blancos» por el color del uniforme— dirigían el tráfico allí donde los semáforos no funcionaban o nadie los respetaba.

Los edificios gubernamentales estaban protegidos por alambradas de espino, bidones y sacos terreros. En una esquina habían dejado flores en memoria de los monjes budistas que se habían inmolado en protesta por el maltrato que les prodigaba el gobierno survietnamita. No cabía duda de que la policía se las llevaría, pero volverían a aparecer al día siguiente.

El jeep se detuvo delante del hotel Caravelle, que dominaba una esquina entera de la calle.

Frankie se bajó de un salto, se echó el bolso de viaje, gastado y descolorido, al hombro y dio las gracias al conductor. Barb se colocó a su lado.

—Joder, qué sed me dan estos vuelos.

Sonriendo, se dirigieron a las puertas dobles de cristal que daban acceso al hotel.

Pasaron el día en el viejo barrio francés de Saigón, con sus maravillosos edificios decorados y sus calles flanqueadas de árboles. Era como ver un bello rincón de París a través de una ventana sucia. Se adivinaba lo que la ciudad había sido en tiempos; era fácil imaginar a los ocupantes franceses cenando *foie gras* y bebiendo buen vino mientras los cocineros y camareros vietnamitas a duras penas podían alimentar a sus familias con un sueldo mísero.

A mediodía, cuando entraron en un pequeño bistró a la francesa, con manteles blancos, camareros uniformados y flores frescas, a Frankie le llamó la atención la incongruencia de un lugar así en un país desolado por la guerra. Era como si hubieran cruzado una especie de portal mágico que las hubiera hecho retroceder en el tiempo.

—Tú disfruta y punto —dijo Barb, tocándole el brazo—, que pronto estaremos de vuelta en el lodazal.

Barb era única a la hora de saber exactamente cómo se sentía Frankie. Enlazó el brazo con el de su amiga y siguieron al jefe de sala hasta una mesa junto a una ventana, donde se sentaron y pidieron la comida.

En el interior del local, el tumulto y la agitación de la ciudad desaparecieron, y el aroma del pescado y el caldo sustituyeron los olores a gases de escape y diésel. Después de almorzar, pasearon de tienda en tienda, adquirieron ropa nueva, zapatillas, velas y loción corporal perfumada. Frankie se compró una camiseta que rezaba: SKI VIETNAM. Encargaron un *ao dai* a medida en una seda suave y diáfana, y Frankie compró un corte de *shantung* de seda plateado para su madre y un ornado cortapuros de cobre para su padre.

A las cuatro y cuarto volvieron al hotel y se prepararon para la fiesta en el club.

Qué lujo. Agua caliente, caliente de verdad, y en abundancia. Jabones perfumados y cremas.

Frankie se puso un vestido morado nuevo, con un cinturón de plástico blanco a la altura de la cadera y unas sandalias. Al mirarse en el espejo, se vio por primera vez en ocho meses. Sus ojos seguían siendo de un vívido azul, pero su piel clara ahora estaba moteada de pecas por el sol, tenía los labios tan cuarteados que el carmín no lo disimulaba y el cabello desaliñado le había crecido sin forma alguna.

Tenía la cara chupada; había perdido tanto peso que sus brazos parecían lápices.

Barb se puso a su lado y la rodeó con un brazo. Ambas contemplaron su reflejo. Barb llevaba unos pantalones acampanados de punto azul marino y una camiseta blanca con un fular de seda de llamativos motivos geométricos al cuello. La diadema del pelo acentuaba lo mucho que le estaba creciendo el afro.

—No sabía que hubiera adelgazado tanto —dijo Frankie—. ¿Y por qué me he comprado hoy este ridículo vestido? ¿Quería parecer Grace Kelly en la guerra?

—Te recordó a tu casa. Galletas recién salidas del horno. El martini de papá. O, en tu caso, el martini de mamá.

Frankie sonrió. Barb tenía razón. Se había comprado ese vestido precisamente porque le recordaba a su casa, a su madre, a la vida que habían enseñado a desear a las chicas como ella en los años cincuenta, cuando la conformidad era lo más importante. Ya no.

Tal vez Frankie fuera virgen, pero ya no quería ser una «niña buena». La vida era demasiado corta para perderse nada solo por seguir las normas de una generación anterior.

Se cambió el vestido por el pantalón de cuadritos vichy azul y negro que se acababa de comprar y una túnica ceñida de mangas acampanadas. En el último instante se colocó el cinturón de plástico a la cadera.

—Venga. Vámonos.

Subieron al bar de la azotea y tomaron una cena deliciosa con vistas al caos de la ciudad a sus pies. Cuando salieron del hotel, a las ocho y cuarto, encontraron a un policía militar esperándolas. Las condujo a través de las calles abarrotadas y frenéticas hasta la puerta de un club de aspecto sórdido, sobre la que habían clavado un cartel que decía: ¡BUEN VIAJE, HALCÓN!, en gruesas letras negras de imprenta. En el sombrío interior, una barra iba de pared a pared y, delante de ella, oficiales en uniformes de campaña, pantalones caquis, camisetas y vaqueros se daban palmaditas en la espalda, se felicitaban y desafiaban, mientras bebían cócteles con cubitos de hielo de verdad. Unas camareras vietnamitas se movían entre el gentío sirviendo comida y bebida; otras limpiaban las mesas. Se había improvisado una pista de baile apartando las mesas contra las paredes; varias parejas bailaban en medio de la sala. Un trío de músicos tocaba música irreconocible. Dos ventiladores de techo giraban en silencio sobre sus cabezas, removiendo el aire caliente más que enfriándolo.

En la barra, Coyote vio a Frankie y la saludó con un gesto de la mano. Se acercó a ella con una tierna vacilación que le recordó la vida de allá en el mundo, con sus primeras citas y sus bailes de instituto. No era para nada el pavoneo habitual de los pilotos.

—Estás guapísima, Frankie. ¿Me concedes este baile?

—Por supuesto —respondió ella. La invitación le pareció tan ridícula y fuera de lugar por lo anticuada que se echó a reír.

Coyote la atrajo hacia sí y la llevó a la pista. Frankie sintió su mano en la cadera y se la subió hasta la cintura. Por lo que se veía, en su interior quedaban más restos de «niña buena» de lo que pensaba.

—Creo que me estás confundiendo con otro tipo de chica.

—Qué va, Frankie. Eres de las que uno lleva a casa y se la presenta a su madre. Lo supe al minuto de conocerte en la fiesta de la playa.

—Desde luego antes lo era —dijo—. Gracias por la invitación de esta noche, por cierto.

—Llevo pensando en ti desde que te conocí —le confesó Coyote.

El ritmo de la siguiente canción era más rápido, y Coyote la hizo girar hasta dejarla mareada y sin aliento. Durante un bonito instante, no fue más que una chica en brazos de un chico que la consideraba especial.

Había rebasado con mucho la fase de «brillos» sobre la que tantas veces la había advertido su madre. Aquel calor la hacía sudar, y no le importaba lo más mínimo.

—Frankie, ahí está Rayo. Te voy a presentar al nuevo comandante de mi unidad —dijo Coyote, tomándola de la mano.

Frankie, riendo por el cambio de tono, dio un traspiés. No hacía ni un instante trataba de tocarle el trasero y ahora Coyote la arrastraba fuera de la pista.

El piloto se detuvo con tanta brusquedad que Frankie se chocó con él. La mano de Coyote se deslizó por su brazo desnudo y los dedos se entrelazaron con los suyos.

—¿Rayo? —dijo Coyote—. Quiero que conozcas a mi chica.

—¿Tu chica? Pero si yo no... —Frankie se rio mientras alzaba la vista hacia el comandante de Coyote, que llevaba uniforme de campaña y gafas de sol estilo aviador. Tenía pinta de agente de la CIA o de estrella de rock. Tanto por postura como por actitud, parecía de los que respetaban el reglamento.

—Vaya, vaya —dijo el hombre, bajándose las gafas de sol con lentitud—. Frankie McGrath.

Rye Walsh.

Por un instante, Frankie se vio de nuevo en la fiesta del Cuatro de Julio, cuando Finley había llevado a casa a su nuevo mejor amigo.

—Rye, como el whisky —dijo con un nudo en la garganta. Su presencia le recordaba a Finley, a casa, a la inocencia de los enamoramientos adolescentes.

Él la envolvió entre sus brazos y la estrechó con tanta fuerza que la levantó del suelo.

—Un momento. ¿Os conocéis? —preguntó Coyote con el ceño fruncido, mirando a uno y a otro.

—Rye fue a la Academia Naval con mi hermano mayor —respondió Frankie, dando un paso atrás—. Fue quien me dijo que las mujeres podían ser heroínas.

Coyote rodeó a Frankie con el brazo y la atrajo hacia él. Ella se desasió.

Rye volvió a subirse las gafas.

—Bueno, no quiero meterme por medio mientras os divertís. Vosotros a lo vuestro. Me alegro de volver a verte, Frankie.

Se giró sobre un talón, en un gesto tan controlado como si estuviera en un desfile, y se alejó de vuelta a la barra.

13

Qué sabes de tu comandante? —preguntó Frankie.

—Es un tío duro como el acero. No habla mucho de sí mismo. Tengo entendido que está comprometido con la hija de un almirante. Es probable que tú lo conozcas mejor que nosotros.

—No —respondió Frankie—. La verdad es que no lo conozco bien. Conque la hija de un almirante, ¿eh? Y comprometido. No es de extrañar.

—¿Y eso?

Frankie estuvo a punto de decirle: «Tú míralo», pero se mordió la lengua.

Aunque bailaba lento rodeada por los brazos de Coyote, Frankie se descubrió lanzando una mirada tras otra a Rye; observó cómo reía con sus hombres, cómo a veces se apartaba de ellos. Se notaba lo mucho que lo respetaban. Cada vistazo la retrotraía a la fiesta de despedida de Finley, cuando tampoco había sido capaz de apartar los ojos de él, y al momento que compartieron en el despacho de su padre.

«Las mujeres pueden ser heroínas».

Aquellas palabras suyas, dirigidas a una veinteañera impresionable, eran las que la habían llevado de forma inevitable a ese bar, a esa guerra. Encontrárselo allí de nuevo parecía cosa del destino.

—Tengo una habitación individual, Frankie —dijo Coyote, acariciándole el cuello con la nariz mientras bailaban—. Podríamos estar a solas…

—Coyote… —dijo Frankie sin alzar la voz.

Él se echó atrás y la miró.

—Tienes razón. Debería pedirte una cita como tiene que ser. Quiero hacer las cosas bien contigo, Frankie.

La música cambió. Se oyó un estruendo de muebles y carcajadas fuertes.

A un lado de la pista de baile, Barb no había acertado al ir a sentarse y se había caído al suelo. Frankie se apartó de Coyote y fue hasta su amiga. Sin embargo, Rye se le había adelantado y ya estaba ayudando a Barb a ponerse en pie. Esta le echó los brazos al cuello y se le pegó.

—Tengo los huesos de gelatina —dijo, antes de que la cabeza se le cayera hacia atrás y dirigirle una sonrisita beoda a Frankie—. Tú mira a este, Frankie…

Frankie se volvió hacia Rye. El modo en que la miraba la puso nerviosa. Era demasiado intenso. Se sintió extraña, trémula.

—Deberíamos llevarla de vuelta al Caravelle.

—Le pediré a un policía que os escolte.

Rye la ayudó a sacar a Barb del club de oficiales y a meterla en un jeep de la Policía Militar. Frankie se subió a su lado.

En ese momento, Coyote salió del club.

—Frankie, he venido a ver…

—¡Adiós, Coyote! —se despidió ella mientras el vehículo ya se alejaba.

De vuelta en el hotel, ayudó a Barb a subir las escaleras hasta su cuarto. Mientras esta orinaba, levantó los ojos soñolientos y dijo:

—No dejes que me caiga de la taza. Tengo un equilibrio de mierda.

—Es el whisky —respondió Frankie, y ambas rompieron a reír. Luego la ayudó a quitarse la ropa y meterse en la cama.

—¿Viste al tiarrón de las gafas de sol? —preguntó Barb mientras se recostaba en las sábanas blancas y limpias—. Estaba buenísimo.

—Lo vi —respondió Frankie, arropando a su amiga hasta la barbilla.

Con las luces apagadas y arrullada por los ronquidos de Barb, Frankie trataba de dormir. No debería haberle costado: había bebido bastante y no se temía que un ataque de mortero o un incidente con múltiples víctimas la despertara en mitad de la noche. Estaba envuelta en sábanas limpias y frescas. Y, aun así, el sueño la eludía. Se sentía agitada, nerviosa.

Sonó el teléfono. Respondió antes de que despertara a Barb.

—¿Dígame?

—Señorita McGrath —respondió un vietnamita con fuerte acento francés—. Hay un joven que ha venido a verla. Le pide que se reúna con él en el bar de la azotea.

Coyote.

Frankie no quería verlo en ese momento, pero le debía la verdad. No era el hombre que ella quería. Y, de todas formas, no podía dormir.

Apartó las sábanas, se puso unos vaqueros con una camiseta y se dirigió al ascensor, que estaba fuera de servicio. Suspiró y subió a pie las cuatro plantas hasta llegar al bar de la azotea del hotel, débilmente iluminado.

Un trío de músicos tocaba para una pista de baile vacía. Vio a un grupo de hombres y mujeres apiñados en un rincón, fumando y hablando a grandes voces: discutían. Oyó el repiqueteo de las máquinas de escribir.

Periodistas. Tenía entendido que aquel era uno de sus puntos de encuentro, además del bar del hotel Rex. Se preguntó de qué discutirían, si su visión de la guerra era tan contradictoria como la suya, si estaban tan divididos como parecía estarlo Estados Unidos.

Frankie caminó hasta una mesa tranquila junto a una ventana y se sentó. A la luz de la luna, el hotel Continental, al otro lado de la calle, estaba a oscuras, con la excepción de un par de habitaciones iluminadas. No pudo evitar pensar en Jamie, quien tanto tiempo atrás le había hablado del romántico bar en la azotea. El recuerdo se tiñó de tristeza y le dolió como una fina y mordiente punzada para luego dar paso a un suave remordimiento. Trató de imaginarlo en casa, rodeado de los suyos, pero no fue capaz de tal alarde de optimismo.

Una esbelta vietnamita apareció en silencio al lado de Frankie para tomarle el pedido. Al cabo de unos momentos regresó con una copa de sancerre.

Frankie dio un sorbo al vino mientras su mirada se perdía entre las luces de Saigón. A pesar de la música, los sonidos de la guerra seguían presentes: el ruido sordo de un helicóptero sobrevolando la ciudad, el tableteo de los disparos. Aquí y allá, estelas rojas atravesaban el cielo nocturno cual fuegos artificiales; llamas anaranjadas se alzaban como flores que se abrieran. Desde allí, la guerra era casi hermosa. Tal vez se tratase de una verdad fundamental: la guerra ofrecía un aspecto distinto a quienes la contemplaban a una distancia segura. De cerca, era otra cosa.

—Frankie.

«Rye».

Frankie, sorprendida, levantó la mirada.

La camarera vietnamita se deslizó con suavidad hasta situarse junto al piloto.

—Whisky, solo —dijo este. Cuando la mujer se alejó, se sentó frente a Frankie y permaneció callado hasta que tuvo la bebida delante y la camarera se hubo marchado—. Verte ha sido... como retroceder en el tiempo.

—Ya.

—Finley fue el mejor amigo que jamás haya tenido.

—Y el mío también.

Rye se recostó en la silla y la observó.

—Así que enfermera de combate. A estas alturas te habría imaginado casada con el hijo de algún millonario.

—Un tipo al que conocí en una fiesta me dijo una vez que las mujeres podían ser heroínas. Nunca me habían dicho nada parecido.

—No creo que necesitaras escuchármelo a mí —respondió Rye, con la mirada clavada en su cara. Frankie no pudo evitar preguntarse lo que vería en ella. ¿A la hermana pequeña de Finley? ¿O a la mujer en la que se había convertido?

—Pues sí que lo necesitaba —respondió en voz baja.

La música cambió, pero Frankie no reconoció la canción.

—Baila conmigo —dijo Rye.

Cuando era una niña había soñado con ese preciso momento; ahora que era una mujer, sabía lo frágiles que eran los sueños, y la guerra le había enseñado a bailar siempre que pudiera. Se puso en pie.

Él le tomó la mano y la condujo a la pista. Frankie, pegada a su cuerpo, sintió cómo la rodeaba con los brazos. Se mecían al ritmo de la música, pero en realidad no bailaban. Frankie habría jurado que podía sentir el corazón de Rye latiendo contra el suyo.

Cuando este bajó la vista, Frankie vio deseo en sus ojos. Nadie la había mirado nunca así, como si quisiera devorarla hasta los huesos.

Cuando acabó la canción, se desasió de sus brazos.

—Creo que no deberíamos bailar —dijo, vacilante—. Por lo que tengo entendido, estás comprometido.

—Ella está muy lejos.

Frankie apenas consiguió esbozar una sonrisa. Esas no eran las palabras que quería oír de sus labios.

—Ya me han roto el corazón una vez en Vietnam —respondió en voz baja al tiempo que daba un nuevo paso atrás—. Y de un oficial espero que se comporte como un caballero, Rye.

Él unió las manos a la espalda. Posición militar de descanso. A una distancia respetuosa.

—Perdóname por haber venido esta noche. —Su voz sonó ronca—. No debí hacerlo.

Frankie asintió y trató de sonreír otra vez.

—Mantente con vida, Rye. He visto a demasiados pilotos de helicóptero pasar por mi quirófano.

—Adiós, Frankie.

—Adiós.

Frankie se pasó toda la noche dando vueltas en la cama, inmersa en un sueño plagado de anhelos punzantes y desconocidos. Cuando despertó, la mañana estaba avanzada y el sol entraba por las ventanas de cristales limpios.

Lo primero que le vino a la cabeza fue Rye.

Aquel baile. El modo en que la había mirado.

Se levantó de la cama y vio que Barb se había marchado. Le había dejado una nota: «Nos vemos desayunando».

En la planta baja, encontró a su amiga sentada en el restaurante del hotel con un bloody mary.

—Remedio casero para la resaca —dijo—. ¿Qué pasó anoche? ¿Cómo llegué al hotel?

—Usé mis fuerzas superhumanas para traerte en brazos.

—Uff, excelente para mi reputación.

—Si te sirve de consuelo, permaneciste vestida en todo momento. Y no vomitaste en público. Ni confirmo ni desmiento que usaras el baño de hombres.

La camarera regresó con un segundo bloody mary, que tendió a Frankie.

—Sé que anoche me pillé una cogorza monumental, pero te noté muy rara —dijo Barb.

—Ah, ¿sí?

Algo en la respuesta despreocupada de Frankie puso en alerta a Barb.

—Así que hay una historia. Desembucha, amiga mía.

Frankie suspiró.

—En verano, Finley traía a casa a sus compañeros de la Academia Naval. A mí me parecían dioses. —Frankie esbozó una pequeña sonrisa, como si tal vez fuera demasiado triste para ser real—. Rye Walsh era su mejor amigo. Hablo del comandante de las gafas de sol de anoche. Estaba coladísima por él.

—¿El tío con un aire a Paul Newman? Guau. Pues agárralo y enséñale...

—Está comprometido.

—Joder, ¡otra vez no! —Barb dio un trago a la bebida—. Y tú eres una niña buena, claro.

—Cuando bailaba con Jamie, me sentía segura. Amada, supongo. Era como estar en casa, pero con Rye... Cuando estaba en sus brazos, me sentí... Es que el modo en que me miraba era... voraz. Casi daba miedo.

—Se llama deseo, Frankie, y puede poner patas arriba ese mundo tuyo de niña buena.

En el 71, lo único que cambiaba era el tiempo. Cuando llegó diciembre, todos los días eran secos y cálidos. En ese momento, la temperatura ascendía a cuarenta y tres grados en el hospital, y Frankie andaba acalorada y con jaqueca. Llevaba sin dormir bien desde Saigón.

Las puertas del quirófano se abrieron y entraron un par de sanitarios empujando a un soldado desde la sala de Preoperatorio; estaba bocabajo en la camilla, con las nalgas ensangrentadas y al aire. Uno de los sanitarios reía: buena señal.

—Un disparo en el trasero —le gritó a Frankie, que les señaló una mesa vacía mientras se ponía unos guantes limpios.

El chico de la camilla giró el cuello para mirarla.

—Tengo un buen culo negro, ¿verdad? —preguntó con los ojos vidriosos y una sonrisa que revelaba que ya le habían administrado morfina para el dolor. Tendría poco más de dieciocho, calculó Frankie—. Soy Albert Brown, soldado de primera.

—Hola, soldado Brown. Sí que tiene usted un buen culo. Lástima que tenga que sacarle tanta metralla.

Frankie hizo un gesto al enfermero anestesista —al que apodaban «Gas»—, que le inyectó un anestésico. Cuando el paciente tuvo la zona dormida, Frankie se inclinó y empezó a trabajar, retirando con las pinzas los fragmentos desiguales. Cuando recuperara la sensación, iba a dolerle como un demonio. Y la recuperaría en cuanto se le pasara el efecto de los medicamentos.

—¿De dónde eres, Albert?

—De Kentucky, mi teniente. Tierra de bourbon y hombres guapos.

—Con buenos culos.

El soldado rio.

—Me alegro de representar a mis paisanos.

Cuando Frankie hubo acabado, y le hubo limpiado y vendado el trasero, llamó a un asistente para que lo llevase a la sala de Postoperatorio.

—Espere, mi teniente —la detuvo el soldado—. ¿Le importaría hacerse una foto conmigo para mi madre, Shirley? Le encantaría.

Frankie le dedicó una sonrisa cansada. Era una petición habitual.

—Claro, Albert. Pero tu culo tiene pinta de que lo hubieran devorado unos lobos, igual que mi pelo.

Albert sonrió de oreja a oreja.

—Ni de coña. Es usted la chica más guapa que jamás me haya tocado el culo.

Frankie no pudo evitar reírse. Se agachó y dejó que el amigo del soldado tomase una polaroid de ambos. Se despidió con un gesto de la mano mientras lo sacaban en camilla y, quitándose los guantes, los arrojó a un lado antes de ponerse un nuevo par. Estaba pensando en ir a por un refresco cuando oyó helicópteros.

Varios.

Su mirada se cruzó con la de Barb, que se encontraba al otro lado del quirófano y tenía aspecto de estar tan agotada como se sentía Frankie.

Las dos enfermeras corrieron hacia el helipuerto, los pies rebotando en una nube de polvo rojizo. Ayudaron a descargar a los heridos y los condujeron hasta la zona de triaje. Una vez allí, comenzaron a moverse a toda prisa entre los heridos, vociferando órdenes, priorizando los tratamientos.

Casi habían acabado cuando Frankie oyó decir:

—¿Dónde quiere que lo pongamos, señora?

En ese momento aparecieron dos sanitarios con un herido en una parihuela. Echó un vistazo a la lesión y dijo: «Quirófano, ya», antes de echar a correr con ellos.

Una vez en el quirófano, apuntó hacia una mesa vacía y llamó a Sharlene, la última incorporación al 71; la pobrecita acababa de llegar de Kansas. Aquella sería su primera guardia.

—Sharlene —dijo Frankie, arrojándole unas tijeras—. Córtale la ropa.

La joven rubia se quedó mirando la sangre que le brotaba al soldado del pecho y que caía sobre sus relucientes botas de combate negras.

Frankie vio el miedo en el rostro de la mujer y pensó: «Tranquila, Frankie».

Trató de suavizar su voz antes de decir:

—Mírame, Sharlene.

Esta tenía los ojos anegados de lágrimas.

—Sí…, mi teniente…

—Sé que da miedo, pero puedes cortarle la ropa y quitarle la bota. Eres enfermera diplomada.

Sharlene sujetó las tijeras sin que las manos dejaran de temblarle y se aproximó al extremo de la mesa. Bajó la vista a lo que quedaba de la pierna izquierda del soldado y empezó a cortar la pernera del pantalón empapada de sangre y barro.

De repente, el soldado se incorporó y se fijó en la pierna mutilada.

—¿Dónde está mi pie? ¡¿Dónde está mi pie?!

—¡Doc! Aquí. —Frankie agarró una ampolla de morfina y se la administró—. Esto lo ayudará. Pronto estará bien, cabo.

—Soy achatador de novillos, mi teniente —dijo, arrastrando las palabras conforme le hacía efecto la morfina—. En Oklahoma. Huele usted de maravilla, igualito que mi chica en casa.

—Es perfume Jean Naté. ¿Qué es un achatador de novillos, marine? —preguntó Frankie mientras buscaba un cirujano con la mirada.

—Soy jinete de rodeo, señora. Necesito ese pie...

Frankie gritó:

—¡¿Hay un puto médico cerca o es que voy a tener que operar yo a este chaval?!

El día de su cumpleaños, tras una larga guardia en el quirófano, Frankie se dirigió al parque, donde había una fiesta en pleno apogeo. Barb y Pitillo estaban junto a la piscina sucia y llena de hojas. Habían colgado una pancarta entre dos bananos moribundos: ¡FELIZ CUMPLEAÑOS, FRANKIE! Un pequeño grupo de enfermeras y médicos de aspecto cansado la vitorearon y aplaudieron en cuanto llegó.

Coyote vio a Frankie, se inclinó sobre la barra del quiosco, sirvió un trago y se lo llevó.

Se había afeitado el bigote desde la última vez que lo había visto, en el club de oficiales de Saigón. Parecía más joven.

—Felicidades, Frankie. Me alegro de haber podido venir. ¿Bailas conmigo? —Estaba a punto de decirle que no, pero vio en sus ojos lo mucho que se esforzaba por sonreír y se dio cuenta de que eran muy parecidos: ambos trataban de ocultar el dolor de la vida cotidiana en Vietnam, el cansancio de estar solos—. Dame una oportunidad, Frankie. Soy un buen hombre.

Sonó de lo más serio, y Frankie sabía que era sincero, que tenía sentido hacer lo que le pedía, por lo que se dejó llevar a la pista. No iba a acostarse con él, ni siquiera le dejaría besarla —no estaría bien darle esperanzas en ese sentido—, pero se sentía sola y cansada. No era la canción adecuada, ni el hombre adecuado ni la mano adecuada la que sostenía la suya, pero, siendo sincera, era agradable no estar sola. Y, después de todo, no era más que un baile.

—Dime que serás mi chica.

—Lo siento, Coyote —dijo con voz suave. Por un momento casi deseó que no la hubiera oído.

—Ya... —musitó él, su aliento cálido contra la oreja de Frankie—. Si lo sé. Tú estás a otro nivel, Frankie McGrath.

Frankie lo ciñó con fuerza.

—No, Coyote. Eres todo lo que cualquier chica podría desear.

—Cualquier chica menos tú —dijo, echándose hacia atrás.

Dios, cómo odiaba aquella situación.

—Sí, menos yo.

Coyote volvió a ceñirla y siguió bailando.

—Me encantan los desafíos, Frankie. Ya deberías saberlo. Pero pronto volveré a casa. Estoy en tiempo de descuento. Así que no pierdas tu oportunidad.

El piloto echó la cabeza hacia atrás y soltó un aullido, pero por primera vez Frankie oyó la soledad, el pesar y el desgarro que escondía su sonido. Se preguntó si siempre habría estado ahí.

14

Diciembre había sido un infierno en las tierras altas. El Ejército de Vietnam del Norte había matado a cientos de civiles survietnamitas en Dak To. El quirófano y las crujías se habían llenado de niños que habían perdido a sus padres, ancianos que habían perdido a sus hijas, madres que habían perdido a sus hijos.

El día de Nochebuena, después de pasar horas en pie en el quirófano, Frankie estaba agotada. Por fin habían acabado con el último de los heridos. Con suerte, el resto de la noche sería tranquilo.

—Márchate —dijo Hap—. Este es el último. Ve a tomar un poco de ponche de huevo.

—¿Seguro?

—Tan seguro como que la gonorrea pica. Largo.

Frankie se quitó los guantes y los arrojó, junto con el gorro y la bata, al cubo que había al lado de la puerta.

—Feliz Nochebuena —le dijo al auxiliar estacionado en el escritorio cerca de la salida.

—¿No es hermoso? —respondió este—. Igualmente, mi teniente.

Al salir del quirófano, le sorprendió que aún hubiera luz. Encontró a Barb en la zona de triaje, junto a un hombre negro tendido en una camilla. Estaba muerto. Una explosión de mortero le había reventado la mayor parte del uniforme. Tenía un lado de la cara destrozado y abrasado. Parecía que ambos brazos y piernas estaban hechos pedazos.

—La explosión le arrancó las chapas. No hay nombre —dijo Barb.

—En Nochebuena.

—Alguien lo conocerá. Su sección está en Postoperatorio.

—Sí —dijo Barb al tiempo que depositaba con cuidado la mano del soldado en el pecho. Posó la suya sobre ella.

Frankie sabía que Barb estaba pensando en su hermano, Will, que al regresar de Vietnam hacía dos años era un hombre distinto. Un hombre airado. Radical. Problemático.

Frankie buscó una sábana blanca y cubrió con ella al hombre caído, susurrando:

—Que Dios te bendiga y te guarde, soldado.

Barb no levantó la vista.

—*Stars and Stripes* no informó de ninguna muerte de estadounidenses ayer. Solo en el quirófano 1 murieron siete hombres.

Frankie asintió.

Cualquier duda —o esperanza— que hubiera albergado en algún momento se había disipado: el gobierno de Estados Unidos mentía sobre la guerra. Ya no había forma de eludir la verdad pura y dura. Lyndon B. Johnson y sus generales estaban engañando al pueblo estadounidense, a los periodistas, a todo el mundo. Quizá hasta a sí mismos.

La traición le produjo una conmoción similar a la que sintió tras el asesinato de Kennedy, poniendo patas arriba su sentido del bien y el mal. La América en la que ella creía, la brillante Camelot de su juventud, había desaparecido, perdida. O tal vez siempre hubiera sido una quimera. Lo único que sabía era que en aquel país lejano había militares de Tierra, Mar y Aire, marines y voluntarios, arriesgando la vida todos ellos, y ni siquiera se podía confiar ya en que el gobierno dijera la verdad sobre los motivos.

A Vietnam seguían llegando miles de hombres y, al contrario de lo que los hippies y los manifestantes daban a entender, la mayoría iba de forma voluntaria, porque creía en su país. ¿Cómo era posible que a sus dirigentes —y, lo que era aún peor, al pueblo estadounidense— no les importara?

Frankie y Barb pasaron junto al depósito de cadáveres, donde un par de auxiliares registraban las muertes de la noche anterior.

Frankie fue la primera en oír el helicóptero. Se dio la vuelta y se hizo visera con la mano sobre los ojos.

—Mierda.

El sonido de los rotores se hizo más fuerte.

—Es solo uno.

Mientras corrían hacia el helipuerto para ayudar a descargar a los heridos, vieron posarse un Huey de ataque. Coyote, que se encontraba en el asiento de la izquierda, se inclinó hacia Frankie con una sonrisa pícara.

—Justo las enfermeras que esperábamos ver en Nochebuena —dijo—. ¿Os apetece pasároslo bien?

—Eso ni se pregunta —respondió Barb al tiempo que se subía al aparato, seguida de Frankie.

Una vez dentro, esta vio que Rye ocupaba el asiento derecho, con el casco de telecomunicaciones puesto, en cuya parte delantera aparecía escrito: «Rayo». Las gafas de aviador con lentes de espejo le ocultaban los ojos. Le dirigió una sonrisa, a la que Frankie respondió levantando ambos pulgares.

Coyote les tendió sendos cascos.

Frankie se puso el suyo y se sentó en el suelo junto al artillero apostado en la puerta abierta, detrás de Rye. Dejó que las piernas le colgaran por el lateral mientras despegaban.

Pasaron rasantes sobre la mancha roja, llana y desprovista de árboles, que constituía el hospital de evacuación, para luego sobrevolar la selva desierta y desnuda, en la que las hojas anaranjadas yacían en el suelo junto a los árboles moribundos.

Continuaron ascendiendo, rumbo a las montañas, donde el mundo era de un verdor indescriptible.

Pocos minutos después, Rye dijo a través del micrófono:

—Ahí. —El Huey descendió en picado y se detuvo a poco más de metro y medio sobre el suelo—. Dos minutos, Coyote. No quiero convertirme en objetivo.

Este agarró un rifle y un hacha, y se bajó de un salto. Con el arma en ristre, corrió hacia un grupo de árboles.

Frankie recorrió el claro con la mirada. El Vietcong podía estar en cualquier parte, escondido entre el exuberante verdor de la selva... Podía haber plantado Bouncing Betties o estacas Punji: palos con los extremos afilados, clavados en el suelo y cubiertos de heces humanas para garantizar una herida profunda y una infección si se pisaban.

—Esto es una locura —dijo—. ¿Qué está haciendo?

Momentos después, aunque pareció una eternidad, Coyote regresó cargando con un árbol ajado. Lo metió en la parte trasera del helicóptero y se subió al asiento izquierdo.

—¿Todo esto por un árbol? —gritó Frankie al micrófono—. Estáis chalados.

—Es un árbol de Navidad —dijo Coyote, riendo mientras el aparato daba la vuelta y se alzaba de nuevo hacia las nubes.

Veinte minutos después volvían a aterrizar en el 71. Coyote se giró, se quitó el casco y sonrió.

—Rayo y yo pensamos que os haría falta un árbol de Navidad, chicas.

Barb se rio. Frankie pensó que era la carcajada más genuina que jamás hubiera oído a su amiga.

—Desde luego que los Lobos de mar hacéis honor a la reputación que tenéis de estar como una puta cabra —dijo—. Espero que también hayáis traído un pavo; si no, mi madre os daría para el pelo por romperle el corazón a una pobre muchacha.

Coyote sonrió.

—Y tarta de pecanas, directa de la cocina de mi madre en San Antonio.

Pusieron el árbol en la cabaña y decoraron las ramas ralas con todo lo que tenían a mano: clips, tiras de papel de aluminio, tapas de latas vacías de ración C, trozos de tubos, pinzas Kelly. Erguido en su rincón, parecía salido de *La Navidad de Charlie Brown*. Barb lo coronó con una estrella de papel de estaño. Rye y Coyote se sentaron en el catre de Frankie a ver cómo se iban acumulando los adornos. Por los altavoces del transistor de Barb sonaba *White Christmas*.

Frankie estaba arrodillada delante del árbol, tendiendo una cadeneta de clips de una rama a otra, cuando Coyote dijo:

—Necesitamos algo de beber.

—¡Joder, y tanto, piloto! —exclamó Barb antes de que ambos salieran de la cabaña.

El somier del catre de Frankie chirrió cuando Rye se puso en pie. Lo oyó acercarse a ella, lo sintió a sus espaldas. Cada una de las células de su cuerpo parecía alerta por su presencia. Se levantó lentamente, pero no se dio la vuelta.

—Gracias por el detalle —dijo—. Ha sido absurdo, peligroso, insensato… y precioso.

—No quería pensar en ti —dijo Rye.

Frankie por fin se volvió hacia él.

Sus miradas quedaron prendidas.

Sintió cómo se le aceleraba el pulso. Barb había dicho que era el deseo. ¿Algo tan simple?

No había motivos para fingir que no sentía nada. Si algo había aprendido durante su periodo de servicio era esto: di lo que necesites mientras puedas.

—Estás prometido —afirmó—. Y ya sé que estoy un poco chapada a la antigua, pero me niego a ser «la otra». No podría vivir con ese peso.

—Sabes que estamos en guerra.

—Por favor, dime que no vas a tratar de convencerme con el cuento de que podríamos morir mañana.

Rye dio un paso atrás.

—Tienes razón. Me he equivocado. Feliz Nochebuena, Frankie. No volveré a molestarte.

—No hace falta que te vayas.

—Sí, sí hace falta. Tienes... cierto efecto sobre mí.

Mucho después de que Coyote y él se hubieran marchado, mientras Barb y Frankie bebían ponche de huevo y abrían los regalos que les habían enviado desde casa escuchando música navideña, el eco de aquellas palabras seguía resonando en su cabeza.

«Tienes cierto efecto sobre mí».

El alto el fuego por la Navidad se mantuvo y permitió que todos en el 71 tuvieran tiempo para disfrutar de un verdadero festín en el comedor. Pavo relleno, puré de patatas con salsa, judías verdes y guiso de batata. Tarta de pecanas y de calabaza. Después, un grupo fue hasta el parque, donde Frankie había colgado una pancarta: BUEN VIAJE, TENIENTE JOHNSON. ECHAREMOS DE MENOS TU PATÉTICA CARA.

Era la fiesta de despedida de Barb.

Frankie y ella se sentaron en unas tumbonas junto al grupo de bananos. A su lado, la fiesta estaba en su mejor momento: la música atronaba y un árbol de Navidad de aspecto triste, decorado con lazos rojos, se ladeaba medio desmoronado contra el quiosco hawaiano.

—Creo que lo mejor sería hablar ya sobre el tema, Frankie —dijo Barb mientras le tendía a esta un mechero.

Frankie se encendió el cigarrillo.

—¿Sobre tu marcha? Preferiría no hacerlo.

—Eres lo único que no quiero dejar atrás.

Frankie se volvió hacia su amiga. A la luz del parque, el afro de Barb parecía un halo oscuro. Si una no la miraba a los ojos, parecería una mujer cualquiera de veinticinco años. Frankie era incapaz de calcular todo lo que aquella amistad le había proporcionado. Barb le había dado a conocer un mundo al que jamás había estado expuesta ni del que le habían enseñado gran cosa. Antes de conocerla, Frankie creía que la aprobación de la Ley de Derechos Civiles había supuesto un fin triunfal, pero Barb le había demostrado que no era más que un frágil comienzo. Frankie sabía que su amiga tenía miedo por su hermano Will y su afiliación a los Panteras negras, pero también estaba orgullosa de ello. Sabía lo que era luchar por las cosas; a pesar de su máster en Enfermería, había tenido que pelear para que la enviaran a Vietnam y de nuevo para que la asignaran a un hospital de evacuación. Los oficiales de color eran poquísimos y estaban diseminados por todo el país, pero Barb se había empeñado en que los soldados negros tenían derecho a ver una enfermera negra en su hospital.

Se reclinó en la tumbona y suspiró. Dio una calada y exhaló el humo con lentitud.

—No puedo pasar otro año más aquí —dijo al cabo de un rato.

—Lo sé, es solo que...

—Yo también te echaré de menos, Frankie.

A la mañana siguiente, cuando Frankie despertó, lo primero que vio fue el catre vacío de Barb. Los pósters sobre su cama —Malcolm X, Muhammad Ali y Martin Luther King Jr.— habían desaparecido; lo único que quedaba eran pedacitos de papel bajo las chinchetas clavadas en las paredes de madera. Algo se arrancaba y no quedaban más que pedazos. Una metáfora de la vida en Vietnam.

Frankie vio una nota plegada en la cómoda junto a su catre. La desdobló con lentitud.

26 de diciembre de 1967

Queridísima Frankie:

Llámame cobarde. Debería haberte despertado cuando apareció el pájaro, pero estabas como un tronco, y las dos sabemos lo raro que es dormir por aquí. No quería que me vieras llorar.

Te quiero.

Eso ya lo sabes, igual que yo sé que me quieres; y, como eso las dos lo tenemos claro, no nos hace falta decirnos adiós.

Así que solo diré: «Hasta pronto».

Ven a visitarme a Georgia. Te enseñaré a preparar sémola de maíz con berza y podrás conocer a mi madre. Es un mundo completamente distinto del de tu pequeña isla, créeme.

Hasta entonces, hermana. Mantén la cabeza baja.

Y, cambiando de tema, sé que perder a Jamie te dejó hecha polvo, pero aún eres joven. No dejes que esta maldita guerra también te robe eso.

He visto la forma en que te mira Don Molón. Joder, mataría por que un tío me mirase así a mí.

La vida aquí es corta y el arrepentimiento es largo.

Puede que un poco de felicidad, aunque sea efímera, sea lo único que una logra conseguir al final. En un mundo que arde, «felices para siempre» parece demasiado pedir.

Cuídate,

B.

Sobre la cómoda había una polaroid de Barb, Ethel y Frankie, las tres en pantalón corto, camiseta y botas de combate, rodeándose con los brazos y con unas sonrisas tan anchas y desafiantes que parecía imposible que se tratase de una fotografía en mitad de la guerra. A sus espaldas se veía la cortina de cuentas del club de oficiales. Frankie casi podía oír el tintineo que hacían al chocar, empujadas por la lluvia o el viento. A pesar de todo, habían tenido sus buenos momentos.

Esperaba que los recordaran.

15

5 de enero de 1968

Querida Frankie:

Te prometí que te escribiría en cuanto aterrizara en nuestros buenos Estados Unidos de América. Estoy de vuelta en casa de mi madre (por ahora) y en estos momentos bebo té dulce sentada en el porche. Los niños dan patadas a una lata en la calle de enfrente. Da gusto oírlos reír.

Te echo de menos. Echo de menos estar juntas. Hasta echo de menos el 71. Y, por cierto, no te creerías quién iba en el pájaro conmigo, rumbo a la libertad: Coyote. Madre mía, ese chaval está coladito por ti. Me enseñó una foto de vosotros dos en el club de oficiales de Saigón, pero no te preocupes. Ya encontrará una vaquerita chispeante de vuelta en Texas.

La vida por aquí no es como me la esperaba. He conseguido un trabajo en el hospital de mi localidad, pero, si quieres que te diga la verdad, me aburro como una ostra.

Tengo que encontrar un nuevo camino. Estoy harta de que me traten como si fuera una voluntaria. Por aquí no nos tienen demasiado aprecio a los veteranos.

No sé qué haré con mi vida. Es duro pasar de las sirenas de alerta roja y salvar vidas a andar con panties y tacones. Puede que el mundo esté cambiando, pero las mujeres seguimos siendo ciudadanas de segunda. Y las mujeres negras… En fin, tú calcula.

La vida no es tranquila por estos lares. Disturbios raciales. Manifestaciones contra la guerra. Han detenido al doctor Spock por decirles a los chicos que se rebelen contra el reclutamiento. Tuvieron que llamar a la Guardia Nacional. Pero no es la guerra.

No acabo de sentirme a gusto. Mamá me recomienda que coma más y quede con chicos. La semana pasada me compró una máquina de coser de segunda mano.

No sé, imaginará que rematar un bajo a puntada escondida me revivirá. Lo que creo yo es que necesito un cambio. Puede que ahora mismo este pueblo se me quede pequeño. Pero ¿adónde voy a ir?

En fin, tú mantente a salvo y ciérrate bien el chaleco antimetralla.

Salva alguna que otra vida por mí.

B.

Una mañana tranquila de mediados de enero de 1968, Frankie recibió su DEROS. Clavó la hoja en la pared de contrachapado por encima de su catre, dibujó un gran círculo rojo alrededor del 15 de marzo y tachó con una equis el día que acababa de empezar.

Oficialmente estaba en tiempo de descuento.

A las 4.00 horas del 31 de enero, un cohete cayó sobre el 71.

Las explosiones desgarraron la noche.

La sirena de la alerta roja retumbó por doquier.

Frankie se bajó del catre, sacó el chaleco antimetralla y el casco M1 de debajo del catre y se vistió a toda prisa.

Un nuevo cohete sacudió la cabaña. Una rata atravesó el suelo corriendo, en busca de refugio. La nueva compañera de cabaña de Frankie, Margie Sloan, se incorporó y, sentada en el camastro, gritó:

—¿Qué pasa? ¡Ay, Dios mío...!

La sirena volvió a sonar, y esta vez no paró. Por el altavoz se oyó: «Atención a todo el personal, pónganse a cubierto. Alerta de seguridad nivel rojo. Estamos siendo objeto de un ataque con cohetes. Repetimos: nivel rojo. Pónganse a cubierto».

—Tenemos que llegar al hospital —gritó Frankie mientras corría hasta la puerta y la abría de golpe. En el exterior, el campamento estaba lleno de humo y llamas: edificaciones incendiadas, rodeadas de una humareda negra de olor acre. Un bidón de combustible ardía por detrás de las letrinas. Una de las cisternas de mil quinientos litros situada por encima de las duchas explotó; el agua salió disparada en todas direcciones—. ¡Margie, venga!

La enfermera se situó junto a Frankie.

—No podemos salir ahí fuera.

Esta le agarró la mano, deseando disponer de más tiempo para que la joven enfermera se acostumbrara a una noche como aquella.

—Sé que da miedo, Margie, y ojalá no estuvieras tan verde. Pero iremos paso a paso, ¿vale? Lo primero es que te pongas el chaleco y el M1...

—¿El qué?

—El casco. Póntelo y ve a Urgencias. Echa una mano con el triaje.

—No puedo.

—Sí que puedes.

Frankie no tenía más tiempo que dedicarle. Mientras corría hacia el hospital, se produjo una fuerte explosión a sus espaldas. El edificio de la Cruz Roja, quizá.

Fuera del quirófano, el personal, ataviado con chaleco antimetralla y casco —algunos todavía en pijama o pantalón corto y botas de combate—, corría a las distintas salas y preparaba a los heridos o levantaba los caballetes para colocar las parihuelas en la zona de triaje. La sirena de alerta seguía atronando.

En el quirófano, Frankie encendió las luces, dispuso las mesas y acercó el instrumental para tenerlo a mano: los carritos para curas o de reanimación, las bandejas para drenaje torácico, las bombonas de oxígeno, una máquina de aspiración portátil. Claro que habría preferido que Hap siguiera allí, pero hacía dos meses que había dejado Vietnam. El nuevo médico solo llevaba una semana: iba a pasar una noche difícil.

Oyó aproximarse el primer helicóptero a las 4.30 horas.

Pocos minutos después llegó a la sala de Preoperatorio y al quirófano la primera oleada de víctimas. Eran demasiadas para las mesas de operaciones disponibles, para las enfermeras, para los asistentes sanitarios. Los heridos yacían en parihuelas sobre caballetes, preparados y a la espera de la intervención. Vio civiles, oyó a un niño llamando a su madre entre sollozos. ¿Estados Unidos había vuelto a bombardear una aldea survietnamita?

Mientras Frankie se ponía la bata y la mascarilla, oía el siseo y el estruendo continuos de los proyectiles que estaban destruyendo el campamento. El barracón Quonset se sacudió; los goteros se agitaron en los soportes. El casco no paraba de caérsele sobre el puente de la nariz.

Un nuevo impacto. Cerca.

En el quirófano, los heridos capaces de valerse se bajaban de las camas o camillas y se acurrucaban en el suelo con las vías clavadas en los brazos. Frankie fue cogiendo almohadas, mantas, todo lo que encontraba para tapar a los pacientes demasiado graves como para moverse. No los salvaría si les acertaban de lleno, pero no podía hacer nada más por ellos.

Las luces se apagaron y se hizo una oscuridad total. Poco después, los generadores se encendieron y, con su zumbido, trajeron de vuelta la luz.

Frankie fue hasta la mesa de operaciones más cercana y miró al soldado tumbado en ella. Apenas consciente, gemía pidiendo ayuda. Le habían cortado el uniforme en la sala de triaje, dejando expuesto el destrozo de la herida que tenía en el pecho. Sangraba por todas partes; en el cuello le asomaban fragmentos de metralla.

—Estoy contigo —dijo Frankie, ejerciendo toda la presión posible sobre la herida del pecho. El paciente boqueó, trató de respirar, se asustó y se removió—. Tranquilo, soldado —lo calmó Frankie mientras buscaba un médico con la mirada—. Necesito una traqueo por aquí. ¡Ya!

Lo único que vio fue un mar de hombres heridos y sanitarios corriendo de aquí para allá.

Acercó de un tirón un carrito cercano. Los instrumentos plateados ya estaban listos. Nunca había realizado una traqueotomía, pero había visto y asistido en decenas de ellas. Hap le había enseñado paso a paso cómo hacerlo.

Miró a su alrededor y volvió a pedir a gritos un médico.

En medio del tumulto, no hubo respuesta.

Aplicó antiséptico en la parte anterior del cuello del hombre, tomó un bisturí y practicó la incisión para abrir una vía respiratoria directa en la tráquea. La sangre brotó burbujeante; Frankie la limpió e insertó una cánula.

El hombre boqueó con fuerza y soltó aire más tranquilo.

Frankie fijó el tubo con esparadrapo, cogió unas gasas y se volvió hacia la herida del pecho.

—¡¿Es que no hay un puto médico?! —vociferó.

El ruido en el quirófano era ensordecedor. Goteros, frascos, instrumentos, carritos impactaban sobre el suelo de cemento. Las luces titilaban. Los heridos no dejaban de salir de triaje para entrar en el quirófano.

El nuevo médico entró corriendo, se resbaló en el suelo ensangrentado y estuvo a punto de caerse. Llevaba puesto el chaleco antimetralla y el casco.

—¡Capitán Morse! ¡Mark, te necesito!

El médico se quedó mirándola con aspecto de no entender lo que le decía.

—¡¡¡Ahora!!! —le gritó.

—La madre que me parió —exclamó él al bajar la vista a la herida abierta en el pecho.

Frankie entendía cómo se sentía. Por desgracia, no había tiempo para conmiseraciones. El soldado herido necesitaba al médico al cien por cien de sus facultades, y ya.

—Míralo a la cara, Doc. ¿Lo ves? Es el especialista Glenn Short.

Los ojos del joven médico, como platos por el miedo, ascendieron lentamente hasta la cara de Frankie. Esta asintió, comprensiva.

—Tú míralo —repitió antes de hacerle un gesto al enfermero anestesista y gritar—: ¡Anestesia! —Entonces, mientras dormían al paciente, añadió—: Ponte la bata y los guantes. Vas a hacerlo fenomenal. Convertimos un agujero grande en muchos pequeños, ¿vale? Venga…

El ataque se prolongó tanto que, al final, Frankie se quitó el incómodo chaleco antimetralla y el casco demasiado grande para ella, y hasta dejó de estremecerse cada vez que oía explosiones o bombas.

Durante horas, el hospital de evacuación siguió recibiendo heridos sin parar; la sala de Preoperatorio, la de Urgencias, el quirófano, la UCI y la crujía vietnamita se llenaban de camas y camillas, y los heridos se desbordaban hasta el exterior. Pero por fin estaban llegando al final del aluvión. Habían operado a todas las víctimas. Frankie estaba de pie en mitad del quirófano, limpiándose el sudor de la frente, mientras veía al doctor Morse acabar la última cirugía. Sabía que el médico pronto se derrumbaría, empezaría a tiritar y no podría parar, pero al menos aún daba de sí. Eso significaba que tenía lo que había que tener.

—McGrath —la llamó a voces un sanitario desde la puerta—, alguien quiere verte. Ya.

Cuando Frankie salió corriendo del quirófano, Rye la esperaba en el exterior, cubierto de sangre y barro.

—¿Estás herido?

—La sangre no es mía. —El piloto la tomó entre sus brazos y la estrechó con fuerza—. Estás bien —dijo con la voz quebrada antes de repetir con mayor seguridad—: Estás bien. —Se echó hacia atrás y la miró a la cara—. Oí que os estaban atacando y solo podía pensar en ti. Creí que... —Se interrumpió antes de acabar la frase—. Quería asegurarme de que estabas bien.

Entonces la soltó, pero ella no se apartó. Qué agradable era verse entre sus brazos, sentirse reconfortada, aunque solo fuera por un instante.

—Un día de mierda más en el 71 —respondió, tratando de sonreír.

—Venga, Frankie. Voy a sacarte de aquí.

—No hay forma de salir de aquí —replicó ella con voz cansada.

Rye le cogió la mano y la alejó del quirófano.

El complejo era un caos humeante y apestoso. Algo ardía junto al parque, iluminando un cielo que pronto se oscurecería de nuevo.

—Jamás había visto una noche así —dijo Rye.

Frankie iba a decir algo, aunque ni ella sabía el qué, cuando oyó a un soldado gemir de dolor. Gritó: «¡Sanitario!», y corrió a la zona de desbordamiento del depósito, donde los cadáveres, cubiertos por lonas, se alineaban en filas. Un par de auxiliares de aspecto agotado trataban de gestionarlo todo, apuntando los nombres de los fallecidos, comprobando las chapas de identificación, guardando los cuerpos en bolsas negras.

A la izquierda quedaba una única parihuela sobre un par de caballetes. Vio que goteaba sangre por uno de los lados y el borde inferior de la lona; volvió oír gemir al moribundo.

—Westley, ¿le habéis dado morfina a este soldado? —le preguntó a uno de los auxiliares.

—Sí, mi teniente. Lo ha atendido el doctor Morse. Dijo que no podía hacer más.

Frankie asintió y fue hasta él. Notó que Rye la seguía y se ponía a su lado.

No había casi nada que hacer por un hombre que, pocos minutos antes, estaba entero. Los vendajes que le habían puesto en el campo chorreaban sangre en las tres extremidades que le faltaban. Esta y el barro cubrían lo que le quedaba de cara.

Frankie levantó las chapas de identificación para poder ofrecerle consuelo llamándolo por su nombre.

—Hola, sold... —La voz se le quebró.

«Soldado Albert Brown».

—Hey, Albert —dijo con voz tierna—. ¿Has venido otra vez a enseñarme ese culito tuyo tan mono?

Se inclinó sobre el soldado, poco más que un chiquillo, y posó la mano sobre su pecho destrozado.

La cabeza se le cayó hacia un lado. La miró por su único ojo. Frankie supo que la había reconocido cuando se le llenó de lágrimas.

—Estoy contigo, Albert. No estás solo. —Le tomó la mano. En ese momento era lo único que podía hacer por él, ser la chica que nunca tendría de vuelta en casa—. Me apuesto algo a que estás pensando en tu familia, Albert. En Kentucky, ¿verdad? Tierra de bourbon y hombres guapos. Yo escribiré a tu madre...

Frankie no se acordaba del nombre. Sabía que lo sabía, pero no se acordaba. Aquel olvido fue como una nueva pérdida. Albert intentó hablar, pero lo que tuviera que decir fue demasiado para él. Cerró el ojo y su respiración traqueteó como un motor viejo. Frankie notó en sus propios pulmones cómo el último aliento del soldado expandía y vaciaba los suyos.

Entonces expiró.

Frankie soltó un hondo suspiro y se volvió hacia Rye.

—Qué harta estoy de todo esto...

Él la cogió en brazos y atravesó el campamento incendiado y humeante mientras la gente se reunía en grupos y lloraba por lo que se había perdido. La mitad del comedor había desaparecido, así como las oficinas de la Cruz Roja. Piras gigantescas escupían llamas al ocaso.

La puerta de la cabaña yacía en el suelo, hecha añicos.

Rye entró y sentó a Frankie sobre el estrecho catre.

Esta encorvó los hombros y se inclinó hacia delante.

—Tenemos demasiados novatos. Esta noche nos habría hecho falta alguien como Barb, Ethel, Hap y Jamie...

Rye se sentó en el borde del camastro y le acarició la espalda.

—Duérmete, Frankie.

Esta se apoyó en su costado.

—Su madre se llamaba Shirley —musitó; se había acordado, pero demasiado tarde—. Shirley. Le escribiré...

Se sentía tan sola y agotada que habría sido fácil volverse hacia Rye, buscar su calor, dejar que la abrazara y la calmara. Al pensarlo, sintió un fuerte anhelo. Se tumbó, cerró los ojos y estuvo a punto de susurrar: «Quédate hasta que me duerma», pero ¿de qué habría servido?

Horas más tarde, cuando despertó, Rye se había marchado.

Stars and Stripes lo denominó la «Ofensiva del Tet»: un enorme ataque combinado de los norvietnamitas por todo el país en las primeras horas del 31 de enero de 1968, el día más sangriento de la guerra hasta entonces. Reventó las puertas que ocultaban todos sus secretos. Por lo visto, cuando Walter Cronkite informó de la masacre, dijo —en antena—: «¿Qué demonios está pasando? Creía que íbamos ganando la guerra». De pronto, todos en los medios se preguntaban lo mismo: ¿qué demonios estaba pasando en Vietnam?

El 2 de febrero, Lyndon B. Johnson usó el número de víctimas como medida del éxito del Tet, afirmando que habían muerto diez mil norvietnamitas y solo doscientos cuarenta y nueve estadounidenses. «Sé contar», dijo el presidente, dando a entender que lo importante era cuántos corazones se habían detenido (sin mencionar siquiera las víctimas survietnamitas).

Doscientas cuarenta y nueve muertes de estadounidenses.

Mentira, Frankie estaba segura de ello, dado el número de fallecimientos que había presenciado solo en el 71, pero ¿quién sabía la verdad?

A la mañana siguiente, Frankie se encontraba al pie de la cama de una survietnamita que les habían traído a última hora de la noche anterior, abrasada y con dolores de parto. El equipo había hecho todo lo posible por salvar a la criatura, pero no lo habían logrado.

La mujer, sentada en la cama, sostenía la cabeza del bebé muerto entre los brazos vendados. Bajo los apósitos blancos tenía la piel negra de las quemaduras, pero ni siquiera había chillado cuando Frankie retiró el tejido muerto. Solo había gemido cuando intentó llevarse al niño.

Su dolor era insoportable.

Cuántos muertos, moribundos y desaparecidos.

Su compañera de cabaña, Margie, se le acercó y le ofreció un café caliente. La taza se agitó en su mano trémula.

—¿Estás bien?

—¿Cómo vamos a estar bien ninguno? —respondió Frankie.

—Bueno. Tú piensa que te queda poco para irte y ya. Vuelves a casa.

Frankie asintió. Estaba deseando regresar, anhelaba el momento, soñaba con ello, pero de repente una imagen se formó en su mente.

La isla de Coronado.

Papá y mamá en el club de campo.

¿Cómo sería vivir otra vez con sus padres?

¿Cómo iba a pasar de las sirenas de alerta roja y salvar vidas a los cuchillos de mantequilla y las copas de champán?

—No sé cómo nos las vamos a apañar sin ti —dijo Margie.

Frankie se volvió a mirarla. La enfermera tenía los ojos enrojecidos de llorar. No estaba en absoluto preparada para lo que se le venía encima. Quizá algún día lo estuviera, pero todavía no.

No había ninguna enfermera con la experiencia de Frankie.

¿Cómo iba a dejar el hospital y a los heridos —estadounidenses y survietnamitas— que tanto la necesitaban? Había ido a Vietnam para aportar su granito de arena y salvar vidas, y bien sabía Dios que quedaban muchas que salvar. Por más que odiara la guerra, su amor por la enfermería era aún mayor.

3 de febrero de 1968

Queridos mamá y papá:

Esta es una carta difícil de escribir, y estoy segura de que será difícil de leer. Me disculpo de antemano. Ojalá pudiera agarrar el teléfono y llamaros, pero creedme, el radioteléfono del Ejército de Tierra no sirve de gran cosa.

Sé que suena absurdo y que parece una locura, pero en Vietnam he encontrado mi vocación. Me encanta lo que hago y mi trabajo es importante. Como sabéis, las cosas se están poniendo difíciles. Sé que los medios y el gobierno mienten a la población, pero seguro que habéis oído hablar de la Ofensiva del Tet.

Cada día llegan nuevas tropas y muchos de los soldados terminan heridos.

Hacemos todo lo posible por salvarlos y, aun cuando no es posible —como le pasó a Finley—, me siento con ellos y les sostengo la mano y les hago saber que no están solos. Escribo cartas a sus madres, hermanas, viudas. ¿Os imagináis lo mucho que una carta así habría significado para nosotros?

En fin.

Que no voy a volver a casa el mes que viene. He solicitado pasar un año más de servicio. No puedo abandonar mi puesto cuando los hombres me necesitan. No contamos con suficiente personal experimentado por aquí.

Eso es todo. Os imagino gritando. Si me vierais ahora mismo, lo entenderíais. Soy una enfermera de combate.

Os quiero,

F.

17 de febrero de 1968

Querida Frances Grace:

NO. NO. NO.

Cambia de idea. Vuelve a casa. Ponte a salvo.

Allí pueden herirte. Basta YA. Vuelve a casa y punto. Tu padre está tremendamente disgustado con tu idea, he de añadir.

Con todo cariño,

Tu madre

1 de marzo de 1968

Querida Frank:

Por supuesto que te ibas a quedar. Jamás tuve dudas al respecto.

Eres una tía más dura que el pedernal y los hombres te necesitan.

Es bien sabido que las cosas por aquí tampoco están bien. Nixon ha anunciado que se presentará a las elecciones presidenciales y la policía ha usado gases lacrimógenos para detener una manifestación. La madre que me trajo. El mundo se ha vuelto tarumba.

Sin embargo, por extraño que parezca, el planeta sigue girando. Por fin he entrado en Veterinaria y me estoy dejando la piel. Me he unido a la orquesta local y vuelvo a tocar el violín. Ayuda un poco, aunque sigo sin dormir bien por las noches.

Ven a verme cuando estés de vuelta en el mundo. Te espero con los brazos abiertos. Tenemos una yegua nueva que es un sueño para los principiantes. Nada serena el alma como galopar al sol.

Con cariño,

ETHEL

Un abrasador día de principios de marzo, Frankie daba comienzo a su turno, cansada e inquieta por la falta de sueño.

La semana anterior no había habido demasiado movimiento en el quirófano, por lo que había sobrado tiempo para jugar a las cartas, ver películas por las noches y escribir cartas a casa. Frankie incluso se había subido a un Huey preparado para el transporte, desprovisto de todo lo que no fuera esencial, y se había ido a pasar una tarde de compras en Quy Nhon. Aun así, estaba agitada, con los nervios de punta, exigiendo demasiado de la gente a su alrededor. Tampoco ayudaba que anduvieran escasos de personal. Frankie sabía que debía echar una mano a las enfermeras más nuevas, especialmente a Margie, y ejercer de mentora, pero estaba agotada. Y se sentía sola.

—Teniente McGrath.

Cuando se volvió, se encontró con la capitana Miniver, la nueva y estricta jefa de enfermeras del 71, con una carpeta contra el pecho y la espalda muy recta.

—¿Teniente McGrath?

—¿Sí, mi capitana?

—Me han informado de que no ha disfrutado de su RyR, su semana de reposo y recuperación, en este periodo de servicio. Y el próximo empieza dentro de dos semanas.

—¿Quién se ha chivado?

—Alguien que se preocupa por usted, obviamente. Un pajarito.

—Barb.

—¿Qué Barb? —La mujer sonrió—. Váyase, es una orden. Aquí tiene su itinerario. Un hotel en la playa de Kauai suena perfecto. Es un vuelo largo, pero allí encontrará menos soldados en busca de juerga.

—Me necesitan...

—Ninguno de nosotros es irremplazable, McGrath. He estado observándola. Me han llegado informes de los niveles de mala leche que está alcanzando últimamente. Impresionantes. —Su expresión se suavizó. Frankie vio comprensión en ella—. Necesita un descanso.

—¿Y cree usted que unos diitas bailando el hula-hula me vendrán bien?

—Tampoco le vendrán mal. En cualquier caso, partirá mañana. Aquí tiene su itinerario. Váyase y descanse. Bébase unos cócteles con sombrilla. Duerma. Puede que le esté salvando la vida, McGrath. Créame. He estado igual que usted. Todos podemos llegar al límite y rompernos.

16

Después de veintidós horas de trayecto, Frankie entró tambaleándose en el vestíbulo del hotel Coco Palms de la isla de Kauai y se registró. Una vez en la habitación, sin molestarse en ducharse, corrió las cortinas, se dejó caer en la cama más blanda que jamás hubiera probado y se quedó dormida de inmediato.

Al despertar, oyó pájaros cantando.

Pájaros. Cantando.

Nada de explosiones de mortero ni disparos contra las paredes; nada de olor a sangre, a mierda o a humo; nada de gritos; nada de helicópteros sobre su cabeza.

La capitana tenía razón: necesitaba aquel respiro.

Se quedó tumbada en la cama, agradablemente adormilada mientras escuchaba los trinos inesperados, sorprendida de que fuera más tarde del mediodía. Fresca y revitalizada, se levantó y abrió las pesadas cortinas estampadas de gardenias en amarillo y blanco para ver por primera vez Kauai.

—Guau…

Las playas de California eran magníficas, imponentes, majestuosas, interminables, abrumadoras, pero aquello…, aquello era un tipo de belleza íntima, saturada de colores como joyas —arena dorada, hierba verde esmeralda, cielos de un azul turquesa, buganvillas de un vivo amatista.

Abrió la ventana y se asomó para admirar el bello y luminoso día. El aire olía a una dulce fragancia floral mezclada con el sabor salado del mar. Las palmeras se alzaban en una franja llana de hierba, solas o en grupos.

Se dio un baño largo y opulento con jabón de coco y se lavó y secó el pelo, por primera vez consciente de lo mucho que le había crecido. Se había pasado meses cortándoselo como si fuera una mala hierba, quitando de en medio todo lo que le impidiera la visión, por lo que ahora tenía un flequillo irregular. Por suerte, podía echar mano del chambergo. No era un complemento a la moda, más bien al contrario, pero el sombrero de un soso verde oliva se había convertido en una de sus posesiones más preciadas en Vietnam, casi un compañero, y le quitaba el sol de los ojos. Una docena de insignias y parches decoraban la corona, regalos de sus pacientes. Cada uno lucía el distintivo de una unidad: las Águilas aulladoras, los Lobos de mar, el Gran uno rojo.

Al ponerse el biquini descolorido, la camiseta de SKI VIETNAM y el pantalón corto, se percató de que todas sus prendas tenían el tinte rosáceo de la tierra vietnamita. Por primera vez en meses se maquilló: rímel, pintalabios, colorete. Se puso unas sandalias y unas gafas de sol, agarró una toalla del hotel y bajó al vestíbulo.

Aunque tenía hambre —las tripas le rugían—, el aire puro le hacía aún más falta. El aire puro y el sonido del mar. Un poco de arena entre los dedos de los pies y un poco de agua salada en la que flotar.

Salió del hotel y caminó por los cuidados jardines, con las hojas de las palmeras meciéndose a su alrededor. Cruzó la calle tranquila y bajó a la arena. Al día siguiente cogería la cámara y fotografiaría toda aquella belleza.

Hacía sol y la playa estaba abarrotada de turistas y lugareños: familias sobre las toallas, padres vigilando a sus hijos, algunos de ellos desnudos, todos sonrientes. Hombres de pelo largo con collares que lucían el símbolo de la paz; otros en pantalón corto caqui, el cabello al rape reglamentario, de pie junto a la barra del chiringuito con techo de paja sobre la roca volcánica de la playa. BAR RESTAURANTE LA CARACOLA, rezaba el cartel.

En el mar abierto, Frankie vio niños en tablas de surf esperando la ola perfecta. Se acordó de Finley y sintió una feroz añoranza. «Ahí está tu ola, muñeca. Bracea más fuerte». Soltó un largo suspiro; se había convertido en una especie de despedida, en una forma de deshacerse del dolor lo suficiente para seguir adelante.

Se desvistió hasta quedarse únicamente en biquini y entró en el agua. La temperatura era mayor que en California, aunque seguía estando fresca. El sol rielaba en la superficie. Nadó más allá de la rompiente de las olas y se puso de espaldas sobre la superficie serena.

Con los ojos cerrados se sentía casi joven de nuevo; no era más que una chica bajo el sol, flotando entre las olas.

Al cabo de un tiempo salió del agua, buscó un lugar en la arena donde no hubiera nadie y extendió la toalla.

Con el chambergo y unas enormes gafas de sol protegiéndole los ojos, se quedó dormida como un bebé y no despertó hasta que el sol empezaba a descender por el horizonte. Se sentó, dobló las rodillas y se quedó mirando el mar. Su mente se llenó de imágenes preciadas: Finley braceando sobre la tabla, haciéndole un gesto con la mano, diciéndole que se pusiera las pilas. Ellos dos por la playa, rebotando incómodos sobre los lomos de los caballos de alquiler, su hermano murmurando no sé qué sobre las joyas de la familia. Los atardeceres que habían contemplado juntos mientras daban forma a sus sueños infantiles y hablaban del futuro.

—¿Puedo invitarla a un trago?

Frankie salió de la ensoñación y levantó la vista. Había delante de ella un hombre joven, sin camisa, con pantalón corto caqui y cinturón militar. Un tatuaje con el lema SEMPER FI le cubría el cuadrante superior izquierdo del pecho: un marine. Por sus ojos se notaba que había estado destinado en Vietnam, tal vez en la selva. Frankie se preguntó cuánto tiempo les duraría a los hombres ese brillo atormentado y afligido en los ojos. Detestó tener que darle calabazas.

—Lo siento, marine, pero he venido a descansar. Cuídese.

El hombre se marchó, sin duda en busca de otra chica a la que acercarse en la playa.

Frankie empezó a notar el picor del sol y se percató de lo rojas que tenía las piernas. ¿Cuánto tiempo había permanecido allí fuera?

Oyó a alguien más que se acercaba. Debería haberse ido más lejos del chiringuito. Esta vez ni levantó la vista.

—Me gusta la soledad, gracias.

—Ah, ¿sí?

Entonces sí la levantó y se bajó las enormes gafas redondas.

«Rye».

Estaba en posición militar de descanso, las manos a la espalda. Llevaba unos bermudas multicolores y una camiseta azul claro que decía VIVO POR EL SURF, pero nadie lo habría tomado por un surfista con aquella postura marcial, aquellos músculos desarrollados y aquel pelo tan poco a la moda.

—Qué casualidad —dijo Frankie.

—Para nada. Anda que no me lo he trabajado para que te tomaras tu RyR.

—Así que el pajarito que se chivó eras tú. ¿Por qué?

—Para verte.

—Rye, te he dicho…

—He roto el compromiso.

Aquello hizo callar a Frankie.

—¿En serio?

—No podía seguir fingiendo. No después de lo del Tet. La vida es corta y… —Se calló—. Entre nosotros hay algo, Frankie. Dime que tú no lo sientes y me iré.

Frankie se puso en pie frente a él.

—Di que no me deseas... —El modo en que brotaron las palabras revelaban una inesperada vulnerabilidad en él.

Ni por todo el oro del mundo iba a flirtear o a mentirle.

—Eso no puedo decirlo —se limitó a responder.

Rye soltó aire, aliviado.

—¿Cenarás conmigo esta noche?

Frankie sabía que no solo era cenar lo que quería; ella también quería más. Aun así, se trataba de Rye Walsh, el transgresor que más de una vez había metido a su hermano en líos (aunque tampoco era que Finley hubiera necesitado ayuda a ese respecto), y Frankie sabía que un hombre así no ofrecía seguridad. Pero seguía siendo un oficial y, con suerte, sería un caballero.

—¿Has roto el compromiso? ¿Me lo juras?

—Te juro que no estoy prometido.

Mientras lo miraba, Frankie sintió una chispa de ilusión, como si volviera a la vida tras una larga hibernación.

—Lo de cenar juntos suena fenomenal.

Frankie se pasó media hora haciendo fila para el teléfono público. El año anterior solo había llamado al continente en dos ocasiones: el día de Navidad y por el cumpleaños de su madre.

Barb respondió al segundo timbrazo, con voz agobiada y distraída.

—¿Dígame?

—¡Barb! Soy yo.

—¡Frankie! Cómo me alegro de oír tu voz.

Apoyó los codos en la fría balda de metal bajo el teléfono. Tenía al lado un montoncito de monedas de veinticinco centavos: esperaba que fueran suficientes. No quería ni pensar lo cara que sería la conferencia.

—Estoy en Kauai, de RyR.

—¡Espérame y voy!

—Normalmente te diría que sí, pero... —Miró a su alrededor para asegurarse de que nadie la oía—. Rye Walsh está aquí.

—¿Don Molón?

—Ha roto el compromiso. Puede que por mí. La cuestión es que necesito consejo. ¿Y si quiere acostarse conmigo?

—Pues claro que quiere acostarse contigo. No hacen falta poderes telepáticos para saberlo. Si no fueras una beata de colegio católico también te habrías dado cuenta, joder.

—Y me la he dado. Creo. Pero necesito consejos más... prácticos.

La operadora pidió más dinero. Frankie insertó el resto de las monedas.

—Usa anticonceptivos —dijo Barb—. Tendrán que ser condones. A menos que tengas una alianza de pega.

—¿Qué?

—A las mujeres solteras no les recetan la píldora. Ni me hagas hablar de lo que opino de esa mierda; si finges estar casada, te la dan. Pero para esta noche no te iba a servir. Así que sí, condones. Compra un montón.

—En serio, Babs. Necesito, ya sabes..., instrucciones paso a paso.

—Pero ¿es que en ese cole femenino tuyo no disteis educación sexual? ¿O te quedaste dormida en clase? Y en la carrera de Enfermería...

—Cállate y échame un cable. ¿Qué hago si...?

—Créeme, Frankie. Ese hombre tiene controlada la parte sexual. Tú trata de no ponerte nerviosa y no esperes demasiado de la primera vez. Puede doler un poco.

—Como información, no es demasiado detallada.

—Vale, pues rasúrate las piernas y las axilas. Ponte lencería sexy —dijo Barb entre risas—. Ah, y sé atrevida. No te pongas señoritinga. Y no te creas nada si te dice que te quiere.

—¿Qué? ¿Por qué?

La línea se cortó.

Frankie salió del vestíbulo y cogió un taxi, que la llevó hasta la pequeña localidad de Lihue. Allí se cortó el pelo a la altura de la barbilla, con raya a un lado, y se compró un vestido recto con un estampado de hibiscos en rojo y blanco, un pañuelo para la cabeza a juego y unas sandalias blancas de tacón.

De vuelta en el hotel, siguiendo los consejos de Barb, se rasuró con cuidado y se hidrató la piel quemada por el sol.

Cuando se miró al espejo con marco de conchas irisadas que colgaba sobre el enorme lavabo en forma de ostra del baño del hotel, apenas se reconoció. La peluquera había devuelto el brillo a su cabello negro y la media melena recta hacía resaltar el azul de sus ojos y el ángulo de sus pómulos. Conservaba cierto aire de tristeza, la aflicción que se le había pegado de Vietnam. Se preguntó si algún día desaparecería. No obstante, su mirada también mostraba cierta emoción juvenil. Y esperanza. Un sentimiento olvidado largo tiempo atrás y que jamás volvería a dar por sentado.

A las seis y media, salió de la habitación y bajó al vestíbulo. El techo se alzaba sobre su cabeza como los arcos de la bóveda de una iglesia.

Entró en el comedor al aire libre. Más allá del murete que lo rodeaba vio las lagunas en penumbra, alrededor de las cuales ardían antorchas hawaianas. Las copas de los cocoteros se mecían susurrantes con la brisa, su silueta negra recortada contra el cielo violeta. En algún rincón, alguien tocaba un ukelele.

La mayoría de las mesas estaban ocupadas por turistas que charlaban, reían, fumaban. Un recordatorio elocuente de que, mientras Frankie estaba en Vietnam, el planeta había seguido girando. Los niños iban a la escuela; los padres, al trabajo. No todo el mundo vivía por y para la guerra. En Vietnam era fácil oír hablar de las manifestaciones y pensar que todo el mundo andaba quemando la bandera y exigiendo la paz; allí era evidente que la mayoría vivía su vida en silencio, evitando las aguas procelosas a ambos lados de la brecha que los separaba.

Vio a Rye sentado en una mesa tranquila del último rincón.

Una encantadora hawaiana, ataviada con un *muumuu* estampado de tela de corteza vegetal y un fragrante *lei*, la condujo a través del bullicioso restaurante. Cuando se acercaron a la mesa, Rye se puso en pie y esperó a que Frankie se sentara antes de hacer lo mismo. Entonces le ofreció un fabuloso *lei* de florecillas de color crema.

—Es jengibre blanco.

El aroma era embriagador.

—¿Desea que le sirva un cóctel? —le preguntó la camarera a Frankie en cuanto se hubo sentado—. ¿Quizá un mai tai? La propietaria del hotel, la señora Guslander, cree que es el mejor cóctel del mundo.

—Sí, gracias —asintió Frankie.

—Yo tomaré un Jameson con hielo —dijo Rye.

La camarera los dejó solos.

La vela en el centro de la mesa proyectaba una luz dorada.

La camarera regresó con las dos bebidas y un par de cartas.

El mai tai estaba dulce, amargo y fuerte. Frankie jugueteó con la sombrilla rosa, la quitó, se comió la azucarada cereza al marrasquino y el pedazo de piña. Sabía que aquella cena con Rye significaba algo especial, tal vez todo, pero se sentía rara. Era capaz de introducir la mano en el pecho de un hombre y sostener en ella su corazón, pero había olvidado cómo mantener una charla intrascendente.

Rye tenía la vista clavada en el vaso, al que daba vueltas haciendo tintinear los cubitos.

—Hielo —comentó Frankie, solo por decir algo—. Jamás volveré a subestimarlo.

—O un baño caliente.

—O unas sábanas secas.

En ese momento apareció la camarera, que les tomó el pedido antes de desaparecer de nuevo. Frankie notaba que Rye tampoco sabía cómo actuar. Se conocían poquísimo y ahora él había roto un compromiso por una oportunidad que podía quedar en nada.

La camarera les trajo un par de cócteles de gambas.

Frankie hundió uno de los crustáceos, orondo y rosado, en la salsa picante, le dio un mordisco y masticó con lentitud.

—¿Te acuerdas de la noche de la fiesta de despedida de Finley?

—Una fiesta de despedida para Vietnam —repuso Rye—. Eso sí que era otro mundo.

—No teníamos ni idea de nada.

El piloto dio un trago al whisky.

—No —respondió en voz baja—. De nada.

—¿Alguna vez hablaste de Vietnam con Fin? Me refiero a hablar de verdad.

Rye apartó la mirada un instante; Frankie vio pesar en su vacilación.

—Estábamos en Annapolis. Allí no hacían más que jalear a la Armada. Y él creía en todo aquello. Quería que tu padre estuviera orgulloso de él. Eso sí que lo sé.

—Ya... —dijo Frankie—. Mi padre. La pared de los héroes. Allí fue donde nos vimos en la fiesta.

Rye sonrió al rememorar aquel momento compartido.

—Los dos nos escondíamos.

—¿De qué te escondías tú?

—Yo soy un chaval pobre de Compton. No sabía cómo comportarme en tu casa, cómo vestirme. Nada. Y...

—¿Qué?

—Bueno, si vamos a ponernos a desvelar nuestros secretos, te diré que te seguí hasta el despacho.

—Estás de broma.

—Quería pedirte que vinieras conmigo al baile de la academia del 65. ¿Fin no te lo contó?

—No.

—Me pidió que no lo hiciera; me dijo que eras demasiado buena para alguien como yo. Lo hizo sonriendo, pero yo sabía que iba en serio. Los dos acabamos con... otro tipo de chica, digamos.

—El tipo de chica a quien no le importaba empañar las ventanillas de un coche aparcado —añadió Frankie con una sonrisa—. Propio de Fin.

—Sabía que tenía razón. Yo no tenía nada en común con alguien como tú. Aun así, te seguí hasta el despacho aquella noche con la idea de robarte un beso, pero me di cuenta de que no estabas preparada. Y ahora…

—Aquí estamos —dijo Frankie con toda la intención.

Hasta llegar ahí, bebiendo cócteles en una isla tropical, los dos habían pasado por momentos difíciles, se habían producido un montón de muertes a su alrededor. ¿Significaría algo? ¿Cómo iban a saberlo a menos que lo intentaran?

Aunque primero debían conocerse. Por eso le dijo:

—Háblame de tu familia. ¿Tienes hermanos?

—Ah, las veinte preguntas. Buena elección. No, no tengo hermanos. Mi madre era profesora de inglés. Le encantaba Yeats. Mi padre sigue viviendo en Compton. Compró el negocio en los treinta y cree que la ciudad ha ido decayendo a su alrededor. Tiene un taller de coches: Stanley y Mo, aunque Mo ya no está. Nadie es capaz de aguantar demasiado tiempo al viejo, ni siquiera su propio hermano.

La camarera volvió a aparecer junto a la mesa, se detuvo y dijo:

—Siento interrumpirlo, señor, pero hay un caballero en la barra que le pide un minuto de su tiempo.

A sus espaldas, junto a la zona de la barra de oscura roca volcánica, un hombre entrado en años, con traje y corbata a la antigua usanza, se levantó y lo saludó con un gesto de la mano.

—Por supuesto —respondió Rye.

El hombre se acercó con paso lento y renqueante. Era alto y delgado; llevaba un caro traje de lino que le quedaba algo grande. Lucía un fino bigote y el pelo cortado con pulcritud.

—Edgar LaTour —dijo con cantarín acento de Luisiana—. Capitán del Ejército de Tierra de los Estados Unidos. Imagino que estará usted de permiso —añadió, dirigiéndose a Rye.

—Lo estamos los dos, señor. Le presento a la teniente Frances McGrath. Enfermera del Ejército de Tierra. Yo pertenezco a la Armada.

Edgar sonrió de oreja a oreja.

—No se lo tendré en cuenta, muchacho. Solo quería darle las gracias por todo lo que los chicos..., y las chicas, supongo, están haciendo por combatir el comunismo. El mundo ahí fuera es difícil y quiero que sepan que muchos de nosotros seguimos apreciando su sacrificio. Sería un honor invitarlos a la cena.

—No es neces...

—Necesario no, pero será un honor. Y, señora, una mujer como usted me salvó la vida en Francia. Que Dios la bendiga.

Momentos después, el hombre se marchó y la camarera trajo los entrantes: cordero asado a la brasa, guisantes tiernos y croquetas de patata con mantequilla. A lo largo de la cena, hablaron de lo que esperaban hacer después de su paso por Vietnam, de los amigos que habían hecho allí y de las protestas que se estaban produciendo en casa.

Cuando acabaron de cenar —tras una fabulosa *omelette surprise*—, Rye cogió una cesta de pícnic que tenía a sus pies y le ofreció el brazo a Frankie. Al salir del restaurante, pasaron junto a un trío de mujeres que bailaban hula en el vestíbulo a los dulces compases del ukelele.

Fuera, los terrenos del hotel formaban un paisaje mágico de sombras y antorchas hawaianas a la luz de la luna. Los jardines los envolvían con sus sonidos y sus fragancias: jengibre dulce, plumeria y la brisa salada del mar. Las antorchas encendidas se alzaban en mitad de extensiones de elegante y pulcro césped. El agua de las lagunas lamía perezosa las orillas bajo el puente cubierto que atravesaron.

Rye la condujo hasta la playa, donde encontraron un rincón discreto y perfecto, lejos del chiringuito ya cerrado, y abrió la cesta que llevaba. Sacó una manta, varias velas y sus soportes, una cajita de cerillas, una botella de champán y dos copas. Rye lo dejó todo sobre la arena y le sirvió champán a Frankie.

—Has venido preparado —dijo esta, sin saber si sentirse halagada o manipulada.

El halago ganó por lo romántico del gesto.

—Siempre —respondió con una sonrisa—. Para eso fui scout.

—¿De verdad?

—No —repuso riendo—. No era el tipo de actividad que ofrecieran en mi barrio.

Se sentaron en la manta y contemplaron la franja blanquecina de la Vía Láctea. Rye señaló algunas constelaciones y le contó sus historias.

En mitad de una, Frankie se volvió para preguntarle algo al mismo tiempo que él se volvía hacia ella. Ambos se miraron sin hablar por un instante. Rye se inclinó hacia delante poco a poco, con mirada interrogante.

—¿Puedo besarte, Frankie?

Esta asintió.

Rye continuó acercándose, pero ella lo alcanzó a medio camino. Hasta el último segundo, cuando sus labios ya se tocaban, Frankie no se acordó de cerrar los ojos. El beso se prolongó una eternidad, hasta que notó cómo la mano de Rye se deslizaba por su espalda y guiaba su cuerpo hacia la arena. Ambos se tumbaron sobre la manta, moviéndose al unísono sin una palabra.

Esperó a que introdujera la mano bajo su vestido o le besase la garganta, que buscase más, tal y como ella sabía que siempre hacían los chicos, pero no fue el caso. Rye parecía contentarse con besarla, con llevarla cada vez más cerca de un precipicio cuya existencia hasta entonces desconocía y que la turbaba de deseo, sin dejar de comportarse en ningún momento como un caballero.

Por primera vez, era ella quien quería más.

De todo el mundo, de todo el universo, por algún motivo se habían encontrado en la otra punta del mundo: debía de ser el destino.

Frankie echó la cabeza hacia atrás y miró a Rye. Desde niña le habían enseñado que ese tipo de anhelo estaba mal; era una inmoralidad y un pecado, a menos que se produjera en el seno del matrimonio.

—Podemos esperar —dijo Rye.

—Dentro de seis días estaremos de vuelta en Vietnam. —Frankie pensó en todos los pilotos de helicóptero que habían pasado por su quirófano. En Fin y en Jamie y en el dolor de la pérdida—. No quiero esperar.

—¿Estás segura?

—Sí. —Frankie lo miró—. Tengo miedo, pero estoy segura. Aunque no sé qué hacer…

—Yo sí.

Rye le besó la barbilla, el cuello, la curva del pecho. Le bajó la cremallera del vestido y lo deslizó por su cuerpo, provocándole escalofríos en la piel.

De alguna manera, le desabrochó el sujetador sin que se diera cuenta y Frankie notó su boca en los senos.

—Ay, Dios… —musitó.

Él continuó besándola, tocándola, despertando su cuerpo. Por un instante, ella se resistió a las sensaciones, trató de frenarse, como si se estuviera descontrolando.

—Relájate, cariño —le dijo él, bajándole aún más el vestido y las bragas hasta dejarla desnuda y temblorosa a la luz de las estrellas.

En algún lugar de su interior, Frankie sentía una punzada agudísima.

—Quiero tocarte —susurró.

Rye le sonrió y se quitó la camiseta.

—Estaba deseando que lo dijeras.

Frankie alargó la mano hacia él, sin saber muy bien qué hacer o cómo hacerlo.

«Sé atrevida».

Querida Barb:

Solo tengo tiempo para una postal.
El sexo estuvo genial. Fui atrevida. Y tenías razón.
Él sabía lo que hacía.

F.

En la cama con Rye, Frankie se convirtió en una nueva versión de sí misma. Pasaron los días y las noches explorándose el uno al otro, aprendiendo las señales de cada cuerpo, escuchándolas. Descubrió una pasión tan intensa que la despojaba de toda timidez, disolvía las reglas del decoro, que tan importantes habían sido, y la redefinía. Su deseo por Rye parecía infinito, desbordante, desesperado.

En ese momento estaban tumbados en una playa desierta, bajo un acantilado al que habían decidido bajar. Los lugareños la llamaban «la playa secreta», y el nombre le pegaba. Eran las únicas personas en aquella asombrosa extensión de arena blanca. Las olas rompían estruendosas contra la orilla, mientras las aves marinas sobrevolaban sus cabezas como manchas blancas en un cielo azul sin nubes. El agua estaba demasiado agitada para nadar, por lo que se limitaron a descansar cerca.

Se habían quedado traspuestos a la sombra, las manos cogidas, los pies descalzos tocándose. Frankie ya no era capaz de dormirse sin sentirlo a su lado.

No sabía cuánto tiempo había pasado, pero, cuando despertó, el sol se estaba poniendo.

Se giró y apoyó la barbilla en el pecho de Rye.

Este la besó y volvieron a hacer el amor, de esa forma que a Frankie ya le resultaba familiar, primero despacio, haciendo que el deseo alcanzara cotas insoportables, para luego entregarse a una furia jadeante, pulsante, desgarradora, que los dejaba a ambos sin aliento y agotados.

Después se quedó mirándolo, incapaz de apartar la vista, todavía algo sofocada. La arena salpicaba sus mejillas bronceadas, se le pegaba a las pestañas oscuras. Cada momento a su lado convergió de repente en su corazón y Frankie fue dolorosamente consciente de hasta qué punto la pasión lo cambiaba todo. Ese hombre podría romperle el corazón de formas que jamás habría imaginado.

—¿Esto es real, Rye? —le preguntó—. Ha sido tan rápido. Y yo no tengo experiencia suficiente...

—Jamás me he sentido así —respondió él—. Te lo juro. Tú... me destruyes, Frankie.

—Gracias a Dios —musitó esta.

«Amor verdadero». Hasta entonces, hasta ese preciso segundo, no había sabido que llevaba esperándolo toda la vida, reservándose para él, creyendo en su poder incluso en mitad de la guerra.

Su último día en la isla lo pasaron en la cama. Cuando por fin cayó la noche, se ducharon, se vistieron para cenar y bajaron al restaurante, donde intentaron que la conversación fluyera, aunque una y otra vez se quedaban en silencio.

Después de cenar, bajaron a la playa con unos cócteles y se sentaron.

La luna creciente, envuelta en diáfanas nubes grises, brillaba sobre la arena con reflejos de plata. Una cresta pálida y espumosa rompía antes de alejarse de nuevo sobre las aguas con su rumor marino.

—Quiero verte todo lo posible antes de que te marches —dijo Rye.

—¿Marcharme?

—Vuelves a casa dentro de unas semanas, ¿no? El día de Nochebuena, le dijiste a Coyote que tu DEROS era en marzo. Sabía que no nos quedaba mucho tiempo juntos.

—Me he realistado —respondió Frankie.

Rye la soltó y se echó hacia atrás.

—¿Cómo? ¿No vuelves a casa? La guerra se está recrudeciendo, Frankie. Estados Unidos se niega a admitir que está perdiendo, así que todo va a ir a peor…

—Todo eso ya lo sé, Rye. Por eso me he reenganchado. Me necesitan.

—No. Me niego.

Rye parecía furioso. Frankie lo amó por preocuparse por ella.

—Así no es como van a funcionar las cosas, Rye.

—¿Qué cosas?

—Nuestra relación. Me educaron para ser una chica obediente, pero me parece una estupidez. Así que nada de decirle al otro lo que debe hacer, ¿vale?

Era evidente que le costaba aceptarlo.

—¿Puedo expresar mi miedo? ¿Soy un egoísta por decir que quiero que estés a salvo?

—Estaremos juntos.

—Juntos en Vietnam —respondió él con aspereza—. No se parece en nada a Kauai.

—Venga, Rye. Nosotros somos así. Creemos en algo y somos fieles a nuestras creencias. Yo creo en ti, en tu deber y en tu honor. ¿Crees tú en mí?

Frankie vio que la pregunta echaba abajo su resistencia.

—Está bien.

—Protagonizaremos una gran historia de amor en tiempos de guerra: el piloto y la enfermera, esquivando las balas cogidos de la mano.

—Has visto demasiadas películas.

—Tú solo dime que me quieres. Superaremos esto y volveremos a casa juntos.

Rye se quedó mirándola con expresión triste, asustada, orgullosa y algo enfadada todavía.

—No vas a librarte de mí, McGrath. Supongo que yo también tendré que realistarme. No voy a dejar sola a mi chica en Vietnam.

17

En el trayecto en helicóptero de vuelta a Pleiku, mientras sobrevolaban las tierras altas centrales, Frankie oyó el sonido ya familiar de las ráfagas de ametralladora. El aparato descendió y viró bruscamente, ladeándose tanto hacia la izquierda que Frankie chocó con Rye. Este la rodeó con el brazo y la ciñó contra él.

—Tranquila, cariño. Es que a Charlie no le gusta nuestro pájaro —gritó para que lo oyera por encima del estruendo antes de sacar el casco que llevaba en el petate y ponérselo, ajustándole las correas bajo la barbilla.

Frankie le sonrió, divertida.

—Ah, esto me salvará la vida.

Rye se rio.

—Tú déjame hacerme el héroe, ¿vale?

Más tarde, mientras el aparato descendía sobre el helipuerto, Rye atrajo a Frankie hacia él y la besó.

Frankie se quitó el casco y se lo devolvió. Con una última mirada, que grabó su sonrisa en la memoria, agarró el bolso de viaje y se bajó del helicóptero de un salto. En cuanto sus pies tocaron el suelo, alzó la vista.

—¡Mantente a salvo, Rayo!

Rye tomó asiento en la puerta abierta junto al artillero y sonrió a Frankie mientras el aparato se elevaba en el aire.

Le gritó algo que no pudo oír y se despidió con la mano.

El helicóptero viró a un lado, puso rumbo al norte y pasó en vuelo rasante por encima del dosel de la selva.

Pop, pop, pop.

Frankie vio chispas de luz sobre el costado del Huey. El artillero disparó de vuelta al tiempo que el aparato se alejaba con un brusco viraje.

Otra ráfaga. Chispas. El ratatatatá de respuesta del artillero. El Huey maniobraba con agilidad. Estelas anaranjadas atravesaban el cielo.

Los disparos cesaron y dejaron tras de sí el silencio de la selva y el suave murmullo de los rotores del helicóptero a lo lejos.

«A salvo».

Por esta vez.

A partir de ese momento y hasta que los dos estuvieran de vuelta en Estados Unidos, sabía que una parte de ella no dejaría de tener siempre miedo.

10 de abril de 1968

Querida Frankie:

No sé cómo escribirte esto. A mi hermano, Will, lo ha matado la policía de Oakland esta semana. Durante un tiroteo con los Panteras negras. Le dispararon diez veces, a pesar de que se había rendido.

Estoy destrozada. Con el corazón roto. Furiosa.

Necesito a mi mejor amiga para que me sostenga.

Te quiere,

B.

24 de abril de 1968

Querida Barb:

Sé cómo te sientes. Perder a un hermano es como perder un pedazo de ti, de tu propia historia.

Decirte que lo siento es una mierda, ni basta ni sirve de nada, pero ¿qué si no?

Si aún creyera en un dios benevolente, rezaría por ti. Mantente fuerte por tu madre.

Encuentra la forma de hacerle honor y recordarlo.

Con cariño,

F.

16 de junio de 1968

Queridos mamá y papá:

No me puedo creer que hayan asesinado a otro de los Kennedy. ¿Qué le pasa al mundo? Por aquí las cosas también andan peor. La moral entre las tropas está más baja que nunca. Entre el asesinato de Martin Luther King Jr., el de Robert Kennedy y las protestas en casa, todo el mundo anda enfadadísimo. Si os preguntáis cómo es posible que estemos perdiendo la guerra, imaginaos cómo será para quienes la están librando. Y Johnson no hace más que mandar chiquillos sin formación. Los quirófanos están siempre atestados. El sonido de los Dust Off aterrizando se está convirtiendo en constante. Antes teníamos días libres, momentos en que el quirófano estaba tranquilo. Ya no. No os creáis todo lo que leéis: nuestros chicos mueren a diario. Cada vez veo más soldados salir dando tumbos de entre los matorrales, con la cabeza ida y los nervios destrozados. Caminan en mitad de la espesura, con francotiradores por doquier, pisan una mina escondida y revientan a pocos metros de sus compañeros. Es horrible. Y sí, algunos están drogados. La heroína es un horror aparte. Igual que es un horror su aspecto cuando consiguen llegar al hospital. No puedo curarlos a todos. Nadie puede. Pero hago todo lo que está en mi mano, sabedlo. Mi presencia aquí es importante y estoy ayudando a salvar vidas.

Gracias por todas las cartas y paquetes. De verdad que necesitaba papel para la Polaroid. ¿Y quién iba a imaginar que una echaría de menos los Twinkies y los Pop-Tarts en la guerra?

Os quiero,

F.

La tarde tranquila y abrasadora del Cuatro de Julio de 1968, Frankie se encontraba bajo las fuertes luces del quirófano, cosiendo una herida de poca importancia en el abdomen de un soldado. El sudor le empapaba la mascarilla y el gorro, y le caía por la espalda. La temperatura superaba los cuarenta grados. Al acabar, se quitó los guantes manchados y los arrojó al cubo de la basura.

Dos soldados entraron renqueantes con los pies descalzos y ensangrentados, cargando a un hombre en una parihuela. Este parecía chupado, vaciado por dentro. Tenía los ojos hundidos, las mejillas demacradas y una mirada perdida y muerta que Frankie había empezado a reconocer: aquel hombre había pasado demasiado tiempo en mitad de la selva, caminando entre la espesura, tratando de evitar pisar una mina, buscando a Charlie en cada sombra y cada arbusto. El miedo constante los volvía locos.

Frankie agarró un par de mascarillas y se las tendió a los hombres.

—Hemos recorrido casi cincuenta kilómetros con él —dijo uno de ellos—. Conseguimos escapar... demasiado tarde.

Prisioneros de guerra. No era de extrañar su aspecto derrotado, tanto física como mentalmente. Se decía que el Ejército de Vietnam del Norte tenía a los prisioneros de guerra en jaulas demasiado pequeñas como para ponerse en pie. Y que los torturaba.

—¿Cuánto tiempo habéis estado prisioneros?

—Tres meses —respondió el otro. Llevaba un collar de dedos y orejas cortados y ensartados en un cordón de piel. Trofeos, probablemente, conseguidos de sus captores norvietnamitas al escapar. Era el tipo de cosas que había visto con frecuencia cada vez mayor en los últimos meses, conforme la lucha se recrudecía. Era de lo más perturbador. Repugnante. Un signo terrible de que las mentes de los soldados estaban tan quebrantadas por la guerra como sus cuerpos.

No podía ni imaginar por lo que habían pasado o lo que habrían hecho para escapar, o lo duro que habría sido cargar con un hombre herido durante cincuenta kilómetros a través de una selva plagada de trampas con los pies descalzos.

El hombre de la parihuela tenía una herida de bala infectada en el pecho que supuraba pus. A Frankie no le hizo falta tocarle la frente para saber que tendría una fiebre altísima. Se lo veía en los ojos, se lo olía. Los brazos y el cuello estaban sembrados de heridas de metralla. Apenas podía respirar, entre jadeos entrecortados: debía de tener algo atascado o inflamado en las vías respiratorias.

Iba a morir, y pronto.

Frankie llamó al doctor Morse, que llegó, le echó un vistazo rápido y dictaminó:

—Expectante, McGrath.

—Hazle una traqueo, Doc —dijo—. Deja que al menos respire bien.

—Sería una pérdida de tiempo, McGrath. Búscate a alguien a quien sí puedas salvar.

Uno de los soldados dijo:

—Un momento. Llevamos una semana saltando entre los matorrales con Fred...

Frankie sabía que el médico tenía razón. Aquel muchacho no iba a sobrevivir y tenían el quirófano lleno de heridos a los que podían salvar, pero era incapaz de darles la espalda a esos hombres y al sufrimiento que habían vivido.

Señaló una mesa vacía.

—Dejadlo ahí, chicos.

—¿Qué vas a hacer, McGrath? —preguntó el doctor Morse.

—Dejar que se despida de sus amigos y muera en paz.

—Pues date prisa. Tengo ahí una herida traumatopneica que te necesita desde hace diez minutos.

Los hombres depositaron al soldado herido en la mesa. Frankie le cortó lo que le quedaba del uniforme de campaña. Se acercó el carrito, se cambió los guantes por unos limpios y le limpió el cuello con antiséptico. Bisturí en mano, respiró hondo para concentrarse y practicó una pequeña incisión entre los cartílagos tiroides y cricoides antes de insertar una cánula traqueal.

El moribundo tomó una larga y sibilante bocanada de aire, y Frankie vio una expresión de alivio en sus ojos. ¿Cuánto tiempo llevaba luchando solo por respirar?

—Conseguimos sacarte de allí, Fred —dijo uno de sus compañeros—. Y nos llevamos a cinco de esos hijos de puta por delante.

Frankie le tomó la mano y, sosteniéndola entre las suyas, se inclinó y le susurró:

—Debes de ser un buen hombre. Tienes aquí a tus amigos.

Estos siguieron hablando: de su chica, del bebé que lo esperaba de vuelta en casa, de cómo les había salvado la vida en aquel infierno.

Frankie vio que Fred exhalaba su último aliento y notó cómo se quedaba inerte.

—Se ha ido —dijo con voz cansada, mirando a los dos hombres sucios y ensangrentados frente a ella—. Pero le disteis una oportunidad.

No le sorprendería que aquellas dos miradas de muerte los acompañasen el resto de sus vidas. Era la mirada a un mundo del que ya no formaban parte, que ya no comprendían, un mundo en el que había desaparecido el suelo bajo sus pies. Esos hombres constituían otro tipo de víctimas. Pensó en todos aquellos cuyas manos había sostenido durante los últimos meses, todos aquellos que le habían suplicado una respuesta a la pregunta de «¿quién me va a querer así?», y cayó en la cuenta de que, al regresar de Vietnam, los soldados no solo volvían con heridas físicas. A partir de ese momento, todos tendrían una profunda comprensión tanto de la crueldad como del heroísmo del que era capaz el ser humano.

Un asistente sanitario asomó un instante entre las puertas del quirófano y gritó:

—Llegan cuarenta y cinco aldeanos vietnamitas. Napalm.

«Napalm».

—Id al comedor —les dijo Frankie a los dos soldados mientras se quitaba los guantes—. Comed un poco de *chow*. Daos una ducha. Y deshaceos de ese maldito collar.

Le gritó a alguien que se llevase el cadáver. Luego buscó a Margie y, juntas, hicieron a un lado a los pocos pacientes del quirófano antes de reunir camas vacías para convertir la sala en una unidad de quemados adicional.

Dos minutos más tarde, los aldeanos llegaron en masa, la mayoría irreconocibles por las heridas. Frankie sabía que la escena se estaría repitiendo en la UCI, en Preoperatorio y en las crujías.

El napalm —un arma incendiaria gelatinosa que Estados Unidos empleaba con lanzallamas para vaciar escondrijos y trincheras, o que dejaba caer en bombas desde sus aviones— se había vuelto habitual en aquellos primeros meses de su segundo periodo de servicio. Cada vez recibían más víctimas en el quirófano, la mayoría aldeanos.

Al día siguiente los trasladarían al Tercer Hospital de Campo —con una unidad de quemados de verdad—, pero pocos sobrevivían hasta entonces. Aquellas lesiones no eran como nada que se hubiera visto sobre la faz de la tierra. La mezcla de bomba incendiaria con combustible en gel se adhería al blanco y no dejaba de arder hasta haberlo consumido por completo.

Frankie fue de cama en cama, aplicando pomadas tópicas y retirando tejido muerto, pero era muy poco lo que podía hacer por ayudarlos a sanar y nada por aliviar su terrible dolor.

A las diez de la mañana estaba rendida, pero las víctimas seguían llegando. Oía a Margie, al doctor Morse y a algunos sanitarios hablando entre sí, empujando los carritos, pidiendo a voces más pomada.

En la siguiente cama había una mujer, imposible distinguir si era joven o vieja; tenía el cuerpo abrasado de la cabeza a los pies. La carne chamuscada y ennegrecida aún humeaba.

A su lado, cobijada y protegida contra su cuerpo, tenía una criatura.

Frankie se detuvo. Por una fracción de segundo, el horror la abrumó y tuvo que tomar una profunda bocanada de aire para no caerse.

La bebé aún estaba viva.

—Dios mío... —musitó Frankie. ¿Cómo era posible?

La cogió con cuidado, no podría tener mucho más de tres meses.

—Hola, chiquitina —dijo Frankie con la voz rota. Las delgadas costillas blanquecinas asomaban entre las heridas abiertas y las quemaduras del pecho.

Encontró una silla y se sentó. El quirófano era una locura de chillidos, gemidos y sollozos de las víctimas, y gritos de los asistentes, enfermeras y médicos. Sonidos de ruedas sobre el hormigón, de guantes nuevos impactando contra la piel. Sin embargo, durante un instante, Frankie no oyó nada más que los esfuerzos de aquella niña por respirar.

—Lo siento muchísimo, bonita.

La bebé inspiró de forma entrecortada y exhaló lentamente antes de quedarse inmóvil.

Frankie sostuvo entre sus brazos el minúsculo cadáver, apabullada por la pérdida, incapaz de moverse o levantarse.

Nadie sabría jamás quién era, ni siquiera que aquella criaturita había vivido y había muerto. ¿Cómo era posible hacer algo así, aun en nombre de la guerra?

—¡McGrath! Te necesito —la conminó el doctor Morse.

Sin hacer caso de su llamada ni del tumulto en el quirófano, llevó a la niña hasta el depósito, donde las bolsas negras se apilaban junto a las paredes.

El soldado Juan Martínez, un chico de Chula Vista al que habían reclutado nada más acabar el instituto, estaba en medio de la sala. Parecía tan agotado como ella se sentía.

—Menuda noche —dijo.

Frankie bajó la vista a la bebé en sus brazos.

—Y ahora esto.

Martínez se quedó mirándola.

—Jesús... —musitó antes de acercarse. Entonces posó la mano, enfundada en un guante negro, sobre el cuerpo de la niña, cuya caja torácica cubría por completo—. Él velará por ti en el cielo.

A Frankie le sorprendió oír aquellas palabras de fe en boca de un hombre que se pasaba el día entre cadáveres, catalogándolos y cerrando las cremalleras de las bolsas. Aunque era posible que, sin ella, no hubiera sido capaz de llevar a cabo semejante labor.

Martínez buscó una caja de cartón y una camiseta vieja. Frankie envolvió el cuerpecito en el suave algodón caqui y lo dejó dentro de la caja.

Martínez y ella se quedaron parados un momento, con la caja y la bebé entre ellos.

Ninguno de los dos habló.

Acto seguido, Frankie abandonó el depósito. Al cerrar la puerta, oyó nuevos helicópteros que se aproximaban y sintió cómo algo horrible arraigaba en su interior: una cólera oscura. Estaba harta de cubrir con tela verde el rostro de hombres tan jóvenes, y ahora aquella bebé.

Con un suspiro, se encaminó hacia el quirófano, agarró una bata y volvió al trabajo.

—Lárgate de aquí, McGrath —dijo el doctor Morse a las dos de la madrugada—, que estás muerta.

—Como todos —respondió ella. El quirófano estaba tan lleno de quemados que hasta yacían tres en una cama.

—Sí, pero a ti se te nota en la cara.

—Ja, ja. Un chiste sobre mi aspecto. Lo que me faltaba.

El hombre le puso la mano en el hombro y le dio un apretón.

—Venga. Si no te vas tú, me voy yo.

Frankie se quitó el gorro quirúrgico azul.

—Gracias, Doc. De verdad que necesito llenar el tanque.

—Ve y duerme un poco.

Frankie miró a su alrededor.

—¿Después de esto?

El hombre la miró con compasión. Ambos sabían que era poco probable. No había marihuana ni alcohol suficiente en el campamento para hacerle olvidar la muerte de la bebé entre sus brazos.

Le dio las gracias al médico y se dirigió a su cabaña. Al pasar junto al nuevo edificio de Administración, se asomó y vio a Altavoz sentado ante el sistema de telecomunicaciones.

—Hey, Altavoz, ¿puedo hacer una llamada por radio? Corta, te lo prometo.

El chico miró a derecha y a izquierda, buscando un superior que se lo prohibiera. Los radioteléfonos del Ejército no estaban disponibles para uso personal.

—Que sea corta, pero de verdad.

Frankie se sentó en una silla y cogió el microteléfono.

—Llamando a Vung Tau HAL-3. Capitán de corbeta Joseph Ryerson Walsh. Cambio.

Frankie daba pataditas impaciente; solo se oía ruido estático.

—¿Quién llama? Cambio.

—Teniente McGrath. 71.º Hospital de Evacuación. Cambio.

—¿Es una emergencia, teniente? Cambio.

—Sí. Cambio.

—Espere. Cambio.

Frankie sabía que no debía hacer algo así, llamar diciendo que era una emergencia, pero llevaban más de un mes sin verse y lo necesitaba.

—¿Frankie? —La voz de Rye surgió entre el ruido—. ¿Estás bien? Cambio.

—Hola —dijo con voz temblorosa—. Cambio.

—¿Qué ha pasado? Cambio.

—Napalm. Cambio.

En medio del silencio de la electricidad estática, sabía que ambos visualizaban el sufrimiento de esa noche.

—Siento haberte despertado. Es que necesitaba oír tu voz. Cambio.

—Lo entiendo, cariño. Lo siento. Cambio.

—Te echo de menos. Cambio.

—Aguanta. Cambio.

—Recibido. Cambio y corto. —Colgó—. Gracias, Altavoz.

Se encaminó de vuelta a la cabaña. En ese momento, el parque estaba vacío, pero Frankie sabía que por poco tiempo. Cuando acabara el aluvión, la gente necesitaría desfogarse. Una suave melodía atravesaba la puerta abierta. Casi era capaz de reconocer la canción, aunque no del todo. Sobre todo notaba el ritmo de la música estadounidense, la banda sonora del hogar.

Se dio una ducha rápida; luego pasó junto a un soldado que arrojaba objetos a un barril incinerador que desprendía un hedor a carne quemada y excrementos humanos.

Una vez en la cabaña, se quitó el uniforme de campaña y lo metió en la bolsa para la colada que colgaba en una esquina del catre. El lavado no borraría las manchas de sangre, pero mitigaría el olor. Se metió en la cama. Como sabía que no iba a dormirse, cogió la última carta a Ethel y se dispuso a continuarla.

> Hemos tenido una noche dura en el quirófano. Me habría venido de perlas alguien con tus conocimientos, pero Margie empieza a ponerse las pilas y Morse, el médico joven, cada vez es mejor.
>
> Esta noche había una bebé.
>
> Napalm.

Dejó el bolígrafo, incapaz de escribir sobre ello. Apartó la carta. ¿De verdad Ethel necesitaba leer aquello? Apagó la luz, se estiró y cerró los ojos.

A las cuatro, cuando Margie llegó a la cabaña y se metió en la cama, seguía despierta.

Y seguía despierta a las 5.24, oyendo roncar a su compañera, cuando escuchó el sonido de un helicóptero aproximándose al hospital.

Solo uno.

Soltó aire y volvió a cerrar los ojos. «Por favor, Dios mío, déjame dormir».

Le sorprendió que alguien llamara con los nudillos y se incorporó en el catre.

La puerta se abrió.

Al entrar en la pequeña cabaña, Rye pareció ocupar gran parte del espacio. Con pasos sigilosos para no despertar a Margie, se acercó al catre, se sentó y se quitó las botas.

Frankie no había abierto la boca. Tenía miedo de romper a llorar si intentaba decir algo. Rye la tomó entre sus brazos y la estrechó. Apenas cabían en el angosto colchón. Frankie se acurrucó contra su cuerpo y le besó el cuello.

—He venido en cuanto he podido.

Frankie iba a responderle, pero antes de poder hablar ya se había quedado dormida.

Para variar, el 71 estaba tranquilo. Aquel día cálido y seco de principios de noviembre, poco después de que Nixon hubiera ganado las elecciones en casa y pasados ocho meses desde que Frankie comenzara su segundo periodo de servicio, se encontraba sentada en una tumbona del parque, en pantalón corto, camiseta y las gastadas sandalias mexicanas. Una brisa ardiente agitaba las hojas mustias de los bananos. Tras una larga, húmeda y embarrada temporada de monzones, el aire seco y el polvo suponían un alivio. Al menos Frankie ya no olía a moho. Tenía el ala del chambergo bajada para protegerse los ojos y llevaba unas gafas de sol redondas y enormes. Al lado, en el suelo, descansaba una lata de TaB. Por los altavoces del quiosco sonaba *I Heard It Through the Grapevine* a todo volumen. Oía gente hablando, riendo, cantando. Había sido una semana especialmente difícil, pero en ese momento, a última hora de la tarde, cuando el sol aún brillaba, pero sin asarlos, el 71 no era un lugar tan terrible.

Los hombres jugaban al voleibol sobre un terreno llano de tierra roja. Las Donut Dollies de la Cruz Roja repartían cartas y tentempiés con un carrito. Frankie también se había llevado algunas para releer mientras comía los palitos de pretzel que Ethel le había enviado con su último paquete. Barb y Ethel habían seguido escribiéndole y mandándole provisiones todos los meses. Margie estaba sentada a su lado, con el pelo recogido en rulos rosas, leyendo *La semilla del diablo*.

Frankie le dio un trago a su refresco, que estaba tibio, antes de recostarse y cerrar los ojos.

—¿Mi teniente? —la llamó alguien al cabo de unos momentos.

Frankie se incorporó. El parque estaba vacío; no había hombres jugando ni Donut Dollies. ¿De verdad se había quedado dormida?

El nuevo operador de radio —no se acordaba de cómo se llamaba— estaba de pie delante de ella.

—Hay una urgencia en el comedor, mi teniente. El doctor Morse la necesita.

Frankie se levantó y siguió al chico hasta el comedor.

Este se detuvo ante la puerta cerrada y le cedió el paso.

Frankie la abrió y entró en el comedor. Sobre el panel informativo colgaba una pancarta: ¡ENHORABUENA, TENIENTE PRIMERA MCGRATH!

—¡Enhorabuena!

Frankie tardó un minuto en entender lo que sucedía. No se trataba de un infarto. Ni de una emergencia. Era una fiesta.

En su honor.

La mayor Goldstein, del 36, dio un paso al frente y la capitana Miniver imitó el gesto.

—Esta promoción llega con retraso, pero en el Ejército de Tierra nada sucede cuando tiene que ser —dijo la mayor Goldstein—. Eso es bien sabido. Enhorabuena, Frankie. El camino ha sido largo, querida.

—Gracias por haberte quedado —añadió la capitana Miniver—. Hay hombres que han vuelto a casa gracias a ti.

—¡Un brindis! ¡Un brindis! —exclamó alguien.

Ryan Dardis, el nuevo cirujano, a quien llamaban Hollywood por su atractivo, dio un paso al frente con una botella de ginebra.

—Sabemos lo mucho que te gusta una ginebrita, McGrath, pero también queríamos asegurarnos de que supieras que todos te apreciamos. Aunque no bailes una mierda y cantar se te dé todavía peor —dijo antes de levantar la botella y que los presentes vitorearan su aprobación.

Alguien subió el volumen de la música. A espaldas de Frankie, las puertas se abrieron de golpe. Alguien la levantó y la hizo girar en el aire.

—Siento llegar tarde, cariño. —Rye, con una sonrisa pícara, se alzó la gorra negra de los Lobos de mar—. El tráfico era un asco.

Cuando sonaron los primeros compases de *Born to Be Wild*, la gente empezó a apartar las sillas.

Frankie cogió a Rye de la mano y tiró de él hasta la pista de baile improvisada.

—¿Estás segura de querer bailar conmigo en público? —bromeó él.

—Soy yo la que tiene dos pies izquierdos —respondió Frankie con una sonrisa.

Tiempo después, Margie los encontró en la pista y chocó su cadera con la de Frankie. Tenía la cara colorada y brillante de tanto bailar.

—Esta noche voy a dormir donde Helen —dijo sin aliento—. O puede que donde Jeff. A cada segundo que pasa lo veo más guapo.

—Gracias, Margie —dijo Frankie.

Rye se la llevó de la mano al exterior, pero todos en la fiesta se lo estaban pasando tan bien que nadie se enteró. Llevaban casi un mes sin verse.

—No sabes cómo necesitaba esto —reconoció Frankie, apoyándose en él mientras atravesaban el complejo.

—Yo también te he echado de menos. —Rye la rodeó con el brazo—. La semana pasada bombardearon otro orfanato: el de Santa Ana, en Saigón.

Frankie asintió.

—He oído rumores de que también ha pasado algo cerca de My Lai.

—Se están filtrando un montón de historias terribles.

Fuera de la cabaña, se volvió hacia él y, al mirarlo a los ojos, vio la tristeza que lo embargaba; era la misma expresión que había visto en sus propios ojos. Lo último que quería era hablar de la guerra.

—Hazme el amor —susurró, alzándose de puntillas.

Aquel beso lo fue todo: la vuelta al hogar, el séptimo cielo, el sueño de un nuevo mañana.

Cuando Rye se apartó, Frankie vio algo en sus ojos que la asustó. Entonces él dijo:

—Me temo que te amaré hasta que muera, Frankie.

Amor.

¿Cuánto tiempo llevaba esperando oírle decir esa palabra? Se diría que una eternidad, porque el tiempo en Vietnam pasaba de forma extraña: a veces demasiado rápido, otras demasiado lento.

—Yo también te quiero, Rye.

No fue hasta horas más tarde, cuando ambos yacían apretados en el estrecho catre, agotados tras hacer el amor, cuando Frankie se percató de qué le había dicho y cómo —«Me temo que te amaré hasta que muera»—, y aquella promesa plantó una pequeña y terrible semilla en su corazón.

«Me temo...».

«... hasta que muera».

No eran palabras que pronunciar en tiempos de guerra. Sonaban como un desafío a un dios indiferente.

Deseó disponer de tiempo para darles la vuelta, para hacer que él le dijera «te quiero» de otra forma.

18

Su último día en Vietnam, el 14 de marzo de 1969, Frankie se levantó mucho antes de que amaneciera, entre los ronquidos quedos de Margie.

Encendió la lámpara junto a su catre, alargó la mano más allá de la placa del hornillo, cogió la fotografía en la que aparecían Finley y ella en Disneylandia y se quedó mirándola y pensando en su juventud.

«Hey, Fin. Vuelvo a casa».

Se había alistado en el Ejército de Tierra para ir en busca de su hermano, pero se había encontrado a sí misma. En la guerra, había descubierto quién era y quién quería ser, y, por muy cansada que estuviera de tanta muerte y destrucción, también temía volver a casa. ¿Cómo sería la vida en Estados Unidos?

Se levantó del camastro y sacó el baúl que guardaba debajo. Levantó la tapa y se quedó mirando los efectos personales que mandaría a California: recuerdos que le habían regalado los soldados, una pulsera de cuero y cuentas, un pequeño elefante dorado que le «daría buena suerte», un corte de seda que había comprado en Saigón, una pinza Kelly y un pedazo de tubo de goma, obsequios de amigos y parientes, así como sus preciadas fotografías de Vietnam, tanto las que había hecho como las que le habían dado, como aquella en la que Barb, Ethel y ella bailaban en pantalón corto y camiseta en el club de oficiales, la otra que Barb le había regalado en la que las tres estaban juntas de pie, la de Jamie sonriéndole de oreja a oreja con los pulgares levantados delante de un M35, y otra más de Rye con ella. Había como mínimo una docena de fotos con soldados que habían pasado por el quirófano: los que habían tenido la suerte de despedirse y posar para una foto.

Allá en el mundo real, el llamado «Verano del amor» se había ido como había venido, pero a su paso las manifestaciones se habían vuelto más numerosas, más largas y más agresivas. Incluso en Vietnam se notaba el odio a la guerra. Los soldados habían empezado a lucir símbolos de la paz en los cascos, contraviniendo los reglamentos del Ejército.

A las seis de la mañana, preparó el petate y los bolsos, y le escribió a Margie una nota que decía: «Sé que habrías querido que te despertara para despedirnos. No tardarás en descubrir lo duro que es. Aunque ya seamos profesionales de las despedidas, duele igual. Sé fuerte. Gracias por mandarme el baúl a casa».

Se puso el uniforme de diario, con panties y lustrosos zapatos negros de tacón incluidos. No tenía espejo de cuerpo entero, pero imaginaba que no se parecería en nada a la muchachita inocente que había aterrizado en el país dos años antes. El uniforme olía a humedad.

Cuando abrió la puerta de la cabaña, se encontró a Rye apoyado en un poste, fumando un cigarrillo.

—¿Lista? —le preguntó al tiempo que le quitaba el petate, grande e incómodo, y se lo echaba al hombro con facilidad.

—La verdad es que no.

Atravesaron juntos el complejo, sorprendentemente tranquilo en ese momento, se subieron al Huey y se elevaron por el cielo.

Al llegar al aeropuerto de Saigón, le dio las gracias al piloto, facturó el petate y dejó que Rye la condujera hasta el «pájaro de la libertad» que la llevaría de vuelta a casa.

Un buen número de soldados pasaron a su lado camino de la pista de Tan Son Nhut, subieron por la escalerilla y desaparecieron en el interior del colosal avión a reacción de Braniff. Reinaba el silencio: nadie reía ni bromeaba. No era el momento, no mientras siguieran en territorio vietnamita.

—Te quedan veintisiete días para hacer lo mismo —dijo Frankie, levantando la vista hacia él. Tuvo que alzar la voz para que se la oyera por encima del rugido de los motores.

Veintisiete días. Una eternidad en tiempos de guerra.

«Nada de miedos, McGrath».

Un jeep pasó raudo a su lado, lleno de soldados armados en busca de francotiradores.

Se oyeron disparos a lo lejos. Pop, pop, pop. En la distancia retumbó una fuerte explosión. Algo empezó a arder en una de las pistas de aterrizaje.

Rye la miró a los ojos.

—Frankie... No sé cómo decirte que... yo... no...

—Lo sé —respondió esta, acariciándole la cara, áspera por la falta de afeitado—. Yo también te quiero.

Rye soltó aire y la miró de nuevo.

—Dios, cómo voy a echarte de menos.

La estrechó con fuerza entre sus brazos antes de despedirse con un beso. Ella se apretó contra él todo el tiempo que pudo; luego se apartó con lentitud.

Ninguno de los dos dijo «adiós». Era una palabra que acarreaba no poca mala suerte.

Frankie echó los hombros hacia atrás y se obligó a alejarse de él. En lo alto de la escalerilla, por fin se dio la vuelta.

Rye estaba solo, erguido y con la cabeza alta, la gorra de los Lobos de mar calada en la frente y el uniforme de campaña gastado. Se lo veía sereno y sólido, el marino perfecto, pero ella le notó la tensión en la mandíbula. Él levantó una mano con los dedos extendidos y la mantuvo en alto antes de llevársela al corazón.

Frankie asintió, se despidió con la mano una última vez y embarcó en el avión. La mayoría de los asientos ya estaban ocupados por hombres que no dejaban de volver la vista hacia la puerta, como si Charlie pudiera irrumpir por ella en cualquier momento con los rifles en ristre. Todos sabían que no estarían a salvo en el aire hasta que hubieran abandonado el espacio aéreo vietnamita.

Frankie encontró una plaza a estribor, dejó el bolso de viaje en el compartimento superior y, una vez sentada, miró a Rye por la ventanilla. Apretó la mano contra el cristal.

Oyó cómo se cerraba la puerta de la aeronave y encajaba la palanca de apertura. Momentos después, el avión rodó por la pista de aterrizaje, rebotando por los cráteres de las bombas, y despegó lentamente.

Al mirar por la ventanilla, Frankie vio nubes mientras sobrevolaban el país, masacrado por la guerra, camino de la seguridad del hogar.

Los pasajeros aplaudieron; alguien gritó: «¡Hemos salido de allí!».

Frankie se sorprendió al sentir cierta pena. Por malo que hubiera sido Vietnam, por muy asustada, furiosa o traicionada por el gobierno y la guerra que se hubiera sentido a menudo, también se había sentido viva. Competente e importante. Una mujer que estaba dejando su huella en el mundo.

En aquel lugar quedaba para siempre un pedazo de su corazón. Allí había encontrado su lugar y temía que su «hogar» ya no fuese el lugar que ella quería.

Treinta y cuatro horas más tarde, tras una escala de seis horas en la base Travis de la Fuerza Aérea, en el norte de California, Frankie contemplaba por la ventanilla ovalada las concurridas pistas del aeropuerto internacional de Los Ángeles.

Era pleno día y el sol brillaba tanto en medio de un cielo azul sin nubes que hacía daño a los ojos.

California.

El Estado Dorado.

Su hogar.

Había querido llamar a sus padres desde Travis, pero cuando por fin llegó su turno de usar la cabina telefónica, se había dado la vuelta. No sabía bien por qué.

La zona de llegadas del aeropuerto estaba abarrotada. Vio militares echando una cabezada en bancos o por el suelo sucio, usando los petates de almohada. Pasaban el rato en mitad del trayecto a casa. No le pareció correcto: hombres a quienes habían disparado y, en algunos casos, a quienes habían curado deprisa y corriendo para volver a ponerlos en el punto de mira ahora dormitaban en el suelo entre vuelo y vuelo. El Ejército pagaba el viaje hasta el aeropuerto de alguna base; desde ahí, uno debía comprarse el billete a casa. Menudo agradecimiento por haber servido al país.

Mientras se acercaba a recuperar su equipaje, vio a un grupo de manifestantes con pancartas: ¡ACABAD LA GUERRA ANTES DE QUE ACABE CON VOSOTROS! ¡PLANTAD MARÍA, NO BOMBAS! ¡TODOS FUERA DE VIETNAM YA! ¡BOMBARDEAR POR LA PAZ ES COMO FOLLAR POR LA VIRGINIDAD!

Al verla aproximarse con su uniforme del Ejército de Tierra, agitaron las pancartas delante de su cara, como queriendo convencerla.

Alguien le escupió.

—¡Puta nazi! —le gritó uno de los manifestantes.

Frankie se quedó de piedra.

—Pero ¿qué…?

Un par de marines salieron de la nada y se pusieron a cada lado de Frankie.

—No escuche a esos imbéciles —dijo uno de ellos. Sin dejar de flanquearla, la guiaron hasta la cinta por donde salían las maletas—. No tenemos nada de lo que avergonzarnos.

Frankie no lo entendía. ¿Por qué le habían escupido?

—¡Vuélvete a Vietnam! —gritó alguien—. ¡Aquí no queremos asesinos de niños!

¿Asesinos de niños?

El petate de Frankie salió por la cinta. Cuando fue a recogerlo, uno de los marines se le adelantó.

—Ya se lo cojo yo, mi teniente.

—¡Que la muy zorra cargue con su petate! —gritó uno. El resto rieron a coro.

—Gracias —le dijo Frankie al marine—. Yo... había oído hablar de manifestaciones, pero ¿esto?

Miró a la gente apiñada junto a la cinta, hombres trajeados y mujeres con vestidos, ninguno de los cuales había dado la cara por ella. ¿Es que les parecía bien que escupieran a una enfermera militar que volvía a casa de la guerra? Se lo habría esperado de los hippies y los manifestantes, pero ¿de la gente normal?

—Aquí no va a haber desfile de la victoria como en la Segunda Guerra Mundial —dijo uno de los marines.

—Supongo que perder una guerra no es nada de lo que enorgullecerse —añadió el otro.

Frankie miró a los dos hombres, vio los fantasmas escondidos detrás de sus ojos. Eran los mismos que vivían en su interior.

—Estamos en casa —dijo Frankie, que necesitaba creer que eso era lo importante.

Vio que los otros dos hombres también lo necesitaban.

Al salir, les dio las gracias por su ayuda y fue en busca de un taxi. Sola en el exterior, vio cómo la miraba la gente. Primero abrían los ojos como platos, sorprendidos de ver a una mujer uniformada, y luego los entornaban con desconfianza o, directamente, desagrado. Unos pocos hacían como si no la hubieran visto, como si no estuviera allí. Frankie se planteó cambiarse de ropa, pero decidió no hacerlo.

«Que les den». No iba a permitir que la avergonzaran.

En la acera, levantó el brazo para llamar a un taxi.

El vehículo amarillo más cercano cruzó al carril central, se aproximó y redujo la velocidad. Frankie bajó a la calzada. El conductor le gritó algo, le hizo una peineta y aceleró para detenerse un poco más adelante junto a un hombre de traje.

Uno tras otro, los taxis frenaban junto a ella lo suficiente como para que se hiciera ilusiones antes de volver a acelerar y marcharse sin parar.

Al final se dio por vencida, compró un billete de autocar e hizo caso omiso de las miradas de reojo que le lanzaban mientras cargaba su equipaje.

¿Es que el mundo se había vuelto loco?

Tardó cuatro horas y tuvo que cambiar tres veces de autocar para llegar a la isla de Coronado. Para entonces, le habían escupido cuatro veces, mostrado el dedo corazón más de las que podría contar y se había acostumbrado —o, al menos, se había vuelto inmune— a cómo la miraba la gente. Nadie se había ofrecido a ayudarla a cargar con el pesado petate.

En la terminal del ferry de Coronado, por fin pudo coger un taxi. El conductor, con cara de pocos amigos, ni siquiera la miró a los ojos, pero la aceptó y la llevó hasta la puerta de su casa, cosa que le agradeció sobremanera.

Tras sacar el petate del vehículo, lo depositó en la acera y se quedó parada, empapándose de la sensación de volver a casa. El aire olía a mar, a naranjas y limones, a su niñez.

Contempló el imponente océano Pacífico. Desde allí se oían las olas y aquel sonido familiar calmó sus nervios. Un grupo de niños en bicicleta, con naipes enganchados en los radios, pasó a toda velocidad junto a ella, riendo con despreocupación. No pudo evitar pensar en Finley, en los fuertes que solían construir entre los eucaliptos, en los castillos de arena que habían levantado, en las horas que habían pasado montando en bici. Al caer la noche, las luces de los porches empezarían a encenderse a intervalos por toda la calle: balizas que las madres usaban para guiar a sus hijos a casa para cenar.

Un par de cazas de la Armada pasaron rasantes sobre su cabeza. No pudo evitar preguntarse si irían pilotados por hombres que pronto volarían en misión de combate hasta la otra punta del mundo.

Abrió la verja y la emoción la embargó al verse ante la mansión en la que había crecido. Estaba deseando que por fin le dieran la bienvenida a casa, recibir admiración por los servicios prestados en lugar de desprecio.

¿Cuántas veces había soñado con ese momento de seguridad, cariño y confort, con baños calientes, café recién hecho y largas caminatas por la playa sin un guardia armado cerca?

Se adentró en el bello y cuidado jardín trasero, empapándose de todo lo que la rodeaba: el susurro de las hojas de las encinas de California, el aroma a cloro y limones maduros, el suave tintineo de los carillones de su madre.

Cargando con el petate y el bolso de viaje, que pesaban lo suyo, rodeó la piscina y subió hasta las puertas de cristal. Al abrirlas, le pareció retroceder en el tiempo. Por un segundo, volvió a ser una niña que seguía a su travieso hermano allá donde iba.

«Estoy en casa».

Dejó el petate sobre el brillante suelo de parquet.

—¡Hola, chicos! —exclamó al mismo tiempo que su padre doblaba una esquina, vestido con un jersey de cuello alto verde lima y pantalón de cuadros, y con un periódico doblado en la mano. Llevaba el pelo algo más largo, igual que las patillas veteadas de gris.

Al verla, se detuvo en seco y frunció el ceño ligeramente.

—Frankie, ¿nos habías avisado de que volvías a casa?

Esta no pudo evitar sonreír.

—Quería daros una sorpresa.

El hombre se acercó con paso inseguro y expresión confusa. Frankie sabía que a su padre no le gustaban las sorpresas; prefería tener las cosas bajo control. Tras un abrazo breve y tenso, la soltó con tal rapidez que Frankie dio un traspiés.

—Debería... haber llamado.

—No —respondió el señor McGrath, negando con la cabeza—. Claro que no. Nos alegramos de tenerte en casa.

Frankie de repente cayó en la cuenta del aspecto que debía de tener después de tantas horas de viaje: el pelo mal cortado y despeinado, sin maquillar y con el uniforme arrugado. No era de extrañar que su padre pusiera mala cara. Introdujo la mano en el bolso y sacó su foto favorita, con Ethel y Barb, delante del club de oficiales y rodeándose los hombros con los brazos.

—Esta es para ti.

Su padre se quedó mirando la fotografía.

—Eh...

—Para la pared de los héroes.

Su madre apareció por la esquina, con un pantalón de campana rojo chillón y un top blanco, la melena cubierta por un pañuelo de seda.

—¡Frances!

Corrió hacia su hija y la abrazó con fuerza.

—Mi niña —dijo, echándose hacia atrás y acariciándole la cara—. ¿Por qué no has llamado?

—Quería sorprendernos —respondió su padre—. Por lo visto, no le bastaba con la sorpresa de alistarse. Lo siento, pero tengo una reunión.

Frankie lo vio salir de casa y oyó cerrarse la puerta a sus espaldas. La incomodó que se marchara con tanta brusquedad.

—No se lo tengas en cuenta —dijo la señora McGrath con ligereza—. Desde la... pérdida de Finley, y desde que tú te fuiste, no ha vuelto a ser el mismo.

—Oh... —respondió Frankie. ¿Su madre acababa de comparar su servicio en la guerra con la muerte de su hermano?

—Frances, yo... —Su madre deslizó la mano por el brazo de Frankie, como si no se atreviera a soltarla, como si no se creyera del todo que había vuelto—. Cuánto te he echado de menos.

—Yo también —respondió esta.

—Debes de estar agotada.

—Sí.

—¿Por qué no te das un buen baño caliente y, quizá, te echas una siesta?

Frankie asintió, confusa; estaba rendida después de tantas horas de viaje y del trato recibido por parte de desconocidos. Y luego de sus padres. ¿Qué estaba pasando?

Dejó a su madre en el salón y se dirigió al dormitorio de su infancia, con su cama con dosel y sus volantitos rosas. La mayoría de las niñas tenían pósters en las paredes, pero la señora McGrath no le había permitido clavar nada en el caro papel pintado, por lo que Frankie solo tenía obras enmarcadas. Una fila de viejos animales de peluche descansaban en lo alto del estante para libros. Un joyero rosa con una bailarina en la mesilla albergaba sus tesoros de la infancia y adolescencia: probablemente habría un taco de fotografías de su último año de instituto y recuerdos del baile de promoción. Una sabía qué esperar de una chica que dormía en un cuarto así.

Solo que Frankie ya no era esa chica.

A los pies de la cama había un arcón de ajuar repleto de mantelerías, juegos de cama italianos y sábanas bordadas, todo ello planchado y doblado a la perfección. Su madre llevaba llenándolo desde que Frankie tenía ocho años. Cada cumpleaños y cada Navidad, le regalaban algo para ir completándolo. El mensaje, tanto entonces como ahora, era claro: el matrimonio haría de ella una mujer feliz y completa.

Una vez más, aquello era algo para la chica que se había ido a Vietnam, no para la mujer que había vuelto, fuera quien fuese.

Frankie se quitó el uniforme y lo dejó hecho un gurruño en el suelo.

Se metió bajo las suaves sábanas con aroma a lavanda y apoyó la cabeza en la almohada con funda de seda.

No debería haber sorprendido a sus padres. Los había pillado con la guardia baja.

Al día siguiente las cosas irían mejor.

19

Huele a carne quemada. Alguien chilla.

Corro pidiendo ayuda a gritos, tratando de ver a través de la humareda.

Llevo una bebé en los brazos; está en llamas, la piel carbonizada se le cae a pedazos. No sostengo más que un montón de huesos...

Helicópteros sobre la cabeza. Ya llegan.

Un grito. ¿Mío? La sirena de la alerta roja retumba. Algo me explota cerca de la cabeza.

Me tiro del catre y caigo al suelo, me arrastro en busca del chaleco antimetralla y el casco.

Silencio.

Frankie salió de la pesadilla poco a poco, para darse cuenta de que estaba en el suelo de la habitación.

Se encogió en posición fetal sobre la alfombra y trató de volver a dormirse.

Cuando volvió a despertar, eran las nueve y cuarto de la noche y la mansión estaba a oscuras. Oyó el suave tictac del reloj de la mesilla. No tenía ni idea de cuánto tiempo llevaba durmiendo. ¿Un día? ¿Dos?

Se vistió y deambuló por la casa. En el despacho de su padre se quedó mirando las fotografías de la pared de los héroes, desde la cual Finley le sonreía antes de irse a la guerra.

Era otro mundo. Si ahora nadie te daba la bienvenida de vuelta a casa, como para celebrar tu marcha. De pronto la ahogaron el aroma a limón de la cera para muebles y la expectación. La habían educado para ser una dama, siempre serena y tranquila, siempre sonriente, pero aquel mundo y aquellas lecciones le quedaban lejísimos.

Fuera, la luna llena brillaba sobre las olas. Se sintió atraída por la playa, como siempre, por la franja de arena que había sido su lugar de recreo de niña.

—Hola, Fin —dijo al tiempo que se sentaba cerca de la orilla. El rocíon que se levantaba de vez en cuando le salpicaba las mejillas, como lágrimas.

Cerró los ojos. «Tú respira, McGrath».

La opresión que sentía en el pecho fue amainando gradualmente. Mucho más tarde, regresó a la habitación de volantes rosas y se metió en la cama. A la luz de la lámpara de la mesilla, abrió el cajón y sacó una hoja de carta con su nombre completo estampado con letra elegante en el encabezado.

17 de marzo

Querida Barb:

Estoy en casa. Nadie me avisó de lo duro que sería el regreso. ¿Por qué no me lo advertiste? En el aeropuerto me escupieron y me llamaron asesina de niños. Pero ¿esto qué es? Mis padres ni siquiera me han preguntado por Vietnam. Mamá actúa como si hubiera vuelto de un campamento y papá apenas me ha dirigido la palabra. Te lo juro.

Es rarísimo.

Dime que todo irá bien, por favor.

Y tú ¿qué tal? He estado pensando en ti, enviándote buenos pensamientos por lo de tu hermano. Lo del duelo es un asco.

Estar de regreso en casa hace que vuelva a echar muchísimo de menos a Fin. Es como ver un puzle al que le falta una pieza; arruina la imagen. Ahora me voy a la cama. Estoy cansadísima. La suma de demasiadas horas de viaje, desfase horario y desaliento, supongo.

Te quiero, hermana.

A seguir bien,

F.

Entonces se quitó el sujetador y las bragas, y volvió a meterse en la cama.

—Despierta, Frances.

Frankie abrió los ojos lentamente, como si tuviera legañas. Al erguirse, sintió el cuerpo dolorido. Volvía a estar en el suelo.

—Te veré en la cocina —dijo su madre, mirándola con preocupación antes de darse la vuelta y marcharse.

—Vale —respondió Frankie, con mal sabor de boca. ¿Cuándo había sido la última vez que se lavó los dientes?

Fue cojeando hasta el armario (¿cómo se había torcido el tobillo?), apartó su viejo pogo saltarín y un hula hoop, y se puso la bata de felpilla rosa antes de salir del dormitorio. ¿Por qué diantres todas sus cosas eran rosas?

—Por fin —dijo su madre, sentada a la mesa de la cocina, con una sonrisa.

Frankie fue hasta la cafetera, se sirvió una taza y se sentó frente a la señora McGrath.

—¿Dónde está papá?

—Tienes un aspecto espantoso, Frances.

—Tengo pesadillas.

—He reservado mesa para almorzar en el club. He pensado que te sentaría bien volver a la vida real. Comeremos las chicas solas.

Frankie dio un sorbo al café, deleitándose en el pronunciado amargor. Las pesadillas se le adherían como telarañas a la mente.

—¿Eso es lo que piensas del club, que es la vida real?

Su madre frunció el ceño.

—¿Qué te pasa?

—La gente me escupió en el aeropuerto —respondió Frankie, sorprendida al notar que se le quebraba la voz—. Me llamaron asesina de niños.

La señora McGrath se quedó con la boca abierta, antes de cerrarla con lentitud.

—He llamado a Paul y te he concertado una cita para esta misma mañana. Un corte de pelo bonito siempre la pone a una de buen humor.

—Claro, mamá. Sé lo mucho que te importan las apariencias. ¿Dónde está papá? —preguntó de nuevo.

—Te he comprado ropa nueva. La tienes en el armario.

—¿Mamá? No me has respondido.

—Déjame respirar un poco, Frances, por favor. Habría sido estupendo que avisaras de que volvías a casa.

—Hace un año que sabíais la fecha, mamá.

—Aun así, deberías haber llamado. Ve a darte una ducha y a vestirte. Sabes que detesto llegar tarde a los sitios.

Frankie asintió antes de levantarse, coger el café y llevárselo al dormitorio. Allí encontró la ropa que su madre le había comprado.

Pantalones de campana, prendas combinables de cuadros y túnicas. Todo una talla de más. Nada le quedaba bien, así que se puso el vestido rojo que se había comprado en Kauai, panties y sandalias. ¿Qué más daba llevar un vestido de verano en marzo? Era cómodo y le recordaba que Rye volvería dentro de veintitrés días.

Encontró a su madre esperándola con impaciencia junto a la puerta principal. Al verla llegar, esta enarcó una ceja depiladísima. En cuanto se acercó, las aletas de la nariz se le movieron.

—Sí, el vestido huele a humedad. Ya lo sé.

La señora McGrath trató de sonreír.

—Vamos.

Quince minutos más tarde, las dos se encontraban en el salón de belleza de la isla, mimadas por Paul.

—¿Quién te ha estado cortando el pelo, cariño? —le preguntó.

—Yo —respondió Frankie—. O una amiga.

—Con un machete, por lo que se ve.

Frankie sonrió.

—Más o menos. Acabo de volver de Vietnam.

El peluquero no pudo disimular su desagrado. De hecho, dio un paso atrás.

—Creo que te puedo hacer un bob muy mono a la altura de la barbilla con raya a un lado. ¿Te parece?

A Frankie le dolió el modo en que la miraba, pero debería haber estado ya preparada.

—Claro. Lo que te parezca.

Paul se puso manos a la obra: lavó, desenredó, cortó, peinó. Cuando empezó a cardarle el pelo por detrás, Frankie lo detuvo con sequedad.

—A mí nada de cursiladas y mierdas, Paul.

Oyó cómo su madre ahogaba un grito.

—Esa boca, Frances. Que no eres un carretero.

Cuando Paul hubo terminado, Frankie se puso en pie y se miró en el espejo. El pelo negro le volvía a brillar, peinado hacia atrás y cortado formando una línea recta a lo largo de la mandíbula. El flequillo le caía en largos mechones hacia un lado.

—Está muy bonito. Gracias.

El hombre asintió enérgico y se alejó.

En el Club de Golf y Tenis de Coronado, un empleado negro de uniforme se acercó al Cadillac y le abrió la puerta a Frankie. Al salir, esta tuvo una extraña sensación de irrealidad. ¿Cómo podía existir aquella burbuja, aquel mundo blanco, elegante y rico, mientras en Vietnam la guerra se recrudecía y en Estados

Unidos la gente se estaba manifestando contra la violencia y luchando por los derechos civiles fundamentales?

El edificio principal del club estaba diseñado a modo de salón tradicional, alrededor de una chimenea de piedra. Aquí y allí, grupos de hombres sentados bebían y fumaban. Los cócteles eran la norma para aquellos hombres de negocios. Un grupo de mujeres, envueltas en humo de cigarrillos, jugaban al bridge en una salita a la derecha.

El camarero las guio hasta la mesa favorita de sus padres, con vistas a la piscina. Manteles blancos, cubertería de plata, vajilla de porcelana fina y un centro de mesa con flores fragantes.

Frankie se sentó.

—Qué maravilla salir a comer con mi chica —dijo su madre al tiempo que sacaba la pitillera de plata, extraía un fino cigarrillo y se lo encendía.

Cuando volvió a aparecer el camarero, pidió dos bloody mary.

—¿No te parece un poco pronto, mamá?

—¿Tú también, Frances?

—¿Qué quieres decir?

—Tu padre no hace más que echarme en cara que bebo. Eso cuando está en casa, claro.

Antes de que Frankie supiera qué responder, apareció un hombre junto a su mesa. Era mayor, con los mofletes caídos y una gorra gris de plato, y llevaba un traje marrón con una corbata estrecha.

—Bette —dijo, sonriendo jovial—. Cómo me alegro de verte de paseo por aquí. Millicent dice que todo apunta a que volverás a ganar el torneo este año.

La madre de Frankie sonrió.

—Millicent es muy amable, pero exagera. Frances, ¿te acuerdas del doctor Brenner?

—¿Qué me dices? ¿Esta es Frances? ¿Ya has vuelto de Florencia, querida?

—¿Florencia? —Frankie estaba a punto de decir algo más cuando oyó un fuerte estrépito.

«Ya llegan».

Se tiró al suelo.

—¿Frankie? ¿Frankie?

«Pero ¡¿qué demonios acaba de pasar?!».

Frankie volvió a la realidad. No estaba en Vietnam, sino en el comedor del club de campo, tirada en el suelo junto a la mesa, como una idiota. No demasiado lejos vio a un camarero arrodillado, recogiendo una copa rota del suelo.

El doctor Brenner le tendió la mano y la ayudó a levantarse.

—¿Frankie? —dijo su madre con el ceño fruncido—. ¿Cómo has podido caerte de la silla?

Frankie no sabía lo que acababa de pasar. El recuerdo en su mente había sido muy real.

—Yo... no... —Sintió las manos pegajosas; estaba temblando. Al apartarse el pelo de la cara, se notó la frente perlada de sudor. Hizo un esfuerzo por sonreír—. Lo siento. Acabo de volver a casa de Vietnam y... —¿Y qué?

El doctor Brenner le soltó la mano.

—En Vietnam no hay mujeres, querida.

—Claro que sí, señor. Yo he estado dos años.

—Tu padre ha dicho que estabas estudiando fuera.

—¿Cómo? —Frankie se volvió hacia su madre—. No me jodas; será una broma, ¿no?

El doctor Brenner se marchó a toda prisa al oír el exabrupto.

La señora McGrath miró a su alrededor para comprobar que nadie las observaba.

—Siéntate, Frances.

—¿Habéis mentido sobre mi paradero?

—Tu padre pensó...

—¿Le daba... vergüenza dónde estaba? ¿Le daba vergüenza que estuviera sirviendo al país, después de todas esas historias sobre héroes?

—Siéntate, Frances. Estás dando el espectáculo.

—¿Te estoy poniendo en evidencia? ¿Esto te parece un espectáculo? No, mamá. Lo que es un espectáculo es encontrarte a un soldado que vuelve del campo de batalla con un pie en la mano. Es cuando…

—Frances Grace…

Las lágrimas le ardían en los ojos. Frankie salió corriendo del club entre murmullos que pronto darían lugar a rumores sobre «la hija de los McGrath»; si no le doliera tanto, se habría reído.

Al final de la calle, con el flato pinchándole en el costado, llamó a un taxi.

Esta vez no le costó; solo tuvo que levantar la mano. No llevaba un uniforme que despertara los odios de nadie.

El automóvil se detuvo a su lado y el conductor bajó la ventanilla.

—¿Adónde va?

Eso, ¿adónde iba? Era como si ya no le quedara nada en aquel lugar que tanto había amado. Pero, si no, ¿adónde ir?

Con un suspiro, dijo: «Ocean Boulevard», y se enjugó las lágrimas.

No tenía otro lugar adonde ir.

Una vez allí, sacó una hoja de papel azul y, sin que la mano dejara de temblarle, escribió a Rye con la intención de aliviar su dolor al compartirlo con él.

22 de marzo de 1969

Mi amor:

Te echo tanto de menos que no lo soporto. Estoy contando los días hasta tu vuelta.

Las cosas en casa son horribles. No sé qué hacer. Mis padres han mentido sobre mi estancia en Vietnam, hasta ese punto les doy vergüenza. Nunca en la vida había estado tan enfadada. Cabreada. Furiosa. Hoy he montado una escena en el club de campo. No termino de controlar esta nueva ira que me reconcome. Puede que solo necesite dormir...

Las cosas están tan mal que ni siquiera les he hablado de ti a mis padres. No estoy segura de que fuera a importarles.

Estoy deseando que vuelvas a casa.

Te quiero,

F.

Algún tiempo después, Frankie se despertó tirada en el suelo del dormitorio, con un fuerte dolor de cabeza y la garganta ardiéndole. Con toda probabilidad porque había gritado en sueños.

Se puso en pie, sosteniéndose por pura fuerza de voluntad. Las pesadillas la habían dejado agitada y seguía enfadada por la traición de sus padres. El cuarto estaba a oscuras, no había luces que hicieran desaparecer la noche. ¿Cuánto tiempo llevaba durmiendo?

En el pasillo, decorado con maderas lujosas y latón brillante, olía a humo de cigarrillo, cera para muebles de limón y un toque de perfume Shalimar.

Su madre estaba en el salón, todavía con la ropa de ir al club, sentada en un sillón junto a la chimenea, dando sorbitos a un martini y leyendo un ejemplar de la revista *Life*. Un par de lámparas de mesa iluminaban la estancia; el fuego de la chimenea arrojaba bocanadas de calor.

Su padre estaba de pie junto a la lumbre, de traje y corbata, con una copa y un cigarrillo encendido. Al ver a Frankie en bata, arrugó el ceño. Estaba claro que no tendría el mejor aspecto.

—Sí, soy yo, papá, he vuelto de estudiar un par de años en Florencia. La gastronomía no era tan buena como esperaba —dijo Frankie, incapaz de ocultar el dolor en su voz.

—A nadie le gustan los graciosillos, Frankie —respondió él.

Frankie fue hasta el mueble bar, se sirvió una generosa ginebra con hielo y se sentó al lado de su madre.

La tensión pesaba en el ambiente; Frankie vio preocupación en sus ojos.

Cogió uno de sus cigarrillos y se lo encendió.

—¿Desde cuándo fumas? —preguntó la señora McGrath.

—Creo que fue después de una alerta roja. —Ante su mirada de incomprensión, Frankie añadió—: Un ataque con cohetes en el hospital. Las explosiones eran ensordecedoras. Aterradoras. O puede que fuera después de un aluvión en el que los hombres llegaban reventados. ¿Quién sabe? De un minuto para otro, me volví fumadora. El tabaco ayudaba a que me dejaran de temblar las manos.

—Entiendo... —respondió su madre con voz tensa.

—No, no lo entiendes —replicó Frankie, súbitamente desesperada por explicárselo. Si la escucharan, quizá todo cobraría sentido—. En el 36, el hospital de evacuación al que me asignaron, durante mi primera guardia se produjo un IMV, un incidente con múltiples víctimas, y, joder, es que no di ni una. —Sus padres la miraban, la escuchaban. Gracias a Dios—. Llegó un soldado en una parihuela, reventado. Había pisado una Bouncing Betty y le había volado las piernas. Puf, evaporadas. Yo no...

—Basta. —Su padre dejó el vaso en la repisa con tanta fuerza que el cristal podría haberse rajado—. Nadie quiere escuchar historias así, Frankie. Por todos los santos. Piernas cercenadas...

—Y ese lenguaje —añadió su madre—. Juras como un carretero. Y no me podía creer lo que soltaste en el club, delante del doctor Brenner. Tuve que llamar a Millicent y disculparme por ti.

—¿Disculparte por mí? —exclamó Frankie—. ¿Cómo es posible que no os importe por lo que pasé en la guerra?

—Ya se ha acabado, Frances —respondió su madre sin alzar la voz.

«Tranquila, Frankie», se dijo, pero no era capaz. El corazón le latía desbocado y sentía una furia tan desatada que necesitaba golpear algo.

Por un momento se refrenó, pero el esfuerzo se le volvía tóxico, como si las historias que quería compartir se convirtieran en veneno en su interior. No podía seguir ahí, fingiendo que nada había cambiado, que había pasado dos años en Florencia y no sosteniendo miembros desgarrados en sus manos desnudas. La asfixiaba la necesidad de decir: «Estuve allí y era así». Anhelaba que le dieran la bienvenida y le dijeran que estaban orgullosos de ella.

Frankie se puso en pie de repente.

—No me puedo creer que os avergoncéis de mí.

—No tengo la menor idea de en quién te has convertido —dijo su padre.

—Porque no quieres saberlo —le contestó Frankie—. Para ti, que una mujer, una enfermera, vaya a la guerra no significa nada. Crees que es glorioso que vaya tu hijo, pero te da vergüenza si es tu hija quien lo hace.

Su madre se puso en pie, la copa de martini ya vacía en la mano, algo inestable y con lágrimas en los ojos.

—Frances, por favor —dijo—. Connor. Los dos...

—Tú calla y bebe —le espetó el señor McGrath casi con desprecio.

Frankie vio cómo su madre se encogía ante sus palabras.

¿Su vida siempre había sido así? ¿Su madre siempre había sido una mujer a la sombra, que se mantenía en pie a base de vodka y laca? ¿Su padre siempre había sido ese hombre enojado que se creía con derecho a dictar cada acción y emoción en la casa?

¿O había sido perder a Finley lo que los había destruido?

Frankie no lo sabía. Llevaba dos años sin vivir con ellos y, a decir verdad, primero lo había llorado sola y luego se había ido a Vietnam y conocido un tipo de pérdida completamente nuevo.

Debía salir de allí antes de decir algo imperdonable.

Los dejó plantados, mirándola como si fuera una intrusa, y salió de la mansión dando un fuerte portazo. Semejante oleada de furia y el deseo de darle rienda suelta no eran propios de ella, pero no podía evitarlos. Una vez en la playa, mientras la noche se extendía a su alrededor, hincó las rodillas en la arena, deseosa de que el sonido de la rompiente la serenara.

Pero no hizo más que recordarle a Vietnam, a Finley y a Jamie, y a todos los caídos.

Gritó hasta quedarse sin voz. Y la ira en su interior no hizo sino crecer.

24 de marzo de 1969

Querido Rye:

Estos días en casa están siendo un infierno. Incluso mientras escribo estas palabras, pienso que esta no soy yo, pero así soy ahora.

Estoy enfadada todo el tiempo. Y dolida. Mis padres apenas me hablan y casi ni se hablan entre ellos. No quieren saber nada de Vietnam.

Y eso ni siquiera es lo peor. Tengo unas pesadillas horribles de la guerra. Cuando me despierto estoy como si me hubieran pegado una paliza.

Es porque no estás en la cama a mi lado. En tus brazos no me costaría dormir.

Lo único que me sostiene es soñar contigo y con tu regreso.

Cuento los días hasta tenerte de nuevo. Conmigo. Pienso en nosotros. En ti. En un hogar. Puede que una casa en el campo. Quiero tener caballos y un perro. Y un jardín.

Las cosas no están siendo tan fáciles como creía al pensar en volver a casa. Pero no importa. Lo único que importa somos nosotros.

Te quiero.

F.

Una tarde fría, dos semanas después de su regreso, Frankie estaba sentada en una butaca en el patio, con los pies recogidos bajo los muslos y una manta envuelta sobre los hombros. Con la andrajosa camiseta verde del Ejército y un pantalón corto que le quedaba grande, olía a humedad, moho y polvo, pero se sentía vagamente reconfortada. Dando sorbitos a un martini helado, contemplaba sus alrededores sin mirar.

Estaba en casa, en su propio jardín trasero, donde la jacaranda pronto se cubriría de gloriosos tonos púrpuras y los jardineros se pasarían horas recogiendo las flores caídas. Era como una cápsula del tiempo, un lugar en el que nada cambiaba. Quizá el mundo al otro lado del muro se estuviera desmoronando, pero allí dentro todo era tranquilidad, silencio, cócteles. Tal vez ese fuera el motivo por el que la gente levantaba muros: para mirar a otro lado y no hacer caso de nada que no quisiera ver.

Durante los últimos días, su familia se había acomodado en una suerte de tregua en la que nadie hablaba de la guerra. Frankie lo odiaba con todas sus fuerzas, se sentía desnuda ante la vergüenza de sus padres, pero aquello no duraría mucho. Solo tenía que aguantar hasta que Rye volviera al país. Aún no les había hablado de él ni de su relación; la verdad era que no habían hablado de nada. Solo del tiempo, de la comida, del jardín. Siempre temas intrascendentes. Era la única forma de no perder los papeles en su presencia.

—A la nueva urbanización la llamaré La Costa, creo —dijo el señor McGrath, exhalando una vaharada de humo mientras se servía un manhattan—. O puede que Los Acantilados.

Frankie escuchaba a su padre hablar de negocios y fingía prestar atención.

Hacía todo lo posible por ser la chica que habían criado, la joven que esperaban que fuera. No llamaba la atención, no decía gran cosa, no mencionaba la guerra. Se comportaba como era debido. No parecía que su silencio los molestase en absoluto.

Aquella calma chicha resultaba vagamente amenazante. Como si cada palabra que se tragase contuviera un veneno que pudiera acabar matándola.

Se concentró en su martini. Era el segundo. Pensó que en Vietnam habría dado lo que fuera por aquella bebida helada.

El señor McGrath fue hasta el equipo estéreo, cambió de álbum y puso a los Beach Boys. Empezó a sonar *California Girls*.

—Quita esa mierda —espetó Frankie.

Sus padres se quedaron parados en mitad de lo que estaban haciendo y la miraron.

—¿Quién te crees que eres? —dijo el señor McGrath.

Frankie se puso en pie con brusquedad.

Estaba a punto de gritarle: «Mírame. Mírame, pero de verdad».

—Estoy aquí, papá —dijo con voz trémula—. Soy tu hija, que ha vuelto de la guerra.

El hombre se giró hacia el equipo de música y se puso a trastear con los discos.

Frankie sintió de nuevo la furia bullendo en su interior, rebosando, hinchándose hasta el punto de deformar los contornos de su cuerpo.

Fue hasta el mueble bar, cogió una botella de ginebra y se la llevó a su dormitorio, cuya puerta cerró con un fuerte golpe.

Estoy en el orfanato de Santa Isabel, arrodillada sobre el frío suelo de piedra, con Mai en los brazos, acariciando el suave cabello de la pequeña. Oigo el rumor de los helicópteros que llegan a lo lejos. Las ráfagas intermitentes de las ametralladoras.

Una bomba hace saltar los muros de piedra; los fragmentos salen disparados en todas direcciones. Oigo chillar a los niños.

Otra bomba.

Bajo la mirada; Mai se derrite entre mis brazos. Fuego por todas partes.

Frankie se despertó chillando y con el corazón acelerado; estaba empapada de sudor.

Salió dando tumbos del dormitorio al pasillo de la casa silenciosa y oscura.

Las 5.23 horas.

Fue hasta el teléfono de la cocina, lo descolgó y marcó el número de Barb. No quería ni pensar en las consecuencias cuando llegase la factura —las llamadas de larga distancia eran carísimas—, pero necesitaba hablar con su mejor amiga.

Barb respondió al segundo tono.

—¿Dígame?

—Hola —dijo Frankie en voz baja. Con el auricular pegado a la oreja, se dejó caer por la pared de la cocina hasta sentarse sobre el suelo de linóleo—. Solo... quería saber cómo estabas. ¿Qué tal vas? ¿Cómo está tu madre?

—¿Frankie? —respondió Barb—. ¿Cómo estás tú?

—No tenemos que hablar sobre mí. Sé lo mucho que echas de menos a tu hermano...

—Frankie. ¿Estás bien?

Frankie negó con la cabeza y musitó:

—No. No estoy bien.

—Recibí tu carta. ¿De verdad que tus padres han ido por ahí contando que estabas estudiando fuera? Qué fuerte.

—Ya... —Frankie suspiró.

—Tiene que ser duro, tía.

—¿Cómo fue cuando tú volviste a casa? ¿Lo pasaste mal?

—Sí, pero el bloque donde vive mi madre está lleno de veteranos de vuelta. Nadie miente. Lo único que sé es que tienes que ser fuerte y seguir adelante. Hacer de tripas corazón. Las aguas volverán a su cauce.

Frankie percibió el tono de esperanza en sus palabras.

—Rye volverá pronto, así que por esa parte ni tan mal. Te juro que, como me pida que me vaya a vivir con él, le voy a decir que sí.

Barb se rio.

—¿En serio, señorita «No sin una alianza por delante»?

—Esa ya no soy yo.

—Ya. La vida es corta, y nosotras lo sabemos bien. ¿No vas a dar una fiesta cuando vuelva? Podría convencer a Ethel para bajar a Los Ángeles, tierra de sueños.

—No me había planteado lo de la fiesta.

—Las dos sabemos lo duro que es volver. Siempre viene bien un poco de tarta.

Frankie se quedó pensando un instante en la idea de la fiesta.

—Su padre vive en Compton. Quizá podríamos organizar algo juntos.

—Así me gusta.

—Gracias, Barb. Ya sabía yo que tú me sacarías de este abatimiento.

—¿Para qué estamos si no las amigas?

Siguieron hablando unos minutos más. Cuando colgó, Frankie tenía un plan. Podía ser una idea terrible o una idea fantástica: no lo sabía. Lo único que sabía era que, en cuanto Barb había sugerido la idea de darle una fiesta a Rye, Frankie había encontrado una misión.

Se vistió con la ropa nueva que su madre le había comprado —un pantalón ancho de campana y una túnica con un cinturón a la cadera— y llamó al número de información para obtener las señas del taller de reparaciones Stanley y Mo, en Compton.

A las nueve, sin decirles nada a sus padres, vestida y maquillada, franqueaba la verja del jardín con el Volkswagen Escarabajo azul cielo que sus padres le habían regalado al cumplir los dieciséis.

En el ferry, bajó la ventanilla y dejó que el aire del mar le acariciase el rostro. Oyó el rugido de la maquinaria y el golpeteo de los martillos neumáticos con los que estaban construyendo el puente de San Diego a Coronado: una obra de mejora por la que su padre había luchado sin descanso. Por primera vez en días se sentía esperanzada. Tenía un objetivo. En palabras de uno de sus libros favoritos, *Walden*, de Thoreau, estaba avanzando con confianza en la dirección de sus sueños.

Una vez en tierra firme, encendió la radio, oyó el famoso aullido de Wolfman Jack y se puso a canturrear al ritmo de la música. Cream. Country Joe and the Fish. Los Beatles. La música de Vietnam.

Bajó de velocidad al llegar a Compton. Habían pasado años desde los disturbios de Watts, pero aún quedaba la huella de aquellos tiempos de agitación en las ventanas cegadas con tablones, los porches vandalizados y los grafitis.

Puños negros pintados con aerosol adornaban los escaparates de tiendas desiertas y restaurantes cerrados. La pobreza del barrio era evidente.

Frankie pasó junto a un desguace en el que las montañas de metal y los vehículos desechados se apilaban tras una tela metálica. Un perro siguió al coche en movimiento sin dejar de aullar de un extremo al otro de la valla, tirando de una cadena de gruesos eslabones.

Coches abandonados asomaban en fincas desatendidas: los neumáticos, desaparecidos; los capós, robados; las lunas, rotas. Muchas de las casas estaban decrépitas, necesitadas de una mano de pintura. Grupos de hombres negros deambulaban por la calle, ataviados con ropa y boinas negras.

El taller de reparaciones Stanley y Mo se encontraba en una antigua estación de servicio de los años cuarenta, con un enorme garaje al lado. Alguien había pintado con aerosol rojo FUERA DE SERVICIO en diagonal sobre las puertas del garaje. El patio estaba sembrado de latas de cerveza aplastadas. Una papelera rebosaba de basura.

Un trío de jóvenes negros pasó junto al taller. Al ver a Frankie, uno de ellos se detuvo y se quedó mirándola un instante antes de apretar el paso para alcanzar a sus amigos.

Frankie estacionó en el aparcamiento vacío y se bajó del Escarabajo. En algún lugar cercano empezó a ladrar un perro. Un coche petardeó como si fueran disparos.

«Tranquila, Frankie. Respira. No ha sido más que un coche. No un ataque de mortero».

Subió hasta la oficina del taller, que parecía abandonada. Todas las ventanas estaban cubiertas por tela metálica y contrachapado, y alguien había escrito PODER A LOS PANTERAS bajo una de ellas. Las palabras estaban borrosas, como si alguien hubiera tratado de limpiarlas antes de rendirse.

Frankie llamó a la puerta.

—¡Largo! —vociferó alguien desde el interior.

Al abrir la puerta delantera, el hedor a cerveza rancia y a humo de cigarrillos la asaltó.

—¿Hola?

Empujó la puerta para abrirla del todo y entró en el establecimiento.

Tardó un instante en que sus ojos se acostumbraran a la penumbra.

Solo había una lámpara, dispuesta sobre un mueble archivador de metal lleno de papeles. Una de las paredes estaba cubierta de calendarios viejos, de esos con mujeres sugerentes de otra era: Betty Grable, Rita Hayworth.

Un hombre encanecido, encorvado sobre una silla de oficina, veía la televisión en un aparato con antena de conejo dispuesto en otro mueble archivador. En ese momento emitían la telenovela *As the World Turns*.

—Estamos cerrados —dijo con aspereza sin levantar siquiera la vista—. Llevamos cerrados desde los disturbios, pero no pienso largarme. A mí nadie me echa de aquí.

—¿Señor Walsh?

—¿Quién quiere saberlo? —espetó el hombre, sacándose el cigarrillo de la boca. Se giró con lentitud y, al verla, frunció el ceño—. Mira, muchachita, creo que te has equivocado de barrio.

Frankie se acercó cautelosa. Vio el parecido entre Rye y su padre; era como si sobre el apuesto rostro de Rye hubieran aplicado una capa de arcilla de modelar y la hubieran dejado secando al sol. Las mejillas del hombre le colgaban hasta juntarse con la papada y tenía la nariz bulbosa. Las espesas cejas castañas contrastaban con su rostro macilento y el canoso cabello rubio. Llevaba un bigote que necesitaba con urgencia un buen corte. Las manos nudosas rodeaban un vaso de licor. Vestía un mono gris de mecánico en cuyo bolsillo se leía: STAN.

Frankie vio ante sus ojos la realidad de la niñez de Rye. No era de extrañar que se hubiera sentido incómodo en la mansión de los McGrath durante la fiesta de despedida de Finley. Tampoco era de extrañar que se hubiera enrolado en las Fuerzas Armadas y soñara con volar más rápido que el sonido.

Aquello la convenció aún más de la necesidad de demostrarle su amor con una fiesta de bienvenida.

—Quería hablar con usted para organizar una fiesta de bienvenida a Rye. Soy...

—Ya sé yo quién eres, jovencita. ¿Y qué fiesta ni qué ocho cuartos va a haber para mi hijo? Ya deberías saberlo.

—¿Es usted una de esas personas que se avergüenzan de los hombres y mujeres que están en Vietnam?

—Mujeres en Vietnam. —El hombre resopló con desdén—. ¿Estás drogada?

—Señor Walsh, quiero que sepa...

—No me vengas con cuentos —la cortó el hombre antes de ir hasta el escritorio de metal situado bajo la ventana cegada, cubierto de papeles, ceniceros y platos sucios. Rebuscó entre una pila de sobres y revistas hasta sacar una hoja de papel—. Toma —le dijo, tendiéndole un telegrama—. Hace tres días, dos gilipollas de uniforme se me plantaron aquí para decirme que mi hijo había muerto. Abatido. En un sitio que sonaba a Ankle, Ankee... Bah, a saber.

Frankie se quedó mirando el telegrama. «Lamentamos comunicarle que [...] el capitán de corbeta Joseph Ryerson Walsh ha muerto en combate».

—Los muy cabrones decían: «Imposible recuperar los restos». Qué fiesta de bienvenida le va a hacer falta ya, ¿eh?

Frankie apenas podía respirar.

—No…, no puede ser verdad.

—Pues lo es.

—Pero…

—Venga, jovencita. Que aquí no se te ha perdido nada.

Frankie se dio la vuelta, salió de la sucia oficina como alelada, caminó hasta el Escarabajo y se dejó caer en el asiento.

El telegrama le temblaba en la mano.

«Lamentamos comunicarle…».

Rye. Recordó cómo la había llevado en brazos hasta su cabaña…, la noche que se presentó en el quirófano, preocupado por ella…, su primer beso…, la noche en la playa de Kauai, cuando le había enseñado lo que era amar. «Me temo que te amaré hasta que muera…».

Rye. Su amor.

Se había ido.

Frankie no recordaba cómo había vuelto a casa. Cuando entró en la propiedad y aparcó el coche, levantó la vista y se sorprendió vagamente al ver a través de las lágrimas dónde se encontraba.

Salió del vehículo y se alejó sin cerrar la puerta o quitar las llaves. Entró en la mansión y se fue directa a su dormitorio. La música flotaba en el aire: Pat Boone, el cantante favorito de su madre, infundía amor y serenidad con su voz, pero Frankie apenas lo oía.

No habían pasado más que unas horas desde que escuchara las palabras «muerto en combate», pero ya arrastraba una vida entera de pesar. Un dolor infinito.

Se metió en la cama con zapatos y todo; se recostó entre las almohadas apiladas contra el cabecero y clavó la mirada en el dosel de volantes rosas.

La pena la entumecía y la aislaba, interponía un grueso velo algodonoso entre ella y el resto del mundo. Estaba tan aturdida que tardó un momento en darse cuenta de que alguien llamaba a la puerta del cuarto.

—¡Vete!

La puerta se entreabrió. Su madre asomó con sonrisa vacilante. Así era como se miraban la una a la otra últimamente, pero a Frankie tampoco eso le importaba.

—Mira, toma...

Al oír su propio chillido, Frankie supo que era un error, pero no lo pudo evitar. Pasó de los gritos a los sollozos en lo que su madre tardó en llegar a la cama.

Frankie se giró y, dándole la espalda, se curvó en posición fetal. La señora McGrath se sentó en el borde de la cama y le acarició el pelo. Durante un buen rato no dijo nada, solo dejó que su hija llorase.

Al cabo, Frankie se encogió entre los brazos de su madre, en lugar de apartarla.

—¿Qué ha pasado? —preguntó la señora McGrath.

—Me enamoré en Vietnam. —Frankie soltó una exhalación entrecortada—. Lo han abatido. Muerto en combate. —Levantó la vista hacia su madre—. ¿Cómo es posible que no me haya enterado?

—No habías dicho nada de que hubieras conocido a un hombre allí... —Su madre suspiró hondo—. Ay, Frances...

—No queríais saber nada de la guerra.

Frankie esperó que le ofreciera palabras de consuelo, algo, lo que fuera, que le recordara que aún tenía motivos para seguir viviendo.

Su madre no dijo nada, se limitó a acariciarle el pelo y abrazarla.

Frankie sintió cómo el pulso se le ralentizaba; de alguna manera le pareció que el corazón se le estaba parando y que sería incapaz de latir en un mundo sin Rye, en aquel cuerpo suyo que de pronto parecía extraño.

Se oyeron pasos acercándose por el pasillo.

El señor McGrath apareció en el umbral con un maletín en la mano y una remesa de cartas en la otra.

—Han abatido a un amigo suyo —dijo la señora McGrath.

—Ah —fue todo lo que respondió él antes de darse la vuelta y marcharse, cerrando la puerta a sus espaldas.

Frankie se acurrucó entre los brazos de su madre y lloró.

Nos disparan.

Pop, pop, pop.

Una lluvia de chispas ilumina el costado del Huey. El artillero responde con una ráfaga de metralla mientras el helicóptero vira bruscamente a la izquierda y luego a la derecha, casi describiendo una pirueta.

Otro disparo. Más chispas. El tableteo de los disparos del artillero y, luego, el estruendo de una explosión. La cola del aparato se dobla, se parte, cae entre la espesura. Otra explosión; esta vez es el depósito de combustible. El helicóptero se convierte en una bola de fuego y se precipita al suelo envuelto en llamas.

Una gruesa columna de humo negro y lenguas de fuego se eleva por encima de la selva; los árboles se incendian a su alrededor.

Frankie se despertó, todavía presa de la pesadilla, creyendo que volvía a estar en Vietnam y que acababa de ver cómo abatían a Rye.

Poco a poco, la realidad fue tomando forma a su alrededor.

Se encontraba en su dormitorio, con el dosel de volantes de tul rosa sobre la cabeza y el joyero con la bailarina en la mesilla.

La noche anterior había sido brutal. Las pesadillas se habían sucedido. Tenía un vago recuerdo de haber deambulado por la casa a oscuras, fumando, con miedo a dormirse de nuevo.

Con la mente embotada, el cuerpo pesado y aún más pesado el corazón, se puso en pie, pero luego no supo qué hacer.

Se quedó parada sin más.

Alguien llamó a la puerta.

Frankie suspiró. Solo había pasado dos días sin Rye, cuarenta y ocho horas de duelo, y ya no soportaba seguir en esa casa. Odiaba el modo en que la observaba su madre, con ojos tristes y preocupados, como si tuviera miedo de que, en cualquier momento, Frankie se fuera a abalanzar en medio del tráfico.

La señora McGrath abrió la puerta. Llevaba una bata de seda lavanda con botones de perla y zapatillas blancas con pompones. Un turbante blanco le cubría el cabello.

Frankie se quedó mirándola con ojos legañosos y enrojecidos.

—¿Cómo dejo de quererlo?

—No se puede. Aguantas y sigues adelante. No voy a insultarte mencionando las supuestas propiedades curativas del tiempo, pero ya verás cómo las cosas mejoran. —La señora McGrath la miró con tristeza y compasión—. Él querría que vivieras, ¿no?

Frankie había perdido la cuenta de las variantes de «la vida sigue» que ya le había oído. Las palabras de su madre se habían convertido en ecos sin sentido en el vacío de su interior.

—Claro, mamá. Vale.

20

Me tienes preocupada, Frances.

—Vete. —Frankie se dio la vuelta y se tapó la cabeza con la almohada. ¿Cuánto tiempo hacía que había perdido a Rye? ¿Tres días? ¿Cuatro?

—Frankie...

—¡Que te vayas!

La mujer le tocó el hombro con suavidad.

—¿Frances?

Frankie se hizo la muerta hasta que su madre suspiró hondo y salió del cuarto, cerrando la puerta tras de sí. Entonces se quitó la almohada de encima de la cara. ¿Acaso su madre creía que ya lo había superado?

Solo de pensarlo, el pesar se expandió una vez más; Frankie se sumergió en él. Por raro que sonara, había cierta paz en la nada, cierto confort en el dolor. Al menos Rye la acompañaba en esa oscuridad. Se permitió imaginar la vida que habrían vivido juntos, el aspecto que habrían tenido sus hijos.

El dolor se volvió insoportable. Trató de retroceder y apartar aquellos pensamientos. Pero se negaban a irse.

—Rye —musitó, tratando de acercarse al hombre que ya no estaba a su lado.

—Frances. ¡Frances!

Frankie oyó la voz de su madre a lo lejos.

—Déjame.

—Frances, abre los ojos. Me estás asustando.

Frankie se giró, entornó los ojos y alzó una mirada adormilada hacia su madre, arreglada para ir a la iglesia.

—No voy a ir a misa —dijo Frankie. Notó la voz embotada. O quizá fuera la lengua.

La señora McGrath cogió el vaso vacío de la mesilla. Al lado había una botella de ginebra.

—Estás bebiendo demasiado.

—Le dijo la sartén al cazo...

—Papá me ha dicho que te ha visto deambular por el salón. Sonámbula, quizá.

—¿Qué más da?

Su madre se le acercó.

—Has perdido a alguien a quien creías querer. Y duele. Lo sé. Pero la vida sigue.

—¿Que creía quererlo? —Frankie se dio media vuelta y cerró los ojos, pensando: «Rye, ¿te acuerdas de nuestro primer beso?».

Antes de que su madre saliera del cuarto, ya se había quedado dormida.

Frankie se fue percatando de la música poco a poco. Primero el ritmo y, por último, las palabras. Eran los Doors: *Light My Fire*.

Estaba en Vietnam, en el club de oficiales, bailando con Rye. Sintió sus brazos rodeándola, sus caderas apretadas contra las suyas, su mano posada con ademán posesivo en el hueco de la espalda. Le susurró algo que le hizo sentir frío y miedo. «¿Qué? —le preguntó—. Repítemelo», pero él ya se alejaba y la dejaba sola.

La música de pronto subió de volumen, atronándola y haciéndole daño en los oídos, como una alerta roja.

Se incorporó, atontada y con la cabeza dolorida, y se apartó el pelo húmedo de los ojos.

Tenías las pestañas pegadas. Las legañas hacían que le picara el rabillo de los ojos.

La música se detuvo.

—La Bella Durmiente por fin despierta.

—Muy bella no parece, pero ¿durmiente?, un rato.

Al volver la cabeza, Frankie se encontró a Ethel y a Barb de pie en el dormitorio. Ethel estaba más fornida que en Vietnam, con unas curvas que redondeaban su alta silueta. Llevaba la melena pelirroja recogida en una coleta baja, vaqueros de campana y una túnica a rayas de poliéster.

Barb vestía un pantalón de pana negra y una camiseta del mismo color con una guerrera verde oliva a la que había cortado las mangas.

—Fuera de la cama, Frankie —le dijo.

—¿Mi madre ha llamado a los refuerzos?

—La verdad es que fui yo quien llamó —respondió Barb—. Llevaba sin saber de ti desde que hablamos de la fiesta de bienvenida de Rye. Como estaba preocupada, telefoneé y respondió tu madre.

—O sales tú, Frank, o te saco yo —dijo Ethel—. Y no creas que no soy capaz. Que me echo una bala de heno al hombro sin problemas.

Frankie sabía que protestar no le iba a servir de nada. Vio cómo la miraban, con una mezcla de condolencia y determinación. Estaban allí para rescatarla; se les veía en la mirada, en la postura, en el modo confiado con que alzaban la barbilla.

Querían que se levantara y echara a andar. Como si el duelo fuera una piscina de la que una salía y punto. En realidad, era un hoyo de arenas movedizas y calor. Costaba entrar, pero luego solo había que envolverse en su calidez y dejarse llevar.

Apartó las mantas, que olían agrias de sudor, y se bajó de la cama. Sin mirarlas a los ojos —no podía hacerlo sin pensar en Rye—, enfiló el pasillo hasta el cuarto de baño y se dio una ducha, tratando de recordar cuándo había sido la última vez que había abierto el grifo o se había lavado el pelo.

Se secó la cabeza con la toalla y se puso la ropa que había dejado colgada de un gancho en la puerta (ropa que su madre le había comprado para levantarle el ánimo): un conjunto de túnica y pantalón azules con cuello marinero y un cinturón blanco. Se sintió como una actriz vistiéndose para encarnar a una hija obediente. «Qué ridiculez». Pero el esfuerzo de buscar otras prendas la superaba.

Descalza, volvió a la habitación. Al ver a sus amigas allí de pie, entendió lo mucho que las quería. Casi podía sentir ese amor, aunque no del todo. El dolor había barrido cualquier otra emoción.

—Estoy bien, ¿sabéis...? —dijo.

—Por lo visto, llevas sin salir de la cama más de una semana —señaló Ethel.

—El tiempo vuela cuando una se divierte.

—Venga, Frank.

Ethel enlazó el brazo con el de Frankie. Barb agarró la radio y se puso al otro lado. Un ataque por ambos flancos: buena maniobra para impedir que escapara.

Las tres juntas recorrieron el pasillo.

Frankie tiró de ellas al pasar por delante del despacho de su padre. Lo último que quería era que vieran la pared de los héroes, en la que ella no figuraba.

Le sorprendió que parecieran conocer la mansión y actuar según un plan. Atravesaron el jardín, cruzaron la calle y salieron a la playa, donde las esperaban tres tumbonas y una nevera portátil. Barb dejó la radio encima y la encendió.

Frankie se sintió vacilar mientras oía el rugido de las olas. Aquella música familiar le recordaba lo mejor de Vietnam, pero también lo peor.

—Yo lo quería —dijo en voz alta.

Barb le tendió un gin-tonic.

—Siéntate, Frankie.

Prácticamente se dejó caer en la tumbona.

Ethel se sentó al lado y le tomó la mano.

Barb ocupó el asiento al otro lado.

Con las manos unidas, las tres contemplaron el océano Pacífico: la belleza de la rompiente al lamer la orilla, el constante vaivén del agua, el silencioso retroceso de las olas.

—¿Cómo es posible que no me diera cuenta de que ya no estaba? —se preguntó Frankie en voz alta—. ¿Cómo es posible que no sintiera su pérdida en mi interior?

Eran preguntas sin respuesta. Las tres conocían la muerte de cerca, habían pasado años conviviendo con ella.

—Necesitas hacer algo —dijo Ethel—. Una nueva vida.

—Hay un grupo... —añadió Barb—. Veteranos de Vietnam contra la Guerra. Lo pusieron en marcha seis excombatientes durante una manifestación pacífica pidiendo el fin del conflicto. Podrías coger toda esa rabia que tienes y hacer algo útil con ella.

¿Rabia? No era más que una sombra distante en el horizonte de su pesar.

Barb no tenía ni idea de cómo se sentía, del desgaste que suponía perderse a una misma con la pérdida del ser amado. Pero Frankie no podía explicárselo sin sonar patética o preocuparlas aún más.

Sería mejor limitarse a responder:

—Hum...

—La vida tiene que seguir, Frank —dijo Ethel—. Si sobreviviste a Pleiku, eres lo bastante fuerte para sobrevivir a esto.

«Ah».

«La vida sigue».

Pero ¿de verdad seguía? No como antes, eso sí que lo tenía claro.

—Os quiero —dijo Frankie, sabedora de que sus amigas querían ayudarla, pero ¿cómo iban a hacerlo? ¿Cómo iba a ayudarla nadie? Solo le decían lo que tantas veces había oído antes: la única forma de superarlo era querer hacerlo.

Más clichés.

La cuestión era ¿cómo? ¿Cómo se superaba el duelo, cómo hacía una para querer vivir de nuevo cuando era incapaz de imaginar cómo podría ser su vida, cómo volver a ser feliz?

Era algo que no se había planteado hasta entonces. Había hecho lo posible por existir (o no existir, en realidad) en la seguridad de su cama, tapada por las mantas, aunque sabía que no podía seguir así de por vida.

¿Qué era lo que quería?

«Rye.

»Casarme.

»Un bebé.

»Un hogar propio».

—¿Cómo ha sido volver a casa? —le preguntó Barb.

—¿Aparte de descubrir que el hombre que amo ha muerto? —replicó Frankie.

—Antes de eso —respondió Ethel con voz suave.

—Duro —reconoció Frankie—. Nadie quiere habla de la guerra. Mi padre se avergüenza hasta de que haya ido. —Miró a sus amigas—. ¿Y vosotras? ¿Qué hicisteis?

Ethel se encogió de hombros.

—Mi historia ya te la sabes: me matriculé en Veterinaria y volví a enamorarme de mi novio del instituto, Noah. Estuvo en Vietnam al mismo tiempo que yo, pero no llegamos a vernos. Sabía lo mucho que quise a George. Tenemos... una historia. Cuando me siento frágil, sabe cómo sostenerme para que no me derrumbe.

Frankie asintió.

—¿Vosotras tenéis pesadillas?

—Ya no tantas —respondió Ethel.

Al mismo tiempo Barb comentó:

—Tienes que dejarlo de lado, Frankie. Haz algo, pero hazlo.

—¿Qué te queda, Frank? —le preguntó Ethel al cabo de un tiempo, cuando la música cambió a una melodía suave y folk. Era una música sin ira, solo cargada de tristeza, pérdida y pesar.

—¿Qué quieres decir?

—Dímelo tú.

—Bueno...

A decir verdad, no era algo que Frankie se hubiera planteado. Sabía cómo la habían educado, en quién esperaban que se convirtiera, pero eso había sido antes de Vietnam, ¿no?

Barb repitió la pregunta:

—¿Qué te queda?

Frankie pensó en cómo había cambiado en los últimos dos años, lo que había aprendido sobre sí misma y sobre el mundo. En Jamie, y en la certeza de que había hecho lo correcto; es decir, que nunca lo había besado. Pensó en Rye y en cómo la pasión que habían compartido la había transformado, la había liberado y la había convertido en una versión distinta y más atrevida de sí misma. Pensó en Fin y en su idílica niñez, en el modo en que le decía: «Todo saldrá bien», y ella se lo creía.

Todos ellos, los hombres a quienes había amado, la habían despertado, habían colmado su corazón, la habían hecho feliz, sí, pero no podían serlo todo.

—La enfermería —dijo en voz baja.

—Ahí le has dado —respondió Ethel—. Eres una enfermera de primera. Salvas vidas, Frank. Tú piénsalo.

Frankie asintió. Sintió una pequeña llama de esperanza, apenas la posibilidad de superar la pena. Ayudando a los demás tal vez encontrara la forma de ayudarse a sí misma.

—Sois las mejores, chicas —dijo con la voz quebrada—. Y os quiero. De verdad.

Frankie se puso de pie, se dio la vuelta y miró a sus amigas. Estaban allí para ayudarla, pero sabía —igual que lo sabían ellas— que, si quería salvarse, tendría que dar el primer paso.

Durante los días siguientes, les enseñó todos los lugares favoritos de su niñez; las tres amigas pasaron largas horas en la playa, charlando y oyendo música que las hacía reír, llorar y recordar. Para cuando se fueron, Frankie tenía un plan para seguir adelante. Se pasó días peinando los periódicos de San Diego en busca de ofertas y haciendo llamadas. Cuando por fin consiguió una entrevista, madrugó para prepararse a conciencia. Mecanografió su currículo en la máquina IBM eléctrica que su padre tenía en el despacho y que nadie usaba jamás en casa. La señora McGrath, por supuesto, era firme defensora de las cartas manuscritas y su esposo disponía de secretarias que escribían por él. Cuando Frankie estuvo satisfecha con el resultado, sacó la hoja, repasó el texto en busca de erratas y guardó el currículo en el maletín de piel de cordero que le habían regalado cuando se graduó en el instituto. Era la primera vez que lo usaba. Sus iniciales, F. G. M., estaban grabadas en dorado sobre el cuero negro.

Agradecida —por una vez— por el amor por las compras de su madre, Frankie encontró ropa apropiada colgada en el armario: un dos piezas de rayas con cuello perkins y cinturón verde a la cadera. En el cajón superior de la cómoda había todo tipo de bragas, algunos sujetadores de encaje y panties de aquel tono canela que Frankie y sus amigas del instituto llevaban en invierno para parecer bronceadas. Se calzó unos zapatos de salón camel de tacón bajo.

Desde la cubierta para coches del ferry vio el puente casi completado; unos enormes pilares de hormigón surgían de entre las aguas azules, trazando una suave curva de una orilla a otra.

En tierra firme, el pequeño hospital estaba alojado en un edificio blanco de estilo misión que ocupaba toda una manzana; los jardines por delante y a los lados estaban salpicados de palmeras. Frankie estacionó en el aparcamiento de visitantes y se encaminó a la entrada principal. En cuanto las puertas se abrieron dándole la bienvenida y aspiró los aromas familiares de desinfectante, alcohol y lejía, por primera vez desde su regreso se sintió ella misma.

Aquel era su lugar, esa era Frankie. Allí podría encontrar el camino para superar el duelo.

Fue hasta el mostrador de recepción, donde una joven con el cabello ahuecado la recibió con una sonrisa y le indicó cómo llegar al despacho de la directora de enfermería, en la segunda planta.

Frankie tenía húmeda la mano que agarraba el asa del maletín. Aquella era su segunda entrevista de trabajo de verdad. Su alistamiento en el Ejército no contaba. Sabía que parecía joven, y lo era, al menos en años.

Encontró el despacho que buscaba, en la segunda puerta nada más salir del ascensor en la segunda planta. Antes de llegar, se paró y respiró hondo.

«Nada de miedos, McGrath».

Se irguió, echó los hombros hacia atrás y levantó la barbilla como le habían enseñado sus padres y las monjas de Santa Bernadette, se acercó a la puerta que rezaba SRA. DELORES SMART, DIRECTORA DE ENFERMERÍA y llamó.

La señora Smart, sentada al escritorio, levantó la vista del trabajo. Tenía la cara redonda, con mejillas sonrosadas, y llevaba el cabello gris con un anticuado peinado en bucles pegados a la cabeza.

Tras ella, un gran ventanal daba al aparcamiento.

—¿Señora Smart? Soy Frances McGrath. Vengo a una entrevista.

—Adelante —respondió la mujer, señalándole la silla vacía delante del escritorio—. ¿Su currículo?

Frankie se sentó, sacó la carpeta del maletín y se la dejó sobre la mesa.

La señora Smart leyó la información.

—Santa Bernadette... Buenas notas.

—Fui la primera de mi promoción en Enfermería en la San Diego College for Women.

—Ya veo. Y trabajó un par de semanas en San Bernabé. En el turno de noche.

—Sí, pero, como puede ver, acabo de volver de Vietnam, donde he pasado dos años como enfermera en el Ejército de Tierra. Allí ascendí hasta enfermera quirúrgica y...

—Apenas cuenta con formación para ofrecer asistencia en el quirófano —la cortó la señora Smart, que se subió las gafas y miró a Frankie—. ¿Sabe seguir instrucciones, señorita McGrath? ¿Hacer lo que se le indica?

—Créame, señora, cuando le digo que el Ejército así lo exige. Y la formación en Vietnam me ha convertido en una enfermera excepcional.

La señora Smart daba toquecitos con la pluma en el escritorio mientras leía y releía el currículo de Frankie. Al cabo de un tiempo dijo:

—Preséntese ante la señora Henderson en el control de enfermería de la primera planta el miércoles a las once de la noche para su primera guardia. Tilda, en el despacho de al lado, le proporcionará un uniforme.

—¿Me va a contratar?

—Voy a ponerla a prueba. Trabajará de once de la noche a siete de la mañana.

—¿En el turno de noche?

—Por supuesto. Es donde empiezan todas las novatas, señorita McGrath. Debería saberlo.

—Pero...

—Nada de peros. ¿Quiere trabajar en este hospital?

—Sí, señora.

—Bien. Pues hasta el miércoles.

Para su primer día, Frankie se puso un almidonado uniforme con delantal, gruesas medias y cómodos zapatos, todo de color blanco. La cofia se asentó sobre su media melena de corte preciso y perfectamente acicalada como una bandera de rendición. En Vietnam, en pleno meollo, se le habría caído dentro de la herida abierta en el abdomen de algún paciente, o habría terminado pingando de sangre.

Llegó pronto a trabajar y, una vez allí, le mostraron su taquilla y le dieron una llave. A las once en punto, se presentó ante la enfermera al cargo, la señora Henderson, una mujer mayor vestida de blanco con cara de bull terrier, bigotes incluidos.

—Frances McGrath, señora. A sus órdenes.

—No estamos en el Ejército, señorita McGrath. Puede decir hola y punto. Tengo entendido que apenas tiene experiencia hospitalaria.

Frankie frunció el ceño.

—Bueno, en hospitales civiles puede que no, pero he estado en Vietnam, en uno de campañ...

—Sígame. Le iré enseñando.

La enfermera al cargo caminaba rápido, con los hombros cuadrados, la barbilla metida hacia dentro y moviendo la cabeza a un lado y a otro.

—Está usted en periodo de prueba, señorita McGrath. Entiendo que la señora Smart ya se lo habrá explicado. Los pacientes son importantes para nosotros y hacemos todo lo posible por ofrecer cuidados del máximo nivel, lo que significa, por supuesto, que las enfermeras que no saben casi nada no hacen casi nada. Ya le diré cuándo podrá tratar a los pacientes. Por ahora, puede ayudarlos a ir al baño, rellenarles las jarras de agua, cambiarles las cuñas y responder al teléfono en el control de enfermería.

—Pero ya sé cómo...

La mujer levantó la mano para hacerla callar.

—Aquí está la sala de Urgencias. Verá de todo: desde infartos hasta canicas atoradas en la nariz de un niño.

—Sí, señora.

—Así me gusta, educada. Hoy en día, la mayoría de las chicas de su edad se comportan como perras salvajes. Mi nieta parece una pordiosera. Sígame. A buen paso. Esta es la sala de cirugía. Aquí solo trabajan enfermeras quirúrgicas altamente capacitadas —recalcó mientras continuaba enseñándole el hospital.

Frankie siguió a su nueva superiora por el pasillo, dejando atrás una serie de puertas cerradas. Le enseñó los lavabos, el laboratorio, el cuarto del material; acabaron de vuelta en el control de enfermería de la primera planta.

—Siéntese ahí —le dijo la señora Henderson a Frankie—. Responda al teléfono. Si hubiera problemas, llámeme al busca.

Frankie tomó asiento. «Puede ayudarlos a ir al baño, rellenarles las jarras de agua, cambiarles las cuñas».

Inspiró hondo y exhaló. Barb y Ethel ya se lo habían advertido. Sabía lo que le esperaba. No servía de nada enfadarse. Simplemente tenía que demostrarles de lo que era capaz. Todo lo bueno se hacía esperar.

27 de abril de 1969

Querida Ethel:

He conseguido trabajo de enfermera en un hospital de la ciudad. ¡Yuju! Espero que seas capaz de leer el sarcasmo que encierra la palabra.

Barb tenía razón. Me tratan como si fuera una cándida voluntaria. A veces me cabreo tanto que querría ponerme a gritar. Me han puesto en el turno de noche, respondiendo al teléfono, cambiando cuñas y rellenando jarras de agua.

Yo. En el turno de noche.

Lo único bueno es que el cabreo a veces me hace olvidar lo triste que estoy.

Pero aguantaré. Demostraré de lo que soy capaz. Me juego algo a que estás pensando en mi primer turno en Vietnam. Puedo con ello. Ah, por cierto, gracias por recordármelo. Sigo adorando la enfermería.

Que ya es algo.

Bueno, ¿y cómo van las cosas en la granja de caballos? ¿Sigues rompiendo la pana en las clases? ¿Qué tal con la yegua nueva, cómo se llamaba? ¿Abedul? Por no sé qué libro que habías leído en el instituto, ¿verdad?

¿Cómo está Noah?

Con cariño,

F.

Corro sin dejar de jadear.

El edificio de Administración salta por los aires a mi lado.

Un helicóptero vuela sobre mi cabeza. Al levantar la vista, veo a Rye en el asiento del piloto. Se oye un silbido.

Grito.

El helicóptero explota en mil pedazos en el cielo oscuro. La ceniza cae sobre mí.

Un casco cae con un golpe sordo en el suelo a mis pies. Está ardiendo. La palabra RAYO *se derrite con el metal.*

Frankie despertó sobresaltada y miró a su alrededor.

Al menos no estaba en el suelo. Ya era una pequeña victoria.

Apartó las mantas y se levantó de la cama, sin sorprenderse al notarse débil. Había dormido fatal por las pesadillas, pero aquello no tenía ningún sentido: las pesadillas y los cambios de humor llegaban de forma inesperada. A veces se sentía como si colgara del extremo de una gigantesca soga que no paraba de agitarse. Tenía que emplear todas sus fuerzas en no soltarse.

Se puso la bata de felpilla y se encaminó a la cocina, que estaba vacía. Eran las tres de la tarde. Se sirvió una taza de café y se la llevó al patio, donde encontró a su madre sentada a la mesa junto a la piscina, haciendo un crucigrama.

—Aquí estás —dijo la mujer, dejando a un lado el pasatiempo. Entrecerró los ojos y estudió a Frankie de la cabeza a los pies—. ¿Has vuelto a dormir mal?

Frankie se encogió de hombros.

—Estos turnos de vampiro que tienes tampoco ayudan.

—Puede que no —respondió Frankie al tiempo que se sentaba.

—¿Cuánto tiempo más vas a tener que trabajar a esas horas tenebrosas?

—A saber. Solo llevo dos semanas.

—No me gusta.

—A mí tampoco.

Frankie miró a su madre. Esta sabía el dolor que su hija luchaba por superar día a día, pero también le preocupaba su ira imprevisible, que aparecía cuando menos se la esperaba.

—Deberíamos ir a cenar un día de estos. Al club.

—Claro, mamá. Lo que tú digas.

Eran poco más de las diez de la noche cuando Frankie conducía camino del terminal del ferry en Coronado. A una hora tan tardía entre semana, y a mediados de mayo, había pocos vehículos; tampoco había turistas dando tumbos de bar en bar, ni parejas bien vestidas de camino al coche tras una cena fuera. La isla ya se había recogido hasta el día siguiente cuando Frankie salía para ir a trabajar. Su idea era llegar pronto a su turno, como siempre; lo había aprendido en Vietnam.

En San Diego, el hospital estaba fuertemente iluminado. Estacionó bajo una palmera y, una vez dentro, saludó con la mano a sus colegas de camino a las taquillas.

Esbozaba una sonrisa tensa, esperando que nadie detectara la virulenta frustración que sentía con cada turno.

Seguían tratándola como una puta novata, aún. Ni siquiera le habían dejado poner un gotero.

Aun así, mantenía la boca cerrada y hacía de tripas corazón, como le habían enseñado. En la taquilla, se puso el uniforme y se encaminó al control de enfermería, donde tomó asiento detrás del mostrador.

Como siempre, las salas estaban tranquilas; la mayoría de los pacientes dormían a puerta cerrada. Lo primero que Frankie tenía que hacer era echar un vistazo a cada habitación, a cada paciente. Y pedir ayuda en caso necesario.

Se llenó de café un vaso de poliestireno y se lo bebió de pie, junto a la mesa.

En ese momento se le acercó un hombre entrado en años, moviéndose como si le doliera algo, con los hombros encorvados.

Frankie dejó el café.

Vestía a la antigua usanza: pantalón marrón y camisa blanca perfectamente planchada.

—¿Enfermera?

—Sí, señor. Dígame.

—Me llamo José García. Mi mujer, Elena, tiene problemas para respirar.

Frankie asintió. Sabía que debía llamar a la señora Henderson y pedir ayuda, pero no lo hizo. A la mierda. Fuera lo que fuese lo que le pasaba a la señora García, Frankie podía tratarlo.

Siguió al señor García hasta la habitación 111.

Una mujer yacía en la única cama, el cuerpo cubierto de mantas, la cabeza algo levantada sobre las almohadas. Tenía la cara pálida y la boca abierta. Respiraba con lentitud, haciendo un ruido horrible de estertor.

—Ha empezado a respirar así —dijo José en voz baja.

—¿Cuánto tiempo lleva enferma?

—Seis meses. Cáncer de pulmón. Sus alumnos vienen a verla casi a diario, ¿verdad, Elena? —El hombre le tocó la mano a su esposa—. Es profesora de instituto. Magnífica —añadió antes de volverse hacia Frankie—. ¿Ha oído hablar de las marchas? ¿De los profesores y alumnos que protestan por las desigualdades en nuestras escuelas? Mi Elena formaba parte de ellas. ¿Verdad que sí? —Bajó la vista hacia la mujer—. Luchaba por que sus alumnas entrasen en las clases de preparación para la universidad en lugar de formarse únicamente para las labores domésticas. Les has cambiado la vida, *mi amor** —le dijo con la voz rota.

Frankie tomó la mano huesuda, nudosa y de piel reseca entre las suyas y pensó por un instante en todas las manos que había sostenido en Vietnam, en todos los hombres y mujeres a quienes había reconfortado y cuidado. El recuerdo la serenó y acalló los ruidos en su cabeza.

—No está sola, Elena —dijo—. ¿Le parece si le pongo un poco de crema en las manos? Estoy segura de que le resultará agradable...

---

* En español en el original. *(N. de la T.)*.

21

Un caluroso mediodía de junio, tres meses después de su regreso de Vietnam, Frankie se despertó tras su primera noche de sueño decente.

Tal vez fuera estando mejor.

Y lo estaba.

Claro que iba estando mejor.

Se puso una bata por encima de la camiseta de SKI VIETNAM y las bragas, y se encaminó hacia la cocina para prepararse un café.

Encontró a su madre sentada a la mesa, vestida para ir al club de campo, fumando un cigarrillo y leyendo el periódico con una taza de café al lado. Frankie leyó el titular: LA TENIENTE SHARON LANE, CAÍDA POR UNA EXPLOSIÓN DE COHETE EN VIETNAM.

La señora McGrath ahogó una exclamación y lo dejó de golpe bocabajo. Al alzar la vista, trató de sonreír.

—Buenos días, querida. Bueno, buenas tardes.

Frankie fue a cogerlo.

—No… —dijo la mujer.

Frankie se lo arrebató y lo abrió por el artículo. «La enfermera militar Sharon Lane es la primera y, hasta la fecha, única mujer abatida por fuego enemigo, aunque son varias las enfermeras que han muerto desde que comenzó el conflicto. La teniente primera Lane murió casi al instante cuando la alcanzó un fragmento de cohete durante un ataque en Chu Lai».

Frankie cerró el periódico. Fuego enemigo. Un fragmento de cohete.

«Casi» al instante.

—¿La conocías? —preguntó su madre con un hilo de voz.

—No.

«Y sí. En cierto modo todas éramos iguales. Me podría haber pasado a mí».

Frankie cerró los ojos y elevó una oración silenciosa.

—Podrías llamar al hospital y cogerte el día de baja.

Frankie abrió los ojos. De pronto se sentía agitada, nerviosa. Airada.

—Si me cogiera un día libre cada vez que estoy triste, no pisaría el hospital.

—Ayer me crucé con Laura Gillihan en el mercado de los hermanos Free. Mencionó que a Rebecca le encantaría verte.

Frankie se sirvió una taza de café y añadió una nube de nata. Tenía la respiración algo acelerada, sentía cierto mareo.

Becky Gillihan. Hacía mucho que no oía ese nombre. Hubo un tiempo en que fueron amigas. En el colegio de Santa Bernadette eran inseparables.

—Se ha casado, pero sigue viviendo en la isla. Podría llamarla y decirle que te pasarás por allí antes de ir a trabajar. ¿Tienes otra cosa que hacer antes de que empiece el turno?

En realidad, Frankie no estaba escuchándola. Sentía la mirada preocupada de su madre, el modo en que la observaba. Frankie debería decirle algo, que estaba bien, que no se preocupara, pero la teniente Sharon Lane no se le iba de la cabeza.

«Casi al instante».

Enfiló el pasillo, se quitó la ropa en el dormitorio y se dio una larga ducha caliente, llorando por la enfermera desconocida hasta que no le quedaron más lágrimas.

Después, volvió a ponerse las prendas que encontró tiradas en el suelo del cuarto —vaqueros de campana y una blusa campesina bordada— y se dio cuenta de que temblaba por falta de sustento. En lugar de comer algo, se encendió un cigarrillo.

En la mesa de la cocina encontró una nota de su madre.

> Frances Grace:
>
> He hablado con Laura. Rebecca está encantada con la idea de verte. Me ha pedido que te avise de que va a darle una fiesta a Dana Johnston hoy a las cuatro. ¡Estás invitada!
>
> Es en el 570 de Second Avenue.
>
> Nosotros nos vamos a una subasta benéfica en Carlsbad.
>
> Volveremos tarde.

Frankie echó un vistazo al reloj del horno. La fiesta había empezado hacía quince minutos.

No quería ir a casa de Becky. De hecho, la idea de pasarse por allí estaba empezando a ponerla mala. ¿Soportaría ver a sus antiguas amigas?

No.

Pero ¿cuál era la alternativa? ¿Quedarse sentada en ese caserón, que era como un mausoleo, y esperar a solas a que oscureciera para irse a trabajar? ¿Seguir ahí cuando volvieran sus padres? Su madre no dejaba de vigilarla con nerviosismo, como si temiera que Frankie llevase encima una bomba de relojería y una palabra equivocada fuera a hacerla explotar. Y su padre parecía decidido a no mirarla siquiera.

Les había prometido a Barb y a Ethel no solo que aguantaría, sino que haría un esfuerzo.

Aquel era un punto de partida tan válido como cualquier otro.

Se comió una rebanada de Wonder Bread untada de mantequilla y espolvoreada de azúcar antes de volver a su dormitorio a por los zapatos y el bolso. Se figuró que debería poner algo de esmero en peinarse y maquillarse. Y tal vez ponerse un vestido. Al fin y al cabo, algunas de sus amigas del instituto estarían allí, y la mayoría se habían criado nadando y aprendiendo a jugar al golf en el club de campo.

Pero Frankie no se vio capaz. La muerte de la enfermera militar había reducido sus defensas hasta casi hacerlas desaparecer. Apenas se tenía en pie. Puso en marcha el Escarabajo y, tras salir del garaje, atravesó la isla, subió por Orange Avenue y giró a mano izquierda en Second Street, a una sola calle del parque.

La casa era un bungalow de los años cuarenta, pequeña y conservada a la perfección, con su pintura gris y su puerta rojo intenso. Flores de un fuerte tono rosado crecían en jardineras cuidadas con esmero a ambos lados del sendero de piedra que llevaba de la acera a la puerta principal.

Frankie se bajó del coche y caminó con lentitud hasta la cancela, la abrió, clic, y la cerró tras de sí, clic.

Se detuvo delante de la puerta principal, llamó y, de inmediato, oyó pasos al otro lado.

Fue Becky quien respondió. Por un instante, Frankie no reconoció a la atractiva joven con la leonina melena rubia que cargaba a la cadera un niño de ojos azules vestido de marinerito.

—¡Ya está aquí Frankie, chicas! —exclamó tan alto que el niño rompió a llorar.

Becky la condujo por una casa repleta de juguetes infantiles hasta un patio en el que una docena de mujeres vestidas con elegancia bebían champán sentadas en sillas plegables. Un servicio de café de plata descansaba sobre una estrecha mesa de madera; al lado, un surtido de canapés variados: salchichitas en hojaldre, bastones de apio con queso crema y pasas, bolitas de queso rebozadas en nuez y rodeadas de galletitas Ritz.

A Frankie le chirrió que aquel mundo formal de flores, champán y mujeres de vestidos veraniegos se mantuviese inamovible mientras otros hombres y mujeres morían en Vietnam.

Frankie reconoció a varias de sus amigas del instituto, chicas con las que había jugado al voleibol o había acudido a citas dobles, algunas de las animadoras, dos o tres mujeres mayores —sus madres— y otras más jóvenes a quienes no conocía. Amigas de la universidad de Dana, o tal vez parientes.

El patio estaba decorado con globos; en una mesa imponente había varios regalos bellamente envueltos. Frankie supuso que se trataba de una fiesta de cumpleaños. ¿Se lo había comentado su madre?

—Debería... haber traído un regalo —dijo Frankie, sintiéndose fuera de lugar. No pegaba nada en aquella fiesta llena de guapas amas de casa con sus vestidos recién planchados y sus cigarrillos Virginia Slim.

—No te preocupes lo más mínimo —respondió Becky al tiempo que la tomaba del brazo y la llevaba hasta una silla cerca de un fragante naranjo cargado de fruta.

Dana empezó a abrir los regalos.

Frankie trató de sonreír con admiración en los momentos apropiados. Vio el modo en que el resto de las mujeres exclamaban sus «oooh» y sus «aaah» al descubrir los distintos artículos para el hogar. Candelabros de plata. Copas de cristal tallado Waterford. Sábanas de Italia.

Dana, a quien Frankie apenas recordaba de la primaria, sonreía encantada con cada regalo y le dedicaba unas palabras a su responsable. Su madre, sentada al lado, tomaba nota de cada obsequio para ahorrarle trabajo al redactar luego la nota de agradecimiento. Una criada con uniforme blanco y negro iba de mesa en mesa, sirviendo bebidas frescas y ofreciendo canapés.

Frankie acabó por darse cuenta de que estaba en una despedida de soltera. «Ay, Dios».

Cogió una copa de champán de una bandeja cercana, se la bebió a toda prisa, la dejó y cogió otra. Acto seguido se encendió un cigarrillo para intentar calmarse. Y luego recordó que tenía que estar en el hospital a las once. No debería beber antes de ir a trabajar.

No era más que una fiesta. Nada peligroso o que temer, pero sintió cómo la ansiedad se iba apoderando de ella. Mientras el pánico crecía en su interior, pensó: «Pronto podrás irte», pero ¿de qué tenía tanto miedo?

—¿Te encuentras bien?

Sintió acercarse a Becky, olió su perfume floral. Jean Naté. Su favorito en el instituto. La hizo pensar en Vietnam, en cómo su perfume les había hecho recordar a los hombres a las novias que los esperaban de vuelta en casa.

Frankie soltó aire poco a poco y abrió los ojos.

Becky estaba pegada a ella, igual que solía hacer una eternidad atrás. Su sonrisa era ancha y despreocupada. Parecía increíblemente joven, aunque tenía la misma edad que Frankie.

Esta trató de sonreír, pero sentía tanta ansiedad que no fue capaz de discernir si lo había conseguido.

—Sí, bien —respondió. ¿Cuánto hacía que se lo había preguntado Becky?—. Bien —repitió, tratando de sonreír—. Bueno, y ¿cuándo es la boda?

—Dentro de dos meses —respondió Becky—. Dana se casa con Jeffrey Heller. ¿Te acuerdas de él? Tenía una beca para jugar al fútbol americano. Fuimos todos juntos a la Universidad del Sur de California.

—¿Ha estado en Vietnam?

Becky se rio. Un sonido optimista, cantarín.

—Claro que no. La mayoría de los chicos que conocemos se han librado. Algunos se han casado.

—Qué suerte. —Frankie se puso en pie tan rápido que debió de parecer que no tenía control sobre su cuerpo… y era cierto. Era como un animal que hubiera sentido el peligro y hubiera entrado en modo de lucha. Como no se marchase en ese momento, gritaría—. Tengo que irme.

—Pero, boba, ¡si acabas de llegar!

—Debo… ir a trabajar. —Frankie se deslizó hacia la izquierda para tener vía libre.

Alguien puso un disco en el aparato estéreo y subió el volumen.

We gotta get out of this place…

—¡Quita esa mierda! —saltó Frankie. No se dio cuenta de que había gritado hasta que el disco chirrió y la fiesta quedó en silencio. Todo el mundo la miraba.

No fue capaz de sonreír.

—Lo siento. Es que detesto esa canción.

Becky parecía asustada.

—Eh… ¿Qué tal Florencia? Chad y yo estamos pensando ir por nuestro aniversario.

—No he estado en Florencia, Bex —respondió Frankie con voz lenta, tratando de calmarse, de controlarse, de estar bien. De estar normal.

Pero no estaba bien. Se encontraba en medio de un puñado de debutantes y chicas de hermandad que organizaban bodas con flores frescas y viajes de luna de miel mientras hombres de su edad morían en suelo extranjero. Claro que no se trataba de «sus» hombres; los chicos guapos, ricos y universitarios no se veían afectados.

—He estado en Vietnam.

Silencio.

Entonces se oyó una risita. En cuanto rompió el silencio, el resto de las mujeres se unieron.

Becky parecía aliviada.

—Ay, qué bueno, Frankie. Siempre has sido de lo más chistosa.

Frankie se acercó a su mejor amiga de noveno grado tanto que las punteras de sus zapatos se tocaron. Entretanto, pensaba: «Cálmate, retrocede», aunque al mismo tiempo no dejaba de repetirse en bucle: «Abatida por fuego enemigo» y «Casi al instante».

—Créeme, Bex. No es broma. He sostenido en las manos piernas arrancadas de cuajo y he tratado de sujetar pechos abiertos en canal el tiempo suficiente para que los soldados entraran en el quirófano. Lo que está pasando en Vietnam no es un chiste. Lo que es un chiste es esto. Lo de aquí. —Miró a su alrededor—. Vosotras.

Pasó junto a su amiga y atravesó el grupo de mujeres, que la miraban calladas y boquiabiertas hasta que alguien dijo:

—Pero ¿qué le pasa?

Antes de llegar al coche, ya estaba gritando.

Frankie se sentó frente a una mesa de pícnic en Ski Beach Park, mirando al océano. Como solía suceder los atardeceres de verano, el lugar estaba a rebosar de gente paseando al perro o corriendo en pantalones cortos de colores vivos. Los niños jugaban sobre el césped y en la arena; sus gritos de alegría a veces sonaban fortísimos.

Frankie no les prestaba atención o, más exactamente, no era consciente del bullicio a su alrededor. Fumaba un cigarrillo tras otro, sin levantarse más que para tirar las colillas a la papelera.

Algo no iba bien. Con ella. Y no estaba segura de cómo arreglarlo. Su comportamiento en la fiesta había sido del todo inaceptable. Ahí no había vuelta de hoja. Vale que las palabras de Becky y las otras sobre Vietnam habían sido ofensivas, pero no más que las de la mayoría del país. Eso no daba derecho a Frankie a ponerse como una fiera. Lo único que tenía que haber hecho era decir que debía irse y marcharse de la fiesta con toda educación.

En cambio…

La ira y la ansiedad habían salido a la superficie, sin venir a cuento, hasta asfixiarla.

Incluso entonces, horas después, seguían allí, acechándola, listas para apoderarse de ella en cualquier momento. Hacían que se sintiera débil, agitada. Frágil.

Jamás se había considerado frágil, pero así era. Se sentía sola y atemorizada.

Era capaz de enfrentarse sin problemas a un IMV, pero una antigua amiga en una despedida de soltera era capaz de ponerla emocionalmente contra las cuerdas con solo pronunciar una palabra.

Vietnam.

Esa tenía que ser la raíz de su salida de tono. ¿Qué si no? Había asistido a una despedida de soltera pocos meses después de la muerte de Rye. ¿Cómo no iba a estar transida de dolor en un momento así?

Pero ¿y el ataque repentino de ira? ¿También formaba parte del duelo?

Tenía que hacerlo todo mejor, ser mejor. No debía ponerse en situaciones que la crisparan. Se acabó lo de contarle a la gente que había estado en Vietnam. De todas formas, nadie quería oírlo. El mensaje estaba claro: «No hables de ello».

Debía hacer lo que todo el mundo le aconsejaba y olvidar. Sabía que el silencio forzado le aumentaba la ansiedad y hacía que creciera la ira, pero no se podía negar que hasta su propia familia se avergonzaba de su estancia en el Ejército y esperaba que ella también se avergonzara.

A las once menos cuarto, bien entrada la noche, seguía sentada en el banco de madera de la mesa de pícnic, dándole vueltas a todo, regodeándose en sus fracasos. Cuando se levantó, se dio cuenta de que no había comido en todo el día y el paquete de cigarrillos que había fumado la tenía medio mareada.

Una vez en pie, fue hasta el coche, acompañada por el rumor del océano. A esas horas, el parque estaba casi vacío; solo quedaban algunas parejas de amantes.

Recorrió la corta distancia que la separaba del hospital y estacionó. Caminando con cuidado, pues aún se sentía temblorosa e inestable, recorrió los pasillos fuertemente iluminados hasta la taquilla y se puso el uniforme. Después de lavarse los dientes en el lavabo, se irguió y se vio en el espejo: un rostro joven de ojos viejos y cansados, cabello negro y cofia blanquísima.

Se dirigió al control de enfermería, se preparó una taza de café, comió algo de la máquina expendedora y empezó la ronda.

Reinaba el silencio en los pasillos y las habitaciones. La mayoría de los pacientes dormía y no había ninguna cirugía prevista aquella noche.

Cuatro horas más tarde, tamborileaba con el bolígrafo sentada a la mesa del control de enfermería. Hasta ese momento había vaciado cuatro cuñas, acompañado a tres pacientes a ir al baño y sustituido dos almohadas. Había llenado las jarras de agua, bajado una cama y ayudado a una anciana a dormirse leyéndole en voz alta.

Como de costumbre, se había dedicado básicamente a rascarse la barriga.

De pronto, las puertas del ascensor se abrieron de golpe. Un auxiliar de ambulancia traía a un paciente en camilla.

—Las Urgencias están desbordadas —dijo—. Ha habido un accidente de autobús.

Frankie se puso en pie de un salto y buscó de forma instintiva la pinza Kelly en el bolsillo del uniforme de campaña. Nada.

—Herida de bala —dijo el hombre.

Frankie sintió un subidón de adrenalina.

—Por aquí —le señaló al tiempo que corría junto al paciente, un hombre joven. Tenía un disparo en la parte superior del pecho, efectuado a poca distancia. La sangre manaba de la herida abierta y manchaba el suelo. El hombre, que apenas podía respirar, agarró a Frankie entre jadeos.

Al llegar al quirófano 1, Frankie pulsó el botón del intercomunicador.

—Parada cardiaca. Quirófano 1. Parada cardiaca. Quirófano 1. —Acto seguido, se dirigió al auxiliar—. Súbelo a la mesa.

—No está el médico…

—¡Que lo subas a la mesa! —le gritó mientras se lavaba las manos y buscaba unos guantes—. ¡Ya!

El auxiliar subió al muchacho a la mesa de operaciones. Frankie se puso la mascarilla y el pijama y se volvió hacia el paciente.

—Todo va a ir bien —le dijo al chico.

Este gorgoteó, jadeó y se llevó la mano crispada a la garganta. Algo le impedía respirar.

Frankie volvió a pulsar el botón del intercomunicador con el codo y pidió ayuda.

—Parada cardiaca. Urgente. Quirófano 1.

Luego se volvió de nuevo al paciente.

—Aguanta —dijo—. El médico llega enseguida.

El joven jadeó; estaba empezando a ponerse azul.

Frankie giró la cabeza hacia la puerta. ¿Es que no la habían oído? ¿No acudían a las llamadas?

Esperó cinco segundos más, echó mano al carrito de instrumental, cogió un poco de antiséptico, un bisturí y una cánula traqueal.

El joven se estaba muriendo.

Le limpió el cuello con antiséptico y levantó el bisturí. Tardó menos de veinte segundos en practicarle la traqueotomía y conseguir que volviera a respirar.

—Ya está —dijo cuando inspiró y exhaló a través del tubo.

Entonces le cortó la camisa y la camiseta interior, dejando expuesta la herida. No paraba de sangrar. Agarró unas vendas, aplicó presión y trató de cortar la hemorragia.

Un hombre de pelo corto con pijama quirúrgico entró en el quirófano.

—¿Qué demonios significa esto?

Frankie le lanzó una mirada llena de irritación.

—Por fin llega. ¿Por qué ha tardado tanto?

El médico la contempló estupefacto. La señora Henderson apareció a su lado. Miró a Frankie, que con la cara seguramente salpicada de sangre del paciente, el uniforme blanco manchado de rojo y la cofia tirada en el suelo, aplicaba presión en la herida del joven.

—¿Quién ha hecho la traqueo? —preguntó el médico, mirando a su alrededor.

—No podía respirar —respondió Frankie.
—Así que se la ha hecho usted... ¿Usted?
—He llamado, pero no venía nadie.
—Tenemos más emergencias.
—Dígaselo a este chaval.

El médico se dio media vuelta.

—Señora Henderson, traiga un equipo. Ya —ordenó con aspereza al tiempo que iba a lavarse las manos.

Frankie estaba henchida de orgullo. Por fin había demostrado de lo que era capaz. Probablemente le había salvado la vida a ese chico.

La señora Henderson seguía parada, con los brazos cruzados y el cabello tieso alrededor de la almidonada cofia blanca, con la frente arrugada y la boca formando una línea hosca.

—Podría haber matado a ese hombre.
—Lo he salvado, señora.
—¿Quién se ha creído que es?
—Soy enfermera de combate. Y buena.
—Puede que lo sea —replicó la señora Henderson—, pero también es usted un peligro. Acaba de exponer al hospital a una demanda. Está despedida.

22

Los faros iluminaban la elaborada reja de hierro forjado, haciendo que brillara la M dorada en el centro de las verjas. Cuando Frankie era niña, la mansión no tenía ni rejas ni muro, se levantaba orgullosa y abierta al mundo en mitad de la gran finca con vistas al mar. En aquellos tiempos, Ocean Boulevard era una calle tranquila por la que apenas pasaba el coche de algún vecino. El mundo parecía entonces seguro.

El asesinato del presidente Kennedy lo había cambiado todo. Frankie a veces consideraba su niñez en términos de antes y después. Tras la muerte del presidente, nadie en Estados Unidos se sentía seguro ante la amenaza roja y los McGrath habían levantado un muro alrededor de su propiedad. Poco después, las verjas se habían cerrado y habían creado un oasis diseñado para aislar a sus habitantes de la fealdad de la vida.

Como si los ladrillos y el cemento pudieran proteger a nadie.

Frankie atravesó las verjas abiertas y subió por el camino de entrada hasta el garaje de cuatro plazas, donde aparcó junto al Cadillac de su madre. El Mercedes plateado de su padre, con sus puertas de ala de gaviota, se encontraba en el extremo izquierdo.

En el último momento, cuando ya casi estaba delante de la puerta principal, se acordó de que se había olvidado el bolso.

Regresó con paso vacilante a recuperarlo; luego sacó las llaves y abrió la puerta.

Eran las cuatro de la madrugada. Silencio. Oscuridad. Solo una lámpara en el salón arrojaba algo de luz; el resto de las estancias permanecían en penumbra. Frankie podría haber recorrido la casa con los ojos vendados, por lo que no se molestó en encender ninguna luz. Fue hasta el salón, cogió una botella y un vaso del mueble bar y se los llevó al patio.

Despedida.

Por salvarle la vida a un hombre.

¿Qué le estaba pasando al mundo?

Necesitaba comer algo. ¿Por qué se le había ocurrido de repente? Ni idea.

Se sirvió un vaso de... vodka, por lo visto..., y se lo bebió de un trago antes de servirse otro.

Tenía que hacer algo para aliviar el dolor, o al menos para entumecerlo hasta cierto punto. Necesitaba volver a ser ella misma. Tenía la mente acelerada: ira, miedo, duelo, pesar. De vez en cuando lloraba. Luego gritaba. Nada de aquello la aliviaba en absoluto.

Que Dios la ayudara, pero echaba de menos Vietnam, echaba de menos la persona que era allí. Cerró los ojos y trató de respirar despacio.

Oyó pasos. ¿Cuánto tiempo llevaba ahí, bebiendo, fumando y llorando? ¿Y cómo era posible que aún le quedaran lágrimas que derramar? De pronto se percató de que era de día. Había pasado horas en el salón.

Las luces se encendieron.

Su padre salió al porche; llevaba puesto el pijama y la bata con su monograma. Al verla se quedó parado.

—¿Qué diantres...?

Su madre apareció a sus espaldas, todavía con el pijama de seda.

—¿Frances? ¿Qué ha pasado? ¿Estás bien?

Frankie se dio cuenta de que aún llevaba el uniforme blanco salpicado de sangre. En algún momento se le había caído la cofia. Tenía sangre por todo el delantero, en los pantis, en los zapatos.

—Esta noche le he salvado la vida a un hombre en el hospital. Le he hecho una traqueotomía.

—¿Tú? —preguntó su padre, enarcando una ceja con incredulidad.

—Sí, papá. Yo.

—Nos hemos enterado de la escena que montaste en la fiesta de Becky.

Por un segundo, Frankie no supo a qué se refería; le parecía que hubiera pasado una eternidad desde la tarde anterior. Su padre había cambiado de tema tan de repente que la confusión ahogó la ira que empezaba a sentir. No quería decepcionarlos. Otra vez.

—No era mi intención montar una escena. Es que...

—Bueno, pues lo hiciste. No dudo que la historia andará circulando ya por todo el club. La hija de Connor McGrath fue a Vietnam y se volvió loca.

—¿Consumes drogas? —le preguntó su madre, retorciéndose las manos.

—¿Qué? ¿Drogas? No —respondió Frankie—. Es solo que la forma en que la gente me mira cuando digo que he estado en Vietnam...

—Has destapado mi mentirijilla sobre Florencia —dijo el señor McGrath.

—¿Mentirijilla? —Frankie no se lo podía creer—. ¿Mentirijilla? Sabía cuál era el quid de la cuestión, a qué se debía todo. A su reputación. Aquel hombre, con su ridícula pared de los héroes, no tenía ni idea de heroísmo y vivía con miedo a que la verdad lo dejara en ridículo.

—Si no quieres que te consideren un mentiroso, tal vez no deberías mentir, papá. Tal vez lo que deberías estar es orgulloso de mí.

—¿Orgulloso? ¿Cuando una y otra vez avergüenzas a la familia?

—He estado en la guerra, papá. Me han disparado mientras volaba en helicóptero y he sobrevivido a ataques de mortero. Los oídos me pitaban durante días cuando una bomba caía demasiado cerca. Pero de eso no quieres saber nada, ¿verdad?

El hombre, pálido, apretó la mandíbula.

—Basta —le dijo.

—¡Sí, basta! —gritó Frankie, apartándolo de un empujón y encaminándose a su dormitorio antes de soltarle a su padre algo aún peor.

La puerta del despacho estaba abierta. Al ver todas aquellas fotografías y recuerdos en la pared, sin pensárselo dos veces, entró en aquel espacio sagrado y empezó a arrancar los marcos y a tirarlos al suelo. Oyó cómo se partían los cristales.

—¡¿Qué demonios crees que estás haciendo?! —vociferó su padre desde el umbral.

—Mira, tu pared de los «héroes» —respondió Frankie—. Menuda sarta de mentiras, ¿eh, papá? No reconocerías un héroe ni aunque te mordiera el culo. Créeme, yo sí los he conocido.

—Tu hermano estaría tan avergonzado de tu comportamiento como lo estamos nosotros.

En ese momento apareció su madre y le dirigió una mirada suplicante a su esposo.

—Connor, no…

—¿Cómo te atreves a mencionar a Finley? —replicó Frankie, presa otra vez de la ira—. Lo mataron por tu culpa. Fue a la guerra por ti, para que estuvieras orgulloso de él. Ya podría decirle yo que no se molestara, ¿eh? Ah, espera, no, que está muerto.

—Largo —dijo su padre con un hilo de voz—. Sal de esta casa y no vuelvas.

—Será un placer —siseó Frankie. Agarró la fotografía de su hermano y salió disparada del despacho.

—Deja esa foto ahí —le advirtió el señor McGrath.

Frankie se dio media vuelta.

—Ni en sueños. No se va a quedar en esta casa tóxica. Lo mataron por tu culpa, papá. ¿Cómo vas a vivir con ello?

Corrió hasta su dormitorio, metió cuatro cosas en el bolso de viaje, agarró el de mano y salió de la mansión.

Una vez fuera, sintió una punzada de arrepentimiento y las lágrimas le nublaron la vista. Por todos los santos, estaba hasta las narices de llorar. Y de esos cambios de humor radicales. No debería haberle dicho algo tan terrible a su padre.

Arrojó sus pertenencias en el asiento trasero junto al retrato de su hermano y, tras subirse al Escarabajo, cerró la puerta de golpe.

Sabía que conducía demasiado rápido por Ocean Boulevard, pero no podía evitarlo. Era incapaz de controlarse. Se sentía como la última superviviente en una película de terror, corriendo para salvar la vida, solo que el peligro no estaba a sus espaldas, tratando de alcanzarla, sino en su interior, pugnando por salir. No dejaba de pensar: «Si dejo que salga, va a pasar algo malo». Como no los mantuviera a buen recaudo, toda aquella rabia y todo aquel dolor podían destruirla.

Alargó la mano para alcanzar el bolso y rebuscó sus cigarrillos a tientas entre el revoltijo del interior.

La música atronaba desde los pequeños altavoces negros. *Light My Fire*. Por un instante la embargaron los sentimientos: se echó de menos a sí misma, a Vietnam, a sus amores perdidos. Las lágrimas le empañaban los ojos, pero no era capaz de mover la mano para limpiárselas. Pisó el acelerador cuando lo que quería era levantar el pie.

Un destello.

Colores.

Una farola, un perro como una exhalación.

Dio un volantazo y pisó el freno con tanta fuerza que salió despedida hacia delante y se golpeó la cabeza con el volante.

¿Dónde estaba?

Se bajó lentamente del coche y contempló los daños en el capó del Volkswagen.

Se había subido a la acera y se había chocado con una farola. Podría haber matado a alguien.

—Dios mío... —dijo, aliviada, pero también como invocación. Temblaba de la cabeza a los pies. Sentía náuseas.

No podía seguir así. Necesitaba ayuda.

Y no podía volver a casa. Todavía no, y tal vez nunca, después de lo que le había dicho a su padre.

Metió la marcha atrás y reculó. El coche emitió un ruido metálico al bajar a la calzada.

Había un perro sentado en el césped, observándola.

Frankie nunca se había odiado tanto a sí misma como en ese momento. Estaba hambrienta, desolada y borracha, y aun así se había puesto al volante.

Estacionó el coche siniestrado a un lado de la calle y dejó las llaves dentro. En un barrio como ese, enseguida avisarían a la policía. Esta llamaría al propietario legal, Connor McGrath, que lo vería allí, inservible.

Al menos esperaba asustarlo. (¿En quién se había convertido para desearle dolor a un ser querido?).

Se echó el bolso de viaje y el de mano al hombro y se alejó dando tumbos calle abajo.

Hasta que no abordó el ferry y vio que la gente la miraba, no se dio cuenta de que seguía con el uniforme ensangrentado puesto. Entró en el cuarto de baño y se lo cambió por unos vaqueros y una camiseta. Había olvidado guardar algo de calzado, por lo que se dejó los zapatos blancos salpicados de sangre.

Una vez en tierra firme, caminó hasta la estación de autobuses. Cada paso se llevaba un pedazo de su ser, la hacía sentir más pequeña, más insignificante, más perdida.

Más sola.

¿Quién podría ayudarla?

Solo se le ocurría un lugar.

Se subió a un autobús y se bajó al cabo de algunos kilómetros. Entonces se encaminó hacia la clínica ambulatoria de la Administración para los Veteranos.

Cuando llegó, las oficinas estaban cerradas. Se sentó en un banco a la puerta y, fumando un cigarrillo tras otro, esperó con impaciencia mientras revivía sin parar todo lo malo que había dicho, visto y hecho.

A las ocho y media se encendieron las luces del edificio y empezaron a llegar coches al aparcamiento.

Frankie entró. Un amplio vestíbulo conducía a un pasillo de paredes beis. Varios hombres esperaban con desgana en las sillas pegadas a la pared. Algunos eran jóvenes de pelo largo, con ropa desaliñada —guerreras con las mangas cortadas, cazadoras vaqueras, camisetas desgarradas—; otros eran mayores, probablemente veteranos de Corea o de la Segunda Guerra Mundial. Algunos caminaban arriba y abajo.

Frankie se detuvo ante el mostrador de recepción.

—Yo... necesito ayuda —dijo—. Algo no va bien.

La mujer al otro lado levantó la vista.

—¿Qué tipo de ayuda?

Frankie se tocó justo donde se le estaba formando un chichón. El dolor de cabeza le impedía pensar con claridad.

—Estoy... —¿Loca, desquiciada, qué?—. Mi cabeza... Me pongo triste y enojada y... mi novio acaba de morir en combate.

La mujer se quedó mirándola un momento con expresión confusa.

—Bueno, a ver. Esto es la Administración para los Veteranos.

—Ah, sí. Es que soy veterana del Cuerpo de Enfermeras del Ejército. Acabo de volver de Vietnam.

—El doctor Durfee está en su despacho —respondió la mujer, lanzándole una mirada escéptica—. No tiene ninguna cita hasta las nueve. Supongo que podría...

—Gracias.

La mujer suspiró.

—La segunda puerta a la izquierda.

Frankie enfiló el ancho pasillo, donde más hombres esperaban en sillas de plástico bajo un retrato enmarcado de Richard Nixon. También vio carteles y folletos que ofrecían distintos tipos de ayuda a los veteranos: servicios de empleo, ayudas estatales, educación y formación...

Al llegar ante la puerta del doctor Durfee, se detuvo, respiró hondo y llamó.

—Adelante.

Frankie abrió la puerta y entró en un despacho tan angosto que casi parecía un armario. Detrás de un escritorio atestado había sentado un hombre mayor, lo bastante mayor como para ser su abuelo. Pilas de papeles cubrían cada superficie del cuarto. En la pared a su espalda había clavado un póster con un gatito suspendido en el aire, sujeto únicamente por una pata: AGUANTA.

El médico la observó por encima de las gafas de montura negra y cristales gruesos como una botella de Coca-Cola. Se había peinado hacia un lado el poco pelo que le quedaba, y probablemente lo había fijado con laca. Llevaba una camisa de madrás, abotonada hasta el cuello carnoso.

—Hola, jovencita. ¿Te has perdido?

Frankie sonrió con cansancio. Qué alivio estar en un lugar así. Poder decir: «Necesito ayuda» y recibirla.

—Me había perdido, sí, pero he llegado al lugar adecuado. Quizá debería haber venido hace ya tiempo.

El hombre entrecerró los ojos y su mirada descendió por la blusa y los vaqueros arrugados hasta los zapatos salpicados de rojo.

—La mujer de recepción ha dicho que tenía usted tiempo hasta las nueve. Podría pedir cita, pero, si no le importa, necesito ayuda de inmediato.

—¿Ayuda?

Frankie se dejó caer en la silla delante del escritorio.

—He pasado dos años en Vietnam. Y se suponía que mi novio llegaba en abril, pero ha muerto en combate, así que lo que me llegó fue un telegrama de los de «lamento comunicarle...». Y luego cómo nos trata la gente. No se puede ni decir «Vietnam». Fuimos a servir a nuestro país y ahora nos llaman asesinos de niños. Mi padre no puede ni mirarme a la cara. Me han despedido del trabajo por ser demasiado buena, a pesar de que es probable que le haya salvado la vida a un hombre. Y, bueno, desde que volví parece que no soy capaz de controlar mis emociones. Estoy siempre como un basilisco o llorando a lágrima viva. Mi padre está tan avergonzado que ha ido por ahí diciendo que estaba estudiando en Florencia.

A Frankie le salió todo tan de sopetón que luego se sintió agotada.

—¿Estás menstruando ahora mismo?

Frankie tardó un instante en procesar la pregunta.

—¿Le estoy contando que tengo problemas desde que volví de Vietnam y me viene con esas?

—¿Que estuviste en Vietnam? Pero si en Vietnam no hay mujeres, querida. ¿Has sentido deseos de hacerte daño a ti misma? ¿O a los demás?

Frankie se puso en pie lentamente. Hacerlo le estaba costando lo indecible.

—¿No va a ayudarme?

—Mi labor es ayudar a los veteranos.

—Es que yo lo soy.

—¿Has estado en combate?

—No, pero...

—¿Ves? No es nada. Tú confía en mí: vete a casa, sal con tus amigas. Enamórate de nuevo. Eres joven. Lo que tienes que hacer es olvidarte de Vietnam.

Que olvidara. Lo mismo que le recomendaba todo el mundo. ¿Por qué no podía hacerlo? El médico tenía razón. No había estado al pie del cañón, no la habían herido ni torturado.

¿Por qué no conseguía olvidar?

Se dio la vuelta, salió del despacho y pasó junto a los hombres sentados a lo largo del pasillo, bajo la mirada escrutadora del presidente Nixon. Al llegar al vestíbulo vio un teléfono de monedas, pensó en Barb y se detuvo.

Necesitaba que su mejor amiga la sacara de aquel pozo de desconsuelo.

Fue hasta el teléfono e hizo una llamada a cobro revertido.

Barb respondió al segundo tono.

—¿Dígame?

—Aquí la operadora. ¿Acepta una llamada a cobro revertido de Frankie McGrath?

—Sí —respondió de inmediato su amiga.

La operadora se desconectó de la línea.

—¿Frankie? ¿Qué ha pasado?

—Lo siento. Sé que es una llamada cara...

—Frances, ¿qué ha pasado?

—No..., no lo sé. Pero estoy fatal, Barb. Y siento que voy de mal en peor. —Trató de obligarse a reír, a quitarle importancia, pero no pudo—. Mis padres me han echado de casa. Me he chocado con el coche. Me han despedido. Y eso solo en las últimas veinticuatro horas.

—Ay, Frankie.

La compasión que oyó en la voz de su amiga fue la gota que colmó el vaso. Rompió a llorar —qué patética— y no fue capaz de parar.

—Necesito ayuda.

—¿Dónde estás?

—En la Administración para los Veteranos, que no me ha servido de nada.

—¿Hay algún lugar al que puedas ir?

Era incapaz de pensar. Seguía llorando.

—¡Frankie!

Se enjugó los ojos.

—El motel Crystal Pier Cottages no queda lejos. Finley y yo solíamos ir en bici por el muelle...

—Ve allí y alquila una habitación. Come algo. Y no te muevas, ¿vale? Voy de camino. ¿Me oyes?

—El vuelo es demasiado caro, Barb...

—Que no te muevas, Frankie. Alquila una habitación en Crystal Pier y quédate allí. Lo digo en serio.

Alguien daba golpes a la puerta.

Frankie se incorporó y, de inmediato, sintió náuseas. En la moqueta, junto a la cama, había tirada una botella de ginebra vacía.

—Abre la puta puerta, Frankie.

Barb.

Al recorrer con mirada adormilada la habitación que había alquilado, Frankie vio la botella acabada, un cenicero repleto de colillas y una bolsa de patatas fritas vacía. No era de extrañar que se encontrara para el arrastre.

Se bajó de la cama y fue hasta la puerta, quitó el pestillo y la abrió. Barb y Ethel estaban ante el umbral, hombro con hombro, con expresión preocupada.

—No sé qué me pasa —dijo Frankie con voz ronca. Había vuelto a gritar en sueños.

Barb fue la primera en envolverla entre sus brazos. Ethel se colocó a su lado y las rodeó con los suyos, tan fuertes.

—Preferiría estar en Pleiku —reconoció Frankie—. Al menos allí sabía cuándo ponerme el chaleco antimetralla. Aquí...

—Ya... —respondió Barb.

—No sé qué hacer, no sé quién soy. Sin el Ejército ni Rye... Mi padre me ha echado de casa. Yo solo quiero..., no sé..., que a alguien le importe que haya vuelto a casa. Que estuviera en Vietnam.

—A nosotras nos importa —respondió Ethel—. Por eso hemos venido. Y de camino hemos diseñado un plan.

Frankie se apartó el flequillo húmedo y grasiento de la cara.

—¿Un plan para qué?

—Para tu futuro.

—¿Y no tengo ni voz ni voto? —preguntó sarcástica, aunque le daba igual. Lo único que quería era que sus amigas la salvaran.

—No —replicó Ethel—. Esa ha sido la primera decisión.

—Cuando tu chica llama y dice: «Necesito ayuda», tú vas y la ayudas. Así que no creas que a estas alturas vas a poder cambiar de idea.

Frankie asintió. Detrás de sus amigas distinguió un taxi amarillo esperando junto a la acera.

—Recoge tus cosas —dijo Barb.

Frankie se sentía demasiado mal como para discutir o cuestionar nada, y más aliviada de lo que podía expresar. Fue al baño, se lavó los dientes y se puso un pantalón antes de tirar los zapatos ensangrentados a la basura y salir descalza.

—Bueno, pues ¿qué hago para arreglar mi vida? —preguntó Frankie mientras las tres caminaban hacia el taxi, flanqueada por ellas como si tuvieran miedo de que se echase atrás.

Metió el bolso de viaje en el vehículo antes de acomodarse en el asiento trasero, con Barb a un lado y Ethel al otro.

—A la estación de trenes —le dijo Ethel al conductor.

Al mismo tiempo, Barb dijo:

—Ya hemos saldado la cuenta del motel, Frankie, así que tú tranquila.

Mientras el automóvil bajaba por el muelle, los neumáticos sobre la madera hacían que el interior rebotara.

—¿Adónde vamos? —preguntó Frankie.

—A la granja de mi padre, cerca de Charlottesville —respondió Ethel—. Vosotras dos ocuparéis la barraca de los jornaleros. La remodelaremos nosotras mismas, así tendremos una excusa para dar golpes. Yo voy a terminar mis estudios. Barb se ha unido a una organización, la VVAW: Veteranos de Vietnam contra la Guerra.

Frankie giró la cabeza.

—¿Ahora estás en contra de la guerra?

—Tiene que acabar, Frankie. No sé si servirá de algo, y desde luego que no quiero formar parte de un grupo de blanquitos privilegiados montando piquetes sin tener ni idea. Pero aquí, en la VVAW, se trata de darnos voz a nosotros, a los veteranos. ¿No crees que alguien debería escucharnos?

Frankie no sabía qué sentir al respecto.

—¿Y yo? ¿Qué habéis decidido las dos para mí?

—Precisamente eso es lo que te ofrecemos —respondió Ethel—: tiempo para que averigües qué quieres hacer.

Si Frankie no hubiera estado tan harta de llorar, tan exhausta de lágrimas, habría roto en sollozos. Gracias a Dios por sus amigas. En aquel mundo loco, caótico y dividido que dirigían los hombres, una siempre podía contar con las mujeres.

—La barraca esta... ¿tiene agua corriente? —preguntó Frankie.

Una sonrisa se abrió paso en el rostro de Ethel, lo que delató lo nerviosa que estaba por que Frankie rechazara su atrevido plan.

—¿Y eso? ¿Se cree usted demasiado buena para usar una letrina, mi teniente?

Frankie sonrió por primera vez en... ¿cuánto tiempo? Ni lo sabía.

—No, señora. Con ustedes dos a mi lado, puedo vivir prácticamente en cualquier sitio.

Barb alargó la mano. Ethel y Frankie pusieron las suyas encima.

—Basta de malos recuerdos —anunció con tono serio—. Jamás lo olvidaremos, bien lo sabe Dios, pero seguiremos adelante. Dejaremos atrás Vietnam y miraremos al futuro.

Frankie sintió que era un momento solemne, importante, y de pronto le pareció posible. Pensó: «No volveré a hablar de ello. Olvidaré. Haré de tripas corazón».

—Lo dejaremos atrás —dijeron las tres a una sola voz.

Solo pararon un momento para que Frankie se comprara unos zapatos.

Segunda parte

En un país en el que se adora la juventud, perdimos la nuestra antes de cumplir los treinta. Aprendimos a aceptar la muerte, y esta borró nuestro sentido de la inmortalidad. Nos encontramos con nuestra fragilidad humana, con el lado oscuro de nuestro ser, cara a cara [...]. La guerra destruyó nuestra fe, traicionó nuestra confianza y nos apartó del conjunto de la sociedad. Seguimos sin pertenecer del todo. Me pregunto si algún día volveremos a formar parte de ella.

Winnie Smith,
American Daughter Gone to War

23

Virginia
Abril de 1971

A los veinticinco, Frankie se movía con ese tipo de cautela que viene con la edad; estaba en guardia constante, consciente de que en cualquier momento podría suceder algo malo. No se fiaba ni del suelo que pisaba ni del cielo sobre su cabeza. Desde que volviera de la guerra, había aprendido lo frágil que era, lo fácil que resultaba alterar sus emociones.

Aun así, había aprendido a ocultar sus arrebatos y sus crisis de llanto incluso a sus dos mejores amigas, quienes durante la mayor parte de su primer año en Virginia la habían vigilado sin descanso, tratando en todo momento de adivinar su estado de ánimo, de valorar su nivel de autodestrucción, su dolor y su ira. Al principio no había sido fácil ver más allá de su continuo «estoy bien», ancestral camuflaje de los McGrath.

Las pesadillas habían sido horribles cuando llegó; hacían que se despertara empapada en sudor y terminara en el suelo.

Pero el tiempo —y la amistad— había cumplido lo que prometía: el duelo y el pesar se habían ido suavizando entre sus manos, casi maleables. Frankie descubrió que podía convertirlos en algo más amable si se lo proponía de pensamiento y obra, si vivía con cuidado y cautela, si se mantenía alejada de todo lo que le recordara la guerra, la pérdida, la muerte.

En las Navidades de aquel primer año, se había sentido lo bastante fuerte como para escribir a su madre, quien le respondió de inmediato. Haciendo honor a las tradiciones de su familia, ninguna de las dos mencionó la terrible noche que había precipitado la huida de Frankie por medio país. Simplemente tomaron el camino tantas veces recorrido, con algunos baches que sortear, pero ambas decididas a no apartarse de él. Frankie recordaba —y solía releer— aquella primera carta de su madre: «Estoy agradecida por que tus amigas del Ejército estuvieran a tu lado cuando tu padre y yo no supimos. Te queremos y, si no te lo decimos con frecuencia suficiente, es porque nos criamos en unas familias donde no existía ese vocabulario. En cuanto a tu padre y su... reticencia en lo que a ti y a la guerra se refiere: lo único que puedo decir es que algo se rompió en él al no poder servir al país. Todos los hombres de su generación lucharon en Europa mientras él tuvo que quedarse en casa. Sí, estaba orgulloso de Finley y avergonzado de ti. Pero puede que en realidad esté avergonzado de sí mismo y le preocupe que lo juzgues con severidad, tal y como temía que hubieran hecho sus amigos...».

Frankie nunca hablaba de sus dificultades, procuraba no pronunciar jamás la palabra «Vietnam». Y cuando notaba que le subía la tensión, que la invadían el pesar o la ira, esbozaba una sonrisa tensa y salía de la habitación en la que se encontrara. Había aprendido que a la gente le llamaba la atención si su voz subía de volumen, así que había convertido el silencio en el camuflaje perfecto para el dolor.

Al principio le había resultado casi imposible separar Vietnam de su historia personal. Parecía que el mundo hubiera conspirado para impedir que sanara.

La guerra no dejaba de asomar en las conversaciones. En los bares, en los salones, en la televisión. Todo el mundo tenía una opinión que dar. La mayoría de los estadounidenses ahora parecían estar en contra de la guerra y de los hombres que luchaban en ella. En 1969, el mundo se había enterado de la horrorosa matanza de My Lai, en la que los soldados americanos habían matado hasta a quinientos civiles survietnamitas desarmados —hombres, mujeres y niños— en su propia aldea. Aquello había recrudecido las acusaciones de asesinos de niños a los veteranos, y cada vez eran más los que regresaban enganchados a la heroína, que habían empezado a consumir en el país asiático.

Que Estados Unidos estaba perdiendo la guerra estaba claro para todos menos Nixon, que seguía mintiendo y enviando soldados a Vietnam, demasiados de los cuales volvían a casa metidos en una bolsa negra.

Cada una de las mujeres había respondido de forma distinta a la creciente ola de violencia que asolaba el país, dividiendo a los jóvenes de los viejos, a los ricos de los pobres, a los conservadores de los liberales. Ethel estaba en el tercer año de Veterinaria y trabajaba a tiempo parcial con su padre. Noah y ella habían empezado a hablar de casarse y tener hijos. No faltaban a la iglesia los domingos ni a los partidos de fútbol americano del equipo del instituto local. Su querencia por las sobremesas de café y partida era objeto de interminables bromas entre las mujeres. Ethel se había criado en aquella granja, entre aquellas gentes, y tenía intención de que la enterraran allí, así que mantenía la cabeza baja, hacía su trabajo y no decía nada controvertido a amigos o vecinos. «Esta guerra acabará pronto —repetía siempre—, pero yo seguiré viviendo aquí. Mis hijos pertenecerán al club de la 4-H y puede que hasta yo misma presida la maldita asociación de padres».

Barb era todo lo contrario. Se había convertido en miembro activo y vehemente de los Veteranos de Vietnam contra la Guerra. Iba a las reuniones. Pintaba pancartas. Se manifestaba. Y no solo contra la guerra: ejercía presión para que se aprobara la Enmienda de Igualdad de Derechos. Se manifestaba por el derecho de las mujeres a abortar de forma segura y a recibir servicios sanitarios básicos. Cuando no estaba tratando de cambiar el mundo, se ganaba el pan sirviendo copas. Era, como ella misma decía, un trabajo estupendo para una mujer que aún no había decidido qué era lo suyo.

Frankie, por su parte, volvía a ejercer la enfermería. Había soportado los prejuicios y desprecio iniciales por su formación en Vietnam y se había empeñado en demostrar de lo que era capaz. Había trabajado más y mejor que la mayoría de sus colegas, había echado horas y había asistido a cursos de especialización. Con el tiempo se había convertido en enfermera quirúrgica y en ese momento estudiaba para especializarse en traumatología.

Esa fresca mañana de abril, se despertó mucho antes del amanecer y se vistió para salir a montar. Fuera, el aire primaveral cortaba de puro frío.

Había aprendido a amar el aroma dulce del viento en el Sur, el modo en que la neblina se adhería a la hierba por las mañanas. Calmaba el tumulto de su alma. Ese día, los cerezos a lo largo del camino rebosaban de flores rosas. Ethel había tenido razón tantos años atrás al decir que montar a caballo le devolvía a una la paz.

Frankie adoraba las praderas ondulantes, las vallas negras de cuatro listones, los árboles que cambiaban de color según el tiempo que hacía. En ese momento, las hojas recién brotadas brillaban de un verde lima, salpicadas de capullos rosados. Pero lo que más serenaba a Frankie eran los caballos. Ethel estaba en lo cierto: montar la había ayudado tanto como rodearse de amigas.

Frankie se agachó para pasar entre los listones de la valla y se dirigió al establo; apenas se veía las botas de lo espesa y gris que era la neblina.

En el interior olía a estiércol, a balas de paja fresca y al grano que se guardaba en grandes contenedores de basura metálicos. Los caballos relincharon al paso de Frankie.

Cuando llegó a la última cuadra, se detuvo y levantó el pestillo. Abedul se le acercó moviendo los belfos, buscando algún premio, resoplando.

—Hola, preciosa —dijo Frankie al tiempo que le tendía la mano enguantada.

La yegua comió el grano con tanta ansia que fue más el que cayó al suelo que el que le entró en la boca. Frankie la sacó hasta el pasaje central y la ensilló rápido, presionando la rodilla contra el vientre del animal para ayudarse a apretar la cincha.

En un visto y no visto, Frankie y Abedul galopaban por los caminos envueltos en neblina. Cuando la yegua empezó a sonar cansada, Frankie bajó al trote y luego al paso. Volvieron a casa sin prisa, acompañadas por el ritmo continuo y sereno de los cascos.

De vuelta en el establo, dio de comer y beber a los caballos, guardó a Abedul y se encaminó a la pequeña barraca. El sol temprano inundaba los campos. A su izquierda se levantaba la casa grande, con su tejado en fuerte pendiente, el gran porche acogedor y las paredes de madera encalada, donde Ethel vivía con su padre. A la derecha, la barraca que antaño alojara a los jornaleros. En los últimos dieciocho meses, la habían remodelado para convertirla en la casita de dos habitaciones en la que vivían Frankie y Barb. Las tres mujeres habían aprendido a pintar, demoler, reconstruir y hacer obras sencillas de fontanería. Habían pasado horas de mercadillo en mercadillo o convirtiendo en tesoros propios la basura ajena. Y muchas noches se sentaban alrededor de la chimenea cenicienta, construida con piedra de río, charlando. Nunca se quedaban sin tema de conversación.

Frankie subió los escasos peldaños y entró en el único cuarto de baño de la barraca, se duchó, se cambió y se vistió para ir a trabajar.

Había salido de casa y ya iba camino del hospital antes de que Barb se hubiera levantado siquiera.

Una vez finalizado el turno de doce horas en el quirófano, Frankie se despidió de los compañeros con un gesto de la mano, se dirigió a su coche —un viejo y abollado Ford Falcon que compartía con Barb— y se subió. Mientras salía de la ciudad, metió una cinta de John Denver en el radiocasete y se puso a canturrear.

Condujo hasta la taberna en la que trabajaba su amiga y aparcó entre las maltrechas camionetas de los habituales que la frecuentaban a esa hora del día. La bici de Barb estaba apoyada en la pared de toscas planchas de madera.

En el interior, el lugar en penumbra olía a humedad, con su serrín por el suelo y sus taburetes tan gastados que la tapicería estaba suave como el terciopelo tras cien años de fiel clientela.

Barb llevaba unos meses trabajando allí; tampoco tenía intención de conservar el empleo mucho más. O eso solía decir. Pronto buscaría algo con más estatus, más cerca del centro, donde las propinas fueran mejores. Pero aquel lugar estaba cerca de la granja y le ofrecía un montón de tiempo libre para hacer voluntariado en favor de sus causas.

En ese momento se encontraba detrás de la barra, con un paño húmedo al hombro y un pañuelo de algodón rojo, blanco y azul cubriéndole el afro. Los enormes aretes dorados destellaban con la luz.

Frankie se acomodó en un taburete.

—Hola.

—¡Jed, voy a tomarme un descanso! —gritó Barb. Al instante, su jefe salió de la oficina y ocupó su lugar detrás de la barra.

Barb agarró un par de cervezas frías y salió al patio trasero, donde se dirigió a una de las mesas de pícnic. Llegado el verano, el bar ofrecía comida casera a la barbacoa en platos de plástico rojo, pero no hasta que hiciera mejor tiempo.

Frankie aceptó la cerveza, quitó el tapón y le dio un largo trago antes de recostarse contra la mesa y estirar las piernas. Miró a Barb, frunció el ceño y dijo:

—¿Qué pasa?

—¿Ahora sabes leerme la mente?

—Tampoco es ninguna novedad, Barbara. ¿Qué pasa?

—Joder, y yo que quería ir allanando el terreno antes de decir nada. —Suspiró—. Tengo un favor que pedirte.

—Lo que sea, ya lo sabes.

—Es por todos ellos —añadió Barb—, por Finley y Jamie y Rye. Por nuestros caídos.

Frankie se estremeció. Aquellos nombres no solían pronunciarse delante de ella. Barb y Ethel seguían preocupadas por su fragilidad y por la posibilidad de que volviera a caer en la desesperanza, y con razón. Todavía había veces en que Frankie se despertaba y, por un segundo, olvidaba que Rye ya no estaba y lo buscaba a tientas.

—La VVAW se reúne la semana que viene en Washington para manifestarse. «Teatro de guerrilla», lo llaman.

Los Veteranos de Vietnam contra la Guerra.

—Ya sabes, por otras veces que me has preguntado, que no me interesa —respondió Frankie—. Yo no soy de las que se manifiestan.

—Esta ocasión es especial, tú fíate de mí. No vamos a ser la única organización en la marcha. Queremos que sea un acontecimiento de tal envergadura que Nixon tenga que hacernos caso. —Barb miró a Frankie—. Vente conmigo.

—Barb, ya sabes que intento no pensar en... aquello.

—Ya lo sé, y respeto el esfuerzo que haces. Sé lo difícil que ha sido para ti, pero la gente sigue muriendo en la selva, Frankie. Por una guerra que está perdida de antemano. Y, bueno..., tú misma me dijiste que hiciera algo por Will. Pues es esto.

—No es justo que trates de convencerme con mis propias palabras.

—Ya lo sé, ya. Es una mierda, pero tú y yo creemos en nuestro país —replicó Barb—. Por mucho que nos haya maltratado y por mucho que hayamos visto, somos patriotas.

—Ya nadie quiere a los patriotas —dijo Frankie—. No puedo ponerme la camiseta del Ejército fuera de la propiedad si no quiero que me escupan. El país nos considera monstruos. Aun así, no voy a faltar al respeto a nuestras tropas.

—Manifestarse no es faltarles al respeto, Frankie. Ahí nos equivocamos. Hay que tenerlos bien puestos para alzar la voz y exigir cambios. Somos veteranas, ¿acaso nuestra voz no debería oírse también en las protestas? ¿No debería sonar aún más fuerte?

Barb se sacó del bolsillo trasero una página de revista, la alisó y la dejó sobre la mesa. Era un anuncio a toda página en *Playboy* de los Veteranos de Vietnam contra la Guerra. La imagen mostraba un ataúd solitario, envuelto en la bandera de Estados Unidos. Encima se leía: DURANTE LOS ÚLTIMOS DIEZ AÑOS, MÁS DE 335.000 DE NUESTROS COMPAÑEROS HAN MUERTO O RESULTADO HERIDOS EN VIETNAM, Y MUCHOS MÁS CAEN CADA DÍA. NO CREEMOS QUE VALGA LA PENA. En la esquina inferior derecha aparecía una invitación para unirse.

Frankie se quedó mirando el anuncio. Desde que la opinión pública había ido posicionándose claramente en contra de la guerra, cada vez era mayor el número de heridos y caídos que aparecía en los informes. Era duro verlo negro sobre blanco. Cuántos jóvenes muertos mientras se seguía enviando soldados como carne de cañón.

La prensa ya no publicaba a ciegas lo que Nixon quería. Los periodistas tenían acceso a las tropas, eran testigos de las batallas, informaban de los caídos. Aquella semana, una reportera australiana había sido capturada por el Ejército Popular de Vietnam y permanecía prisionera junto con otros colegas. Kate Webb. Todo el mundo debería saber que también había mujeres en Vietnam. Frankie inspiró hondo y espiró.

—Pitillo me dijo una vez que la esperanza de vida media de un piloto de helicóptero en Vietnam es de treinta días —dijo Barb.

—Lo sé, yo también lo he oído. No sé si será verdad.

—Tenemos que parar la guerra —insistió Barb—. Nosotros. Quienes hemos pagado el pato.

Aquello estaba mal. Era criminal el modo en que el gobierno de Estados Unidos estaba tratando a sus soldados. Pero ¿qué podía hacer un puñado de veteranos para parar una guerra? La gente como Barb llevaba años manifestándose, y ¿de qué había servido?

Protestar parecía inútil. Y quizá hasta antipatriótico.

Pero los hombres seguían muriendo en Vietnam, en helicópteros siniestrados, tras pisar una mina terrestre o por los disparos de un enemigo invisible.

¿Cómo no iba, como mínimo, a protestar contra aquello?

—Podrían detenernos —advirtió Frankie.

—Podrían llamar a la Guardia Nacional. Podrían lanzarnos gases lacrimógenos o dispararnos —declaró Barb con solemnidad antes de añadir—: igual que en Kent y Jackson.

—Tú siempre tan positiva.

—Es que esto no es una broma. Los viejos hombres blancos que dirigen este país están acojonados, y la gente hace cosas horribles y estúpidas cuando anda asustada. —Se acercó a su amiga—. Pero cuentan con que ellos tienen el poder, y nosotras, miedo. Cada minuto que pasa, en Vietnam muere el hijo de una mujer, el hermano de una chica.

Frankie no quería manifestarse. No quería pensar en Vietnam y en el coste que había tenido para ella. Quería hacer lo que llevaba intentando más de dos años: olvidar.

Lo que Barb le estaba pidiendo era peligroso, alteraría la precaria paz mental que trataba de conservar.

«Nada de miedos, McGrath».

Frankie oyó la voz de Jamie en su cabeza. Barb tenía razón: debía hacerlo. Como veterana de Vietnam, pero también por Finley, por Jamie y por Rye; debía añadir su voz al grito de protesta. Tenía que decir: «Se acabó».

—Solo por esta vez —respondió Frankie a su amiga.

Casi de inmediato se arrepintió.

El día antes de la manifestación, Frankie tuvo problemas para concentrarse en el trabajo. Entre cirugía y cirugía, se preocupaba por lo que iba a suceder, le daba vueltas sin parar a la violencia que había marcado tantas manifestaciones y protestas. Hacía menos de un año que Nixon había mandado a la Guardia Nacional a detener una marcha pacífica en la Universidad Estatal de Kent. Cuando el humo se desvaneció, había cuatro estudiantes muertos y decenas de heridos. Solo once días más tarde, la policía había disparado a los estudiantes que protestaban contra la guerra en la Universidad Estatal de Jackson.

Pero la verdad era que, aunque Frankie temía que se desatara la violencia, más temía reunirse con otros veteranos y decir: «Yo estuve allí». Durante los últimos dos años lo había ocultado siempre que podía, cambiaba de conversación en cuanto surgía el tema de Vietnam. Barb y Ethel tampoco lo mencionaban con frecuencia; ella sabía que era para protegerla y, los días buenos, también sabía que la ayudaba. Los malos, le preocupaba no poder olvidar por que hubiera en ella algo que no funcionaba, algo roto. Con el tiempo, ocultar su estancia en el Ejército y no hablar de ello le había permitido echar raíces. No estaba segura de qué era lo que la avergonzaba, solo sabía que era débil o que de alguna manera había hecho algo malo, había participado de algo que no estaba bien, algo de lo que nadie quería hablar. Tal vez simplemente fuera parte del aparente deshonor de Estados Unidos. A saber.

De camino a casa, trataba de decidir qué demonios debía ponerse una para ir a una manifestación. Se decantó por unos vaqueros ceñidos a la cadera con un ancho cinturón vaquero y un jersey blanco de canalé con cuello cisne. Se secó y alisó el pelo con raya en medio. En el último minuto fue a buscar su insignia del Cuerpo de Enfermeras —un caduceo de latón con una gruesa N, de *Nurse*, sobre las alas— y se lo prendió al jersey.

Salió del dormitorio y cerró la puerta.

En la cocina, Barb y Ethel hablaban en voz baja. Barb llevaba el viejo y manchado pantalón del uniforme de campaña con un jersey negro de cuello cisne y una cazadora Levi's con las mangas cortadas. Decenas de insignias y parches, regalo de amigos y pacientes en Vietnam, decoraban el delantero. En la espalda había dibujado un enorme símbolo de la paz en color negro. Había pintado una pancarta con las palabras ¡TRAEDLOS A CASA! y la había clavado a una regla.

Ethel, que llevaba su bata azul de laboratorio, se sirvió una taza de café.

—No sé cómo Barb te ha convencido, Frank. La VVAW es igual de sexista que los Estudiantes por una Sociedad Democrática —añadió—. En cuanto una aparece, le piden que prepare el café y reparta tentempiés.

—Quien se queda en casa pierde el derecho a quejarse —dijo Barb.

—Qué decepción —replicó Frankie con tono sombrío.

La noche anterior, envueltas en mantas de lana, las tres habían pasado como mínimo una hora debatiendo la marcha. Barb había dicho que durante los próximos días estaba previsto que llegaran a Washington más de una docena de grupos antibelicistas. La asociación de veteranos quería distinguirse de ellos marchando en primer lugar. Tenían grandes planes para atraer la atención y salir en las noticias.

—Vosotras tened cuidado —dijo Ethel—. Como no volváis a casa a vuestra hora, llamo a la policía.

Barb se rio.

—Si nos metemos en líos, será justo con la policía.

—Esos comentarios no ayudan, ¿sabes? —replicó Frankie, clavándole la mirada a su amiga.

—Venga, mujer —la animó Barb—. Hagamos como el viento, dejémonos llevar.

Ethel abrazó a Frankie.

—Id con Dios, chicas. Cambiad el mundo.

Frankie siguió a Barb hasta el coche y se subió al asiento del pasajero.

Barb arrancó y encendió la radio: sonaban los Creedence Clearwater Revival. Se volvió hacia Frankie y sonrió.

—¿Lista?

Frankie suspiró. Tenía los nervios a flor de piel. Todo aquello era un error.

—Tú tira, Barbara.

Era cerca de la medianoche cuando llegaron a Washington D. C. Su destino, Potomac Park, era una amplia extensión negra en mitad de la ciudad fuertemente iluminada; en la oscuridad, Frankie distinguió alguna que otra tienda de campaña. La VVAW había ocupado el parque y lo había convertido en un campamento.

—Vamos a buscar un sitio libre —dijo Frankie.

Barb estacionó a un lado de la calle.

—Saca la tienda del maletero.

En la acera de enfrente, policías con equipo antidisturbios formaban una larga fila, unidos y a la espera.

—No abras la boca —le advirtió Frankie a su amiga mientras pasaban por delante de los uniformados de camino al parque—. En serio. No quiero que me detengan antes de la marcha.

Barb asintió con brevedad. Llegaron a un extremo del enorme parque. Sin decir nada —ni entre ellas ni a otros campistas de la VVAW—, montaron la tienda y colocaron un par de sillas plegables delante. Mientras, sentadas en la oscuridad, oían el tintineo de las piquetas que se clavaban en el suelo, y los nuevos vehículos que iban llegando horadaban la oscuridad de la noche con sus faros. A lo lejos se sentía música y el leve rumor de las conversaciones.

—Me pregunto si seremos las únicas mujeres —dijo Frankie, antes de darle un trago al termo de café.

Barb suspiró.

—Pues como siempre…

Por la mañana, cuando Frankie salió de la tienda, se encontró en medio de un verdadero mar de veteranos —habría miles—, la mayoría de su edad, vestidos con uniformes gastados y llenos de manchas, vaqueros y chambergos; algunos llevaban símbolos de la paz y banderas de sus estados o unidades. En los alrededores del parque había aparcados cientos de vehículos, con eslóganes pintados en las puertas, convoyes enteros de California y Colorado. También había vehículos en la hierba.

Mientras observaba, un desvencijado y maltrecho autobús escolar entró en el césped, se detuvo y abrió las puertas. Un grupo de veteranos salió cantando: «¿Para qué sirve la guerra? ¡Para nada de nada!».

En el centro del parque, un hombre de pelo enmarañado se subió a la parte trasera de una camioneta, con un megáfono en la mano en el que alguien había escrito ¡BASTA! con aerosol.

—Hermanos de armas, ha llegado el momento. Hoy marchamos para que se nos escuche; alzamos la voz, pero no los puños ni las armas, para decir: «¡Basta! ¡Traed a los soldados de vuelta a casa!». Colocaos detrás de Ron, el de la silla de ruedas. Formad una única columna, sin huecos. Marchad tranquilos. No deis al gobierno ningún motivo para pararnos. ¡Adelante!

Los hombres fueron formando poco a poco una columna, encabezados por varios veteranos en sillas de ruedas que portaban la bandera. Detrás había hombres con muletas, otros con la cara quemada o a quienes les faltaban los brazos, y ciegos guiados por sus amigos.

Que pudieran ver, Barb y Frankie eran las únicas mujeres en el parque. Se tomaron de la mano y se unieron a sus hermanos en la marcha por el puente que llevaba al monumento a Lincoln.

Los veteranos de Vietnam caminaban y cantaban formando un río con las pancartas en lo alto.

Cada vez se les unían más hombres en su avance, coreando eslóganes, levantando los carteles en el aire.

Alguien se chocó con Frankie con tanta fuerza que la hizo trastabillar, soltarse de Barb y caer al suelo. Gritó llamando a su amiga y esta le contestó, pero un enjambre cada vez mayor de hombres se interponía entre ellas.

Frankie había perdido de vista a su amiga entre el gentío.

—¡Nos vemos en la tienda! —gritó con la esperanza de que Barb lo oyera.

—¿Está bien, señora? —le preguntó un hombre, al tiempo que la ayudaba a ponerse en pie.

Era joven y rubio, con barba y bigote rubicundos. La agarró del brazo para sujetarla. Llevaba un uniforme de camuflaje manchado y roto, con las mangas cortadas. Portaba un enorme símbolo de la paz en el casco. En la mano sostenía un cartel que rezaba: VETERANOS DE VIETNAM CONTRA LA GUERRA.

Los manifestantes, en su avance, los empujaron hacia delante. «¡Parad la guerra! ¡Traedlos a casa! ¡Parad la guerra! ¡Traedlos a casa!».

—Debería hacerse a un lado, señora.

Alguien volvió a empujar a Frankie, que se tambaleó.

—He venido a manifestarme.

—Lo siento, pero esta marcha es para los veteranos. Estamos tratando de hacernos oír. Con suerte, ese cabrón de la Casa Blanca nos escuchará y dejará de mentir a la población.

—Yo soy veterana —respondió Frankie.

—De Vietnam —añadió el hombre con impaciencia, mirando hacia delante.

—Estuve allí.

—En Vietnam no hay mujeres.

Los cánticos sonaban cada vez más fuertes. «¡Parad la guerra! ¡Traedlos a casa!».

—Si no conoció a nadie como yo, es que tuvo suerte. Significa que...

—Apártese, señora. Esto es para los hombres que lucharon. En combate, ¿vale? —concluyó él antes de desaparecer entre la multitud de camisas militares, pechos desnudos y uniformes de campaña. Melenas, afros y cascos.

Pero ¿qué...?

¿Cómo que ese tampoco era su lugar?

—¡¡¡Estuve allí!!! —gritó, llena de frustración.

Se abrió paso a codazos y se mezcló con los manifestantes que cruzaban el puente. «¡Parad la guerra! —gritó, levantando el puño—. ¡Traedlos a casa!». Su voz no era nada en medio de las demás, pero siguió gritando, alzando la suya cada vez más hasta terminar chillando, chillándole a Nixon, a la Administración, a los norvietnamitas. Cuanto más gritaba, más se enfurecía; para cuando llegaron al Cementerio Nacional de Arlington, con todas aquellas cruces blancas descollando en el césped impoluto, estaba rabiosa.

En el cementerio, la policía se dispuso a pararle los pies a un grupo de mujeres de negro con coronas de flores.

—¡Son las madres de los caídos! —vociferó alguien—. ¡Dejadlas pasar!

«¡Dejadlas pasar! ¡Dejadlas pasar! ¡Dejadlas pasar!», coreó la multitud.

Las mujeres paradas a la entrada del cementerio, que portaban la estrella dorada de los familiares de los caídos por la patria, formaban un pequeño grupo de luto riguroso. La policía les impedía avanzar y no parecían saber adónde ir. Ninguna soltaba su corona de flores.

Estaban negando a las madres de los caídos, a quienes habían perdido a sus hijos en Vietnam, la oportunidad de depositar las coronas en sus tumbas. Una de ellas levantó los ojos, cuajados de lágrimas, y su mirada se cruzó con la de Frankie.

Esta pensó en su madre y en la pérdida de su hermano. La muerte de Finley había destruido a su familia. ¿Cómo se atrevían aquellos policías a impedir que esas madres accedieran a las tumbas de sus hijos?

Los ánimos entre los manifestantes se caldearon. Frankie notó la ira y la indignación, y unió su voz al clamor: «¡Dejadlas pasar!».

—¡A la mierda, no queremos vuestra guerra!

Un helicóptero, amenazante, sobrevolaba la multitud. Frankie oyó el familiar sonido rítmico del rotor y pensó en todos los hombres que habían muerto. Ella sabía que esos aparatos iban armados.

—¡Traedlos a casa! —chilló—. ¡Parad la guerra!

Dos días después, Frankie y Barb estaban de vuelta en Washington D. C., mientras cientos de miles de manifestantes inundaban el centro de la ciudad procedentes de las calles adyacentes, de los parques, del otro lado del puente. Ya no eran solo veteranos: universitarios, profesores, hombres y mujeres de todo el país. Madres con cochecitos, padres con niños pequeños a los hombros.

En todos los noticiarios de Estados Unidos se había visto cómo negaban a las madres de los caídos la posibilidad de honrar a sus muertos el día de la marcha de los Veteranos de Vietnam contra la Guerra. Aquellas imágenes habían resumido a la perfección hasta qué punto el país estaba haciendo las cosas mal: habían impedido que unas madres visitaran las tumbas de sus hijos. Unos hombres diezmados por la guerra, destrozados en el campo de batalla y olvidados en casa.

Aquello estaba mal, muy mal.

A Frankie le habían dicho muchas veces —sus amigas, Finley, Jamie...— que era muy estricta con los valores morales, y era cierto. En lo más hondo, seguía siendo la buena chica católica de su infancia. Creía en el bien y el mal, en lo correcto e incorrecto, en el sueño de América. ¿Quién sería si apartaba la mirada de todo lo que estaba mal en aquella guerra?

Ese día, de pie junto a Barb en Constitution Avenue, formaba parte de un grupo más encolerizado y mayor, dos mujeres en un vasto mar de gente con pancartas, veteranos en sillas de ruedas que levantaban el puño con furia. La segunda marcha por Washington en una semana había atraído a un buen número de grupos contra la guerra; era una manifestación multitudinaria que duraría varios días, una oleada de sentimiento antibelicista que inundaría la Casa Blanca y el Capitolio. Y todo ello lo grabarían los equipos de informativos, los noticiarios lo emitirían en cada hogar de Estados Unidos.

Barb levantó su pancarta: ¡TRAED A LAS TROPAS DE VUELTA YA!

A los Veteranos de Vietnam contra la Guerra se los reconocía con facilidad por los uniformes de campaña, los chambergos y las cazadoras vaqueras llenas de parches, pero había miles de manifestantes más: hippies y universitarios al lado de hombres de traje y mujeres con vestidos. Curas, monjas, médicos, maestros. Cualquiera con voz que quisiera exigir a Nixon el fin de la guerra.

Frankie y Barb se dieron la mano mientras marchaban; esta vez comprendían mejor los riesgos, por lo que habían quedado en verse en un hotel de la ciudad si llegaban a perderse. Barb levantaba su pancarta en el aire y gritaba: «¡Traedlos a casa, traedlos a casa!».

Los manifestantes se detuvieron ante la escalinata del Capitolio formando un grupo compacto, codo con codo. Los hombres alzaron la voz y las pancartas, gritando: «¡Parad la guerra! ¡Traedlos a casa!», mientras los equipos de televisión lo grababan todo.

Un hombre de pelo largo con uniforme de campaña dio un paso al frente y quedó solo un instante. La gente calló.

Una oleada de expectación se extendió entre el grupo de los veteranos antes de que algo atravesara el aire por encima de las cabezas de los manifestantes, sobrevolara la barrera para aterrizar en los peldaños de la escalinata con un ruido metálico y brillase reflejando un rayo de sol.

Una medalla de guerra.

Uno a uno, los veteranos se acercaron y, sin que nadie los animara a hacerlo, se arrancaron las medallas del pecho y las lanzaron a la escalinata. Corazones púrpura, estrellas de bronce, medallas por buena conducta, chapas de identificación. Algunas caían sobre los escalones y su sonido retumbaba en el silencio repentino de la multitud. Barb soltó a Frankie, caminó hasta la primera línea de los manifestantes y arrojó sus barras de teniente primera a la escalinata.

Entonces, entre estruendosos pitidos de silbato, apareció la policía con su equipamiento antidisturbios —cascos y escudos de plástico— y cargó contra el gentío, tratando de disolver a los manifestantes.

El grupo se disgregó y el caos se apoderó de las calles.

Frankie cayó al suelo de un empujón. En mitad de la barahúnda, se encogió hasta hacerse un ovillo y se apartó como pudo, tratando de protegerse tanto de los manifestantes como de las fuerzas del orden. Se pegó a la valla de tela metálica que formaba la barrera y se quedó allí, jadeante y magullada. El gas lacrimógeno que flotaba en el aire la hizo llorar y le nubló la vista hasta que fue incapaz de ver casi nada.

¿Cuánto tiempo permaneció allí, parpadeando mientras le ardían los ojos? Nunca lo sabría.

Poco a poco se puso en pie, tratando de ver algo. La calle estaba llena de antidisturbios disolviendo a los manifestantes, coches haciendo sonar las bocinas mientras se alejaban, seguidos de las furgonetas de los noticiarios.

Medio ciega, Frankie se alejó dando tumbos, incapaz de comprender del todo lo que acababa de presenciar, la gravedad y la injusticia de todo aquello. La calle estaba sembrada de colillas, folletos, pancartas rotas y tarjetas de reclutamiento rasgadas.

En la escalinata del Capitolio, tras la alambrada temporal, cientos de medallas refulgían al sol. Medallas que habían costado muchísimo a sus titulares, arrojadas allí en protesta.

Un solitario policía comenzó a recogerlas. ¿Qué iba a ser de ellas, de todas aquellas medallas por las que los hombres se habían sacrificado y derramado su sangre?

Frankie se agarró a la alambrada y la sacudió con fuerza.

—¡No las toque! ¡No las toque!

Un hombre la sujetó del brazo.

—Cállate o te detendrán.

Frankie trató de zafarse.

—No me importa.

De pronto estaba furiosa. ¿Cómo se atrevía el gobierno de Estados Unidos a hacerles algo así a sus propios ciudadanos: impedir que las madres honraran a sus hijos caídos, ignorar el significado de una medalla arrojada? Se frotó de nuevo los ojos, tratando de aclararse la visión.

—No deberían permitirles tocar esas medallas.

—Los veteranos han dejado claro lo que piensan. Y de la mejor forma —dijo el hombre—. Esa imagen quedará grabada en el imaginario: ¿un veterano en silla de ruedas arrojando su corazón púrpura? Muy fuerte, tío.

Frankie se echó hacia atrás y se soltó el brazo. El hombre que la había parado no era exactamente lo que se esperaba. Para empezar, parecía de más edad que la mayoría de los manifestantes, desde luego mayor que gran parte de los veteranos de Vietnam. El cabello largo y oscuro le caía en capas ligeras casi hasta los hombros, y estaba veteado de gris. Un grueso bigote le cubría el labio superior. Llevaba gafas de sol redondas como las de John Lennon, pero, con todo, se notaba lo verdes que tenía los ojos.

—¿Eres veterano de Vietnam? —le preguntó Frankie, tratando de calmarse. Todo lo sucedido la había agitado, había sacado a la superficie unos sentimientos que no quería tener. Debía acallarlos. Y rápido. Dejar escapar las emociones que le provocaba Vietnam nunca le traía nada bueno.

—No, solo alguien que está en contra de la guerra. Soy Henry Acevedo —dijo, tendiéndole la mano.

Frankie se la estrechó con aire distraído.

—Frankie McGrath. ¿Perdiste a un hijo en Vietnam?

El hombre rio.

—Tan viejo no soy. He venido por el mismo motivo que tú: para decir que ya es hora de parar esta mierda.

—Ya. Bueno. Vale, gracias, Henry —se despidió Frankie al tiempo que echaba a andar.

Él se puso a su altura.

—¿Crees que las manifestaciones servirán de algo? —le preguntó Frankie.

—Tenemos que intentarlo.

«Sí —pensó Frankie—. Eso es cierto». Había visto cómo numerosas personas eran arrastradas por la policía, cómo ponían en riesgo su libertad al protestar por una guerra en la que muchas de ellas ni siquiera habían luchado. Civiles detenidos por ejercer el derecho fundamental de los estadounidenses de protestar contra el gobierno; en la Universidad Estatal de Kent y en la de Jackson, les habían disparado.

Frankie no sabía si protestar, marchar y levantar pancartas cambiaría nada en realidad, pero sí que sabía que Estados Unidos no estaba defendiendo la democracia ni combatiendo el comunismo en Vietnam, y, desde luego, no estaba ganando. Al final, se estaban perdiendo demasiadas vidas a cambio de nada.

—¿Puedo invitarte a un trago? —le preguntó Henry.

Frankie casi se había olvidado del hombre mayor que caminaba a su lado, perdida en la niebla de su propio pasado. Habían recorrido casi dos manzanas juntos. Se paró y lo miró.

El pelo largo y alborotado, los ojos de un verde vivo, arrugas que indicaban pesar, una nariz que parecía haberse partido más de una vez. Unos Levi's gastados y una camiseta de los Rolling Stones. Sandalias. Parecía un profesor de filosofía de Berkeley.

—¿Por qué?

El hombre se encogió de hombros.

—¿Por qué no? Me siento un poco… afligido, supongo. Lo de hoy ha sido duro de presenciar.

¿Qué tipo de hombre usaba la palabra «afligido»?

—¿Eres profesor de filosofía? ¿O surfista, quizá?

—Buen intento. Soy psiquiatra y, sí, también hago surf. Me crie en La Jolla; está en el sur de California.

Frankie sonrió.

—Yo soy de la isla de Coronado. Mi hermano y yo surfeábamos en Trestles y Black's Beach.

—El mundo es un pañuelo.

Frankie sintió una afinidad inmediata. Le gustó que fuera surfista, que conociera Trestles y que estuviera allí, manifestándose contra una guerra en la que no había participado.

—Me vendría bien un trago. He quedado con mi amiga en el Hay Adams. Nos perdimos de vista entre la gente.

Ambos se giraron y se encaminaron al hotel.

Al otro lado de la calle, alguien había colocado una mesita junto a un cartel que rezaba: QUE NADIE LOS OLVIDE. En ella, tras varias pilas de folletos antibelicistas, había dos hombres de pelo largo con patillas desaliñadas, sentados en sillas plegables.

—Hey, señora, ¿quiere comprar una pulsera y contribuir a traer a casa a un prisionero de guerra?

Frankie fue hasta la mesa y se quedó mirando una caja negra de cartón llena de pulseras plateadas.

—Cinco dólares la unidad —dijo el tipo sentado a la mesa.

Frankie cogió una. Se trataba de una fina cinta plateada en la que habían grabado: MAYOR ROBERT WELCH, 16-1-1967.

—Somos una organización de estudiantes —dijo uno de los chicos—. Estamos recaudando fondos. Trabajamos con la Liga de las Familias de Prisioneros y Desaparecidos. Es una organización nueva.

—¿De las familias? —preguntó Frankie.

—Esposas de la Armada, sobre todo, que luchan por traer a sus maridos de vuelta a casa. Si quiere unirse, la semana que viene hay una actividad para recaudar fondos. Aquí tiene un folleto. Hacen falta donativos.

Frankie lo cogió, le entregó diez dólares al chico y se puso la pulsera.

Los dos llegaron al hotel y pasaron junto a un portero de expresión preocupada, que parecía dispuesto a impedirles entrar, aunque no lo hizo. Bajaron por las escaleras hasta el sugerente bar del sótano, donde se rumoreaba que gran parte de las decisiones gubernamentales del país las tomaban hombres entre martini y martini. Escogieron un reservado en el fondo y Henry pidió una cerveza; Frankie, un gin-martini. En la mesa de enfrente, un par de posavasos mostraban una caricatura del presidente Nixon. Frankie se percató de que le temblaban las manos, por lo que se encendió un cigarrillo.

El camarero les trajo un cuenquito de patatas fritas caseras.

Frankie dio un sorbo a su bebida, que le ayudó a calmar el leve temblor de las manos. Los ojos le seguían picando, pero ya veía mejor. El humo de los cigarrillos flotaba entre los dos. También olía al puro que alguien debía de estar fumando.

—¿A quién perdiste en Vietnam? —le preguntó Henry.

Frankie dejó la copa sobre la mesa. Había algo en la forma en que la miraba, tal vez una serena compasión, un interés genuino, algo a lo que no estaba acostumbrada.

—La lista es larga.

—¿Un hermano?

—Él fue el primero, sí. Pero... luego hubo... otros.

Henry no dijo nada más, pero tampoco apartó la mirada. Frankie tuvo la sensación de que veía más que la mayoría de la gente. El silencio se le hizo incómodo.

—Estuve allí —añadió en un hilo de voz, sorprendiéndose a sí misma por haberlo admitido.

—Ya veo la insignia —respondió Henry—. El caduceo con las alas. Eres enfermera. He oído historias sobre mujeres como tú.

—¿Cómo? Pero si nadie habla de la guerra. Nadie que estuviera allí, quiero decir.

—En mi consulta trato a algunos veteranos: sobre todo alcohólicos y adictos. ¿Tienes pesadillas, Frankie? ¿Te cuesta dormir?

Antes de que pudiera responder —o más bien desviar el tema—, apareció Barb casi sin aliento. Se sentó en el reservado y dio un buen golpe a Frankie.

—¿Viste cómo arrojábamos las medallas? Vamos a salir en las noticias. —Levantó la mano para hacerle una señal al camarero y exclamó—: Un ron-cola.

Al mismo tiempo, Henry se levantó del banco del reservado. Bajó la vista a Frankie.

—Ha sido un placer conocerte, Frankie. ¿Cómo puedo ponerme en contacto contigo? —le preguntó en voz baja para que Barb no lo oyera.

—Lo siento, Henry. No creo estar lista.

El hombre le tocó el hombro con ternura.

—Cuídate.

¿Había dado un énfasis especial a la palabra?

—¿Ese quién era? —preguntó Barb mientras cogía una patata frita—. ¿Uno de los amigos de tu padre?

—No es tan mayor —respondió Frankie, bajando la vista a la pulsera de plata que llevaba.

Recorrió el grabado con la punta del dedo. El mayor había desaparecido tres meses antes de que Frankie aterrizase en Vietnam. Mientras estaba en el fuerte Sam Houston, haciendo una formación que no le enseñó nada útil para lidiar sobre el terreno.

¿Cuántos prisioneros de guerra había en el país? ¿Y por qué no salían nunca en las noticias?

—¿Frankie? —la llamó Barb mientras se acababa la bebida—. ¿Qué te pasa? ¿Te asaltan los recuerdos? ¿Necesitas hablar?

Frankie levantó la vista.

—Me alegro de que nos sumáramos a la marcha. Tenías razón.

Barb sonrió.

—Amiga mía, yo siempre tengo razón. Ni que no lo supieras.

—Pero creo que podemos hacer algo más.

24

Me lo debes —repitió Frankie.

Barb estaba de pie en mitad del salón de paredes de planchas de pino en bragas y sujetador. El viejo televisor en blanco y negro emitía un murmullo quedo a sus espaldas: Hugh Downs informaba de que, en tres días, la administración Nixon había arrestado a trece mil manifestantes contra la guerra. Las imágenes de las madres de los caídos y las medallas arrojadas llenaban la pantalla ovalada; a continuación apareció la Universidad Estatal de Kent, donde la Guardia Nacional había matado a estudiantes desarmados.

—Te alegras de haber ido a la marcha.

—Sí, y tú te alegrarás cuando hayamos ido a la recaudación de fondos para traer a casa a los prisioneros de guerra. Yo te acompañé; ahora debes hacerlo tú.

—Pero ¿por qué quieres ir? Si tú no eres esposa de la Armada.

—Pero debería haberlo sido —respondió Frankie—. Y por Finley. No soporto imaginarlo metido en una jaula quién sabe dónde, olvidado. ¿Por qué no quieres ir?

—Esposas de la Armada. Y panties. Ya sabes que llevo años sin ponérmelos.

—Ni que no fueras capaz de enfundarte unos panties y almorzar con otras mujeres. Luego te invito a un ron-cola.

—Buena falta me va a hacer.

Frankie sabía que, de haberla visto, su madre habría estado orgullosa: llevaba un traje de chaqueta azul marino y una blusa de estampado geométrico con las solapas del cuello enormes y en punta. Se dividió el pelo con raya en medio y se lo recogió en una coleta.

Conocía bien a las esposas de la Armada. Coronado estaba lleno. Sabía que mantenían una estricta jerarquía social según el rango de los maridos. A Frankie no le sorprendería que siguieran repartiendo tarjetas de visita entre ellas. Pero todo eso no se lo contó a Barb.

A las doce menos diez, Barb —ataviada con minifalda, jersey de cuello cisne y botas hasta la rodilla, todo negro— y ella estacionaron delante del hotel Hay Adams.

Una columna de miles de manifestantes pasaba por delante del hotel, camino del Capitolio. Su objetivo era desestabilizar al gobierno.

La policía antidisturbios los observaba por detrás de las barreras.

—Deberíamos marchar con ellos —dijo Barb.

—Hoy no —contestó Frankie—. Venga.

Una vez dentro del hotel, subieron en ascensor hasta la azotea con vistas a la Casa Blanca y al monumento a Washington.

Dentro del restaurante habían colgado un cartel enorme: QUE NADIE LOS OLVIDE.

Frankie sintió un escalofrío de emoción. Sí que los habían olvidado, incluso ella. En la entrada, dos mujeres elegantes vendían tíquets para el almuerzo y repartían sobres para los donativos.

Frankie compró dos tíquets y condujo a su amiga hasta las mesas. El salón le recordó al Club de Golf y Tenis de Coronado: manteles blancos, vajilla de porcelana fina, cubertería de plata. En la parte delantera había un estrado con un micrófono.

Fueron llegando mujeres con vestidos o trajes de chaqueta, charlando entre ellas. Varias iban de mesa en mesa, probablemente esposas de oficiales. Barb y Frankie encontraron dos sillas libres y se sentaron. Un camarero se apresuró a ofrecerles vino.

—¿Ves? —dijo Frankie—. Tampoco está tan mal.

El salón se fue llenando poco a poco. Los camareros iban pasando por las mesas sirviendo a cada comensal ensalada de atún dentro de un pimiento rojo vaciado.

Una mujer rubia y esbelta con un vestido aciano subió al estrado.

—Hola, esposas y amigas de la Armada. Bienvenidas a la capital del país. Soy Anne Jenkins, de San Diego. Mi marido es el comandante Mike Jenkins, quien en estos momentos está prisionero en la prisión de Hoa Lo, en Hanói. Hoy estoy aquí, junto con otras esposas como yo, para pedirles que donen su tiempo y dinero, y contribuir así a que nuestros prisioneros de guerra vuelvan a casa.

En el salón no se oía una mosca. Los cubiertos quedaron inmóviles sobre los platos.

—Como algunas ya saben, muchas de nosotras llevamos años luchando por ello. La información que recibimos de la administración Nixon es, en el mejor de los casos, deficiente e incompleta. Los informes de desaparecidos y muertos en combate que proporciona el Ejército no son fiables. El marido de Jane Adon fue abatido en 1966. El gobierno primero le dijo que había muerto en combate y le notificó que sus restos eran «irrecuperables». Celebró su funeral y todo el mundo lo lloró. Seis meses después, mi marido mencionó en su carta que hacía poco había visto una «jornada perfecta». Ese era el nombre del barco de Adon. Creemos que eso podría significar que está vivo y preso en el «Hilton de Hanói». Ahora, yo les pregunto, ¿qué debería decirles a sus hijos?

»Esto es inaceptable. Y Jane no es la única. El año pasado hablé con el senador Bob Dole, quien admitió que en 1970 la mayoría de ellos ni siquiera sabía exactamente lo que significaban las siglas MIA, "desaparecido en combate", o POW, "prisionero de guerra". Imagínenselo. El año pasado, los hombres que dirigen nuestro país, un país en guerra, ignoraban su significado. Por suerte, el señor Dole, que también es un orgulloso veterano, está de nuestra parte y por fin esperamos que el viento empiece a soplar a nuestro favor. Basta de silencio, basta de pedir información educadamente. Basta de comportarnos como damas. Basta de ser "solo" esposas. Es hora de dar un paso al frente, fuertes y orgullosas como esposas y familiares de militares que somos, y exigir, sí, exigir respuestas. Hemos instalado nuestra sede en un edificio vacío aquí en Washington y estamos buscando un local en San Diego, donde vivimos la mayoría de nosotras. Nuestro objetivo es averiguar el nombre de todos y cada uno de los prisioneros de guerra en Vietnam y presionar al gobierno para que los traiga a casa. Con la ayuda de nuestros maridos presos, hemos ido recopilando una lista. Creemos que ya tenemos constancia de todos los prisioneros en Hoa Lo. Pretendemos convertirnos en una máquina política con un fin claro: que todos en este país se enteren de que hay miembros del Ejército de Estados Unidos enjaulados en Vietnam.

—¿Cómo? —preguntó alguien.

—Empezaremos por escribir cartas y dar entrevistas. Nuestros esposos desaparecidos se convertirán en una historia que hay que contar. ¿Quién está dispuesta a escribir cartas para traer a nuestros valientes de vuelta a casa?

El salón rompió en una ovación. Las mujeres se pusieron en pie y aplaudieron sus palabras.

Anne esperó a que se extinguieran los aplausos antes de añadir:

—Gracias. Que Dios las bendiga. Y, si no pueden escribir cartas, les ruego que sean generosas con sus donativos a la causa. Vamos a lograrlo, señoras. Se acabó el silencio por nuestra parte. No vamos a permitir que nadie los olvide.

Anne asintió, dejó el estrado y fue parándose en cada mesa a saludar. Al cabo llegó a la de Frankie y se detuvo.

—Ha sido maravilloso, Anne —dijo una de las mujeres sentadas a la mesa.

—Gracias. Ay, cómo odio hablar en público. —Anne miró a Barb y luego a Frankie—. Bienvenidas, señoras. ¿Son ustedes esposas de la Armada?

—Estuvimos en Vietnam como enfermeras —dijo Frankie—. Tenientes primeras Frankie McGrath y Barb Johnson.

—Que Dios las bendiga —respondieron las mujeres a la mesa en voz baja.

—Todas conocemos a marinos que han vuelto a casa gracias a la ayuda médica que recibieron —dijo Anne—. ¿Son de Washington?

—De Georgia —respondió Barb.

—De la isla de Coronado —añadió Frankie.

—¿De Coronado? —repitió Anne, mirándola bien—. Frankie McGrath. ¿Eres la hija de Bette y Connor?

—Me declaro culpable —respondió Frankie.

Anne sonrió.

—Tu madre es una mujer encantadora. Y una recaudadora incansable incluso después de… la muerte de tu hermano. Bette y yo presidimos un comité de embellecimiento hace unos años. Nadie como ella para organizar un evento. Cuánto he sentido lo del ictus.

Frankie frunció el ceño.

—¿Cómo?

—El ictus que ha sufrido. Menudo recordatorio, ¿verdad?, de que la tragedia nos puede golpear en cualquier momento. Y después de todo lo que ha sufrido. Dile a tu padre que los tengo presentes en mis oraciones.

Bajo el brillante resplandor de la luz blanca, Frankie trataba de descansar en el incómodo asiento mientras contemplaba el trasiego en las pistas del aeropuerto de Dulles. Una serie de anuncios grabados sonaban por los altavoces, pero ella no los oía. La mezcla de personas constituía un microcosmos de la acusada división que experimentaba el país: chiquillos de pelo largo con vaqueros rotos y camisetas de colores chillones, soldados que volvían de la guerra, gente corriente que trataba de esquivar la mirada de unos y otros.

En las últimas veinticuatro horas, Frankie había llamado a casa un montón de veces, pero nadie había respondido. No tenía forma de dejar un mensaje, por lo que había acabado llamando a la oficina de su padre por primera vez en años y se había enterado por la secretaria de que la señora McGrath estaba en el hospital. Diez minutos más tarde, había hecho la maleta y estaba lista para volar a casa.

Junto a la puerta de embarque, metió la mano en el bolso de macramé en busca de un cigarrillo y se lo encendió.

¿Cómo era posible que su padre no la hubiera llamado para darle la terrible noticia?

Otra muestra más de que la había expulsado de la familia.

Cuando anunciaron que su vuelo iba a embarcar, apagó el cigarrillo, se echó el viejo bolso de viaje al hombro y subió al avión.

Al llegar a su fila, en la zona de fumadores, se acomodó en el asiento de pasillo.

Cuando se acercó la azafata, con su coqueto uniforme azul y rojo de minifalda, con el sombrero y los zapatos a juego, Frankie le pidió una ginebra con hielo.

—Que sea doble.

Frankie no había llegado a pisar el centro médico antes. Era un impresionante edificio blanco, encaramado en lo alto de una colina en San Diego; una brillante joya arquitectónica de piedra y cristal. Lo habían construido el año en que Finley murió.

Era casi de noche cuando el taxi se detuvo delante del hospital. Frankie entró en la recepción, fuertemente iluminada, con sus ventanales de doble altura y el perfil curvo de las ventanas interiores. Las palmeras se levantaban verdes y orgullosas, en contraste con los muros blancos y los marcos plateados de los vanos.

La recepción contaba con una serie de asientos de color rojizo, cómodos y modernos; la mayoría estaba sin ocupar esa noche de martes de mayo. En el televisor de la esquina sonaban las risas enlatadas de un episodio de *Los nuevos ricos*.

Frankie se acercó al mostrador, tras el cual había sentada una mujer alta y huesuda con gafas redondas y pintalabios de un rojo vivísimo. Según la placa de identificación, se llamaba Karla.

—Hola, Karla —dijo Frankie—. Vengo a ver a Bette McGrath.

La mujer consultó sus papeles.

—Solo se permite la entrada a la familia.

—Soy su hija.

—Está bien. Se encuentra en la UCI, en la segunda planta. El control de enfermería está a mano izquierda según se sale del ascensor.

—Gracias.

Frankie se encaminó a los ascensores y subió a la segunda planta.

Aquella unidad era más nueva y luminosa que la UCI quirúrgica del hospital de Virginia en la que trabajaba ella, pero contaba con las mismas habitaciones acristaladas de las que entraban y salían enfermeras, con los parientes apiñados a las puertas, ofreciéndose unos a otros frágiles sonrisas con expresión preocupada.

Frankie se detuvo al llegar al control de enfermería, preguntó por su madre y la mandaron a la habitación 245, donde la encontró tumbada en una cama rodeada de paredes acristaladas, conectada a un ventilador que respiraba por ella. Cruces de esparadrapo blanco le sujetaban la sonda de alimentación y el tubo de conexión al respirador. Las barras metálicas estaban subidas a cada lado de la cama y el cabecero estaba ligeramente levantado. Su cabeza descansaba sobre una almohada de un blanco prístino.

Las máquinas alrededor murmuraban, pitaban y mostraban gráficos en color.

Frankie respiró hondo; su madre tenía cincuenta y dos años, pero parecía una anciana enjuta y demacrada.

—Hola, mamá.

Frankie se acercó a la cama con paso lento, sacó la historia de la funda y la leyó: «Hemorragia intracraneal. Fallo respiratorio».

Volvió a guardarla.

—A nosotras nos dan igual las estadísticas, ¿verdad, mamá? Tú eres fuerte. Lo sé.

Bajó la vista a la piel pálida y azulada de su madre, se fijó en las mejillas hundidas y los ojos cerrados.

Habría querido ignorar el sonido del ventilador e imaginar que el pecho de su madre subía y bajaba de forma natural, pero tenía demasiada formación como para engañarse. Sabía que los pacientes conectados a un ventilador morían en las primeras semanas.

Le acarició la frente suave y cálida con los nudillos.

Cuando oyó pasos, no le hizo falta mirar para saber quién había llegado.

Su padre. El hombre que antaño la llamaba «chiquitina» y la llevaba a hombros y la lanzaba al aire hasta que los brazos le tenían que doler del esfuerzo. El hombre por el que fue a la guerra, para que estuviera orgulloso de ella.

El señor McGrath se detuvo en la puerta.

Frankie levantó la vista.

Él se quedó mirándola un buen rato, como deliberando qué hacer, antes de avanzar lentamente y sentarse al otro lado de la cama. Sus dedos rodearon la barra y apretaron. Frankie vio lo moreno que estaba, incluso en mayo, de andar de obra en obra, supervisando los trabajos de construcción bajo el cálido sol del sur de California. Llevaba una camisa de poliéster azul brillante, mal abrochada, y un pantalón beis del mismo material. Un ancho cinturón indicaba que había perdido peso.

—No me has llamado —le dijo Frankie.

—No he sido capaz.

Su hija notó cómo se le quebraba la voz y supo que había sido el miedo lo que le había impedido hacerlo, no la ira.

—¿Cuándo ha sucedido?

—Hace unos días. Le empezó a doler la cabeza —dijo en un hilo de voz, una voz que Frankie apenas reconocía—. Le dije que dejara de quejarse.

Cuando alzó la vista y miró a Frankie, tenía los ojos llenos de dolor.

—Saldrá de esta, papá.

—¿Tú crees? Bueno, eres enfermera. Deberías saberlo.

—Es fuerte.

—Ya.

—Solo quedamos nosotros tres, papá.

El hombre alzó de nuevo la vista, con los ojos anegados de lágrimas al recordar que habían perdido a Finley, que cualquiera de ellos podía morir en cuestión de un instante, mientras uno atendía a otra cosa, se descuidaba o seguía enfadado.

—¿Vas a quedarte? —le preguntó.

Así que él también lo sentía. Eran una familia. Por muy maltrecha y gastada que pudiera parecer la relación, en el fondo era muy sólida, y era a eso a lo que podían aferrarse.

—Por supuesto —afirmó Frankie.

Durante los dos días siguientes, Frankie apenas se apartó del lado de la señora McGrath. Entabló amistad con las enfermeras de todos los turnos en la UCI y les traía dónuts por las mañanas. Permanecía a la vera de su madre hora tras hora, leyéndole libros en alto, hablándole de todo lo que se le ocurría, aplicándole crema en las manos y los pies. Su padre también se quedaba todo lo que podía, aunque Frankie veía lo duro que era para él. Le pareció que iba a trabajar a diario unas horas solo para escapar del dolor de la espera y la vigilancia, pero cuando volvía se sentaba con Frankie. Le contaba anécdotas de su juventud, repasaba su historia de amor con Bette, se reía del modo en que había reaccionado la familia de ella. Frankie aprendió más sobre su padre y la hondura de su amor por la familia de lo que había aprendido en todos los años anteriores, pero ninguno de los dos hablaba con el otro sobre lo que estaban viviendo en aquel momento.

Ese día, por fin, el equipo de cuidados intensivos iba a desconectar a su madre del ventilador.

—¿Qué significa? —le preguntó el señor McGrath a Frankie por tercera vez mientras subían en el ascensor.

—Si responde bien a la primera prueba de respiración espontánea, si sus constantes vitales se mantienen, le quitarán la sedación, la despertarán y la extubarán.

Frankie vio cómo la postura de su padre cambiaba: los hombros se le hundieron, como si se replegara en sí mismo y encogiera.

En otro momento de su relación, le habría cogido la mano para dar y recibir consuelo, pero no habían sanado lo suficiente para atreverse con un gesto semejante. Frankie había pasado dos noches en su dormitorio de volantes rosa y le había preparado sendas cenas, pero solo habían hablado de su madre. Tal vez nada más importara hasta que estuviera mejor. Los largos silencios no parecían llenos de ira, no herían sus sentimientos. El señor McGrath estaba triste, y Frankie conocía de sobra cada matiz del dolor: sin su esposa a su lado simplemente no sabía cómo actuar, quién ser, qué decir. Aquella locomotora que era su padre y que con tanto estruendo había atravesado su niñez, ahora había descarrilado.

Se abrieron las puertas del ascensor. Enfilaron el pasillo y se detuvieron al otro lado de los cristales de la habitación de la señora McGrath.

Eran las seis de la mañana y la unidad estaba relativamente tranquila. Había un equipo de enfermeras en la habitación, alrededor de la cama, comprobando si la paciente estaba lista.

—¿Y si no puede...? —dijo el señor McGrath, incapaz de terminar la pregunta: «respirar ella sola».

—Este sería un buen momento para que elevaras una oración —respondió Frankie mientras se arrimaba al cristal para intentar oír lo que decían las enfermeras en el interior.

«Presión respiratoria máxima...: veintitrés».

Eso era bueno.

«Signos vitales».

Frankie observó las máquinas.

Las enfermeras se miraron y asintieron. Una de ellas descolgó el teléfono y le comunicó los resultados al médico.

Frankie la vio asentir y colgar. «Es hora de quitar la sedación».

Frankie sintió cómo su padre se acercaba a ella. Estuvo a punto de apoyarse en él. Ambos observaban, a la espera.

A través del cristal, vio pestañear a su madre. Poco a poco fue abriendo los ojos. La enfermera de la UCI extubó a la señora McGrath, quien de inmediato empezó a toser.

—Está respirando —dijo su esposo.

En cuanto les permitieron entrar en la habitación, Frankie y su padre se situaron a ambos lados de la cama; cada uno en su sitio.

Su madre parpadeó lentamente.

Su padre le acarició la mejilla.

—Bette, qué susto me has dado.

—Sí... —respondió esta con media sonrisa torcida.

Entonces giró la cabeza a la derecha y se quedó mirando a Frankie.

—Mi... niñ...

A Frankie se le anegaron los ojos.

—Hola, mamá.

—Fran... —musitó la señora McGrath al tiempo que levantaba una mano temblorosa y huesuda para que se la tomara—. ¿Qué... hech... pelo?

Frankie solo pudo echarse a reír.

9 de mayo de 1971

Queridas Barb y Ethel:

Os saludo desde esta burbuja que es la isla de Coronado.

Siento haber tardado tanto en escribiros, pero han sido unos días inciertos con lo de mi madre. La buena noticia es que ha salido del hospital. Todavía tardará un tiempo en recuperar la movilidad completa, así que voy a quedarme para ayudarla. No tengo ni idea de cuánto tiempo será. He dejado el trabajo en el hospital. ¿Os importaría mandarme mis cosas aquí?

Quiero que sepáis las dos lo mucho que significáis para mí y que estos años a vuestro lado (tanto en Vietnam como en Virginia) han sido los mejores de mi vida.

Volveré a veros en cuanto pueda. Entretanto, a seguir bien, chicas.

Os quiero,

F.

14 de mayo de 1971

Querida Frankie:

Has separado al grupo, amiga, y, mira que lo odio, pero creo que iba siendo hora y esta es la patada en el culo que necesitaba. He mandado el currículo a la organización de mejora de las condiciones de las personas negras Operation Breadbasket en Atlanta. ¡Puede que conozca a Jesse Jackson!

¡Te echo de menos!

Estamos en contacto.

A seguir bien,

B.

P. D.: Me apuesto algo a que, ahora que nos hemos quitado de en medio, Noah le suelta la pregunta a Ethel en menos que canta un gallo.

Frankie aplicó crema en las manos resecas de su madre.

—Qué... gr... dable —dijo su madre, luchando por articular las palabras.

Frankie se inclinó y le besó la mejilla apergaminada.

A su madre se le cerraron los ojos. Se cansaba enseguida, pero era de esperar, pues solo habían pasado unos días desde el ictus. Estaba en casa, en una cama medicalizada que habían instalado en el cuarto de invitados de la planta baja. La mujer se frustraba con frecuencia; a veces no encontraba una palabra, o elegía la equivocada, o arrastraba las letras al pronunciarla. De vez en cuando, una crisis de vértigo la mareaba y le provocaba náuseas.

Frankie cerró la puerta a sus espaldas y encontró a su padre sentado en el salón, encorvado hacia delante. Lo que fuera que antaño lo hinchaba como un pavo se había esfumado con el accidente de su esposa.

—Va bien —dijo Frankie.

—Me alegro de que estés aquí. Tu madre te echaba de menos.

—¿Y tú?

El hombre alzó la vista, sorprendiendo a Frankie con su mirada directa, como si estuviera esperando la pregunta.

—Cuando volviste a casa, estabas distinta.

—Me... costó adaptarme cuando volví de Vietnam.

—A todos nos costó. Después de lo de Finley... yo no era el mismo. No sabía cómo... —El padre de Frankie se encogió de hombros, como si fuera incapaz de encontrar las palabras que describieran su duelo.

—Siento lo de aquella última noche, antes de marcharme a Virginia..., las cosas que te dije —se disculpó Frankie. En el silencio que siguió, se levantó, enfiló el pasillo hasta su dormitorio y rebuscó en el bolso de viaje. En cuanto dio con la fotografía de Finley que se había llevado con el enfado, regresó al salón y se la tendió a su padre—. Merece estar en la pared de los héroes —dijo en voz baja mientras depositaba el retrato enmarcado sobre la mesa—. Lo siento mucho, papá.

El hombre miró a su hija un largo instante antes de ponerse en pie. Se tambaleaba un poco; bien había bebido demasiado o comido demasiado poco, bien la preocupación lo había afectado de nuevo.

—Acompáñame —le propuso a Frankie antes de ir a la cocina, coger unas llaves del gancho junto al teléfono de la pared y encaminarse al patio.

Frankie lo siguió hasta Ocean Boulevard. Bajaron juntos en silencio por la ancha acera de cemento.

—Nos peleamos por ti después de tu marcha —terminó por confesarle su padre.

Frankie no supo qué responder.

—Me echó la culpa. Dijo que había sido desagradable contigo.

—Yo también fui un poco gilipollas.

—Eso le dije.

Frankie se sorprendió sonriendo.

—Tu madre estaba segura de que volverías.

—Ah, ¿sí? ¿Y eso?

—La vida. La maternidad. Dijo no sé qué del desove del salmón.

En cuanto anduvieron otra media manzana, el señor McGrath se detuvo delante de un pequeño bungalow gris con un pozo de los deseos pintado de blanco en el jardincito delantero. Un capricho incongruente en ese mundo caótico. La casita estaba encajonada entre mansiones de dos plantas, por lo que parecía de juguete. En la entrada había aparcado un Mustang descapotable azul oscuro.

—Iba a derribar la casa para construir algo más grande. Pero entonces…, cuando te fuiste a Virginia, tu madre dijo que quería que tuvieras un lugar al que volver. Algún día. Y me dejó clarísimo que este tenía que ser tu refugio. No dio su brazo a torcer. No creo que jamás se hubiera puesto así nunca, ni conmigo ni con nadie. En fin, que hizo que la pintaran por dentro y la amueblaran con lo básico. Bueno, lo básico según tu madre. El coche es mi aportación.

Se llevó la mano al bolsillo y saco dos juegos de llaves, que le entregó.

Frankie estaba demasiado anonadada para responder; se quedó mirando a su padre y lo vio como nunca lo había visto: el fantasma del hombre que había dejado Irlanda siendo niño y había cruzado el océano solo, el que no había podido ir a la guerra con los hombres de su generación, el que se había enamorado de una mujer acostumbrada a tenerlo todo. El hombre que había perdido un hijo en la guerra y casi había perdido a su esposa, que había hecho huir a su hija en mitad de la noche porque no había sabido cómo acogerla a su vuelta. Frankie se preguntó si jamás volverían a hablar los dos de aquellas cosas.

—Gracias, papá —respondió con un hilo de voz.

El hombre parecía incómodo con la gratitud de Frankie, o tal vez solo lo estuviera con la historia que el gesto revelaba. Su mirada se perdió calle abajo.

—Debería marcharme. No me gusta dejar a tu madre demasiado tiempo sola.

Frankie asintió y lo vio alejarse. Cuando su padre dobló la esquina, pasó junto al pozo blanco hasta llegar al bungalow gris.

Sacó la llave, abrió la puerta y accionó el interruptor de la luz. En el interior se topó con un pintoresco salón con las paredes forradas de pino, con una chimenea de piedra manchada de hollín y grandes ventanas con cortinas de cuadritos. Suelos de parquet, una alfombra ovalada, una cocina recién pintada de turquesa pálido, un mullido sofá de flores y un sillón. Un jarrón con flores de seda en la repisa de la chimenea.

Frankie caminó por el lugar, encendiendo las luces a medida que recorría las estancias. Había dos pequeños dormitorios, el mayor de los cuales daba a un jardín vallado con una encina de California en el centro. Su madre lo había amueblado con una cama de matrimonio, un mullido edredón blanco y una mesilla con una lámpara decorada con conchas.

Frankie exhaló un largo suspiro. Quizá eso fuera lo que había necesitado desde el principio. Un lugar propio.

25

Aquella noche, Frankie durmió bien.

Por la mañana, encontró en su dormitorio un armario lleno de ropa. «Básicos».

Sonriendo, se puso un pantalón de pana y una blusa campesina bordada, y bajó a casa de sus padres, donde su madre la esperaba de pie en el escalón delantero, apoyada en un andador.

—Lleg... tar...de —dijo. Parecía agitada.

—Qué voy a llegar tarde, mamá —respondió Frankie mientras la ayudaba a subirse al coche.

La señora McGrath se acomodó con torpeza en el asiento.

—Me encanta la casita, mamá. Allá donde pongo el ojo, te veo a ti. Sé lo mucho que te has esforzado por que sea acogedora. Gracias por dejarme vivir allí.

Su madre asintió vacilante, sin controlar del todo el movimiento. Frankie veía lo nerviosa que estaba, cómo se agarraba a la consola entre los asientos para asegurarse.

—¿Tienes un poco de vértigo? —le preguntó Frankie.

Su madre asintió y dijo que sí, arrastrando la palabra hasta que perdió la forma.

—Mierda.

Frankie podía contar con los dedos de una mano las veces que había oído a su madre maldecir.

—Llevará tiempo, mamá. No seas demasiado dura contigo misma. El fisioterapeuta te ayudará, y el terapeuta ocupacional también.

Su madre resopló de un modo que podía significar acuerdo o desacuerdo; no estaba claro.

En San Diego, Frankie accedió al centro médico y aparcó. Ayudó a su madre a salir del vehículo para que no se cayera. Valiéndose del andador, con los nudillos blancos del esfuerzo, la mujer renqueó lentamente hasta el vestíbulo. Frankie la registró y ambas se sentaron en la sala de espera.

—Miedo —murmuró su madre.

Frankie jamás le había oído usar esa palabra.

—Estoy aquí, mamá, contigo. Todo irá bien. Eres fuerte.

—Ja.

En ese momento salió una enfermera.

—¿Elizabeth McGrath?

Frankie ayudó a su madre a ponerse en pie y la sujetó mientras atravesaba el vestíbulo con ayuda del andador. En el último minuto se dio la vuelta y miró a Frankie con ojos asustados.

—Estaré aquí cuando acabes, mamá —dijo Frankie con una sonrisa amable.

La señora McGrath asintió con un movimiento vacilante.

Frankie volvió a su asiento y se sentó. Se inclinó a un lado y rebuscó entre una pila de revistas hasta dar con un artículo sobre los prisioneros de guerra que seguían en Vietnam.

Le recordó a la Liga de las Familias y a su empeño por traerlos de vuelta a casa. Cuando Barb y Frankie asistieron a aquel almuerzo en Washington D. C., se enteraron de que querían abrir una oficina en San Diego.

Frankie fue en busca de una cabina y, en cuanto encontró una, llamó a Información.

—¿Podría darme el número de teléfono de la sede de la Liga de las Familias en San Diego? —le preguntó a la operadora.

Al cabo de un instante, esta respondió:

—Le puedo proporcionar el de la Liga Nacional de las Familias de Prisioneros y Desaparecidos Estadounidenses en el Sudeste Asiático.

—Esa es.

—Ahora mismo la conecto.

—Liga de las Familias, al habla Sabrina, ¿en qué puedo ayudarle? —preguntó una voz a través del teléfono.

—Buenas, ¿aceptan donativos? —preguntó Frankie.

La mujer se rio.

—Y tanto. ¿Quiere pasarse por la sede?

—Claro. Tengo un ratito libre.

Frankie apuntó las señas y se encaminó al coche. En la guantera encontró la guía Thomas de la zona, buscó la dirección y se puso en camino.

Al otro lado de la ciudad, estacionó en una recoleta bocacalle, delante de un pequeño edificio que parecía haber sido un restaurante. En un cartel pintado a mano sobre la puerta se leía: LIGA DE LAS FAMILIAS DE PRISIONEROS Y DESAPARECIDOS.

Entró por la puerta principal, que estaba abierta.

La sede era una oficina pequeña, prácticamente sin amueblar salvo por un escritorio sobre el que descansaban varias pilas de folletos. Detrás había una mujer sentada, que levantó la vista cuando Frankie entró.

—¡Bienvenida a la Liga de las Familias!

Otra mujer estaba de rodillas; una cascada de rizos rubios le tapaba la cara mientras pintaba una pancarta que rezaba: QUE NADIE LOS OLVIDE. Saludó a Frankie con la mano.

—¡Hey, hola! Bienvenida.

La mujer sentada al escritorio era de una belleza exótica, de cabello largo y negro y pómulos altos. A su lado, un bebé dormía en un cochecito.

—Soy Rose Contreras. Adelante. ¿Eres esposa de la Armada?

—No. Me llamo Frankie McGrath y fui enfermera del Ejército de Tierra.

—Que Dios te bendiga —respondió Rose con emoción—. ¿Conoces a algún prisionero de guerra?

—No. Solo he venido a donar para la causa.

—Todos los donativos son bien recibidos, claro —dijo Rose—. Como puedes ver, ahora mismo estamos bastante necesitadas.

Frankie abrió el bolso y sacó la cartera.

—Pero, Frankie...

—¿Sí?

—Lo que realmente necesitamos es ayuda para dar a conocer el problema. Anne, Melissa o Sheri, las señoras casadas con los mandamases, se encargan de hablar en público y presentarse en el Senado. Yo presido el Comité de Escritura de Cartas. Nuestro objetivo es contactar con cualquiera que creamos que puede sernos de ayuda. La idea es inundarlos de cartas, tal cual. Y lo mismo con los periódicos. ¿Te gustaría ayudarnos?

Escribir cartas: algo que podía hacer mientras estaba sentada con su madre, haciendo la cena o cuando esperaba a que terminase con sus numerosas citas.

Frankie sonrió.

—Me encantaría echaros una mano, Rose.

Escribir cartas en nombre de la Liga de las Familias y en el de los prisioneros de guerra de Vietnam no tardó en volverse una obsesión.

Frankie escribía cuando se sentía sola, cuando no conciliaba el sueño, cuando se notaba nerviosa, cuando su madre estaba con el fisioterapeuta o en terapia ocupacional, mientras echaba el rato en la sala de espera del centro médico. Escribía sentada en la playa después de cenar. Escribía a todo el que se le pasaba por la cabeza: Henry Kissinger, Richard Nixon, Spiro Agnew, Bob

Dole, Harry Reasoner, Gloria Steinem, Walter Cronkite, Barbara Walters. Cualquiera que pudiera escuchar y ayudar o hablar con alguien que lo hiciera. «Estimado doctor Kissinger: le escribo en nombre de nuestros héroes americanos, los hombres a quienes han dejado atrás. Como enfermera militar que sirvió en Vietnam, conozco los horrores que habrán vivido. Fueron a la guerra por el país, hicieron lo que debían y ahora el país ha de devolverles el gesto. No podemos dejar atrás a ningún hombre o mujer...».

Cuando no estaba escribiendo, acompañaba a su madre, la ayudaba a andar, la animaba a comer lo suficiente para recuperar peso, la llevaba en coche a las citas y de vuelta a casa. Recuperarse de un ictus era un proceso lento, pero la señora McGrath mostraba una fuerza de voluntad considerable y se obligaba a esforzarse, en ocasiones hasta la extenuación. A los médicos les asombraba la velocidad con que mejoraba, pero no a Frankie ni a su esposo. Bette McGrath siempre había tenido una voluntad de hierro.

En general, Frankie creía que las cosas iban bien; sus cambios de humor habían disminuido y llevaba semanas sin sufrir pesadillas sobre Vietnam ni despertar sobre el suelo del bungalow. Cada dos domingos escribía a Barb o a Ethel, y recibía cartas con regularidad de sus amigas. Como las conferencias de larga distancia eran carísimas, tenían que conformarse con el correo.

A Frankie no le importaba —aunque sí a su madre— carecer de vida social y no haber tenido una cita desde..., bueno, desde antes de Vietnam. El amor era lo último en lo que pensaba. Lo único que quería era paz y tranquilidad.

Para finales de junio de 1971, casi dos meses después de haberse mudado, Frankie había desarrollado una rutina estable. Ayudar a su madre con la recuperación la satisfacía y escribir cartas por los prisioneros de guerra le daba un propósito. Pero ese día, por fin, la habían invitado a hacer algo más que escribir cartas.

A media tarde, estacionó el vehículo en el centro comercial al aire libre de Chula Vista y se dirigió a las escaleras mecánicas. El lugar estaba decorado con banderines rojos, blancos y azules, adelantándose al fin de semana del Día de la Independencia, y la mayoría de los escaparates anunciaban rebajas de algún tipo.

En la plaza central, bajo una palmera, habían colocado una mesa. Tras ella estaba sentada una joven bonita y coqueta con el cabello rubio recogido en un par de coletas bajas; escribía una carta. A su izquierda había una tosca jaula de bambú en la que apenas cabría un hombre de pie. Un cartel alrededor de la jaula rezaba: QUE NADIE LOS OLVIDE.

Frankie sonrió y se sentó al lado de la chica.

—Soy Frankie —le dijo al tiempo que le tendía la mano.

—Joan —respondió esta, estrechándosela.

—¿Qué tal va la jornada?

—Lenta. La gente se está preparando para el festivo.

Frankie ordenó la pila de folletos que tenía delante. En el centro de la mesa había una caja con pulseras de los prisioneros de guerra a cinco dólares la unidad.

Joan volvió a su carta.

—¿Crees que «cumpla su puñetera promesa, presidente Nixon» es demasiado agresivo para empezar una carta? —le preguntó a Frankie, con la punta del bolígrafo a punto de tocar el papel.

—No creo que puedas ser demasiado agresiva —respondió esta mientras sacaba una hoja y un bolígrafo.

Un joven de pelo largo y barba desaliñada pasó junto a la mesa y masculló: «Belicistas» sin aflojar el paso.

—La libertad no es gratis, gilipollas —lo increpó Frankie—. ¿Por qué no te largas a Canadá?

—Se supone que no podemos gritarles a los pacifistas —dijo Joan, sonriendo con malicia—. Pero es una regla absurda.

—Más que una regla, es una recomendación —respondió Frankie.

Joan rio.

—¿Cuánto tiempo lleva tu marido prisionero?

—No estoy casada. Mi hermano y… varios amigos murieron en Vietnam. ¿Y tu marido?

—Lo derribaron en el 69. Está en Hoa Lo.

—Lo siento, Joan. ¿Tenéis hijos?

—Solo uno, una niña, Charlotte. No recuerda a su padre.

Frankie tocó la mano de la mujer. Tendrían la misma edad y vivían vidas muy distintas, pero la guerra las había unido.

—Volverá a casa, Joan.

Una mujer de cabello oscuro con un traje de chaqueta y pantalón de cuadros blanco y negro se acercó a la mesa.

—¿Meten a los soldados en jaulas como esa? ¿En serio? Pero si no hay sitio ni para estar de pie…

—Sí, señora.

—¿Y qué han hecho?

—¿Que qué han hecho? —preguntó Joan.

—Para acabar enjaulados. ¿Son como el teniente Calley aquel de My Lai?

«Tranquila. Hay que divulgar, no atacar».

—Lo que han hecho es servir al país —respondió Frankie—. Igual que sus padres y sus abuelos, han hecho lo que la nación les pedía en tiempo de guerra y han sido capturados por el enemigo.

La mujer frunció el ceño, cogió una pulsera chapada en níquel de la caja y leyó el nombre grabado en ella.

—Ese soldado es hijo de alguien, señora. Marido de alguien. Y esos álguienes están esperando a que vuelva a casa. —Frankie se detuvo antes de continuar—. El marido de esta compañera está prisionero.

La mujer sacó un billete de la cartera gastada y se lo tendió a Frankie antes de dejar la pulsera en la caja.

—La idea es que lleve la pulsera hasta que el prisionero regrese —dijo Joan—, para mantener su memoria viva.

La mujer volvió a coger la pulsera, se la puso en la muñeca y se la quedó mirando.

—Gracias —le dijo Frankie.

La mujer asintió antes de alejarse.

Durante la siguiente media hora, Frankie y Joan repartieron folletos, vendieron pulseras y escribieron cartas. Frankie llevaba a medias una más para Ben Bradlee, el director del *Washington Post*, cuando sintió cómo Joan le daba un leve codazo.

—Mira —musitó.

Frankie levantó la vista y vio a dos hombres que se acercaban a su mesa.

No, no eran dos hombres, no exactamente. Eran un hombre y un adolescente. Padre e hijo, quizá; el hombre era alto y delgado, con el pelo entrecano por los hombros y bigote. Llevaba una camiseta negra de los Grateful Dead y vaqueros raídos con sandalias. El chico, que tendría dieciséis o diecisiete años, tenía los músculos trabajados y vestía una sudadera de Annapolis. Iba afeitado y con el pelo cortado al estilo de los cincuenta. Se detuvieron delante de la mesa, bajo la pancarta de QUE NADIE LOS OLVIDE.

El hombre dio un paso al frente.

—Veo que sigues luchando por la causa. Frankie McGrath, ¿verdad? ¿La chica de Coronado?

Frankie tardó un momento en reconocer al hombre que había conocido en la manifestación de Washington D. C.

—El psiquiatra surfista.

—Henry Acevedo —respondió él, sonriendo—. Este es mi sobrino, Arturo. —Se volvió al adolescente—. ¿Ves esa jaula, Art? Fíjate bien.

El chico puso los ojos en blanco y le dio a su tío un empujoncito sin malicia.

—A mi tío le fastidia que vaya a entrar en la Academia Naval en septiembre. Pero mi padre está emocionado.

—Mi hermano fue a la academia —dijo Frankie—. Y le encantó.

—Mi marido también —añadió Joan—. Es un centro estupendo.

—No estoy a favor de las escuelas que forman guerreros y luego los mandan a ponerse en peligro —respondió Henry.

—Tú siéntete orgulloso de él, Henry —dijo Frankie sin alzar la voz—. Aunque no estés de acuerdo, su elección es honorable. —Acercó al adolescente la caja de pulseras—. Cinco dólares para ayudar a traer a un héroe de vuelta a casa.

Arturo se acercó y se quedó mirando los aros plateados.

—Mola. ¿Tú conoces a algún prisionero de guerra? —le preguntó a Joan.

—Mi marido —respondió esta, mostrándole la pulsera que llevaba. Arturo se inclinó para leer la inscripción.

—En el 69. ¡Guau! Lleva un montón de tiempo allí...

Frankie sintió la mirada de Henry sobre ella, pero no dijo nada. Al cabo de un momento, este rodeó a su sobrino con el brazo.

—Venga, mi futuro piloto. Dejemos a estas bellas mujeres salvar a sus maridos.

—Yo no estoy casada —replicó Frankie, sorprendida al oírse decirlo.

—El mundo es una caja de sorpresas. —Henry dejó un par de billetes de veinte dólares sobre la mesa—. Que se dé bien la jornada, señoras. Hasta pronto, Frankie.

Agarró a Arturo con ademán cariñoso, pero este se zafó del brazo de su tío; se le notaba que se creía demasiado mayor para tales gestos.

—¿Ese era..., ya sabes, el tipo que siempre hace de vaquero en la tele?

Frankie negó con la cabeza.

—Es médico.

—No sé qué sigues haciendo aquí —dijo Joan, mientras sacaba una lima y empezaba a retocarse una uña rota.

—¿Qué quieres decir?

—Si un hombre así de sexy me mirase a mí como acaba de mirarte a ti, no lo dejaría escapar.

—¿Qué? ¿Crees que…? No. No es… Quiero decir que… es mayor.

—El tiempo ya no es lo que era —respondió Joan.

Ahí Frankie tenía que darle la razón.

27 de julio de 1971

Querida Frank:

Saludos desde la tórrida isla de Captiva, en Florida. Tierra de gente apergaminada que conduce coches del tamaño de un yate y empieza con los cócteles a la hora del desayuno.

Sé que vas a gritar, igual que hará Babs cuando reciba una carta igualita que esta. ¡Noah y yo nos hemos fugado para casarnos! Ya sé que queríais ir a mi boda, pero es que no aguantaba más. Ninguno de los dos aguantábamos más. Llegado el momento de la verdad, me di cuenta de que no quería un día con olor a flores y sabor a tarta. Cuando falta tu madre…, no sé. No me apetecía y punto. Pero ya lo celebraremos, ¡y pronto!

Te quiero, amiga,

Señora de Noah Ellsworth

26

1972. Y la guerra continuaba.

Más muertos, más heridos de gravedad en el campo de batalla, más helicópteros derribados, más hombres enviados a la prisión de Hoa Lo o desaparecidos en combate.

Frankie, como la mayoría de los estadounidenses, veía el noticiario vespertino con horror. El año anterior, la Investigación Soldado de Invierno, la campaña mediática patrocinada por los Veteranos de Vietnam contra la Guerra, había expuesto el lado oscuro del conflicto —las atrocidades cometidas por Estados Unidos en la selva, las aldeas y el campo de batalla—, y al teniente William Calley lo habían condenado a cadena perpetua por la masacre de My Lai. El país había invadido Camboya. Todo ello incrementaba la ira y el asco hacia los veteranos que regresaban a casa.

A veces, al ver las noticias, Frankie no podía parar de llorar.

Cualquier minucia bastaba para desencadenarlo. Por Dios, pero si a veces lloraba en el coche al oír una canción que le hiciera pensar en Finley, Jamie o Rye. Cada lágrima le recordaba que su estabilidad pendía de un hilo finísimo.

Nadie en Estados Unidos seguía creyendo que ganarían la guerra; hasta en la isla de Coronado, entre la élite republicana, conservadora y pudiente, se extendía la duda. Frankie oía a su padre decir: «Hay que acabar con esto» a sus amigos, como si la guerra fuera unas vacaciones caras que se hubieran torcido.

Cuando su madre hubo mejorado lo suficiente para conducir y estar sola, Frankie se vio obligada a buscarse una vida, o al menos algo que se le pareciera. Se hizo con un puesto en el hospital del centro médico. Gracias a su formación y experiencia consiguió colocarse como enfermera quirúrgica en el turno de día, y una vez más el trabajo le dio propósito y estructura a su vida, cosas que necesitaba desesperadamente. Se aseguró de mantenerse ocupada; escribía innumerables cartas, se encargaba del puesto de la Liga de las Familias siempre que podía y trabajaba durante largos y agotadores turnos en el quirófano. Cualquier cosa que distrajera su mente y la cansara lo suficiente para dormir.

Pero sabía que esa noche nada la ayudaría.

Era el Cuatro de Julio.

Frankie temía la festividad. Los últimos años la había pasado encerrada en casa, con la música al máximo volumen para tratar de sobrevivir al ruido de aquella noche. En Virginia, Barb y Ethel siempre le habían permitido escabullirse, y el año anterior su madre no se encontraba lo bastante bien como para celebrar su fiesta anual. Pero este año la cosa había cambiado.

Lo último que deseaba Frankie era asistir a una fiesta en casa de sus padres, pero no tenía elección. Después de quince meses de terapia y trabajo duro, su madre por fin estaba lista para reaparecer en toda su gloria en la vida social de Coronado, y la asistencia de Frankie era obligatoria.

«Estoy bien. Puedo hacerlo».

Se puso un short morado y una blusa blanca vaporosa, caída sobre los hombros, y se planchó su ahora larga melena con raya en medio antes de maquillarse. Todo ello conformaba su camuflaje.

Al atardecer, abandonó el bungalow y enfiló la playa camino de la mansión de sus padres, hacia el icónico tejado rojo del Hotel del Coronado. Las luces titilaban desde los aleros, iluminando el trayecto.

A su alrededor, la vida seguía. Familias, niños, perros. Gritos y chillidos, chapoteo de gente entre las olas.

Se quedó en la arena todo lo que pudo antes de cruzar Ocean Boulevard, que era un hervidero aquella cálida tarde: conductores a la caza de un lugar donde aparcar, hombres descargando maleteros, mujeres conduciendo a niños y perros hasta la playa, en busca de un hueco libre para plantar las tumbonas.

La mansión de estilo Tudor se elevaba por encima del muro de ladrillo; sus ventanas con parteluces refulgían con la luz. De las ramas de la encina colgaban quinqués encendidos. Banderines rojos, blancos y azules decoraban la mesa de las viandas y la barra exterior. Frankie cerró la verja a sus espaldas.

El Día de la Independencia siempre había sido la festividad favorita de su padre. La familia la celebraba igual que el resto de los acontecimientos sociales: a todo tren. En el patio se había instalado un bufet a la americana, con bandejas de costillas a la barbacoa y jugosas hamburguesas, mazorcas de maíz con mantequilla, ensalada de patata y, por supuesto, tarta tricolor con helado de postre. Todo el mundo aportaba algo a la fiesta, y las señoras de Coronado trataban de quedar siempre por encima de las demás.

Era evidente que los invitados ya llevaban rato en el jardín; el volumen de sus voces indicaba que se había consumido gran cantidad de alcohol. Oyó vociferar a un hombre: «¿Quién se cree que es Jane Fonda? Para mí no es más que una antipatriota».

En el extremo izquierdo, un trío tocaba una versión orquestal de *Little Deuce Coupe*.

Pegado a los muros del patio había un cartel que rezaba: DIOS BENDIGA A AMÉRICA Y A NUESTRAS TROPAS.

—Siempre que sean hombres —murmuró Frankie.

Soltó aire lentamente, tratando de no enfadarse. O sentirse dolida.

Ojalá Barb y Ethel estuvieran allí. Frankie llevaba demasiado tiempo sin ver a sus amigas. Hacía poco que Ethel y Noah habían dado la bienvenida al mundo a su hija, Cecily, y aquel fin de semana Barb estaba de manifestación a saber dónde, preparándose para a saber qué «acontecimiento» supersecreto de la VVAW que hasta el momento apenas había mencionado.

Frankie se movía entre la concurrencia, ofreciendo una sonrisa falsa a todo el que conocía. Le llegaban retazos de conversación; los hombres, arreglados, hablaban de «soldados con el subidón de la heroína, bombardeando aldeas» y las mujeres, con vestidos de colores llamativos, temblaban al pensar que Charles Manson seguía con vida: «Habrá que cerrar las puertas a cal y canto. Deberían imponerle la pena capital. Malditos liberales».

Frankie se concentró en su respiración, tratando de mantener la calma hasta llegar a la barra.

—Una ginebra con hielo y un toque de limón.

Mientras le servían la bebida, su padre se apartó de la multitud. Como siempre, atraía la atención con facilidad. Ante su gesto de muñeca, la banda dejó de tocar. Frankie vio su sonrisa del millón de dólares, la que había vuelto con la recuperación de su esposa. Pero había una nueva sombra en ella, la conciencia de que el dinero no podía comprar la salud ni la seguridad. Llevaba un pantalón de rayas con un cinturón ancho y una camisa de poliéster con grandes solapas en el cuello. A lo largo del año anterior se había dejado crecer las patillas, ya canosas, y el cabello negro y rizado lo suficiente como para peinárselo hacia un lado. Sus nuevas gafas eran enormes y cuadradas.

—Os agradezco a todos vuestra presencia. Como sabéis, nuestra fiesta por el Día de la Independencia es una tradición aquí, en Coronado. La primera vez que invitamos a nuestros amigos a celebrar la independencia de Estados Unidos fue en 1956, cuando los movimientos de Elvis causaban escándalo.

La gente rio con el dulce recuerdo de un mundo diferente.

—No creo que mis hij..., que mi hija guarde ningún recuerdo anterior a las fiestas del Cuatro de Julio de los McGrath. —Se detuvo; se diría que le costaba continuar—. Pero el año pasado no enviamos invitación alguna. Todos sabéis por qué. Gracias a todos por vuestras cartas y flores. Pasamos unos momentos difíciles después del ictus de Bette.

En ese instante, su madre apareció ante las puertas del patio con la espalda recta y la barbilla alta. Había empezado a teñirse para ocultar las recientes canas y había terminado por cortarse el pelo en lo que tal vez sería el mayor atrevimiento en cuestiones de moda de su vida. Con el maquillaje impecable, el pelo corto y el moderno traje de chaqueta y pantalón, estaba tan arrebatadora como siempre. Atravesó el umbral con cuidado. Solo quien la conociera bien habría visto una mínima arruga en su ceño o cierta vacilación en sus pasos.

El padre de Frankie se dio la vuelta, alargó la mano y tomó la de su mujer para sostenerla.

La señora McGrath sonrió a sus invitados.

—El camino ha sido largo y no tengo palabras para lo mucho que todos me habéis animado. Millicent, tus guisos han sido una tabla de salvación. Joanne, aún no entiendo cómo funciona el mahjong, pero el relajante sonido de tu voz siempre me acompañará. Doctor Kenworth, gracias por salvarme la vida, directamente. Y Connor... —entonces miró a su esposo, antes de volverse hacia la multitud— y Frances. —En cuanto distinguió a su hija, la saludó con la mano—. Vosotros dos habéis sido mi roca.

Frankie vio a su padre apretarle la mano a su madre antes de besarle la mejilla.

Los invitados aplaudieron; alguien exclamó: «¡Bravo, bravo!».

—Una última cosa —dijo el señor McGrath—. Antes de comer, beber y bailar, quiero dar la bienvenida a casa al capitán de corbeta Leo Stall. Acaba de recibir el alta del hospital Walter

Reed tras su paso por Vietnam. —Levantó una copa—. ¡Por los hombres que sirven al país! La nación os está agradecida.

Frankie dejó su copa vacía sobre la barra con un golpe.

—Póngame otro —dijo mientras la banda arrancaba de nuevo con una versión de *American Pie* tan lenta que apenas era reconocible.

«Los hombres que sirven al país. La nación os está agradecida».

Una oleada de furia se apoderó de ella. Se bebió la copa de un trago y se quedó mirando la verja.

¿Podría marcharse ya?

¿Se daría cuenta alguien?

La mano le temblaba cuando se encendió un cigarrillo. «La nación os está agradecida».

—Tenemos que dejar de encontrarnos así —dijo una voz masculina.

Frankie se volvió a toda prisa y casi tropezó con el hombre que estaba a sus espaldas.

Él la sujetó.

—Henry Acevedo —dijo Frankie al levantar la vista.

Llevaba el pelo distinto: seguía estando largo y a capas, pero la humedad de la noche le había conferido cierto volumen. Era evidente que se había afeitado para la fiesta; ya no había una sombra de barba oscureciéndole el mentón. Grandes patillas le afilaban el rostro.

—¿Qué haces aquí? —le preguntó Frankie, dando un paso atrás y tratando de no perder el equilibrio—. Diría que este no es tu ambiente.

—Tu madre y sus amigas de la Liga Júnior lideraron una campaña de recaudación para el nuevo centro de tratamiento terapéutico de drogas y alcohol del hospital. Esta noche ha invitado a varios de los miembros del consejo, entre los que me incluyo. —Sonrió y se encogió de hombros.

—No tienes pinta de miembro del consejo de nada. Y te lo digo como un cumplido.

—Era venir a esta fiesta o pasar la velada con la desquiciada familia de mi hermana en las afueras.

—Yo habría elegido las afueras.

Henry sonrió.

—Está claro que no has pasado en las afueras el tiempo suficiente.

Frankie oyó el silbido inconfundible de un cohete de mortero y el retumbar de su explosión.

—¡Ya llegan! —gritó al tiempo que se tiraba al suelo.

Silencio.

Frankie parpadeó.

Estaba tumbada sobre la hierba en el jardín trasero de la casa de sus padres. «Pero ¿qué demonios?». Se irguió sobre las rodillas con una fuerte sensación de debilidad.

Alguien había lanzado un petardo. Probablemente un cohete de botella.

Y ella se había tirado cuerpo a tierra. ¿Qué le pasaba? Ni que no supiera distinguir entre un petardo y un ataque de mortero.

«Ay, Dios mío».

Henry se arrodilló junto a ella y le tocó el hombro con una ternura que hizo que quisiera echarse a llorar.

—Vete —dijo, humillada. Aquello no le había vuelto a pasar desde el club de campo, años atrás.

—Estoy contigo —respondió Henry. Frankie dejó que la ayudara a ponerse en pie, pero no era capaz de mirarlo a la cara—. Esos idiotas que compran los petardos y los cohetes en México deberían estar en la cárcel.

¿Estaba dando a entender que era «normal» oír aquello y tirarse al suelo?

—¿Me llevarías a casa? —le preguntó Frankie. Al oírse se dio cuenta de que sonaba a invitación, que no era lo que pretendía. No quería tener nada con él.

O tal vez sí. En ese momento no quería estar sola.

Henry le rodeó la cintura con el brazo para sujetarla.

—Mi coche...

—Podemos ir andando.

La condujo hasta la verja y la abrió.

Ocean Boulevard era una locura de tráfico y turistas. La ancha franja de arena estaba atestada de familias, niños, estudiantes y personal de la Armada, todos mezclados. Los perros ladraban. Los niños reían. Los padres, cansados, trataban de atarlos en corto. Pronto empezarían a lanzar más de los fuegos artificiales que habían comprado al otro lado de la frontera con México. Cohetes de botella y M-80. El cielo sonaría y se vería como si estuvieran en pleno ataque.

Por la acera, Frankie no se despegaba de Henry y en un momento dado se dio cuenta de que se había olvidado de ponerse sandalias al salir de casa. Había hecho todo el camino descalza.

Frankie no sabía qué decir a aquel hombre a su lado, que no apartaba la mano de su cintura, manteniendo una presión constante, mientras recorrían las pocas manzanas que los separaban del bungalow.

Una vez allí, se detuvo.

El bungalow parecía de plata en el crepúsculo. La puerta roja, el pozo de los deseos, con sus ladrillos pintados de blanco. De pronto, lo vio tal y como era: un hogar de otra época, para otro tipo de vida. Niños. Perros. Bicis.

Tomar conciencia de ello la llenó de pesar.

—Me apuesto algo a que, de pequeña, jugabas en la playa de Coronado y montabas por Ocean Boulevard en una bici con naipes prendidos a los radios con pinzas de la colada. Menuda infancia.

—Con mi hermano —respondió Frankie en un hilo de voz. Se dio la vuelta y alzó la mirada hacia Henry—. Gracias.

Él le hizo una reverencia exagerada.

—A vuestro servicio, milady.

Frankie sintió una sorprendente punzada de deseo. La primera en años. Quería que la tocaran, que la abrazaran. No estar sola.

—¿Estás casado?

—No. Mi mujer, Susannah, murió de cáncer de mama hace siete años.

Frankie vio el dolor que había sufrido por su esposa y la comprensión por su pérdida alivió de algún modo su soledad, o más bien la convirtió en un sentimiento compartido.

—¿Cuántos años tienes? —le preguntó, aunque en ese momento no le importara.

—Treinta y ocho. ¿Y tú?

—Veintiséis.

Él no dijo nada al respecto, y a Frankie le complació. Lo que había entre ellos no precisaba de palabras. Las palabras significaban algo y ella quería que aquello no significara nada.

—¿Entras? —le preguntó sin alzar la voz.

Él, evidentemente, entendió la pregunta, en toda su extensión, y asintió.

Frankie abrió la cancela trasera y lo condujo al jardín de atrás, que quería haber arreglado, aunque no lo había hecho. La hierba crecía descontrolada, amarillenta en algunos puntos por el calor estival y el riego descuidado. La barbacoa que había comprado de segunda mano jamás se había usado y las ramas de la encina anhelaban que alguien colgara un columpio. El jardín, al igual que su vida, estaba vacío.

Cerró la cancela tras ellos, y el chasquido metálico sonó como una campana. Henry la atrajo hacia sí y la abrazó. Frankie sintió toda su fuerza, todo su deseo, y la hizo sentir igual: deseada. Algo que no había percibido en mucho tiempo.

Henry se echó hacia atrás y la miró a los ojos.

Frankie le agarró la mano y lo llevó hasta el dormitorio. Una vez allí, lo soltó, dio un paso atrás y se quedó mirándolo, pensando que debería haber hecho lo cama. Había ropa tirada por el suelo. Vasos vacíos en la mesilla. ¿Había bebido demasiado la noche anterior y había llegado dando tumbos a acostarse? No se acordaba.

Henry la cogió de la mano y la condujo a la cama.

Frankie volvía a sentirse virgen, insegura, temerosa. Poco a poco se bajó el short y se quitó la blusa.

Llevaba un sujetador de encaje, bragas blancas y la medalla de san Cristóbal que su madre le había enviado a Vietnam.

—Yo solo... he estado con un hombre, y fue hace mucho tiempo —dijo, sin saber bien por qué lo mencionaba—. Y no quiero... más que esto. No es algo que haya en mí.

—¿El qué no hay en ti, Frankie?

—Amor.

—Ah.

—Estoy enamorada de otra persona.

—¿Dónde está?

—Muerta.

Henry la atrajo hacia sí. Frankie se ablandó entre sus brazos; sus labios se tocaron tímidos. Un beso entre dos extraños.

Al principio no pensaba más que en Rye y en lo que no era aquel beso, en lo que no era Henry, pero luego dejó volar el recuerdo y sintió cómo se dejaba llevar hacia una pasión que crecía lenta y nueva.

—Ahí —dijo con voz áspera cuando la mano de Henry se deslizó por su piel desnuda y se introdujo por dentro de las bragas.

No era amor, pero por un hermoso momento su cuerpo cobró vida, vibró en un murmullo, y se le pareció lo suficiente.

Al echar la vista atrás, cosa que hizo con frecuencia aquel verano de 1972, Frankie se preguntaba cómo habían empezado a salir Henry y ella.

En su mente, jamás habían comenzado una relación como tal. Simplemente habían coincidido; eran dos personas que recorrían caminos distintos y, de alguna forma inexplicable, habían confluido en uno solo. Todo empezó aquella noche en su bungalow. Henry conocía el dolor y la pérdida; le contó que, tras la muerte de su mujer, se había sumido en la oscuridad, había bebido demasiado alcohol y había perdido pie. Frankie sabía lo que quería decir, lo difícil que era recuperarse y con cuánto cuidado había que vivir después. Los dos eran seres solitarios y con el corazón roto. Vio pesar en sus ojos cuando mencionó a su esposa, y sabía que la voz se le había quebrado cuando él le preguntó por Rye, por Jamie y por Finley.

Así pues, ambos dejaron de pronunciar aquellos nombres, dejaron de hablar de amor verdadero y dejaron que aquello tan parecido al amor, la pasión, entrara en sus vidas. Frankie fue a Planificación Familiar por la píldora. Trató de sentirse moderna y segura de sí misma cuando entró en la clínica, pero, en cuanto el médico le preguntó si estaba casada, las mejillas le ardieron. Asintió a toda prisa antes de negar con la cabeza. El médico le sonrió con amabilidad y le dijo que ya no hacía falta mentir. Por fin era legal que las mujeres solteras obtuvieran el anticonceptivo, y le extendió la receta.

Henry y ella quedaban después de trabajar para tomar algo y, a veces, hasta para cenar. A menudo él estaba ocupado con recaudaciones para el hospital y el proyecto de la nueva clínica, y Frankie no sentía ningún deseo de asistir con él a los actos.

Ninguno de los dos estaba listo para adentrarse por completo en la vida del otro. O al menos ella no lo estaba, y él tampoco la forzaba a hacerlo.

Frankie no les habló de Henry a su madre ni a sus amigas porque le parecía vagamente incorrecto, y quizá hasta inmoral, tocar a un hombre a quien no amaba, dormir entre sus brazos durante horas y verlo marcharse a trabajar antes del alba.

Pero no podía parar. Después de tantos años de dolorosa soledad, Henry había traído la luz del sol a su vida. Y tenía miedo de volver a la oscuridad.

1 de agosto de 1972

Querida Frankie:

Ya basta. ¿Te crees que soy idiota?

Por si se te ocurre contestar otra cosa: no, no lo soy. Tu madre me llamó anoche. Dice que te estás comportando de un modo aún más raro que de costumbre, que vuelves a llevar perfume. Sé bien lo que eso significa, amiga mía.

Sexo.

¿Con quién lo estás practicando y qué tal se os da? Por favor, cuéntaselo a tu amiga para que pueda vivirlo a través de ti.

Las cosas en Chicago van bien. No es una vida solitaria, qué va. Estoy en constante movimiento, pero es duro ser mujer en un mundo de hombres, aun cuando una trabaja por el cambio.

Al próximo tío que me pida que prepare café para el grupo o que redacte el texto de un folleto —porque sé hacerlo—, le voy a dar una buena patada en el culo.

Ethel, por otro lado, me cuenta que ahora toda la ropa le huele a vómito de bebé y que ya no recuerda lo que era dormir de seguido.

Cada una tiene sus retos en la vida, supongo.

Dentro de un par de semanas voy a la Convención Nacional Republicana con los veteranos de la asociación. Espero que no haya violencia, pero, por Dios bendito, basta ya de esta dichosa guerra.

Vale, voy a servirme un trago. Más vale que me suene el teléfono en el instante en que recibas esta carta.

A seguir bien, hermana.

Te quiero,

B.

Una cálida mañana de la tercera semana de agosto, el sol brillaba a través del parabrisas sucio y *Nights in White Satin* sonaba por los altavoces del Chevy Nova de Henry.

—Esto no me acaba de convencer —dijo Frankie, contemplando la interminable fila de coches, motos y camionetas por delante, con otros tantos visibles por el espejo retrovisor.

Veteranos de Vietnam la mayoría, aunque no todos.

Hacía tres días que la caravana se había puesto en marcha en el sur de California con una veintena de vehículos, pero poco a poco se habían ido uniendo cada vez más: furgonetas Volkswagen con eslóganes pintados y cortinas en las ventanillas, viejas camionetas maltrechas, Camaros trucados, motocicletas con banderas militares ondeando en las barras de cola.

Ahora, con más de cien vehículos, el grupo proseguía en dirección a Miami, haciendo sonar las bocinas y dando las luces, mientras los hombres se asomaban a las ventanillas abiertas para saludarse unos a otros.

Henry bajó la música.

—Nos lo ha pedido Barb.

—Bueno, me lo pidió a mí y creía haberle dicho que no.

Frankie se cruzó de brazos, tratando de ocultar su tozudez. Después de mes y medio juntos, seguía en guardia delante de Henry, escondiendo todo lo que podía sus irracionales cambios de humor y su ira inexplicable. De lo contrario, él empezaría a hacerle preguntas que se negaba a responder. Henry no tenía ni idea de que a veces seguía echándose a llorar en la ducha sin motivo aparente.

Al llegar a un parque encontraron a miles de manifestantes ya reunidos, y no solo veteranos. Estaban presentes todos los grupos de protesta imaginables: hippies, universitarios, feministas. La VVAW siguió al coche que iba en cabeza hasta un rincón libre en el campamento, donde establecieron su propia base, protegida por veteranos con walkie-talkies que patrullaban por el perímetro. Frankie y Henry levantaron la tienda junto a su coche aparcado.

Al atardecer, el campamento de la asociación de veteranos era una fiesta en toda regla, a la que todo el mundo era bienvenido: también mujeres, novias, seguidoras, antiguas enfermeras y trabajadoras de la Cruz Roja.

Su líder parecía ser un hombre en silla de ruedas —Ron Kovic, que se había quedado paralítico del pecho para abajo en Vietnam—, que llamaba a la inminente manifestación su «última misión».

Por la mañana, Barb apareció en mitad del caótico campamento y gritó:

—Frankie McGrath, ¿dónde estás?

En cuanto esta vio a su mejor amiga, echó a correr hacia ella y a punto estuvo de tirarla al suelo con la fuerza de su abrazo.

—No me puedo creer que hayas venido —dijo Barb—. ¿Dónde está Henry? Me prometió que te traería y aquí estás. Debe de ser mago.

—Lo es —admitió Frankie a regañadientes.

Junto a la tienda de campaña, Henry estaba preparando café en un hornillo. Cuando Frankie vio que había sacado tres tazas, un sentimiento que era casi de amor, o al menos una versión descafeinada de este, afloró en su interior.

El hombre se puso en pie y sonrió con la franqueza de quien tiene la conciencia tranquila.

—Hola, Barb. Nuestra chica te ha echado de menos.

Esta sonrió y lo miró de arriba abajo.

—Yo te he visto en alguna parte.

—En Washington D. C. En el bar del…

—Hay Adams —concluyó Barb—. Eres un camarada revolucionario.

—¡Hora de ponerse en marcha! —gritó alguien a través de un megáfono—. Recordad: silencio. Queremos que esos cabrones sepan que pensamos que no queda nada por decir.

Los tres avanzaron dados de la mano y se mezclaron con la multitud en el parque. Encabezaban la marcha los veteranos heridos: hombres en sillas de ruedas, con muletas, ciegos guiados por hermanos que podían ver. Más de mil personas subieron por Collins Avenue en silencio. Los espectadores atestaban las calles, contemplando la marcha y haciendo fotografías.

Frankie sintió que Henry le soltaba la mano.

Se dio la vuelta.

—Esta es una marcha de veteranos. Este no es mi lugar, cariño —dijo en voz baja—. Tú sí. Necesitas hacerlo.

—Entonces, tú…

—Tú sigue, Frankie. Ve con tu mejor amiga. Yo estaré en el coche cuando hayáis acabado.

A Frankie no le quedó otra que dejarlo marchar y seguir avanzando con el grupo, con sus compañeros veteranos, de la mano de Barb, camino del palacio de congresos donde se estaba celebrando la Convención Nacional Republicana.

Frankie sintió la fuerza de aquel momento de silencio después de haber callado tanto tiempo sobre la guerra. Aquellos eran los hombres y mujeres que habían estado sobre el terreno y con su silencio clamaban: «Basta ya».

Le sorprendió el orgullo que sentía por estar allí, manifestándose, al ver los puños alzándose sin que se alzaran las voces, el golpeteo de los pies sobre la calzada, algunos de ellos, como los de Barb, calzados con botas de combate.

Se detuvieron a la entrada del palacio de congresos; las sillas de ruedas dejaron de rodar. La policía antidisturbios formaba una línea recta, impidiéndoles el acceso.

Entre los manifestantes, los jefes de sección impartieron órdenes con señales de las manos; los veteranos se expandieron y cortaron en silencio el tráfico de tres carriles.

Alguien —a Frankie le pareció que era Ron Kovic— gritó a través de un megáfono:

—Queremos entrar.

Entonces esperaron. En silencio. Hombro con hombro.

Frankie vio a los fotógrafos tomar instantáneas y a los cámaras de televisión grabar el momento. Los helicópteros de la Guardia Nacional zumbaban sobre sus cabezas.

La tensión iba en aumento. Frankie sintió el peligro; le pareció que todos lo sentían. Pero era imposible que los antidisturbios cargaran contra veteranos del Ejército, ¿no?

—¡Nos habréis arrebatado nuestros cuerpos, pero no nuestras mentes! —gritó alguien.

Al final, entre las aclamaciones de los espectadores, salió un congresista.

Frankie se puso de puntillas, tratando de ver qué sucedía en primera fila.

El político acompañó a tres veteranos en sillas de ruedas al interior del palacio de congresos. El resto de los manifestantes no podían acceder sin poner en riesgo la vida y provocar exactamente el tipo de escena que querían evitar.

Frankie nunca llegó a saber cuánto tiempo permanecieron allí, apiñados, interrumpiendo el tráfico, pero al final la marcha que había arrancado con determinación acabó con más de un millar de veteranos regresando al parque en mitad de los vítores —y las increpaciones— de la multitud que los observaba desde las aceras.

—No van a escucharnos —dijo Barb—. Ni por mucho que gritemos ni aunque callemos. Quieren olvidarse de nosotros.

—No lo sé —respondió Frankie—. Fíjate en la retirada de las tropas. Puede que algo estemos consiguiendo.

Las dos amigas siguieron andando.

—Oye, pues mola —soltó Barb—: Henry.

—Ya.

—¿Por qué lo mantenías en secreto? Yo te hablo de cada tío al que me planteo siquiera besar.

—De hecho, tengo un diagrama de flujo sobre el tema.

Barb hizo chocar su cadera con la de Frankie.

—En serio.

—No es más que... diversión.

—Ay, bonita, ni que fueras tú la juerga padre.

—Henry me está ayudando a ese respecto.

—¿Lo amas?

—No es eso lo que busco. No creo que pudiera sobrevivir otra vez al amor.

—No siempre acaba mal.

—Sí, claro. Eso explica por qué estás tú casada y con hijos.

—Yo no quiero esa vida. —Barb rodeó a Frankie con el brazo—. Estoy casi segura de que él te ama.

—¿Por qué?

—¿Quién cruza el país en coche para llevar a su chica a que marche en una manifestación y luego dice que no es su lugar? Un gesto que te cagas, por cierto.

—Tiene treinta y ocho años. Y ya estuvo casado.

—¿Esa es tu respuesta?

Frankie odiaba la idea de decirle la verdad a su amiga, pero sabía que seguiría insistiendo hasta que lo hiciera.

—Eres una puñetera cotilla, ¿sabes? —respondió con un suspiro. Luego, bajando la voz, añadió—: Rye.

—¿Es que él no querría que fueras feliz?

—Sí, sí. —Eso era lo que decía la gente todo el tiempo. Y solo conseguía que Frankie se sintiera aún más sola—. Y eso es lo que estoy haciendo. Mírame, soy feliz.

Al día siguiente, la noticia acaparaba todos los periódicos y noticiarios: tres veteranos de Vietnam en silla de ruedas habían entrado en la Convención Nacional en el momento en que Nixon pronunciaba su discurso de aceptación. Una vez dentro, habían gritado: «Basta de bombardeos».

La policía los habían sacado a toda prisa, pero las imágenes habían salido en todos los medios. Los veteranos habían gritado tan fuerte que el presidente había tenido que interrumpir el discurso.

Los sanitarios pasan corriendo junto a mí, cargando con hombres en parihuelas. Alguien grita.

Frankie se despertó con un gemido de sobresalto y se sentó en la cama; respiraba con dificultad.

Tardó un instante en recordar que estaba en su casa de Coronado, en la cama, con Henry durmiendo a su lado. Alargó una mano temblorosa y lo tocó para asegurarse de que era real.

—¿Estás bien? —murmuró él, sin despertar del todo, pero tampoco dormido.

—Sí, sí —respondió Frankie, sin dejar de tocarlo hasta que Henry volvió a dormirse.

Se bajó de la cama y fue hasta el salón. En una de las baldas del armario colgante de la cocina encontró un paquete de cigarrillos y se encendió uno, de pie frente al fregadero. Las imágenes de Vietnam se agolpaban en su mente, exigiéndole recordar.

Había sido la marcha.

Todos aquellos veteranos juntos, recordándose unos a otros el pasado compartido. Todo el dolor, la pérdida, los caídos, la vergüenza.

Se suponía que no iba a seguir pensando en ello. Se suponía que iba a hacer de tripas corazón.

«Olvídalo, Frankie».

27

Casi cuatro meses después, en su día libre, Frankie subió al Club de Golf y Tenis de Coronado y detuvo el Mustang bajo el pórtico blanco. Un aparcacoches se apresuró a llevárselo.

—Gracias, Mike —le dijo Frankie al tiempo que le entregaba las llaves.

El interior estaba decorado de la proa a la popa, como solían decir los navegantes del club, con motivos navideños. Sobre la repisa de la chimenea había tendidas guirnaldas falsas, con velas blancas aquí y allá. Un árbol de verdad brillaba con luces multicolor y adornos de temática golfista. Por los altavoces sonaba la voz de Elvis cantando *Blue Christmas*. Para un lugar como aquel, era sin duda una elección escandalosa.

Varios hombres con traje informal de poliéster se agrupaban junto a la chimenea, bebiendo unos bloody mary.

La madre de Frankie ya se encontraba en el comedor, que olía a pino y vainilla. A sus espaldas, la calle se extendía por el *green* como una franja ondulante de verde césped.

Estaba sentada muy recta a la mesa, cubierta con un mantel blanco. Llevaba un vestido de punto con cuello vuelto, una boina de lana sobre el negro cabello corto y largos pendientes colgantes.

Frankie se sentó enfrente.

—Siento llegar tarde.

La señora McGrath le hizo un gesto al camarero y pidió dos copas de champán.

—¿Estamos de celebración?

—Siempre —respondió la mujer, mientras se encendía un cigarrillo—. Puedo hablar y caminar, ¿no?

Frankie dio un sorbo a la copa y sintió un espasmo en el estómago y una náusea.

Apenas pudo excusarse antes de salir corriendo al baño y vomitar.

Dos veces.

Se acercó al lavabo y bebió un buen trago de agua. La mañana anterior también había vomitado.

No.

Nooo.

Se llevó la mano a la barriga. ¿Notaba un ligero abultamiento? ¿Cierta sensibilidad?

¡¿Estaba embarazada?!

Pero... si usaba anticonceptivos. ¿Le habría fallado la píldora? ¿La había tomado religiosamente cada mañana? Quizá se le hubiera olvidado una vez o dos...

Volvió a la mesa, pero no se sentó. Su madre alzó la vista.

—Estás pálida, Frances.

—Acabo de vomitar. Dos veces.

La señora McGrath frunció el ceño.

—¿Tienes resaca? ¿Fiebre?

Frankie negó con la cabeza.

Su madre le clavó la mirada.

—¿Estás... manteniendo relaciones íntimas con algún hombre, Frances?

Frankie asintió con lentitud mientras notaba cómo le ardían las mejillas.

—Llevo saliendo con él unos meses.

—Y no se lo has contado a tus padres. Ya veo. ¿Y la última vez que estuviste mala?

—No estoy segura. Desde que empecé a tomar la píldora, apenas… sale nada.

—Tiene que verte un médico.

Frankie, aturdida, asintió.

—Siéntate. Después de comer iremos donde Arnold. Nos colará.

Una hora y media más tarde, después de un almuerzo incómodo lleno de palabras no pronunciadas, dejaron el club y condujeron hasta la consulta del ginecólogo en Orange Avenue. Al llegar a la recepción, la señora McGrath dijo:

—Buenas, Lola. Vengo por una prueba de embarazo.

La mujer, entrada en años, levantó la vista.

—¿Está usted…?

La madre de Frankie agitó la mano con desdén.

—No es para mí, Lola. Es para mi hija.

La recepcionista se sacó un bolígrafo del moño y dijo:

—Ahora mismo le hacemos hueco. Me alegro de verla con tan buena movilidad.

Frankie juntó las manos y se sentó en la sala de espera.

Al cabo de unos momentos salió una enfermera, la llamó y la condujo a una sala de reconocimiento.

—Póngase una bata. Se ata por delante. El doctor estará con usted enseguida.

Frankie se quitó la ropa y se puso la bata.

«Embarazada». No dejaba de repetirse la palabra.

Alguien llamó con suavidad a la puerta antes de abrirla.

Tras cerrarla a su espalda, el médico se subió las gafas de montura negra por la nariz bulbosa.

—Hola, Frankie. Cuánto tiempo sin vernos.

—Hola, doctor Massie —respondió ella.

La última vez que se habían visto, ella tenía diecisiete años e iba a empezar la universidad. El ginecólogo le había dado una charla educativa que era más abierta en cuanto al sexo que la que había recibido de su madre, pero que igualmente había comenzado por: «En tu noche de bodas». Le había puesto tan nerviosa e incómoda oír a un hombre mayor hablar de penes y vaginas que apenas le había prestado atención.

—No sabía que estuvieras casada —dijo el médico.

Frankie tragó con dificultad y no respondió.

Si el doctor Massie se percató de su silencio, no dijo nada al respecto.

—Súbete a la mesa de exploración.

Frankie se tumbó en ella y apoyó los pies, cubiertos por calcetines, en los estribos de metal. El médico se colocó entre sus piernas. Ella clavó la vista en la pared blanca, fuertemente iluminada, antes de cerrar los ojos con fuerza cuando el hombre le separó más los muslos, se acercó y se puso un par de guantes.

—Vas a notar un poco de frío —dijo el doctor Massie con tono de disculpa al tiempo que introducía el espéculo. Después continuó con un tacto vaginal. Al acabar, se puso en pie, le cubrió las piernas y se colocó a su lado. Le abrió con cuidado la bata y le palpó el abdomen y las mamas.

Luego volvió a taparla y dio un paso atrás.

—¿Cuándo fue la última vez que menstruaste, Frankie?

—No estoy segura.

—¿Estás tomando anticonceptivos orales?

—Sí.

—No son infalibles. Sobre todo si no eres cuidadosa con su administración. —Se alejó otro paso más—. Haremos algunas pruebas para estar seguros, pero el examen físico parece indicar que, en efecto, estás en estado. Diría que de unos dos meses.

Dos meses.

—Ay, Dios... No estoy lista... No estoy casada.

El médico volvió a ponerse a su lado y le dijo con voz dulce:

—Los servicios de adopción de la Iglesia católica hacen un buen trabajo a la hora de asignar los bebés a familias respetables, Frankie. Tu madre conoce bien el tema.

Frankie recordó a varias compañeras del instituto que habían desaparecido de clase para volver al cabo de varios meses, más delgadas y silenciosas. Todos sabían que habían estado en un hogar para madres solteras, pero era algo de lo que no se hablaba siquiera en susurros por la vergüenza que suponía. Y, una vez, habían corrido rumores de una chica de Santa Bernadette que había muerto durante un aborto ilegal.

Frankie no se veía formando parte de nada de aquello, no porque fueran elecciones equivocadas, sino porque sabía que quería ser madre, aunque no sola, no soltera; quería el paquete completo: un marido, un bebé, una familia fruto del amor.

Asintió, se incorporó y se tocó la barriga. «Un bebé».

No estaba preparada para ser madre y, sin embargo, al cerrar los ojos imaginó por un momento una versión del todo distinta de su vida, una versión en la que amaba y era amada incondicionalmente, en la que su presente no se veía ensombrecido una y otra vez por las imágenes del pasado, por la vergüenza, la ansiedad y la ira. Una versión en la que era madre.

Se vistió y salió de la consulta.

La señora McGrath aguardaba en la sala de espera, sentada de esa forma tan recta que ahora era normal en ella, como si temiese que, por una mala postura, le pudiera dar otro ictus. Levantó los ojos y su mirada se cruzó con la de Frankie.

Esta sintió asomar las lágrimas.

Su madre fue cojeando hasta donde estaba y la agarró del brazo, la sacó de la clínica, atravesó con ella el aparcamiento, la metió en el Cadillac y luego se encendió un cigarrillo.

—No deberías fumar, mamá —dijo Frankie con voz cansada—. Has tenido un ictus.

—¿Quién es el chico con el que estás saliendo?

Frankie estuvo a punto de echarse a reír.

—No es un chico; es un hombre, mamá. Henry Acevedo.

—¿El médico que quiere abrir la clínica esa para drogadictos?

—Sí, mamá.

—Pero… ¿desde cuándo?

—Desde vuestra fiesta del Cuatro de Julio.

La señora McGrath esbozó una sonrisa.

—Un médico. Bueno, pues Henry y tú os vais a casar. Una ceremonia discreta. El niño será prematuro. Es algo que pasa mucho.

—No tengo por qué casarme, mamá. Estamos en 1972, no en 1942.

—¿Estás preparada para criar a un niño tú sola, Frances? ¿O para darlo en adopción? ¿Y qué dirá Henry al respecto? A mí me parece un buen hombre.

Frankie notó las lágrimas rodándole por las mejillas. Ojalá su vida fuera distinta. Ojalá fuera el hijo de Rye, los dos estuvieran casados y listos para tener hijos.

«¿Qué dirá Henry?».

El hombre equivocado. El momento equivocado.

—No lo sé.

En los cuatro días desde que el doctor Massie había llamado para confirmarle el embarazo, Frankie se había ido poniendo cada vez más nerviosa. El teléfono de la cocina sonaba a menudo, pero no respondía. Seguro que se trataba de su madre, preocupada por ella, pero no sabía qué decirle.

Henry también intuía que algo no iba bien; no paraba de preguntarle por qué estaba tan callada.

A él tampoco sabía qué decirle, ni a sí misma, ni a nadie, ya puestos. Así que seguía adelante como una autómata: se levantaba, iba a trabajar, cumplía con sus cometidos y trataba de no pensar en un futuro que de pronto la aterraba. En ese momento se encontraba en el quirófano 2, lista para asistir en la última cirugía del turno. Por los altavoces sonaba música navideña.

—Feliz cumpleaños, Frankie —le dijo el anestesista. El gorro azul apenas le ocultaba el pelo largo; al otro lado de la mesa de operaciones, junto al paciente, estaba el cirujano, con la vista fija en el abdomen color café con leche cubierto con una sábana azul. Unas fuertes luces blancas los iluminaban.

—Gracias, Dell.

Frankie cogió un bisturí de entre los instrumentos del carrito y se lo tendió al médico antes de que se lo hubiera pedido. Este practicó una incisión.

Frankie limpió la sangre que brotaba burbujeante.

—Aquí está —dijo el doctor Mark Lundberg—. Allá vamos. Tumor. Pinza.

Durante las dos horas siguientes, el cirujano extirpó el tumor que crecía en el estómago del paciente. Una vez concluida la cirugía y suturada la incisión, se bajó la mascarilla azul y frunció el ceño.

—¿Pasa algo? —preguntó Frankie, bajándosela también.

—¿Cuántos años tendrá, Frankie, treinta? ¿Cómo ha podido desarrollar cáncer gástrico? —Negó con la cabeza—. Mándalo a Anatomía patológica.

Frankie se quitó los guantes y los arrojó a la papelera. Después de llevar al paciente a recuperación, repasó las instrucciones para su cuidado con la enfermera en la sala.

A continuación examinó su historial. «Scott Peabody. Maestro de primaria. Licenciado con honores del Ejército. 1966. Vietnam. Casado. Dos hijos».

Escribió un par de notas en el historial y volvió a introducirlo en la funda que colgaba de la cama. De camino a su taquilla, al pasar junto a los adornos navideños de las paredes, se percató por primera vez de lo mucho que le dolían los pies y de una punzada sorda en la base de la columna. ¿Estaba embarazada de poco más de dos meses y ya andaba así? Tras cambiarse el uniforme, agarró el bolso y salió del hospital.

Condujo a casa con las ventanillas bajadas. Mientras tomaba el desvío del nuevo puente de Coronado, Jim Croce cantaba con voz dulce sobre el tiempo en una botella.

Al doblar la esquina de su calle, vio una columna de humo elevándose desde la chimenea de su casa y se acordó de que Henry iba a ir a celebrar su cumpleaños.

Veintisiete.

Ya no era tan joven. La mayoría de sus amigas del instituto y la universidad ya estaban casadas y tenían hijos. Ethel mandaba tantas fotos de su niña que Frankie había tenido que ponerlas en un álbum.

Estacionó en la acera y se quedó sentada un minuto bajo la luz de la farola, contemplando el bulto negro de la playa al otro lado de la calle.

Era hora de contarle a Henry lo del bebé. No se veía capaz de seguir adelante ella sola. El secreto la atormentaba y la hacía sentir muy sola.

Caminaría hasta el bungalow, abriría la puerta y se lo diría. Se planteó cómo hacerlo, empezó a dar vueltas a las palabras en su mente, ordenándolas y reordenándolas, tratando primero de suavizar y luego de oscurecer y, por último, de endurecer lo que tenía que comunicarle; pero, al final, era algo muy simple, solo tenía que armarse de valor.

Abrió la puerta de casa. El interior olía a carne asada y a patatas al horno. No cabía duda de que era la receta especial de Henry de muslos de pollo con patatas y cebolla, dorados en una sartén de hierro fundido y horneados.

Este estaba de pie a los fogones con su delantal favorito, que rezaba: AMAR SIGNIFICA TENER QUE DECIR SIEMPRE LO SIENTO, por encima de unos vaqueros y una sudadera de manga larga de los California Angels.

—Ya estoy en casa —dijo Frankie.

Henry se dio la vuelta.

—¡Feliz cumpleaños, cariño! —respondió al tiempo que se quitaba el delantal y lo dejaba sobre el respaldo de una silla. La tomó entre sus brazos para besarla. Cuando se apartó, vio que Frankie estaba llorando—. ¿Qué te pasa?

—Estoy embarazada.

Henry se quedó mirándola. Frankie no tenía ni idea de qué quería que respondiera. Nada podría hacer que ese momento se pareciese al que ella deseaba. Era el hombre equivocado y era el momento equivocado.

—Cásate conmigo —acabó él por decir—. Me trasladaré aquí. Dejaré el alquiler de La Jolla. Querrás estar cerca de tus padres.

Qué serio parecía, mirándola como si fuera el centro de todo su universo. Exactamente como un hombre enamorado debía mirar a la mujer adorada.

—Henry...

—¿Por qué no? Sabes que siempre he querido ser padre. Y esto..., el amor..., es algo que se me da bien y que tú necesitas, Frankie, puede que más que nadie a quien haya conocido.

—Yo no... —«te quiero»— creo estar lista —respondió.

—Este es uno de esos momentos en los que no importa si lo estás o no. Se lo oigo decir a la gente todo el tiempo: la paternidad es como lanzarse a la piscina por lo hondo. Siempre.

Se le veía tan profunda y genuinamente comprometido que a Frankie se le agitó el corazón y sintió una chispa de esperanza. La gente se casaba por todo tipo de motivos y en todo tipo de situaciones. Una nunca sabía lo que le depararía el futuro.

Henry era un buen hombre. Sincero. Honrado. El tipo de persona que se quedaría y envejecería al lado de su esposa, que estaría siempre a su lado.

Y Frankie necesitaría a alguien fuerte para hacer frente a la situación. Ella ya no lo era.

—Podríamos formar una familia —la animó.

Frankie se puso la mano en el vientre plano, pensando: «Nuestro bebé». Siempre se había imaginado siendo madre, una madraza, pero, de alguna manera, la experiencia en Vietnam —aquel bebé que murió en sus brazos— la había hecho desviarse, había hecho arraigar el miedo donde solo debía haber alegría.

Le sorprendió descubrir que el sueño de la maternidad seguía ahí, tenue e incierto, temeroso, sí, pero presente, entremezclado con una esperanza que creía haber perdido.

Las cosas no habían sucedido como esperaba ni con el hombre que deseaba, pero a pesar de todo seguía siendo un milagro.

Una nueva vida.

—Vale —respondió.

Henry la atrajo hacia sí y la besó con tanto ímpetu, con tanto amor y pasión, que Frankie sintió que creía en él. Que creía en ellos dos.

—Tenemos que contárselo a mis padres…

—No hay mejor momento que el presente —exclamó Henry. Se dio la vuelta, apagó el horno y cubrió la sartén que estaba al fuego.

Frankie no quería tener que contarle a su padre que se había metido en «un lío» y que tenía que casarse, pero ¿cuál era la alternativa? Un embarazo no era el tipo de cosas que una pudiera esconder mucho tiempo, y el reloj seguía avanzando inexorable.

—Estoy contigo —dijo Henry, tomándole la mano—. Confía en mí.

Frankie asintió.

Aunque hacía más fresco de lo normal para el sur de California, Frankie y Henry bajaron andando, cogidos de la mano, sin preocuparse de jerséis o abrigos.

Los coches pasaban junto a ellos con los faros encendidos. La playa era una vasta franja negra y desierta a su derecha, sobre la cual la luna se recortaba en su ascenso por el cielo. Las casas a lo largo de Ocean Boulevard estaban decoradas para la Navidad, con efigies de Santa Claus y sus renos, y guirnaldas de luces blancas envolviendo las palmeras.

Al llegar a la mansión de los McGrath, atravesaron el jardín trasero, profusamente decorado, y entraron en la casa, aún más abarrotada de adornos. Un árbol enorme dominaba el salón.

El señor McGrath estaba de pie con su esposa junto al mueble bar, con una coctelera plateada en la mano.

—Frances —dijo esta—. ¡Feliz cumpleaños, querida! No te esperábamos esta noche.

Frankie no era capaz de soltarle la mano a Henry; era como su tabla de salvación.

—Papá, mamá. Creo que ya conocéis a Henry Acevedo. Estamos… saliendo.

—Henry —dijo el padre de Frankie dando un paso adelante y con aquella enorme y acogedora sonrisa suya, la que hacía que cualquiera se sintiera bienvenido e importante—. Me alegro de volver a verte.

—Doctor Acevedo —dijo la madre, radiante de alegría.

—¿Podría hablar con usted un momento, Connor? En privado —respondió Henry.

El señor McGrath frunció el ceño un instante antes de asentir.

—Por supuesto, por supuesto.

Mientras los dos hombres enfilaban el pasillo, la señora McGrath se arrimó a Frankie.

—¿Es esto lo que creo que es?

—Mamá, nunca he sido capaz de leerte el pensamiento.

Jamás se le había pasado por la cabeza que Henry fuera a pedirle formalmente su mano en matrimonio a su padre. Era algo anticuado, muy de telecomedia familiar de los cincuenta en un mundo en plena liberación sexual.

Al cabo de unos momentos, Henry y su padre regresaron al salón.

—Bette, ¡vamos a ser suegros! Bienvenido a la familia, Henry.

La señora McGrath abrazó con fuerza a Frankie. Cuando la soltó, tenía lágrimas en los ojos.

—Una boda. Y un nieto. Ay, Frances, tu mundo entero cambiará en cuanto tengas al bebé en el regazo.

Henry se acercó, rodeó a Frankie con el brazo y la pegó tanto a él que esta se preguntó si tendría miedo de que huyera.

—Bienvenido a la familia, Henry —dijo la señora McGrath antes de alzar la vista a su marido—. ¡Necesitamos champán!

Mientras su madre se alejaba cojeando, Frankie se volvió hacia Henry, le rodeó el cuello con los brazos y lo miró a los ojos.

—¿Estás seguro de que quieres una boda como tal? ¿Y si pasamos de todo y nos plantamos delante de un juez y punto?

—Ni de broma. Este bebé es un milagro, Frankie. En este mundo de mierda, el amor siempre merece ser celebrado. Cuando Susannah murió, pensé que todo había acabado para mí.

Frankie notó el amor que sentía por ella, por su bebé, notó cómo el sueño de Henry de formar una familia desplegaba sus alas y echaba a volar. Aquello la llenó de esperanza.

—Quiero verte acercarte a mí por el pasillo de una iglesia y quiero oírte decir que me quieres, delante de tu familia y tus amigos. Quiero una niña que sea igualita que tú.

—O un chico que se parezca a Finley —respondió Frankie, atreviéndose a soñar—. Imagino que esto significa que pronto estaremos de luna de miel.

—Cariño —replicó Henry—. Nuestra vida entera va a ser una larga luna de miel.

28

20 de diciembre de 1972

Querida Barb:

¡Gracias por la tarjeta de cumpleaños!

Estoy escribiendo una carta idéntica a esta para Ethel. ¿Debería llamaros? Sí, por supuesto, ya lo sé.

Pero no puedo. Tal vez me esté volviendo una cobarde con la edad, no estoy segura.

En fin, al grano: estoy embarazada.

Quién se lo iba a imaginar, ¿eh? Aunque me acuerdo de oírte mencionar algo sobre profilácticos hará un millón de años, cuando perdí la virginidad.

Henry y yo vamos a casarnos. Ya lo sé, es muy fuerte y vamos muy rápido y yo soy una mujer moderna, que podría criar a un niño sola, pero, a ver, Henry tiene algo especial. Creo que aprenderé a quererlo. Y, más importante, por imposible que parezca, ya estoy enamorada de la criatura que llevo dentro. ¿Cómo puede ser? A veces me pongo tonta y me da vergüenza de lo mucho que deseo tenerla en brazos (porque creo que será una niña).

La boda no será gran cosa, probablemente una pequeña ceremonia en nuestro jardín trasero o en la playa.

—¿Vendrás? ¿Te gustaría ser mi dama de honor? Ethel, al estar casada, será mi matrona de honor. Madre mía, qué mayor suena lo de «matrona», le va a encantar.

Te quiero,

F.

Henry le puso a Frankie el anillo de diamantes de su abuela en el anular la mañana de Navidad, diciéndole: «Para siempre, Frankie, y mucho más». Acordaron el sábado 17 de febrero como fecha para la boda y enviaron un reducido número de invitaciones informales manuscritas.

Además, él le enseñó a convertir un sueño en algo tangible: un cuarto para la bebé. Empezaron por los muebles —compraron una cuna y un cambiador— y luego, un sábado por la mañana, fueron juntos a una ferretería a elegir la pintura para las paredes, de un alegre tono amarillo. Se pasaron los siguientes dos fines de semana y varias tardes preparando el pequeño dormitorio al final del pasillo.

Un cuarto amarillo, con grandes ventanas y cortinas nuevas de cuadritos.

En ese momento, Henry estaba sentado en el suelo con todas las piezas de la cuna blanca esparcidas a su alrededor, contando los tornillos y maldiciendo entre dientes.

—¿Cómo diablos te dan más tornillos que agujeros hay?

Sonriendo, Frankie lo dejó con las incomprensibles instrucciones y se dirigió a la cocina. Tardó la vida en quitarse la pintura amarilla de las mejillas y las manos. Tenía pintura hasta en el pelo, y eso que se lo había tapado con un pañuelo. Al acabar, empezó a preparar la cena y una tarta de manzana de postre.

—Algo huele bien por aquí —dijo Henry una hora más tarde, al entrar en la cocina.

—Soy yo —respondió Frankie.

Él la tomó entre sus brazos y la atrajo hacia sí.

—Me encantan las mujeres que huelen a manzanas y canela. ¿Has hecho tarta?

—Y de cero, he de añadir. Es la receta familiar de Ethel.

Frankie sonrió. El embarazo la había calmado. Por primera vez en años dormía bien. Sus cambios de humor se habían suavizado; por fin, pensó, volvía a ser ella.

—Entiendo que pronto empezarás a tejer botitas. O a preparar tu propia comida para la bebé.

—¿Acaso sugieres que me estoy pasando con lo de mi futura maternidad?

—Jamás.

Henry la besó y la condujo por el pasillo abajo hasta el cuarto infantil. La nueva cuna estaba pegada a una de las paredes amarillo claro con cenefas blancas.

Frankie se acercó a la cuna, tocó el móvil de cohetes y estrellas que colgaba por encima y recordó la discusión que habían tenido al respecto: ¿cohetes o princesas y castillos? «Quiero que nuestra hija sepa que puede volar a la luna si así lo desea», había sido el argumento definitivo de Henry.

En un rincón había una mecedora, junto a una librería vacía que Frankie pronto llenaría con sus historias infantiles favoritas. Se sentó y se dio impulso con los pies. La mecedora chirrió contra el suelo. Frankie chocó con la librería y un pulpo azul de peluche se le cayó en el regazo. Distraída, acarició el suave pelaje de tela.

Henry se le acercó y la miró fijamente, con la ropa salpicada de amarillo y el pelo entrecano alborotado.

—Te quiero —le dijo Frankie y, en ese instante, mientras la alzaba para besarla, pensó que era cierto. O que al menos podría serlo.

Quería que fuera cierto.

La primera semana del nuevo año, 1973, inauguraron la tradición de cenar una vez a la semana en casa de los padres de Frankie. Henry y el señor McGrath no parecían quedarse nunca sin tema de conversación, por mucho que sus opiniones políticas difirieran. Faltaban pocos meses para que abriera la clínica que Henry y sus colegas habían luchado tanto por montar, y no paraba de fantasear sobre sus planes de ayudar a sanar a alcohólicos y drogadictos. La señora McGrath se había ofrecido a organizar una nueva campaña de recaudación con otras mujeres de la Liga Júnior. Ya estaba pensando en ir de compras para hacerse con un vestido de gala para la inauguración.

El padre de Frankie parecía encantado de que esta por fin hubiera tomado el camino aceptable para las mujeres: el matrimonio y la maternidad. Su madre hablaba con emoción de la boda y trataba de convencerlos de organizar una pequeña recepción en el club tras la ceremonia en el jardín trasero, a lo que Frankie se negó con educación.

En ese momento estaban en el salón, sentados en cómodos sillones alrededor de la chimenea, donde ardía un fuego fuerte. El televisor del rincón estaba encendido. Walter Cronkite informaba del escándalo del caso Watergate. De la cocina llegaba el aroma a estofado.

En mitad de las noticias, Frankie se levantó y se dirigió al cuarto de baño. Ya volvía por el pasillo de camino al salón cuando apareció Henry, con expresión preocupada.

—¿Estás bien? Se te ve pálida.

—Soy irlandesa —respondió Frankie—. Y ahora mismo tengo la vejiga del tamaño de un guisante y estoy casi segura de que nuestra hija está sentada encima.

Henry le puso la mano en la barriga y se inclinó para decir:

—Hola, mi amor. Soy papá.

A Frankie apenas se le notaba el embarazo. El vientre le abultaba muy poco, pero se lo tocaba y acariciaba con frecuencia, imaginando a su bebé (una niña, seguía pensando) como un pececillo nadando y haciendo piruetas sin esfuerzo en su interior.

Últimamente había empezado a tocarse la barriga a menudo, diciendo: «Venga, corazón, muévete un poco para mamá, deja que te sienta», pero sabía que era demasiado pronto.

—Mamá también quiere un poco de atención —dijo Frankie, tomando a Henry de la mano y tirando de él por el pasillo. Abrió la puerta del despacho de su padre y lo hizo entrar.

Henry la besó antes de decir:

—Vale, ya nos hemos escondido bastante. Tu madre va a mandar un equipo de Armas y Tácticas Especiales en nuestra busca.

Entonces se echó hacia atrás.

Frankie se percató de su error; en las últimas semanas —desde la noche de su compromiso— había tenido mucho cuidado de no enseñarle a Henry aquella habitación, de pasar de largo ante la puerta cerrada. Ahora había visto la pared de los héroes.

Trató de llevárselo.

—Guau...

Henry le soltó la mano, se acercó a la pared y se quedó mirando las fotografías y recuerdos.

Frankie se puso a su lado y le rodeó la estrecha cintura con un brazo. Llevaba años sin entrar en ese cuarto. Lo último que deseaba era ver la bandera estadounidense de Finley, doblada con pulcritud formando un triángulo, protegida tras un cristal y enmarcada en madera.

—¿Dónde está tu foto? —preguntó Henry, y Frankie lo amó por darse cuenta de su ausencia y no tener miedo de señalarlo.

Antes de que pudiera responder, la puerta a sus espaldas se abrió. El señor McGrath entró en el despacho como hacía siempre, con autoridad.

—Estamos muy orgullosos del servicio que nuestra familia ha prestado al país —dijo.

—El servicio que han prestado los hombres —lo corrigió Frankie.

Al cabo de un segundo llegó su madre con un martini en la mano.

—Espero que no se lo hayas dicho sin mí —le dijo a su marido.

—Por supuesto que no —respondió este. Entonces sacó del cajón del escritorio un grueso sobre de papel manila sellado—. Son las escrituras del bungalow de Ocean Boulevard. Nuestro regalo de bodas.

—Sois muy generosos —dijo Henry con el ceño fruncido.

—Diría que es el momento de brindar —terció la señora McGrath—. Henry, por favor, ven a ayudarme a elegir una botella de champán.

Enlazó su brazo con el de su futuro yerno y se lo llevó.

Frankie se quedó sola con su padre ante la pared de los héroes. Ambos permanecieron callados largo rato, contemplando las fotografías y los objetos de recuerdo.

—¿Por qué no hay una foto mía, papá?

—Ya pondremos la de tu boda. Es lo que hacemos con las mujeres de la familia. Sois unas heroínas por aguantarnos a los hombres.

¿Cuántas veces había hecho la misma broma?

—Hay enfermeras que han muerto en Vietnam, papá.

—No estoy cómodo con esta conversación. Tu prometido está aquí. Estás esperando un hijo. Deberías estar orgullosa de cuidar de tu marido y tu bebé. Que las mujeres vayan a la guerra… —Negó con la cabeza.

—Si hubiera sido un chico, hubiera ido a Vietnam y hubiera vuelto de una pieza, ¿habrías colgado mi fotografía en la pared, papá?

—Me estás dando dolor de cabeza con tu cháchara, Frankie. Eres mi hija. No se te había perdido nada en la guerra y así te lo hice saber en su momento. Ahora descubrimos que directamente no deberíamos haber participado en esa maldita guerra y que estamos perdiendo. Estados Unidos, perdiendo una guerra. ¿Quién quiere un recordatorio de algo así? Déjalo correr, Frankie. Olvídalo y sigue adelante.

Tenía razón. Debía olvidarlo.

Estaba prometida y se casaría en breve. Estaba embarazada. ¿Qué más daba que nadie —ni siquiera su propia familia— valorase el servicio que había prestado al país? ¿Qué más daba que nadie recordara a las mujeres?

Ella sí las recordaba.

¿Por qué no era suficiente?

De pronto, la puerta se abrió de golpe y apareció Henry con una botella de champán.

—Se acabó —dijo.

—¿Se acabó? —repitió Frankie.

—La guerra —explicó Henry—. Nixon acaba de firmar el acuerdo de paz.

Dos semanas después de que el presidente firmara el acuerdo de paz, anunciaron en las noticias que pronto llegaría al país el primer grupo de prisioneros de guerra. Lo llamaron « Operación Vuelta a Casa» y, de la noche a la mañana, la Liga de las Familias pasó de exigir a preparar la vuelta de los soldados, algunos de los cuales llevaban presos casi una década. Las oficinas de San Diego y Washington empezaron a recibir cartas y postales de todo el país, de gente que había llevado una pulsera con el nombre de un prisionero; en ellas daban una calurosa bienvenida y las gracias a los retornados. Personas desconocidas enviaban regalos y donativos. La ciudadanía, que estaba deseando dejar la guerra atrás, acogió con entusiasmo el regreso de los héroes liberados de la prisión de Hoa Lo, un lugar que empezaba a describirse como el infierno en la tierra y a conocerse entre el gran público como el «Hilton de Hanói».

Las esposas pusieron en marcha su propia Operación Vuelta a Casa preparando sus hogares, yendo al salón de belleza, reuniendo a las familias, pintando carteles de bienvenida. A los niños los ponían en fila y los acicalaban y atusaban hasta quedar perfectos; a muchos les contaban historias de un padre al que no habían llegado a conocer.

Aquella tarde de febrero, la oficina de la Liga de las Familias en San Diego estaba decorada para celebrar una fiesta, con pancartas colgadas de las paredes con eslóganes del tipo NUNCA OS OLVIDAMOS o LO HEMOS LOGRADO. La sala vibraba de nerviosa energía.

Frankie notaba el orgullo y el miedo de las mujeres. Había oído a varias de ellas hablar de las charlas de preparación que la Armada había dado a las esposas de los prisioneros de guerra, diciéndoles que no esperasen demasiado de sus maridos. También se habían repartido folletos: «Desconocemos en qué estado se encontrarán los hombres, física o emocionalmente. Como ya sabrá, se han registrado casos de tortura. Por estos motivos, le sugerimos que planifique los reencuentros con cautela, procurando que su marido disfrute de un entorno tranquilo hasta que le diga estar listo para más. Nada de grandes fiestas ni entrevistas en prensa o televisión; nada de ruidos fuertes o grandes expectativas. Algunos de estos hombres, como bien sabe, han vivido en cautividad y en condiciones difíciles hasta durante ocho años. Esto les habrá supuesto una enorme carga mental y física. No pretenda que vuelvan a ser ellos mismos de un día para otro. Es de esperar que se muestren sexualmente impotentes y tendentes a la hostilidad hacia sus seres queridos».

Tortura. Cautividad. Tendencia a la hostilidad.

¿Cómo iban a ser aquellos hombres otra cosa que hostiles después de semejante trato durante años? Frankie escuchaba a las esposas expresar su nerviosismo —«He cogido peso, he perdido la chispa, ya no soy tan joven»— y se preguntaba si los hombres con quienes se habían casado seguirían queriéndolas. Escuchaba sus planes de acudir al regreso del primer grupo que llegaría a San Diego —el Día de San Valentín— y se henchía de orgullo.

Pero, por mucho que se enorgulleciera de su servicio a la liga, todo había acabado. Su lugar no estaba en aquella sala llena de esposas. Dejó el plato de tarta, ya vacío, y se encaminó hacia la puerta.

—¡Frankie!

Se detuvo y, al girarse, vio a Joan acercarse a ella. Llevaban meses sin verse, pero la alegría en su mirada era inconfundible.

—Solo quería darte las gracias —dijo la mujer, tocándole el brazo—. Tu ayuda ha sido muy importante.

Frankie sonrió.

—Gracias, Joanie. Me alegro de que tu marido vuelva a casa.

Fue la despedida perfecta.

Un capítulo de su vida se cerraba —Vietnam— y otro se abría: el del matrimonio y la maternidad.

El día en que el primer grupo de prisioneros de guerra debía aterrizar en Manila, Frankie se sirvió un té helado y se sentó en el sofá a ver la tele. Walter Cronkite decía: «Como sabemos, ha habido torturas. Los hombres en el Hilton de Hanói, la mayoría pilotos, desarrollaron una ingeniosa forma de comunicarse entre ellos. Hoy, ciento ocho aterrizarán en Manila, la primera parada de su camino a casa».

—Hola, cariño —dijo Henry al tiempo que se hacía sitio a su lado.

—Ya empieza —respondió Frankie, casi tan nerviosa como debían de estarlo las esposas. Realmente se trataba del final de la guerra.

Borrosas imágenes en color de Vietnam llenaron la pantalla antes de dar paso a imágenes de Sybil Stockdale, una de las esposas de la Armada, hablando en el Senado, ante distintos públicos y con Henry Kissinger. Walter Cronkite les iba poniendo voz: «La Liga de las Familias ha trabajado sin descanso por liberar a estos héroes de tan terrible experiencia. Dentro de unos instantes, un avión lleno de prisioneros de guerra se posará en la base Clark de la Fuerza Aérea. Dentro de dos días, pisarán suelo estadounidense por primera vez en años».

Y luego: «Ya está aquí. El avión de transporte acaba de aterrizar en la base Clark de la Fuerza Aérea en las Filipinas, señoras y señores».

Frankie se inclinó hacia delante.

En la televisión, un avión rodaba por la pista. Las luces deslumbraban. El aparato redujo la velocidad hasta detenerse. La multitud vitoreaba a una sola voz: hombres y mujeres se agolpaban en la barrera que les impedía el paso. La cámara enfocó una pancarta que rezaba: VUELTA A CASA 1973. ¡TE QUEREMOS, JOHN!

La puerta de la aeronave se abrió.

«Todos salvo uno de estos hombres que ahora vuelan hacia la libertad fueron abatidos durante las batallas más cruentas de la guerra. Aquí vemos al comandante de la Armada Benjamin E. Strahan, derribado en septiembre de 1967 ... y al mayor de la Fuerza Aérea Jorge Álvarez, derribado en octubre de 1968...».

Los hombres iban saliendo uno a uno del avión, saludaban y bajaban por la escalerilla. Estaban flacos, pero llevaban el corte de pelo reglamentario y la frente alta. Algunos cojeaban.

En ese momento apareció un hombre y saludó a la gente congregada en la pista.

«El capitán de corbeta de la Armada Joseph Ryerson Walsh, derribado en marzo de 1969, dado por muerto hasta hace un año...».

Frankie se enderezó.

Rye bajó por la escalerilla agarrándose con fuerza al pasamanos amarillo. Caminaba de forma irregular, tal vez cojeando, y se sujetaba un brazo contra el cuerpo.

Al final volvió a saludar.

La cámara sacó un primer plano de su rostro demacrado y sonriente.

Frankie, con la mirada clavada en el televisor, en Rye, se puso de pie. El corazón le latía tan fuerte que no oía nada más.

—¿Cariño? —dijo Henry—. ¿Frankie? ¿Qué pasa?

—No me encuentro bien. Náuseas. —Una excusa que siempre les funcionaba a las embarazadas—. Voy a darme un baño.

Henry se puso de pie.

—Voy a abrirte el...

—No.

¿Le había gritado? ¿Estaba llorando? Al pasarse la mano por los ojos, notó lágrimas. Miró a Henry.

—No —repitió con mayor suavidad, con toda la que podía dado el caso, porque lo único que quería era huir—. Quédate. Ve las noticias. Yo voy a... calmarme un poco y relajarme con un buen baño caliente.

Le dio un rápido beso en la mejilla —casi un cabezazo, porque no se tenía del todo en pie— y salió como una flecha camino de la cocina.

«Está vivo».

Aquellas dos palabras ponían su mundo patas arriba, rompían el precario equilibrio que había ido encontrando a lo largo del último año.

El teléfono que descansaba en la encimera de la cocina sonó.

—Yo lo cojo —dijo Henry.

—¡No, ya voy yo! —gritó Frankie, corriendo hacia el aparato—. ¿Diga?

—¿Frankie? —dijo Barb.

—¿Lo has visto? —musitó Frankie.

—Sí. ¿Estás bien?

—¿Bien? —repitió Frankie, tirando del auricular y alejándose todo lo posible al tiempo que bajaba la voz—. Estoy embarazada, me caso este fin de semana y el amor de mi vida acaba de volver de entre los muertos. ¿Cómo voy a estar bien?

Oyó a Barb suspirar al otro lado de la línea.

—¿Qué demonios vas a hacer? A ver, es que una cosa es estar prometida, y otra muy distinta estar embarazada.

—Lo sé, pero... es Rye —respondió Frankie con un hilo de voz.

—Ya.

—Como mínimo tengo que verlo. —Al pronunciar las palabras, supo que no eran del todo verdad. Quería más que verlo. Quería el futuro que le correspondía con él—. Tengo que estar en el aeródromo de San Diego cuando aterrice.

Se produjo un largo silencio. Entonces Barb dijo:

—Voy a llamar a Ethel. Cogeremos un vuelo nocturno.

Al día siguiente, Frankie estaba tan nerviosa que no era capaz de quedarse quieta, ni siquiera cuando Barb y Ethel aparecieron para brindarle apoyo. No hacía más que pensar en Rye..., en que iba a aterrizar en San Diego..., en que estaba vivo.

—Deberías contárselo a Henry —dijo Barb.

Las tres estaban sentadas en el jardín trasero del bungalow. El vestido de novia de Frankie —de encaje blanco y estilo campestre— colgaba de una percha en un gancho del armario de la cocina, recordatorio constante de la boda que tendría lugar el sábado.

—No puedo... —dijo Frankie. Sabía que le rompería el corazón enterarse de que Joseph Ryerson Walsh, prisionero de guerra recién repatriado, era el Rye a quien Frankie había amado.

Y aún amaba.

Lanzó una mirada nerviosa al reloj de la cocina. Eran las ocho y diez de la mañana. Estaba previsto que el avión lleno de prisioneros de guerra aterrizase en San Diego a las 9.28. Frankie había llamado a Anne Jenkins y esta le había dado permiso para asistir. No había sido difícil, pues la mujer estaba ocupada con otros mil detalles. «Claro —le había dicho—. Por supuesto. Gracias una vez más por tu ayuda, Frankie».

Se puso a dar vueltas al anillo de pedida alrededor del anular y se quedó mirándolo antes de quitárselo con lentitud. No quería que Rye lo viera hasta que hubiera tenido tiempo de explicárselo.

—Si vamos a ir, deberíamos marcharnos ya —dijo Ethel.

Se montaron en el Mustang de Frankie y salieron de la isla rumbo a tierra firme. Llegaron a las puertas del aeródromo de Miramar a las nueve menos cuarto.

En la pista ya había un buen número de público y de reporteros. Mujeres, niños, hombres..., todos sostenían pancartas de bienvenida. Las esposas, los familiares y los periodistas estaban en las primeras filas; los amigos y el personal de servicio, detrás.

—Se me olvidó hacer una pancarta —dijo Frankie.

Estaba tan nerviosa que no conseguía pensar claro ni estarse quieta. En primera línea, los reporteros alargaban los micrófonos y lanzaban preguntas. Barb y Ethel flanqueaban a Frankie como si fueran sus guardaespaldas, dándole tiempo para recomponerse.

¿Rye le perdonaría lo de Henry, el haber sido lo bastante débil como para aceptar su mano? ¿Llevar en su vientre una criatura de otro hombre? Mientras a él lo tenían prisionero y lo torturaban, ella mantenía una relación con alguien más. ¿Cómo iba a convencerlo de que nunca había dejado de quererlo?

—Ya va a aterrizar —dijo Barb.

Frankie levantó la vista con una mezcla de miedo y alegría.

¿Seguiría queriéndola cuando una versión distinta de él se encontrara con una versión distinta de ella?

El C-141 de evacuación médica descendió, se posó en la pista y acabó por detenerse.

Los periodistas corrieron hacia él, blandiendo los micrófonos y las cámaras, lanzando las preguntas a gritos, detenidos únicamente por la barrera que les impedía acercarse demasiado a la aeronave.

Las tres mujeres se vieron empujadas por el gentío; una cinta amarilla mantenía apartadas a las familias, pero las esposas y los hijos se apretaban contra ella, con las pancartas en alto, pugnando todos ellos por colocarse los primeros.

Al pie del avión, los marinos colocaron la escalerilla de salida en su lugar. Un oficial de la Armada se situó al final de esta y trató de mantener a raya a los periodistas y familias.

La puerta de la aeronave se abrió y salió el primer prisionero de guerra, vestido con un pantalón caqui que le quedaba grande. Se trataba del comandante James, derribado en 1967. Se detuvo en lo alto de la escalerilla y, tras parpadear ante la fuerte luz del sol, bajó a la pista. Una vez en el suelo, se cuadró y saludó al oficial que tenía delante antes de que lo ayudaran a subir a un estrado dispuesto frente al grupo de reporteros.

Su mirada se perdió entre el gentío, buscando a su familia.

—Gracias, América. Estamos agradecidos por haber tenido la oportunidad de servir a nuestro país y por que nuestro país nos haya traído a casa.

Su esposa sorteó la valla, se abrió paso entre los reporteros, pasó bajo la cinta amarilla y corrió hacia el comandante para echarse en sus brazos. La multitud se repartió por la pista; las familias se juntaron en grupos. Frankie vio a Anne Jenkins, de pie con sus hijos, y a Joan con su hija, y a otras de las mujeres que había conocido en la Liga de las Familias. Todas parecían nerviosas, ni siquiera se saludaban unas a otras.

A continuación salió del avión un comandante. Su mujer y sus hijos, así como un hombre que con toda probabilidad sería su padre, avanzaron para recibirlo.

Y entonces apareció él, Rye, en lo alto de la escalerilla, parpadeando igual que habían hecho sus compañeros, con un pantalón caqui recién planchado que le iba grande y un cinturón apretado a la cintura. Bajó cojeando, agarrándose a la barandilla con una mano.

Todo lo demás desapareció; el mundo a su alrededor perdió consistencia. Frankie veía la mancha de pintura de camuflaje que era el avión y el borrón que constituían los reporteros a la caza de un comentario, y oía sollozos en torno a ella. Necesitaba abrirse paso entre la gente, atravesar la cinta amarilla, pero apenas podía moverse. Lloraba demasiado para ver nada.

—Rye —musitó.

Este avanzaba renqueante, buscando con la mirada entre el gentío. Sin verla, se dirigió hacia la izquierda, en dirección a las esposas que esperaban.

—¡Rye! —gritó Frankie, pero su voz se perdió entre el clamor—. ¡Estoy aquí!

No obstante, él se dirigió hacia una mujer alta y curvilínea con una cascada de bucles rubios que esperaba a un lado, con una niñita de la mano. Esta levantaba un cartel en el que se leía: ¡BIENVENIDO A CASA, PAPÁ!

Rye corrió los últimos metros hasta llegar a la mujer, la tomó entre sus brazos y la besó. Con pasión.

Luego se agachó para besar a la niña del cartel. La levantó y la cogió en brazos. La mujer los rodeó a ambos con los suyos; los tres lloraban.

—Está casado —dijo Ethel con un hilo de voz—. Qué cabrón.

—Dios mío… —musitó Frankie al tiempo que notaba cómo todo comenzaba a derrumbarse en su interior.

29

Frankie fue tomando conciencia de la música: primero el ritmo, luego la letra. *Hey, Jude...*

Se encontraba en el club de oficiales, bailando con Rye. Notaba sus brazos rodeándola, su mano en el hueco de su espalda; era una sensación familiar, estaba donde debía, estrechándola. Le susurraba algo que no alcanzaba a oír.

—¿Qué? —dijo—. ¿Cómo?

«Estoy casado. Siempre he estado casado».

De pronto la música atronaba tan fuerte como para romper los cristales. Abrió los ojos. Estaban pegados por las legañas, húmedos de lágrimas.

La música se detuvo.

Estaba en su propia casa, en la cama.

Al incorporarse, vio a Barb y a Ethel de pie a su lado, con una expresión tan triste que a Frankie se le reabrió la herida.

«Me mintió».

Recordó la pregunta que le había hecho en Kauai, que no había sido la correcta, y la respuesta de Rye: «Te juro que no estoy prometido». Las palabras se reproducían en bucle en su cabeza.

—Tienes que levantarte, corazón —dijo Ethel—. Henry viene de camino.

Frankie no fue capaz de responder. Había regresado del aeródromo, se había metido en la cama y había llorado sin parar hasta que, primero, le dolió la cabeza y, luego, se quedó dormida.

Sabía que sus amigas estaban dispuestas a levantarla y sostenerla, pero este nuevo dolor y esta traición eran todavía peores que el duelo por el que había pasado. Frankie las había obligado a parar de camino a casa para comprar un periódico local. Había leído una y otra vez el artículo sobre Joseph «Rye» Walsh, el héroe local que se había casado con su novia de la universidad justo antes de partir a la guerra y que no había llegado a conocer a la hija que había nacido en su ausencia: Josephine, a la que llamaban Joey.

—¿Frankie? —la llamó Barb con voz tierna, sentada en el borde de la cama, mientras le retiraba el pelo húmedo de la cara.

Frankie apartó las sábanas, que olían agrias. Sin establecer contacto visual con sus amigas (no podía mirarlas sin pensar en Rye), se bajó de la cama. El amor, el dolor y la humillación casi la doblaron de nuevo.

Qué idiota se sentía. ¿Es que Ethel no se lo había advertido? «Aquí los hombres vienen a mentir y a morir».

Fue al cuarto de baño, abrió la ducha y se metió bajo el chorro hirviendo, dejando que el agua la golpeara mientras lloraba.

En la cocina desierta, el vestido de Gunne Sax colgaba flácido del armario superior. No podía ni mirarlo, por lo que se dio media vuelta y salió.

Barb y Ethel estaban en el jardín trasero, transformado para la ceremonia de ese fin de semana. Se habían dispuesto sillas plegables —once para ellos dos, los padres de Frankie, Barb y Ethel, Noah y Cecily, y los pocos parientes de Henry— delante de un arco de madera alquilado que la señora McGrath había insistido en decorar con rosas blancas. Como si Frankie fuera una cándida debutante en lugar de una veterana de guerra embarazada.

Dos días atrás estaba casi ilusionada por casarse con Henry Acevedo, tener un hijo con él y empezar una nueva vida. En ese momento no podía ni imaginárselo.

Barb se levantó y fue hasta ella. Ethel hizo lo mismo.

—Henry te quiere, Frank —dijo esta última—. Eso es evidente.

—¿Lo quieres tú? —se atrevió a preguntar Barb.

Las palabras volvieron a ahogar a Frankie, incapaz de enderezarse o respirar. Sabía que tenía el apoyo de esas mujeres, sus mejores amigas, que habían volado a verla nada más enterarse y estaban dispuestas a acompañarla al altar o permanecer a su lado si cancelaba la ceremonia.

La querían y sabía que contaba con ellas, pero en ese momento no las quería allí; se negaba a ver la compasión en sus ojos.

«Lejos».

Eso era lo único que deseaba: un lugar donde esconderse.

—Si no te casas —aventuró Ethel vacilante—, vuélvete conmigo a Virginia. La barraca de los jornaleros sigue vacía. Noah estará encantado y Cecily necesita una tía con quien jugar.

—O te vienes a Chicago conmigo —propuso Barb.

Ambas le ofrecían su vida, el camino que había elegido cada una. No tenían ni idea de lo rota que Frankie estaba por la traición de Rye, pero sus sentimientos ya no eran lo más importante. Iba a ser madre.

—Me casaré con Henry el sábado —dijo con voz débil. ¿Qué otra opción le quedaba?—. Será un gran padre. Nuestra bebé lo merece.

Frankie sabía qué era lo correcto. Si había alguna certeza en su vida, era que siempre sabía qué tenía que hacer y lo hacía. Aunque le doliera tanto que no la dejara ni respirar.

Rye la había traicionado. No la amaba.

Henry las amaba, a ella y a la criatura en su vientre, y quería formar una familia. La bebé merecía esa oportunidad, y Frankie le debía todo a su futura hija.

—¿Estás segura? —preguntó Barb, alargando la mano para darle un apretón en el brazo.

Frankie miró a sus amigas.

—Voy a ser madre. Supongo que a partir de ahora tengo que poner eso por delante de todo.

—En tal caso, estamos de despedida de soltera. En marcha —concluyó Ethel antes de volver a entrar en el salón, encender el equipo de música y abrir las puertas del jardín.

La melodía bien conocida de *California Girls* llegó flotando hasta el jardín.

—Esta canción siempre me recuerda al primer día de Frankie en el 36 —le dijo Barb a Ethel, mientras tiraba de Frankie para que bailara con ella en el patio—. Abría tanto los ojos que parecían agujeros de quemaduras en la mejor sábana de mi madre.

—Pero es que os quedasteis en bragas y sujetador delante de mí, chicas —reconoció esta—. Pensaba que había aterrizado en la luna.

La música volvió a cambiar. *Born to be wiiiild…*

A mitad de la canción, Frankie sintió un calambre en el vientre. Primero un tirón, luego un dolor tan fuerte que tuvo que ahogar un grito.

Notó cómo las bragas se le empapaban. Se tocó y, al levantar la mano, la vio cubierta de sangre.

Alguien llamó a la puerta. Antes de que nadie pudiera responder, se abrió la puerta delantera. Henry llegó al jardín trasero.

—Hey, chicas, qué buena música. Y…

Entonces vio la sangre a los pies de Frankie.

Esta lo miró.

—No puede ser. No he hecho nada…

Henry entró en acción, cogió a Frankie en brazos, la llevó al coche y la sentó en el asiento del pasajero. Salió marcha atrás tan rápido que Frankie notó el olor a goma quemada.

Llegaron volando a la entrada de Urgencias del hospital de Coronado. Henry pisó a fondo el freno. Sacó a Frankie del coche y la llevó en brazos hasta la blanquísima sala de Urgencias, donde gritó:

—¡Necesitamos ayuda! Mi prometida está embarazada y hay algo que no va bien.

Frankie despertó en una habitación en penumbra que olía a lejía y desinfectante.

«Un hospital».

Lo sucedido la noche anterior se abrió paso en su memoria como un torrente: la sangre corriéndole por las piernas, el calambre brutal, un médico joven que le decía: «Lo siento, señora Acevedo. No hay nada que pueda hacer».

Y ella que le respondió, como una boba: «Me llamo Frankie McGrath».

Oyó chirriar una silla a su lado y vio a Henry sentado con la espalda encogida.

—Hola... —le dijo; su sola visión la entristeció. Era un hombre estupendo y se merecía algo mucho mejor.

Se llevó la mano al vientre vacío.

—Hola... —respondió él al tiempo que se ponía en pie y le tomaba la mano. Se inclinó a besarle la mejilla.

—¿Era...?

—Un niño. —«Finley»—. El médico ha dicho que podemos intentarlo de nuevo.

Alguien llamó a la puerta. Al abrirse, allí estaba su madre, vestida con una falda de ante en color teja con una chaqueta estampada sobre una blusa abotonada hasta la garganta y botas a la rodilla.

—¿Cómo está?

—Está... —comenzó a responder Henry.

—Justo aquí, mamá. Consciente.

La sonrisa de la señora McGrath tembló.

—Henry, querido, ¿por qué no vas a buscarme un café a la cafetería? Me duele un poco la cabeza.

Henry besó a Frankie y le susurró un «te quiero» antes de salir de la habitación.

La mujer se acercó con paso lento a la cama. A Frankie le pareció cansada. Se había pasado un poco al aplicarse el maquillaje y no era capaz de aguantar la sonrisa. Como siempre que acusaba cansancio o estrés, se le notaban más los efectos del ictus. Una levísima contracción descendente asomaba en una de las comisuras de la boca.

—Cuánto lo siento, Frances.

A Frankie los ojos se le llenaron de lágrimas, difuminando la imagen de su madre.

—Dios me está castigando. Pero si iba a hacer lo correcto...

—No es por nada que hayas hecho —respondió la señora McGrath al tiempo que se llevaba la mano a la parte posterior del cuello y se desabrochaba un collar antes de tendérselo a Frankie. De niña, aquel collar la obsesionaba y no dejaba de preguntarse cómo de aquella delicada cadenita de oro podía pender aquel corazón tan pesado.

Su madre sacó la pitillera de plata y se encendió un cigarrillo Eve.

—No deberías fumar, ¿sabes? —le advirtió Frankie.

La señora McGrath hizo un gesto de desdén.

—Tú mira el reverso del corazón.

Frankie le dio la vuelta y vio una inscripción grabada. «Celine».

—¿Quién es Celine? —preguntó con el ceño fruncido.

—La hija que perdí. La niña que llevaba en el vientre cuando me casé con tu padre.

—Tú nunca...

—Y tampoco lo voy a hacer ahora, Frances. Hay cosas que no aguantan el peso de las palabras. Ese es el problema de tu generación, lo único que queréis es hablar, hablar, hablar. ¿Para qué? He pensado que... podrías ponerle nombre... a la criatura y grabarlo aquí, debajo del de tu hermana, y llevarlo al cuello.

—Era un niño —dijo Frankie—. Íbamos a ponerle Finley.

El rostro de la mujer se demudó.

«Hay cosas que no aguantan el peso de las palabras».

—Lo siento muchísimo, Frances. Aparta el dolor, olvida lo sucedido y sigue adelante.

—¿Tú fuiste capaz?

—La mayor parte del tiempo.

La señora McGrath introdujo la mano en su bolso y extrajo dos frascos de medicamentos.

—Ya sé que eres enfermera y todo eso, pero te aseguro que estas pastillas son milagrosas. Cheryl Burnam las llama «los pequeños ayudantes de mamá». Las blancas te ayudan a dormir y las amarillas te mantienen despierta.

—Sí, soy enfermera. Y, además, he leído *El valle de las muñecas*.

—Bah. Esas chicas no eran buena gente. Tú solo necesitas algo que te eche una manita. Esto apenas es más fuerte que un gin-martini.

—Gracias, mamá.

—Te las guardaré en el bolso. Ya verás, dentro de nada Henry y tú estaréis casados y esperando un nuevo bebé.

Frankie suspiró.

—¿Te acuerdas del hombre de quien me enamoré en Vietnam?

—¿El piloto que murió?

—Sí, él...

—Frances, basta ya con Vietnam. Por el amor de Dios, hace años de aquello. Déjalo. Ese hombre no va a volver.

Frankie cerró los ojos, dolida e incapaz de mirar a su madre, incapaz de ver la pena y la compasión en sus ojos y saber que eran por ella.

Barb y Ethel se encontraban al pie de la cama de Frankie.

Estaba claro que tenían una misión: no dejar de bromear para que el ánimo no decayera y hablar de todo lo que se les pasara por la cabeza, que a Charles Manson le habían conmutado la pena de muerte por cadena perpetua, que el matrimonio Taylor-Burton volvía a hacer aguas, que una nueva película, *Garganta profunda*, había provocado un escándalo monumental.

Frankie estaba harta de escucharlas. Levantó la mano.

Ethel dejó de hablar —Frankie no tenía ni idea de qué estaba diciendo— y se inclinó hacia ella.

—¿Qué pasa?

Frankie se incorporó y, sentada, clavó la mirada en la pared.

—No voy a casarme con él —anunció—. No sería justo.

—Date tiempo —respondió Ethel—. No lo decidas ahora, después de...

—Dilo. Después de perder a mi hijo.

—Sí... —dijo Barb, tomándole la mano—. Después de perder al bebé. No puedo ni imaginar tu dolor.

—Rye...

—Te mintió, Frank —señaló Ethel con voz dura, aunque las lágrimas le asomaban con claridad en los ojos—. Hizo que sus hombres te mintieran. O bien les mintió a ellos también. En cualquier caso, no es hombre ni para lamer el suelo por el que pisas, y como vuelva a verlo...

—Le daremos una buena paliza entre las dos —dijo Barb—. Y pagaré a unos para que nos ayuden.

—Podéis iros a casa —dijo Frankie—. No hay boda para la que quedarse. Ethel, tu marido y tu hija te necesitan. Barb, sé que va a celebrarse la convención de la Operación PUSH y es probable que Jesse Jackson cuente contigo.

—No queremos dejarte sola —replicó esta.

—Estaré bien —mintió Frankie, llevándose la mano al corazón de oro que colgaba bajo su garganta.

Las tres sabían la verdad: pasaría mucho tiempo antes de que Frankie estuviera bien de verdad, pero, fuera cual fuese el camino que tomara, fuera cual fuese la forma en que sanara, era ella quien debía poner empeño. Sus amigas podían estar a su lado y ayudarla a levantarse, pero tendría que caminar sola.

Le besaron la frente, primero Ethel y luego Barb, que se demoró un instante más.

—Mañana te llamamos.

—Y al día siguiente —añadió Ethel.

Frankie sintió alivio cuando se fueron. Se recostó entre las almohadas, agotada. Y muerta de miedo.

Cuando la puerta de la habitación del hospital se abrió, se estremeció.

Henry entró y cerró tras de sí. Parecía tan cansado y abatido como ella. Se acercó a la cama y le tomó la mano. Frankie no tuvo fuerzas para devolverle el apretón que le daba. Henry le apartó el cabello de la cara con una caricia. Frankie sabía lo mucho que sufría, lo mucho que necesitaba compartir el dolor con ella, pero aquella puerta estaba cerrada.

Apretó los ojos; detestaba el dolor que iba a causarle.

—No me dejes fuera, Frankie —dijo Henry—. Te necesito, necesito que estemos juntos. Esto nos ha sucedido a los dos. Los médicos dicen que debemos superarlo e intentarlo de nuevo. Podemos hacerlo, ¿verdad?

En otras palabras: olvidarlo. El viejo consejo de siempre en respuesta a un dolor completamente nuevo.

Que Dios se apiadara de ella, porque no iba a ser capaz de compartir el duelo con Henry. Incluso en ese momento, en mitad de la pérdida, que sentía en su propio cuerpo, no podía evitar pensar en Rye. Eran sus caricias las que anhelaba.

—Lo siento —dijo Henry, y la voz se le quebró—. Debería haber llegado antes.

Frankie lo miró y sintió una oleada de odio contra sí misma.

—Habría sucedido de todas formas —respondió monótona.

—Lo sé, pero...

—Nada de «peros», Henry. No quiero hablar del niño. —Inspiró hondo—. Quiero hablar de la boda. De nosotros.

—¿De nosotros? Ay, cariño, no te preocupes por la boda. Tenemos tiempo de sobra. Primero vamos a recobrar fuerzas.

Al mirarlo, Frankie vio lo mucho que la amaba.

—Henry. —Suspiró y empezó a juguetear con el anillo de compromiso, el anillo de su abuela—. ¿Recuerdas lo que te conté de Rye? ¿El hombre del que me enamoré en Vietnam, el amigo de Finley?

Henry se echó hacia atrás y le soltó la mano.

—¿El piloto que murió? Claro.

—No murió en Vietnam. Estuvo prisionero. Ayer llegó a Estados Unidos.

—Ah... —respondió él con ligereza antes de fruncir el ceño y repetir—: Ah. ¿Lo viste?

—Sí.

—¿Y sigues queriéndolo?

—Sí —respondió Frankie antes de romper a llorar.

Quería contarle lo de la traición, que ese dolor, de alguna manera, le había provocado el aborto y que, aun así, no podía dejar de amarlo. Pero Henry era demasiado bueno. Si le decía la verdad, se quedaría a su lado, le daría tiempo, le respondería que merecía a un hombre mejor que el que le había mentido. Sin duda, Rye y ella no tenían futuro. En eso no se engañaba. Simplemente sabía que, estando vivo, le iba a resultar imposible fingir que quería a Henry lo suficiente para casarse con él.

Se quitó lentamente el anillo de compromiso y se lo devolvió.

—No puedo casarme contigo, Henry.

Frankie vio cómo trataba de reprimir la emoción.

—Deberías hablar con alguien, Frankie. El nuevo centro médico de la Administración para los Veteranos ofrece terapia. Desahogarte con otra persona ayuda de verdad.

—Lo siento.

—Te quiero, Frankie —dijo Henry, la voz rota por el dolor.

—Encontrarás a alguien mejor.

—Por Dios, Frankie, me estás rompiendo el corazón.

—Henry...

—Y, para ser una mujer enamorada, tienes los ojos más tristes que haya visto nunca.

Frankie dejó el hospital en silla de ruedas, como una anciana, con una compresa para absorber el sangrado. Su padre empujaba la silla y daba órdenes a las enfermeras como si fueran empleadas a su cargo.

Su madre aparcó delante del hospital y, entre los dos, ayudaron a Frankie a montarse en el asiento del pasajero de su Cadillac nuevo.

Una vez en casa, Frankie se metió a rastras en la cama. Su madre se quedó en el bungalow y trató de distraerla —si es que algo así era posible— hasta que Frankie le suplicó que se fuera a casa.

«Estoy bien», no paraba de repetir, hasta que al final a la mujer no le quedó otra que marcharse.

En cuanto se quedó sola, Frankie cogió el bolso que descansaba en la mesilla. Sacó una pastilla para el dolor y otras dos para dormir. Cerró los ojos y se recostó. Se dejó llevar. A través de la neblina que se extendía hasta su corazón, oyó abrirse la puerta, pero no abrió los ojos. Estaba en su peor momento y lo último que quería era tener público.

Sintió cómo la observaba su madre, presa de la preocupación, pero siguió sin abrirlos. Estaba cansada, cansadísima. Agotada, de hecho.

El último y terrible pensamiento que afloró en su mente fue: «Está vivo». Y luego: «Todo era mentira».

30

Por primera vez en mucho tiempo, Frankie empezó a despertar otra vez sobre el suelo del dormitorio. No sabía por qué habían vuelto las horribles pesadillas de Vietnam. Tal vez había sido al ver a Rye. O tal vez un nuevo trauma reavivaba otro anterior. Lo único que sabía era que no podía seguir fingiendo que estaba bien y hacer de tripas corazón. Esta vez no.

Las pastillas que le había dado su madre la ayudaban a aliviar parte del dolor. Había aprendido que dos para dormir mitigaban las pesadillas y le permitían conciliar el sueño, pero al despertar se sentía amodorrada e inquieta. Uno de los «pequeños ayudantes de mamá» le daba energía, quizá hasta demasiada. Suficiente para necesitar los somníferos para calmarse otra vez y poder dormir. Acabó convirtiéndose en un ciclo, como una marea que subía y bajaba.

Dejó de visitar a sus padres, dejó de responder al teléfono, dejó de escribir cartas a sus amigas. Frankie no quería oír sus palabras de ánimo y nadie quería oír las suyas de desesperanza.

Para mantenerse ocupada, cogió turnos extra en el hospital. La mayoría de las noches permanecía allí todo lo que podía, retrasando al máximo la inevitable necesidad de volver a casa.

Como en ese instante.

Aunque hacía mucho que había acabado su turno, seguía con el pijama y el gorro puestos, al pie de la cama de una anciana en fase terminal de cáncer de pulmón, en ese momento terrible en que el cuerpo se repliega casi por completo, deja de aceptar comida e impide cualquier tipo de movimiento intencionado. La paciente estaba tan flaca que asustaba y tenía las manos agarrotadas y el mentón alzado, con la boca abierta. Su respiración, entrecortada por los estertores, indicaba que el tiempo se le acababa, aunque seguía aferrándose con terquedad a la vida. Frankie sabía que cuatro de sus hijos adultos y todos sus nietos habían ido a verla ese día, y a todos se les había explicado que el final estaba cerca; pero en ese instante, a las 23.21, Madge estaba sola y, sin embargo, aguantaba. La ventana junto a la cama estaba cubierta de dibujos de vivos colores. El olor a desinfectante de la habitación quedaba mitigado por el de las flores frescas.

Madge estaba esperando a su hijo. Todos lo sabían. Su marido se quejaba y sus hijas ponían los ojos en blanco. Todos parecían pensar que Lester estaba «demasiado ido para despedirse de su madre».

Frankie aplicó un poco de vaselina en los labios pálidos y resecos de la mujer.

—Sigues esperando a Les, ¿eh?

La anciana no respondió, el único sonido que salía de su boca se debía a la respiración silbante del estertor. Frankie le tomó las manos con ternura, les puso crema y se las masajeó.

Cuando se abrió la puerta, vio entrar a un hombre joven con el pelo desaliñado y unas patillas enormes. El bigote le tapaba la mayor parte de la boca, y la barba le crecía rala a lo largo del mentón. Llevaba una camiseta sucia con un lema en favor del derecho al aborto y unos pantalones de pana anaranjados que le quedaban anchos.

Pero lo que de inmediato le llamó la atención a Frankie fue el tatuaje que lucía en el interior del antebrazo. La palabra

AVIACIÓN sobre la cabeza de un águila calva. Conocía ese emblema. Era el de las Águilas aulladoras.

La familia le había llamado ladrón y drogadicto, y decía que andaba fabricando velas en alguna comuna de Oregón. Nadie había mencionado jamás que se trataba de un veterano.

—¿Lester?

El hombre asintió; parecía perdido, de pie en el umbral. Tal vez estuviera colocado. O simplemente hecho polvo. Frankie se le acercó, lo tomó del brazo con gentileza y lo llevó hasta la cama.

—Te ha estado esperando.

—Hola, mamá —dijo, extendiendo lentamente el brazo hasta cogerle la mano a su madre.

Madge emitió un suspiro entrecortado. Frankie se colocó al otro lado de la cama y se giró para darles algo de intimidad. Lester se inclinó.

—Lo siento, mamá.

Madge musitó: «Les», inspiró por última vez, soltó aire y expiró.

Lester levantó la vista; tenía los ojos anegados de lágrimas.

—¿Se ha ido?

Frankie asintió.

—Te ha esperado.

El hombre se enjugó los ojos y carraspeó con fuerza.

—Debería haber venido antes. No sé qué me pasa... Es que yo... Vietnam, tío...

Frankie se acercó a la cama.

—Ya. Yo estuve en el 71.º Hospital de Evacuación. En las tierras altas centrales —respondió—. Del 67 al 69.

—Así que los dos estamos muertos en vida —afirmó él, alzando la vista hacia ella.

Antes de que Frankie pudiera responder, se dio media vuelta y salió de la habitación, dejando que la puerta se cerrase de golpe a su espalda.

Su presencia —y su repentina ausencia— la dejó nerviosa, agitada. Salió del hospital sin molestarse en quitarse el pijama o cambiarse de calzado.

«Los dos estamos muertos en vida».

La había visto con una claridad meridiana, había desvelado al momento lo que ella con tanto esfuerzo trataba de esconder.

Frankie conducía por el puente de Coronado, escuchando a Janis cantar *Piece of My Heart* con voz desgarrada, cuando alargó la mano hasta el asiento del acompañante, buscó a tientas su bolso de macramé y sacó el frasco de somníferos. Esa noche no iba a conseguir conciliar el sueño, pero permanecer despierta, recordando, sería peor.

Abrió el frasco con torpeza en un semáforo de la isla y, al tragarse la pastilla a secas, arrugó la nariz por el mal sabor.

Una vez en casa, aparcó y se bajó del coche. Caminó con las piernas algo temblorosas hasta el bungalow, en cuyo interior sonaba el teléfono. No le hizo caso. Debería comer algo. ¿Cuándo había sido la última vez que había ingerido algo?

En vez de hacerlo, se sirvió un trago y se tomó otra pastilla para dormir, con la esperanza de que dos bastaran para pasar la noche. Si no, quizá se tomara una tercera. Solo por esa vez.

Aquella primavera, Tony Orlando y Dawn sacaron a la venta la canción *Tie a Yellow Ribbon Round the Ole Oak Tree*, recordando así al país que, aunque la guerra hubiera terminado, todavía regresaban soldados que habían estado prisioneros en Vietnam. De la noche a la mañana empezaron a aparecer lazos amarillos en los capós de los coches por todo el país, especialmente en las ciudades con fuertes vínculos militares, como San Diego y Coronado. Las cintas amarillas que ondeaban al viento recordaban a los estadounidenses el cautiverio de los prisioneros de guerra. Los medios se llenaron de historias de héroes a quienes habían derribado y retenido durante años. Frankie no podía huir, ni de las noticias ni de los recuerdos que le provocaban.

Sobrevivía de día en día, aislándose de todo y sin hablar demasiado. Consiguió que le recetaran las pastillas que necesitaba, trabajaba tantas horas como era humanamente posible y visitaba a sus padres cuando se lo pedían; mantenía breves y costosas conferencias por teléfono con Barb y Ethel, que solían acabar con un terco (y falso) «estoy bien» por parte de Frankie. Las cartas que escribía a sus amigas eran largas y prolijas, llenas de fingimiento y medias verdades, no demasiado distintas de aquellas que les había escrito a sus padres cuando estaba en Vietnam.

En mayo, estos la invitaron a pasar con ellos un mes en el mar a bordo del crucero Royal Viking Sky, recién botado. Frankie no dudó en rehusar y suspiró con alivio cuando se marcharon.

Ya no tenía que fingir por nadie. Podía aislarse y recluirse tanto como quisiera. Al fin podría pasar el duelo sin que nadie mirase.

Por mucho que lo intentara, no se veía capaz de salir del pozo de pesadumbre. Si acaso, la soledad y el silencio se habían instalado de tal forma en su interior que, a veces, le costaba respirar a menos que se tomara una pastilla, cosa que hacía a menudo. A finales de mayo, había renovado dos veces la receta; en aquellos tiempos era algo fácil para cualquier mujer, y aún más para una enfermera.

En junio llegó a San Diego un frente con lluvias torrenciales que, según el hombre del tiempo de la televisión local, venía de las islas hawaianas. En plena noche y de forma intempestiva, llamaron a Frankie para que fuera a trabajar. A pesar de que seguía algo adormilada por los somníferos, accedió y se tomó una pastilla más para despertar. Sin molestarse en tomar una ducha, se puso la ropa del día anterior y se encaminó al coche.

Mientras conducía hacia el puente, la lluvia golpeaba el techo del descapotable y descendía por el parabrisas con tanta intensidad que las escobillas apenas daban abasto. En la radio se hablaba de las audiencias del caso Watergate. De encuentros secretos. Del presidente. Bla, bla, bla.

Lo único que ella oía era la lluvia. Su ritmo. Su tableteo. Su rumor como de monzón.

La sangre le corre por las botas, alguien grita: «Encended los generadores».

Frankie aferró con fuerza el volante.

Estacionó al llegar al aparcamiento del hospital, corrió al edificio iluminado y se dirigió a su taquilla. Se quitó la ropa mojada y se puso el pijama y los zuecos. Mientras enfilaba el ajetreado pasillo camino de la recepción, se fue poniendo el gorro y metiendo por dentro la larga cola de cabello negro.

Incluso en el interior se oía la lluvia golpeando los cristales y repiqueteando sobre el tejado.

En el control de enfermería, se bebió a toda prisa un par de tazas de café, sabedora de que no era buena idea cuando se encontraba tan agitada.

Era la lluvia, que le recordaba a Vietnam.

Debería tomar algo, pero la comida le daba náuseas. Cada vez que cerraba los ojos, la asaltaban las imágenes de Vietnam. Luchar contra ellas la debilitaba. Gracias a Dios que era un turno tranquilo. Nada más pensarlo, se abrieron de golpe las puertas dobles al final del pasillo y entraron corriendo dos conductores de ambulancia, empujando una camilla bajo las fuertes luces blancas.

«Sangre».

—¡Herida de bala! —gritó alguien.

El paciente pasó como una exhalación al lado de Frankie. Esta apenas vio una mancha borrosa, sangre brotando de una herida en el pecho, piel pálida. El hombre gritaba.

—¡Frankie!

Echó a correr tras la camilla hasta el quirófano, pero se sentía mareada, desorientada por las imágenes y los recuerdos. Tardó mucho en lavarse las manos y, por un segundo, fue incapaz de recordar dónde se guardaban los guantes.

Cuando se dio la vuelta, una enfermera le estaba cortando la cazadora ensangrentada al chico.

Las hojas plateadas atravesaban inclementes el tejido.

Su pecho quedó al descubierto. Tenía una herida abierta de bala, por la que la sangre manaba sin parar.

Llegan helicópteros. Chinook. Zum, zum, zum.

—¿Frankie? ¿Frankie?

Alguien la sacudió con fuerza.

Al levantar la vista, sintió un fogonazo de conciencia y se dio cuenta de que no estaba en Vietnam, sino en el trabajo. En el quirófano 2.

—Largo de aquí, Frankie —gritó el doctor Vreminsky—. Ginni, ponte el pijama.

La vergüenza se apoderó de ella.

—Pero...

—¡Fuera!

Retrocedió, salió del quirófano y se quedó parada en el pasillo, perdida.

Había sido la maldita lluvia.

Frankie se despertó en el suelo de su dormitorio con la cabeza como un bombo y la boca seca. El sol estival entraba por la ventana y le hacía daño en los ojos. El recuerdo de la noche anterior hizo que gimiera de la vergüenza. Fue tambaleándose hasta la mesilla, cogió las pastillas y se tomó una con un vaso de agua.

De camino al cuarto de baño, pasó junto a la puerta cerrada de la habitación del bebé. Llevaba meses sin entrar allí, ni siquiera para limpiar. Si se hubiera sentido con energías, la habría vaciado, habría pintado por encima de las alegres paredes amarillas y habría donado los muebles, pero no tenía fuerzas ni para abrir la puerta.

Se dio una ducha caliente, se lavó y se secó la melena y se la recogió en una coleta floja antes de ponerse un pantalón corto y una camiseta.

Cuando sonó el teléfono, lanzó una ojeada al reloj de la pared. Eran las doce y veinte de la mañana del sábado.

«Barb».

Frankie sabía que su amiga seguiría llamando hasta que descolgara, por lo que agarró el sombrero playero y una tumbona, y salió de casa. Cruzó la calle con ella a cuestas y la plantó en la arena.

Mientras contemplaba las olas azules y titilantes, volvió a recordar lo sucedido la víspera, cómo se había quedado petrificada en el quirófano como una puta novata recién aterrizada.

No podía seguir así. Tenía que dejar las pastillas y reconducir su vida. Pero ¿cómo?

Se bajó el ala del sombrero sobre la cabeza, se puso las gafas de sol y sacó un viejo ejemplar en rústica de *Juan Sebastián Gaviota* del bolsillo lateral de la tumbona. Quizá la fábula del ave le ofreciera los consejos que tanto necesitaba en su vida.

La playa era un hervidero de actividad aquel caluroso día de junio. Los niños correteaban, los adolescentes formaban grupitos, las madres corrían detrás de sus hijos. Los familiares sonidos del día de playa la serenaban hasta que, de pronto, oyó a un hombre gritar:

—Joey, sal ahora mismo del agua. Espérame.

A pesar del calor, Frankie sintió un escalofrío. Levantó la vista lentamente por debajo del ala del sombrero.

Rye estaba en la orilla, vuelto hacia ella, en pantalón corto y una camiseta de la Armada de un gris desvaído.

El sol veraniego le había oscurecido la piel y aclarado el pelo, lo bastante largo como para que Frankie entendiera que había dejado el Ejército. Se movía con cierta torpeza, cojeando, para seguirle el ritmo a su hija —Joey—, quien reía y trataba de saltar las olas bajas que rompían sobre la arena.

Su mujer, con un vestido vaporoso, permanecía sentada en una manta no demasiado lejos, haciéndose visera con la mano y riendo con despreocupación mientras los contemplaba.

—¡Con cuidado, Jo-Jo!

Frankie se hundió en la tumbona, encogió los hombros tratando de ocultarse y se bajó aún más el sombrero.

«Mira a otro lado».

No pudo.

Estaba mal, y tal vez hasta fuera peligroso, espiar a Rye con su familia, pero no se sintió capaz de levantarse ni de dejar de mirarlo mientras interactuaba de forma tan tierna y tranquila con su hija. Hacía un día muy parecido a cuando se había presentado en Kauai e, inclinándose sobre Frankie, le había dicho: «Te juro que no estoy prometido».

Dios, cómo lo quería.

Oyó a su mujer, Melissa (Frankie había descubierto cómo se llamaba al leer sobre ellos en el periódico). Había gritado algo y Rye y Joey habían ido hasta donde estaba, Rye renqueando. En ese momento se encontraban tan cerca que Frankie podía verle apretar los dientes. Unas feas cicatrices le rodeaban las muñecas y los tobillos.

Se arrodilló con dificultad delante de su mujer, contrayendo la cara una vez más por el dolor.

«Ayúdalo —pensó Frankie—. Ayúdalo, Melissa». Pero la mujer siguió sentada como si tal cosa, guardando la comida en una cesta de pícnic.

«No parecen felices».

No.

Era él quien no parecía feliz.

La idea afloró en la mente de Frankie antes de que pudiera protegerse contra ella. Y después de todo lo que había sufrido estando prisionero.

—Basta —murmuró para sí.

Eran una familia, los Walsh, y su felicidad —la felicidad de Rye— no tenía nada que ver con Frankie. Ya conocía su historia real, cómo se habían conocido, cómo se habían casado, la ferretería que los padres de ella tenían en Carlsbad, el trabajo de oficina que esperaba a Rye al dejar la Armada.

«No mires, Frankie».

Aquello estaba mal. Era enfermizo. Peligroso.

Al final se obligó a levantarse. Les dio la espalda, plegó la tumbona y se marchó de la playa.

—Maldita sea, Melissa, ve más despacio.

Frankie oyó la voz de Rye a sus espaldas y se quedó petrificada. Con la mandíbula tensa, siguió andando, primero por el montículo de hierba y luego por la acera para, a continuación, cruzar Ocean Boulevard. Cuando llegó al otro lado, pese a todos sus esfuerzos por no hacerlo, se dio media vuelta lentamente y se quedó mirándolos por debajo del ala del sombrero.

Rye, su mujer y su hija se marchaban de la playa y se dirigían a la calle.

Frankie tenía que irse. Pero ya. Antes de llamarlo. Se puso la tumbona plegada bajo el brazo y recorrió con ánimo resuelto la manzana que la separaba de su casa. Durante todo el camino, no dejaba de repetirse: «No mires, Frankie. Déjalo marchar».

Pero él sabía que vivía en Coronado, o al menos que se había criado allí. ¿Significaría algo que hubiera llevado a su familia a esa playa de la que tantas veces le había hablado?

Frankie se detuvo junto a su coche, aparcado en la entrada de su casa, y volvió la vista. En ese momento, Rye abría el maletero de un Camaro azul noche metalizado y guardaba la cesta de pícnic. Melissa abrió la puerta del vehículo y ayudó a Joey a montarse en el asiento trasero. El excombatiente cerró el maletero y fue cojeando hasta la puerta del conductor.

Frankie abrió la de su coche, dejó sus pertenencias en el asiento trasero y se sentó en el del conductor. Sacó las llaves de debajo de la visera y salió a la calle. Poco a poco, sin pisar demasiado el acelerador, avanzó y se dirigió hacia la señal de stop de Ocean Boulevard.

Rye se subió al Camaro y el motor rugió al encenderse.

Frankie lo siguió. Los siguió.

Mientras atravesaba Coronado, subía por Orange Avenue y cruzaba el puente, no dejaba de reprenderse. Eso era acoso. Una vergüenza. Rye no la quería. Era un mentiroso.

Aun así, los siguió, empujada por la obsesiva necesidad de ver cómo era su vida.

«Si fuera infeliz...».

No. No podía ni planteárselo.

Una vez en San Diego, Rye entró en la calle A. Frankie vio de inmediato que estaba llena de familias de la Armada. En muchos porches ondeaban banderas de Estados Unidos y alguna que otra cinta amarilla todavía colgaba de las ramas de los árboles. La mayoría de los prisioneros de guerra había vuelto a casa, pero *Tie a Yellow Ribbon* seguía triunfando en la radio. Esa tarde de verano, la calle estaba llena de niños, perros y mujeres que paseaban con cochecitos.

Rye estacionó delante de un bonito bungalow de estilo American Craftsman. En el jardín delantero había desparramados juguetes, patinetes y vestidos de muñecas. La hierba mal cortada amarilleaba por falta de riego.

Frankie se detuvo a un lado de la calle, con el motor al ralentí, como si de pronto fuera a recobrar la cordura y marcharse, pero no lo hizo.

Melissa se bajó del coche. Subió hasta la casa con Joey de la mano, la hizo entrar y dejó a Rye que cargara con los aperos de la playa. Este se movía con lentitud por detrás de su esposa, con una expresión que delataba dolor, cargando con la cesta y la manta. A mitad de camino hacia la puerta principal, se detuvo.

Frankie se hundió en el asiento.

«Si no se da la vuelta, no volveré a hacer esto», se prometió a sí misma, y puede que a Dios. Se asomó por la ventanilla y vio cómo echaba a andar de nuevo, a trompicones, cojeando de forma dolorosa. Subió despacio los peldaños del porche, sujetándose al pasamanos.

Delante de la puerta cerrada, volvió a detenerse, como si no quisiera entrar, pero la abrió y se adentró en la casa, de vuelta con su mujer y su hija.

Frankie se enderezó lentamente, metió la marcha en el Mustang y avanzó. Al pasar por delante de la vivienda, redujo la velocidad y se quedó mirando la puerta principal con una tóxica combinación de anhelo y vergüenza.

Rye abrió la puerta, salió al porche y la vio.

Frankie pisó el acelerador y pasó por delante de él a toda velocidad.

«Idiota».

¿En qué estaba pensando? Cuando llegó a su bungalow, todavía estaba agitada. La ginebra con hielo no hizo nada por calmarle la ansiedad. Seguía mirando el teléfono, pensando que la llamaría, deseando primero que lo hiciera y luego que no. Sabía que a Rye le bastaría telefonear a Información para obtener su número. A pesar de los años transcurridos, seguía siendo Frances McGrath, de la isla de Coronado.

Pero el teléfono no sonó.

Antes incluso de que empezara a oscurecer, se tomó un par de somníferos y se metió en la cama.

¿A qué hora sonó? No estaba segura. Soñolienta, se levantó y fue con paso inseguro hasta la cocina para descolgar.

—¿Dígame?

Fuera había luz. ¿Era el mismo día o el siguiente?

—¿Frankie? Soy Geneva Stone.

Su jefa. Mierda.

—Hola —respondió. ¿Tenía la lengua entumecida, hablaba demasiado lento?

—Se suponía que esta noche ibas a cubrir el turno de Marlene Foley.

—Ay, es verdad —respondió Frankie, arrastrando las sílabas—. Lo siento. No me encuentro bien. Debería haber llamado para avisar de que estaba enferma.

Se produjo un largo silencio, en el que Frankie percibió desagrado y alarma.

—Está bien. Buscaré a otro. Que te mejores.

Frankie colgó, sin saber si se había despedido o no en el momento en que oyó cortarse la línea.

Se arrastró hasta el sofá, se dejó caer sobre los cojines, levantó las piernas y se tumbó.

Al día siguiente haría las cosas bien. Se acabaron las pastillas. Y, desde luego, se acabó lo de acosar a nadie. No volvería a pensar siquiera en Rye Walsh.

Nunca más.

Frankie estaba sentada en el despacho de la jefa de enfermeras, con la espalda recta y las manos unidas en el regazo.

—Vamos a ver. —La señora Stone clavó la mirada en el rostro de Frankie—. Te quedaste petrificada en el quirófano. Durante una operación. Y faltaste a un turno… —se detuvo un instante— porque estabas enferma.

—Sí, señora, pero… —Se calló. ¿Qué podía decir?

—Sé que lo estás pasando mal. —La voz de la señora Stone se revistió de dulzura—. Yo también perdí un bebé. Como mujer, como madre, lo entiendo, pero… —se detuvo una vez más— este no es tu primer incidente en el quirófano, Frankie. El mes pasado…

—Lo sé.

—Tal vez te precipitaste al volver al trabajo.

—Necesito trabajar —respondió Frankie en voz baja.

La señora Stone asintió.

—Y yo necesito saber que puedo contar con mis enfermeras.

Frankie inspiró de forma trémula. Su vida se estaba desmoronando. No, más bien estaba reventando. Sin la enfermería, ¿a qué podría aferrarse?

—No puedo perder mi empleo.

—No lo has perdido, Frankie. Tan solo necesitas un descanso.

—Tendré más cuidado. Haré las cosas mejor.

—No se trata de llegar a un acuerdo, Frankie —replicó la señora Stone—. Te vas a tomar una excedencia. Y empiezas hoy.

Frankie se puso en pie, temblorosa.

—Siento haberla decepcionado.

—Ay, corazón, no estoy decepcionada. Lo que estoy es preocupada por ti.

—Ya... —Frankie estaba harta de oírlo. Habría querido decir algo más, tal vez disculparse de nuevo, pero la triste verdad era que había que apartarla del servicio. No era de fiar.

¿Cómo iba a recomponer las piezas de su vida si no hacía más que romperse por dentro?

Frankie durmió a ratos, incapaz de quitarse a Rye de la cabeza. Un obsesión terrible y peligrosa se había apoderado de ella. Cada vez que cerraba los ojos, pensaba en él, lo recordaba, lo amaba. Una y otra vez lo veía parado en el porche, mirándola. Cuanto más imaginaba el momento, más pensaba que le había parecido triste mientras se alejaba. ¿O se estaba mintiendo a sí misma? ¿Estaba construyendo una fantasía a partir de los fragmentos de una pesadilla?

Nada más dar las seis de la tarde, sonó el teléfono, por lo que bajó a la cocina.

—¿Dígame? —dijo al descolgar el auricular del teléfono de góndola que descansaba en la encimera y tirando del largo cordón para ir a abrir el frigorífico.

—Hola, Frankie —la saludó Barb—. Dijiste que me ibas a llamar por mi cumpleaños.

«Mierda».

—Felicidades, Barb. Lo siento. Anoche tuve un turno movidito —se disculpó mientras pensaba si servirse una copa de vino antes de decidirse en contra y cerrar la puerta del frigorífico.

«Hoy», se dijo. Ese mismo día iba a empezar a hacer las cosas como debía.

—¿Lo pasaste bien de cumpleaños?

—Y tanto. He conocido a un tipo.

—¿Sí? —Frankie volvió junto a la encimera. Encendió el estéreo (sonaba Roberta Flack) y se acomodó en el sofá con el teléfono azul claro a su lado—. Necesito más información. Datos, datos.

—Treinta y cuatro años. Abogado en la Unión Estadounidense de Libertades Civiles. Tiene dos hijos: gemelos, de cinco años.

—¿Y?

—No te lo vas a creer, pero estábamos haciendo cola para *Shaft en África*. Nos sentamos juntos, luego fuimos a tomar algo y, bueno, llevamos sin dejar de hablar desde entonces.

—Guau. En tu caso es todo un récord, Babs. Debe de ser…

—Especial —completó su amiga la frase—. Sí que lo es, Frankie. Empezaba a pensar que lo del amor no estaba hecho para mí, ¿sabes? Que era demasiado… militante, que estaba demasiado enfadada, demasiado de todo. Pero este tío…, se llama Jere, por cierto; el caso es que le gusta todo eso de mí. Dice que muchas mujeres son blandas, pero que a él le gustan mis aristas.

—Guau —repitió Frankie. Estaba a punto de decir más, de preguntarle por el sexo, en realidad, cuando sonó el timbre—. Un segundo, Barb. Hay alguien en la puerta.

Se encajó el auricular entre el hombro y la oreja, cogió el aparato y fue a abrir. Rye estaba en el umbral, con las gafas de aviador y una gorra de los Lobos de mar con la visera baja sobre los ojos.

Frankie empezó a cerrar la puerta, pero él se lo impidió metiendo un pie entre la hoja y la jamba.

—Por favor —le rogó.

Frankie no podía parar de mirarlo.

—Te tengo que dejar, Barb.

—¿Todo bien?

—Sí, sí —dijo sin alterarse, sorprendida por lo tranquila que sonaba—. Una vez más, felicidades. Vamos hablando. —Frankie colgó y bajó la mano con el auricular, antes de dirigirse a Rye—. No deberías estar aquí.

—Y tú no deberías haberme seguido ayer a casa.

—Lo sé.

—Te vi en la playa —dijo Rye—. Era lo que esperaba. Por eso quise venir a Coronado. Junto al hotel. Siempre hablabas de él.

—Ah, ¿sí?

—¿No era en esa playa donde hacías surf con Fin?

Frankie tragó saliva para aliviar el nudo que sentía en la garganta.

—¿Por qué has venido?

—Sé por qué me seguiste. Es porque sigues…

—No.

Rye entró en el bungalow, le quitó a Frankie el teléfono de la mano y lo dejó en la encimera. Esta se sentía confusa, se movía como un autómata. No podía permitir que se quedara, pero no parecía capaz de articular las palabras para hacer que se marchase.

Rye cerró la puerta tras de sí y, de pronto, estaba muy cerca de ella, tan cerca que podrían tocarse, ocupando demasiado espacio en el salón, igual que ocupaba demasiado espacio en su corazón.

—Me mentiste —dijo Frankie, pero las palabras no sonaron como habría deseado. Más que ira, transmitían tristeza.

—Frankie.

La forma en que pronunció su nombre le evocó multitud de recuerdos, momentos, promesas. Negó con la cabeza.

—Vete, por favor. Por favor.

—No quieres que me vaya.

—No quiero que te quedes.

—Son dos cosas distintas. Venga, Frankie. Sé que sabes que lo que hubo entre nosotros era de verdad.

—Que fuera de verdad no quiere decir que fuera sincero. También son cosas distintas, ¿no?

Rye alargó la mano hacia ella. Frankie se apartó, dio un paso atrás, interpuso distancia entre los dos. Necesitaba beber algo.

—¿Te apetece un trago? Solo uno. Luego te vas.

Rye asintió.

Al acercarse al mueble en el que guardaba el alcohol, Frankie se dio cuenta de que en algún momento, pensando en él, había comprado whisky. Llenó dos vasos y le tendió uno.

—Vamos fuera —propuso, temerosa de que allí dentro, tan cerca, tratara de besarla y ella se lo permitiera.

Se encaminó a la puerta del patio; una vez en el jardín trasero, se fijó en los cambios que Henry había introducido: del árbol colgaba un columpio, en un rincón había un brasero de exterior con cuatro butacas de madera rodeándolo. A lo largo de la valla asomaba una explosión de color: rosas, buganvillas, jazmines, gardenias. ¿Cuándo había dejado que el césped se secase?

Rye se acercó cojeando hasta el brasero y se sentó en una de las butacas. Frankie lo hizo frente a él.

—Dime la verdad —le pidió.

Él no fingió no entenderla. Al menos eso era de agradecer.

—Me casé con Missy dos meses antes de enrolarme en la primera misión. Es...

—Espera, ¿Missy?

—Melissa. La llamo Missy.

«Ya sé yo quién eres, jovencita»,* le había dicho el padre de Rye años atrás. La había confundido con la mujer de su hijo.

—Continúa.

---

* *Missy* significa «jovencita» en inglés. *(N. de la T.).*

—Era joven e idiota. Quería a alguien que me esperase en casa.

—Así que todo fue una elaborada farsa, lo del compromiso que supuestamente habías roto. Me juraste que no estabas prometido. Me lo juraste.

—Y no lo estaba.

—¿Coyote sabía la verdad? ¿Y el resto de tus hombres? ¿Estabais todos riéndoos de mí?

—No. Jamás llevé anillo ni mencioné a mi mujer. Llevaba poco tiempo destacado en el país cuando me di cuenta de que había cometido un error al casarme. Imaginaba que me divorciaría al volver a casa. Jamás me sentí casado... y entonces te vi en el club de oficiales, ¿te acuerdas?

—Me acuerdo.

—Me enamoré de ti como un tonto. Jamás había sentido nada parecido. Tal vez no puedas entender cómo la llegada de un bebé te cambia la forma de pensar, te obliga a hacer algo incorrecto por el motivo correcto. Me dije que aprendería a querer a Missy, pero entonces te conocí.

Frankie sabía a qué se refería. Ella había pensado lo mismo con Henry, pero no había sucedido, ¿no? Uno no puede obligar al corazón por mucho que quiera.

—Sabía que estaba mal, pero no podía decirte la verdad y dejarte marchar. Pensé que..., cuando volviera a casa, lo solucionaríamos y encontraría la manera de dejar a Missy y estar contigo. Entonces me derribaron. Durante años todo el mundo me creyó muerto. Celebraron el funeral y enterraron un ataúd vacío junto al de mi madre. Y luego, por fin, el comandante Stockdale consiguió comunicarse. A partir de ahí, Missy fue mi tabla de salvación. Me escribió religiosamente.

Frankie lo creyó, pero ¿qué quería creerlo, porque se sentía sola o porque presentía que decía la verdad? No lo sabía, aunque la forma en que la ira se estaba disolviendo era peligrosa. Sin ella, solo quedaba el amor.

—Veo que has sufrido —respondió en un hilo de voz—. La pierna.

—Me la rompí al saltar del Huey.

—¿Qué pasó?

—Casi ni me acuerdo, la verdad. —Rye no se atrevía a mirarla. La voz se le volvió monótona, como muerta. Frankie imaginó que iba a contarle la misma historia que había repetido un millón de veces para los informes oficiales—. Sucedió al impactar contra el suelo. Vi cómo el Huey estallaba sobre mi cabeza y la bola de fuego caía.

Inspiró de manera entrecortada.

—Caí con fuerza… Vi el hueso sobresaliendo por la pernera del pantalón. Lo siguiente que recuerdo es que alguien me levantaba. Los charlies me cortaron la ropa, me arrastraron desnudo… y me dejaron en medio de un camino embarrado. Los oía gritarse unos a otros en su idioma. Me daban patadas, me giraban y me daban otras cuantas más.

»Traté de alejarme a rastras, pero para entonces la pierna me dolía como un demonio. Y la bala del hombro no dejaba de sangrarme. Dicen que me reventó la articulación.

Frankie lo imaginó tirado en el barro, desnudo, con el cuerpo roto y magullado.

Rye se quedó callado un momento.

—Y luego el Hilton de Hanói —acabó por decir—. Cuatro años y tres meses en una celda. Grilletes en las piernas. —Inspiró hondo y espiró lentamente—. Tenían una… cuerda que usaban para obligarme a doblar el cuerpo. Me dejaban así horas, mientras me interrogaban. Durante semanas. Y luego… un día, cuando me arrastraban de vuelta a la celda, oí a otros prisioneros. Hablaban mi idioma. Ese fue mi primer momento de esperanza, ¿sabes?

»Al final me trasladaron a otra celda, cerca de la del comandante Stockdale. Los demás prisioneros habían encontrado una forma de comunicarse. —La voz se le quebró—. No estaba solo.

—Se detuvo para recomponerse—. Hablábamos. Nos enviábamos mensajes. Supe de McCain y los demás. Recibí mi primera carta de Missy, en la que decía que jamás había abandonado la esperanza, y yo..., yo la necesitaba. Necesitaba sus palabras. Así que traté de olvidarte, me dije que era lo mejor, que para cuando volviera a casa tú ya estarías casada.

—Si lo hubiera sabido, te habría escrito. Tu padre me dijo que habías muerto en combate.

—¿Fuiste a ver al viejo? No te envidio. —Rye clavó la mirada en ella—. Traté de dejarte ir, Frankie. Me dije que había sido un canalla, que me había portado fatal y que te merecías a alguien mejor. Me dije que podía aprender a querer a Missy. Otra vez. O puede que por vez primera. Pero entonces te vi en San Diego, en la pista de aterrizaje. Bastó una mirada para que todos mis propósitos se vinieran abajo. Es contigo con quien quiero estar, Frankie. Contigo.

Se puso en pie con dificultad.

Frankie hizo lo mismo, como si habitara un planeta en la órbita de su sol, atraída por una fuerza elemental que la obligara a seguirlo.

—¿Tú quieres estar conmigo, Frankie?

La tristeza de aquella voz echó por tierra toda su fuerza de voluntad. Frankie le tomó la mano y sintió la familiaridad de su tacto.

—Lo que me pides..., lo que quieres... —respondió, aunque era lo que ella también quería— me destruiría. Nos destruiría a todos. Tu familia...

—Dejaré a Missy. Ni siquiera puedo tocarla sin pensar en ti. Sabe que hay algo que no va bien. No soporto besarla.

—No me pidas esto, Rye. No puedo...

—Me han devuelto a tierra firme, Frankie. Ya no puedo volar.

Frankie oyó la pérdida en su voz, sabía lo que pilotar significaba para él.

—Oh, Rye...

—Un beso, entonces —dijo—. De despedida.

Frankie jamás olvidaría ese momento, la forma en que la miraba, el amor que la atravesaba hasta el alma, que la inundaba con las luminosas emociones que había perdido en su ausencia: esperanza, amor, pasión, necesidad. Musitó su nombre mientras él la envolvía entre sus brazos. Al principio notó los cambios: estaba tan delgado que parecía que pudiera romperle los huesos con su pasión y, por debajo del aroma a colonia, Frankie notó algo parecido a la lejía. Hasta la forma en que la abrazaba era distinta, casi de un solo lado, como si el brazo izquierdo no le obedeciera del todo.

En sus ojos vio la misma toma de conciencia, el mismo despertar a la vida. También vio todo por lo que había pasado durante el cautiverio, una cicatriz roja que le atravesaba zigzagueante la sien, las bolsas bajo los ojos. Las canas en su cabello rubio que subrayaban los años perdidos.

Al primer roce de sus labios, Frankie supo que estaba perdida, condenada. Fuera lo que fuese, lo sabía y no le importaba, era incapaz de hacer que le importase.

Ya había renunciado a todo por ese hombre, por esa sensación, y sabía que lo haría de nuevo, costase lo que le costase.

Lo amaba.

Así de simple. Así de aterrador.

Cuando Rye le susurró: «¿Dónde está el dormitorio?», Frankie supo que debía responderle que parase y que volviese cuando estuviera divorciado, pero no fue capaz.

Rye le había devuelto la vida.

Que Dios se apiadase de ella.

31

Con el amor, Frankie aprendió a mentir. Aquella fue una de las dos nuevas constantes de su vida durante aquel largo y ocioso verano: mentir y amar a Rye.

No le contó a nadie que la habían suspendido de empleo y sueldo, por lo que disponía de horas en las que nadie contaba con ella. Vivía sin lujos, de los ahorros.

Su vida oscilaba entre dos mundos: uno de pasión y otro de culpa. Día tras día se prometía que no volvería a hacerlo. Dejaría las pastillas y dejaría a Rye. Él también era una droga, como todas las demás.

Cada día se juraba que le pediría que se marchara y no volviera hasta haberse divorciado, pero en cuanto se presentaba ante su puerta con una sonrisa solo para ella, estaba perdida, y, por bien que se sintiera entre sus brazos, el placer se tornaba frío en cuanto él dejaba la cama. Cada día se recordaba su debilidad, su falsedad, su inmoralidad, su obsesión. Una vez y otra y otra y otra. De noche, sola, se torturaba imaginándolo en la cama con su mujer y pensando en el dolor que aquel idilio le causaría a la inocente Joey. Pero, por mucho que se despreciara, no era capaz de rechazarlo. Era como una pobre hambrienta a quien le concedían un par de horas al día en una panadería y, durante ese lapso, volvía a una vida plena y gloriosa, y se deleitaba en su apetito.

—Quédate esta vez —acabó por rogarle, detestando el tono de súplica en su voz. Lo que deseaba decirle era: «Elígeme a mí», pero sabía que no podía hacerlo. Melissa y él estaban hablando con un abogado; Rye ya se estaba buscando un apartamento, pero no podía hacer nada que pusiera en peligro la custodia de Joey. Amaba a su hija con locura.

—Ya sabes que no puedo —le respondió, acariciándole los brazos desnudos, mientras yacían juntos en la cama.

Frankie no pudo evitar mirar el reloj. Las tres de la tarde. Sintió la incipiente punzada de pánico, el afilado aguijón del remordimiento: ¿por que se fuera o por haberle permitido quedarse?

—Estoy deseando que conozcas a Joey. Te va a adorar.

Frankie dejó que sus palabras la tranquilizaran.

—Eso espero. Y también tendremos hijos nuestros, ¿verdad?

—Por supuesto. Quiero una niña igualita a ti. —Rye sonrió—. Y Joey quiere un hermanito. No para de repetirlo.

—Te quiero —dijo Frankie, girándose hacia él.

Le recorrió las cicatrices del hombro con los labios. Tenía el pecho marcado de quemaduras, formando un mapa de manchas blancas en mitad del canoso vello rubio.

Frankie se estiró junto a su cuerpo delgado y se apretó contra él.

—Cómo me habría gustado ser yo quien te escribiera cartas.

—Y a mí, cariño. Missy me importa, pero esto... tú... Pronto dejaremos de escondernos.

Su mano se deslizó por la piel desnuda de Frankie. Esta, azuzada por el deseo, se ciñó a él con la respiración acelerada. Se puso de espaldas y le ofreció su cuerpo por entero. Los besos de Rye despertaron la parte de su ser que solo le pertenecía a él.

A finales de verano, Frankie estaba hecha un manojo de nervios; toda aquella espera, toda aquella esperanza, toda aquella ocultación estaba acabando con su cordura. Mentía a todos sus conocidos, y lo detestaba. Se había quitado la medalla de san Cristóbal y la había escondido, temerosa de que le abrasara la piel mientras dormía.

Necesitaba más pastillas para conciliar el sueño y otras tantas para mantenerse despierta. Con todo, siguió adelante con la relación, esperando día tras día el momento en que pudiera anunciarles la verdad a sus amigos y a su familia, liberándose de aquella terrible y opresiva sensación de culpa.

Procuraba no responder al teléfono; le era imposible mentir a Barb o a Ethel, pero ninguna de las dos podía enterarse de la verdad. Les devolvía la llamada cuando sabía que no estarían en casa o colgaba cuando alguna de las dos respondía.

Jamás habría imaginado convertirse en la mujer que era en ese momento; amar a Rye la había transformado en una mentirosa.

Cada noche, sola en la cama, rezaba por que a la mañana siguiente le dijera que ya estaba, que ya podían hacerlo oficial, caminar de la mano a la luz del sol, pasar la noche juntos. Cada mañana, sentía cómo se le desgajaba un nuevo pedacito del alma.

En agosto, cuando Barb la había llamado ilusionada para anunciarle que se casaba, la primera reacción de Frankie había sido un ataque de celos ardientes y tóxicos que le había costado lo indecible reprimir.

En ese momento, un día tórrido de finales de verano, se encontraba en un parque de Chicago de pie delante de unos pocos invitados sentados en sillas plegables, dándole ya al champán. Habían esparcido pétalos de rosas rojas por el pasillo central.

Ethel y Frankie, vestidas con coloridos monos palazzo de estampado geométrico y sandalias blancas, esperaban bajo un arco decorado con flores y hojas.

A su lado se encontraba el novio, con una americana de poliéster marrón con pantalón de pinzas a juego. Sus hijos gemelos actuaban de padrinos. Un ministro baptista sostenía una Biblia en la mano.

En un radiocasete portátil con unos altavoces no demasiado buenos sonaba *Time in a Bottle*, de Jim Croce, mientras los invitados iban tomando asiento.

Al final del pasillo central, Barb esperaba con impaciencia; llevaba un vestido vaporoso de punto blanco con cuello halter y el cabello decorado con flores. Iba del brazo de su madre.

Cuando el último invitado se hubo sentado, Barb levantó los pulgares. Ethel fue hasta el radiocasete, cambió la música y puso la marcha nupcial.

Barb y su madre recorrieron el pasillo con paso lento, dejando atrás al grupo sonriente de familiares y amigos que habían acudido a la ceremonia: algunos parientes de Barb de Georgia, compañeros de la Operación PUSH, colegas de la universidad de Jere y el marido de Ethel, Noah, con su hija, Cecily. Barb sonreía tanto que, en comparación, a Frankie su vida entera le pareció sucia, pecaminosa.

«Esto sí que es amor», pensó: el modo en que Barb besó a su madre y la ayudó a sentarse en la primera fila; la mirada que Jere le dedicó a su futura esposa.

«Amor». Algo que gritar desde las azoteas, un sentimiento que celebrar, no que cultivar en secreto y dar forma en la oscuridad.

—Queridos hermanos... —comenzó el ministro. La música se detuvo.

Barb y Jere se dieron la mano y se miraron. El oficiante siguió hablando y pronunció las palabras que Frankie había oído en tantas bodas, en la televisión y en el cine. Palabras antiguas: amor, honor, compromiso. Y, por mucho que desease celebrarlas con su amiga, por mucho que se alegrara del nuevo amor y la nueva vida de Barb, la vergüenza fue apoderándose de ella, un sentimiento tóxico que arrinconaba cualquier emoción más amable.

Cerró los ojos y se imaginó bajo el arco, con Rye a su lado y Joey esparciendo flores...

Oyó a Jere decir:

—A partir de ahora, Barbara Sue, estoy contigo, de pie a tu lado. Parafraseando a Yeats, amo tu alma peregrina y amo los infortunios de tu mudable rostro. Ahora y para siempre.

Entonces le puso la alianza en el dedo.

—Barbara Sue Johnson —dijo el ministro—, ¿prometes amar, honrar y obedecer a Jeremiah Maine durante toda vuestra vida?

—Sí, lo prometo —respondió Barb, sonriendo de oreja a oreja a Jere mientras le deslizaba el sencillo aro de oro por el anular.

—Puedes besar a la novia —concluyó el ministro.

Jere tomó a Barb entre sus brazos. Esta se aferró a él y lo besó. Cuando se separaron, ambos reían.

La música cambió y subió el volumen: *Let's Get It On*.

Ethel soltó un aullido y los vitoreó. Frankie se dio cuenta demasiado tarde de que estaba llorando.

Ethel la rodeó con el brazo.

—Algún día tú también te casarás.

Frankie se limpió las lágrimas.

—Sigo pensando en... —tuvo que hacer un esfuerzo por acabar la frase— Rye.

Levantó la vista a su amiga, pensando: «Dime que no pasa nada por amarlo. Libérame de la vergüenza».

—Olvídalo, Frank. Es un mentiroso. Eres demasiado buena para él.

—Pero... lo quiero. Quiero decir, es el único para mí.

Ethel la miró con tanta dureza que Frankie lo sintió hasta en los huesos.

—No. Está casado, Frankie, casado. Y es padre. Te conozco. Sé lo mucho que te importaba Jamie, pero ni te planteaste salir con un hombre que ya tenía esposa. Eres una buena persona. Honrada. Moral hasta lo ridículo. No sobrevivirías si tuvieras una aventura.

A Frankie, aquellas palabras se le clavaron en el interior, rompiéndola por dentro. «Honrada. Moral. Buena».

«No —habría querido decirle a su amiga—. Esa ya no soy yo».

Frankie tomó la decisión durante la recepción, mientras bailaba al son de una música que no reconocía, con la preciosa hija de Ethel en brazos.

«Nunca más. Se acabó».

Lo que quería era lo que veía a su alrededor en ese instante: una boda, una familia, un bebé.

¿Cómo iba a conseguir ninguno de esos regalos de la vida después de una aventura? Dios y la Providencia le exigían un cambio previo a la redención.

Durante toda la recepción se sintió una mentirosa, una falsa. Bebió demasiado y apenas se tenía derecha cuando Barb y Jere se marcharon rumbo a su luna de miel.

—¿Te encuentras bien? —le preguntó Ethel, de pie a su lado, mientras le sostenía la mano y la miraba con ternura y preocupación en los ojos.

Frankie no lo soportó. De repente no quería que Ethel la amara, se preocupara por ella, le sostuviera la mano. ¿Cómo podía merecer ella semejante amistad? Murmuró una disculpa, arguyendo que estaba cansada, demasiado borracha o triste sin más; la verdad era que después ni siquiera recordaba las palabras exactas. Lo único que sabía era que tenía que salir de allí. Y ya, antes de derrumbarse delante de su amiga.

Cogió un taxi de vuelta al hotel, recogió sus pertenencias y se marchó al aeropuerto, donde esperó durante horas a que saliera su vuelo, tiempo suficiente para que se le pasara la borrachera y se sintiera todavía peor.

En casa, sentada en el salón, se puso a fumar un cigarrillo tras otro, a beber ginebra sin dejar de dar golpecitos nerviosos con el pie, esperando a Rye, dispuesta a decirle que estaba harta. Que no podía seguir viviendo así.

Cuando por fin apareció, con un ramo de flores en la mano, le impidió entrar en el bungalow.

—No puedo seguir haciendo esto —le dijo—. Está acabando conmigo, Rye. Lo siento. No puedo seguir siendo la otra. Está mal.

Esperó a que respondiera algo; cuando no lo hizo, dio un paso atrás y empezó a cerrar la puerta.

Lentamente, con esa forma nueva y quebradiza de moverse que ahora tenía, Rye hincó una rodilla. Frankie vio los fuertes dolores que le suponía hacerlo.

—¿Quieres casarte conmigo, Frankie?

Esta rompió a llorar; solo entonces se dio cuenta del tiempo que llevaba esperándolo, de lo mucho que lo necesitaba. Aquello sí que arreglaría lo suyo, haría que todo volviese a estar bien, limpiaría su pecado.

—Sí —susurró—. Sí.

Rye volvió a ponerse en pie con dificultad; ella lo ayudó.

—Quiero que estemos siempre juntos —dijo él con voz ronca—. Tú. Yo. Un bebé...

—Gracias a Dios —repuso Frankie suspirando, antes de hacer que entrara en casa y conducirlo al dormitorio. Le temblaba todo el cuerpo.

Todo iba a salir bien. Por fin.

Rye se inclinó para besarla. Frankie no aguardó para recibirlo y se arrojó hacia él.

Ese año, el otoño llegó con retraso a la isla de Coronado y, poco a poco, las hojas fueron cayendo, hubo que sacar el jersey por la noche y las playas se vaciaron. Una vez más, los restaurantes de Orange Avenue se llenaron de locales en lugar de turistas. Los autobuses escolares habían vuelto a hacer su ruta la primera semana de septiembre. Para Frankie, esas eran las cosas que anunciaban la nueva estación.

Ese frío día de finales de noviembre, casi diez meses después del regreso de Rye de Vietnam, Frankie se puso un vestido de punto de jacquard, se peinó la melena con raya al centro y se hizo una coleta antes de salir en coche rumbo al hospital.

Al llegar al despacho de la jefa de enfermeras, le pidieron que esperase.

Frankie iba preparada de sobra para la reunión. En los dos meses desde la pedida de mano de Rye, había vuelto a sentirse ella misma. Habían hablado de alianzas, habían hecho planes para la ceremonia en la playa y para la luna de miel. Irían a Kauai y luego pasarían una semana en Coco Palms. Rye estaba dispuesto a hacerlo público y a hablar con los padres de Frankie. Esta ardía en deseos de contárselo a sus amigas y a su familia. Al principio, Barb y Ethel la mirarían de reojo, quizá pusieran en duda su moralidad, pero jamás les contaría que Rye y ella se habían acostado antes de que este se divorciara. Esa era una vergüenza con la que cargaría sola.

—¿Frankie? Ya puede recibirte.

Se puso en pie. Con el bolso aferrado, entró en el despacho y se sentó cuando se lo indicaron.

—Hola, señora Stone —dijo, sentada como una dama, como le habían enseñado hacía un siglo, cuando el mundo era distinto, más amable. La espalda recta, la barbilla alta, las piernas cruzadas por los tobillos. Sabía que tenía mejor aspecto que la última vez que había pisado aquel despacho. Esa mañana solo se había tomado una pastilla para animarse. Durante el último mes había reducido el consumo—. Quería darle las gracias por la suspensión —dijo—. Sé que suena raro, pero tenía usted razón. No me encontraba bien. Podría haber cometido un error en el quirófano, y no me lo habría perdonado jamás.

—Eres una de las mejores enfermeras con las que he trabajado —respondió la mujer—, pero la última vez que te llamé para venir a trabajar parecías alterada.

Frankie esperaba no haberse estremecido.

—Es que no me había tomado el primer café. Estaba un poco adormilada. Nada más.

—¿Nada más?

—Nada más —mintió.

—Conozco el dolor de sufrir un aborto. Y mi marido luchó en Corea. Me ha contado que algunas... experiencias nos afectan al cuerpo tanto como a la mente. ¿Quizá necesitas ayuda para manejar ciertas cuestiones?

—Estoy bien. De verdad.

—Aunque la experiencia no sea tan traumática como si hubiera participado en los combates, me han contado que ir a la guerra puede dejar a un hombre bastante descolocado durante un tiempo.

«A un hombre».

—Estoy preparada para volver a trabajar —afirmó Frankie—, y puede que hasta pronto tenga una noticia que darle y que la tranquilizará.

La señora Stone se quedó mirándola un largo instante.

—Está bien, Frankie. De hecho, Karen Ellis ha llamado para avisar de que no se encuentra bien. ¿Podrías acabar tú su turno?

—Claro. Todavía tengo el pijama en la taquilla. —Frankie se puso en pie—. Ya verá como no se arrepiente.

—Procura que así sea.

Frankie salió del despacho llena de esperanza.

Ese era el primer paso en su recuperación. Dentro de nada volvería a ser ella misma. Se casaría con Rye vestida de blanco. Y nada del típico vestido soso de baile de promoción. Con Rye, lo quería todo: el vestidazo, el velo, la iglesia, la tarta.

Una semana más tarde, Frankie examinaba un expositor de alianzas en una joyería.

—¿Necesita ayuda, señorita? —le preguntó el joyero.

Frankie miró de reojo el reloj. Pronto empezaría su turno en el hospital.

—No, gracias. Supongo que a mi prometido le habrá surgido un imprevisto —mintió. La próxima vez que fuera a la tienda, llevaría a Rye, vería qué alianza quería y le enseñaría sus favoritas. No había nada de malo o de raro en que les echase una ojeada ella primero, ¿verdad?

Salió del establecimiento y fue hasta el centro médico, cuya mole blanca se recortaba esa mañana contra un cielo azul sin nubes. En el interior, se puso el pijama aguamarina, se cubrió la melena con un gorro y se dirigió a la planta de cirugía.

Durante horas, asistió a una operación tras otra. Al final de su turno, echó un vistazo a los pacientes antes de dirigirse a la primera planta.

En la recepción, vio un grupo de hombres de traje apiñados alrededor del mostrador. Algunos tomaban notas en las libretas abiertas.

Reporteros.

Era probable que alguna famosa del vecindario hubiera dado a luz; Rachel Welch, por ejemplo, que aún se llamaba Raquel Tejada cuando la coronaron la más bella en la feria del condado de San Diego. O tal vez un actor hubiera muerto.

Frankie se encaminó a la puerta. Al pasar junto a los periodistas, oyó a alguien mencionar al «capitán de corbeta Walsh».

Frankie se detuvo en seco y dio media vuelta. Se abrió paso entre ellos y se colocó delante justo cuando la recepcionista decía: «Respetamos la intimidad de nuestros pacientes. Ya lo saben. Todavía no pueden hablar con ellos. He llamado a seguridad».

—Pero no todos los días un antiguo prisionero de guerra...

Frankie rodeó al grupo, pasó por detrás del mostrador y se paró junto a una de las compañeras que estaban allí sentadas.

—Los reporteros. Vienen a ver...

—A la mujer de un tipo famoso. Un prisionero de guerra. Walsh.

Su mujer.

—¿Se encuentra bien?

La recepcionista se encogió de hombros.

—¿Dónde está?

—En la cuarta, 10 B.

Frankie se encaminó al ascensor y pulsó el botón con impaciencia. Hasta que no entró en él no se dio cuenta de adónde se dirigía.

«La cuarta planta».

¡Ping! Las puertas se abrieron.

Mientras recorría el pasillo con paso lento, le sobrevinieron unas náuseas repentinas. Al llegar a la última puerta, vio el nombre de la paciente y se detuvo: WALSH, MELISSA. La entreabrió lo justo para ver a la esposa de Rye sentada en la cama, rodeada de flores, cestas de dulces y globos. Uno en forma de balón de fútbol decía: ES UN NIÑO.

A su lado había una cuna; a través de las paredes transparentes, Frankie vio un bebé envuelto en azul.

Dio un paso atrás a toda prisa y, al darse la vuelta, chocó con algo.

Allí estaba Rye.

—Frankie —la llamó, bajando la voz para que su mujer no lo oyera—. Yo quería... Esto no significa que...

Frankie lo apartó de un empujón, salió corriendo del hospital, se subió al coche y cerró la puerta de golpe. Las manos le temblaban tanto que se le cayeron las llaves. Abrió el bolso, sacó un par de comprimidos de diazepam y se los tragó a palo seco antes de doblarse por la cintura y ponerse a buscar las llaves sobre el suelo del vehículo.

Alguien dio un golpecito a la ventanilla.

No podía mirar..., pero miró.

Rye estaba allí, de pie, y parecía tan destrozado como ella.

—¡Lo siento! —gritó.

Frankie arrancó y pisó con fuerza el acelerador.

No tenía ni idea de qué hacer o adónde ir. Había vuelto a creerse las mentiras de Rye. «Otra vez». Melissa debía de haberse quedado embarazada poco después de su regreso. Con Frankie usaba condones. Siempre. Sin excepción.

Todos aquellos meses, mientras se acostaba con ella, su mujer estaba embarazada. Cuando le había pedido la mano, Melissa estaba a punto de salir de cuentas. Rye había hincado la rodilla, le había pedido que se casara con él y Frankie se lo había creído. Igual que se había creído cada sonrisa, cada caricia, cada promesa. Había confiado ciegamente, jamás había dudado cuando le decía: «Pronto, cariño. Muy pronto le contaremos a todo el mundo que estamos juntos».

«Ay, Dios mío».

La única persona a quien odiaba más que a Rye era a ella misma.

Necesitaba un trago.

Era lo único en lo que podía pensar. No podía volver a casa, al bungalow cuyo armario guardaba ropa de Rye, ante cuya puerta se había arrodillado para pedirle la mano.

Pasó de largo el bar que frecuentaba el personal del hospital y se dirigió al barrio de Gaslamp, en San Diego. Aparcó en la calle, delante de una taberna en la que nadie la conocería. Al entrar vio que estaba medio llena de clientes que parecían habituales y se acomodó en un taburete delante de la barra.

—Una ginebra con hielo —pidió—. Y un paquete de Virginia Slim.

Cuando el camarero regresó con la bebida, Frankie apenas lo miró. Al alargar la mano hacia la copa, vio que le temblaba.

«Es un niño», se repetía una y otra vez; las palabras impactaban en su mente como una bola de derribo, destruyendo cada uno de los frágiles ladrillos con los que había tratado de reconstruirse.

—Me lo merezco.

—¿Cómo? —dijo el camarero.

—Nada. Póngame otra copa, por favor.

Cogió la segunda y se la bebió de un trago antes de pedir una tercera. Cuando un hombre atractivo se sentó a su lado y le dijo:

«¿Qué pasa, muñeca?», agarró el bolso y salió de la taberna. Una vez en el coche, encendió la radio y subió el volumen de *I am Woman*.

Condujo por el barrio abarrotado de gente.

Debería reducir la velocidad; iba demasiado rápido.

Cantaba a voz en grito cuando se dio cuenta de que estaba llorando. Delante de ella se alzaba el puente. Pisó el acelerador y salió disparada; un bolardo por delante, un pretil gris a la derecha y luego solo agua. Giró el volante apenas unos centímetros.

Un hombre en bicicleta salió de la nada. Frankie pisó el freno a fondo y sintió cómo el vehículo giraba fuera de control sobre la calzada. Vio el manillar delante de los faros. Agarró el volante con fuerza y trató de virar al otro lado.

Demasiado tarde.

32

Frankie despertó en una cama de hospital. Le dolía todo el cuerpo, especialmente el brazo izquierdo, y la jaqueca le percutía tras los ojos. Tardó un instante en recordar por qué estaba allí, y entonces...

El hombre de la bicicleta. El puente.

—Dios santo...

Oyó voces y pasos acercándose por el pasillo.

Su padre entró en la habitación con aspecto sombrío y avergonzado. Estaba furioso. A su lado iba un policía de pelo corto gris; los botones metálicos del uniforme caqui le tiraban sobre la enorme barriga, y una estrecha corbata oscura trataba de ocultar los huecos que mostraban la camiseta interior.

—¿Lo he matado? —preguntó Frankie, incapaz de emitir más que un susurro.

—No —respondió el agente—, pero ha estado cerca. Dejó la bicicleta para el arrastre. Y también ha estado a punto de matarse usted.

—Estabas borracha, Frankie —dijo su padre—. Podrías haber muerto. —Con la voz rota, añadió—: ¿Te imaginas tener que anunciarle a tu madre algo así? ¿Que ha perdido a otro hijo?

Frankie tenía tal nudo en la garganta que no podía ni tragar. «Ojalá hubiera muerto». Entonces, de pronto, pensó si era eso lo que pretendía. ¿Había girado el volante hacia el pretil en lugar de hacerlo en sentido contrario?

El señor McGrath miró al policía.

—¿Me la puedo llevar a casa, Phil?

El hombre asintió.

—Sí. Se la va a acusar de conducir bajo los efectos del alcohol. Ya los avisarán para que comparezca.

Frankie bajó los pies de la cama y se irguió poco a poco; estaba mareada. Su padre se acercó y la sostuvo al pasar cojeando junto a sus colegas enfermeras, que se la quedaron mirando mientras salía del hospital. Debían de saber lo que había hecho, que por poco había matado a alguien.

—El hombre a quien estuve a punto de atropellar… ¿seguro que no le ha pasado nada? ¿No me estás mintiendo?

—Se encuentra bien, Frankie. Es Bill Brightman, el director del instituto de Coronado.

En el exterior los esperaba el Mercedes plateado con puertas de ala de gaviota. Frankie rechazó la ayuda de su padre y se montó ella sola en el asiento del pasajero.

El señor McGrath metió la llave en el contacto y arrancó. El coche rugió, pero no se movió. Al cabo de un largo silencio, se volvió hacia ella.

—¿Quieres morir, Frankie? Me lo ha preguntado tu madre.

—No debería haberme tomado la tercera copa —respondió—. Tendré cuidado. Te lo prometo.

—Basta —dijo el señor McGrath con aspereza.

En su cara, Frankie distinguió con toda claridad el miedo a perderla, el dolor por la incapacidad de entenderse el uno al otro, la ira por que Frankie no fuera capaz de ser la hija que deseaba.

Se quedó mirándolo, sabedora de que tenía razón. Esa noche podía haber matado a un hombre. Podía haberse matado ella. Y quizá fuera lo que había pretendido.

—Te quiero, Frankie —añadió él con voz triste—. Sé que tenemos nuestras diferencias, pero...

—Papá...

—Pareces... rota.

Frankie no se atrevía a mirarlo a los ojos.

—Llevo años viviendo así —le respondió—. Desde que me fui a estudiar a Florencia.

«Se acabó».

Sola en su dormitorio infantil, Frankie permanecía despierta, luchando contra la necesidad de tomar un somnífero (lo suyo era una adicción, pero ¿alguna vez se lo había planteado en tales términos?) y la abrumadora sensación de culpa, así como el miedo, nuevo y lacerante, a haber querido acabar con su propia vida.

¿En quién se había convertido?

En la nada, en un fantasma. Sin amor, sin hijo.

¿Cómo iba a sobrevivir? Cada una de sus pérdidas le había hecho extraviar el rumbo, pero lo que sentía en ese momento, la culpa y la vergüenza de la noche anterior, la estaba destruyendo.

No podía seguir así.

Necesitaba ayuda.

¿Quién?

¿Cómo?

«Deberías hablar con alguien, alguien que te ayude», le había dicho Henry; le parecía que había pasado una eternidad desde aquel momento en que creía haber tocado fondo, pero no. «En mi consulta trato a algunos veteranos... ¿Tienes pesadillas, Frankie? ¿Te cuesta dormir?».

¿Quién iba a entender la lenta desintegración de su estabilidad mental desde Vietnam sino otros veteranos? Una vez, hacía ya mucho tiempo, había intentado obtener ayuda y no había funcionado. Pero eso no quería decir que fuera a dejar de intentarlo. Más bien todo lo contrario.

Apartó las mantas y se bajó de la cama. Se encaminó con paso débil al cuarto de baño, se dio una ducha caliente y se secó el pelo; luego se puso unos vaqueros y un jersey de cuello alto.

Encontró a su madre en la cocina; tenía aspecto cansado.

—Frances —dijo con voz suave.

—¿Me prestas tu coche?

La señora McGrath le clavó tal mirada que Frankie se sintió incómoda, pero se vio incapaz de pronunciar las palabras que su madre necesitaba oír. Se acabaron las promesas. Las dos sabían que no debería conducir.

—Las llaves están en mi bolso. ¿Cuándo volverás a casa?

—No lo sé.

—¿Volverás a casa?

—Sí.

Frankie se acercó a su madre, le tocó el delgado hombro y dejó la mano posada sobre él. Alguien más fuerte habría acompañado el gesto con palabras, tal vez con una disculpa o una promesa; ella no dijo nada. Luego fue al garaje y se subió al Cadillac. Se adentró en el puente de Coronado a una velocidad cautelosa y se detuvo delante del nuevo centro médico de la Administración para los Veteranos.

Estacionó en el aparcamiento y se quedó sentada, con miedo a moverse. Al cabo, se miró las ojeras en el espejo retrovisor. Sacó unas enormes gafas de sol del bolso, se bajó del coche y se encaminó hacia el edificio.

Una vez dentro, se acercó al mostrador de recepción, donde una robusta mujer con un vestido de poliéster con estampado de flores estaba sentada delante de una máquina de escribir IBM Selectric, repiqueteando sobre las teclas con sus uñas escarlata.

—Disculpe —dijo Frankie.

La recepcionista se detuvo, pero no apartó las manos del teclado cuando levantó la vista.

—¿Tienes problemas, cielo? ¿Tu marido está... enfadado?

Por lo visto, las gafas de sol no eran muy buen camuflaje.

—Tengo entendido que ofrecen terapia para veteranos de Vietnam.

—A las diez hay una reunión de discusión. ¿Por?

—¿Dónde sería?

La mujer frunció el ceño, se sacó un lápiz del moño colosal y dio un golpecito en el escritorio.

—Por ese pasillo, la segunda puerta a la izquierda. Pero es solo para veteranos de Vietnam.

—Gracias.

Al enfilar el pasillo, Frankie pasó junto a varios hombres sentados en sillas de plástico moldeado. En la sala 107 vio un cartel pegado al panel de vidrio esmerilado que ocupaba la mitad superior de la puerta: VETERANOS DE VIETNAM, COMPARTID VUESTRAS HISTORIAS ENTRE VOSOTROS. ¡HABLAR AYUDA!

Frankie tomó asiento y miró el reloj. Le dolía todo el cuerpo, la cabeza le retumbaba y tenía el estómago revuelto, pero no se movió. La muñeca izquierda le palpitaba. Al bajar la vista, advirtió un moratón sobre la piel pálida.

La puerta delante de ella se abrió a las 9.55. Algunos hombres entraron en la sala.

Frankie se quedó inmóvil, trató de calmarse y luego se levantó y abrió la puerta que daba a un cuarto pequeño y sin ventanas en el que habían dispuesto sillas plegables formando un círculo. Varias de ellas estaban ocupadas por hombres, la mayoría de la edad de Frankie o más jóvenes, con el pelo largo y descuidado, grandes patillas y bigote. Había alguno mayor, ya encanecido, cruzado de brazos.

Otros esperaban de pie junto a una mesa, comiendo dónuts y sirviéndose café de una jarra alta plateada.

Frankie ya contaba con ser la única mujer, pero igualmente se sintió incómoda cuando, uno a uno, todos los hombres se volvieron a mirarla. Uno de ellos se le acercó. Llevaba una camisa de cuadros y vaqueros sujetos por un cinturón con una hebilla gigante. Llevaba el pelo largo a capas, peinado hacia atrás con raya en medio. Un enorme mostacho le tapaba la mayor parte del labio superior.

—¿Te puedo ayudar en algo, guapa?

—He venido a la sesión de terapia de grupo para veteranos de Vietnam.

—Mola que quieras comprender a tu marido, pero esto es solo para veteranos.

—Soy veterana.

—De Vietnam.

—Soy veterana de Vietnam.

—Ah. Eh..., pero si en Vietnam no había mujeres.

—Te equivocas. Estuve con el Cuerpo de Enfermeras, dos años. En los hospitales de evacuación 36 y 71. Si nunca te encontraste a una mujer, es que tuviste suerte. Quiere decir que no acabaste en el hospital.

El hombre frunció el ceño.

—Ya. Bueno. Deberías hablar con otras tías sobre... lo que sea. A ver, es que no estuviste en combate. Los hombres se van a cerrar si hay una mujer en la sala.

—¿Me estás diciendo que no puedo quedarme? Tengo pesadillas y... miedo. ¿No vais a ayudarme?

—Este no es tu lugar. Esto es para veteranos que estuvieron en acción.

Frankie salió de la sala dando un portazo. Mientras recorría el pasillo, vio un póster de OBTÉN AYUDA, lo arrancó de la pared y se puso a pisotearlo. Ese año, la serie *M*A*S*H* estaba siendo todo un éxito en la televisión; ¿cómo era posible que la gente todavía creyese que no había habido mujeres en Vietnam? Y encima veteranos, ¡por el amor de Dios!

Una vez fuera, soltó un alarido de rabia que no podría haber reprimido por mucho que hubiese querido..., y, de hecho, no quería. Le sentó bien gritar por fin.

Frankie no tenía adónde ir. Nadie con quien hablar. Sabía que, en lo más hondo de su ser, algo no iba bien, pero no sabía cómo arreglarlo.

Podía llamar a Barb y a Ethel, pero era patético lo mucho que ya lo hacía. Y cuando se enterasen de la aventura con Rye y del accidente en el puente de Coronado mientras conducía borracha, la juzgarían con tanta severidad como ella misma.

Aun así, algo tenía que hacer.

Podía ir al hombre a quien había estado a punto de matar y pedirle perdón. Encontraría una cabina y le pediría a la operadora la dirección del señor Bill Brightman.

Vivía en Coronado, en una casita en medio de la isla. El jardín perfectamente atendido estaba orlado de flores de un rojo chillón y una valla de listones blancos. Era un hogar amado.

Frankie estacionó junto al buzón y se quedó sentada largo tiempo, incapaz de bajarse del coche ni de alejarse. Cuando cerraba los ojos contemplaba una y otra vez el accidente a cámara lenta, veía el rostro pálido y aterrorizado del ciclista iluminado por los faros.

En ese momento se abrió la puerta de la casa. Salió un hombre de mediana edad, con las mejillas hundidas y cabello negro, vestido con un traje de chaqueta marrón. Llevaba un periódico doblado en una mano y un maletín gastado en la otra.

Frankie abrió la puerta del coche y se bajó.

El hombre la miró y arrugó levemente el ceño.

Frankie abrió la cancela blanca y se atrevió a adentrarse en su propiedad. Al quitarse las gafas de sol, sus ojeras quedaron expuestas.

—Soy Frances McGrath —dijo sin alzar la voz—. La conductora que estuvo a punto de atropellarlo. —Al sentir las lágrimas ardiéndole en los ojos, se las limpió con impaciencia. En ese momento no importaba su dolor o su vergüenza. Solo importaba aquel hombre—. Lo siento.

—Tráigame el correo —respondió el hombre mientras se encendía un cigarrillo.

Frankie asintió, se acercó al buzón, sacó un montón de cartas y revistas y se los llevó. Una vez en el porche, se los tendió.

—Le compraré otra bici.

—¿Otra bici? Señorita, casi acaba conmigo.

Frankie era incapaz de hablar, por lo que se limitó a asentir.

—Tengo una hija. Una mujer. Una madre. Un padre. ¿Sabe usted algo sobre perder a un ser querido?

—Sí, señor.

—Pues no lo olvide la próxima vez que se ponga al volante borracha.

—Lo siento —repitió, aun sabiendo que no era suficiente, pero ¿qué lo habría sido?

El hombre se quedó mirándola un largo instante, sin decir nada, antes de dar media vuelta y meterse en casa con su correo, cerrando la puerta tras de sí.

Frankie regresó a casa de sus padres y guardó el coche en el garaje. Una vez en la mansión, encontró a su madre sentada a la mesa de la cocina. Dejó las llaves delante de ella.

—He vuelto —dijo, obediente.

—Me das miedo, Frances —respondió la señora McGrath.

—Ya. Lo siento.

—Ve a tu cuarto. Descansa. Las cosas siempre se ven con más optimismo por la mañana.

Frankie se dio la vuelta lentamente.

—Ah, ¿sí?

Esa noche, en su dormitorio de la infancia, Frankie se despertó a regañadientes, luchando contra la consciencia. No quería abrir los ojos y regresar a un mundo en el que era esa versión de sí misma. Una mujer rota. Una perdida. Una mentirosa. Todo lo malo, lo peor imaginable.

Alargó la mano y buscó a tientas las pastillas en la mesilla. Se tragó otras dos. ¿Cuándo era la última vez que se las había tomado? Ni se acordaba ni le importaba. Cerró los ojos y se dejó ir.

«Casi acaba conmigo».

«¿Quieres morir, Frankie?».

«¡Es un niño!».

Frankie oyó una especie de crujido y trató de incorporarse. Imposible. La consciencia iba y venía, oyó pasos por el pasillo. O quizá fuera su corazón, que iba parándose poco a poco.

Serían su padre o su madre, echando un vistazo para ver si estaba bien. Volvió a cerrar los ojos y oyó a alguien susurrar su nombre. Luego el sonido amortiguado de una carcajada.

«Finley».

Oyó su voz allá fuera, al otro lado de la puerta. En la oscuridad lo oía respirar, olía la brillantina que se ponía en el pelo y el chicle de menta que tanto le gustaba.

«Venga, Frankie. Quédate conmigo».

Volvían a ser pequeños. «Es verano». Oyó el camión de los helados en la calle, el tintineo de las campanillas, las risas de los niños. Apartó las mantas y posó los pies en el frío suelo de madera, preguntándose qué había pasado con la alfombra.

Las carcajadas de Finley resonaban en su cabeza. Siguió su eco hasta el exterior de la casa. Sacó la vieja tabla de surf del garaje y se adentró en la negrura de la noche.

No había estrellas. No pasaban coches por Ocean Boulevard. No se veía luz alguna en las casas.

Cruzó la calle desierta y pisó la arena fría.

—¡Finley! ¡Espérame!

Trató de alcanzarlo, pero las piernas no le respondían. Se sentía agotada, exhausta.

El agua estaba tan fría que le cortó la respiración; con todo, siguió avanzando hacia la cresta de la ola, se subió a la tabla y braceó.

Sus brazos se movían débiles entre el oleaje hasta que por fin llegó a las aguas serenas; entonces se tumbó sobre la tabla, jadeante por el esfuerzo. Temblaba de frío y se sentía confusa.

—¿Fin?

Su hermano no respondió. Solo se oía el chapoteo de cada ola que se acercaba, el golpeteo de la tabla al impactar contra ella.

Quería sentarse y buscarlo, pero se sentía demasiado débil. ¿Cuántas pastillas se había tomado?

El frío la envolvía y la entumecía.

¿Era por eso por lo que se había adentrado en el agua?

La oportunidad de dejar de sentir...

Cerró los ojos.

No debería quedarse ahí. Debería volver.

Pero estaba cansada. Rendida. Y el frío empezaba a ser agradable. Solo tenía que darse la vuelta, hundirse en el mar y desaparecer.

Luces rojas, intermitentes.

«Ya llegan».

Una sirena, atronadora.

Frankie parpadeó. Al despertar vio que iba en una ambulancia, con su padre sentado a su lado. El señor McGrath tenía el pelo y la ropa chorreando.

Con una velocidad mareante le vino a la memoria lo que había hecho. Se encogió de la vergüenza hasta hacerse minúscula. Lo único que quería era desaparecer, no... Algo más.

—No intentaba... Yo no quería... —Fue incapaz de pronunciar las palabras—. Tuve un sueño. Creí que estaba con Finley. Lo seguí.

—Son esas pastillas —dijo el señor McGrath con una voz que Frankie apenas reconoció—. Tu madre jamás debería habértelas dado. Has tomado demasiadas.

—Las dejaré.

—Demasiado tarde, Frankie. Tenemos miedo...

«De lo que eres capaz de hacer».

—Has intentado suicidarte.

—No. Yo solo...

¿Qué?

¿Había intentado suicidarse?

—Podríamos haberte perdido.

Quería contradecirlo, contarle que jamás la perderían, que estaba bien, de verdad, pero por una vez se vio incapaz de hacer de tripas corazón y decir nada.

—¿Por qué voy en ambulancia? Ahora me encuentro bien. Todo va a ir bien. Te lo prometo.

Su padre parecía incómodo, avergonzado. Todavía peor, parecía asustado.

—¿Papá...?

La ambulancia se detuvo. El asistente se bajó y abrió la puerta trasera. Frankie vio las palabras PABELLÓN PSIQUIÁTRICO.

Negó con la cabeza y, al tratar de sentarse, vio que estaba sujeta por las muñecas y los tobillos.

—No, por favor...

—Treinta y seis horas —respondió su padre—. El internamiento es obligatorio tras un intento de suicidio. Nos han prometido que te ayudarán.

Frankie notó cómo levantaban la camilla en la que iba tumbada. Una vez fuera de la ambulancia, las ruedas se desplegaron.

Su padre lloraba. Aquella visión la asustó más que nada en el mundo.

—Papá. No, por favor.

Lo siguiente que vio fueron unas luces muy brillantes y un equipo de hombres vestidos de blanco.

—¡No he intentado suicidarme! —gritó, tratando de zafarse.

Uno de los camilleros sacó una aguja hipodérmica.

Sus propios gritos fueron lo último que recordaría después.

33

Una luz. Cegadora.

¿Dónde estoy?

Levanto la cabeza y miro a mi alrededor; me pesa. Alguien apoya la cabeza en mi cuello. Puede que esté paralizada. Alguien dice algo —«desintoxicación»— alargando las sílabas, arrastrándolas. Y luego algo sobre medicación...

Oigo sonidos que no tienen sentido. No logro captarlos, aislarlos, reconocerlos.

Zumbido de abejas. Pisadas de botas. ¿Nos abrimos paso entre los matorrales? No.

No estoy en Vietnam. ¿Dónde estoy?

Gritos.

¿Es mi voz?

No.

Sí.

Me cuesta demasiado pensar. La cabeza me retumba. Cierro los ojos. Sea lo que sea, no quiero verlo.

Oscuridad.

Silencio.

—Frankie. Frankie McGrath, ¿me oyes?

Frankie oyó su nombre y trató de responder, pero parecía que tenía la boca llena de algodón y la cabeza seguía doliéndole muchísimo.

—Frankie.

Tardó una eternidad en abrir los ojos. Lo siguiente era levantar la cabeza: no veía más que sus propias manos. Una marca roja le rodeaba las muñecas.

El hombre fue tomando forma poco a poco. Estaba de lado, desafiando la gravedad.

O tal vez fuera su cabeza la que estaba ladeada. Estaba ciega de un ojo. No. El pelo le caía por la cara, oscureciéndole la visión. Levantó la mano lentamente, notando cómo le temblaba, y se apartó el mechón.

El hombre estaba de pie delante de ella.

«Henry».

Sintió una oleada de vergüenza, seguida de un alivio inmenso.

—Voy a sacarte de aquí en cuanto pueda, ¿vale?

Frankie fue incapaz de elevar la voz más allá de un susurro. Pronunciar la palabra «gracias» fue demasiado esfuerzo. Solo consiguió decir:

—Graaaa...

Henry posó la mano sobre la suya.

Frankie bajó la mirada; le habría gustado notar su tacto.

Frankie estaba sufriendo un infarto. De forma súbita fue consciente del dolor, de una sacudida brutal en el pecho.

Se sentó, jadeante.

El dolor de cabeza le percutía por detrás de los ojos. Estrellitas blancas danzaban en su campo de visión. El dolor del pecho amainó hasta transformarse en una punzada sorda y palpitante. Sudaba y no paraba de temblar. ¿Dónde estaba?

«En una residencia», fue lo primero que pensó.

Una cama individual, baja, con una manta y unas sábanas baratas. Una cómoda con tres cajones. Sin espejo. Un armario.

Sacó las piernas de debajo de las sábanas y se las vio, flacas, desnudas, los pies cubiertos por unos calcetines que no eran suyos.

«Me duele la cabeza».

¿La habían medicado? Se sentía lenta y torpe.

Nada más ponerse en pie, sintió un mareo, náuseas. Contó hasta diez y se le pasaron.

¿Qué llevaba puesto? Unos vaqueros cortados, calcetines y una camiseta extragrande, teñida con nudos. ¿De quién eran?

Caminó hasta la puerta, medio imaginándola cerrada con llave.

«Un pabellón psiquiátrico».

Era ahí donde estaba. Ya se acordaba: el mar, la ambulancia, su padre llorando. Abrió la puerta. Al otro lado había un pasillo parecido al del colegio al que había ido de pequeña: carteles en las paredes, suelo de linóleo, ventanas que dejaban entrar tanta luz que la cegaba. Pavos y peregrinos de papiroflexia a modo de decoración por Acción de Gracias.

Se movió con cautela y deslizó los dedos por el revestimiento de madera falsa, buscando mantener el equilibrio. La cabeza le dolía cada vez más.

Pasó junto a lo que parecía un aula, en la que había gente sentada en círculo, hablando. Alguien dijo: «Ahí toqué fondo».

—¿Frances McGrath?

Al levantar los ojos, vio acercarse a una mujer. Un hombre pasó a su lado, murmurando para sí.

—Vuelve a tu habitación, Cletus —le dijo la mujer.

Era bonita, con ojos dulces y una cascada de cabello castaño. Llevaba un ajado vestido campestre que le caía hasta los tobillos y sandalias Birkenstock de cuero marrón. Seis o siete pulseras de cuentas de madera le rodeaban la fina muñeca.

—Soy Jill Landis, una de las consejeras del centro. Dirijo la terapia de grupo. —Tomó a Frankie de la mano y la condujo por el pasillo; dejaron atrás varias puertas cerradas y una zona de recepción en la que destacaba un cartel que rezaba: ¡HOY ES EL DÍA!—. El director te estaba esperando. ¿Cómo te encuentras?

—Me duele la cabeza y me siento débil —respondió Frankie.

—Lógico.

La mujer paró y le tendió un par de aspirinas y un vaso de agua. Frankie, olvidándose de darle las gracias, cogió las pastillas y se las tragó con un sorbo de agua.

Jill se detuvo ante una puerta cerrada y le apretó la mano.

—Te voy a poner en el grupo de las dos. Las reuniones de discusión ayudan más de lo que creerías. Especialmente en el caso de los veteranos.

—¿Un grupo? ¿Reuniones? No quiero...

—Solo se trata de hablar, Frankie. Y son obligatorias —concluyó mientras llamaba a la puerta.

—Adelante.

Jill abrió.

—Hasta luego, Frankie.

Esta avanzó lentamente, un pie y luego otro. Iba en calcetines. ¿Dónde tenía los zapatos? La puerta se cerró con un chasquido a sus espaldas.

—Hola, Frankie.

Levantó la vista justo a tiempo para ver cómo Henry abría los brazos invitándola a abrazarlo. La envolvió de un modo sorprendente y, al mismo tiempo, familiar.

—Me has salvado.

Henry le colocó un mechón detrás de la oreja.

—Todavía no. Y no va a ser fácil. —La soltó—. ¿Recuerdas lo que pasó?

—Algunas cosas —respondió con un hilo de voz.

Las imágenes estaban ahí, esperándola: ella corriendo hacia el mar, deseosa de desaparecer, el frío helador, el castañeteo de dientes... Su padre levantándola de la tabla de surf, cargando con ella... Una ambulancia, gritos, llantos, las correas con que la sujetaron...

Recorrió el despacho con la mirada. Una ventana daba a un parque, una zona con hierba llena de mesas de pícnic. Debajo de la ventana había un aparador de madera barata con fotos enmarcadas y un árbol de jade en una maceta.

—¿Dónde estoy?

—En el centro residencial de tratamiento terapéutico de drogas y alcohol. Forma parte del centro médico y abrió hace unos seis meses, ¿te acuerdas? Lo dirijo yo y paso consulta dos veces a la semana. Por motivos obvios, no seré tu terapeuta principal, pero quería verte primero para facilitarte las cosas.

—¿Qué motivos obvios?

—Que te quise.

—En pasado, vale. —Frankie apartó la mirada, incapaz de sostener la suya, y recordó que había estado en un pabellón psiquiátrico por intento de suicidio. Suicidio. Es que ni siquiera era capaz de procesar semejante palabra—. ¿Cómo me sacaste?

—Me llamó tu madre y te inscribió en un programa de ocho semanas aquí. Eso para empezar.

—Vaya... Mi madre enfrentándose a los problemas. Eso es nuevo.

Frankie se apretó la sien, que le retumbaba, con un par de dedos.

—El dolor de cabeza, por cierto, se debe al síndrome de abstinencia. Puede que experimentes otros síntomas: ansiedad, dolores en el pecho, sudores, temblores. Además, puede que tus habilidades cognitivas lleven un tiempo mermadas.

—No me fastidies... —Frankie suspiró. «Síndrome de abstinencia»—. Así que, aparte de todo lo demás, oficialmente soy alcohólica y drogadicta. Pues qué bien.

—¿Las pastillas amarillas que has estado tomando? Son diazepam, conocidas más comúnmente como Valium, pero eso seguro que ya lo sabes. Los Rolling Stones las llamaban «los pequeños ayudantes de mamá». —Henry tomó una revista del escritorio y la abrió por un anuncio que afirmaba: AHORA SÍ QUE PUEDE CON TODO y mostraba a una mujer en delantal, pasando la aspiradora con una sonrisa radiante—. Los médicos llevan años recetándoselas a las mujeres como si fueran caramelos.

—¿Me han revocado la licencia de enfermera?

—Lo harán. Al menos por un tiempo, pero eso no es lo que más debería preocuparte ahora mismo. —Le tomó la mano y la condujo a un diván de aspecto antiguo—. Siéntate.

Frankie se quedó mirándolo; una parte de su antiguo ser se rebeló y la hizo reír.

—Tienes que estar de broma.

—Soy psiquiatra —respondió Henry con una sonrisa—. Hará que te encuentres más cómoda a la hora de hablar.

—No sé si quiero encontrarme cómoda mientras hablo.

—¿No llevas demasiado tiempo incómoda y sin hablar?

—Me duele la cabeza. No es justo hacerme pensar ahora mismo. —Se sentó con la espalda recta. Las manos le tiritaban—. ¿Tienes un cigarrillo? No creo que soporte explorar las turbias profundidades de mi alma sin «algo» de ayuda.

Henry le buscó un cigarrillo y un mechero, le acercó un cenicero de pie y colocó su silla al lado.

Frankie se levantó. Se sentía temerosa, agitada. Caminó hasta el aparador y examinó las fotografías. Ver la vida de Henry en imágenes le hizo darse cuenta de que llevaba años sin hacerse una foto. Cogió una en la que Henry posaba con una mujer de larga melena grisácea y gafas redondas de cristales rosas.

—Es Natalie —dijo este—. Estamos prometidos. Ella… me quiere.

Frankie se preguntó si le estaba dando a entender que ella no lo había querido. Se alegró por Henry, pero sintió una punzada de dolor por ella. Si se hubieran casado, ¿estaría en ese momento ahí sentada, con dolor de cabeza por el síndrome de abstinencia?

Henry sonrió.

—Es maestra de primaria y poeta. Pero ya hablaremos más tarde de mí. Ahora mismo lo que quiero es que te pongas mejor, Frankie. Mi colega, el doctor Alden, está especializado en veteranos de Vietnam. Estamos viendo a demasiados militares con adicciones, sobre todo después de volver a casa de la guerra.

Frankie regresó junto a Henry y se sentó en aquel diván ridículo.

—A nadie le importan una mierda las mujeres —espetó al tiempo que se encendía el cigarrillo. Dejó que el humo le penetrase en los pulmones y luego exhaló.

—¿Por qué lo dices?

—Fui a la Administración para los Veteranos en busca de ayuda. Dos veces. Me despreciaron, me dijeron que me largara, supongo que para ellos no soy una veterana de verdad.

—¿Por qué acudiste en busca de ayuda?

Frankie frunció el cejo.

—No lo sé. Solo...

—¿Solo qué? —le preguntó Henry con dulzura.

Frankie sintió que la estaba examinando. Aquella no era una pregunta baladí. Ella misma no se había atrevido a hacérsela. Y jamás la había respondido en voz alta, para nadie. La verdad era que en ese momento tampoco la quería responder, pero tenía un problema: se estaba desintegrando, estaba perdiéndose pedazo a pedazo. Necesitaba contarle su verdad a alguien.

—Bueno, he tenido una mala racha. Estuve a punto de matar a un hombre por conducir borracha. Luego está lo del bebé, el aborto... Lo del regreso de Rye y sus mentiras: tuvimos una aventura. Y ahora voy a perder mi licencia de enfermera. No me queda nada.

—Eso no son más que las consecuencias, Frankie. Llevas años teniendo problemas para conciliar el sueño, años con pesadillas. Solías gritar dormida —dijo—. Antes de lo del bebé, lo del aborto... Antes de lo de Rye.

Frankie asintió.

—¿Tienes picos de ira irracional? ¿Irritación? ¿Ansiedad?

Frankie no era capaz de mirarlo a la cara.

—Vietnam —añadió Henry—. Por eso fuiste a la Administración para los Veteranos. Sabes que todo empezó en Vietnam. ¿Tienes recuerdos que son mucho más que meros recuerdos, que te hacen sentir como si estuvieras allí de nuevo?

—¿Quieres decir como...?

—Como si se tratara de un flashback en una película.

Frankie no se lo podía creer. Había supuesto que solo le pasaba a ella, que estaba loca.

—¿Cómo lo sabes?

—La fiesta del Cuatro de Julio, ¿te acuerdas?

Frankie no fue capaz de responder.

—Se llama trastorno por estrés postraumático. Hay cierta controversia y todavía no lo han añadido al manual de la Asociación Estadounidense de Psicología, pero estamos viendo síntomas similares en tus camaradas veteranos. Lo que estás experimentando es una respuesta conocida al trauma.

—Yo no estuve en combate.

—Frankie, eras enfermera quirúrgica en las tierras altas centrales.

Asintió con la cabeza.

—¿Y dices que no estuviste en combate?

—Yo... Rye... fue prisionero de guerra. Lo torturaron. Pasó años aislado. Y él está bien.

Henry se inclinó hacia delante.

—El trauma por la guerra no es una competición y tampoco es igual para todos. Además, los prisioneros de guerra constituyen un grupo particular. Cuando volvieron a casa, el mundo era distinto a cuando volviste tú. A ellos los trataron como a los veteranos de la Segunda Guerra Mundial. Héroes. Es difícil calcular el impacto que algo así tiene en la psique de una persona.

Frankie recordó las cintas amarillas en las ramas de los árboles en 1973. No había sido igual su regreso que el de ella. Pero si hasta se celebraron desfiles para los prisioneros de guerra. A ninguno de ellos les habían escupido, les habían hecho una peineta ni los habían acusado de belicistas o asesinos de niños.

—Y la mayor parte de ellos eran pilotos, por lo que su experiencia de la guerra es distinta de los soldados o los marines sobre el terreno. En cautividad, hicieron piña, mantuvieron los rangos, se comunicaban en secreto; todo eso reforzó su compromiso entre ellos. Todavía no acabamos de entender cómo funciona el trastorno por estrés postraumático, pero lo que sí sabemos es que es algo muy personal. ¿Y tus amigas, que también fueron enfermeras?

—La verdad es que no hablamos de ello.

—La guerra que nadie quiere recordar.

—Sí.

—Esta semana he hablado con Barb —dijo Henry—. Me contó lo de los enfrentamientos en los alrededores de Pleiku. —Se inclinó hacia Frankie—. Nada de lo que sientes es malo o anómalo. No importa lo que tus amigas vivieran o no. Tienes derecho a verte afectada de forma única por tu experiencia de la guerra. Y sobre todo tú, alguien lo bastante idealista como para alistarse voluntaria. No tienes nada por lo que sentir vergüenza, Frankie.

«Vergüenza».

Aquella palabra la golpeó como un mazazo. Había dejado que la vergüenza la embargara; quizá empezara a hacerlo cuando le escupieron en el aeropuerto, o cuando su madre le pidió que no hablara de la guerra, o acaso cuando comenzaron a salir noticias de las atrocidades. Casi todos los civiles que había conocido desde su regreso, incluida su propia familia, le habían dado a entender de forma más o menos explícita que lo que había hecho en Vietnam era vergonzoso, que había participado en una infamia. Ella había intentado no creerlo, pero tal vez hubiera acabado convenciéndose de ello. Se había enrolado siendo una patriota y había regresado siendo una paria.

—¿Qué puedo hacer para volver a ser como antes?

—No hay forma de dar marcha atrás, Frankie. Tienes que encontrar la manera de seguir adelante, de convertirte en alguien nuevo. Luchar por volver a los veintiuno es una batalla perdida. Si es lo que intentabas, no me extraña que tuvieras problemas. La chica ingenua e idealista que se alistó ya no existe. En cierto modo, y de un modo muy real, esa chica murió en Vietnam.

Frankie se miró las manos. «Murió en Vietnam». Esas palabras la removieron por dentro. Le dolieron. Allí sentada se daba cuenta de que era algo que ya sabía, que ya había sentido: era el duelo por la inocencia que había perdido en el país asiático.

—Ahora dame la mano —le pidió Henry antes de ayudarla a ponerse en pie—. Te voy a presentar al doctor Alden.

El doctor Alden era un hombre pálido y callado, de cuello delgado, arrugas en la frente y ojos amables. Tenía un aire a Mr. Magoo que a Frankie le resultó extrañamente reconfortante.

Una vez en su consulta, adornada con un buen puñado de pósters inspiracionales, la invitó a sentarse en una cómoda butaca antes de comenzar a hacerle preguntas. Ella quería hablar de Rye, de su corazón roto, de la vergüenza y la ira, pero el médico tenía otra cosa en mente.

—Recuerdos —dijo—. De Vietnam. Empecemos por ahí.

Al principio, a Frankie le costó contarle su historia, pero en cuanto dijo: «La primera vez que vi una amputación traumática...», se abrieron las compuertas y los recuerdos salieron en tromba. Entonces se dio cuenta de la fuerza que habían adquirido al permanecer tanto tiempo contenidos.

Sesión tras sesión, día tras día, expuso su pasado y se expuso a sí misma, mostrando las más profundas de sus heridas. Habló de la criatura que había muerto en sus brazos por las quemaduras del napalm; de los expectantes en parihuelas dispuestas sobre caballetes en medio del barro ensangrentado; de los jóvenes, poco más que adolescentes, que se aferraban a su mano; de las alertas rojas y de las cirugías practicadas en el suelo del barracón a la luz de una linterna durante un ataque de mortero; de Mai, la niña con la que a veces todavía soñaba, y del terrible sufrimiento del pueblo vietnamita. Luego, los recuerdos oscuros fueron dando paso a otros, también reprimidos casi hasta el olvido. El modo en que los soldados se cuidaban entre ellos. Todos los que se habían negado a que los trataran hasta que vieran a uno de sus hermanos en armas. O la forma en que se sujetaban unos a otros, literalmente, cuando las heridas les habían desgarrado las entrañas.

Al acabar la primera semana, con su rígido horario de reuniones de grupo combinadas con sesiones de terapia individual, Frankie se encontraba emocionalmente exhausta. El doctor Alden le había proporcionado un diario para que escribiera sobre sus sentimientos y había empezado poco a poco, describiendo la vergüenza que le daba estar allí y lo mucho que odiaba a Rye y a sí misma. Al acabar la semana, llenaba varias páginas al día.

El tercer sábado de su estancia, que era el día de visitas, no hacía más que subir por un pasillo y bajar por otro, demasiado tensa para hablar con los demás pacientes, demasiado agitada para permanecer quieta, encadenando los cigarrillos, tratando de hacer caso omiso del dolor de cabeza que le percutía por detrás de los ojos.

Mientras se encontraba ante la máquina expendedora, comprándose otra Coca-Cola (su última adicción), oyó su nombre por los altavoces: «Visita para Frankie McGrath».

Sin saber con seguridad si quería ver a nadie, se dirigió a la sala de visitas, que quedaba cerca de la entrada. Estaba pintada de un bonito y sereno tono azul y de las paredes colgaban imágenes de arcoíris, océanos y cascadas. En un rincón había una mesa con juguetes y puzles infantiles. Un póster de color apergaminado de *Desiderata* daba consejos para la vida: «Camina plácido entre el ruido y la prisa, y piensa en la paz que se puede encontrar en el silencio».

Se sentó en una de las sillas libres, golpeando rítmicamente con el pie en el suelo. La cabeza le dolía algo menos, pero no se le había pasado del todo; tenía la boca seca. El sudor le mojaba la piel.

En cualquier momento entrarían sus padres, incómodos en un lugar como aquel. ¿Qué iban a decirle? Si ya habían sentido vergüenza por su servicio en el Ejército, ¿qué opinarían sobre su adicción? ¿Sobre conducir borracha? ¿Sobre la pérdida de su licencia de enfermera? ¿Sobre todos sus demás fracasos? ¿Y qué iba a responderles ella?

Entonces Barb dobló la esquina. Parecía nerviosa, pero, en cuanto vio a Frankie, fue corriendo hacia ella y la abrazó con fuerza.

—Menudo susto me has dado, cabrona.

Barb la cogió de la mano y la llevó a la zona de césped llena de mesas y sillas de pícnic donde las familias estaban reunidas, charlando.

Frankie se sentó a una de las mesas. Barb se sentó frente a ella.

—Pero ¿qué coño ha pasado, Frankie?

—Rye —dijo sin más.

Barb la miró sin entender.

—¿Rye?

—Él… vino a verme una noche y… No, ese no es el principio. Lo vi en la playa con su familia…, uf, diría que hace una eternidad. Lo seguí. Como una chiflada. Y entonces vino a casa…

—¿Y lo creíste de nuevo? —Barb se inclinó hacia delante—. ¿Tú?

—Creí que me quería.

—Es que mataría a ese hijo de puta.

—Ya, eso pensé yo también. Lo odiaba, y me odiaba a mí misma, tanto que… me destruyó. No puedo decir otra cosa.

Cuando llegué aquí, soñaba con enfrentarme a él. Creía que necesitaba oírle decir: «Te mentí, y lo siento». Pero no. Sé lo que hizo y sé lo que hice yo. Es todo muy feo, pero el problema no fue él. Mi médico y mi grupo me han ayudado a entenderlo. Debería haber hablado de ciertas cosas hace mucho tiempo, debería haberte contado... —Frankie inspiró hondo para coger fuerzas y miró a su amiga. Sentía todo el cuerpo frágil, trémulo. Vulnerable—. Debería haberte contado que me estaba costando superar los recuerdos de Vietnam; debería haber sido sincera, pero es que te veía fenomenal, joder. Pensaba que el problema lo tenía yo, que era débil o estaba rota por dentro.

—¿Crees que por no hablar de Vietnam no pensaba en ello?

—Y yo qué sé. Casi nunca hablábamos del tema. —Frankie se detuvo, respiró hondo y oyó la voz serena del doctor Alden diciendo: «Tú empieza y ya, Frankie. Habla»—. No sé por qué no soy capaz de dejar atrás ciertas cosas, por qué sigo recordando cuando otros olvidan.

—Yo también lo recuerdo —replicó Barb—. A veces todavía tengo pesadillas.

—¿En serio?

Su amiga asintió.

—Con las alertas rojas... y el napalm. Hubo una noche, en el 36. Un chaval de mi pueblo...

Frankie le dio la mano a su amiga y escuchó sus historias, su dolor tan parecido al suyo. Hablaron durante horas, hasta que la noche fue cayendo lentamente a su alrededor y asomaron las estrellas. Hasta ese momento, Frankie no había entendido de verdad que las palabras podían sanar o, al menos, iniciar un proceso de sanación.

—Eras una puñetera titana en el quirófano —terminó diciendo Barb—. Lo sabes, ¿verdad? Muchos hombres volvieron a casa gracias a ti.

Frankie tomó aire y exhaló.

—Sí, lo sé.

—Bueno, ¿y ahora qué?

—No me planteo nada más allá del día de mañana —respondió.

A decir verdad, no estaba preparada para pensar en el futuro, no tenía ni idea de si podía creer de verdad en la sanación. No se encontraba bien, pero nada bien, y eso era algo sobre lo que no volvería a mentir.

Sin embargo…

«Volveré a estarlo», pensó. Sentía la fuerza creciendo en su interior, asomando como la luz del sol en la distancia, calentándola poco a poco. Si mantenía el rumbo, si seguía los pasos, si creía en ella, podría sanar y convertirse en una versión mejor de sí misma.

«Algún día», pensó.

34

Era sorprendente la rapidez con que un mundo turbulento podía recuperar la calma. A principios de 1974, con la guerra acabada y Nixon fuera de la presidencia, el país pareció soltar un largo suspiro de alivio. La lucha por los derechos continuaba, claro está: los derechos civiles y los de las mujeres eran una batalla constante, y los disturbios de Stonewall también habían llevado los derechos de las personas homosexuales al primer plano. El objetivo era lograr la igualdad, pero la forma de conseguirla ya no pasaba por manifestarse con pancartas en la mano.

Los veteranos de Vietnam desaparecieron del mapa, ocultos a plena vista entre una ciudadanía que, bien los despreciaba, bien no los tenía en cuenta. Los hippies también cambiaron: se graduaron en las universidades, abandonaron las comunas, se cortaron el pelo y empezaron a buscar trabajo. Hasta la música cambió. Se acabó la canción protesta. Ahora todo el mundo coreaba a John Denver, Linda Ronstadt o Elton John. Los Beatles se habían separado. Janis y Jimi habían muerto.

Frankie tenía bastante con su propia metamorfosis. Había entrado en el centro de tratamiento contra su voluntad, o quizá no: más bien de forma inconsciente.

Llegado febrero, aunque se sentía más fuerte, tenía muy claro que podía recaer en cualquier momento y acabar mal otra vez. A veces la abrumaba pensar cómo sería su vida a partir de ese momento. Gran parte de lo que la había llenado en los últimos años era negativo: recuerdos, amor, pesadillas. No sabía quién era sin el dolor o la necesidad de ocultarlo.

Pero la abstinencia —y la terapia— le había proporcionado las herramientas para sanar día a día. Por primera vez en años, a veces era capaz de imaginar un futuro que no incluyera dolor o fingimiento. Ya no creía en «hacer de tripas corazón» y sabía que intentar olvidar el trauma no hacía más que abonar el terreno para que afloraran los recuerdos más sombríos. Aceptó la pérdida de su licencia de enfermera y esperó poder recuperarla algún día, pero tampoco lo daba por hecho.

Seguía teniendo pesadillas, había veces en que todavía se despertaba en el suelo de la habitación, sobre todo después de una sesión de terapia o una reunión especialmente sentida. Seguía echando de menos a personas que ya no estaban en su vida o a quienes había perdido, pero, como Henry y el doctor Alden le recordaban a menudo, los remordimientos eran una pérdida de tiempo. Los «ojalás» conducían a un camino peligroso. De día en día aprendía a desenvolverse por la vida, a avanzar, a seguir adelante.

Para su sorpresa, de todos los fantasmas que la habían llevado a beber demasiado, engancharse a las pastillas y acabar perdiendo la licencia, Rye había sido el más fácil de exorcizar.

Había comenzado el tratamiento destrozada por haber elegido tener una aventura con un hombre casado y con su fe en él y en el amor destruida. Había aprendido que era débil y pecadora, pero que más allá de todo eso, en lo más profundo, había creído que Rye la quería. De alguna manera, el amor le había dado algo de flexibilidad para ver su terrible decisión desde una perspectiva más amable.

Hasta el día en que el doctor Alden le había preguntado: «¿Cuándo fue la primera vez que Rye te dijo que te quería?». La pregunta hizo que Frankie se irguiera en el sofá. ¿Alguna vez había llegado a decírselo?

Repasó sus recuerdos; lo único que encontró fue: «Me temo que te amaré hasta que muera». En aquel momento le había parecido romántico, épico, arrebatador. Ahora veía aquel sentimiento como lo que realmente era, el lado oscuro del amor. Lo que en realidad le había dicho era: «No quiero amarte».

Para él jamás había sido un amor de verdad. Sí, se había presentado en Kauai para conquistarla, creyendo que iba a dejar el Ejército en cuestión de semanas y que su idilio supondría un poco de diversión antes de su partida, pero ella se había creído cada uno de sus momentos juntos.

Lo peor de todo era que sus mentiras habían expuesto una inmoralidad que, antes de conocer a Rye, Frankie habría jurado que no existía en su interior. Había empezado creyendo que era idiota y poco a poco había ido aprendiendo que tan solo era humana. A partir de ese momento jamás olvidaría que, por fuerte que se hiciera, siempre habría una fragilidad en ella de la que tendría que guardarse.

—Me preocupa no volver a creer en el amor —le dijo una vez al doctor Alden.

—Pero tienes un montón de gente que te quiere, ¿no? —le respondió este.

Frankie cerró los ojos y repasó los mejores momentos de su vida: su padre llamándola «chiquitina» y levantándola en el aire; su madre estrechándola con fuerza mientras lloraba; Finley enseñándole surf, compartiendo sus secretos, dándole la mano. Jamie enseñándole a creer en sí misma, a arriesgarse: «Nada de miedos, McGrath». Y Barb y Ethel, siempre a su lado.

—Sí —respondió con un hilo de voz; entonces dejó que esos recuerdos fueran su escudo, su fuerza, su esperanza.

Al final, lo más difícil de la recuperación no fue Rye. Tampoco las pastillas o las drogas.

Lo que la tenía atrapada entre sus garras era Vietnam. Esas eran las pesadillas que la acosaban. Hablaba de ello con el médico, le contaba historias y esperaba encontrar cierta resolución; pero, aunque hablar la ayudaba, sabía que aquel hombre no la entendía. No de verdad. Veía que a veces ponía mala cara ante un recuerdo o se estremecía al oír palabras como «napalm». Esos momentos le recordaban que él no había estado en la guerra, y nadie que no hubiera pasado por ello podría entenderlo del todo.

Frankie también sabía que, cuando abandonara la seguridad del centro residencial, volvería a un mundo en el que los veteranos de Vietnam debían ser invisibles, y aún más las mujeres.

Aun así, independientemente de cómo se sintiera, de lo que el mundo opinara de ella o de si estuviera lista o no, era hora de dejar el centro. Ya había pasado demasiado tiempo en él, prolongando el periodo de estancia original, y Henry le había dado a entender de la forma más amable posible que estaba ocupando la plaza de alguien que también necesitaba salvación.

—Estás preparada —le dijo desde el otro lado del escritorio.

Frankie se puso en pie. Ella no se sentía así. Lo mirase como lo mirase, después de Vietnam había fracasado en el mundo.

—Eso es lo que no paráis de decir el doctor Alden y tú. —Caminó hasta el mueble y cogió una fotografía del sobrino de Henry, Arturo, vestido de uniforme—. Mira qué sonrisa.

«Igualito que Finley», pensó.

—Ha aprendido disciplina, eso está claro —respondió Henry—. Mi hermana dice que antes de Annapolis no conseguía que se hiciera la cama o se doblara la ropa, y ahora no hace falta ni pedírselo.

—Un poco de disciplina no tiene nada de malo —reconoció Frankie. Luego cogió una foto de Henry con su prometida, Natalie, con quien pronto iba a casarse en un centro de retiro en no se sabía qué bosque. Estaban hechos el uno para el otro: pasaban los fines de semana de senderismo o camping y jamás se perdían un acontecimiento político. Ella organizaba campañas de recaudación para la clínica—. Me invitarás a tu boda hippie, ¿verdad?

—Por supuesto. Vas a dejar el centro, pero no vas a salir de mi vida. Somos amigos. Siempre puedes llamarme, siempre.

Frankie se volvió hacia él.

Henry estaba sentado en su silla de cuero, el pelo canoso recogido en una coleta floja.

—Gracias —le dijo—. Por todo. Y lo...

—Amar significa no tener que decir nunca lo siento.

Frankie se rio.

—Menuda gilipollez. Claro que, bien visto, tampoco es que sea experta en amor.

—Pero claro que sabes lo que es.

Henry caminó hasta ella y la atrajo a sus brazos. Frankie lo estrechó con más fuerza de la debida, pero en los últimos meses el psiquiatra se había convertido en su tabla de salvación, en su ancla, en su confidente. No era su médico, era su amigo, y, en cierta medida, tan importante como Barb y Ethel.

—Te echaré de menos —le confesó.

Henry le acarició la mejilla.

—Tú no vuelvas a venir en el estado en que estabas, ¿vale? Pide ayuda cuando la necesites. Cuenta con la gente a quien quieres y, sobre todo, cuenta contigo misma. Ve día a día. Consigue un padrino. Descubre tu pasión. Lo tienes dominado. —Se detuvo, pero no apartó la mirada—. Mereces que te quieran, Frankie. Y para siempre. No lo olvides.

Ella se quedó mirándolo otro largo instante. Podía contárselo todo de nuevo: que había aprendido a entender su propia debilidad y a conocer su fortaleza, que había comprendido que Rye no solo era un mentiroso, sino también una persona egoísta y cruel. Pero nada de aquello importaba ya; Rye no importaba. Si lo veía en la calle, se lo cruzaría sin otra sensación que una punzada de tristeza por el recuerdo, y Henry lo sabía de sobra.

—Tuve suerte el día que te conocí, Henry Acevedo.

—Yo también, Frankie.

Entonces se agachó y recogió el viejo y maltrecho bolso de viaje que su madre le había preparado meses atrás, cuando su mundo se había derrumbado.

Al final del pasillo vio a Jill Landis dirigiendo una sesión de grupo: ocho personas sentadas formando una herradura frente a la terapeuta. Un joven de pelo largo y hombros caídos comentaba algo sobre la heroína.

Frankie se detuvo, esperó a que Jill la mirara y se despidió con un gesto de la mano.

Allí, igual que en Vietnam, la gente llegaba, pasaba un tiempo, cambiaba de manera existencial y luego se marchaba. A algunos les iba bien en el mundo exterior, a otros no. Los veteranos de Vietnam lo tenían especialmente difícil. Según las estadísticas, la tasa de suicidios estaba alcanzando cotas alarmantes.

Frankie no volvió a su cuarto, pues tenía miedo de que, una vez allí, se le ocurriese algún motivo para no marcharse. Atravesó las puertas principales y salió al frío del exterior.

Vio el Cadillac negro de su madre aparcado bajo una jacaranda. Se abrió la puerta del conductor. Luego la del pasajero. Sus padres se bajaron y, de pie a ambos lados del vehículo, la miraron. Incluso a distancia se los veía alegres. Y nerviosos.

Frankie les había dado muchos disgustos en muy pocos años. Vietnam. El trauma. El aborto. Rye. El accidente de coche. Las pastillas. Sabía lo duro que era para dos personas que consideraban vitales la reputación y el prestigio en la comunidad. No tenía ni idea de qué les habrían contado a sus amigos esta vez. Tal vez el tratamiento de rehabilitación por drogas y alcohol se había transformado en identificar pingüinos en la Antártida.

En cualquier caso, tampoco iba a preguntarles. Ahora que había descubierto sus deficiencias, se le habían quitado las ganas de juzgar las de los demás. Tal vez sus padres no la entendieran y, desde luego, no aprobaban la mayoría de sus elecciones, pero estaban a su lado.

«Sabes lo que es el amor, Frankie».

Atravesó el aparcamiento de grava.

—Frances —dijo la señora McGrath cuando se les acercó. Ambas se miraron; madre e hija compartían una emoción común—. Te veo bien —le dijo—. Demasiado delgada.

—Tú también —respondió Frankie, dejándose envolver entre sus brazos, dejándose estrechar de esa forma nueva y valiente que su madre había desarrollado. Igual que ella, la señora McGrath había aprendido lo caprichosos que la vida y el cuerpo de una podían llegar a ser.

Cuando la mujer la soltó —con lágrimas en los ojos—, Frankie se volvió y miró a su padre por encima del brillante techo negro del Cadillac.

Sabía que había envejecido por su culpa, que había aprendido que el éxito y el dinero no eran capaces de aislar a una familia de la pérdida o las dificultades. Los muros alrededor de una casa no garantizaban su seguridad, menos aún en un mundo en constante cambio. En cierto modo, él también había cambiado con los tiempos, se había dejado patillas y había sustituido los trajes a medida por camisas de estilo bolera y pantalones de punto doble, pero no cabía duda de la tristeza que albergaban sus ojos cuando miró a su hija.

Frankie recordó cómo la había sacado del agua aquella noche. Jamás olvidaría su llanto. Lo que en aquel momento él aprendió sobre ella, sobre ellos, era imborrable. Ahora sabía que una parte de él jamás dejaría de preocuparse por su hija. Y que jamás diría una palabra al respecto. Su madre y él pertenecían a una generación callada. No creían en las palabras tanto como en el optimismo y el trabajo duro.

—Estás estupenda, Frankie —la halagó.

—Gracias, papá.

Entonces abrió la puerta trasera, dejó el bolso de viaje en el asiento trasero y se acomodó a un lado. Cuando el señor McGrath arrancó, la voz de Perry Como surgió por los altavoces y se llevó el tiempo con ella. De pronto, Frankie volvía a tener diez años e iba sentada en el asiento trasero del viejo coche, deslizándose con cada curva y chocando con su hermano.

—Ese bolso sigue oliendo a moho —dijo la señora McGrath—. No sé ni cómo es posible.

—Es por la temporada de monzones —respondió Frankie al tiempo que bajaba la vista al bolso negro de tela que había recorrido el mundo entero de su mano—. Todo estaba húmedo. Nada se nos secaba.

—Debía de ser... desagradable —comentó la mujer.

Esa era la primera conversación de verdad que tenían sobre Vietnam.

Frankie no pudo evitar sonreír. Lo estaban intentando, con la esperanza de introducir pequeños cambios, aunque significativos.

—Sí, mamá —respondió con una sonrisa—. Era desagradable.

Estacionaron delante del pequeño bungalow gris de la playa, con su anticuado pozo de los deseos en el jardín delantero y la bandera estadounidense suspendida sobre la puerta del garaje.

—Podrías quedarte con nosotros —dijo el señor McGrath con voz ronca.

Frankie entendía su preocupación. Nadie quería dejar demasiado tiempo solo a un adicto, pero debía mantenerse en pie por sí misma. O caer. Y, si caía, debía ser capaz de levantarse de nuevo.

—Estaré bien, papá.

Lo vio fruncir el ceño antes de esbozar un gesto de aprobación. Luego alargó la mano y tomó la de su madre. Frankie asintió, agarró el bolso y, tras bajarse del coche, se quedó parada un instante. La señora McGrath se bajó y la abrazó.

—No vuelvas a darme más sustos —le susurró.

Frankie sintió una oleada de amor por su madre, una suerte de afinidad. Súbitamente pensó lo que significaba perder un hijo.

Cuando era joven, le molestaba su terca pasividad, su actitud impasible, pero ahora Frankie la conocía mejor. Iba sobreviviendo día a día como buenamente era capaz.

Al día siguiente, Frankie empezaría a esforzarse por vivir así: buscaría una reunión de Alcohólicos Anónimos en su ciudad y un padrino. Luego le enviaría al señor Brightman un cheque por el valor de una bicicleta nueva, el primer paso en un largo proceso de reparación. No quería tratar de conseguir su licencia de enfermera de nuevo hasta estar segura de su recuperación.

La señora McGrath le posó la mano en la mejilla y la miró a los ojos.

—Estoy muy orgullosa de ti, Frances.

—Gracias, mamá.

Cuando se despidieron, Frankie se dio media vuelta y se encaminó al bungalow. La escritura, a su nombre, estaba sobre la encimera de la cocina. Sin duda, su padre la había dejado allí para recordarle que ese, Coronado, era su lugar.

Fue al dormitorio y dejó caer el bolso de viaje en el suelo, donde aterrizó con un golpe sordo antes de deslizarse por las tablas de madera.

A continuación enfiló el pasillo camino del cuarto del bebé. ¿Cuándo había sido la última vez que había abierto esa puerta?

Tras hacerlo, se quedó parada en el umbral, contemplando la habitación amarilla. Por primera vez se permitió recordarlo todo, allí donde una vez había estado llena de esperanza.

Una versión distinta de sí misma.

Un mundo diferente.

De pie, dejando que el dolor la envolviera, repasó su historia y se dio cuenta de pronto de que aún era joven. Ni siquiera había cumplido los veintinueve.

Había tomado varias de las decisiones más trascendentales de su vida antes de tener siquiera idea de las consecuencias. Algunas le habían venido impuestas, unas eran esperadas y otras no, y otras le habían llegado en tromba. A los diecisiete había decidido que quería ser enfermera. Se había alistado en el Cuerpo de Enfermeras del Ejército y había ido a la guerra con veintiuno. Se había trasladado a Virginia con sus amigas para huir de su familia y, cuando su madre necesitó de cuidados, había vuelto a casa.

En el amor, había sido demasiado precavida durante años y, luego, demasiado impetuosa.

Echando la vista atrás, todo parecía azaroso. Algunas decisiones habían sido buenas y otras malas. Algunas experiencias no las cambiaría por nada. Lo que había aprendido sobre sí misma en Vietnam y las amistades que había forjado allí eran indelebles.

Pero había llegado el momento de salir, de verdad, en busca de su propia vida.

Verano de 1974.

El aire olía a infancia: a mar, a arena caliente por el sol, a limoneros.

En Ocean Boulevard, Frankie se hizo visera con la mano sobre los ojos y se quedó contemplando el ancho océano Pacífico. Imaginó un par de críos de pelo negro y ojos azules corriendo por la arena con las tablas de surf bajo el brazo; unos críos que creían disponer de todo el tiempo del mundo para crecer, que no sabían lo que era estar roto, tener miedo o andar perdido.

«Hey, Fin. Te echo de menos».

Frankie caminaba por la acera, de vuelta de su reunión de Alcohólicos Anónimos, con la larga playa blanca a su izquierda. Un montículo de hierba coronaba la subida. En la distancia, los botes se recortaban en el horizonte. Turistas y lugareños llenaban la playa ese cálido día de agosto.

Un caza pasó por encima de su cabeza, probablemente un piloto de la nueva escuela de aviación de Miramar. El rugido de los motores a reacción bastaba para hacer temblar el suelo. Frankie sabía que a nadie en Coronado le molestaría; por allí lo llamaban el sonido de la libertad.

Al llegar a la verja de la mansión de sus padres, Frankie se detuvo, se armó de valor para lo que sabía que iba a ser una difícil batalla, y la abrió.

Había necesitado meses de arduo trabajo para llegar donde estaba y, aun así, no era más que el principio. Ahora que había empezado a contemplar su futuro, a menudo entraba en pánico, se sentía débil y pensaba: «No puedo hacerlo». En tales casos, bien iba a una segunda —o una tercera— reunión, bien llamaba a su padrino y reunía la fuerza suficiente para seguir adelante. Para seguir creyendo. Poco a poco, paso a paso.

Ese día, el jardín estaba a reventar de colores estivales. Su padre se encontraba en el patio, fumando un cigarrillo. La verja se cerró a espaldas de Frankie, que rodeó la piscina para llegar hasta él.

Luchó contra las ganas de pedirle perdón. Una vez más. Durante los últimos meses se lo había dicho un montón de veces y sabía lo incómodo que le hacía sentir.

Al principio esperaba que su disculpa fuera un comienzo, el principio de las reparaciones, quizá una forma de sanación que solo llegaría a través del diálogo. Anhelaba decirle que, a pesar del daño que le había hecho, entendía por qué se había mostrado tan frío y desdeñoso sobre su servicio en Vietnam.

Pero no iba a ser posible. Su padre no tenía interés en abordar el tema. Quería fingir que la guerra jamás había roto a su familia. El doctor Alden le había enseñado a aceptar la situación y a aceptar a su padre. En eso consistía ser una familia. A veces el dolor no sanaba del todo. Así era la vida.

—Necesito hablar con vosotros —dijo Frankie.

—Eso no suena bien.

Frankie sonrió.

—Ya sé que te encanta hablar —bromeó, al tiempo que le cogía la mano y le daba un apretón.

Su padre le devolvió el gesto.

Su madre salió al patio con un vaso de té helado en la mano.

—Nuestra chica quiere hablar con nosotros —dijo el señor McGrath.

—Eso no suena bien —respondió su esposa.

Había que reconocer que al menos eran coherentes. Frankie llevó a sus padres al salón, donde había un sofá y cuatro sillones dispuestos alrededor de una enorme chimenea de piedra, y se sentó en uno de los grandes sillones de orejas; sus padres, juntos, en el sofá. Vio que su madre alargaba el brazo y le daba la mano al señor McGrath.

Frankie recordó —qué casualidad— aquella noche, tanto tiempo atrás, en que se había vestido con todo el cuidado para la fiesta de despedida de Finley con un vestido recto de color lavanda y se había recogido la melena en un moño de altura imposible. Había hecho todo lo que estaba en su mano por que aquellas dos personas estuvieran orgullosas de ella. Por eso el desdén de su padre hacia Vietnam le dolía tanto. Pero aquellas eran las necesidades de una niña y ella ya era una mujer.

—Os quiero, chicos —dijo.

Ese era el punto de inicio y final de todo en la vida: el amor. Lo demás era el camino para lograrlo.

Su madre palideció a ojos vista.

—Frances…

—No os asustéis —dijo Frankie, más para sí que para su madre, que a todas luces ya se había puesto en lo peor. Inspiró hondo y espiró—. Durante estos últimos meses he tenido mucho tiempo de pensar. Me he esforzado un montón por ser sincera conmigo misma y ver mi vida con claridad, y puede que aún no lo haga, puede que nadie lo logre hasta que sea demasiado tarde, pero he visto lo suficiente. Necesito averiguar quién soy de verdad y quién quiero ser.

—Recuperarás la licencia de enfermera. Henry dice que va a escribirte una recomendación. Solo tienes que poner en marcha el proceso —replicó su madre—. Y ya te han devuelto el carnet de conducir.

—Lo sé. Espero de todo corazón volver a ejercer, pero también tengo que prepararme para lo peor, para que me lo denieguen.

—¿Qué intentas decirnos, Frankie? —preguntó su padre.

—Voy a mudarme.

—¿Cómo? —exclamó su madre—. ¿Por qué? Pero si aquí tienes todo lo que necesitas.

—¿Podrás arreglártelas tú sola? —terció su padre—. ¿Sin la licencia?

Era lo mismo que se había preguntado ella. Jamás había pagado alquiler, buscado piso o vivido sola. De casa de sus padres había ido directa a la cabaña en Vietnam. La última vez que se le fue la cabeza, Barb y Ethel la habían sacado del atolladero y le habían brindado un lugar en el que vivir. Mientras estaba en rehabilitación, su padre había contratado a un abogado y había conseguido que le redujeran los cargos de conducción bajo los efectos del alcohol a conducción temeraria, por lo que había recuperado el carnet de conducir. Ni siquiera había tenido nunca tarjeta de crédito propia.

—No sé dónde acabaré ni lo que busco, pero ¿sabéis una cosa? No pasa nada. Se supone que abrirse camino en el mundo, dejar a la familia, debe dar miedo.

—Oh... —replicó su madre, dolida.

—Necesito tranquilidad —explicó Frankie—. Ha habido demasiado... ruido desde lo de Vietnam. Puede que incluso antes, desde la muerte de Finley. Necesito vivir en un lugar donde lo único que oiga sea el rumor de las hojas, el viento soplando y puede que un coyote aullándole a la luna, un lugar donde pueda centrarme en ponerme bien. En ponerme fuerte. Quiero un animal, puede que un perro. Un caballo. —Se detuvo—. Solo quiero respirar sin dificultad. Gracias a vosotros dos, tengo el bungalow. Me gustaría venderlo y usar el dinero para empezar de nuevo en otro lugar.

Sus padres se quedaron mirándola un buen rato.

—Estaremos preocupados —dijo al fin su madre.

Frankie la amó por ello.

—Tampoco es que me vaya a la guerra —respondió con una sonrisa—. Volveré. Y, allá donde acabe, vendréis a visitarme.

Un caluroso día de finales de agosto, Frankie llenó el Mustang, ya reparado, con sus pertenencias y entró de nuevo en el bungalow para dejar las llaves sobre la encimera. Recorrió con la mirada la estancia vacía. Esperaba que comprase la propiedad una familia joven, que criara allí a sus hijos y los dejara correr tan libres como habían sido Finley y ella, que adorasen el columpio que Henry había colgado en el jardín trasero y que celebraran fiestas de cumpleaños en la playa.

Cuando acabó, salió de la vivienda y cerró la puerta a sus espaldas por última vez.

Fuera, Barb esperaba apoyada en el Mustang, cruzada de brazos. Delante había un cartel de SE VENDE clavado en el césped.

—Hola —dijo.

Frankie soltó una fuerte carcajada.

—¿Quién te ha avisado? ¿Mamá? ¿Henry? Estoy rodeada de chivatos.

—Ajá. No creerías que te iba a dejar ir a buscarte la vida sola, ¿no?

—Estás casada. Tienes hijastros. No tienes por qué venir a llenar mi vacía vida con la tuya, ¿sabes?

Barb puso los ojos en blanco.

—Eres mi mejor amiga, Frankie.

No hacía falta decir más.

—Ethel quería venir, pero está embarazada otra vez. Y tiene que guardar cama. Dice que te diga que está aquí en espíritu, y un espíritu bien gordo.

En ese momento pasó un camión de helados haciendo tintinear sus campanillas. Los niños del barrio no tardarían en llegar.

Frankie se dio la vuelta y entrecerró los ojos; por un segundo, volvía a tener diez años y corría tras su hermano mayor, tratando de seguirle el ritmo, ambos bañados por la luz del sol en su recuerdo.

Frankie rio y abrazó a Barb antes de subirse al asiento del conductor y arrancar el vehículo. La música sonó a todo volumen: *Hooked on a Feeling*.

Al cabo de unas manzanas, Frankie levantó el pie del acelerador.

Sus padres estaban de pie delante de la verja, rodeándose con el brazo el uno al otro y con la otra mano en el aire. ¿Cuánto tiempo llevaban ahí, esperando a verla de pasada mientras salía del pueblo? Durante el último mes se habían despedido de ella un buen puñado de veces y de un buen puñado de formas distintas.

Frankie agitó la mano e hizo sonar el claxon para decirles adiós: se despedía de sus padres, de Coronado, de su niñez y de Finley. El Mustang atravesó la localidad y accedió al puente, pasó junto a los botes anclados en el puerto. Frankie contempló por el espejo retrovisor la belleza de postal de la isla de Coronado.

Sin un destino en mente, Frankie y Barb pusieron rumbo al norte, escuchando a Creedence, Vanilla Fudge, Cream, Janis, los Beatles, los Animals, Dylan, los Doors.

La música de Vietnam.

La música de su generación.

Al llegar a Dana Point, Frankie tomó la autopista 1 y fue recorriendo la costa con el infinito azul del Pacífico a su izquierda. En Long Beach había un accidente, por lo que se desvió por una carretera, y luego por otra, y otra más, tomando la salida que sentía como acertada en cada momento.

Dejó que la compleja maraña de autovías de California impusiera su voluntad; dejó que las carreteras la guiaran por aquí o por allá. Con el nuevo límite de velocidad de noventa kilómetros por hora, tenía que comprobar una y otra vez a cuánto iba.

Atravesó el centro de Los Ángeles, con sus grafitis y sus bandas y sus alambradas, y se encontró en la centelleante Sunset Strip, un mundo de luces, gigantescas vallas publicitarias y clubes de música.

Subieron por la magnífica costa californiana, pasaron un par de noches en el valle de Santa Ynez, contemplando las ondulantes colinas doradas, y Frankie dijo:

—Me gustan los espacios abiertos, pero necesito más, y puede que caballos también.

—Tira para el norte —respondió Barb.

Así era como tomaban las decisiones; al momento, doblando a mano derecha o izquierda, cogiendo o dejando de coger una carretera.

En Carmel, la niebla vespertina era demasiado densa; en San Francisco había demasiada gente. Lo agreste de Mendocino la llamaba, pero las secuoyas gigantes de algún modo hacían que se sintiera enclaustrada.

Así que siguió rumbo norte.

En Oregón, el verde era vivo, y el aire, limpio, pero seguía habiendo demasiada gente, a pesar de que las ciudades eran pocas y alejadas entre sí.

Rodearon la ajetreada Seattle mientras por la radio escuchaban noticias sobre estudiantes desaparecidas y se desviaron al este. Atravesaron innumerables campos de trigo desiertos en la mitad oriental de Washington, que a Frankie le pareció solitaria, desolada.

Montana.

Cuando llegaron a la localidad de Missoula, mientras cantaban sobre el tiempo en una botella, el cielo era de un espectacular azul, lo que explicaba el sobrenombre de «país del gran cielo» que se daba al estado. A pocos kilómetros del pueblo, las vistas eran asombrosas: campos de heno que se extendían hasta las montañas, escarpadas y coronadas de nieve. Entre sus picos nevados serpenteaba, ancho y azul, el río Clark Fork.

SE VENDE. 11 HECTÁREAS.

Barb y Frankie vieron el cartel al mismo tiempo.

Estaba clavado en un poste torcido y parecía maltratado por los elementos. Detrás se abría un campo de verde infinito, atravesado por el río, con una alambrada que necesitaba reparación y un camino de tierra que conducía a un grupo de altos árboles verdes.

Frankie miró a su amiga.

—Qué bonito.

—Y qué apartado —respondió esta.

—Aquí una podría respirar —dijo Frankie. Accedió al camino de tierra y lo siguió hasta adentrarse en el bosquecillo para salir de nuevo. Al otro lado se extendía una nueva pradera verdeante, tras la cual las montañas se alzaban hacia el cielo azul.

Frankie se quedó mirando a través del parabrisas sucio la casa de campo de techo apuntado con su porche alrededor, los cercados para caballos, el enorme granero, antaño rojo y que necesitaba un nuevo tejado. También había otras edificaciones: algunas derruidas, otras apenas se tenían en pie.

—Aquí hace falta un trabajo de la hostia —dijo Barb.

—Por suerte, sé cómo arreglar este tipo de cosas. —Frankie se volvió hacia ella, sonriente—. Mis amigas y yo nos pasamos casi dos años reconstruyendo una barraca de jornaleros.

—Esto está en medio de ninguna parte.

—Échale un ojo al mapa. Missoula no queda lejos. Hay hospitales y hasta una universidad. Está más cerca de Chicago que San Diego. Sé que aquí puedo encontrar una reunión de Alcohólicos Anónimos y un padrino.

—Ya lo tienes decidido.

Frankie apagó la radio.

«Qué silencio».

Miró a Barb y sonrió.

—Sí, lo tengo decidido.

35

Oeste de Montana
Septiembre de 1982

La invitación llegó en un sobre blanco manchado, con matasellos del 28 de agosto y remite de Washington D. C. En el reverso, alguien había escrito: RESERVA LA FECHA.

Te invitamos cordialmente a la reunión para el personal del
36.º Hospital de Evacuación
que tendrá lugar tras la inauguración del nuevo
Monumento a los Veteranos de Vietnam
en Washington D. C. el 13 de noviembre de 1982

A Frankie le sorprendió su primera reacción.

Ira.

¿Ahora les erigían un monumento a los muertos? ¡¿Ahora?! ¿Más de una década después de que se los enterrara sin ceremonia y de que sus compatriotas estadounidenses los olvidaran?

Por mucho que Frankie hubiera trabajado durante los últimos ocho años, por mucho empeño que hubiera puesto, no había logrado desprenderse del todo de la vergüenza que sus conciudadanos le habían hecho sentir por haber servido en Vietnam ni de la ira por el trato que el gobierno había dado a los veteranos que regresaron con el cuerpo, la mente o el espíritu quebrantados. Lo que era aún peor, a finales de los setenta estaba sentada en casa cuando vio a un veterano de Vietnam afirmar por televisión que el agente naranja le había provocado, a él y a otros miles de compañeros, cáncer. «Morí en Vietnam; solo que no lo sabía», había dicho. Poco después, el mundo entero supo que el herbicida también provocaba abortos y anomalías congénitas. Era muy probable que aquella hubiera sido la causa del aborto de Frankie.

Su propio gobierno le había hecho todo aquello. Tal vez, si los políticos en la capital hubieran erigido el monumento como disculpa a la generación de hombres y mujeres que se había sacrificado por el país y a sus familias, su reacción sería otra. Pero no. El gobierno no había movido un dedo para honrar a los veteranos de Vietnam. Eran estos quienes habían tenido que mojarse para que sucediera. Los que quedaban para honrar a los caídos, claro.

Frankie oyó a Donna acercarse por la espalda. Se quedó parada.

Donna ya llevaba más de siete años trabajando en el rancho. Frankie todavía recordaba el frío día en que la mujer había subido hasta la puerta principal con su pelo teñido de negro todo desgreñado, la piel pálida por el alcoholismo y la voz apenas un susurro.

«Soy enfermera —había dicho—. Cu Chi, 1968. Me han dado tu nombre en la Administración para los Veteranos. No puedo...».

«Dormir», recordaba haber respondido Frankie.

Y no hizo falta más. Con eso bastó. La tomó de la mano y entró con ella en la granja. Se sentaron en un par de sillas plegables delante del fuego y hablaron.

Se trataba de lo que Jill, en el centro médico, llamaba «reuniones de discusión» y decía: «A veces ayuda saber que una no está sola». Donna y ella se habían puesto a disposición de la otra, brindándose apoyo. Donna había animado a Frankie a luchar por recuperar su licencia de enfermera, y la lucha había resultado sanadora. Para cuando obtuvo oficialmente derecho a ejercer nuevamente la profesión, Frankie se sentía con fuerzas para intentarlo.

Así había empezado el rancho. Donna y ella habían unido fuerzas y habían invertido el dinero de la venta del bungalow de Coronado en remodelarlo.

En Missoula, habían buscado trabajo como enfermeras en el hospital local. Al acabar la jornada, Frankie asistía a clases nocturnas para obtener el título en Psicología Clínica y, un año después, Donna hizo lo mismo. Cuando no estaban estudiando para convertirse en consejeras o cumpliendo sus turnos en el hospital, iban reformando la casa, reparando los edificios anexos y asistiendo a las reuniones periódicas.

Aquel primer verano, los amigos y la familia de Frankie habían acudido para echar una mano. Su madre y su padre, Barb y Jere con los chicos, Ethel y Noah con las niñas, Henry y Natalie con los bulliciosos hijos de esta. Ocuparon los dormitorios y levantaron tiendas sobre la hierba en la parte trasera. Trabajaban juntos durante el día y, por la noche, se sentaban alrededor de la hoguera, charlaban, reían y recordaban.

En cuanto obtuvieron el título de máster, Frankie y Donna llevaron folletos a la oficina de la Administración para los Veteranos más cercana que decían: «A las mujeres de Vietnam: aquí lo hemos superado. Vosotras también podéis conseguirlo. Os esperamos».

Un año más tarde apareció Janet, con la cara marcada por los cardenales y la risa demasiado estridente como para delatar otra cosa que un llanto oculto. Se quedó casi un año.

A partir de entonces, el rancho, al que llamaron «El Último Refugio», se convirtió en un santuario para aquellas mujeres que habían servido en Vietnam. Llegaban, se quedaban el tiempo necesario y luego seguían adelante. De alguna manera, cada una imprimía su huella, trazaba una suerte de camino para que otras mujeres lo siguieran. Dejaban lienzos, caballetes y pinturas. Agujas de punto y madejas de lana; relatos, capítulos de sus memorias e instrumentos musicales. Durante el día trabajaban, clavando clavos, pintando paredes, alimentando a los caballos, cuidando del jardín: lo que hiciera falta en cada momento.

Aprendían a respirar, luego a hablar, y luego, con suerte, a recuperar la esperanza. Frankie les enseñaba el poder sanador de las palabras y la alegría que se encuentra en el silencio. Sentirse en paz, o al menos intuirla, era el objetivo final. Pero no resultaba sencillo.

Un hermoso e inesperado efecto secundario de ayudar a otras mujeres fue que Frankie descubrió otra vez su pasión, su orgullo. Amaba ese lugar por encima de todo, amaba la vida que se había labrado en medio de la naturaleza, amaba a las mujeres que llegaban buscando ayuda y que, a cambio, tanto la ayudaban a ella. Cada mañana despertaba esperanzada. Y, cada verano, sus amigos y su familia aparecían por allí para pasar todo el tiempo posible de vacaciones en el rancho. Para ellos también era un santuario.

—El grupo está listo.

Frankie asintió y bajó la mirada a la pulsera plateada en homenaje a los prisioneros de guerra que aún llevaba en la muñeca, con el nombre del mayor que ya jamás volvería a casa.

Donna se colocó a su lado. En los años que llevaban trabajando juntas, las dos mujeres habían cogido cuerpo, se habían fortalecido a base de hincar a martillazos postes para las vallas, acarrear balas de heno y cargar con las sillas para sus caballos. Las dos vestían a diario Levi's con botas vaqueras y camisa de franela; las hombreras y los trajes de ejecutiva agresiva no se llevaban en esa parte de Montana.

—Hay mucho que hablar por lo del monumento —dijo Donna—. Se están celebrando un montón de reuniones.

—Ya... —respondió Frankie.

—Hay mucho que pensar.

Estaban las dos hombro con hombro, mirando por la ventana de la cocina, contemplando el campo otoñal. Ambas sabían lo que pensaba la otra; era un tema recurrente.

Frankie cogió su taza de café y salió de la cocina; a sus espaldas oyó a Donna poner una cazuela de alubias en remojo.

En el exterior, el mundo se había revestido de los colores del otoño; la nieve cubría con su pesado manto las escarpadas y distantes montañas. Ese año, la temporada de esquí empezaría pronto. El vivo azul del río Clark Fork bajaba sinuoso entre los campos, formando burbujeantes remolinos sobre los cantos rodados, cantarín como risas infantiles.

El Último Refugio ahora contaba con una casa de campo encalada, con tres dormitorios y dos cuartos de baño. Todo el mobiliario era de segunda mano, encontrado en ventas de garaje o enviado por la madre de Frankie años atrás desde el bungalow de Coronado, cuando este se vendió.

Allí, las mujeres que habían superado el miedo gracias a la pintura, habían dejado su imagen en las paredes, como una suerte de grafiti. Una de ellas —Frankie la llamaba la pared de las heroínas— estaba llena de fotografías de mujeres que habían estado en Vietnam y lo habían superado en el rancho, y de otras tantas, sus amigas. Cientos de fotografías cubrían las tablas de pino. En el centro destacaba la foto de Barb, Ethel y Frankie, de pie delante del club de oficiales del 36. En el extremo superior del panel, Frankie había pintado con gruesas letras negras: LAS MUJERES.

Tres barracas remodeladas albergaban literas y escritorios. Una cuarta se había convertido en unos baños comunales, con duchas, lavabos y retretes.

El granero aún necesitaba trabajo, pero ya contaba con un buen tejado, y los establos albergaban siete caballos. Frankie había aprendido lo beneficioso que cuidarlos y montarlos podía ser para las mujeres en crisis.

En el pasillo central del granero, seis sillas plegables formaban un semicírculo sobre el suelo cubierto de serrín. Esa fresca mañana, cuatro de las sillas estaban ocupadas. Frankie cogió la suya, la acercó y se sentó.

Las mujeres la miraron; una con expresión adusta y ausente, otra enfadada, una que parecía casi sin interés y una cuarta que ya lloraba.

—He recibido una invitación para asistir a un reencuentro del personal del 36.º Hospital de Evacuación —anunció Frankie—. Tendrá lugar tras la inauguración del Monumento a los Veteranos de Vietnam. Sospecho que algunas también la habréis recibido.

—Ja —replicó Gwyn. Parecía vieja, pero no solo por la edad, sino por el desgaste, con la boca formando una línea recta y los ojos oscurecidos por la ira—. Como si quisiera recordar nada de aquello. Me paso la mitad del día intentando olvidarlo.

—Pues yo sí que voy a ir —dijo la mujer que lloraba, Liz—. Así presentaré mis respetos a los caídos. Es un monumento importante, Gwyn.

—A buenas horas, mangas verdes —espetó Marcy, echándose hacia delante en la silla y apoyando los antebrazos en los muslos. Era su primer día en el rancho y todavía no se creía nada de aquello.

—Estoy harta de Vietnam, Liz —añadió Gwyn—. Todo el mundo me dice que lo olvide. Que lo deje ir. ¿Y ahora voy a volver corriendo a recordarlo? Nanay. Conmigo que no cuenten. Paso.

—Vas a decepcionar a aquellos con quienes hiciste el servicio —le advirtió Ramona.

—¿Y eso sería una novedad? —replicó Gwyn—. Desde que volví a casa he decepcionado prácticamente a todo el mundo.

Frankie oía palabras parecidas a cada mujer que pasaba por el rancho, tratando de recuperarse tras la guerra. Sabía lo que necesitaban oír.

—¿Sabéis? Yo no tenía miedo de ir a la guerra, pero debería haberlo tenido. Y sí que me da miedo ir a la conmemoración, cuando no debería. La gente nos hizo creer que habíamos hecho algo malo, indigno, ¿no? Nos olvidaron; a todos los veteranos de Vietnam, sí, pero sobre todo a las mujeres.

Estas asintieron.

Frankie las observó, reconocía sus heridas emocionales, sentía su dolor.

—Antes me preguntaba si lo haría de nuevo, si volvería a alistarme. ¿Seguía habiendo una fiel creyente en mi interior, quedaba algo de aquella chica que quería cambiar el mundo? —Miró a su alrededor—. Pues sí. En cierto modo, los años de la guerra fueron los mejores de mi vida.

—Y los peores —replicó Gwyn.

Frankie la miró, vio la ira en su interior, y recordó que ella se había sentido igual.

—Y los peores —coincidió—. Tienes razón, Gwyn: no creo que decepcionar a nadie sea un motivo para ir a la inauguración del monumento. La mayoría de nosotras hemos tomado demasiadas decisiones por los demás. Debemos hacer lo que nos pida nuestra conciencia. Pero es cierto que nos han silenciado demasiado tiempo, nos han invisibilizado durante años.

—Todo gira en torno a los hombres —dijo Gwyn—. ¿Os he contado que intenté participar en una sesión de terapia conversacional para veteranos de Vietnam en Dallas? Siempre es igual: «Este no es tu sitio. Eres una mujer. En Vietnam no había mujeres».

Todas en el círculo asintieron.

—Para nosotras no hay monumento —añadió Gwyn.

—Compartimos ese dolor, ¿verdad? —dijo Frankie—. La mayoría llevamos una década lidiando con la guerra, algunas incluso más. Intentando salir adelante. Sé que ahora, con las noticias sobre el agente naranja, los recuerdos han vuelto.

Aquel era un tema que surgía una y otra vez en las reuniones.

—Yo he tenido cuatro abortos —confesó Liz, con los ojos empañados—. Un bebé podría haberme salvado, nos podría haber salvado, ¿sabéis? Y todo el tiempo, mientras pulverizaban la mierda aquella, nos estaban matando poco a poco.

—A veces creo que morir habría sido más fácil que vivir así —admitió Gwyn—. Es probable que todas acabemos con cáncer.

Frankie miró una a una a aquellas mujeres, cada una con su dolor particular.

—¿Quién de las presentes se ha planteado el suicidio?

Era una pregunta tabú que hacía en cada nuevo grupo de mujeres.

—Yo he pensado que sería un alivio... desaparecer —respondió Gwyn.

—Reconocerlo es un acto de valentía, pero todas sabemos que eres valiente, Gwyn. Todas lo sois. Y sois unas mujeres duras.

—Antes sí que lo era —discrepó Liz.

—Estáis aquí —respondió Frankie—. En las salvajes tierras de Montana, sentadas en un granero que huele a estiércol y compartiendo vuestros secretos más íntimos y terribles con unas desconocidas. —Se detuvo un instante—. Solo que no somos desconocidas, ¿verdad? Somos las mujeres que fueron a la guerra, las enfermeras de Vietnam, y muchas de nosotras nos sentimos silenciadas en casa. Perdimos lo que éramos, lo que queríamos ser. Pero yo soy la prueba viviente de que las cosas pueden mejorar. Vosotras podéis mejorar. Y el proceso empieza aquí. En estas sillas, recordándonos a nosotras mismas y a nuestras compañeras que no estamos solas.

En Washington D. C., la mañana del 13 de noviembre de 1982, Frankie se levantó mucho antes del alba.

Apenas había dormido esa noche. Si todavía hubiera bebido alcohol, se habría servido algo fuerte. Casi habría deseado seguir siendo fumadora, porque necesitaba hacer algo con las manos. Así las cosas, se levantó a las cinco y sacó el viejo bolso de viaje negro del armario de la habitación de aquel hotelucho. Podría haberse traído una maleta nueva, pero le había parecido que lo correcto era usar aquel bolso. Llevaba acompañándola desde el principio, desde Vietnam. Así que la acompañaría hasta el final.

Cayó con un ruido sordo sobre la gruesa moqueta barata. Encendió la lámpara de la mesilla, se arrodilló y abrió la cremallera.

Los olores la asaltaron: sudor, barro, sangre, humo y pescado. Vietnam.

«Nunca beba agua del grifo».

«Soy nueva en el país».

«Ya se nota, ya».

«Esos somos nosotros, que ahora les respondemos».

Encima de sus pertenencias había una polaroid tomada en el club de oficiales. En ella, Ethel, Barb y Frankie llevaban pantalón corto, camiseta y botas de combate. Jamie ceñía a Frankie por la cintura y levantaba una cerveza a modo de brindis. También había una foto bailando con él, los dos sudorosos y riendo; otra de los chicos jugando al vóley bajo el sol mientras las chicas miraban, y otra más de Hap tocando la guitarra.

«Mira qué sonrisas».

Los buenos tiempos. También los había habido.

Al sacar el viejo y maltratado chambergo, sintió una oleada de nostalgia pensando en todos los lugares donde lo había llevado, en todas las veces que tuvo que sujetárselo para que el viento que levantaban los rotores no se lo llevara. Estaba decorado con un puñado de insignias y parches de secciones y escuadrones, recuerdos de sus pacientes y hasta un pin con una carita sonriente y un símbolo de la paz. ¿Cuándo había escrito en la corona HAZ EL AMOR Y NO LA GUERRA con rotulador indeleble? Ni se acordaba.

Había llevado el chambergo a los viajes a las aldeas con el Programa de Acción Civil Médica y a los vuelos de abastecimiento a Long Binh, a la playa y hasta a su reposo y recuperación en Kauai. Lo había llevado mientras repartía caramelos entre los niños de los orfanatos y en la caja del M35 mientras el camión se bamboleaba sobre los baches de los caminos de tierra roja y vadeaba los ríos de barro.

También lo iba a llevar ese día.

Se acabó lo de ocultar aquel preciado recuerdo en el fondo del armario; se acabó lo de olvidar a las mujeres que lo habían llevado. Se acabó lo de esconderse.

Sacó sus chapas de identificación y las sostuvo por primera vez en años, sorprendida por lo ligeras que eran en realidad. Con el paso del tiempo habían ido adquiriendo peso en su memoria. Pensó en todas las chapas que había tenido en la mano para consultar el nombre, el grupo sanguíneo, la religión de un herido.

En los sesenta, algunas mujeres se habían adornado con collares de cuentas; otras llevaban chapas de identificación.

Sacó el montón de fotografías de Vietnam que había traído consigo, recordando la noche en el rancho, años atrás, en que su madre le había pedido verlas. Estaban sentadas en el exterior, alrededor de una hoguera, bajo un cielo tachonado de estrellas, y la señora McGrath había estudiado aquellas fotografías desvaídas de enfermeras y médicos, soldados, niños vietnamitas pastoreando búfalos de agua en la ribera de un río; selvas verdes, playas blancas, ancianos en arrozales. No había dicho gran cosa, pero había pasado horas sentada, escuchándola.

Frankie sacó el último de sus diarios. Había empezado durante la rehabilitación, animada por el doctor Alden. La primera frase, escrita tantos años atrás, con furioso rotulador negro, había sido: «¿Cómo he acabado aquí? Me muero de vergüenza».

En los años transcurridos desde entonces, había escrito cientos de páginas. Al principio hablaba de su dolor; luego de su recuperación, y, al final, de su aprendizaje en Montana, en la tierra donde se había encontrado a sí misma y había descubierto su vocación, su pasión. No había tenido hijos y suponía que ya nunca los tendría, pero tenía su rancho y a las mujeres que acudían a él. Tenía amigos, familia y propósito. Tenía la vida plena con la que su hermano y ella habían soñado.

Abrió la primera página en blanco, puso la fecha y escribió:

Hoy no dejo de pensar en Finley. Lógico.

Mamá y papá han preferido no venir a la inauguración del monumento. Me habría gustado tenerlos aquí; los necesito a mi lado, pero lo entiendo: hay dolores demasiado profundos para mostrarlos en público.

Los de mi generación hemos sido los últimos creyentes. Confiamos en lo que nuestros padres nos enseñaron sobre el bien y el mal, lo correcto e incorrecto, el mito estadounidense de la igualdad, la justicia y el honor.

Me pregunto si alguna generación volverá a creer. Hay quienes dicen que fue la guerra lo que nos destrozó la vida y expuso la bella mentira que era todo lo que nos habían enseñado. Y tienen razón. Pero también se equivocan.

Había mucho más. Es difícil ver con claridad cuando el mundo está furioso y dividido y te mienten.

Ay, cómo me gustaría…

Alguien llamó con los nudillos. A Frankie no le sorprendió. ¿Quién era capaz de dormir esa noche? Se levantó, fue hasta la puerta y la abrió.

Barb y Ethel estaban fuera, bajo la débil luz de una lámpara de techo. Una cartel luminoso en el aparcamiento a sus espaldas anunciaba NO HAY HABITACIONES en luces de neón.

—Aquí huele a Vietnam —dijo Ethel—. Me tenías que haber dejado pagar unas habitaciones mejores.

—Es ese puto bolso de viaje —señaló Barb.

—Estos días tengo que andar con cuidado con el dinero —respondió Frankie.

Las tres salieron de la habitación, todavía vestidas con lo puesto para dormir, y bajaron las escaleras hasta una piscina en forma de riñón que necesitaba una buena limpieza. Los focos en el agua hacían que brillase azulada, al igual que las pocas luces en el exterior del motel. El cartel emitía un leve zumbido, como una abeja.

—Por seis pavos, tienes una piscina —dijo Barb mientras se sentaba en una tumbona chirriante.

—Por siete, hasta te la limpian —añadió Ethel, haciendo lo mismo.

—Preferiría que lavaran las sábanas —replicó Barb.

—Dejad de quejaros, pesadas. Estamos aquí, ¿no? —dijo Frankie, estirándose en una tumbona entre las dos.

—Esta noche he soñado con nuestro primer turno en el 71 —comentó Barb mientras se encendía un cigarrillo—. Llevaba años sin pensar en él.

—Yo he soñado con mi primer turno en un orfanato del napalm —dijo Ethel.

Frankie se quedó mirando el agua de la piscina sucia con la valla metálica alrededor. Ella también había tenido esas pesadillas y se había despertado con el corazón acelerado, pero también había soñado con que hacía esquí acuático en el río Saigón, con los aullidos de Coyote, con que bailaba con sus amigas al ritmo de los Doors. Se había sorprendido pensando en Rye —por primera vez en años— para descubrir que no quedaba en ella nada del antiguo amor; lo único que permanecía era un remordimiento ajado y desvaído.

—Hoy va a ser la locura —dijo Ethel—. Va a haber un montón de gente.

—Eso esperamos —repuso Barb.

Todas se quedaron pensando en ello, temerosas. Iban a inaugurar un monumento a una guerra, y a unos combatientes, que nadie parecía querer recordar.

—Nosotras estamos aquí —dijo Frankie—. Con eso me basta.

En cierto modo, por muy lejos que hubiera llegado, Frankie temía que la fragilidad que habitaba en su interior volviera a abrirse como una herida en cuanto se enfrentara a Vietnam y a todo lo que había perdido en aquella guerra.

Esa mañana, vestida con el uniforme de campaña, se miró al espejo y vio en él una versión más joven de sí misma. Luego se prendió la insignia del Cuerpo de Enfermeras en el cuello de la camisa.

Fuera del motel, a plena luz del día, se reunió con Barb y Ethel; habían quedado más tarde con sus maridos y los niños junto al monumento. Aquel primer momento era solo para las tres amigas.

Cada una llevaba su uniforme de campaña, su chambergo y sus botas de combate.

Barb sonrió.

—Que no me venga nadie diciendo que no hubo mujeres en Vietnam.

Un manto de nubes blancas se cernía sobre la ciudad. El aire, frío y cortante, anunciaba el inminente invierno.

En la calle acordonada se iban sumando los veteranos de Vietnam: miles de ellos, vestidos con uniformes de paseo o de campaña, cazadoras de cuero con parches militares en las mangas y vaqueros rotos. Había veteranos en silla de ruedas o con muletas; otros, ciegos, eran guiados por sus amigos. Miles y miles, reunidos por primera vez en una década o más. Se respiraba un sentimiento de unidad, de alegría. Los hombres se daban palmaditas en la espalda, reían y se abrazaban.

Alguien con un megáfono gritó: «¡Hermanos! ¡Es hora de presentar nuestros respetos!», y la multitud empezó a formar una columna para desfilar.

Frankie, Barb y Ethel se unieron a los hombres.

Uno de ellos comenzó a cantar *America the Beautiful* y el resto se fue uniendo, primero con vacilación y luego con energía. Las voces fueron cobrando intensidad con cada verso: «Y corona tu bondad con la hermandad, de un mar radiante a otro mar». Frankie oía a sus amigas y a sus camaradas veteranos cantando con pasión a su lado. Los espectadores aplaudían desde las aceras; los coches hacían sonar las bocinas.

A medida que se aproximaban al National Mall, la gran explanada entre el monumento a Washington y el Capitolio, todos los veteranos callaron sus voces sin que nadie pidiera silencio. Dejaron de cantar. Dejaron de hablar. No se oía ni un carraspeo. Todos aquellos hombres que habían luchado en una guerra odiada, que habían sido recibidos con animosidad al volver a casa y que aún no sabían qué sentir sobre lo que habían vivido, caminaban juntos, hombro con hombro. Los helicópteros sobrevolaban en formación por encima de sus cabezas. Que Frankie pudiera ver, ellas tres eran las únicas mujeres, aunque habían buscado entre la multitud por si había enfermeras, Donut Dollies u otras militares con quienes hubieran prestado servicio.

En el Mall, la bandera estadounidense ondeaba con la fría brisa por encima de un trío de camiones de bomberos de un vivo color rojo. Los simpatizantes llenaban la explanada de césped, esperaban junto a la piscina reflectante el paso de los veteranos: niños a hombros de sus padres, familias reunidas, madres con fotografías enmarcadas de sus hijos caídos, perros ladrando, bebés chillando. Cinco cazas volaron sobre sus cabezas; uno se separó del resto: era la formación del hombre desaparecido.

La bienvenida a casa de la que los veteranos de Vietnam jamás habían disfrutado.

Los hombres se dispersaron entre el gentío, se reunieron con sus familias, formaron grupitos con viejos amigos a los que llevaban años sin ver.

—Ven —dijo Barb, tirando a Frankie de la mano.

Esta negó con la cabeza.

—Id vosotras, chicas. Marchaos con vuestras familias. Luego nos vemos.

—¿Quieres estar sola? —le preguntó Ethel.

Frankie se cortó antes de soltar la respuesta instintiva: «Siempre estoy sola».

—Marchaos —repitió en voz baja.

A continuación avanzó sola, abriéndose paso entre la multitud.

Y entonces la vio: la Pared. El brillante granito negro surgía de la verde hierba, con la superficie viva por el reflejo del movimiento a su alrededor. Los guardias de honor se apostaban a intervalos regulares delante de ella. Frankie se quedó abrumada al verla. Incluso desde donde se encontraba, se distinguía la fila interminable de nombres grabados en la piedra. Más de cincuenta y ocho mil.

Una generación de hombres.

Y ocho mujeres. Enfermeras todas ellas.

Los nombres de los caídos.

En algún lugar en la distancia, alguien dio unos toquecitos en un micrófono e hizo un ruido chirriante que atrajo la atención de la multitud.

Entonces se oyó una voz masculina: «Nadie puede cuestionar el sacrificio y el compromiso de aquellos que cayeron en acto de servicio [...]. Delante de este monumento vemos débilmente reflejada en un espejo oscuro la oportunidad presente de dejar marchar el pesar, el duelo, el resentimiento, la amargura, la culpa...».

A lo largo del discurso, el portavoz destacó el mundo al que habían regresado los veteranos y la vergüenza que ahora sentían los estadounidenses que no habían dado la bienvenida a quienes habían vuelto. Por último, pronunció las palabras que Frankie y sus camaradas llevaban esperando tantos años: «Bienvenidos a casa y gracias». El soldado que estaba al lado de Frankie rompió a llorar.

Los veteranos cantaron *God Bless America*.

Las familias y los visitantes unieron sus voces.

Al acabar el himno, mientras las últimas notas reverberaban por la explanada, el portavoz dijo: «Señoras y señores, el Monumento a los Veteranos de Vietnam queda inaugurado».

Un clamor se levantó entre la multitud, seguido de un atronador aplauso.

Alguien más subió al estrado. Un veterano encanecido y avejentado, vestido con un manchado uniforme de campaña.

—Gracias por recordarnos al fin.

Reporteros y cámaras se mezclaban con el gentío, buscando declaraciones para el noticiario vespertino.

Frankie descendió con paso tranquilo por la hierba, atraída por la Pared. Vio a mujeres con fotografías enmarcadas de los hombres que habían perdido, así como a un adolescente vestido con el uniforme de gala, que le iba grande, de su padre.

A medida que se acercaba al espejo de granito negro, vio su propio reflejo —una mujer flaca de pelo largo, con uniforme de campaña y chambergo— sobre los nombres de los caídos. Bajó con la mirada a lo largo de la línea negra y vio a hombres uniformados erguidos delante del monumento, mujeres arrodilladas ante él, flanqueadas por niños y padres.

—Frances.

Al darse la vuelta vio acercarse a los señores McGrath.

—Habéis venido —les dijo, abrumada por la emoción.

Su madre apretaba contra el pecho una fotografía enmarcada de Finley. Su padre le aferraba con fuerza la otra mano.

—Quería ver su nombre —dijo la señora McGrath con un hilo de voz—. Mi hijo. Él habría querido que viniera.

Los tres se acercaron juntos a la superficie bruñida, buscando con la mirada entre los nombres y las fechas.

Allí estaba.

«Finley O. McGrath».

Frankie alargó la mano para tocar la piedra; se sorprendió al notarla tibia. Recorrió los contornos del nombre de su hermano, recordando el sonido de su risa, la forma en que la chinchaba, los cuentos que le leía antes de irse a la cama. «Voy a convertirme en el gran novelista estadounidense… Eh, Frankie, ahí está tu ola. Bracea con fuerza. Ya es tuya».

—Hola, Fin —dijo.

Fue reconfortante recordarlo tal y como era, tal y como había sido. No solo una víctima de la guerra, sino su querido hermano. Durante demasiados años, no había pensado más que en su muerte; ahora, junto a la Pared, recordaba su vida.

Oyó llorar a su madre, y el sonido suave y estremecedor hizo que también se le empañaran los ojos y se le nublara la vista.

—Está aquí —dijo Frankie—. Lo siento a nuestro lado.

—Yo siempre lo siento a mi lado —respondió su madre con una voz llena de pesar. A su lado, su padre se erguía tenso, la mandíbula apretada, con miedo a mostrar la menor señal de dolor.

—Perdone, señora.

Frankie notó que alguien le tocaba el hombro y volvía a disculparse. Se dio la vuelta.

El hombre, que debía de tener su edad, llevaba grandes patillas y barba descuidada. Vestía un uniforme de campaña lleno de rasgones y manchas. Se quitó el chambergo, adornado con parches de la 101.ª División Aerotransportada.

—¿Fue usted enfermera en Vietnam?

Frankie estaba a punto de preguntarle cómo lo sabía, pero entonces recordó que llevaba el uniforme de campaña y el chambergo, además de la insignia del Cuerpo de Enfermeras.

—Sí —respondió, fijándose en su cara por si se acordaba de él. ¿Había sostenido su mano, había escrito alguna carta de su parte, se había hecho una foto, le había llevado un vaso de agua? Si así era, no lo recordaba.

Sintió acercarse a su padre.

—Frankie, ¿no...?

Frankie levantó la mano, pidiéndole silencio y, por una vez, su padre obedeció.

El veterano alargó la mano y, tomándole la suya, la miró a los ojos. En ese instante, en los jardines del Mall, con la Pared brillante a su lado, lo compartieron todo: el horror, la pena, el dolor, el orgullo, la culpabilidad, la camaradería. Frankie pensó: «Aquí estamos, por primera vez desde la guerra, todos juntos».

—Gracias, señora —le dijo.

Frankie asintió y lo dejó marchar.

Entonces sintió sobre ella la mirada de su padre. Cuando se dio la vuelta, vio que tenía lágrimas en los ojos.

—Finley amaba lo que hacía, papá. Nos escribíamos sin parar. En Vietnam se encontró a sí mismo. No tienes que sentirte culpable.

—¿Crees que me siento culpable por animar a mi hijo a ir a la guerra? Pues sí, es algo con lo que tendré que vivir. —Tragó saliva—. Pero más culpable me siento por la forma en que traté a mi hija cuando volvió a casa.

Frankie inspiró hondo. ¿Cuánto tiempo llevaba esperando oír esas palabras de boca de su padre?

—La heroína eres tú, ¿verdad, Frankie?

Las lágrimas le nublaron la vista.

—No sé si seré una heroína, papá, pero serví a mi país. Sí.

—Te quiero, chiquitina —dijo con voz ronca—. Y lo siento.

«Chiquitina». Caray, hacía años que no la llamaba así.

Al ver a su padre llorar, Frankie habría deseado contar con las palabras perfectas, pero no sabía qué decir. La vida era así, suponía; todo iba mal hasta que, de pronto, las cosas se enderezaban y una no sabía cómo reaccionar en ninguno de los dos casos. Pero sí sabía reconocer el amor cuando lo presenciaba, y le colmó el corazón.

—No sé nada de heroísmo —respondió—. Pero lo presencié una y otra vez. Y… —respiró hondo— estoy orgullosa de haber servido al país, papá. He tardado mucho tiempo en poder decirlo. Estoy orgullosa, aun sabiendo que la guerra nunca debió tener lugar, aunque todo fuera un desastre.

Su padre asintió. Frankie vio que necesitaba algo más de ella, tal vez una absolución, pero todavía era pronto para eso.

Ese momento era su momento. Solo suyo y de sus recuerdos.

Dejó a sus padres delante del nombre de Finley y caminó a lo largo de la Pared, buscando la parte correspondiente a 1967-1969, contemplando las flores, las fotografías y los anuarios que la gente había depositado en la base del granito negro. Vio a la madre de uno de los caídos, con su estrella dorada, de pie junto a un par de adolescentes de aspecto confuso, tratando de extraer el recuerdo de su padre de unas letras grabadas en piedra.

Siguió la fila de nombres, buscando el de Jameson Callahan...

—McGrath.

Frankie se detuvo.

Estaba delante de ella. Alto y canoso, con una cicatriz irregular recorriéndole un lado de la cara y una pernera del pantalón arrugada sobre una prótesis.

—Jamie.

El hombre la envolvió entre sus brazos, susurrándole una vez más su nombre al oído.

Y así, con solo sentir cómo la llamaba, con solo oír su voz y notar su aliento en el cuello, regresó al club de oficiales, al tintineo de la cortina de cuentas, a los Beatles cantando, a Jamie pidiéndole que bailara con él.

—Jamie —musitó—. ¿Cómo...?

Este se llevó la mano al bolsillo y sacó una pequeña piedra gris en la que se leía:

SIGUE LUCHANDO

MCGRATH

Era la piedra que le había dado el niño vietnamita en el orfanato y que había introducido en el petate de Jamie.

—Fue un infierno en Vietnam, y aún peor cuando volvimos a casa —dijo él sin alzar la voz—, pero tú me sacaste del hoyo, McGrath. Tu recuerdo me sostuvo en todo momento.

—Te vi morir.

—Y morí un montón de veces —respondió—. Pero me trajeron de vuelta una y otra vez. Pasé mucho tiempo mal. Las lesiones... Joder, tú mírame...

—Sigues tan guapo como siempre —dijo Frankie, incapaz de apartar la mirada.

—Mi exmujer no diría lo mismo.

—No estás...

—Es una historia larga y triste, con final feliz para ambos. Estuvimos años juntos. Fuimos padres de nuevo, una niña. Tiene nueve años y es una chispilla. —Jamie la miró a los ojos—. Se llama Frances.

Frankie no supo qué responder; le costaba hasta respirar.

—¿Y tú? —dijo Jamie, tratando de sonreír—. ¿Casada y con niños?

—No —respondió Frankie—. Nunca me casé. Ni he tenido hijos.

—Lo siento —dijo en voz baja; precisamente él sabía lo mucho que habría deseado esa vida.

—No pasa nada. Soy feliz.

Frankie alzó la vista y leyó en su cara todo aquello por lo que había pasado: la cicatriz del mentón, la piel arrugada a lo largo de una oreja, la tristeza en los ojos. Ahora llevaba el pelo largo, el rubio entreverado de gris, recordatorio de que una vez fueron jóvenes los dos, pero ya no lo eran; ahora ambos tenían cicatrices. Heridas que seguían ahí, visibles o no.

—Dios, cómo te he echado de menos —dijo Jamie con la voz áspera por la emoción.

—Yo también te he echado de menos —respondió Frankie—. Podías haberme buscado.

—No estaba listo. Ha sido duro. Tenía que sanar.

—Ya. Yo también.

—Pero aquí estamos. Tú y yo, McGrath. Por fin.

Jamie le dirigió una sonrisa que la hizo sentirse joven de nuevo. Por un instante, el tiempo se esfumó: volvían a ser Frankie y

Jamie, cruzando el campamento a paso vivo, sosteniéndose el uno al otro, compartiendo la vida, riendo y llorando juntos, amándose.

Frankie sintió las lágrimas ardiéndole en los ojos, rodándole por las mejillas allí parada, rodeada por sus camaradas veteranos de Vietnam, la pared de granito negro borrosa a sus espaldas.

Jamie se le acercó y tropezó; Frankie alargó los brazos para ayudarlo. «Yo te tengo», dijo, y las palabras le recordaron a otras parecidas largo tiempo atrás. Había mucho que contarle, palabras que había ido recogiendo y atesorando en sus recuerdos, que había soñado con pronunciar..., pero ya habría tiempo para ellas, para ellos. Ese día, con estar en pie y de su mano ya era suficiente. Y más que suficiente.

Era un milagro.

Después de tantos años, de tanto dolor, de tantos remordimientos y tantas pérdidas, allí estaban, Jamie y ella y miles más. Maltrechos, renqueantes, algunos en sillas de ruedas, pero allí estaban. Todos juntos. Una vez más. Reunidos ante una pared que mostraba el nombre de los caídos.

Juntos.

Supervivientes, todos ellos.

Los habían silenciado, los habían olvidado durante demasiado tiempo. Especialmente a las mujeres.

«Tu recuerdo me sostuvo».

Esa era la clave: había que recordar. Frankie ahora lo sabía; era imposible borrar la guerra o el pasado, imposible hacer de tripas corazón y olvidar el dolor.

De alguna manera, encontraría la forma de hablarle al país de sus hermanas, de las mujeres con quienes había prestado servicio. Por las enfermeras que habían muerto, por sus hijos, por las mujeres que seguirían sus pasos en los años venideros.

Allí empezaba todo. En ese instante. Al levantar la voz, al alzar la frente al sol, al unirse a sus camaradas, al exigir franqueza y verdad. Al demostrar su orgullo.

Las mujeres tenían una historia que contar, aunque el mundo aún no estuviera listo del todo para oírla, y su historia empezaba con tres sencillas palabras:

Nosotras estuvimos allí.

Monumento a las Mujeres de Vietnam, Washington D. C.

Créditos de la fotografía: Greg Staley.

Nota de la autora

Este libro realmente ha sido un trabajo de amor que me ha llevado años. Su concepción se remonta a 1997, pero entonces era una escritora novel, no estaba lista para abordar un tema tan importante y complejo. No creía poseer las habilidades ni la madurez para plasmar mi visión. He tardado décadas en cerrar el círculo y volver a los años de Vietnam.

La mayor parte de la guerra tuvo lugar cuando era pequeña; estaría en primaria o secundaria, pero lo recuerdo con claridad: las protestas, el tono sombrío del noticiario vespertino, el relato que contaban los medios, el número creciente de jóvenes que morían y, sobre todo, cómo se trataba a los veteranos —muchos de ellos, los padres de mis amigos— cuando volvían a casa. Todo ello me dejó una huella imborrable.

Leer los testimonios de primera mano de las mujeres que sirvieron en Vietnam fue increíblemente inspirador. Y también fue triste darme cuenta de que esas historias heroicas de mujeres con demasiada frecuencia se han olvidado u obviado.

Es muy poco lo que se ha hecho, registrado o recordado con relación a su labor. Hasta es difícil obtener cifras concretas sobre las mujeres que prestaron servicio en el país asiático. Según declaraciones de la Vietnam Women's Memorial Foundation, unas diez mil militares estadounidenses estuvieron destacadas en el país durante la guerra. La mayoría eran enfermeras de los tres ejércitos, pero también hubo médicas y sanitarias, así como controladoras aéreas y miembros de la inteligencia militar. También hubo mujeres civiles, corresponsales de guerra y trabajadoras de la Cruz Roja, de las Donut Dollies, de las United Service Organizations, de los Servicios Especiales, del American Friends Service Commitee, de los Catholic Relief Services y de otras organizaciones humanitarias.

Hablar con estas extraordinarias mujeres, escuchar sus historias y leer sus testimonios, tanto de su estancia en Vietnam durante la guerra como del modo en que se las trató a su vuelta a Estados Unidos, ha sido revelador. Muchas de ellas recordaban a la perfección la frecuencia con que les decían que «en Vietnam no hubo mujeres». Me siento honrada de poder contar su historia.

Agradecimientos

Este libro no habría sido posible si no fuera por la ayuda, la orientación, la franqueza y el apoyo de la capitana Diane Carlson Evans, exenfermera del Ejército de Tierra que sirvió en zonas de combate en Vietnam. Como fundadora de la Vietnam Women's Memorial Foundation, tras la guerra ha dedicado gran parte de su vida a recordar a sus hermanas veteranas. Su propia historia, que contó en *Healing Wounds*, escrita con Bob Welch, ofrece una perspectiva asombrosa y reveladora de sus experiencias en Vietnam y me fue de gran ayuda para escribir esta novela. Te estoy infinitamente agradecida, Diane. Verdaderamente eres una inspiración.

También me gustaría expresar mi agradecimiento al coronel retirado Douglas Moore, piloto de helicópteros Dust Off y condecorado con la Cruz de Servicio Distinguido por sus acciones durante la guerra de Vietnam. Doug voló en 1.847 misiones de combate, evacuó a casi tres mil heridos y fue incluido en el Dust Off Hall of Fame en 2004. Gracias por tomarte tu tiempo en leer y comentar uno de los primeros borradores de *Las mujeres de la guerra*, y por responder a una interminable lista de preguntas de seguimiento.

Gracias a Debby Alexander Moore, directora de los programas de recreación de los Servicios Especiales del Ejército en Vietnam entre 1968 y 1970, por su ayuda y sus recuerdos.

Gracias también a la doctora Beth Parks, quien sirvió como enfermera quirúrgica en el Séptimo Hospital Quirúrgico (MASH) y el Duodécimo Hospital de Evacuación en Cu Chi, Vietnam, entre 1966 y 1967. La doctora Parks ahora es profesora jubilada y aventurera, escritora y fotógrafa. Leyó el manuscrito en un tiempo récord, compartió sus fotografías y recuerdos personales, y aportó su experiencia y sus conocimientos expertos a lo largo de todo el proyecto. Le estoy eternamente agradecida por su ayuda.

Para quienes deseen leer más sobre las extraordinarias mujeres que sirvieron en Vietnam y su regreso de la guerra, puedo recomendar algunos títulos destacados:

Healing Wounds, de Diane Carlson Evans y Bob Welch (Permuted Press, 2020); *American Daughter Gone to War*, de Winnie Smith (William Morrow, 1992); *Home Before Morning*, de Lynda van Devanter (University of Massachusetts Press, 2001; publicado originalmente en 1983); *Women in Vietnam: The Oral History*, de Ron Steinman (TV Books, 2000), y *A Piece of My Heart*, de Keith Walker (Presidio Press, 1986).

Véanse también: *After the Hero's Welcome*, de Dorothy H. McDaniel (WND Books, 2014); *The League of Wives*, de Heath Hardage Lee (St. Martin's Press, 2019); *In Love and War*, de Jim y Sybil Stockdale (Naval Institute Press, 1990), y *The Turning: A History of Vietnam Veterans Against the War*, de Andrew E. Hunt (New York University Press, 1999).

Al escribir esta novela, he tratado de ser lo más fiel posible a la historia. Al principio creé ciudades y hospitales de evacuación ficticios para poder permitirme la mayor libertad posible a la hora de contar este relato, pero mis lectoras veteranas de Vietnam estaban convencidas de que debía mencionar los lugares exactos. Así pues, todos los hospitales y los lugares mencionados en sus páginas son reales; la logística, las descripciones y la cronología en ciertos casos se han alterado para facilitar la narrativa. Ni que decir tiene que todos los errores o fallos en el texto son responsabilidad mía.

También me gustaría dar las gracias a Jackie Dolat por su sinceridad al compartir sus recuerdos de Alcohólicos Anónimos y los programas de rehabilitación en el sur de California en los años setenta.

Estoy en deuda con las numerosas personas que me ayudan a ser una escritora mejor. Gracias en especial a mis primeras lectoras por compartir su opinión sincera de forma clara (y a veces también vehemente): Jill Marie Landis, Megan Chance, Ann Patty y Kim Fisk. Y, como siempre, gracias a Jennifer Enderlin, cuya pasión por la edición y cuya vista de águila a la hora de corregir lo son todo para mí. Su perspicacia en la crítica ha logrado que este libro sea lo que es. Gracias al maravilloso equipo de St. Martin's: adoro trabajar con todos vosotros. Y también a Andrea Cirillo, Rebecca Scherer y al equipo de Jane Rotrosen Agency; llevamos juntos más de dos décadas en este loco mundo editorial y no podría imaginar mi vida sin todos vosotros.

Como siempre, agradezco a mi familia su continuo apoyo y aliento, especialmente a mi marido, Ben, siempre dispuesto a viajar y a escuchar y a soportar a una mujer escritora que a veces, aunque físicamente está cenando a la mesa, en su cabeza se encuentra muy lejos. A mi madre: el recuerdo que tengo de ti durante los años de la guerra es indeleble; gracias por creer firmemente en lo correcto. Y a mi padre, gracias por tu espíritu aventurero y por abrir mis ojos al mundo más allá de nuestro patio trasero. A Debbie Edwards John, mi gratitud por todo lo que haces va más allá de lo que se puede expresar con palabras. A mi hijo, Tucker: estoy orgullosa de ti y te adoro; y a Mackenzie, Logan, Lucas, Katie, Kaylee y Braden: espero que améis y leáis la historia y aprendáis de ella. Vosotros sois el futuro.

Por último, me gustaría mencionar a un hombre a quien nunca conocí: el coronel Robert John Welch, piloto de la Fuerza Aérea, que fue derribado y desapareció en Vietnam el 16 de enero de 1967. Nunca volvió a casa. La primera vez que me puse una pulsera con su nombre estaba en primaria y la llevé en la muñeca muchos, muchísimos años. En todo este tiempo jamás he dejado de pensar en su familia ni de rezar por ella.